Jocelyne Godard

Das Lächeln der Seidenstickerin

Buch

Alix' Tochter Mathilde de Cassex ist Schlimmes widerfahren: Sie wurde von einem Verbrecher, einem selbst ernannten König, entführt. Als es schließlich gelingt, sie zu befreien, setzt Alix' Familie alles daran, die Erlebnisse der jungen Frau zu verbergen. Denn sollte die Wahrheit ans Licht kommen, wären die Folgen bei Hofe unabsehbar. Ausgerechnet zu dieser schwierigen Zeit verlangt Marguerite d'Angoulême, die Schwester des französischen Königs, dass Mathilde ihr bei Hofe beistehen möge. Denn François I. ist in Italien im Krieg vom spanischen Charles Quint gefangen genommen worden. Und nun ist es an den Frauen, zu verhandeln und zu versuchen, die alte Ordnung wiederherzustellen …

Autorin

Jocelyne Godard ist eine der erfolgreichsten französischen Autorinnen historischer Romane. Ihre »Thebanerinnen-Saga« verkaufte sich mehr als 600.000 Mal. Aus ihrer farbenprächtigen mehrteiligen Saga über eine Teppichweberei im Frankreich der Renaissance sind bereits mehrere Romane sehr erfolgreich auch in Deutschland erschienen.

Bei Blanvalet außerdem von Jocelyne Godard lieferbar:

Die Seidenstickerin (E-Book 04274)
Die seidene Madonna (E-Book 04647)
Die Tränen der Prophetin (E-Book 11172)
Die Blumenweberin (37589)
Die goldene Königin (38246)

Jocelyne Godard

Das Lächeln der Seidenstickerin

Roman

Aus dem Französischen
von Babette Schröder

blanvalet

Die französische Originalausgabe erschien 2008 unter dem Titel
»Les Ateliers de Dame Alix 06: Triomphes«
bei Les Editions Le Sémaphore, Paris.

MIX
Papier aus verantwortungsvollen Quellen
FSC® C014496

Verlagsgruppe Random House FSC® N001967
Das für dieses Buch verwendete FSC®-zertifizierte
Papier *Holmen Book Cream* liefert
Holmen Paper, Hallstavik, Schweden.

1. Auflage
Deutsche Erstveröffentlichung Februar 2015 bei Blanvalet,
einem Unternehmen der Verlagsgruppe
Random House GmbH, München.

Umschlaggestaltung: © Johannes Wiebel | punchdesign,
unter Verwendung von Motiven von Bridgeman Art Library
und shutterstock.com
Redaktion: Ingola Lammers
ES · Herstellung: sam
Satz: KompetenzCenter, Mönchengladbach
Druck und Einband: GGP Media GmbH, Pößneck
Printed in Germany
ISBN 978-3-442-38287-3

www.blanvalet.de

Für meine Mutter Berthe

Wer sich in seiner Kunst auszeichnet und ihr die ganze Vollendung verleiht, derer sie fähig ist, der erhebt sich gewissermaßen über sie und wird dem Edelsten und Erhabensten gleich.

(…)

Wahre Größe ist ungezwungen, sanft, vertraulich, leutselig; man kann sie berühren und anfassen; sie verliert nichts, wenn man sie in der Nähe sieht; je besser man sie kennt, desto mehr bewundert man sie. Sie neigt sich aus Güte zu den Tieferstehenden herab und nimmt ohne Mühe wieder ihr ursprüngliches Wesen an; sie lässt sich mitunter gehen, vernachlässigt ihre Rechte, gibt ihre Vorteile preis, weil sie es stets in der Gewalt hat, sie wieder aufzunehmen und geltend zu machen; sie lacht, spielt und scherzt, jedoch mit Würde; man naht ihr zugleich mit Freiheit und mit Zurückhaltung. Ihr Wesen ist edel und gefällig, flößt Ehrfurcht und Zutrauen ein …

(aus *Die Charaktere* von La Bruyère.
Nach Gerhard Hess, Leipzig, S. 39 und S. 47.)

1.

Alix und Properzia ließen sich von dem Gastwirt, der mit krebsrotem Gesicht hinter dem Tresen der Gaststube klemmte, nicht abwimmeln. Sein ballonartiger Bauch schob sich über die Theke, auf der die Zinnkrüge in einer Reihe standen.

»Es gibt zwei Möglichkeiten«, tönte Properzia. »Genau zwei! Nicht mehr!«

Alix führte die Rede fort und hob drohend den Daumen.

»Erstens, Ihr sagt gegen Euren Gast Frescobaldi Hieronymus aus.«

»Das ist unmöglich!«

Properzia ignorierte die Antwort des Gastwirts voller Verachtung und streckte ihm Daumen und Zeigefinger entgegen.

»Oder zweitens: Ihr sagt überhaupt nicht aus.«

»In diesem Fall«, erklärte Alix, »wird François I. von Eurer Mitschuld an der Vergewaltigung meiner Tochter in Eurem Gasthaus in Kenntnis gesetzt, und Eure Wirtschaft wird verkauft. Derweil verrottet Ihr in einem Pariser Kerker, wo sich die Ratten an Euren Resten gütlich tun.«

»François I. ist ein großer Freund der höfischen Liebe, er wird bei diesem Thema nicht mit sich spaßen lassen«, bemerkte Properzia trocken.

Mit finsterem Blick und wütend zusammengepressten Lippen baute sich Alix vor ihm auf.

»Entscheidet Euch.«

Während er über eine Antwort nachdachte, wischte sich der Mann immer wieder mit einem Tuch über die Stirn.

»Was geschieht mit mir, wenn ich für Euch aussage?«, fragte er stockend.

»Nichts. Ihr behaltet Euer Gasthaus, und ich werde dem König sogar empfehlen, an Eurem Tisch zu speisen.«

»Und Sire Hieronymus!«

»Von ihm habt Ihr nichts zu befürchten. In dem Fall wird *er* im Kerker verrotten.« Ohne zu zögern, reichte Alix dem Wirt ein unbeschriebenes Pergament und eine Gänsefeder, während Properzia ihm ein kleines Tintenfass hielt.

»Schreibt.«

Der Wirt sah sie verblüfft an. Seine Augen rollten hin und her, und sein Kinn versank in einer tiefen Falte. Wie konnte er daran zweifeln, dass das Mädchen, von dem sie sprachen, die Patentochter des französischen Königs war?

»Ich kann nicht schreiben«, stotterte er von Neuem.

»Ihr könnt rechnen, da werdet Ihr auch schreiben können.«

»Nur … nur ein bisschen!«

Ohne ihm weiter zuzuhören, schob Alix ihm die Feder zwischen die Finger und fing an zu diktieren: *»Ich, der Unterzeichnende, Sire Fromentin, Inhaber des Gasthauses* Zum Spinatbund, *schwöre, dass ich bei dem Abendessen …«*

»Ich habe Abendessen gesagt«, wiederholte Alix ungeduldig.

»Abendessen! Ich weiß nicht, wie man das schreibt.«

Properzia beugte sich zu dem dicken Mann, dessen fahle Blässe plötzlich intensiver Röte wich, und legte ihre Hand um seine.

»Dann lasst Euch führen. Wir schreiben zusammen. Diktiere weiter, Alix.«

Die Weberin sah den dicken Mann an und fuhr fort:

»*Inhaber des Gasthauses* Zum Spinatbund, *schwöre, dass ich bei dem Abendessen meines Gastes Sire Frescobaldi Hieronymus mit Demoiselle Mathilde de Cassex, die auf dem Weg nach Italien war, um ihren Vater zu treffen, anwesend war.*«

Sie hielt inne und dachte nach. Ja! Für Mathilde war es ein Treffen gewesen. Sie hatte den Vater kennenlernen wollen, von dem sie nichts wusste. Kein anderes Wort traf es besser. Alix fuhr fort: »*Dieser erbärmliche Sire hat sie bis zur Bewusstlosigkeit mit Gewürzwein abgefüllt …*«

»Ich habe ihm nahegelegt, der Kleinen nicht noch mehr zu trinken zu geben«, klagte der Wirt. »Er hat mir ins Gesicht gelacht und …«

»Und?«

»Er hat mir einen vollen Geldbeutel zugeworfen und mir befohlen zu schweigen und ihm zu gehorchen.«

Alix seufzte. Der Mann sagte die Wahrheit, das verriet seine zerknirschte Miene. Aber, Himmel! Warum hatte er seine Wut und seine Abscheu nicht laut hinausgeschrien und sich geweigert, das Geld seines Gastes anzunehmen?

Einen vollen Geldbeutel verschmähen! Wer tat das schon? Nun gut, sie würde ihn vernichten. Sie verharrte einen Augenblick bei diesem Gedanken und blickte zu Properzia, die dem Wirt noch immer die Hand führte. Alix fuhr fort: »*Er hat sie bis zur Bewusstlosigkeit mit Gewürzwein abgefüllt und sie anschließend auf sein Zimmer gebracht, wo er sich mit ihr einschloss.*«

Alix hielt inne.

»Unterschreibt jetzt«, sagte Properzia und ließ die Hand des Wirts los.

»Nein, das ist noch nicht alles!«, rief Alix. »Wartet hier auf mich.«

Kurz darauf kehrte sie zurück und zog einen großen mageren Jungen am Arm hinter sich her. Erst war er widerspenstig gewesen und hatte sich gewehrt, sich dann jedoch mit angstgeweiteten Augen und offenem Mund mitzerren lassen, denn Alix hatte von dem Patenkind des französischen Königs gesprochen. Vollends überzeugt hatte sie ihn, als sie auch ihm drohte, dass er im Gefängnis vermodern werde, wenn er sich weigerte zu tun, was sie von ihm verlangte.

»Das ist der Stallbursche, der sich um das Pferd meiner Tochter gekümmert hat. Ich will, dass wir ihn in die schriftliche Aussage mitaufnehmen. Nimm wieder seine Hand, Properzia.«

Alix schloss mit den Worten: *»In jener Nacht hat die Demoiselle de Cassex, der es gelungen war, sich zu retten, Antonin, meinen Stallburschen, um ihr Pferd gebeten. Als sie aufbrach, schrie sie ihren Hass gegen diesen Dämon hinaus, der sie auf brutale Weise missbraucht hat.«*

»Das ist recht, mein Junge«, sagte Alix, als sie ihn losließ. »Wenn diese Angelegenheit ein glückliches Ende nimmt, erhältst du eine Belohnung. Bis dahin, nimm hier diese Münzen.«

In Avignon trennten sich die Wege von Alix und ihrer Freundin Properzia. Ihre letzte gemeinsame Nacht verbrachten sie in wundervoller Harmonie, sprachen wie üblich von großen Ideen und übertrugen sie auf ihre Kreationen.

Dank ihrer Begleiterin kannte sich Alix mit den Farben und Formen der Renaissance aus. Wie sie Menschen in die riesigen Flächen auf ihren Hochwebstühlen einband. Wunderbar! Sie würde schöne riesige Wandbehänge für den Hof weben, der unablässig auf der Suche nach Pracht und Herrlichkeit war.

Properzia hatte sie eine andere Kunst gelehrt, eine großzügige Kunst mit ausdrucksstarken Blicken und dynamischen Körperhaltungen. Sie hatte ihr alles über die männliche Muskulatur beigebracht. Über die Kraft eines Schenkels, die Stärke einer Schulter oder die Anmut einer männlichen Hand, die sich nach der Liebe streckte.

Sie konnte nun einen zornigen Blick unter einer dunklen Braue in Form eines Akzents Zirkumflex darstellen. Ein wutverzerrtes Gesicht, unter dem am nackten Hals die Adern hervortraten. Die Sehnsucht in einem zweideutigen Lächeln und einen männlichen Nasenflügel, der das köstliche Parfum einer Frau einatmete.

Alix musste ihre Damen und ihre Herrschaften nicht mehr in Prunkkleidung stecken, die ihre Körper verhüllte. Sie musste die Beine der Männer nicht mehr unter Beinlingen und die der Frauen nicht mehr unter den schweren Falten ihrer Kleider verbergen. Und vor allem musste sie die Blicke der Frauen nicht mehr verträumt und melancholisch wirken lassen.

Properzia würde ihrerseits in ihrem Heimatland Italien Altaraufsätze, riesige Statuen, Wandbilder und Flachreliefs in Stein hauen. Ihre Heiligen waren stets glückselig auf der Suche nach den Wohltaten des Himmels. Ihre Christusfiguren wurden vor einer sie verdammenden Menge gekreuzigt, vor grausamen Männern oder Frauen mit schmachtenden Blicken. Ihre Engelchen, die Pfeile oder Blumen in der Hand hielten, blickten stets lächelnd und schalkhaft.

Properzia kehrte voll neuer Erfahrungen in ihr Land zurück. Wenn auch die Helden wie Alexander, David, Cäsar oder Jupiter den Skulpturen glichen, die sie vor ihrem Aufenthalt im Val de Loire gefertigt hatte, so hatten sich die Gesichter ihrer Frauen jedoch verändert. In die Augen ihrer Venus, ihrer Amazonen oder ihrer Musen schlich sich stets der lebendige Glanz aus den Augen von Alix, und auf den Lippen, ob aus Stein oder aus Marmor, erblühte ihr Lächeln. Aus einem Steinblock entstand der zarte Schenkel oder ihre entblößte bebende Brust.

Während ihres langen Aufenthalts im Val de Loire hatte die wohlhabende Philippa Lesbahy, Schlossherrin auf Azay-le-Rideau, Properzias unerbittliche Gläubiger ausbezahlt und sie dafür verpflichtet, ihr Schloss im Stil der Renaissance zu gestalten. Hatte François I. es mit Leonardo da Vinci nicht ebenso gemacht und ihn bis ans Ende seiner Tage auf Schloss Clos-Lucé eingeladen?

Während ihres Aufenthalts in der Touraine, den die Bologneser als Flucht bezeichneten, hatten Properzia und Alix ihre lange und innige Freundschaft genossen. Diese war häufig einer seltsamen Leidenschaft gewichen, die ihre Kreativität beflügelt hatte, da sie ihren Gefühlen Ausdruck verleihen wollten.

»Meine Liebste! Wenn du nach Bologna kommst, werde ich mein Haus wiederhaben, meine Leute, ich werde meine Gewohnheiten wiederaufnehmen, und ich werde dich wie eine Königin empfangen.«

»Und ich werde ein paar schöne Werke vollendet haben und dir bis zur Erschöpfung davon erzählen.«

»Ja, komm nur schnell, meine Liebste!«

Anschließend drückte Properzia zärtlich ihre Lippen auf die von Alix, und mit einem letzten Kuss nahmen sie Abschied, das Herz voller Erinnerungen und die Seele voller Versprechen.

Properzia erreichte die italienische Küste mit Turin und Genua, dann die grüne Romagna und schließlich die reiche Lombardei und Bologna, ihre Heimatstadt, in der sie so viele monumentale Werke geschaffen hatte, bevor sie in Ungnade gefallen war.

Am Tag ihres Abschieds reiste Alix nach Brüssel, wo sie Emmanuel Riccio treffen wollte, der ihren Betrieb im Norden führte.

Der tief in ihrer Tasche vergrabene Brief, den der Wirt geschrieben und unterzeichnet hatte, ermahnte sie, wachsam zu bleiben.

In Brüssel fand Alix problemlos die Seiden- und Leinenweber der Stadt, die sich meist um den zentralen Platz oder den großen Markt ansiedelten. Und sobald sie die Tür zu ihrem Verkaufskontor betrat, das sich in einem der schönsten Häuser im Zentrum von Brüssel befand, kam Emmanuel Riccio auch schon mit ausgebreiteten Armen auf sie zu.

»Warum habt Ihr mich nicht von Eurer Ankunft informiert, Dame Cassex?«, fragte er in einem Ton, der eine leichte Verstimmung erkennen ließ.

»Um sicherzugehen, dass ich Euch antreffe, mein lieber Riccio.«

»Ihr wisst, dass ich mich in diesen Zeiten, in denen in Italien Unruhe herrscht, kaum von hier entferne. Ich warte, dass der König von seinem Feldzug zurückkehrt, erst dann wage ich mich nach Florenz. Momentan halte ich mich eher in Flandern auf.«

Alix blickte ihm tief in die Augen. In den zehn Jahren, die sie nun zusammenarbeiteten, hatte sie nie ein Konflikt gegeneinander aufgebracht. Riccio gehörte zu jenen Männern, die geschickt reden und noch besser arbeiten konnten. Er verfügte über großes diplomatisches Geschick, einen scharfen Geschäftssinn und ein unglaubliches Fingerspitzengefühl, wenn es darum ging, schwierige Probleme zu lösen, die aufgrund ihrer Undurchsichtigkeit oder ihres zweifelhaften Entstehens die ganze Aufmerksamkeit und einen zuverlässigen Instinkt verlangten. Diesen Emmanuel Riccio kannte Alix bereits, seit er noch ein kleiner Prätor mit geringem Lohn gewesen war.

»Können wir an einem ruhigen Ort sprechen?«

»Möchtet Ihr nicht Euer Geschäft sehen?«, erkundigte sich der Kaufmann erstaunt.

»Deshalb bin ich nicht gekommen, Sire Riccio, ich habe persönliche Gründe.«

»So folgt mir.«

Sie gingen durch einen Korridor, den Verkaufsständer mit Tapisserien säumten. Dann ließ Riccio Alix in ein enges Büro eintreten, in dem sie jedoch ungestört waren.

»Mögt Ihr Platz nehmen?«

Alix lehnte ab.

»Ich bin nicht gekommen, um zu plaudern. Ich werde auch nicht lange bleiben. Sire Riccio, ich möchte Euch nur eine einzige Frage stellen.«

Auf dem runden Gesicht des Kaufmanns zeichnete sich Erstaunen ab.

»Wisst Ihr, wo sich der Händler Frescobaldi Hieronymus aufhält?«

Nun wich die Überraschung in Riccios Gesicht Besorgnis.

»Wollt Ihr ihn treffen?«

»Das ist keine Antwort auf meine Frage. Wisst Ihr, wo er sich befindet?«

»Er ist nicht in Italien, auch nicht in Lyon oder Paris.«

»Dann hält er sich im Norden auf.«

»Ja, in Lille oder in Dornick, vielleicht auch in Arras.«

Alix ging in dem engen Raum auf und ab. Das Büro war so klein, dass sie es mit drei Schritten durchmessen hatte.

»Perfekt«, sagte sie. »Das wollte ich wissen. Würdet Ihr mir jetzt einen Gefallen tun?«

»Das kommt darauf an«, antwortete Riccio wachsam.

»Könnt Ihr ihm einen Boten schicken, in dem Ihr ihm mitteilt, dass Ihr ihm ein Geschäft vorzuschlagen habt und dass er Euch einen Ort nennen möge, wo er Euch empfangen könne?«

»Und dann geht Ihr an meiner Stelle«, schloss der kleine wohlbeleibte Edelmann, der langsam zu durchschauen meinte, was Alix vorhatte.

Er lag jedoch falsch, ausnahmsweise trog ihn sein gutes Gespür. Alix klärte ihn auf.

»In der Tat werde ich an Eurer Stelle gehen. Aber es geht nicht darum, ihm ein Geschäft vorzuschlagen. Ich werde ihm drohen.«

»Was hat er Euch getan?«

»Er hat meine Tochter vergewaltigt.«

Nun war Riccio erst recht fassungslos. Er wurde erst rot, dann weiß und schließlich grün. Er wollte etwas sagen, schloss den Mund jedoch, kaum dass er ihn geöffnet hatte.

»Meine Tochter ist das Patenkind von François I. Mich dünkt, das wisst Ihr.«

Riccio schüttelte den Kopf. Er schien wie versteinert und rührte sich nicht.

»Ich gehöre nicht zu den Müttern, die ein solches Verbrechen verheimlichen, um meine Tochter vor einem Skandal zu bewahren. Am Hof der Duchesse d'Alençon kennt man meine Tochter als unerschrocken, kühn und unberechenbar. Wer weiß, warum! Trotz all ihrer Unvollkommenheit ist sie beim König, seiner Schwester und seiner Mutter sehr beliebt.«

Alix hob die Stimme, um ihre Aussage zu bekräftigen. Aber in Wirklichkeit wusste sie, dass sie sich in diesem Punkt täuschte. Die Comtesse Louise d'Angoulême würde nicht akzeptieren, dass eine solche Geschichte den Hof von Blois in Verruf brachte. Nein! Ebenso wenig wie ihre Tochter Marguerite, die Duchesse d'Alençon, würde die Comtesse diesen Skandal abwenden. Man würde Mathilde nicht mehr an den Hof einladen.

Nicht, dass Alix diese Lösung missfiele. Sie hatte sich sehr gewünscht, dass ihre Tochter mit Valentine, ihrer Schwester, in der Werkstatt bliebe, aber Mathilde würde diese Maßnahme nur schwer ertragen. Sie würde sie als Strafe und Geißelung empfinden und ihr Leben als gescheitert betrachten. Mathilde konnte nirgendwo anders als am Hof leben.

»Begreift Ihr das Ausmaß dieses Dramas?«, fragte die junge Frau nun etwas leiser.

Emmanuel Riccio schluckte schwer.

»Wann ist es geschehen?«

»Es ist schon eine Weile her. Aber ich brauche alle Informationen, um meine Tochter zu verteidigen. Sie hat mir gesagt, dass sie Euch in Lyon getroffen hat, kurz bevor sie nach Avignon aufgebrochen ist, wo sie diesen finsteren Herrn treffen wollte.«

Riccio spürte, dass er dieser Frau nichts verheimlichen konnte und es besser war, ihr alles zu berichten, was er wusste.

»Das ist richtig. Ich habe Eure Tochter im Zentrum von Lyon getroffen. Sie tänzelte auf ihrem Pferd. Ich habe ihr Komplimente wegen ihrer Schönheit gemacht.«

»Weiter! Weiter!«

»Sie hat mir ihren Namen genannt. Ich habe ihr meinen genannt und ihr erzählt, dass ich Euch beide auf Eurer letzten Reise nach Lyon getroffen habe.«

»Das entspricht in der Tat dem, was sie mir auch erzählt hat. Und dann?«

»Ich habe ihr gesagt, wie schade es sei, dass Ihr so schnell abreisen musstet, weil ich Euch einen Vorschlag zu unterbreiten hätte.«

Er zögerte und kratzte sich beunruhigt, fast gereizt mit dem

Zeigefinger am Kopf. Die Sache erwies sich als kompliziert. Entweder gestand er Dame Cassex, dass er ein gutes Geschäft gemacht hatte, ohne sie darüber zu informieren, ein Geschäft, von dem er nur seinen Teil des Gewinns hätte einbehalten dürfen. Oder er log und riskierte, in eine Vergewaltigung verwickelt zu werden, über die der König informiert wurde.

Lieber war er aufrichtig, denn er sagte sich, dass Dame Cassex schließlich nicht hier war, um ein Geschäft zu regeln, sondern einen schweren persönlichen Konflikt.

»Worum ging es bei diesem Geschäft?«

»Ich wollte eine kleine orientalische Stickerei verkaufen, die an eine Tapisserie erinnerte. Sie war sehr alt. Es handelt sich um ein Werk aus dem achten Jahrhundert.«

»Mathilde hat mir davon erzählt. Sie heißt *Die Quadriga*.«

Riccio seufzte. Donnerwetter! Sein Gespür hatte ihn nicht getrogen. Gut, dass er ehrlich gewesen war. Durch einen Betrug wäre er in dieselbe Ecke geraten wie dieser Gauner Frescobaldi, den er im Übrigen nur für seinen Geschäftssinn schätzte.

»Sie hat ihn wegen der *Quadriga* aufgesucht?«, fragte Riccio, der mehr und mehr auf der Hut war.

»Keineswegs. Sie wollte diesen Mann nur treffen, weil Ihr ihr erzählt habt, dass er Florentiner ist. Sie war auf dem Weg nach Florenz, um den Spuren ihres Vaters zu folgen.«

»Ihres Vaters!«

»Ja, ihr Vater gehörte zu den Gonfalonieres von Florenz, Sire Alessandro Van de Veere.«

Riccio riss seine kleinen runden Augen auf, die an Murmeln erinnerten. An ihm war alles rund, von seinem Bauch bis zu seinem Kopf. Als er darauf nichts erwiderte, fuhr Alix fort:

»Er starb im Kanonenfeuer von Bologna im Krieg von Louis XII., in dem ich zugleich Mathilde und ihre Zwillingsschwester

Valentine zur Welt brachte. Sie haben ihren Vater nie kennengelernt.«

Alix hütete sich, Riccio zu sagen, dass Mathilde die *Quadriga* genommen hatte, als sie vor Hieronymus geflohen war. Wie du mir, so ich dir, und da Riccio ihr nichts von diesem Geschäft erzählt hatte, würde sie es ihm ebenso verschweigen.

Dafür teilte sie ihm mit, dass sie einen Brief des Gastwirts besaß, der den finsteren Sire beschuldigte, ihre Tochter betrunken gemacht und dann in seinem Zimmer eingeschlossen zu haben.

Kurze Zeit später befand sich Alix in Arras! Der grausame Zufall wollte es, dass sie in ebendieser Stadt einst ein trauriger Schicksalsschlag ereilt hatte. Niemand war ihr zu Hilfe gekommen, denn sie hatte weder Vater noch Mutter gehabt und noch nicht einmal einen Freund, der sie hätte retten können.

Obwohl Alix noch nicht einmal sechzehn Jahre alt gewesen war, hatte ihr Schwiegervater sie beschuldigt, die Zeichnungen des Malers Dürer gestohlen zu haben. Damit er seine Klage zurückzog, war sie gezwungen gewesen, seinen Avancen nachzugeben. Ja! Das Gefängnis von Arras kannte sie. Es war öde, dunkel und unheimlich wie alle Kerker in Frankreich und anderswo.

Sie verdrängte die bitteren Erinnerungen, fand das Haus von Frescobaldi Hieronymus und stand ihm kurz darauf persönlich gegenüber.

Er war zweifellos faszinierend, doch eher weil er ausgesprochen hässlich, als weil er ausgesprochen schön aussah. Er war groß und schlank, und eine große Habichtsnase beherrschte seine wie in Stein gemeißelten Gesichtszüge.

Seine Augen loderten, in ihnen flackerte die Glut der Hölle. Die Brauen waren über seiner Nase zusammengewachsen und bildeten geradezu einen Wald aus struppigen schwarzen Haaren, die grau durchwirkt waren.

Was seine Frisur anging, so bestand sein Schopf aus unvergleichlich dichtem glänzenden silbernen Haar, es war voll und umrahmte eine hohe Stirn, die keine Falte störte. Dabei war der Mann um die fünfzig.

»Ich erinnere mich nicht, Euch eine Unterredung gewährt zu haben«, schmetterte er ihr entgegen und hielt Alix' Blick stand.

»Fürwahr, der Mann, der mein Kontor in Brüssel leitet, Sire Emmanuel Riccio, hat diese Unterredung für mich vereinbart.«

»Wollt Ihr mir ein Geschäft vorschlagen? Dann stellt Euch vor.«

Nicht einen Augenblick wich das falsche Lächeln aus seinem Gesicht. Er trat einen Schritt auf sie zu und blieb stehen. Alix senkte ihren Blick nicht und zeigte ihm, dass sie keine Angst vor ihm hatte.

»Ich komme gleich zur Sache, Sire Hiero Fresco, wie man Euch offenbar in Euren Kreisen nennt.«

In schwarzem Wams und mit seinem verzerrten Mund stand der Mann vor ihr wie der Teufel mit der Heugabel. Er besaß ein Wolfslächeln, das seine großen Raubtierzähne entblößte.

»Ihr kennt sogar meinen Spitznamen, aber ich weiß nicht, wer Ihr seid.«

»Ich bin Dame Alix de Cassex und betreibe meine Werkstätten in Tours.«

Plötzlich runzelte er die Stirn, als würde er sich an etwas erinnern, doch Alix ließ ihm weder Zeit nachzudenken noch Luft zu holen. Sie zog einen Brief hervor und hielt ihn ihm, ohne dass er sich wehren konnte, unter die Nase.

»Hier. Lest. Dann wisst Ihr mehr.«

Sein Lachen erstarb, er griff mit einer herablassenden Geste nach dem Dokument und begann langsam zu lesen, ohne dabei auch nur eine Miene zu verziehen. Er beendete seine Lektüre, und ohne den Blick zu Alix zu heben, nahm er eine Öllampe, entzündete sie, hielt sie an eine Ecke des Papiers, die daraufhin knisterte, sich braun färbte, sich aufrollte und schließlich kurz in Flammen aufging, bevor sie als rötlich schimmernde Glut auf den Boden seines Büros schwebte.

Kurz darauf hatte sich die Glut in graue Asche verwandelt. Nun fing Alix an zu lachen. Es war ein tiefes, gutturales Lachen, das nicht zu ihr passte.

»Das schadet nichts, Sire Hiero Fresco. Ich hoffe, Ihr habt nicht etwa geglaubt, dass es sich hierbei um das Original handelt. Bevor ich zu Euch gekommen bin, habe ich eine Kopie anfertigen lassen. Jetzt werde ich Euch vor Gericht bringen.«

Der Mann lachte höhnisch.

»Dieser Wirt hat Angst gehabt. Ich nicht. Wer seid Ihr, dass Ihr nicht den Skandal fürchtet, welcher der Ehre Eurer Tochter schadet? Keine Mutter, die einen Ruf zu verlieren hat, würde diesen Schritt wagen.«

In Alix stieg Wut auf. Sie schritt nach vorn und wollte den Mann ohrfeigen. Doch er kam ihr zuvor, packte ihr Handgelenk und verdrehte es.

Alix verzog das Gesicht vor Schmerz, schrie aber nicht.

»Auf diese Gewissheit habt Ihr gesetzt. Doch ich sage Euch, da täuscht Ihr Euch. Meine Tochter, die Ihr auf abscheuliche und brutale Weise missbraucht habt, ist das Patenkind des französischen Königs. Sie ist mit dem Hof verbunden.«

Hieronymus höhnte weiter.

»Noch ein Grund mehr, die Angelegenheit nicht öffentlich zu machen, wenn Ihr nicht wollt, dass Eure Tochter vom Hof ausgeschlossen wird.«

Er baute sich vor ihr auf und tönte mit seiner schmutzigen, widerlichen Stimme:

»Vielleicht seid Ihr eine Mutter, die keine Angst hat, die Ehre Eurer Tochter durch einen Skandal zu beschmutzen. Aber wenn Ihr sie nicht mit einem reichen Edelmann verheiraten könnt, weil die Mutter des Königs sie ganz sicher vom Hof ausschließt, dann werdet Ihr Euch ärgern.«

Diese widerliche Person sah die Sache in einem ganz anderen Licht als Riccio, der an die Version des rachsüchtigen Königs glaubte. Hieronymus hatte zweifellos recht. Alix bekäme ihre Rache. Aber anschließend würde Louise d'Angoulême sie bitten, Mathilde vom Hof zu entfernen, und ihr die Namen einiger kleinerer Edelmänner aus der Provinz vorschlagen, die keine große Zukunft zu erwarten hatten.

»Ihr seid ein Monster«, stieß sie hervor. »Ich werde Euch ruinieren.«

Als habe er ihre Gedanken gelesen, präzisierte er:

»Selbst, wenn der französische König mir bis nach Italien folgte. Ihr vergesst, dass ich nicht dem französischen Staat unterstehe. In meinem Land kann er nichts ausrichten. Nehmen wir jedoch an, er nimmt sich der Sache an und es gelingt ihm, mir eine Falle zu stellen, was wird anschließend aus Eurer Tochter? Ihr müsst einen Gecken ohne Format oder einen alten glücklosen Edelmann finden, der gebannt von der Schönheit Eurer Tochter die Augen vor ihrem Makel verschließt.«

»Ihrem Makel! Ihr seid der Teufel in Person!«

»Nun, meine Schöne! Sprechen wir nun von dem kleinen Werk, der *Quadriga*. Eure Tochter war nicht in so beklagenswertem Zustand, dass sie nicht in der Lage gewesen wäre, sich an mir zu rächen, indem sie mich beraubt hat. Möchtet Ihr, dass ich Klage einreiche?«

Alix fing an zu zittern, und auf ihrer Stirn bildete sich ein Schweißfilm. Sie spürte, dass sie den Halt verlor und dass dieser Mann zunehmend an Boden gewann. Himmel! Zum zweiten Mal in ihrem Leben wendete sich eine schlimme Geschichte gegen sie. Von der Klägerin wurde sie zur Beklagten. Maître Bellinois hatte sie beschuldigt, die *Galanterien* gestohlen zu haben, obwohl er selbst der Gauner war! Und dieser Schurke hier war bereit, sie zu beschuldigen, vielleicht sogar ins Gefängnis zu bringen, obwohl er ihre Tochter vergewaltigt hatte.

»In dieser Angelegenheit ist noch nicht das letzte Wort gesprochen, Frescobaldi Hieronymus. Ich werde Euch auf die eine oder andere Weise bekommen. Ich werde Euch vernichten.«

»Ich rate Euch, die *Quadriga* als Entschädigung zu behalten. Darüber solltet Ihr nachdenken.«

Als Alix sich umdrehte und gehen wollte, schloss er mit schrecklich verzerrter Grimasse:

»Wenn Ihr sie mir zurückgebt, werde ich beweisen, dass Eure Tochter sie mir gestohlen hat. Ich wäre vielleicht in keiner guten Position, aber die Eurer Tochter wäre noch schlechter.«

»Und wenn ich sie behalte?«

»Streiche ich sie aus meinem Gedächtnis. Ihr reist in aller Ruhe zurück nach Tours und ich friedlich nach Florenz.«

»Ich werde Euch zugrunde richten, Frescobaldi Hieronymus. Ich schwöre Euch, dass ich Euch vernichten werde. Ich verfüge über die entsprechenden Mittel.«

Alix musste eine ganze Weile gehen, bevor sie wieder zu Atem kam. Dann fand sie ihre Ruhe wieder, ihr Gasthaus und ihr Pferd, und sie beschloss, zumindest fürs Erste, den schrecklichen Sire Hieronymus zu vergessen. Sie mochte noch nicht einmal mehr Mathilde von ihrem Vorstoß erzählen, denn sie war überzeugt, dass diese ihr deshalb Vorhaltungen machen würde und dass der König nicht glücklich wäre, wenn er davon erführe.

Sie war aus dem Gleichgewicht geraten! Sie fühlte sich verloren in den aufreibenden Gedanken über ihre Tochter. Was sollte sie nur tun? Plötzlich vermisste sie Properzia. Sie hätte sie mit wenigen Worten beruhigt, ihr wieder Selbstvertrauen gegeben. Alix hätte den Kopf an ihre Schulter gelehnt, und Properzia hätte mit ihrer warmen Hand Alix' Nacken und ihren Hals gestreichelt und ihr wieder Mut und Hoffnung gemacht. Sie wäre mit ihren Lippen über Alix' Gesicht gefahren und hätte ihr geholfen, schneller zu vergessen. In ihrer Verzweiflung rann eine Träne über Alix' Wange.

Während sie auf dem Rücken von Hector dem grauen Horizont entgegenblickte, kam sich Alix vor wie ein hilfloser Hampelmann. Sie wusste nicht mehr, was gut für ihre Kinder war.

Aber dramatisierte sie nicht ein wenig? Valentine war verheiratet und Mutter einer hinreißenden kleinen Tochter, und Nicolas liebte sie mehr als sich selbst. Bei allen Heiligen im Himmel! Was wollte sie mehr? Ihr Sohn Louis bereitete ihr ebenfalls keine Sorgen. Er absolvierte sein Priesteramt im Bistum von Tours, und jeder, allen voran Domherr André, sagte, dass er es in der kirchlichen Hierarchie weit bringen werde. Nur Mathilde spielte die Rolle der Widerspenstigen.

Alix wollte nicht in Arras bleiben, sie trieb Hector an und wollte noch am selben Abend Amiens und zwei Tage später Paris erreichen. Vielleicht würde sie dort haltmachen.

Doch unterwegs überkam sie Sehnsucht nach ihrer Familie, den Werkstätten und ihrem Alltag. Kaum hatte sie Tours erreicht, fiel Valentine ihr um den Hals.

»Mathilde geht es besser. Sie ist nach Paris gereist.«

»Allein!«

»Nein, mit Pierrot, den du gebeten hast, zu der Werkstatt zu fahren, die sich um die Anfertigung von *Die Begegnung bei Hofe* kümmert.«

Den Wandbehang, der vor einigen Jahren im Norden begonnen worden war, hatte man anderen Werkstätten anvertraut, darunter der von Alix.

»Pierrot ist nicht allein«, fuhr Valentine fort. »Francesca, seine Frau, begleitet ihn. Sie wollte die Hauptstadt kennenlernen.«

»Sind sie mit Leo gefahren?«

»Ja. Sie haben die leichteste Kutsche genommen und Jason davorgespannt.«

»Ich nehme an, Mathilde reitet auf Fildor.«

»Natürlich. Kannst du dir Mathilde ohne ihr Pferd vorstellen?«

Alix nickte und dachte über die neue Laune ihrer Tochter nach.

»Wird sie anschließend zurückkommen?«

»Das würde mich wundern. Sie hat davon gesprochen, dass sie die Duchesse d'Alençon treffen wird, die nach ihr verlangt hat.«

»Marguerite! Wo ist sie?«

»In Lyon, Mama, wo der König Quartier bezogen hat.«

Gott, zum Glück hatte sie diese dunkle und schmutzige Angelegenheit auf sich beruhen lassen, zumindest für den Moment. Ihre Tochter schien den abscheulichen Hieronymus vergessen zu haben. Sie hätte ihr das Leben verdorben, für das sie gemacht war. Alix verschob ihre Rache auf später. Der richtige Zeitpunkt würde kommen, um die Sache noch einmal zu überdenken und dieses verdorbene gefährliche Individuum anzugreifen.

Als Mathias kam, nahm er sie zärtlich in die Arme, und Alix

musste unwillkürlich an Properzia denken. Wie ging es ihr? Hatte sie Bologna erreicht? Hatte sie ihre Freunde wiedergesehen, ihre Geldgeber? Hatte sie bereits einige Aufträge? War es ihr gelungen, nun, nachdem ihre Schulden beglichen waren und ihre Gläubiger sie nicht mehr verfolgten, ein Haus, ein Atelier zu finden? So viele Fragen gingen Alix durch den Kopf, und sie erwartete voller Ungeduld den ersten Brief ihrer Freundin.

Alix seufzte. Nach Paris aufzubrechen, ohne sie zu informieren, und dann ohne weitere Erklärung nach Lyon weiterzureisen – Mathilde musste sich besser betragen. Sie hatte noch nicht einmal abgewartet zu erfahren, wie das Treffen zwischen ihrer Mutter und Hieronymus verlaufen war. Darin zeigte sich deutlich, wie wenig sie diese Angelegenheit interessierte. Hatte sie sie bereits vergessen? Alix wünschte es sich von ganzem Herzen. Sie fühlte sich stark genug, anstelle ihrer Tochter zu kämpfen, bis die Gerechtigkeit hergestellt war. Komme, was wolle, sie würde Erfolg haben!

Am Abend, als die Familie sich zum Abendessen versammelte, kam Adrian, der Diener, mit einem Umschlag herein.

»Was ist das?«, erkundigte sich Mathias.

Die Zeiten waren vorbei, in denen er gezittert hatte, während Alix die Nachrichten ihrer Liebhaber las. Dieser Brief kam direkt aus Paris und kündigte den Besuch des neuen Pariser Vogts an, der die Geschäfte in der Hauptstadt souverän lenkte, seit man den Verbrecher namens König Guillot gehängt hatte.

Als Alix zu Valentine blickte, die sie beobachtete, während sie den Brief las, bemerkte sie, dass ein Schatten über das Gesicht ihrer Tochter huschte. Sie wunderte sich nicht, denn ihr war klar, dass man ihr einen Teil jener letzten Reise nach Paris, auf der Valentine mit Nicolas nach Mathilde gesucht hatte, verheimlichte. Doch Valentine verriet nichts, ebenso wenig wie Nicolas.

Immer diese berühmten Geheimnisse unter den Zwillingen! Alix fing den Blick ihrer Tochter auf.

»Ist dieser Vogt verheiratet? Weißt du das, Valentine?«

»Nein, Mama, das weiß ich nicht. Ich kenne diesen Mann auch nicht besser als du. Aber es würde mich sehr überraschen, wenn er es wäre.«

»Dann lernen wir ihn also gemeinsam kennen. Nicolas, mein Engel! Zeig dich von deiner besten Seite! Das ist wichtig.«

»Verlass dich auf mich, Lilis.«

Alix nannte Nicolas stets »mein Engel«, und der Junge sagte zu ihr »Lilis«. Das machten sie, seit Mathias Witwer geworden war und er Alix den Jungen als Baby anvertraut hatte. Nur weil Nicolas mittlerweile ihr Schwiegersohn war, hatten sie nicht von dieser Gewohnheit abgelassen.

Diese letzte Reise nach Paris gab Alix Rätsel auf. Was war wirklich zwischen diesem Vogt, ihren Töchtern und Nicolas vorgefallen? Valentine würde das Geheimnis ihrer Schwester auf keinen Fall preisgeben. Alix wusste somit nicht, dass dieser Mann mehr als eine Frau befreit hatte, die König Guillot in seinen Unterschlupf verschleppt hatte. Dass Mathilde nicht geflohen war, als Hugues de La Roche es ihr befohlen hatte, ließ den Schluss zu, dass sie sich in dessen Gesellschaft wohlgefühlt hatte.

Das Abendessen endete in entspannter, heiterer Atmosphäre. Nicolas sprach viel von dem Wandbehang *Augustus und die Sibylle*, der bald vollendet war und den er sodann nach Brüssel liefern musste. Mathias schloss sich mit einem Bericht über die neuesten Aufträge an.

Den Werkstätten von Alix mangelte es wahrlich nicht an Arbeit. Eine Bestellung nach der anderen ging ein, und der Hof des neuen französischen Königs drosselte die Ausgaben in diesem Bereich keineswegs. Ganz im Gegenteil: Noch nie waren sie dem Hof wichtiger gewesen.

Zwei Tage später klopfte der Vogt von Paris an die Tür der Werkstätten. Alix empfing ihn mit offenen Armen.

»Seid herzlich willkommen in unseren Werkstätten, verehrter Vogt. Dies ist mein Mann Mathias.«

Anschließend deutete sie auf Nicolas, der zu ihnen trat.

»Und das ist der Mann meiner Tochter Valentine.«

Doch der Vogt konnte den Blick nicht von Valentine wenden. Seltsamerweise war Nicolas nicht im Geringsten eifersüchtig, weil er wusste, dass der Vogt in den Augen ihrer Zwillingsschwester eigentlich den Blick von Mathilde suchte. Selbst Alix spürte es, ohne den Grund dafür zu kennen.

»Wie schmutzig diese ganze Geschichte war«, seufzte sie. »Es ist gut, dass sie nun abgeschlossen ist.«

»Ja, das ist gut«, bestätigte der Vogt und löste schließlich seinen Blick von Valentine. »Die Untersuchungen des Diebesguts von König Guillot sind abgeschlossen. Ich bin gekommen, um Euch zu informieren, dass der Wandbehang *Die Galanterien*, der Teil des Ensembles *Das höfische Leben* ist, Euch in einigen Tagen zurückgebracht wird. Die mit dieser Aufgabe betrauten Männer werden ihn Euch persönlich überbringen.«

»Ich danke Euch, dass Ihr Euch dieser Angelegenheit persönlich angenommen habt. Damit geht endlich auch der Prozess zu Ende, den ich gegen einen Weber aus La Creuse geführt habe.«

»Aus La Creuse!«, rief der Vogt. »Das ist ganz in meiner Nähe. Mein Anwesen befindet sich in der Basse-Auvergne. Vielleicht kenne ich den Weber.«

»Es handelt sich um Maître Bellinois.«

Der Vogt schüttelte den Kopf. Dann richtete er den Blick erneut auf Valentine.

»Leider kenne ich nicht alle Handwerker in der Auvergne. In La Creuse, im Umkreis von Felletin, sind viele ansässig. Was hat dieser Weber Euch getan?«

»Zunächst wollte er mich um die Frucht meiner Arbeit an dem Ensemble *Das höfische Leben* bringen. Dank der Unterstützung der Duchesse d'Alençon und ihres Bruders, des französischen Königs, die bezeugt haben, dass ich die Wahrheit spreche, habe ich diesen Prozess gewonnen. Doch eines Tages verschwand auf rätselhafte Weise der letzte Wandbehang, den ich vollendet habe: *Die Galanterien*. Daraufhin hat Maître Bellinois, der mir seinen Gesichtsverlust nicht verzeihen konnte, mich des Diebstahls bezichtigt.«

»Das ist erstaunlich, denn König Guillot hat nur in Paris agiert«, bestätigte der Vogt.

»Ich glaube, dass ursprünglich Bellinois den Wandbehang gestohlen hat. Mein Wächter hat ihn eines Nachts in der Nähe unserer Werkstätten herumstreichen sehen. Anschließend muss der Wandbehang nach Paris befördert worden sein, wo ihn König Guillot gestohlen hat.«

Der Vogt hörte aufmerksam zu, wobei er Valentine nicht aus den Augen ließ. Alix beobachtete ihn mit Interesse. Sein Gesicht flößte ihr Vertrauen ein. Er hatte große lebendige schwarze Augen, eine gerade Nase, breite Wangenknochen und ein Kinn, das, ohne hervorzustehen, entschieden, ja fast gebieterisch wirkte. Über einer hohen freien Stirn wuchsen braune Locken. Das Lächeln in seinem fast strengen Gesicht wirkte so offen, dass man darüber seine etwas kühle Seite rasch vergaß.

»Es ist bedauerlich, dass meine Tochter Mathilde in Paris ist«, warf Alix beiläufig ein.

Perplex öffnete der Vogt den Mund und wich einen Schritt zurück. Als er sodann seine unüberlegte Reaktion bemerkte, überzog eine leichte Röte seine Wangen.

»Was soll ich machen?«, entgegnete Alix. »Mathilde macht stets, was sie will. Ich bin selbst gerade erst von einer Reise zurückgekehrt und habe erfahren, dass sie auf dem Weg nach Lyon nicht noch einmal hier vorbeikommt.«

»Nach Lyon?«

Diesmal überspielte der Vogt sein Erstaunen mit einer schlichten Frage.

»Ja, um sich dem Hof des Königs anzuschließen, der sich derzeit dort aufhält.«

Da Hugues de La Roche sie weiterhin erstaunt ansah und offenbar weitere Erklärungen erwartete, fuhr Alix fort:

»Mathilde ist das Patenkind von François I. In dieser Eigenschaft begleitet sie häufig die Duchesse d'Alençon. Und da ihr dieses unstete Leben gefällt und die Schwester des Königs ständig ihre Anwesenheit verlangt, sehen wir sie hier kaum.«

Der Vogt stellte keine weiteren Fragen zu Mathilde, sondern wandte sich nun eher politischen Überlegungen zu.

»Es heißt, dass die Stimmung in Lyon derzeit sehr aufgeheizt ist.«

»Gott! Hoffen wir, dass unsere Tochter sich nicht in ein neues Abenteuer stürzt. Woher rührt diese Unruhe? Früher hat mich die Comtesse d'Angoulême über das Geschehen am Hof auf dem Laufenden gehalten, aber seit sie Regentin von Frankreich geworden ist und das Schicksal des Landes auf ihren Schultern lastet, findet sie keine Zeit mehr, mit mir zu korrespondieren.«

»Ich glaube nicht, dass die Unruhe den Hof betrifft. Sie hat eher etwas mit den französischen Truppen zu tun, die in Italien lagern. Mehr weiß ich allerdings auch nicht. Sobald ich zurück in Paris bin, werde ich mehr erfahren.«

»Hättet Ihr die Freundlichkeit, mich zu informieren? Ich mache mir große Sorgen um meine Tochter.«

Alix spürte, dass dieses Ersuchen dem Vogt gefiel. Sie ahnte, dass er sich für Mathilde interessierte. So war sie nicht überrascht, als er antwortete:

»Ihr könnt auf mich zählen. Ich werde Euch über das Schicksal des Königreichs auf dem Laufenden halten. Als Vogt der Hauptstadt werde ich über alles informiert. Vielleicht begegne ich Eurer Tochter sogar am Hof.«

2.

Diane nahm den silber gerahmten Spiegel zur Hand und betrachtete sorgfältig ihr Gesicht. Sie suchte unter ihren großen klaren Augen nach kleinen Fältchen. Aber in den Schatten, die sich dort hin und wieder bildeten, wenn sie aufgewühlt war, konnte man sie kaum erkennen.

Ungeduldig erwartete sie ihre Freundin Mathilde, die sie in dem Gasthaus besuchen sollte, in dem sie abgestiegen war, bevor sie zurück auf ihr Anwesen in die Normandie reiste.

Diane strich leicht über den mauvefarbenen Schatten unter ihren Augen, dann ließ sie den Finger über ihre zu blasse, heute ungeschminkte Wange nach unten gleiten. Sie verharrte einen Moment an ihrem Dekolleté, das so vorzüglich in ihre runden Schultern überging. Diane trug gern tiefe eckige Ausschnitte, die ihren Hals und ihr Dekolleté zur Geltung brachten und unter dem leicht gespannten Stoff zwei perfekte Brüste erahnen ließen.

Heute Morgen fühlte sie sich eigentlich recht wohl. Doch der Verkauf des Hauses ihrer Mutter, das sie gern behalten hätte, hatte sich hingezogen, und ihr Mann, der Seneschall der Normandie, schätzte es nicht, wenn sie sich in Paris aufhielt. Eigentlich gefiel es ihr dort auch nicht, sie bevorzugte die Wälder und die Felder der Normandie, und wenn ihre Freundin Mathilde nicht jeden Moment eintreffen würde, wäre sie bereits abgereist. Die Aussicht, Mathilde wiederzusehen, erfüllte sie mit großer Freude. Seit sie sich im Alter von kaum sechzehn Jahren am Hof kennengelernt hatten, als der gesamte Hof eine lange Reise zu den Schlössern des Val des Loire unternahm, sahen sich die beiden Frauen hin und wieder. Häufig trafen sie sich in der Normandie, wenn Mathilde auf dem Weg nach Alençon zu Marguerite war, der Schwester des Königs.

Diane saß vor ihrem Frisiertisch und träumte. Sie sah sich als sorgloses kleines Mädchen, wie sie an der Seite ihres aufmerksamen Vaters ritt, der auf jede ihrer Bewegungen achtete. Jean de Poitiers, Lehnsherr von Saint-Vallier, hatte seine Tochter überallhin mitgenommen – auf Waldausflüge, Spaziergänge und Jagden, auf denen man Hirsche, Fasanen, Hasen oder Rebhühner schoss.

Die Wälder, die weiten Ebenen mit den zahlreichen Flüssen, Tälern und Feldern, deren klare Weite sie von Sonnenaufgang bis Sonnenuntergang berauschte – all das kannte Diane, und sie liebte es, eins mit der Landschaft zu werden.

Seit ihrem sechsten Lebensjahr war Diane ihrem Vater in wildem Galopp zu den großen Ländereien gefolgt, die sich durch den Besitz seiner viel zu früh verstorbenen Frau verdoppelt hatten. Ach! Wie lange war es her, dass sie die Oberjägermeister in ihren leuchtend roten Wämser aus Samt begleitet hatte, die Aufregung der Pferde und Hunde gespürt hatte, die sie berauschte, und dass die dichten dunklen Wälder von Saint-Vallier ihr keine Ruhe ließen.

Zu jener Zeit war Diane noch von schwacher Konstitution gewesen, jedoch überaus begeisterungsfähig. Sie hatte sich energisch geweigert, sich den schönen gepflegten und eleganten Damen anzuschließen, die bei dieser Gelegenheit ihre roten halbhohen Stiefelchen und ihre Masken aus schwarzem Samt hervorholten, damit keine tiefhängenden Äste ihnen das Gesicht zerkratzten. Als kleines Mädchen begeisterte sie sich unermüdlich, berauschte sich an den Gerüchen, den Farben und dem heimlichen Schaudern, das der Wald ihr bereitete. Wenn ihr ein trockener Ast den Weg versperrte, schob sie ihn mit dem Arm zur Seite und beugte sich tief über den Hals ihres Pferdes.

Die wilden Ritte stellten allerdings nicht die einzigen Aktivitäten der Diane de Poitiers dar. Der Geist der italienischen Renaissance drang auch in die alten Festungen der Provinz, und in Saint-Vallier hatte man verstanden, worum es ging. Das junge Mädchen wurde nicht nur immer schöner und kräftiger, ihr wacher kluger Geist wurde zudem von einer Kultur genährt, um die sie zahlreiche adelige Lehnsherren aus der Umgebung beneideten.

Diane legte den Spiegel auf den Frisiertisch und stand auf. Mathilde musste bald kommen. Sie hatte angekündigt, da zu sein, bevor die Glocke der großen Kirche, deren Kreuzgang sie von Weitem sehen konnte, Mittag schlug. Diane trat ans Fenster. Himmel! Dieser Ort rief finstere Erinnerungen in ihr wach. Sie war schon einmal unter überaus tragischen Umständen hier, in diesem Gasthaus gewesen. Diane überkam tiefe Trauer. Was sollte sie anderes tun, als die düsteren Erinnerungen zuzulassen?

An einem Februartag wollte man ihren Vater auf der Place de Grève wegen Hochverrats hängen. Diane stieß einen unendlichen Seufzer aus und versuchte die unheilvollen Gefühle, die ihr Herz erfassten, zu beherrschen. Aber plötzlich sah sie alles wieder unerträglich deutlich vor sich.

Sie schob den Vorhang beiseite und lehnte sich aus dem Fenster. Musste sie die Vergangenheit so traurig stimmen? Diane schloss die Augen, in ihrem Kopf rauschte es. Ihre Hände zitterten, und ein unangenehmes Schaudern überlief ihren Rücken. Ja! Sie erinnerte sich an den Augenblick, in dem ihr Vater auf dem öffentlichen Platz jämmerlich, wie ein primitiver Verbrecher unter dem Galgen stand und seinen letzten Atemzug tun sollte.

Sie atmete tief ein und ließ die Luft langsam entweichen. Auf diese Weise fasste sie sich. Schon als Kind hatte sie ihre Gefühle beherrscht, ihre Leidenschaft unterdrückt und sich gezwungen, bestimmten moralischen Maßstäben zu gehorchen, und diese wollte sie nicht aufgeben. Nicht dass Diane sich von religiösen Strömungen angezogen fühlte oder sich einem starken Glauben verschrieb. Sicher waren ihre Probleme nicht metaphysischer Natur, doch sie wollte sich ihre Integrität bewahren, einen reinen Körper und Geist, und dieses Bild durch keine Verwerfung stören.

Doch an jenem schrecklichen Wintermorgen, an den Diane sich zu deutlich erinnerte, um ihn vergessen zu können, hatte sie gezittert. Noch nie hatte sich eine solche Traurigkeit ihrer bemächtigt, selbst beim Tod ihrer Mutter nicht. Damals war sie noch zu klein gewesen, um dessen Bedeutung zu erfassen.

Diane durchlebte den tragischen Vormittag noch einmal. Sie hörte die Trommelwirbel und Hörner, die das Urteil über ihren Vater ankündigten und denen die sorgsam gewählten Worte des erbarmungslosen Gerichts folgten.

Die Place de Grève war bis zum Bersten von einer ungeduldigen grausamen Meute bevölkert gewesen, die einem kaum noch Platz zum Atmen ließ. Schon lange hatten sie auf dieses Schauspiel gewartet, das Diane vom Fenster aus verfolgte. Sie sah sie noch vor sich. Die Nachsichtigsten hatten den Kopf geschüttelt und gemurmelt, dass der Lehnsherr von Saint-Vallier am Ende doch ein guter und mutiger Krieger gewesen sei, ein vorbildlicher Vater, und dass die Strafe eindeutig zu hart ausfiele. Die anderen warteten mit zufriedenem Lächeln, dass der Scharfrichter den Schemel unter den Füßen des zum Tode Verurteilten wegstieß.

Und die Letzten berauschten sich an ihren erbarmungslosen Schreien, die wie ein grausames Echo aus den umliegenden Straßen widerhallten, wo man ebenfalls rief: »Nieder mit den Verrätern!« Diane hörte sie noch immer den Tod ihres Vaters fordern.

Gott, warum hatte der Baron von Saint-Vallier die Freundschaft mit dem großen Konnetabel von Bourbon so weit getrieben? Warum war er ihm derart blind gefolgt? Ausgerechnet ihm! Bourbon, der sich für einen niederen Rechtsstreit rächen wollte. Eine gerichtliche Angelegenheit, die sich als zunehmend gefährlich erwies, weil die andere Waagschale von der französischen Krone belastet wurde. Es ging um ein Erbe, das Louise d'Angoulême zustand, nicht Charles de Bourbon.

Warum hatte der Lehnsherr von Saint-Vallier nicht rechtzeitig gemerkt, welcher Sumpf sich unausweichlich unter seinen Füßen auftat? Selbst Diane hatte geahnt, dass es in dieser Angelegenheit besser war, neutral zu bleiben, ohne die Wertschätzung, die er für den großen Konnetabel hegte, zu verlieren.

Als sie an die Leichtfertigkeit ihres Vaters dachte, stieß Diane erneut einen tiefen Seufzer aus. Es war ein großer Fehler gewesen, sich in die Unterredungen zwischen Bourbon und dem mächtigen Charles Quint einzumischen. Und als der Feind sich deutlich gegen Frankreich stellte, indem er von François I. die Bourgogne zurückforderte, die Charles Quint von seinem Großvater aus zustand, hatte der Lehnsherr von Saint-Vallier Partei für die Bourbonen ergriffen.

Zitternd lehnte Diane am Fenster und sah wieder ihren Vater vor sich, der an dem Galgen sterben sollte, den man dort bereits am Vorabend aufgebaut hatte. Sie hörte und durchlebte alles noch einmal. Ein dumpfer, noch kaum hörbarer Tumult verstärkte sich mit dem morgendlichen Wind. Ein ganzer Mob hatte sich bereits eingefunden, Händler, Handwerker, Hausierer, Pilger, bis hin zu Dieben der Landstraßen. Sie fürchteten sich bei dem Schauspiel und dachten, dass sie nicht gern an Stelle des Verurteilten wären, der dort gleich gehängt werden sollte.

Gewiss, dies war ein Schauspiel, über das man hinterher noch lange in den Gaststätten und Wirtshäusern sprechen würde. Die Ersten, die früh aufgestanden waren, um nichts zu verpassen, vor allem nicht die beklemmende Atmosphäre, die den öffentlichen Hinrichtungen vorausging, hatten sich auf kleinen Holzschemeln in der ersten Reihe postiert.

Als sie sich weiter erinnerte, sah Diane auch jene vor sich, die sich hinten aneinanderdrängten und so weit wie möglich die Hälse reckten, um dem Schauspiel zuzusehen. Jede Kleinigkeit war von Bedeutung. Egal, ob sich ein Fensterladen öffnete, eine Tür zuschlug oder ein Pferd vorbeilief – nichts durfte ihnen entgehen. Diane hingegen hatte sich an diesen geschützten Ort zurückgezogen, denn sie weigerte sich zuzusehen, wie ihr Vater den letzten Atem aushauchte. Das bedeutete für beide nur unüberwindlichen Kummer, einen sinnlosen Versuch, sich nahe zu sein, und würde die junge Frau zusätzlich belasten. Es war bereits unerträglich, den allgemeinen Aufruhr vor dem Fenster zu hören, der bis in ihr Zimmer drang.

Selbst der Gastwirt war zur Place de Grève geeilt, ohne zu wissen, dass es sich bei dem seltsamen Gast, der sich lieber in seinem Zimmer einschloss, als sich das Schauspiel von Nahem anzusehen, um die Tochter des Verurteilten handelte.

Sie hatte den Gastwirt in die Hände klatschen sehen, während sie den Klang der Hörner und die Hufschläge der Pferde vernahm, die die Parade anführten, in der ihr auf ein Pferd gefesselter Vater folgte.

Diane lehnte die Stirn gegen das Fenstersims und seufzte. Warum blieb sie hier bei ihren düsteren Erinnerungen? Hier, wo sie alles gesehen, alles gehört, alles erlebt hatte? Die Bilder waren so frisch, als wäre es gestern geschehen. Jean de Poitiers, Lehnsherr von Saint-Vallier, achtete kam auf die Menge. Er schien weit weg zu sein und nicht auf den Weg zu achten, dem er folgte, seit man ihn mit gefesselten Händen auf sein Pferd gehievt hatte. Der Hemdkragen unter dem blauen Wams, das man ihm angezogen hatte, stand offen.

Die prächtige Entourage ritt langsam voran, der Rhythmus der Hufe hallte von dem Pflaster wider. Kanzler Duprat und Maréchal de Chabanne, die vom König auserwählt worden waren, um die Schuldigen von Saint-Vallier ausfindig zu machen, befanden sich in Begleitung ihrer Knappen sowie des Bischofs von Paris, der sich bei der prächtigen Ausrüstung der Artillerie einschließlich goldener Sporen nicht hatte lumpen lassen. Die Pferde glänzten seltsam unter dem winterlichen Pariser Himmel.

Der Bischof hielt in der einen feuchten feisten Hand die Zügel seines Pferdes, während er mit der anderen hin und wieder ein bekanntes Gesicht grüßte, das er am Wegesrand in der Menge entdeckte. Seine prächtige Uniform schillerte in Rottönen, in Mauve und Rosaviolett, und seine dreieckige, darauf abgestimmte Mitra wirkte nicht weniger prächtig als die Tiara des Papstes.

Es folgte der Lehensherr von Aubignac in etwas bescheidenerem Aufzug, doch seine zweideutige Miene und die Art, wie er sein großes kantiges Kinn reckte, verrieten kein Bedauern. Er hatte in Begleitung seiner Bogenschützen und seiner Waffenoffiziere fünf weitere Edelmänner festgenommen, die ebenfalls in die Affäre verwickelt waren.

Dann folgten hoch zu Ross der Großmeister von Frankeich und Jean Brinon, der sich scheinbar nicht wohl in seiner Haut fühlte. Er sah sich mit fragendem Blick um und knetete nervös die Zügel seines Pferds. Während einige Skrupel empfanden, betonten andere ohne Unterlass, dass Sire de Saint-Vallier diesem Verräter von Bourbon gedient habe, sei unverzeihlich.

Die für die Anklage zuständigen Maîtres, die die ersten Verhöre geführt hatten, beendeten das finstere Geleit. Guillaume Luillier, der Schärfste unter ihnen, der den Gefangenen erbarmungslos im finsteren Kerker von Schloss Loches verhört hatte, knetete seine Zügel. Doch er war in keiner Weise nervös. Vielmehr lag auf seinen Lippen ein böses, zynisches Lächeln. Er war zufrieden, dass er Saint-Vallier, der zunächst geleugnet hatte, ein Geständnis abgerungen hatte. Er fühlte sich mit einer Macht ausgestattet, um die ihn viele beneideten. Luillier hatte den moralischen Zusammenbruch Saint-Valliers erlebt und eine unvergleichliche Freude empfunden. Überaus zufrieden hatte er mit böse funkelndem Blick seinem Diener den armen gebrochenen Mann übergeben, der schluchzte und flehte.

Nichts konnte diese schwarzen Bilder aus Dianes Gedächtnis verbannen. Sie musste nicht am Fenster verharren, um den Augenblick noch einmal vor sich zu sehen, in dem ihr Vater auf dem Rücken des Pferdes die Place de Grève betreten hatte. Als würde er prüfend den grauen Himmel über diesem winterlichen Paris betrachten, hatte er den Blick gehoben. Gott! Wie unheimlich und infernalisch musste ihm die Hauptstadt an jenem Tag erschienen sein. Er zitterte vor Angst und Kälte. Da seine Hände auf dem Rücken gefesselt waren, konnte er den offenen Kragen nicht schließen, und die Kälte kroch über seinen misshandelten Körper. Seit einigen Wochen hustete er, und am Vorabend hatte ihn ein Fieber ergriffen, als er an Diane dachte und daran, dass sein Gnadengesuch an François I. abgewiesen worden war. Warum musste Louis de Brézé genau an jenem Abend vor den aufmerksamen Ohren des Königs von dem Verrat des Konnetabels plaudern? Warum hatte Louis de Brézé als Dianes Ehemann das endgültige Todesurteil nicht verhindern können?

Doch leider rückte der unheilvolle Augenblick unweigerlich näher. Das Pferd des Verurteilten schritt langsam voran und trug auf dem Rücken einen an Händen und Füßen gefesselten Mann, der mitleiderregend schwankte. Er hustete. Es war ein trockener Husten, der in seiner Brust wie ein Schluckauf widerhallte. Als Diane seine magere Silhouette sah, wirkte es, als wollte er sich eine Hand vor den Mund halten, doch als würden die Fesseln um seine Handgelenke ihn daran hindern. Sie schnitten in sein Fleisch und verursachten ihm seit ein paar Tagen stechende Schmerzen. Die brennende Entzündung an seinen geschundenen Handgelenken hatte ihn sogar am Schlafen gehindert. Wenn Saint-Vallier eingeschlafen wäre, und wenn auch nur für wenige Stunden, hätte er der Menge ein weniger blutleeres und weniger verängstigtes Gesicht gezeigt.

Der Weg über die Place de Grève war für ihn besonders quälend, weil er an Diane dachte. Wusste seine geliebte, kluge Tochter nicht, dass er den König verraten hatte, um seinen Freund nicht zu verraten? Ach! Wie unerträglich diese Meute, die nur gekommen war, um ihn sterben zu sehen, für Diane sein musste.

Schließlich war der schicksalhafte Augenblick da. Auf einem Podest hatte man ein Schafott errichtet. Die Hörner verstummten im selben Augenblick wie das Stampfen der Pferde. Diane fragte sich, was ihr Vater mehr fürchtete – den Tod oder die Folter oder dass man ihm seine Güter, seine Ehre und seine Würde nahm.

Schließlich holte man ihn vom Pferd. Ihm versagten die Beine, und man musste ihn stützen. Schwach hatte er erst den Mann angesehen, der ihn hielt, dann den Blick zu den umgebenden Fenstern gehoben. Sie waren jedoch zu weit entfernt, als dass er die Silhouette seiner Tochter erkannt hätte. Als der Bogenschütze ihn losließ, stürzte er, und zwei andere eilten ihm sogleich zu Hilfe. Die Scharfrichter zerrten ihn auf das Todespodest. Die Menge johlte. Dann zog man ihm sein Wams aus und zwang ihn niederzuknien. Nun kam der Priester.

Diane sah den kleinen mageren Geistlichen mit dem knochigen Gesicht vor sich. Er trug einen Rosenkranz mit Holzperlen um den Hals, der gegen seine flache Brust schlug. Während Saint-Vallier heftig von einem erneuten Hustenanfall geschüttelt wurde, wandte sich der Geistliche an den Arzt, der den Gefangenen während seiner Kerkerhaft begleitet hatte. Als er sah, dass dieser hilflos den schweren Kopf mit den dichten grauen Haaren schüttelte, seufzte der Priester resigniert und wandte sich wieder dem zum Tode Verurteilten zu, der zitternd und um Atem ringend hervorstieß, dass er keine Luft mehr bekomme.

Bei diesem Bild rang auch Diane um Atem. Sie sah die grausame Menge vor sich, die vor Ungeduld schrie und darauf drängte, dass das Urteil endlich vollstreckt werde.

Nach wiederholten Aufforderungen des Priesters, der sein Kreuz über dem armen knienden Körper schwenkte, begann Saint-Vallier mit gesenktem Kopf und tränennassen, weit aufgerissenen Augen mehr zu murmeln, als zu sprechen. Jämmerliche unverständliche Worte fielen vor die Füße des Priesters, der sich damit abfinden musste, dass dieser Mann wenig Enthusiasmus aufbrachte, um sich vor der Hölle zu retten.

Plötzlich tauchte aus dem Nichts ein Reiter auf. Zwei weitere folgten, eingehüllt in den Staub der Straße. Schließlich hielten sie an, die Hufschläge verstummten, und nur das Schnauben der

Pferde war zu hören. Die Meute schwieg und war wie versteinert. Als würden alle die Luft anhalten. Der erste Reiter sprang eilig vom Pferd, baute sich breitbeinig und mit gehobenen Armen vor dem Schafott auf, rollte das Dokument in seiner Hand auseinander und verkündete mit lauter Stimme: »Der König lässt diesen Verurteilten begnadigen.«

So grausam eine Menge sein konnte, sie konnte ebenso schnell wieder milde und nachsichtig sein. Diese Meute verwandelte sich von jetzt auf gleich in ein Meer aus Mitgefühl und rief, dass der gute König sich als verständnisvoller und menschlicher Monarch erwiese.

Einen Augenblick betrachteten die Scharfrichter fassungslos den Verurteilten, doch der Reiter reichte das Dokument bereits dem Bischof, der es an die Richter und Berater weitergab. Die Scharfrichter reagierten mit enttäuschten Mienen, weil sie ihre Aufgabe, auf die sie sich bereits gefreut hatten, nicht vollenden konnten. Ihnen entging das Gefühl, erfolgreich ihre Pflicht getan zu haben.

Mathilde würde bald da sein. Diane versuchte, Bilder, Geräusche und Gefühle, die das grausame Schauspiel in ihr hervorrief, zu verdrängen. Als sich ihr Herz beruhigte und ihr Atem normalisierte, entdeckte sie ihre Freundin.

Bevor sie das Fenster schloss und den Vorhang zuzog, bemerkte Diane einen Mann, der in einem Mauerwinkel stand und Mathilde, die soeben vom Pferd stieg, mit seinem Blick verfolgte. Doch warum sollte es Diane wundern, dass ein Passant die Silhouette ihrer Freundin bewunderte, sie war Anmut und Verführung in Person.

Diane ging langsam zum Tisch, wo ein halb beschriebenes Blatt Pergament darauf wartete, dass sie einen Brief beendete.

Sie schrieb ihrem Mann, dem großen Seneschall der Normandie, dem Comte de Poitiers, dass sie unverzüglich auf Schloss Anet zurückkehren werde. Sie hatte genug von Paris mit seiner Geschäftigkeit, dem ekelhaften Gestank und dem ohrenbetäubenden Lärm. Sie sehnte sich nur noch nach der Frische der Wälder und der Ruhe ihres Heims.

Diane spitzte die Ohren. Sie hörte Schritte auf der Treppe, die zu ihrem Zimmer führte. Dann klopfte es an der Tür. Mit einem Lächeln der Erleichterung auf den Lippen eilte sie, um zu öffnen. Ihre Freundin würde sie von ihren finstern Gedanken befreien.

Sie zog den Schnäpper zur Seite. Seit Diane begriffen hatte, dass ihre Schönheit ein beträchtlicher Trumpf war, gebärdete sie sich wie eine Prinzessin. Stets umgab sie ein leicht märchenhafter Schein.

Die Tür öffnete sich, und kurz darauf umarmten sich die beiden Freundinnen aufs Herzlichste.

»Mathilde, ich warte bereits seit dem Morgengrauen auf Euch. Ich habe mich schrecklich gelangweilt.«

»Diane! Ich habe Euch gesagt, dass ich nicht vor Mittag da sein würde.«

»Ihr habt recht, aber mich haben dunkle Erinnerungen heimgesucht, die mir das Warten nicht gerade verkürzt haben. Ganz im Gegenteil.«

Mit wenigen Schritten war Mathilde am Fenster und bemerkte die traurige Place de Grève, die auch bei ihr düstere Erinnerungen wachrief. Sie erschauderte und trat zurück zu ihrer Freundin, die in leichterem Ton fortfuhr:

»Ich habe Euch sofort bemerkt und gesehen, wie ein Bewunderer Euch dabei beobachtet hat, wie Ihr vom Pferd gestiegen seid.«

»Ein Bewunderer! Wer war der Mann?«

»Nun, Mathilde«, entgegnete ihre Freundin lächelnd, »Ihr wisst sehr wohl, dass es Euch nicht an Verehrern mangelt. Jener ist Euch zweifellos irgendwo begegnet und Euch gefolgt, ohne dass Ihr es bemerkt habt. Habt Ihr nicht einen Verlobten im Val de Loire?«

»Einen Verehrer!«

»Oder auch mehrere.«

»Ich will meine Gedanken nicht mit Verehrern belasten. Das wisst Ihr sehr wohl, Diane.«

»Lehnt Ihr deshalb alle Namen ab, die Euch die Duchesse d'Alençon vorschlägt?«

»Sie hat mir bislang keinen einzigen genannt, weil ich sie nicht hören will.«

Diane stellte sich vor ihre Freundin. Ihr Kleid aus purpurfarbener Seide mit dem eng geschnürten Mieder betonte ihre schmale Taille. Ärmel und Ausschnitt, der ihren Busen zur Geltung brachte, waren passend dazu mit silbernen Stickereien besetzt.

»Wirklich, Mathilde, warum wollt Ihr nicht heiraten?«

Die junge Frau seufzte. Erneut diese verfluchte Frage. Ihre Mutter hatte sie ihr bereits so häufig gestellt, dass sie sie einfach überhörte. Manchmal, wenn sie guter Stimmung war, lachte sie. Dann wieder, wenn Melancholie ihre Gedanken beschlich, zuckte sie mürrisch mit den Schultern.

Mit Ausnahme ihrer Zwillingsschwester wusste momentan niemand, dass sie ein Kind erwartete. An dem Tag, an dem Mathilde es ihr verriet, hatte Valentine ihre Bestürzung geteilt. Es war, als würde sie das Ganze selbst durchleben. Valentine hatte ihr ins Ohr geflüstert, dass sie dieses Kind mit ihrem gemeinsam aufziehen könne, falls Mathilde frei bleiben wolle. »Wir werden sehen«, hatte Mathilde geantwortet. »Das entscheiden wir im Moment der Geburt. Hab keine Angst, Valentine, ich fürchte mich nicht. Wie sollte ich etwas fürchten, das du schon durchgestanden hast? Auch ich muss das Glück einer Niederkunft erleben, selbst wenn ich nicht verheiratet bin.«

Sie hatten nicht weiter über den Vater des Kindes gesprochen. Valentine fand die richtigen Worte, die ihre Schwester beruhigten. Sie flüsterte ihr ins Ohr: »Wir ziehen es gemeinsam auf. Du wirst sehen. Wir machen aus ihm einen großen Webermeister.«

Warum war Mathilde erschrocken? Ein Kind von dieser teuflischen Person, von König Guillot, dem Dieb, der auf der Place de Grève gehängt worden war! Von diesem Schuft, von dem sie das Beste erhalten hatte – eine körperliche Leidenschaft, an die sie nicht denken konnte, ohne erneut vor Lust zu erschaudern. In wenigen Monaten würde dieses Kind geboren werden. Mathilde wollte lieber nicht an die Konsequenzen denken, die ihr Handeln zeitigen würde.

Sie hatte Valentine gesagt, dass sie nach ihrem kurzen Aufenthalt in Paris nach Lyon reisen würde. Sobald sie zurück in Tours sei, werde sie sich ihrer Mutter anvertrauen.

»Ich wäre schon viel früher hier gewesen«, sagte sie eilig zu Diane, um das Thema zu wechseln, »aber ein Tross mit Händlern hat mich aufgehalten.«

»Seid Ihr allein gekommen?«

»Ich habe das Gespann, den Kutscher, Pierrot und seine Verlobte unterwegs zurückgelassen. Ihr wisst, Diane, wie gern ich galoppiere und mich an der Geschwindigkeit berausche.«

»Leider erwarte ich Euch mit äußerst traurigen Erinnerungen.« Diane nahm ihre Hand und führte sie erneut ans Fenster.

»Mathilde! Seht nur, wie die Place de Grève mich verachtet.

An diesem Ort habe ich gesehen, wie mein Vater mit einer Schlinge um den Hals im letzten Augenblick begnadigt wurde. Ich kann dieses Bild, diesen Albtraum nicht vergessen. Wenn der König nicht …«

Sie hielt inne und errötete.

»Mathilde! Ich hoffe, Ihr glaubt nicht, was man sich erzählt.«

»Dass Ihr mit François I. das Lager geteilt hättet, damit er Euren Vater begnadigt!«

»Glaubt Ihr das?«

»Gewiss nicht. Ich weiß, dass Ihr Eurem Ehemann treu seid und dass Ihr zu solch einem Schritt nicht in der Lage wärt, der bis ans Ende Eures Lebens Schande über Euch bringen würde. Darüber hinaus ist der König durchaus zu einer so großzügigen Geste in der Lage, nur um zu sehen, wie sich Eure schönen Augen mit Dankbarkeit füllen. Der Edelmut von François ist überwältigend. Ich kenne ihn. Er hat sich selbst zu dieser großen Geste gratuliert.«

»Aber er hätte …«

»Nein, nein, nein! Versucht nicht zu verstehen, meine Liebe! So ist der König. Wenn er mit einer Frau das Lager teilt, möchte er ihr etwas anderes bieten als eine Begnadigung. Diese Angelegenheit war zu ernst, als dass er sie mit einer Liebschaft vermischt hätte.«

Sie seufzte.

»Aber Gott im Himmel! Wie ist Euer Vater in ein so finsteres Abenteuer geraten?«

»Er wollte seinen Freund Bourbon nicht verraten.«

Mathilde hob eine Braue.

»Er hat es vorgezogen, den König zu verraten, und nun seht, wohin ihn das gebracht hat.«

»Ich weiß. Aber was wollt Ihr? Niemand kann etwas ungeschehen machen, meine Liebe. Jetzt denken wir nicht mehr an diese traurigen Tage. Man hat meinen Vater nicht gehängt.«

Doch wie sollte Mathilde den letzten Atemzug von Guillaume vergessen, des Seigneur de Montalon, den man König Guillot nannte? Der mit hervortretenden Augen und schwarzer Zunge stumm an einem Seil baumelte, während die Menge hysterisch schrie: »Tötet das Monster!«

Mathilde strich sich bedächtig mit der Hand über die Stirn. Außer Valentine kannte niemand diese traurige Geschichte. Schonungslos tauchten die Bilder immer wieder vor den Augen der jungen Frau auf. Sie sah vor sich, wie Valentine inmitten der aufgebrachten Menge niederkam, während sie selbst mit tränennassen Augen zu Guillaume starrte, der seinen letzten Atem aushauchte. Selbst Nicolas, der hastig seiner Frau zu Hilfe eilte, hatte die Lage nur zum Teil erfasst.

»Nun, meine Liebe! Lassen wir diese dunklen Gedanken, ich will Euch nicht mit meinen traurigen Erinnerungen belasten«, erklärte Diane und fasste den Arm ihrer Freundin. »Sprechen wir ein wenig vom französischen Hof. Man behauptet, der König reise ab, um sich in Italien seiner Armee anzuschließen.«

»Ja. Momentan hält er sich in Lyon auf, wo ich die Duchesse d'Alençon treffen werde.«

Diane führte ihre Freundin zum Bett und ließ sie Platz nehmen, während sie ihre Hand hielt.

»Dann kehrt Ihr erst später nach Tours zurück. Wollt Ihr zuvor nicht in der Normandie haltmachen? Ihr könntet mich besuchen.«

»Nein, meine Liebe. Ich habe Valentine versprochen zurückzukommen.«

Diane drückte ihre Hand.

»Seid Ihr Euch noch immer so nah?«

»Ja, noch immer. Das wird sich nicht ändern, solange wir leben. Niemand kann das verstehen, Diane. Niemand.«

Mathilde streckte die Beine aus und lehnte sich mit dem Oberkörper gegen eines der Kopfkissen. Die zur Seite gezogenen Vorhänge des Bettes ließen einen großen geschnitzten Holzrahmen erkennen. Wie immer hatte Diane das schönste Zimmer des Gasthauses gewählt, dessen Fenster zur Place de Grève hinausblickten.

»Und die Regentin? Wie reagiert sie auf den Wunsch ihres Sohns, sich dem italienischen Krieg anzuschließen? Louis XII. hat sich dort die Gesundheit ruiniert.«

»Louise d'Angoulême stöhnt über diesen Entschluss. Doch sie erinnert sich an den großen Sieg von Marignan, und ihr Sohn bleibt stets ihr ›Cäsar‹, auch wenn er nicht immer Ehre und Ruhm erntet.«

»Ihr Cäsar!«

»So haben auch wir François genannt, als er noch ein Kind war.«

»Habt Ihr ihn denn so gut gekannt?«

Darüber musste Mathilde so herzlich lachen, dass sie ihre Freundin ansteckte.

»Ihr seid die Einzige, Diane, die die Geschichte der Cassex nicht kennt. Meine Mutter kannte Louise d'Angoulême, als sie noch in Cognac war. Sie hat Marguerite und François unter schwierigen finanziellen Bedingungen aufgezogen, das Schloss verfiel überall. Später habe ich mich in François verliebt. Ich war vier Jahre alt, und der ganze Hof hat sich darüber amüsiert. Er hat mich eines Tages auf der Straße gefunden, wo ich mich auf der Suche nach meiner Zwillingsschwester, die ich noch nicht kannte, verlaufen hatte. Er hob mich hoch und setzte mich sanft auf sein Pferd. Und da, als ich so sicher in seinen

Armen auf dem Rücken des Pferdes saß, spürte ich, dass ich ihn mein ganzes Leben lang lieben würde. Ich glaube, wäre ich eine Königstochter gewesen, hätte er mich geheiratet.«

Diesmal brachen beide in schallendes Gelächter aus, und Diane legte sich neben ihre Freundin und streckte die Beine aus, um diesen Augenblick der Entspannung ganz zu genießen. Schließlich waren bei beiden die dunklen Gedanken verflogen.

»Mathilde! Eines Tages müsst Ihr unbedingt eine der hervorragenden Partien annehmen, die man Euch vorschlägt. Warum wollt Ihr keinen Versuch unternehmen?«

»Ihr habt recht, und ich weiß, dass ich bald nachgeben muss. Aber wenn ich noch etwas Zeit gewinnen kann …«

»Etwas Zeit! Aber großer Gott, wozu?«

»Zum Träumen.«

»Bislang war das Glück Euch hold, meine Liebe. Seht mich an, erinnert Ihr Euch an meine schrecklichen Befürchtungen, als wir uns zum ersten Mal auf Château de Brissac begegnet sind?«

»Jenem Schloss, auf dem der Schatten eines Doppelmords lastete. Ich erinnere mich, und ich habe gezittert, als Ihr mir erzähltet, dass Ihr den Comte de Brézé heiraten würdet. Den Enkel des Mörders von Charlotte, einer Tochter von Agnes Sorel, der schönen Geliebten von Charles VII.«

»Und dass anschließend der Mörder«, fügte Diane hinzu, »der Mann der verführerischen und leichtsinnigen Charlotte, sein Schwert in das Herz des sorglosen Liebhabers gestoßen hat. Seither liegen unheilvolle Schatten auf dem Schloss.«

Mathilde schüttelte den Kopf und zog die Knie an.

»Wie Ihr Euch gefürchtet haben müsst, einen Nachfahren dieses Brézé zu heiraten.«

»Ich habe nachts nicht mehr geschlafen, aber ich glaube,

noch mehr habe ich sein Alter gefürchtet. Ein alter Mann! Mathilde, ein sehr alter Mann für meine sechzehn Jahre. Uns trennen mehr als vierzig Jahre.«

»Doch Euer alter Ehemann hat Euch noch nie enttäuscht.«

»Er war immer gesund und munter. Er ist aufrichtig, gerecht und großzügig mir gegenüber. Was will man mehr erwarten? Ich wünsche Euch ein ebenso friedliches Glück, wie ich es mit Pierre de Brézé habe.«

Ihre Lippen verzogen sich zu einem charmanten Lächeln. Sie führte eine Hand an ihre Stirn und ließ sie dann auf eine Brust sinken, die von dem Mieder aus purpurfarbener Seide umschlossen war.

»Ich wünsche Euch einen ebenso aufrichtigen und guten Ehemann wie den meinen. Gewiss, wenn er jünger wäre, wäre es noch besser. Nun, besucht Ihr mich in Anet, solange wir darauf warten, dass ein solcher Mann Euch verführt? Ich flehe Euch an, sagt ja.«

»Ja, Diane, aber nicht jetzt. Ich habe es Euch erklärt. Ich bleibe stets einige Zeit bei meiner Familie, nachdem ich längere Zeit entflohen bin. Aber, versprochen, ich werde kommen. Gleich im nächsten Frühjahr. Wir werden einige schöne Ausritte in den Wald um Euer Anwesen unternehmen. Aber werdet Ihr da sein?«

»Die Königin fühlt sich häufig nicht wohl, und da sie nicht mehr viel reisen kann, leiste ich nur wenig Dienst bei ihr. Zurzeit hat sie nur ihre nächsten Verwandten um sich.«

»Fühlt Ihr Euch nicht ausgeschlossen?«

»Nein. Die Königin ist sanft, ruhig und großzügig. Ich habe ein gutes Verhältnis zu ihr. Gewiss fehlt sie mir manchmal, aber mein Leben gehört jetzt meinem Mann, dem Seneschall der Normandie. Und außerdem …«

Diane stemmte die feinen weißen Hände in die Taille, legte sie dann auf ihren Bauch und streichelte ihn zärtlich.

»Ich werde Euch ein Geständnis machen, Mathilde. Ihr erfahrt es vor meinem Mann. Ich wollte es ihm bei meiner Rückkehr in die Normandie eröffnen.«

Sie lächelte und fuhr fort:

»Wozu hat man eine beste Freundin, wenn nicht, um ihr seine Geheimnisse zu verraten, bevor alle anderen sie erfahren? Ich bin schwanger, Mathilde, und diese Vorstellung erfüllt mich mit großer Freude.«

3.

Zwei Stunden später verließ Mathilde ihre Freundin mit dem Versprechen, ihre Einladung anzunehmen und sie im nächsten Frühjahr auf Château d'Anet zu besuchen.

Nachdem sie das Gasthaus verlassen hatte, holte sie Fildor, der im Innenhof angebunden war, und trat auf den Platz. Sie hatte das unangenehme Gefühl, dass ihre Füße auf dem Boden festklebten. Ein kalter Wind umwehte sie, bedrängte sie gar, und ein unheimliches Geräusch hallte in ihrem Ohr wider. Sie führte ihr Pferd am Zügel und wollte den Platz lieber überqueren, anstatt ihn zu umrunden. Seit einigen Tagen hing kein Gehängter mehr am Galgen. Es gab allerdings Zeiten, in denen sich dieses schreckliche Schauspiel in Paris ereignete. Es gab ebenfalls Tage, an denen man die Verurteilten auf den Hügel von Montfaucon schickte, um sie dort zu erhängen.

Als Mathilde mitten auf der Place de Grève stand, sah sie unwillkürlich Guillaume de Montalon vor sich, der einer Armee aus Verbrechern vorstand, die Raubzüge unternahmen.

Seine Männer hatten schamlos Vergewaltigungen begangen. Doch das hatte Guillaume nicht nötig gehabt. Er hatte genau gewusst, wie man die Frauen verzauberte, er musste sie nicht zwingen, sich ihm hinzugeben. Und Mathilde war ihm in die Falle gegangen. Während die traurige Erfahrung mit Sire Hieronymus bei ihr nur bittere Narben hinterlassen hatte, hatte sie bei Guillaume vor Lust gezittert und geschrien.

Mathilde ließ den Blick langsam über den Platz gleiten. Nichts hatte sich verändert. Das harte kalte Pflaster wirkte noch genauso furchteinflößend und unheimlich. Am Rand drängten sich die Verkaufsstände. Das bisschen Himmel, das man von hier aus sah, zerfaserte in stumpfem Grau, als würde es sich ihren Erinnerungen anpassen.

Ach! Sie hatte Guillaume nicht vergessen! Mathilde bebte. Ihr ganzer Körper schrie vor Angst. Hatte sie den Teufel persönlich geliebt? Diesen Schurken mit den feurigen Augen, mit den brennenden Händen, von denen sie sich so gern hatte streicheln lassen. Musste sie sich an die Lust jedes Bisses erinnern, die Wohltat jedes Seufzers und an das ewige Warten, wenn sie nicht gewusst hatte, was sie tun sollte? Der teuflische Guillaume hatte sie verführt, indem er ihr eine Seele präsentiert hatte, die nicht die seine gewesen war!

Und Valentine hatte in ihrem Übereifer, ihre Schwester zu retten, mit Hilfe von Nicolas seinen Unterschlupf der Polizei verraten, damit man ihn sofort festnahm!

Während sie die Zügel ihres Pferdes fest in der Hand hielt, liefen all diese Momente vor Mathildes innerem Auge ab. Wenn sie ein wenig den Kopf drehte, sah sie die Stelle direkt gegenüber von dem Stand des Flickschusters und des Apothekers. Dort hatte Valentine ihre Tochter zur Welt gebracht. Sie mussten der hysterischen Meute ausweichen und Schüsseln mit Wasser heranschaffen, um Mutter und Kind zu waschen.

Nach der Geburt von Aude und der Hinrichtung von Guillaume war Ruhe eingekehrt. Es blieben nur noch der Schatten der Vergangenheit und das Kind.

Mathilde drehte sich um und betrachtete noch einmal den unheilvollen Ort. Da kam plötzlich der Mann auf sie zu, den Diane zuvor bemerkt hatte. Er ließ ein anderes Bild in Mathilde aufsteigen, und sie riss weit die Augen auf. Vor ihr stand der Mann, der sie aus den Händen von Guillaume befreit hatte.

»Ihr!«, murmelte sie.

Mit einem zarten Lächeln auf den Lippen stand er vor ihr. Seine große geschmeidige, schlanke und vornehme Erscheinung gehörte zweifellos den Adeligen der Provinz an. Mathilde kannte sie zu gut, um sich zu täuschen. Sie marschierten bei Hofe auf, sobald der König einwilligte, sie zu empfangen.

»Ich hatte Euch vergessen«, murmelte sie.

»Guillaume de Montalon habt Ihr offenbar nicht vergessen.«

Mathilde antwortete nicht.

»Was habt Ihr an ihm gefunden, abgesehen von seinen Verführungskünsten?«

»Das geht Euch nichts an. Ich habe mich damals bereits bei Euch bedankt, dass Ihr mich von diesem Mann befreit habt, und ich danke Euch noch einmal für ...«

»Ich erwarte keinen Dank, sondern eine Erklärung.«

»Ich habe Euch nichts zu erklären.«

Er umfasste ihren Arm und drückte ihn, um sie zum Schreien zu bringen. Sie spürte, wie sich der Schraubstock darum schloss, und wollte sich befreien, konnte jedoch nur jämmerlich die Faust schütteln.

»Warum diese Pilgerfahrt zu einem so grausamen Ort?«

»Und Ihr selbst, warum seid Ihr hier?«

»Im Gegensatz zu Euch erwarte ich gewiss keinen Heiligenschein, der das Gesicht dieses Mannes verherrlicht.«

Schließlich ließ er ihren Arm los.

»Ich verbiete Euch, an ihn zu denken«, sagte er in wütendem Ton. »Dieser Verbrecher war des Lebens nicht würdig.«

»Wer seid Ihr, dass Ihr mir etwas verbietet?«

»Ich bin der neue Vogt von Paris. Wäret Ihr nach der Hinrichtung dieses Mannes noch geblieben, wüsstet Ihr es. Ich musste mich um das Raubgut kümmern und den Leuten ihr Eigentum zurückgeben.«

»Der neue Vogt von Paris! Dann kennt Ihr meine Mutter.«

»Ja, ich kenne sie. Vielmehr komme ich gerade aus Tours, wo ich Eure Familie und Eure Werkstätten besucht habe.«

»Meine Familie! Wer hat Euch erlaubt, meine Familie zu besuchen?«

»Ich habe Euch erklärt, dass ich der neue Vogt von Paris bin. Habt Ihr denn nichts begriffen? Ich habe Eure Mutter besucht, um ihr zu sagen, dass sie in einigen Tagen den Wandbehang *Die Galanterien* zurückerhält. Habt Ihr die nicht zur Genüge an den Wänden von diesem Schurken gesehen?«

Endlich begriff sie. Der Vogt von Paris! Natürlich oblag es ihm, jene zufriedenzustellen, die von den Diebstählen betroffen waren.

»Und was habt Ihr meiner Mutter über mich erzählt?«

»Nichts. Ganz einfach, weil ich Eure Zwillingsschwester gesehen habe.«

»Ich möchte Euch gern glauben. Jetzt lasst mich.«

Nachdem er sie losgelassen hatte, sprang Mathilde auf den Rücken von Fildor, um in hohem Tempo über die Place de Grève zu galoppieren. Doch der Mann legte Daumen und Zeigefinger zwischen seine Lippen und stieß einen langen Pfiff aus, woraufhin sein Pferd herbeistürmte.

»Komm, meine Schöne! Komm, meine Grenade.«

Mit wenigen Sprüngen hatte er Mathilde eingeholt. Doch sie entwischte ihm, indem sie geschickt zur Seite auswich und den Platz in entgegengesetzter Richtung umrundete.

»Mathilde«, rief er und folgte ihr mit irrsinniger Geschwindigkeit.

Als sie ihren Vornamen hörte, zitterte die junge Frau, erwiderte jedoch nichts. Sie musste nicht mehr Theater spielen. Sie konnte das Zwillingsspiel, mit dem sie für Verwirrung gesorgt hatten, beenden. So viel stand fest. Der Mann war nach Tours gereist, und nachdem er in der Werkstatt Valentine gesehen hatte und sich nun ihr gegenüberfand, hatte er alles durchschaut.

»Lasst mich, ich muss nach Lyon. Dort erwartet mich die Duchesse d'Alençon.«

»Wann müsst Ihr dort sein?«

»So bald wie möglich.«

Zunächst bedauerte sie, ihm diese Vertraulichkeit mitgeteilt zu haben, dann dachte sie, dass es gut sei, selbst wenn sie auf das Gespann von Leo warten und vor der Abreise Pierrot treffen musste.

Der Vogt war ein exzellenter Reiter. Mathilde bemerkte es, als er ihr in dem Augenblick den Weg abschnitt, in dem sie gerade den Platz verlassen wollte, um die Brücke über die Seine zu passieren. Jetzt kam sie nicht weiter. Er blockierte ihr den Weg.

»Warum seid Ihr nie bei Eurer Familie? Eure Mutter scheint das zu verdrießen.«

»Ich weiß. Das müsst Ihr mir nicht sagen.«

»Eure Schwester ist eine hervorragende Weberin. Das hättet Ihr auch werden können.«

»Ich habe nicht das Talent meiner Zwillingsschwester.«

Sein Pferd stand quer auf dem Weg. Mathilde zog an den Zügeln und ließ ihres zurückweichen. Die Stute des Vogts scharrte mit den Hufen.

»Habt Ihr eine Verbindung zum Hof?«

»Eine Verbindung zum französischen Hof! Ja, zum König.«

Er zuckte mit den Schultern und hob eine Braue. Sein Blick wirkte hart und herrisch, keinerlei Lächeln erhellte seine Miene.

»Wie alle, die ihm zu Diensten stehen«, bemerkte er trocken. »Was mich betrifft, so ist das etwas ganz anderes.«

»Der König erhält viel Ehrerbietung. Ihr gehört zu jenen schönen Frauen, die ihm eine Augenweide bieten und sein Ansehen steigern.«

»Ich sagte Euch bereits, dass es mit mir etwas ganz anderes ist.«

»Und ich sprach von einem Verehrer. Gibt es am Hof einen Edelmann, der für Euch bestimmt ist?«

»Das geht Euch nichts an.«

»Wiederholt nicht stets, dass mich das nichts anginge.«

»Ihr belästigt mich, und ich kenne noch immer nicht Euren Namen. Wie heißt der neue Vogt von Paris?«

Doch kaum, dass sie diese Frage gestellt hatte, wurde ihr bewusst, dass er sie ausfragte, weil ihre Mutter ihn über ihre persönliche Situation informiert hatte. Sie hatte ihm erzählt, dass sie keinen Verlobten hatte.

»Ich habe Euch nichts zu sagen, und ich bitte Euch, mich vorbeizulassen.«

Doch ganz offensichtlich schien den Vogt diese Idee zu beschäftigen, und er wollte nicht von ihr ablassen. Gewiss, sie hätten sich an einem anderen Ort als auf diesem unheilvollen Platz begegnen können, der bei beiden schreckliche Erinnerungen weckte. In einer Begegnung bei Hofe hätte Mathilde beispielsweise ein besseres Omen gesehen. Ein Zusammentreffen in einem Gasthaus, vor einem guten Abendessen, wäre ebenfalls von Vorteil und zweifellos gelungener gewesen.

»Eure Stellung als Vogt gibt Euch nicht das Recht, Euch in das Leben der Leute einzumischen. Darum bitte ich Euch, mich passieren zu lassen.«

Sein Blick funkelte und loderte. Seine Augen hatten denselben Glanz wie jene von König Guillot. Sie wusste nicht, was sie davon halten sollte. Sie erschauderte, das war das einzige Gefühl, das ihr passend schien.

»Meine Stellung als Vogt gibt mir das Recht, über das Verhalten von Leuten zu urteilen, die in engem Kontakt zu Personen gestanden haben, die in der Hauptstadt unerwünscht sind. Das ist bei Euch der Fall. Ihr habt Euch leichtsinnig von Guillaume de Montalon verführen lassen, habt Euch jedoch in einem Anflug von Vernunft von mir befreien lassen. Ohne diese Einsicht, die Euch entlastet, hätte ich Euch festgenommen.«

Sein Pferd scharrte unter seiner strengen Hand mit den Hufen. Seine Stimme klang schneidend, gefährlich.

»Ihr habt diesen Mann geliebt. Jetzt wollt Ihr Euch nicht mit seinem Tod abfinden. Ihr kehrt an schicksalhafte Orte zurück, Ihr sinnt über ihn nach. Sagt mir nach schwerer Gewissensprüfung, dass ich mich täusche.«

Mathilde, die im Begriff war, eine halbe Drehung zu machen, vollführte plötzlich eine Kehrtwende, und Fildor stieß mit seinem Kopf gegen den von Grenade. In dem Augenblick fing ihr Begleiter ihren Blick auf und hielt ihm stand, als wollte er auf einmal seine Ähnlichkeit mit Guillaume nicht mehr verhehlen.

»Wer seid Ihr? Ich habe Euch gesagt, dass ich Euren Namen nicht kenne«, murmelte sie.

»Ich heiße Hugues de La Roche.«

Fildor wurde unruhig. Die Stute versperrte ihm den Weg, und er spürte an dem Verhalten seiner Herrin, dass sie ebendiesen nehmen wollte. Das Spiel gefiel ihm nicht mehr, und er fing an zu wiehern, woraufhin Mathilde ihn streichelte und beruhigte.

»Warum seht Ihr ihm ähnlich?«, setzte sie leise hinzu.

»Weil ich sein Bruder bin.«

Ihr schwindelte, und sie klammerte sich an den Hals von Fildor. Anschließend schloss sie die Augen, um den scharfen Blick ihres Begleiters nicht länger ertragen zu müssen.

»Ich bin wohlgemerkt das Gegenteil von ihm. Wenn es häufiger vorgekommen ist, dass ich die Frauen gerettet habe, die er verführt und eingesperrt hat, so tat ich dies nicht, um zum Komplizen seiner schmutzigen Machenschaften zu werden.«

»Ihr seid sein Bruder!«, murmelte Mathilde zitternd.

»Gewiss, er hat nie jemanden getötet«, erwiderte Hugues de La Roche. »Bei ihm gab es niemals Blut, niemals Schreie.«

Er schwieg einen Augenblick, dann fügte er an:

»Niemals Schläge.«

Mathilde merkte, wie sie erblasste. Sie sank zur Seite, und gerade noch rechtzeitig, bevor sie vom Pferd stürzte, fing der Vogt sie auf.

Hugues de La Roche setzte Mathilde auf Grenade und ritt eine Weile schweigend mit ihr weiter, wobei er Fildor am Zügel mit sich führte. Bevor sie mit Guillaume auf seinem Pferd geritten war, hatte nur François d'Angoulême sie auf sein Pferd gehoben und sie auf diese Weise schützend in den Armen gehalten. Heute bescherte ihr das Schicksal erneut das seltsame Gefühl, dass sie von einem Mann abhängig sein könnte.

Mathilde fing sich. Ihr Schwindel stand in gewisser Weise in Zusammenhang mit dem, was sie soeben erfahren hatte, war jedoch auch ihrer Schwangerschaft geschuldet.

»Ich muss es wissen«, murmelte sie, als ihre Kräfte zurückkehrten.

»Und ich will verstehen, was Euch an ihm angezogen hat.«

Sollte sie ihm erklären, dass sie bei Guillaume eine Liebe erfahren hatte, die sie nicht vergessen konnte? Ganz gewiss würden ihr diese Worte nicht über die Lippen kommen.

»Vielleicht weiß ich es selbst nicht.«

Über diese Antwort, die eine gewisse Hoffnung in ihm weckte, schien er ebenso überrascht wie zufrieden.

»Nein«, bekräftigte sie, »ich weiß es wirklich nicht.«

Hugues lächelte. Die Antwort weckte in ihm ein seltsames Wohlgefühl. Er hatte so oft an diese Frau gedacht, er hatte nach ihr gesucht. Als er Valentine gegenübergestanden hatte, hatte er ihre Zwillingsschwester herbeigesehnt und von ihrem Augenaufschlag und ihrem Lächeln geträumt! Nun, da er sie auf der Place de Grève gefunden hatte, würde er sie nicht wieder entkommen lassen. Er verstärkte seinen Griff um sie. Mathilde empfand ein wohliges Gefühl, als würde die Zeit plötzlich stillstehen. In diesem Augenblick lösten sich all ihre Zerrissenheit und ihre Widersprüche auf. Sie schloss seufzend die Augen. Hugues de La Roche sagte nichts mehr. Vor sich sah sie seine Hände, die die Zügel hielten. Sie musterte sie eingehend. Er hatte lange Finger und zarte Handgelenke, um die sich eng die Ärmel seines Wams schlossen.

Als er die Pferde auf der Brücke anhielt, die über die Seine führte, drehte sie sich kurz zu ihm um, richtete den Blick jedoch sogleich wieder auf den Fluss. Ihr wäre es lieb gewesen, wenn er sie noch Stunden so im Arm gehalten hätte. Es schien ihr, als leere ihr Herz sich, um sich mit etwas Reinem zu füllen, etwas Belebendem, Unentbehrlichem. Sie erreichten das Ende der Brücke.

»Sie sehen ihm ähnlich«, sagte sie leise. »Jetzt weiß ich es.«

»Steigen wir ab und machen am Flussufer halt. Es ist zwar etwas kühl, aber trocken. Wir finden sicher eine Hütte, um uns zu unterhalten.«

Sie gingen um die Brücke herum und fanden sich an der Seine wieder. Mit ausgebreiteten Flügeln und in die Luft gerecktem Schnabel beschrieben Möwen große Arabesken über den Kähnen, die an ihnen vorbeifuhren.

Mathildes Gesichtszüge entspannten sich. Sie wandte den Kopf und betrachtete den Fluss. Die Sandbänke verschwanden, und in der Ferne schaukelten einige Boote, von denen die Fischer ihre Netze auswarfen, damit sie ihnen einen üppigen Fang bescherten. Am heutigen Morgen kräuselte ein leichter Wind die silbrige Wasseroberfläche. Die Möwen schrien. Zweifellos hatten sich weitere jenen angeschlossen, die bereits seit dem Morgengrauen am Himmel kreisten. Gruppierten sie sich, um neuen Zielen entgegenzufliegen?

Hugues trat vorsichtig neben Mathilde, beide hielten sie die Zügel ihrer Pferde in einer Hand. Der Vogt schien nachzudenken. Überlegte er, ob er versuchen sollte, seine Begleiterin zu verführen, oder ob er sie weiterreisen ließ?

»Gehen wir noch ein Stück«, sagte er in ernstem Ton.

Ein Kahn, der überaus langsam an ihnen vorbeifuhr, verdeckte eine Hütte, die sich am Flussufer ganz in ihrer Nähe befand. Es war eine Blockhütte, in der hin und wieder die Flussschiffer haltmachten, bevor sie weiter dem Flusslauf folgten.

»Seht«, sagte er und deutete auf das Ende des Kahns, der sich auf ihrer Höhe befand, »die Barke hat uns den Blick auf diesen friedlichen Unterstand verdeckt.«

Die Hütte war sehr einfach und besaß eine große Öffnung ohne Tür. In einer Ecke diente ein eckiger Stein als Sitz, in der anderen standen eine umgedrehte Kiste und eine alte Tonne. Hugues band die beiden Pferde an und bedeutete Mathilde, auf dem Stein Platz zu nehmen, während er sich auf den Boden hockte.

»Wie wird die Tochter einer Weberin zur Begleiterin der Schwester des französischen Königs? Eure Mutter hat mir erzählt, dass Ihr seine Patentochter seid! Erklärt es mir.«

Diese Frage gefiel Mathilde nicht. Sie versuchte, ihr vorsichtig auszuweichen.

»Über mich gibt es nichts zu sagen. Ihr wisst alles, schließlich seid Ihr bei meiner Familie gewesen. Ich vermute sogar, dass Ihr viel mehr wisst, als Ihr zugeben wollt.«

Als er lediglich lächelte und seiner Begleiterin demonstrierte, dass er ebenso geheimnisvoll tun konnte wie sie, erklärte sie in neutralem Ton:

»Meine Mutter ist eine Freundin der Comtesse Louise d'Angoulême, was mir erlaubte, ihre Tochter Marguerite und ihren Sohn François kennenzulernen, die mutmaßliche Erben der Krone waren.«

Mit anmutiger Geste breitete sie ihren broschierten Seidenrock um den großen eckigen Stein aus, auf dem sie sich etwas unwohl fühlte. Dann zog sie das große Wollcape um sich, dessen geschmeidige Falten bis auf den Boden fielen.

»Ich habe genug über mich gesagt. Erzählt mir von Euch.«

Er begriff, dass sie mehr über das Verwandtschaftsverhältnis erfahren wollte, das ihn mit Guillaume de Montalon verband. Er erhob sich, tat einen Schritt auf sie zu und baute sich mit finsterer Miene vor ihr auf.

»Wollt Ihr wirklich alles wissen?«

Sie nickte.

»Ja.«

»Mein Großvater Jean de la Roche, der mit Louise de La Fayette verheiratet war, hatte drei Töchter, darunter meine Mutter, Alix de La Roche, die in erster Ehe einen Montalon geehelicht hat. Dieser Mann war ein dunkler Geselle, der seine Mitgift und fast sein gesamtes Vermögen verprasst hat. Ihr Sohn Guillaume hatte es sich zur Aufgabe gemacht, den Rest zu verschwenden.«

»Ist das …«

»Ja«, unterbrach sie Hugues etwas brüsk, »das ist derselbe Guillaume, der Euch verführt hat.«

Sie durchbohrte ihn mit ihrem Blick, und Hugues fuhr fort:

»Die Witwe Alix de Montalon wurde schwanger von einem Edelmann aus der Auvergne, Louis de Châteauguay, der leider bei einem Unfall verstarb, bevor er sie heiraten konnte. Das Kind, das sie erwartete, war ich, deshalb heiße ich Roche.«

»Dann wart Ihr und Guillaume Halbbrüder.«

»Ja. Durch unsere Mutter.«

»Lebt sie noch?«

»Zum Glück hat der Himmel sie verschont. Sie hat nie von den Schandtaten ihres ältesten Sohnes erfahren. Sie wäre vor Scham und Verzweiflung gestorben. Er hat seinen Vater an Verworfenheit noch übertroffen. Guillaume war listig und herrisch. Und er liebte das leichte Geld, das man kaum mit Arbeit verdient.«

Er strich sich mit einer Hand durch die Haare. Sie waren braun gelockt, im Nacken kurz, und ließen die Stirn frei.

»Sie ist an einem schweren Fieber gestorben, kurz bevor Guillaume das Nicht-Wiedergutzumachende getan hat.«

Er stemmte eine Hand auf seine Hüfte. Seine große Gestalt, die breite Brust, über die sich ein schwarzes Wams aus Seide spannte, die Beine in braunen Beinlingen – all das verlieh ihm eine Ausstrahlung, die ebenso verführerisch war wie die seines Bruders. Er sah sie mit herrischem Blick an, doch in seinen Augen lag ein gewisser Glanz. Er war bereit, sich in den goldenen Augen von Mathilde zu verlieren.

Mathilde senkte den Blick. Sie, die nichts mehr liebte, als den Männern kühn in die Augen zu blicken, war plötzlich schrecklich verlegen.

»Und der Rest Eurer Familie?«

»Eine alte Amme, die meinen Bruder und mich großgezogen hat, sowie eine Tante von Seiten der Châteauguays, die zu meinen Gunsten wirkt. Denn ich habe wohlgemerkt nichts von jener Seite zu erwarten. Mir bleibt nur ein altes Anwesen in Cébazat, das meiner Mutter gehört hat. Sie hat es von ihrem Vater erhalten. Es handelt sich um ein sehr altes Schloss in der Basse-Auvergne, das weder ein Dach noch Türme besitzt und dessen Mauern zum Teil eingefallen sind. Es ist unbewohnbar. Nur dem dichten Wald, von dem es umgeben ist, und dem Tal, in dem es liegt, gilt meine ganze Begeisterung.«

Er lachte.

»Ich bin Seigneur de Cébazat, ein kleiner, völlig ruinierter Schlossherr. Wenn mein älterer Bruder anders gewesen wäre, wäre er der mächtige Seigneur de Montalon geworden. Tot oder nicht, wohlhabend oder nicht, ich bedaure nichts, ich wäre ohnehin der kleine Seigneur de Cébazat ohne Vermögen gewesen. Schon als Kind habe ich begriffen, dass man arbeiten muss, um Geld zu verdienen.«

»Und Eure Mutter? Hat sie sich nicht gegrämt, weil Ihr so wenig vermögend wart?«

»Doch, natürlich, sie hat sich schrecklich gegrämt.«

»Hat sie nie darüber nachgedacht, Euch zum Priesteramt zu schicken? Jüngste Söhne ohne Vermögen wählen häufig diesen Weg.«

»Obwohl ich eng mit einem Priester in meinem Alter befreundet bin, zieht es mich nicht zur Kirche. Doch ich bin edelmütig. Meine Mutter wusste das. Sie hatte nur eine einzige

Sorge: dass ich mich von meinem Bruder abwende. Da sie wusste, dass ich ehrlich und aufrichtig bin, sagte sie mir ohne Unterlass, ich müsse auf ihn aufpassen, seine Fehler wiedergutmachen und ausmerzen und sogar seine Verbrechen verschleiern. Sie waren damals nicht sehr gewichtig. Doch sein schlechter Umgang führte ihn stets in die Kreise der schlimmsten Verbrecher. Ja! Er hat schon gestohlen, geplündert und Schrecken verbreitet, als unsere Mutter noch am Leben war. Sie hat jedoch nie gehört, dass man ihn eines Mordes beschuldigt hätte.«

Ohne den Blick von Mathilde zu wenden, wich er einen Schritt zurück, und ein dunkler Schatten legte sich auf sein Gesicht. Dann ging er neben ihr in die Hocke.

»Nachdem sie gestorben war, habe ich Guillaume über Jahre seinem traurigen Schicksal überlassen. Damals habe ich mich mit dem König von Navarra, Henri d'Albret, angefreundet, der mich in seine Dienste aufnahm. Als ich dann erfuhr, dass Guillaume der Anführer jener mörderischen Bande geworden war, die in Paris ihr Unwesen trieb, wollte ich mehr darüber erfahren. So kam ich dazu, seine bemitleidenswerten Eroberungen zu retten. Er wusste es und lachte darüber. Unablässig erzählte er mir, dass ich nicht alle retten könne, und als ich ihn angeschrien habe, dass ich ihn eines Tages denunzieren würde, lachte er nur noch mehr. Er entgegnete, ich hätte unserer Mutter versprochen, auf ihn aufzupassen. Guillaume war der Teufel in Person geworden.«

Ein Schaudern überlief Mathilde. In dem Bestreben, das Thema zu wechseln, da sie darüber genug wusste und es sie erneut betrübte, fragte sie:

»Habt Ihr keinerlei Recht von Seiten der Châteauguays?«

»Leider nein. Mein Vater hat kein Testament zugunsten meiner Mutter hinterlassen, obwohl eine seiner Schwestern versichert, sie sei mit ihren Nachforschungen noch nicht am Ende. Sie ist überzeugt, dass irgendwo ein Dokument existiert, das mir einen Teil des Vermögens meines Vaters zusichert.«

Er stand auf und schüttelte die Beine aus, die etwas taub geworden waren.

»Nun habe ich Euch einen Großteil meines Lebens offenbart, während Ihr darauf beharrt, geheimnisvoll zu bleiben. Ich weiß nur eins.«

»Was?«

»Dass mein Bruder Euch in die Arme genommen hat und dass Ihr ihn geliebt habt.«

»Was kann ich dafür?«

»Gewiss nichts. Doch warum haltet Ihr so versessen daran fest? Die Pilgerfahrt von heute Morgen erscheint mir grässlich. Dieser Mann ist tot, und er hat es nicht anders verdient.«

»Warum habt Ihr ihn verhaften lassen? Ich weiß, dass die Worte von Valentine und Nicolas vor den Soldaten des Rathauses merkwürdig klangen, und die Maulesel hätten den Weg womöglich nicht wiedergefunden. Ohne Euch hätte Guillaume sich retten können. Bis dahin habt Ihr über ihn gewacht. Ihr habt ihn beschützt. Warum dieser plötzliche Meinungsumschwung?«

»Weil ich Euch von ihm befreien wollte. Die anderen Frauen vor Euch waren mir gleichgültig.«

»Seine Hinrichtung hat Euch somit nichts ausgemacht?«

Plötzlich ergriff er ihren Arm und schüttelte ihn heftig.

»Wie könnt Ihr annehmen, ich sei nicht erleichtert über sein Verschwinden gewesen? Natürlich, ich habe meinen Bruder geliebt. Als Kind habe ich seine Selbstsicherheit sogar bewundert, seine Verschlossenheit, und habe versucht, ihm ähnlich zu sein. Erst viel später habe ich begriffen, dass wir völlig verschieden sind und dass meine Selbstsicherheit ebenso groß war wie seine.«

Er schwieg und näherte sich mit seinem Gesicht Mathildes. Ihre Lippen berührten sich. Sie wich der Berührung nicht aus. Er legte seine Lippen auf ihre, doch sie erwiderte seinen Kuss nicht. So reagierte er mit einer Heftigkeit, die sie überraschte. Er hielt sie fest und drückte sie an sich, als wollte er die Form ihres Körpers erahnen.

Hugues' Blut geriet in Wallung, und er spürte, wie die Lust in ihm erwachte. Mathildes Brüste rieben sich unschicklich an seiner kräftigen Brust. Ihr Cape war offen, und der Stoff ihres Kleides so fein, dass es ihn noch mehr betörte. Es schien ihm, als wäre sie nackt.

Plötzlich schob er seine Hand zwischen ihre Körper und tastete nach der jungen bebenden Brust. Mathilde verweigerte sich ihm jedoch. Ein Bein hatte er fest und besitzergreifend zwischen die der jungen Frau geschoben.

»Lasst mich«, rief sie.

Er gehorchte sofort, hielt sie am langen Arm von sich und stieß hervor:

»Jeden Tag, Mathilde, bin ich froh über seinen Tod, und es tut mir leid für Euch, wenn Ihr noch immer an ihn denken müsst.«

Sie sah ihn erschrocken an. Dann fasste sie sich, und ihre Miene wirkte erneut abweisend, ihre Augen verdunkelten sich vor Wut.

»Ihr genießt seine Hinrichtung«, murmelte sie heftig. »Und ich kann dieses Erlebnis nicht aus meiner Erinnerung löschen, weil Guillaume mir fehlt und ich ihn gern wiedersehen würde.«

Sprachlos, mit großen Augen und wankend, von welchem Schwindel auch immer, sah sie, wie Hugues die Hand erhob. Er ohrfeigte sie zweimal und wich sogleich zurück.

Außer sich vor Wut raffte Mathilde ihr schweres Wollcape um sich, stieß Hugues mit aller Kraft gegen die Holzwand und stürzte aus der Hütte.

»Guillaume hat mich nie geschlagen!«, schrie sie, während sie ihr Pferd losband. »Das habt Ihr selbst gesagt. Niemals Schreie, niemals Blut, niemals Schläge.«

»Aber er hätte Euch erwürgt, nachdem er Euch mit Schmuck überhäuft hatte!«, schrie Hugues.

Während sie sich auf den Rücken von Fildor schwang und die Zügel griff, rief sie:

»Ihr täuscht Euch, er hätte mich zu Eurer großen Überraschung verschont.«

»Das stimmt nicht!«

»Ihr habt Euch gewünscht, dass er sich nicht für mich interessiert«, höhnte Mathilde, »aber er hat mich leidenschaftlich geliebt, und deshalb habt Ihr ihn niederträchtig verraten. Er hat mir versichert, dass ich seine letzte Eroberung war, die Einzige, die ihm etwas bedeutet hat, die Einzige, die er geliebt hat und die er sein ganzes Leben behalten wollte.«

Sie trieb ihr Pferd an. Fildor wieherte, und seine weiße Mähne flatterte im Wind.

»Lebt wohl, Seigneur de La Roche. Ihr werdet nie den Charme Eures Bruders besitzen. Und deshalb möchte ich Euch nicht wiedersehen.«

Bleich vor Zorn, Verbitterung und unterdrückter Wut, dann plötzlich von heftigem Bedauern ergriffen, verließ Hugues die Hütte und blieb reglos und angespannt neben seiner Stute stehen, die gemächlich mit dem Schweif schlug.

Wie erstarrt, die Hände zu Fäusten geballt und mit zusammengebissenen Zähnen sah er, wie sich die Reiterin entfernte und schon bald nur noch ein winziger Punkt war, der seinen Traum mit sich forttrug. Wieder einmal hatte er Taktlosigkeit bewiesen. Aber zum Teufel! Warum verhöhnte ihn dieses Mädchen auch mit ihren Gefühlen für Guillaume? War er so wenig verführerisch, dass man ihm seinen grässlichen Bruder vorzog? Ach! Wie er es bedauerte, dass er sich ihr gegenüber nicht anders verhalten hatte. Er hätte es gekonnt! Er hätte ihr sanfter begegnen können, mit weniger Wut und Gehässigkeit gegen Guillaume.

Es verstrich viel Zeit, bis er auf Grenade stieg und langsam in Richtung Rathaus ritt.

4.

Pierrot betrachtete Mathilde mit besorgter Miene.

»Mathilde! Was kommt dir wieder in den Sinn? Gott im Himmel, warum willst du nach Lyon reisen, bevor du nach Tours zurückkehrst? Deine Mutter wird verstimmt sein.«

»Sie weiß es bereits. Valentine sollte es ihr sagen.«

Francesca zuckte mit den Schultern.

»Du weißt sehr wohl, Pierrot, dass es zwecklos ist, mit Mathilde zu diskutieren. Sie wird genau das tun, was sie will.«

Mathilde saß aufrecht auf ihrem Pferd und stimmte ihr zu.

»Deine Frau hat recht, Pierrot. Marguerite erwartet mich, und ich muss sie treffen.«

Doch Pierrot ließ nicht locker, denn er wollte Alix nicht verärgern. Auch wenn er wusste, dass sie ihm unzählige Fragen stellen würde, auf die er keine Antwort wusste.

»Ich verstehe das nicht. Was soll diese plötzliche Meinungsänderung?«

»Es gibt nichts zu verstehen, Pierrot. Es ist, wie es ist.«

Trotz der passiven Haltung von Francesca widersetzte sich Pierrot mit entschlossener Miene.

»Du hast gesagt, dass wir prüfen, welche Fortschritte der Wandbehang *Augustus und die Sibylle* gemacht hat, und dass wir gemeinsam darüber sprechen werden, ob wir die Arbeit an einem der Wandbehänge des *heiligen Petrus* fortsetzen. Darüber müssen wir reden.«

»Nun, Pierrot«, unterbrach ihn Mathilde, »dann sprichst du eben allein mit dem Weber. Du weißt dir sehr wohl zu helfen, und es ist eine gute Gelegenheit, meiner Mutter zu beweisen, dass du in der Lage bist, einen Auftrag auszuführen. Das wird ihr gefallen, und ich persönlich finde, dass du diese Chance verdient hast.«

Als Francesca lächelte und Pierrot nichts mehr entgegnete, fuhr sie in ruhigerem Ton fort:

»Ich übertrage dir die Verantwortung in dieser Angelegenheit. Besprich ab jetzt alles mit dem Weber. Nur zu!«

»Aber …«

»Pierrot! Wenn du dich weigerst, riskierst du, meine Mutter zu verärgern, und zwar nicht meinetwegen, sondern deinetwegen.«

Leo stieg vom Kutschbock und deutete störrisch mit dem Zeigefinger auf sie.

»Wenn ich nicht Pierrot und seine Frau zurückbringen müsste, würde ich Euch folgen«, grummelte er und zog an den Zügeln, um sein Pferd an den Straßenrand zu führen.

»Das würde nichts ändern, Leo, und das weißt du. Ich würde nur ab und an in der Kutsche sitzen, aber wir würden bis Lyon fahren.«

Nachdem er die Angelegenheit nun gezwungenermaßen von einer anderen Seite sehen musste, dachte Pierrot nach. Er konnte sicher nicht nur wegen der Laune einer jungen Frau zurückfahren, ohne die Aufgabe, die seine Meisterin ihm übertragen hatte, gewissenhaft auszuführen.

»Ist gut, Mathilde, ich prüfe den Wandbehang allein und spreche mit dem Pariser Weber und, wenn es nötig ist, auch mit dem Kartonzeichner.«

Pierrot war gerade dreißig Jahre alt. Mit zehn war er als Waise in die Werkstätten von Alix eingetreten, er wurde zunächst Lehrling, dann Arbeiter und schließlich Meister. Nun sollte er sogar zum Vorarbeiter avancieren, um den alten Arnold zu ersetzen, der von seinem Rheuma steif geworden war. Die Wertschätzung seiner Meisterin war ihm sicher. Er könnte seinem Ärger sogar Luft machen. Er kannte Mathilde gut genug, um sich das erlauben zu können. Doch er sagte nichts, weil er wusste, dass er den Kürzeren ziehen würde. Er konnte nicht umhin, noch einmal festzustellen, wie klug Valentine im Gegensatz zu ihrer leichtfertigen Schwester war.

Mathilde war überspannt und kapriziös und widersetzte sich allem. Pierrot beugte sich keiner ihrer Launen. Wie oft hatte sie sich über ihn lustig gemacht, wenn er das junge Mädchen – völlig zu Recht – ihrer Aufsässigkeit und ihres Ungehorsams wegen zurechtgewiesen hatte? Und auch wenn alles diesmal anders war, weil Pierrot in die Sache verwickelt war, Mathilde würde nicht aufgeben.

Pierrot zuckte die Achseln. Ausnahmsweise würde er allein die Verantwortung für die Arbeit übernehmen, er würde nicht vergeblich über Mathildes neue Laune klagen. Ihr Wankelmut ging zu weit. Sie behauptete, nach Lyon zu reisen, um die Duchesse d'Alençon zu treffen! Das stimmte ganz sicher nicht, er wusste genau, dass sie sich dorthin begab, um den König zu treffen.

»Nur eine Sache«, sagte er.

»Was?«

»Was wird die Weberfamilie sagen, die uns beherbergen sollte? Ich erinnere dich daran, dass sie sich freiwillig bereiterklärt haben, uns für eine Woche Unterkunft und Verpflegung zu gewähren.«

»Das ist ganz einfach, Pierrot!«, erklärte Mathilde, die sich nicht so leicht aus der Fassung bringen ließ, »Francesca, deine

Frau, die dich eigentlich nicht begleiten sollte, wird mich ersetzen. Die Zahl der Gäste ändert sich somit nicht.«

Pierrot rang die Hände. Dazu gab es nichts mehr zu sagen.

Den ganzen Tag war Mathilde von schlechter Laune geplagt, denn Fildor hatte ein Hufeisen verloren. Sie hatte lange einen Schmied gesucht, jedoch keinen gefunden.

Sie musste ihre Suche am nächsten Tag fortsetzen und konnte nicht weiterreiten, Fildor litt, sobald sein Huf den Boden berührte. Sie musste ihre Pläne ändern und am Abend unter dem spöttischen Blick von Pierrot an die Tür des Webers Maître Béranger klopfen.

Dieser erste Abend nahm ein glückliches Ende. Am Tisch der Weber, die sie beherbergten, heiterte Mathilde die unbefangene und freundliche Tochter der Familie auf, die ungefähr in ihrem Alter sein musste. Die junge Benoîte hatte braune Haare, war hochgewachsen und besaß ein freundliches Gesicht mit großen blauen lachenden Augen, die die Aufmerksamkeit auf sich zogen und auch Mathilde für sich einnahmen. Die Unterhaltung verlief angenehm und lebendig.

»Wir mögen lieber den Stadtteil Saint-Marcel als Saint-Jacques«, versicherte die junge Benoîte und reichte Mathilde ein Brett, auf dem Dame Béranger einen gefüllten Kapaun drapiert hatte.

»Vor allem gefallen dir die Geschäfte von Saint-Marcel«, erwiderte ihre Mutter. »Sie ziehen dich an wie eine Schale Milch die Fliegen.«

»Deine Mutter hat recht«, bemerkte Maitre Béranger in sarkastischem Ton, »die Geschäfte von Saint-Marcel ziehen dich mehr an als die Weber, die sich dort erneut niedergelassen haben.«

»Waren die nicht zuvor in Saint-Jacques?«, erkundigte sich Mathilde, die das häufig von ihrer Mutter gehört hatte.

»Ja. Aber inzwischen sind sie alle weggezogen, und Stück für Stück übernehmen die Brüder Gobelin wieder alles.«

»Wer sind die Brüder Gobelin?«, fragte Mathilde.

»Das sind Färber, die sich am Ufer der Bièvre niedergelassen haben. Ihr könnt einen Ausflug dorthin unternehmen, Demoiselle. Wollt Ihr, dass Benoîte Euch morgen begleitet? Währenddessen lasst Ihr Euer Pferd beim Schmied. Es gibt einen nicht weit von hier.«

»Sehr gern. Ich reise in zwei oder drei Tagen weiter.«

»Bis nach Lyon ist es eine weite Reise«, bemerkte Dame Béranger. »Es liegt nicht gerade in der Nachbarschaft.«

»Gewiss, aber ich mache den Weg nicht zum ersten Mal.«

Sie blickte zu Benoîte, die sie aus ihren großen blauen Augen anlächelte. Mathilde schien ihr zu gefallen, und so rettete sie scheinbar nebenbei und ganz souverän die Situation.

»Bleibt noch etwas bei uns. Morgen kümmern wir uns um Euer Pferd, anschließend besuchen wir die Brüder Gobelin.«

Mathilde stimmte mit einem leichten Kopfnicken zu.

»Dann zeige ich Euch die Geschäfte von Saint-Marcel. Wir probieren Kleider beim Schneider Panevieux und kaufen Posamenten bei Dame Mortefert. Dort gibt es Haken aus Elfenbein und Kämme aus Schildpatt. Es sind die schönsten im ganzen Land.«

»Einverstanden«, sagte Mathilde entzückt.

Sie vergaß langsam das Bild des verführerischen Hugues de La Roche, der überheblich und verliebt so ungeschickt versucht hatte, sie zu verführen. Doch konnte sie auch den lebendigen Glanz seiner feurigen schwarzen Augen vergessen und sein betörendes Lächeln, das dem von Guillaume ähnelte?

»Wir gehen auch zum Flickschuster Beaumarant. In Paris tragen die vornehmen Damen Schuhe, die vorn quadratisch und mit Silberschnallen besetzt sind. Ich glaube, am Hof sind sie mit schönem Atlas bezogen und mit edlen Stickereien verziert, aber sie entsprechen nicht der italienischen Mode.«

»Um alles zu sehen«, erklärte Dame Béranger, »braucht Ihr eine Woche!«

»Wir brauchen zwei oder drei Tage«, fuhr Benoîte fort. »Morgen besuchen wir die Brüder Gobelin.«

Das Abendessen verlief entspannt, Maître Béranger und seine Frau waren eine äußerst angenehme Gesellschaft. Man sprach nicht über Tapisserien, sondern über den Hof von Blois, über Spanien, Florenz und Brügge. Pierrot hörte zu, während Francesca seine Hand hielt, er war zufrieden mit der Wendung, die die Dinge genommen hatten.

So kannte er Mathilde. Geschäfte faszinierten sie, die Angebote der Händler und das Schreien der Standbesitzer, die ihre Waren feilboten.

Dame Béranger, die befürchtet hatte, dass das junge Mädchen zu bald wieder aufbrechen würde, seufzte erleichtert. Ausnahmsweise hatte die Unbekümmertheit ihrer Tochter die Situation gerettet, denn es wäre unschicklich gewesen, wäre Mathilde so kurz nach ihrer Ankunft bereits wieder aufgebrochen.

Die Werkstatt mit den Hochwebstühlen, die sie am Boulevard Saint-Marcel führten, wurde zum Teil durch Aufträge der mächtigen Cassex unterhalten. Es verstand sich von selbst, dass Maître Béranger und seine Frau es gern sahen, wenn Demoiselle Mathilde gut über sie sprach.

Am nächsten Tag besuchte Pierrot die Werkstatt der Bérangers, um den Fortschritt des Wandbehangs *Augustus und die Sibylle* und *Die Geschichte des heiligen Peters* zu begutachten. Währenddessen führte Benoîte Mathilde durch ein ihr unbekanntes Paris.

In der Rue de l'Autruche zeigte sie ihr den Louvre und den Palais des Tournelles, ein finsterer Wohnsitz inmitten antiker Gebäude. Nicht weiter erstaunlich, dachte Mathilde, dass es François hier nicht gefiel und er den schönen Himmel im Val de Loire und die prächtige Landschaft, in der seine Schlösser lagen, Paris vorzog.

Es hieß, dass die Bewohner des Loire-Tals unzugänglich seien und dass man dort nur durchreisen und nicht verweilen sollte. Und dennoch hatten sich alle französischen Könige dort niedergelassen! All jene Orte bargen bezaubernde Geheimnisse!

»Der Palast ist dunkel und öde«, sagte Benoîte. »Er ist nur sauber, wenn die große Parade oder offizielle Empfänge stattfinden. Dasselbe gilt für den Louvre! Findet Ihr ihn hässlich?«

»Er stammt aus einer anderen Zeit«, antwortete Mathilde nachdenklich. »Man spricht von Festungen. Wie bei der Bastille. Das Gebäude hat eine sehr interessante Geschichte.«

»Ach«, sagte Benoîte.

»Ja, seht nur«, fuhr Mathilde fort, »dieser große Turm des Louvre, an dem wir soeben vorbeigekommen sind und mit dem sich Erinnerungen an Philippe Auguste und Charles V. verbinden. Er bleibt eindrucksvoll und ist stolz auf seine Vergangenheit. Damals musste man sich dauernd vor Angriffen und Gefahren schützen. Heute ist alles leichter und heller geworden. Es gibt keinen Krieg mehr.«

»Ach!«, sagte ihre Begleiterin erneut und staunte mit offenem Mund über Mathildes Wissen.

»Der König hat mir erzählt, dass er diesen großen Turm am Louvre einreißen und den Palast umbauen wird, sodass er angenehm zu bewohnen sein wird. ›Eine hübsche Bleibe!‹, hat er mir versichert.«

»Eine hübsche Bleibe!«, wiederholte Benoîte ungläubig, als könnte dieses hässliche Gebäude nie mehr die Gestalt ändern. »Ist das wirklich möglich?«

»Mit François ist alles möglich«, sagte Mathilde lachend.

Benoîte hatte dennoch ihre Zweifel. Einen so großen Turm einzureißen, der im oberen Bereich mindestens elf Fuß und im unteren mehr als fünfundzwanzig Fuß breit sein musste, grenzte an ein Wunder.

»Er sagt auch, dass er die Ufer der Seine pflastern will und dass die größten Brunnenbauer die Flüsse reinigen würden, die die Pariser mit Wasser versorgen.«

»Oh, Mathilde!«, rief Benoîte begeistert, »Ihr wisst Sachen! Woher habt Ihr das alles?«

Woher? Vom Hof! Die junge Frau hörte, worüber Marguerite sprach, wovon Louise vieles bestätigte. Wenn das junge Mädchen vielleicht auch kapriziös und unstet war, so war sie ganz gewiss nicht taub. Sie behielt alles, was sie hörte und was sie sich erklären ließ, sofern das Protokoll es erlaubte, das hieß, wenn sie allein mit der Mutter und der Schwester des Königs war.

»François hat bestätigt«, fuhr sie fort, entzückt von Benoîtes Interesse, »dass er eines Tages die Porte Saint-Denis passieren wird und dass in der Fontaine du Ponceau Satyre tanzen werden. Er sagt auch, dass am Dreifaltigkeitsfest die neun Musen Laute und Leier spielen, dass die Brücke Notre-Dame mit Blumen und Girlanden geschmückt sein wird und dass vor jedem Haus eine hübsche Tapisserie hängt.«

»Wird er das alles wirklich umsetzen?«

»Das hat er gesagt. Dann tut er es auch.«

Benoîte schüttelte den Kopf, dann nahm sie Mathildes Hand und führte sie weiter.

»Kommt, jetzt bringe ich Euch ans Ufer der Bièvre. Es soll nicht heißen, dass ich Euch auf unserem Spaziergang durch Paris nicht auch etwas gezeigt hätte. Jetzt bin ich dran, Euch zu überraschen.«

Sie begaben sich also in Richtung Ufer der Bièvre. Doch Benoîte gefiel es, ein paar Umwege einzuflechten. Sie passierten die Rue de la Harpe.

»Hier ist das Viertel der Thermen und der Ballspiele. Seht, Mathilde, hinter der Rue Mouffetard liegt die Rue des Ménétriers, in der die Musiker sich versammeln. Wollt Ihr ein Ständchen hören? Das kostet zehn Sous.«

Mathilde nahm ihre Tasche und holte die Geldstücke heraus.

»Einverstanden, leisten wir uns ein Ständchen.«

Sie fanden zwei Musiker in der Rue Galande, in der Nähe der kleinen Kirche Saint-Julien-le-Pauvre. Der eine spielte Querpfeife, der andere Tamburin. Als sie die jungen Mädchen sahen, blieben sie stehen.

»Kommt näher, Demoiselles, ein einfaches Ständchen kostet Euch zehn Sous ohne Kapelle, zwanzig mit Querpfeife, Flöte und Tamburin.«

»Mit Flöte!«, sagte Mathilde. »Ich sehe keine Flöte.«

Der Kleinere, der eine rote Kappe trug, deren langer Zipfel auf seine Schulter fiel, reckte den Arm in die Luft, und in seinem Ärmel kam die Flöte zum Vorschein. Er hob sie an seinen Mund und produzierte einen kristallklaren Ton, der wie der kurze Schrei eines Vogels verhallte.

»Zwanzig mit der Flöte.«

Doch der ältere der Spieler stieß einen langen Pfiff aus und holte zwei weitere Jungen herbei. Der eine hielt eine Drehleier, der andere eine Laute. Sie stimmten ihre Instrumente, dann verkündete der älteste der vier, der eine gelbe Jacke mit Rockschößen über roten Beinlingen trug, mit singender Stimme:

»Fünfundzwanzig, und wir führen alles vor, was wir können.«

»Meine Laute besteht aus Ahornholz, Demoiselle«, schaltete sich der ein, der sie zuerst angesprochen hatte. »Das ist der schönste Klang überhaupt. Hört!«

Ein Ton erklang und stieg bis in den Himmel hinauf. Eine herrliche Schwingung, die man unter freiem Himmel nur selten hörte.

»Und mein Bogen schwingt wie die Liebe zweier Hirten. Hört, Demoiselles, und sagt mir, ob Ihr jemals etwas Schöneres gehört habt.«

Ein weiterer bezaubernder Ton erklang.

»Was meine Leier angeht«, meldete sich der Musiker, der noch nichts gesagt hatte, »so lässt jede ihrer fünf Saiten die hübschen Damen auf andere Weise tanzen. Wenn Ihr einen Kavalier an Eurer Seite habt, werdet Ihr dahingleiten, Demoiselles. Eine leidenschaftliche Gigue reißt Euch mit sich, ein leichter Reigen lässt Euch in die Arme des freundlichen Ritters sinken, der Euch mit den Augen verschlingt. Eine Gaillarde trägt Euch bis in die Wolken.«

»Ach, Demoiselles!«, rief erneut der Flötist, »ich gehöre nicht der Zunft der Pariser Musikanten an. Die Kirche besitzt vielleicht das Monopol für die gelehrte Musik, aber ich werde Euch verzaubern, Euch amüsieren, ja, Euch zum Lachen bringen mit meinen Grimassen und mit meiner Hornflöte.«

Er führte die Flöte an seine Lippen, die wie das Horn einer Gazelle geformt war, blies die Backen auf, sog sie ein, blies und gestikulierte wie der Teufel. Währenddessen erklangen reine, kristallklare Töne aus seinem Instrument. Ein feiner unterbrochener Luftstrom! Ein wundervoller leichter Schall! Dann hörte er auf.

»Das ist gut«, stellte Mathilde fest und reichte ihm die fünfundzwanzig Sous »Wir möchten Euer ganzes Repertoire hören.«

Das Ständchen dauerte über eine Stunde. Die vier Musiker tanzten, gestikulierten, machten Pantomime und spielten auf ihren Instrumenten, wobei Schellen und Tamburin einen fröhlichen Rhythmus vorgaben.

Der junge Musiker, der feinfühlig seine Laute zupfte, hatte sich vor Mathilde aufgebaut, war vor ihr auf ein Knie gesunken und erklärte ihr seine Liebe in vom Wind verhüllten Worten, in zarten Farben, in Schweigen und in sanften Atemzügen, die von der Melodie des Ständchens getragen wurden.

Der Flötenspieler warf Benoîte unablässig kühne, verliebte Blicke zu, die sie mit einem verständnisinnigen Lächeln auffing. Er deutete teuflische Sprünge an, entfernte sich, kehrte zurück, psalmodierte, lachte und nahm die Blockflöte aus dem Mund, um die Lippen wie ein erstauntes Kind zu einem O zu formen.

Die zwei anderen ließen ihre warmen vollen Stimmen ertönen. Jedes Lied, jeder Refrain entzückte die jungen Frauen, und als die Stunde vorüber war, gab Benoîte, die ihnen noch nichts gegeben hatte, ebenfalls fünf Sous.

Fast bedauernd sahen sie zu, wie die vier Musiker sich entfernten, bereits auf der Suche nach neuen Passanten, die sich mit einer getanzten Ballade den Hof machen ließen.

Hand in Hand trällerten die beiden jungen Mädchen die Melodie, die der Flötist angestimmt hatte. Benoîte erinnerte sich noch an alle Texte und Mathilde an die Musik. Schließlich kamen sie durch die Rue de la Huchette und die Rue Saint-

Severin zurück und begaben sich in Richtung Porte de Bordelles, wo sich das Wohnviertel der Professoren aus dem Quartier Latin befand.

Nach einem weiteren Stück Wegs und diversen Umwegen lernte Mathilde das Viertel Saint-Marcel kennen, mit den zahlreichen Tuchhändlern, die ihre schweren Stoffe aus Seide, Atlas, Samt, Damast und Taft übereinanderstapelten, mit den Strickwaren, den Ständen mit Posamenten und Stickereien, mit den Kurzwarenhändlern, den Schneidern, den Pelzhändlern, die Marder und Zobel verkauften, den Flickschustern und schließlich den Webern der Tapisserien.

Die großen Gärten waren von den Färbern besetzt, unter denen die Brüder Gobelin die wichtigste Rolle spielten. Ihr Unternehmen erstreckte sich bis ans Ufer der Bièvre, die schwarz und schmutzig, jedoch ruhig an den Verkaufsständen vorbeifloss, die sich an ihrem Ufer aneinanderreihten. Aus den nicht gepflasterten Gassen drang ein ekelerregender Gestank. Ungeachtet der Gerüche, die sie in der Stadt verbreiteten, wurden Dung, Vogeldreck, Pferdeäpfel – Exkremente aller Art – vor den Türen zurückgelassen.

»Der Fluss ist nicht sauber«, stellte Mathilde fest, als sie am Ufer entlangliefen und sie sich über das Wasser beugte.

»Er wird klarer, je weiter man sich von den Färbereien entfernt, aber er stinkt noch genauso.«

»Ist es nicht verboten, Abfall und schmutziges Abwasser hineinzuschütten?«

»Natürlich«, bestätigte Benoîte. »Es kostet sogar einhundert Sous beim ersten und zehn Pfund beim zweiten Mal. Das ändert jedoch nichts. Niemand wird jemals dabei erwischt.«

»Und beim dritten Mal?«, fragte Mathilde.

»Werden die Einkünfte drei Monate lang einbehalten, was

einer überaus hohen Geldstrafe entspricht und einen Händler ruinieren kann.«

»In Tours«, antwortete Mathilde und wandte den Kopf von dem Fluss mit all den Abfällen, »gibt es eine Polizei der Fuhrmänner und Fahrer, die Unrat fortkarren. Man muss die Abfälle zur Straßenverwaltung bringen. Die Loire ist schön sauber.«

»Ihr habt recht. Die Bièvre ist schmutzig. Gehen wir hier weg.«

Benoîte hob die Hand und deutete mit dem Zeigefinger vor sich. Dort nahm ein großes Geschäft, an das sich mehrere Werkstätten und zahlreiche Nebengebäude anschlossen, ein großes Gebiet ein.

»Das ist die Fabrik der Gobelins. Sie sind die reichsten Färber von Paris, aber auch die mächtigsten Weber von Tapisserien in der Hauptstadt. Sie arbeiten ausschließlich mit Flamen.«

Mathilde ging einige Schritte hinter ihrer Begleiterin her.

»Aber das ist ja die kleine Benoîte!«, sagte jemand hinter ihnen.

Ein kleiner schmächtiger Mann mit Glatze und krummem Rücken kam auf sie zu. Er musste um die sechzig Jahre alt sein und stützte sich mit der rechten Hand auf einen Stock.

»Brauchen deine Eltern ein bisschen Krapp oder Reseda?«

»Weder das eine noch das andere, Maître Gobelin. Unsere Werkstatt ist mit schönen, gut gefärbten Fäden versorgt.«

»Willst du nicht etwas Waid mitnehmen? Ach, richtig, Eure Fäden sind schon gefärbt. Dann vielleicht ein paar Fäden aus Arras, ganz in Indigo gefärbt, das zehnmal besser die Farbe fixiert. Deine Eltern werden sehen, wie gut das ist.«

»Nein«, erwiderte Benoîte lachend. »Ich bin hier, um meiner Freundin Mathilde de Cassex das Ufer der Bièvre und Eure Anlagen zu zeigen.«

»Cassex! Cassex!«, wiederholte ein anderer kleiner Mann, der seinem Bruder frappierend ähnlich sah und auf sie zuhumpelte. »Besitzt Ihr nicht ein Kontor in Brügge?«

»Das stammt noch von meinen Großeltern«, erwiderte Mathilde, die sich unschlagbar in der Familiengeschichte der Cassex auskannte.

Die beiden kleinen Männer durchbohrten sie mit ihren Blicken. Doch das junge Mädchen ließ sich nicht verunsichern. Während der eine etwas argwöhnisch wirkte, schien der andere ein wenig wortkarg. Mathilde lieferte ihnen die Erklärungen, auf die sie warteten.

»Thomassaint Cassex war ein sehr angesehener Weber in Brügge. Sein Großvater hat an der berühmten *Apokalypse des heiligen Johannes* mitgearbeitet. Maître Jacques Cassex, der erste Mann meiner Mutter, hat seine Werkstätten in Tours aufgebaut. Aber wir besitzen auch ein Verkaufskontor in Brüssel.«

»Brüssel, Brüssel! Aber ja«, rief der Krummere der beiden. »Dort sind die Cassex vertreten. So etwas dünkte mir. Ich habe deinen Namen schon gehört. Eure Tapisserien sind äußerst schöne Stücke. Es heißt, dass die Regentin Louise d'Angoulême sie mehr schätzt als jene aus Flandern.«

»Der König ebenso. Unsere Werkstätten und unser Kontor im Val de Loire sind sehr angesehen«, erklärte Mathilde lächelnd.

»Ich weiß. Ich weiß.«

Schließlich trat der dritte Bruder Gobelin hinzu. Er war jünger, größer und eleganter als die beiden anderen. Er durfte kaum vierzig Jahre alt sein und trug ebenfalls einen großen mit Zobel gefütterten Mantel, der seine große Gestalt umhüllte.

Während sich die beiden älteren Gobelin-Brüder glichen wie ein Ei dem anderen, war der Jüngste von anderer Statur.

»Ich kannte einst eine Alix Cassex. Sie war kaum zwanzig

Jahre alt. Sie kam aus der Provinz, um ebenso wie ich ihr Werk bei der Gilde vorzustellen.«

»Das war meine Mutter«, rief Mathilde mit rosigen Wangen und aufgeregter Stimme.

»Das habe ich mir gedacht. Ach! Das ist lange her. Sie zitterte genauso wie ich und die anderen. Wir hatten solche Angst, ohne unsere Lizenz wieder herauszukommen.«

Er betrachtete Mathilde mit spöttischem Lächeln und trat auf sie zu.

»Das war ein Mädchen! Kühn, forsch und energisch. Sie wusste, was sie wollte, die kleine Alix.«

»Ja«, murmelte Mathilde. Sie war überrascht, dass man so von ihrer Mutter sprach.

»An jenem Tag musste ich direkt vor ihr vor die Jury treten, sodass ich noch nicht fort war, als das Donnerwetter losbrach.«

»Das Donnerwetter!«

»Noch nie ist eine Sitzung der Webergilde derart verlaufen. Dieses Mädchen hat alle in Aufruhr versetzt.«

»Warum?«, wollte Mathilde wissen, die sich immer mehr wunderte.

»Weil alle gegen sie waren. Man kritisierte ihr Werk, man verhöhnte es, man unterstellte ihr, sie habe nur die *Dame mit dem Einhorn* kopiert. Zum Glück war einer der Söhne Le Viste anwesend, der in die Herstellung des Originals dieses berühmten Wandbehangs involviert war, und hat sie verteidigt.«

»Hat nur er sie unterstützt?«

»Nein, diese Schlawinerin! Sie hatte die beiden einflussreichsten Personen der Versammlung für sich eingenommen: einen Kardinal aus dem Vatikan und einen Bankier aus Florenz.«

Mathilde erblasste.

»Einen Bankier aus Florenz!«

»Ja. Sire Alessandro Van de Veere. Ich erinnere mich sehr gut, weil meine Familie, die von seinem Aufenthalt in Frankreich gehört hatte, ihn bei einer großen Finanzierung um Unterstützung bitten wollte. Zu jener Zeit tat man gut daran, sich Golddukaten anstelle von Gulden oder Pfund zu leihen. Doch am übernächsten Tag war der Bankier bereits abgereist.«

Mathilde war blass und zitterte ein wenig, sie wagte kaum zu atmen. Diese Gelegenheit, mehr über ihren Vater zu erfahren, durfte sie sich nicht entgehen lassen.

»Wie war dieser Bankier, erinnert Ihr Euch?«

»Diesen Mann konnte man nicht vergessen. Er sah gut aus, besaß ein ausdrucksstarkes Gesicht und ein vornehmes Auftreten. Wie alle Gonfaloniere aus Florenz trat er sehr selbstsicher auf. Der kleinen Cassex war ihre Lizenz sicher. Nach einer heftigen Auseinandersetzung zwischen den Anhängern der jungen Weberin und jenen, die sie verleumdeten, haben der Bankier und der Kardinal dem Richter die Hand geführt und ihn gezwungen zu unterzeichnen. So etwas hatte man noch nicht gesehen. Eine schöne Balgerei, in die sich die sonst so gleichgültigen Flamen einmischten! Der Kardinal schob sogar einem Mitglied, das sich anschickte, das Werk der kleinen Cassex zu zerstören, drohend eine Faust unters Kinn.«

»Sie haben den Richter gezwungen, die Lizenz meiner Mutter zu unterzeichnen?!«

»Das war dringend nötig. Der mächtige Sire de Coëtivy, der sich mit einem picardischen Edelmann eingelassen hatte, dessen Namen ich nicht mehr erinnere, ein unredlicher Weber aus der Touraine und ein Bischof aus Reims, der übel wie eine Hyäne war, lehnten das Meisterwerk ab. Ein sehr schönes Werk, das eigentlich die Aufmerksamkeit aller verdient hatte. Ich erinnere mich. Sie hatte die Tapisserie mit einer Methode gewebt, die die Fäden wie Goldfäden wirken ließ.«

»Und der Florentiner Bankier?«

Mathilde wusste nicht, welche Frage sie noch stellen sollte. Es war so unglaublich, dass dieser Mann einst ihrem Vater begegnet war. Ach! Wie gut, dass sie eingewilligt hatte, Benoîte zu den Gobelins zu begleiten!

»Trotz seines flämischen Namens war er ein reinrassiger Florentiner. Es hieß, dass sein Vater aus Brügge stammte und seine Mutter aus Florenz. Aber …«

Plötzlich hielt er inne und betrachtete Mathilde. Dann fragte er:

»Warum wollt Ihr noch mehr über diesen Bankier wissen?«

»Habt Ihr nicht gesagt, dass er das Werk meiner Mutter verteidigt hat?«

»Der Kardinal hat sich ebenfalls für ihre Arbeit eingesetzt.«

»Ja, aber das Leben meines Großonkels Kardinal Jean de Villiers kenne ich, während ich praktisch nichts über meinen Vater weiß.«

»Euren Vater!«

Die drei Brüder Gobelin schienen verdutzt.

»Ja, Alessandro Van de Veere ist mein Vater. Er ist kurz vor meiner Geburt in den Kanonen von Bologna, im italienischen Krieg von Louis XII., gestorben. Meine Mutter ist nach Florenz gekommen.«

Die Brüder Gobelin gingen schweigend auf Mathilde zu. Argwöhnisch? Gewiss nicht. Eher neugierig. Sie wussten, dass dieses Kind die Wahrheit sprach. Hatte man außerdem nicht in ganz Lille erzählt, dass die kleine Cassex am Tag nach der Jurysitzung mit dem Bankier aus Florenz abgereist sei? Eine Anekdote, die ihnen plötzlich wieder einfiel.

Nach diesem Intermezzo, von dem die drei Brüder noch immer überrascht waren, schlugen sie freundlich vor, ihr ihre Tapisserien zu zeigen. Die Tochter von dieser Alix Cassex hatte das sehr wohl verdient.

»Eure Mutter, Kleine«, sagte der Älteste, der sich schwer auf seinen Stock stützte, »hat gut daran getan, Verkaufskontore zu eröffnen. Ich sehe da den sehr vernünftigen Einfluss des Florentiner Bankiers. Auch zu jener Zeit sprach man schon von Manufakturen. Die kleinen Weber sind selbst schuld, wenn sie darauf bestehen, allein weiterzuarbeiten, abgeschieden von den großen Zentren in Flandern.«

»Oh! Es gibt derer noch sehr viele«, widersprach Benoîte, denn viele Freunde ihrer Eltern unterhielten eine kleine Werkstatt.

»Leider werden nur die größten fortbestehen, und auch die müssen sich den Anforderungen der großen Fabriken beugen, die ihnen ihre Gesetze diktieren. Deshalb ist es in der heutigen Zeit ertragreicher, ein Verkaufskontor zu eröffnen als eine kleine Werkstatt.«

»Gemäß Eurer Aussage, Maître Gobelin, werden die großen Fabriken alle Webaufträge an sich reißen! Sind sie die Einzigen, die mit den Geldgebern und den Malern verhandeln können?«, fragte Mathilde und nahm sich vor, ihrer Mutter von diesem Gespräch zu berichten.

»Ja, meine Brüder und ich sind uns sicher. Die Generation der Weber, die auf uns folgt, denkt bereits in diese Richtung. Unsere Kinder sind sich dessen sehr bewusst.«

»Sind Eure Kinder überhaupt da?«

Diese Frage kam von Benoîte, denn sie kannte den ältesten Sohn des jüngsten Gobelinbruders, der einst versucht hatte, sie zu verführen, als sie gekommen war, um Reseda zu kaufen.

»Sie sind wieder nach Flandern aufgebrochen. Sie kommen nur noch selten nach Paris.«

Er streckte den Zeigefinger in die Luft.

»Ich sage Euch, meine Kleine, in zwanzig Jahren wird es in Tours keinen einzigen Weber mehr geben.«

»Der König sagt dasselbe. Er will seine eigene Fabrik eröffnen und meint, er werde die größten Weber seiner Zeit großzügig entlohnen, ohne dass sie ein Meisterwerk bei der Gilde präsentieren müssten.«

Sie schwieg, denn plötzlich merkte sie, dass sie zu viel geredet hatte. Wieso tat sie irgendeine Idee kund, die sicher die Aufmerksamkeit der drei Männer erregte, die genau wissen wollten, was im Herzen ihres Berufsstandes vor sich ging.

Mathilde fühlte sich bestätigt, als sie beeindruckt vor den gigantischen Tapisserien der Brüder Gobelin stand und das Ausmaß ihrer Macht begriff.

»Mode und Geschmack ändern sich. Die Renaissance bringt alles zum Ausbruch. Man muss mit der Zeit gehen.«

5.

Was der Vogt von Paris Alix bei seinem Besuch in Tours berichtet hatte, erwies sich als richtig. In Lyon herrschte eine seltsame Atmosphäre, und die unterschiedlichen Nachrichten lieferten Notabeln und Würdenträgern der Stadt reichlich Gesprächsstoff.

Mathilde war dem Hof nach Lyon gefolgt. Der König machte sich bereit, in die Alpen aufzubrechen, wo seine Armee Quartier bezogen hatte. Die Unterhaltung, die Mathilde kürzlich mit Diane über deren Vater, den Baron de Saint-Vallier, den Comte de Poitiers, geführt hatte, bewies, dass sich die Dinge nicht zum Vorteil Frankreichs entwickelten. Zu einem Verrat gehörten immer zwei!

Und plötzlich hatte sich die Situation verschärft. François war von einem Ereignis betroffen, das die Mutter des Königs nicht hatte vorhersehen können. Es brachte den König zunächst aus der Fassung, dann ergriff ihn eine unkontrollierbare Wut.

Der Konnetabel von Bourbon, Charles de Montpensier, hatte eiskalt das Lager gewechselt und sich offiziell mit Charles Quint, dem gefährlichsten Gegner François' I. verbündet.

Das Ereignis überraschte den französischen Hof. Bourbon, der in glücklichen Tagen der intime Freund der Comtesse d'Angoulême gewesen war, verriet ihren Sohn! Auslöser war gewiss der Prozess, den Louise gegen Bourbon anstrebte, um das Erbe ihrer Mutter zurückzuerlangen. Aber wie zum Teufel war das

Erbe, das Louise zustand, in die Kasse der Beaujeu geraten, um den Duc de Bourbon zu bereichern?

Es war ungeschickt von Louise gewesen, dass sie das Erbe ihrer Vorfahren zu früh zurückverlangt hatte! Und von François, Bourbon sein Vertrauen zu schenken, als er die Folgen nicht wirklich abschätzen konnte! Der Titel des Konnetabels von Frankreich hatte den unverhältnismäßigen Ehrgeiz von Bourbon nur noch verstärkt. Dank des gewichtigen Titels musste sich Letzterer nicht mehr der Königinmutter beugen.

Der doppelte Verrat des Konnetabels machte alle europäischen Höfe sprachlos. Gewiss gab es noch eine dritte Vermutung, die sich die gehässigsten Zungen beeilten, überall zu verbreiten. Als Suzanne de Bourbon gestorben war, hatte Louise die Figuren auf ihrem Schachbrett neu sortiert, ohne auch nur einen Moment daran zu zweifeln, dass Charles es ihr gleichtat. Am Hof hieß es, Louise habe ihrem Liebhaber einen Heiratsantrag gemacht, um das Vermögen der Bourbonen für die französische Krone zu sichern, dieser habe sich jedoch geweigert. Sofern dies zutraf, bedeutete es eine nicht zu überwindende Kränkung für Louise.

Was auch immer der Ursprung dieser Affäre war, es spielten zu viele Interessen eine Rolle. Da sie auf keinem anderen Weg an ihr Erbe herankam, hatte Louise einen Prozess angestrebt, dessen Gewinn ihr so gut wie sicher schien, da der König persönlich in die Sache verwickelt war. Als sich der Duc de Bourbon als schlichter Edelmann vor dem Ruin sah, hatte er nicht gezögert, einen Verrat zu begehen.

In Lyon erreichte die Aufregung ihren Höhepunkt, und die verschiedensten Gerüchte über den Konnetabel machten die Runde. Nicht nur, dass die Vorbereitungen eines bevorstehenden Krieges in vollem Gange waren, der König sah sich plötzlich mit einer völlig neuen Situation konfrontiert. Der Treuebruch eines Untertanen erwies sich als unüberwindlich und hinderte ihn daran, seine Offiziere in den Alpen zu treffen – Charles d'Alençon, Bonnivet, Montmorency, d'Albret.

Während Françoise de Châteaubriant, die erste Mätresse des Königs, in Chenonceau geblieben war, traf sich François I. mit Marguerite und Mathilde, die seine Schwester nicht zurück nach Tours hatte reisen lassen.

Der König wirkte ungewöhnlich finster und verschlossen. Mathilde, die ihn seit einiger Zeit beobachtete, bemerkte, dass der spöttische Glanz in seinen Augen einem besorgniserregenden wütenden Funkeln gewichen war.

»Verflucht sei der Tag, an dem Brézé, der Seneschall der Normandie, mir diesen Verrat eröffnet hat«, stieß er zwischen zusammengebissenen Zähnen hervor. »Wenn die Comtesse de Poitiers nicht seine Frau wäre, hätte ich ihren Vater nicht begnadigt.«

»Majestät«, hob Mathilde vorsichtig an, »der Vater von Diane hat dem Duc de Bourbon die Treue gehalten.«

»Mir sollte er sie halten.«

»Majestät, der Duc de Bourbon war sein Freund«, beharrte Mathilde.

»Willst du etwa sagen, dass sein Freund vor dem König kommt?«, schrie François I. voller Gehässigkeit.

»Ruhig, François!«, schaltete sich Marguerite ein, »bereue nicht, dass du den Comte de Poitiers begnadigt hast. Ausgerechnet du, der Ritterkönig, kannst es nicht einfach ignorieren, wenn jemand einem anderen die Treue hält. Es gilt hier nicht mehr über den Fall von Dianes Vater nachzudenken, der dich um Gnade angefleht hat, sondern über den von Bourbon. Er hatte Charles Quint bereits einen Besuch abgestattet.«

»Und jetzt verbündet er sich mit ihm gegen mich.«

Aufgebracht schlug der König auf die Lehne des Sessels, in dem er saß. Marguerite trat zu ihm und legte einen Arm um seine Schultern.

»Warum warten, François? Du solltest vielmehr aufbrechen, um Bonnivet zu treffen.«

Während er mit zusammengepressten Lippen und einer tiefen Falte auf der Stirn nachdachte, verstärkte Marguerite den Druck ihres Arms um seine Schulter, und Mathilde, die vor ihm kniete, ergriff seine Hand. Eine Geste, die Marguerite tolerierte, solange sie allein waren, was selten vorkam, seit die Mätresse des Königs am Hof wohnte. Doch Gott sei Dank! Heute erlaubte ihre Abwesenheit Mathilde, sich all diese Vertraulichkeiten herauszunehmen, und sie schämte sich nicht, die Hand von François unendlich lange in ihrer zu halten.

Wären die Umstände nicht so dramatisch gewesen, hätte Marguerite über ihren Schützling gelächelt, die den König zu besänftigen versuchte.

»Wenn Louis de Brézé uns nach deiner Abreise Neuigkeiten bringt«, erklärte sie ruhig, »werden wir sie dir zukommen lassen. Aber wenn du noch länger wartest, ist es vielleicht zu spät, die erforderlichen Maßnahmen zu ergreifen.«

Sie ließ ihren Arm sinken, und Mathilde ließ ebenfalls von seiner Hand ab. François' Blick wirkte entschlossen. Seine Nasenflügel bebten. Marguerite wusste, wenn er aussah, als wollte er atmen, ohne den kleinsten Hauch Luft aufzunehmen, war er enorm wütend.

François erhob sich und lief nervös durch den Raum, wobei er die Schuhe fest auf den Boden knallen ließ. Sein dichtes schwarzes Haar bebte, und seine Bewegungen hatten etwas Mechanisches.

Plötzlich fegte er wütend mit dem Fuß über den Boden und schleuderte ein Sesselkissen durchs Zimmer. Als es lautlos auf den Boden fiel, stieß er wütend seinen Fuß in die Daunen und wurde nur noch wütender. Anschließend griff er das Tintenfass vom Tisch und schleuderte es in seiner unbändigen Wut gegen die Wand. Der Deckel zerbrach, und die Tinte verteilte sich auf dem Teppich.

Mathilde war in eine Zimmerecke zurückgewichen. Noch nie hatte sie François so außer sich gesehen, so unbeherrscht. Und auch Marguerite, die ihren Bruder häufig niedergeschlagen und schmollend, ungeduldig, auch gereizt erlebt hatte, kannte nicht diese aggressiven Wutanfälle von ihm, die überhaupt nicht nachzulassen schienen.

In kritischen Situationen und unlösbaren Komplikationen eher fatalistisch eingestellt, predigte François I. stets Passivität, Geduld und List.

Marguerite verstand, dass ihr Bruder, der seit Langem auf Loyalität, Aufrichtigkeit und Pflicht setzte, Untreue nicht ertrug.

»Bourbon ist ein Verräter, ein Heuchler, ein Betrüger. Er ist Frankreichs nicht würdig.«

»Donnerwetter!«, rief Mathilde, von der Wut des Königs angesteckt, »er soll zum Teufel gehen und in der Hölle schmoren!«

»Mathilde!«, tadelte Marguerite. »Fluche nicht. Das gehört sich nicht für ein junges Mädchen bei Hofe.«

Der König wandte Mathilde einen Augenblick den Kopf zu. Sie sah, dass er ihre Worte schätzte, und glaubte, er würde ihr zulächeln. Doch er besann sich und stampfte stattdessen noch immer voller Zorn wie ein eigensinniges Kind mit dem Fuß auf den Boden.

»Er ist ein Abtrünniger, er hat den Eid gebrochen. Er verdient es nicht, weiterhin Ritter zu sein.«

»Marguerite!«, protestierte Mathilde, »der König hat recht, er ist ein Abtrünniger.«

Marguerite seufzte, rang die Hände und ließ sie resigniert sogleich wieder sinken.

»Er hat nur sein Recht in Anspruch genommen«, erklärte sie in neutralem Ton. »Er ist ein Vasall, das Opfer eines Lehnsherrn.«

»Verteidigst du ihn etwa?«

»Gewiss nicht, François. Er muss angemessen bestraft werden, wie er es verdient«

Der König erregte sich von Neuem und trat heftig mit dem Fuß auf.

»Da er seine Dienste meinem mächtigsten Gegner offeriert, werde ich ihm mit meinen Streitkräften begegnen.«

Da Marguerite überrascht schien, fuhr er fort:

»Ich weiß, welcher Verstoß das Bündnis zerstört.«

Marguerite verzog das Gesicht.

»Willst du etwa das völlig veraltete Gesetz des Alibis nutzen? Du scheinst zu vergessen, dass wir nicht mehr im Feudalismus leben.«

»Gewiss, es ist ein altes feudalistisches Recht, das aus der Mode gekommen ist, aber …«

»Aber es ist nicht aufgehoben«, rief Mathilde.

»Sie hat recht«, murrte der König, »und ich werde mich seiner bedienen.«

»François! Der Verrat des Duc de Bourbon ist verständlich. Man hat ihm alles genommen, er rächt sich.«

»Man rächt sich nicht am König!«, rief Mathilde.

Marguerite hob eine Braue und deutete mit dem Zeigefinger auf sie.

»Dieses Kind würde sich für dich umbringen lassen. Das ist kein Grund, auf sie zu hören.«

François strich geistesabwesend über seinen Bart. Die beiden Frauen spürten, dass er sich etwas entspannte. Das Funkeln, das sie seit jeher bei ihm kannten, kehrte in seine Augen zurück und mit ihm seine Schlagfertigkeit und sein scharfer Verstand. Noch immer lief er mit großen Schritten zwischen Wand und Fenster auf und ab, doch er wirkte weniger nervös, wenn auch noch nicht vollkommen ruhig.

»Auf welcher Seite stehst du, Marguerite?«, fragte er tonlos.

»Ich stehe auf Eurer, François«, rief Mathilde voller Leidenschaft, »und das wird sich nie ändern.«

Schließlich brachte der König ein Lächeln zustande und wandte sich an seine Schwester:

»Hat dir dieser Verräter ebenfalls den Hof gemacht? Genau wie unserer Mutter?«

»François!«

Sie lief zu ihrem Bruder und nahm sein Gesicht in ihre Hände.

»Wie kannst du so etwas sagen?«

»Verzeih mir, Marguerite, verzeih.«

Er fasste ungestüm die schmalen Finger seiner Schwester und hielt sie einen Augenblick in seinen Händen, an denen heute die üblichen Ringe fehlten. Er drückte sie, wie Mathilde es vorhin mit seinen getan hatte.

»Gott!«, zischte er, »ich muss mein Temperament zügeln. Ich bin Verrat nicht gewohnt. Mutter und du habt mir so viel Zuneigung und Treue entgegengebracht, dass mir der Gedanke von Verrat unerträglich ist und vor allem, dass er *mir* widerfährt.«

Marguerite schüttelte den Kopf.

»Ich trete nicht für ihn ein. Ich versuche nur, ihn zu verstehen.«

»Einen Verräter zu verstehen!«, rief Mathilde.

Doch François geriet bereits erneut außer sich.

»Marguerite! Du versuchst, ihn zu verstehen, obwohl er ganz Frankreich in eine schwierige Lage bringt. Ich laufe dadurch Gefahr, den Krieg zu verlieren.«

»Und vielleicht die Krone«, fügte Mathilde hinzu.

»Und die Krone!«, wiederholte der aufgebrachte König.

»Ihr habt recht«, gab Marguerite schließlich nach und lief zu ihrem Bruder. »Der Verrat dieses Mannes kann unheilvolle Konsequenzen haben und bringt Frankreich in eine schwierige Lage.«

Sie strich mit dem Finger über das bärtige Profil François' und verharrte an seiner Schläfe, wo sie seinen noch immer heftigen Puls spürte.

»Du weißt, dass ich alles für deinen Ruhm tue. Das habe ich unzählige Male bewiesen. Hör auf, alles auf diesen bedauernswerten Vorfall zu reduzieren. Du hast andere Offiziere, auf die du dich verlassen kannst.«

Sie ließ ihren Finger sinken.

»Warum hast du ihn zum großen Konnetabel ernannt? Mutter und ich wollten dir das ausreden. Sein Reichtum war zu groß. Sein Herzogstitel hätte genügt, um dir zu dienen.«

»Wir brauchten einen Konnetabel in Frankreich.«

»Hast du nicht an Bonnivet oder Montmorency gedacht?«, erwiderte Marguerite in einem Ton, in dem ein leichter Vorwurf schwang.

François wich einen Schritt zurück. Er stieß mit dem Rücken gegen die dicken Vorhänge vor dem Fenster, teilte sie und ließ sie zurück an ihren Platz fallen.

»Unsere Mutter hat diesen Prozess angestrebt, nicht ich. Sie hat sich schon lange mit der Idee getragen. Vielleicht wollte ich ganz einfach eine Ungerechtigkeit ausgleichen.«

»Ich respektiere die Ideen unserer Mutter, aber ihre Entscheidung, diese Angelegenheit vor Gericht zu regeln, habe ich nie gebilligt, auch wenn sie Frankreichs Macht nicht schadete.«

Sie blickte zu ihrem Bruder.

»Glaub mir, François, ich will Bourbon nicht verteidigen. Aber Gott im Himmel! Wie sollte er auf eine solche Maßnahme nicht heftig reagieren?«

»Mutter könnte den Prozess verlieren.«

»Den Prozess verlieren, obwohl ihr Sohn König von Frankreich ist! Unvorstellbar! Wenn Mutter auch nicht lange gefackelt hat, hat sie doch getan, was nötig war. Sie war so weise, den Besitz des Konnetabels vor Prozessbeginn beschlagnahmen zu lassen. Also, fasse dich, und lass uns darüber reden, was du tun wirst.«

François wollte sein scharlachrotes Wams aus Samt nehmen, aber Mathilde stürzte nach vorn, um es aufzuheben und ihm zu reichen.

»Dass Ihr zwei bei mir seid, ist mir unentbehrlich und wohltuend. Schade, es fehlt nur meine Mutter. Du wirst ihr alles erzählen, nicht wahr, Marguerite?«

Er nahm das Wams, das Mathilde ihm reichte, und warf es über seine Schultern. Die beiden jungen Frauen hatten bemerkt, dass er in seiner Erregung nicht die Comtesse de Châteaubriant, seine Mätresse, erwähnt hatte, und aus unterschiedlichen Gründen waren beide damit äußerst zufrieden.

Seit Mathilde ein kleines Mädchen gewesen war, hatte sie so vielen Gesprächen im Schoß der Familie Angoulême gelauscht, dass es weder dem König noch seiner Schwester in den Sinn kam, sie heute auszuschließen.

Nein! Momentan beschäftigte sich François nicht mit seiner Mätresse. Er würde sie im Übrigen vor seiner Abreise nach Italien nicht mehr sehen und begnügte sich damit, ihr zu schreiben.

Die beiden Frauen beobachteten ihn jede auf ihre Weise, doch beide gleichermaßen voller Bewunderung. Der König erschien ihnen ausgeglichener, als wäre ihm schließlich bewusst geworden, dass die Entwicklung voranging und es müßig war, sich mit der Vergangenheit aufzuhalten.

»François!«, rief Mathilde, »Eure Armee ist ebenso stark wie seine. Charles Quint wird nicht gewinnen.«

Der König betrachtete sie und genoss es, einen Augenblick ihr schönes, tief bewegtes Gesicht mit den großen haselnussbraunen Augen sowie ihre wundervollen Haare zu betrachten. Sie hatten denselben Glanz wie ihre Augen und ergossen sich über ihren Rücken wie goldene Wellen in der Sommersonne.

»Ja«, bekräftigte Marguerite, »wir haben alles für deine Armeen ausgegeben. Es ist kein einziger Sou mehr in der Staatskasse. Mutter und ich haben sogar unseren privaten Goldschmuck eingeschmolzen, um die Truppen zu bezahlen.«

Plötzlich beugte sich Mathilde nach unten und hob ihren Rocksaum an.

»Ich habe auf diesen Augenblick gewartet, ohne zu wissen, ob er tatsächlich eintreten würde«, sagte sie, und ihrer Stimme war die Aufregung anzuhören. »Aus Angst, dass sich eine solche Gelegenheit nicht noch einmal bietet, werde ich nicht lange zögern. Oh! Madame Marguerite, würdet Ihr mir wohl helfen?«

Sie mühte sich mit dem Saum ihres Kleids, während François sich nicht schämte, ihre hübschen Waden zu bewundern, die in Seidenstrümpfen steckten und die sie ohne Scham entblößte.

»Was hast du, Mathilde?«

»Schmuck! Schmuck, den ich dem König geben will, damit er zusätzliche Soldaten bezahlen kann.«

Sie machten sich nun zu zweit am Saum zu schaffen und rissen ihn zur Hälfte auf. Aber das war nicht wichtig! Die Smaragde von König Guillot fielen schwer und grün funkelnd auf den Boden und blendeten sie.

»Woher hast du die, Mathilde?«, rief Marguerite, der vor Überraschung der Mund offen stehen blieb.

Der König bückte sich und nahm das Armband. Mathilde sammelte sogleich Halskette, Ohrgehänge und Ring ein und reichte alles dem König.

»So könnt Ihr hundert zusätzliche Bogenschützen und vielleicht noch einmal ebenso viele Armbrustschützen bezahlen. Ich schenke ihn Euch, Majestät!«

»Woher stammt dieser Schmuck, Mathilde?«, wiederholte Marguerite ihre Frage.

»Sorgt Euch nicht. Ich habe ihn nicht gestohlen. Man hat ihn mir geschenkt.«

Der junge König wusste nicht, ob er lachen oder staunen sollte. Die schönen Smaragde mussten ein Vermögen wert sein. Er trat auf das junge Mädchen zu, schloss sie in die Arme und drückte sie an sich. Mathilde meinte ohnmächtig zu werden. Einen Augenblick nahm sie den Duft von Jasmin wahr und Moschus, der sich mit einem anderen Parfum mischte, das sie nicht identifizieren konnte. Aber was es auch war, der Duft von François ließ sie schwindelig werden.

»Haben dich diese Juwelen deine Jungfräulichkeit gekostet, meine Liebste?«, flüsterte er ihr ins Ohr.

»Mathilde! Antworte«, empörte sich Marguerite, die die Frage ihres Bruders genau gehört hatte.

Als das junge Mädchen schwieg und der König die Juwelen nahm, seufzte sie:

»Sobald diese schwierige Angelegenheit mit dem Verrat gelöst ist, werde ich einen Mann für dich suchen, Mathilde, und diesmal kannst du ihn nicht mehr ablehnen.«

»Ich bin einverstanden, Madame Marguerite«, sagte das junge Mädchen schließlich, »unter der Bedingung, dass François ihn akzeptiert.«

Der Privatlehrer der königlichen Pagen pochte leise an die Tür und schob sein leicht ergrautes Haupt und seine sorgenvolle Stirn herein. Er war stets auf einen Eklat von einem der dreisten Pagen gefasst, um die er sich kümmerte und die ihm nicht immer den nötigen Respekt entgegenbrachten. Nun wartete er, was der König ihm zu sagen hatte.

»Ich brauche Euch nicht mehr in Lyon«, sagte dieser zu dem alten Mann. »Die Paraden, Aufmärsche, Umzüge und Feierlichkeiten in der Stadt sind beendet. Bringt all Eure Pagen nach Blois. Ich reise morgen nach Italien ab.«

Marguerite schaltete sich ein.

»Ich bleibe mit Mathilde und meinen Zofen in Lyon, François. Mutter wird zu uns stoßen, sobald sie kann.«

Marguerite hörte, wie einige Pagen flüsterten, dann ertönte plötzlich ein Lachen.

»Und, wenn man mich allein lässt«, fügte der König hinzu, »bespreche ich mich nun mit Madame d'Alençon.«

Marguerite begab sich zur Tür, fasste den Schnäpper aus Bronze, teilte die Holztüren, die von einer schweren Tapisserie verdeckt waren, und steckte ihren Kopf aus der Tür. Erneut vernahm sie ein Lachen, diesmal lauter und anhaltender.

Der Privatlehrer fasste das Ohr desjenigen, der es gewagt hatte zu lachen, und zog daran, bis ein deutliches »Au« zu hören war. Das Kind beruhigte sich sogleich. Er war vermutlich um die zehn Jahre alt und konnte ein böses Funkeln in seinen blauen Augen kaum verhehlen.

Marguerite ging zu ihm:

»Warum bist du so heiter, mein Kleiner?«

Das Kind senkte den Kopf. Der Lehrer ließ sein Ohr los.

»Weil ich meine Wette gewonnen habe.«

»Und was hast du gewettet?«

»Dass die Demoiselle de Cassex bei Euch und dem König sei.«

»Das ist noch nicht alles«, flüsterte ein anderer.

»Und was noch?«, fragte der König und näherte sich dem Schlingel, der zu entgegnen wagte:

»Dass sie ihre Haube nicht trüge.«

Lachen ertönte. Mathilde war vorsichtig nähergekommen, um nicht gegen das Protokoll zu verstoßen, das von ihr verlangte, in Anwesenheit des Königs und Marguerites zu schweigen.

Der wackere Privatlehrer, der zweifellos eine Menge Ärger mit seinen fünfundzwanzig Pagen hatte, die zwischen acht und zwölf Jahren alt waren, packte das ungehorsame Kind an der Schulter und zog kräftig am Ohr des anderen. Ein zweites »Au« ertönte.

»Ihr habt die Wahl, Messieurs: Entweder zehn Peitschenhiebe oder acht Stunden lang Wasser und Brot.«

Unwillentlich musste Marguerite lächeln, ebenso Mathilde. Als sie einen Blick zum König warf, sah sie ihn völlig entspannt und mit amüsierter Miene. Sie fasste etwas Mut und wandte sich an die Jungen:

»Ihr spioniert mir also hinterher?«

»Nein, da ich gewettet habe, dass Ihr keine Haube tragt, habe ich Euch nicht gesehen.«

»Aber ihr habt sie hinter dieser Tür reden hören«, fuhr Marguerite, erheitert über diese Ablenkung, fort.

»Ja.«

»Und warum sollte sie ihre Haube tragen?«, fragte der König

lachend und trat zu Mathilde, die eine lange kastanienbraune Haarlocke auf ihre Brust legte.

Zur Verblüffung des Privatlehrers amüsierten sie sich alle drei über dieses fröhliche Zwischenspiel, das die Atmosphäre entspannte.

Die anderen Kinder hatten sich zurückgezogen, nur die beiden kühnen Jungen waren geblieben. Die anderen schienen ängstlich und erschrocken oder wollten sich schlicht nicht in eine Angelegenheit mischen, bei der sie riskierten, ebenfalls auf Wasser und Brot gesetzt zu werden.

»Wir haben etwas anderes gewettet«, meldete sich mutig der Junge, den der alte Lehrer noch immer am Arm festhielt.

Mathilde trat auf ihn zu und fragte:

»Geht es noch immer um mich?«

»Ja.«

»Dann sprich«, sagte der König.

Der Lehrer, der sich zunehmend unwohl fühlte, neigte sich vor und stieß zwischen zusammengebissenen Zähnen hervor:

»Majestät, die beiden Schlingel erhalten eine angemessene Strafe.«

»Bah!«, entgegnete der König noch immer amüsiert. »Warum diese Kinder bestrafen, wenn sie nur laut aussprechen, was andere insgeheim denken. Los, Jungs, nehmt euren ganzen Mut zusammen und sagt mir, was ihr zu sagen habt. Du zuerst«, sagte er und deutete mit dem Finger auf den Kühneren der beiden.

»Dass Demoiselle de Cassex zu schön ist, um eine Haube zu tragen, und dass Madame d'Alençon recht hat, wenn sie ihr nicht befiehlt, sie vor dem König zu tragen.«

»Und du! Was sagst du?«, fragte François auf den anderen Pagen deutend.

»Dass sie häufiger an den Hof kommen muss.«

Diesmal lachte der König hell auf. Er wandte sich an den Privatlehrer:

»Bestraft diese Kinder nicht. Sie haben meinen Zorn besänftigt. Ich bin nun besserer Stimmung.«

Dann wandte er sich an seine Schwester:

»Nun, meine Liebe, das hat uns ein bisschen von unserer heiklen Unterhaltung abgelenkt. Ich fühlte mich zwischenzeitlich an meine eigene Kindheit erinnert, in der ich den Dienern an unserem kleinen Hof in Amboise derlei Vorschläge gemacht habe.«

Er trat zu Mathilde, nahm ihre Hand und streichelte sie unter den entzückten Blicken des jungen Mädchens.

»Ihr wisst, was Ihr zu tun habt, Mathilde. Kommt häufiger an den Hof.«

Marguerite seufzte. Nachdem der Zorn des Königs verflogen war, mussten sie offen sprechen.

»Was wirst du tun, wenn du in ein paar Tagen die Alpen erreichst?«

Er schickte den Lakaien mit einer Handbewegung fort und antwortete:

»Du hast recht, ich habe gute Offiziere, auf die ich zählen kann. Ich werde ihnen also die verantwortungsvollsten Aufgaben übertragen. Bonnivet besitzt die Größe eines Bourbon. Er wird großer Konnetabel.«

»Und er könnte an deiner Stelle Mailand übernehmen.«

François stimmte ihr zu. Ganz gewiss verfügte sein Freund Guillaume Bonnivet über die nötige Kühnheit und würde seinem Freund, dem König, zugleich treu dienen.

»Und dein Mann Charles d'Alençon«, fuhr er fort, »kümmert sich um die Nachhut, während Montmorency und Chabot im

Zentrum bleiben. Sie passen auf, dass keiner seine Pflicht als Soldat vernachlässigt.«

»Und die Vorhut?«, erkundigte sich Marguerite, die sehen wollte, ob ihr Bruder die Frage umfassend zu beantworten wusste.

»Dort postiere ich Albret. Er ist ein Kriegsführer. Ich habe ihn auf dem Schlachtfeld in Marignan im Einsatz erlebt.«

»Ich dachte, er sei in Navarra geblieben, um die spanischen Provinzen zurückzuerobern.«

»Ich lasse ihn zurückkommen.«

»Solange der englische König Béarn bedroht, kann er nichts tun.«

»Unsere Mutter hat seine Freundschaft gekauft. Henri VIII. wird es nicht wagen einzugreifen.«

»François! Die Durchtriebenheit dieses Monarchen ist nicht mehr zu leugnen. Er weiß, wenn Albret in Bayonne bleibt, wenn Bonnivet, Montmorency und Chabot in Mailand sind und Lautrec in Pavia, sind unsere Kräfte geschwächt. Es wäre ratsamer, sie alle in den Alpen zusammenzuziehen.«

Der König schien nachzudenken und kam auf die beiden Frauen zu.

»Du hast zweifellos recht. Aber es bleibt mir nichts anderes übrig, als bis nach Pavia zu gehen, wo Genouillac seine Kanoniere in Stellung bringen wird. Die Kugeln werden den Feind vernichten. Wir werden siegen, Marguerite. Ja, wir werden siegen!«

François war wie verwandelt und dachte nur noch an den Krieg, an seine Männer und seine Schlachtpläne. Er wandte sich an Mathilde und sah ihr tief in die Augen.

»Mit deinen Smaragden, meine Zarte, werde ich die Kanoniere verstärken. Marguerite, du kümmerst dich darum, den Schmuck zu verkaufen, und schickst mir das Geld. Ich will eine starke, gut aufgestellte Artillerie. Ohne sie können wir nichts ausrichten.«

Er ging ans Fenster und richtete den Blick auf den großen Hof, wo Pferde, Gespanne und Stallburschen zugange waren.

»Ich will, dass die Kanonen aus allen Richtungen schießen«, rief er und kam zu den beiden Frauen zurück.

»Die Kanonen!«, murmelte Mathilde, die die schreckliche Geschichte ihrer Geburt und der ihrer Zwillingsschwester kannte.

Wie sollte sie bei diesem Wort nicht erzittern? Die Smaragde würden dazu dienen, die Finanzen von Genouillac zu verstärken! Der König hatte es gerade gesagt. Er wollte Kanonen kaufen, die schweren gusseisernen Kugeln, die die Menschen töteten, so wie sie ihren Vater auf dem Schlachtfeld in Bologna getötet hatten.

Kein Wunder, dass die arme Mathilde so verstört war. Schließlich war sie inmitten von Kanonen zur Welt gekommen, die um sie herum explodierten, zwischen Blut, zerfetzten Körpern und umherfliegenden Köpfen, die schwer auf dem Boden landeten. Wenn man von diesen Grausamkeiten sprach, fühlte sie diffus noch die Geräusche in sich.

Warum kam ihr das Bild von Hugues de La Roche in den Sinn? Und warum hatte er, als er sie hochgehoben, sie in den Armen gehalten und sie aus den Klauen von Guillaume de Montalon befreit hatte, gesagt, sie solle die Smaragde behalten? Wem gehörten sie? Als Vogt hatte er alle gestohlenen Gegenstände erfasst und es geschafft, die rechtmäßigen Eigentümer ausfindig zu machen, nur nicht für die Smaragde!

So viele Fragen gingen ihr durch den Kopf, während der König sein Gespräch über den Krieg fortsetzte und Marguerite ihm aufmerksam zuhörte und ihm besonnene Ratschläge erteilte.

Mathilde dachte erneut an Hugues de La Roche, den Bruder von König Guillot. Warum konnte er sie nicht vor Lust erzittern lassen, wie es sein Bruder getan hatte?

Sie kehrte just in dem Augenblick in die Realität zurück, als François sagte:

»In Lyon zu bleiben ist unnütz. Kehre nach Alençon zurück, Marguerite. Ich lasse dir ein oder zwei Wochen mit deinem Mann. Er bleibt bei dir, bis mein Schlachtplan genau steht. Sobald ihr euch richtig voneinander verabschiedet habt, kommt er zurück in die Alpen, wo wir alle unser Lager aufgeschlagen haben.«

6.

Während Mathilde nach Tours zurückkehrte und entschlossen war, dort zu bleiben, bis sie ihr Kind auf die Welt gebracht hatte, legte sich Marguerite jeden Abend seufzend neben ihren Mann in das große Bett mit dem Baldachin aus blauem Samt.

Da sie entschlossen war, die Dinge voranzutreiben, gab sie sich mehr Mühe als sonst und sah über das grobe und wenig liebevolle Verhalten des Duc d'Alençon in Liebesdingen hinweg.

Häufiger als üblich drängte sie ihren Körper lustvoll an den von Charles, ihrem Ehemann. Obwohl sie sich bemühte, sich auf ihren Mann zu konzentrieren, glitten ihre Gedanken hin und wieder zu dem Verrat durch Bourbon und dessen traurigen Folgen zurück.

Charles war eines schönen Morgens nach Hause gekommen, da der König ihn beauftragt hatte, die überall in der Normandie verstreuten Waffenbrüder zusammenzubringen. Vorher wollte er sich von seiner Frau verabschieden, die er vor Ende des Krieges nicht wiedersehen würde, und Gott allein wusste, wann das sein würde.

Man hatte ihm die Befehlsgewalt über die Nachhut anvertraut, während man die Vorhut, die zuvor dem abtrünnigen Bourbon unterstanden hatte, nun Henri d'Albret überließ. Dieser rechnete damit, sich bei der Rückkehr aus dem Krieg mit der Angliederung von Navarra zu befassen.

Marguerite richtete sich auf und wandte sich zu Charles, der bereits erwacht war und intensiv nachzudenken schien, was sie nicht von ihm kannte. Da sie nie mit ihm über Schwierigkeiten in der Armee oder über die Kriegsführung sprach, versuchte sie ihn mit Argumenten zu beruhigen, die sie bereits ihrem Bruder gegenüber angeführt hatte.

»Charles, dem französischen König bleiben gute Leute. Vergesst nicht, dass Ihr selbst zu ihnen gehört.«

Er antwortete nicht, und Marguerite nahm sich das Recht heraus fortzufahren:

»Seid Ihr von nun an nicht der erste Pair Frankreichs?«

Er schüttelte den Kopf. Dann richtete er sich schwerfällig auf und machte die friedliche Atmosphäre zunichte.

»Man bringe mir meine Kleider, mein Kettenhemd und meine Lanze«, rief er, während er seine langen Beine befreite, die noch mit Marguerites verschlungen waren.

Mit Ausnahme der Angestellten seiner alten Mutter verfügte er über keinerlei Diener. Einige Lakaien und Knechte dienten ihm treu, hinzu kamen zwei oder drei Soldaten, darunter Bellegarde, sein Knappe, der stets an seiner Seite war. Charles d'Alençon gehörte nicht zu jenen, die sich gern mit viel Personal umgaben.

Mit viel Getöse wiederholte er seinen Befehl. An das taktlose Verhalten ihres Mannes gewöhnt, das den wenigen intimen Morgenstunden des Paars folgte, wusste Marguerite, dass gleich Bellegarde hereinstürzen würde.

Tatsächlich öffnete sich sogleich die Tür, und sein Knappe erschien.

»Wir brechen sofort auf«, erklärte Charles Bellegarde. »Die Männer sollen sich in zwei Stunden vor dem Schloss versammeln.«

»Marguerite«, sagte er mit leiserer Stimme, kaum, dass Bellegarde verschwunden war, »wir werden womöglich lange voneinander getrennt sein. Ich bitte Euch, Euch nicht zu lange von unserem Anwesen zu entfernen.«

Da Marguerite nichts sagte und nur vorsichtig mit dem Kopf nickte, fuhr er in möglichst neutralem Ton fort:

»Gewiss, ich habe volles Vertrauen in Jean Brinon, doch meine Mutter ist nun zu alt, um allein und ohne Eure Aufsicht zu bleiben.«

Diesmal sah sie ihm in die Augen.

»Charles, auch meine Mutter kann nicht alles alleine machen, solange der König fort ist – das Land regieren und zugleich die königlichen Kinder beaufsichtigen. Ihr wisst, dass mir das Reisen nichts ausmacht. Ich werde von daher häufig zwischen Blois und Alençon pendeln, so wie ich es immer getan habe.«

Als sie bemerkte, dass ihr Mann fest die Lippen zusammenpresste, setzte sie eilig hinzu:

»Sorgt Euch nicht. Ich werde beiden Verpflichtungen aufs Trefflichste gerecht werden.«

Sie zögerte einen Augenblick, und als ihr Mann schwieg, ergriff sie seine Hand und murmelte:

»Passt auf Euch auf, Charles, und auf meinen Bruder. Er ist noch so naiv. Seine ritterliche Seele ist groß. In unseren Tagen ist das eine äußerst beunruhigende Charaktereigenschaft.«

»Donnerwetter aber auch!«, fluchte Charles. »Warum glaubt er nie an den Verrat durch andere?«

»Habt Ihr denn den des Konnetabels vorausgesehen?«

»Ja.«

Marguerite fuhr hoch.

»Warum habt Ihr mich dann nicht gewarnt?«

»Weil ich dann gezwungen gewesen wäre, meine Ideale zu verraten.«

Überrascht richtete sich Marguerite nun vollends auf und zog ihre langen Beine unter ihren Körper.

»Was für eine seltsame Antwort, Charles!«

»Nehmt es einfach hin.«

Mit kleinen festen Schlägen richtete sie das Kopfkissen in ihrem Rücken.

»Eure Ideale verraten, aber warum?«

»Weil man sich immer an die Seite des Stärksten stellen muss. Wäre ich arm und schwach, Marguerite, an wen würde ich mich wenden?«

»Hättet Ihr Frankreich ebenfalls im Stich gelassen? Euer Land, Euer Vaterland, an dessen Werte Ihr glaubt?!«

Vor der Tür polterte es. Gott! Dass dieser Bellegarde aber auch kein bisschen Anstand besaß! Der Knappe schlug ungeduldig und unfreundlich gegen die Tür. Marguerite ahnte, dass er die Soldaten fortgeschickt hatte, die sich an die Zimmertür gedrängt hatten. Wie üblich wollte Bellegarde ins Schlafzimmer eindringen, um Marguerite einen kühlen, verächtlichen Blick zuzuwerfen, die daraufhin rasch die Decke über ihre nackten Schultern zog. Mit Genugtuung stellte er fest, dass der Duc d'Alençon sich nicht mehr um sie kümmerte, woraufhin er vollauf zufrieden wirkte.

Ohne erst abzuwarten, dass der Duc d'Alençon ihn hereinbat, stürzte Bellegarde mit Militärkleidung, Kettenhemd, Helm, Harnisch, Arm- und Beinschutz herein.

Nachdem er Marguerite den üblichen arroganten Blick zugeworfen und sich versichert hatte, dass sein Meister sie nicht mehr beachtete, half er Charles beim Ankleiden.

Marguerite hüllte sich in die warme Decke und wartete. Als Charles in seine Kriegsausrüstung gekleidet war und nur noch Helm und Panzerhandschuh fehlten, tat er ein paar Schritte im Zimmer und sagte zu Bellegarde:

»Die Beinschützer beengen mich. Der Verschluss muss gelockert werden. Der Armschutz hat dahingegen zu viel Spiel.«

An solche Vorwürfe nicht gewöhnt, machte sich Bellegarde an die Arbeit, und Marguerite lächelte unter ihrer Decke. Würde er um Hilfe bitten? Er war eifrig beschäftigt, eilte um Charles herum, versuchte die Metallgelenke an den Ellbogen enger zu schnallen und beugte sich dann hinunter, um jene an den Knien richtig einzustellen.

Charles ließ unter dem Stahl seine Muskeln spielen, streckte die Beine, hob die Arme, ließ die Schultern kreisen und beugte ein paarmal den Oberkörper, um sich davon zu überzeugen, dass das Kettenhemd perfekt saß.

»Bruststück und Vorderschürze!«

»Bruststück und Vorderschürze«, wiederholte Bellegarde verlegen, weil sein Meister ihn vor seiner Frau derart bloßstellte.

»Ja«, sagte der Duc d'Alençon knapp, »sie umschließen meine Brust nicht korrekt. Das beeinträchtigt meine Atmung. Sie müssten etwas weiter links sitzen.«

Entzückt schwieg Marguerite und beobachtete, wie unangenehm Bellegarde die Situation war. Er mühte sich damit, Brustschutz und Vorderschürze, zwei wesentliche Teile des Harnischs, auf die linke Seite der Brust seines Meisters zu rücken.

»Ah! Jetzt! Ich glaube, nun ist es gut.«

Endlich zufrieden, packte Charles Bellegarde an der Schulter.

»Lass uns allein«, befahl er leise, »ich komme gleich nach unten.«

Bellegarde schien unzufrieden, entgegnete jedoch nichts und verließ das Zimmer. In seiner Eisenrüstung ließ sich Charles d'Alençon etwas steif und mit abwesendem Blick auf der Bettkante nieder und sagte:

»Es betrübt mich, Euch nicht schwanger zu wissen, Marguerite. Es wäre schön gewesen, mit dieser freudigen Nachricht im Herzen aufzubrechen. Das hätte mich in den schwierigen Situationen gestärkt, die uns zweifellos bevorstehen.«

Marguerite antwortete nicht. Mit derselben tonlosen und unpersönlichen Stimme fuhr er fort:

»Das hätte die Dinge darüber hinaus einschneidend verändert.«

Noch nie hatte er mit ihr über dieses Thema gesprochen. Kostete es ihn Überwindung, das Problem anzusprechen? Sie nahm seine Hand und führte sie spontan an ihre Lippen, ohne darüber nachzudenken, dass diese Geste eher ihm zukam.

»Wer weiß?«, antwortete sie. »Vielleicht wird die letzte Nacht bleibende Spuren hinterlassen. Behaltet sie im Gedächtnis, Charles.«

Sie ließ von den Fingern ihres Mannes ab und strich langsam mit der Hand über den Stahl an seinem Arm.

»Und wenn derzeit keine Hoffnung besteht, sprechen wir ausführlicher bei Eurer Rückkehr darüber. Das verspreche ich Euch, Charles.«

Konnte sie ihn aus diesem Gespräch heraus überzeugen, andere Bindungen einzugehen, die stärker waren als das, was sie verband? Wie weit ging Marguerites Offenheit? Bevorzugte sie einen traurigen ungewissen Abschied oder schöpfte sie schwache Hoffnung auf einen neuen Frühling, von dem sie wusste, dass er nur in ihren Gedanken existierte?

Gott! Was hatte sie da gerade gesagt? Sie bedauerte ihre Worte, doch ausnahmsweise zwang sie sich Loyalität zu heucheln, was sonst nicht ihre Art war.

Wie sollte sie diesen Mann lieben, mit dem sie nichts teilte, keine Vertrautheit, nicht das geringste gemeinsame Interesse für irgendetwas? Seit ihrer Hochzeit waren sie sich nicht nähergekommen, sie verstanden einander nicht, sie stützten sich nicht. Nur wenige Nächte, zu denen diese letzte zählte, waren etwas intensiver als üblich gewesen, wobei Marguerite auch etwas guten Willen gezeigt hatte, den sie sonst vermissen ließ.

All die öden Jahre voll Einsamkeit und vollkommenem Desinteresse! Sie dachte an ihren Freund Clément Marot und die zarte Leidenschaft, die sie füreinander empfanden. Marguerite hatte dem jedoch ein Ende gesetzt, in der Hoffnung, dass der junge Dichter ihre Gefühle verstand. Nun begnügte er sich damit, sie anzuhimmeln, zu verehren, sie mit Worten zu lieben, die er niederschrieb und die nur Marguerite verstand.

Den Helm auf dem Kopf, das Visier jedoch nach oben geschoben, zog Charles seine Handschuhe an und prüfte die Gelenke. Sie ließen sich gut bewegen.

»Vielleicht wird Mathilde Euch besuchen«, bemerkte er in kühlem Ton an seine Frau gewandt.

»Ich glaube nicht. Es tut ihr gut, ein bisschen bei ihrer Mutter und ihrer Schwester in Tours zu bleiben.«

»Das ist schade«, erwiderte er enttäuscht. »Mit ihrer Vorliebe für wilde Waldausritte hätte die Kleine Euch in der Normandie gehalten.«

Unmerklich hob Marguerite den Blick gen Himmel. Sie hatte eben nach irgendetwas gesucht, das sie mit ihrem Mann verband, nun hatte sie etwas gefunden. Der Duc d'Alençon stieß sie darauf. Mathilde!

Charles empfand Sympathie für Mathilde. Zweifellos, weil er sie einst im Wald von Mauves aus einer brennenden Hütte gerettet hatte, in der sie wie ein Strohhalm in Flammen aufgegangen wäre, hätte er sie nicht dort herausgeholt.

Das Mädchen war drei Jahre alt gewesen. Sie hatte geweint und wild gestikuliert. Das Gesicht war verkohlt, die Haare verbrannt, der Körper dehydriert. Marguerite, Blanche und Catherine hatten sie in eine feuchte Decke gehüllt, und die Kleine hatte überlebt.

An jenem Tag hatte Marguerite Charles voller Dankbarkeit angesehen, und auf ihrem Gesicht hatte sich Bewunderung abgezeichnet. Am selben Abend hatte sie ihm gegenüber große Dankbarkeit bewiesen, die er richtig einzuschätzen wusste. An jenem Abend hatte sie keine Höflichkeiten und kein zärtliches Vorgehen gefordert, als er mit ihr geschlafen hatte, und Charles hatte sich etwas weiter über das Gesicht seiner Frau geneigt, das er meinte beben zu sehen. Doch solche Momente waren selten gewesen!

Wenn Mathilde François d'Angoulême und nicht Charles d'Alençon bewunderte, so lag das daran, dass Marguerite von ihr – ohne es im Übrigen bemerkt zu haben – die bedingungslose Bewunderung für ihren Bruder verlangt hatte, was ihr bei ihrem Mann nicht in den Sinn kam. Nicht dass sie etwa Eifersucht empfunden hätte, zu diesen Gefühlen war Marguerite nicht fähig, sie war schlicht davon überzeugt, dass ihr Bruder tausendmal mehr Anerkennung und Respekt verdiente als ihr Ehemann. Wie auch ihre Mutter war sie damals stets bestrebt gewesen, den Ruf des künftigen Herrschers zu stärken!

Was Charles d'Alençon anging, so verhielt sich Mathilde respektvoll und höflich ihm gegenüber. Sie begegnete ihm stets liebenswürdig und anmutig, doch das hatte die Situation zwischen ihnen nicht verbessert.

Bellegarde steckte den Kopf durch den Türspalt, etwas vorsichtiger als vorhin, als er hereingestürmt war, ohne sich darum zu scheren, ob das der jungen Frau missfiel.

»Was gibt es, Bellegarde?«

»Die Soldaten sind bereit. Brechen wir auf, Charles?«

»Eine Sekunde«, grummelte der Duc d'Alençon. »Ich habe Euch gesagt, dass ich nach unten komme.«

Marguerite richtete sich auf, nahm ihren Nachtmantel und hüllte sich darin ein.

»Ich werde Euch schreiben«, sagte sie, während sie das Band hielt, mit dem man den Mantel am Hals schloss. »Habt Ihr ausreichend Boten engagiert, um mir Nachrichten zu senden? Sind die Pferde schnell?«

Er nickte bedächtig. Als er in seiner Rüstung vor ihr stand, schien er verlegen, fast beschämt, weil er ihr noch etwas Letztes sagen wollte.

»Versprecht Ihr mir, dass Ihr nach meiner Rückkehr wirklich ein anderes Leben führen werdet?«

Warum konnte sie sich nicht auf dieses Versprechen einlassen? Nein! Auf keinen Fall. Sie würde nicht nachgeben. Charles versuchte sie zu erpressen, bevor er abreiste, versuchte, ihr Worte abzuringen, zu denen sie nicht in der Lage war.

»Versprecht Ihr es mir, Marguerite?«

Ach! Sie verstand genau, was er forderte, doch sie weigerte sich, dem zuzustimmen. Nein! Das war unmöglich. Nicht mehr nach Blois reisen, sich nicht mehr am Hof aufhalten, sich mit Briefen von ihrem Bruder und ihrer Mutter zufriedenzugeben. In wenigen Worten, mit dem König zu brechen!

Im Schlosshof mischte sich das Klappern der Waffen mit dem Wiehern der Pferde und dem Geräusch der Holzschuhe, zu dem der Herold mit seinem Horn einen tiefen Ton beisteuerte.

Marguerite trat zu Charles, und als er sie in die Arme schloss, stellte sie überrascht fest, dass sich der große in Stahl verpackte Körper zarter anfühlte als jener aus Fleisch und Blut, dessen übermäßig autoritäre Härte sie mehr als einmal gespürt hatte. Und sie war erstaunt, dass die Beinschützer aus Eisen, die sich plötzlich zwischen ihre Schenkel schoben, sich zarter anfühlten als die Beine, die sie häufig auf so abscheuliche Art überfallen hatten.

Sie ließ sich gehen. Charles legte seine Lippen auf ihre und forderte einen letzten Kuss, den sie ihm willig gewährte. Es wirkte fast wie ein endgültiger Abschied. Charles klammerte sich plötzlich an sie und schien seine Lippen nicht mehr von ihren lösen zu wollen.

»Ihr habt mir nichts versprochen, Marguerite«, flüsterte er.

Er klammerte sich an sie wie ein Ertrinkender an einen Ast. Eine Träne kitzelte die Augen der jungen Frau. Er spürte, wie sie an seinem Hals hinunterrann und fing sie verzweifelt auf. Warum gab er sich ihr sonst nie so hin?

»Ich verspreche es Euch, Charles«, murmelte sie.

Draußen nahmen die Geräusche an Intensität zu, von denen der große Aufbruch in den Krieg begleitet war. Der Tag war angebrochen, der Horizont klar und wolkenlos. Der Tag versprach heiter und strahlend zu werden und wirkte wenig beunruhigend. Doch am französischen Himmel zeichneten sich sehr wohl düstere Wolken ab.

Marguerite rechnete damit, gleich Nachricht von ihrer Schwiegermutter zu erhalten, die seit Langem das Bett nicht mehr verließ. Sie musste sie beruhigen, was das Schicksal des Landes und ihres Sohnes anging, zweifellos auch das der Familie der Alençons, die mangels eines Erben auszusterben drohte.

Kaum waren die Truppen aufgebrochen, begab sich Marguerite nach Blois, wo ihre Mutter sie erwartete. Leider aus traurigem Anlass: Prinzessin Charlotte, die innerhalb von wenigen Tagen an einer Kinderkrankheit gestorben war, wurde zu Grabe getragen. Von Schmerz überwältigt, zog sich die Königin in ihr Zimmer zurück, und Louise und Marguerite sorgten dafür, dass ein Bote dem König die Nachricht überbrachte. Kaum war die Beisetzung vorüber, musste sich Marguerite zurück auf den Weg nach Alençon machen, da ein Bote sie vom Tod der alten Duchesse benachrichtigte.

Nachdem ihr Sohn abgereist war, hatte sie das Gefühl gehabt, ihn nicht mehr wiederzusehen. Sie hatte jeglichen Lebensmut verloren und war langsam zu einem Ort hinübergeglitten, von dem es keine Wiederkehr gab.

Marguerite bedauerte, dass sie so überstürzt abgereist war, ohne noch einmal länger mit ihrer Schwiegermutter gesprochen zu haben. Gewissensbisse plagten sie, schreckliche Zweifel nagten an ihr und hatten bisweilen unselige Auswirkungen auf ihr Verhalten.

So wandte sie sich der Religion zu und zügelte nicht ihre Begeisterung für Gott, von der auch ihre Schriften geprägt waren. In diesem traurigen Moment fühlte sie sich zur Kirche hingezogen, doch heidnische Sinnbilder störten ihre Glaubensgrundsätze ebenso wie griechische Götter, die sich in ihre religiösen Anschauungen mischten. Der Glaube an Gott bildete weder eine Konstante noch einen festen Bestandteil in Marguerites Leben.

Auf dem Weg nach Alençon versuchte sie die quälenden Gedanken an den Tod zu vergessen. Sie schloss sich in der Kutsche ein und weigerte sich zu reiten, bis die Erleuchtung ihre Seele nicht mehr verließ.

Schon seit längerer Zeit schrieb Marguerite keine Rondeaus und keine Lieder mehr, obwohl Clément Marot sie ihr noch immer ins Ohr wisperte und sie sich daran zu erfreuen schien.

Es war jedoch nicht die Zeit für nette Poesie, und Marot, der immer noch als Sänger im Dienste des Hofes stand, ließ nach und nach seine Reimerei. Er rang zu jener Stunde mit großen Sorgen, die Marguerite bestürzten. In der Abwesenheit des Königs streckte die Sorbonne ihre Krallen nach allem aus, das ihr ins Netz ging.

Konnte sie ihre gesellschaftliche Stellung in Abwesenheit ihres Bruders verbessern, sich für neue Ideen engagieren, eine Frau sein, die Partei ergriff, und nicht länger eine Prinzessin, die zweite Frau im Königreich nach der Ehefrau des Königs?

Hartnäckig sperrte die Sorbonne ihre schärfsten Kritiker ein. Vermutlich auch ihren Freund Briçonnet, der sich weigerte, sich zu verstecken. Marguerite beschloss, ihn nicht an seinem heftigen Engagement zu hindern. Ihre Mutter, die ihre Ideen teilte, konnte ihr nur aus der Ferne helfen. Ihre Regentschaft nahm sie zu sehr in Anspruch, als dass sie nach Alençon kommen und ihre Tochter bei ihren Bemühungen unterstützen konnte.

Die junge Frau empfand ein heftiges, fast unerträgliches Verlangen, Luther zu begegnen, der einige Jahre zuvor exkommuniziert worden war. Sie hatte eine seiner Übersetzungen erhalten, in denen er deutlich den Mönchen die Schuld gab. Marguerite, die die Machenschaften der Mönche nicht mehr ertrug, stimmte seinen Ideen zu.

Sie schob eine widerspenstige rote Haarsträhne zurück, die ihr ins Gesicht gefallen war. Die Kutsche schaukelte sanft. Sie beendete das *Zwiegespräch in Form nächtlicher Visionen*, das mehr als zweitausendfünfhundert Verse umfasste, an denen sie seit vielen Monaten arbeitete. Vielleicht würde sie sie demnächst veröffentlichen? Seit einiger Zeit machten die Buchhändler und Drucker aus Lyon viel von sich reden.

Marguerite richtete sich auf, zog die kleinen Samtvorhänge vor dem Kutschfenster auseinander und blickte eine Weile hinaus. Sie würde einschreiten, um einige Gefangene der Sorbonne zu befreien, und würde versichern, dass ihr Bruder, der französische König, sie darum gebeten habe.

Sie schloss die Vorhänge und wandte sich wieder ihrer Arbeit zu. Sie musste unbedingt ihr neues Werk beginnen. Sie nannte es *Spiegel einer sündigen Seele*. Es würde nicht so umfangreich wie ihr *Zwiegespräch* und nicht mehr als tausend Verse mit diversen Reimen umfassen.

Sie hob den Kopf und dachte nach. Sie ließ sich von der Kutsche schaukeln und murmelte: »*Ein glückseliger Ort, ein so begehrenswerter Fleck. Ehrenwerter Thron und holdes Bett. Ort des Friedens, fern von allen Kriegen. Hoher Himmel der Ehre, weit entfernt von der Erde.*« Das gefiel ihr. Sie dichtete nur noch aus Wut. Marguerite verabscheute Intoleranz, selbst wenn sie die Gründe verstand, die andere dazu brachten, ihre Ansichten zu verteidigen. Wie oft hatte sie selbst erfahren, dass es schwierig war, in unruhigen Zeiten zu Gott zu finden? Nur ihr Freund Briçonnet half ihr dabei.

Marguerite seufzte. Seit einiger Zeit schrieb sie viel in ihrer Kutsche, und es fing an, ihr zu gefallen.

Bald würde sie in Alençon sein und sich um die Beerdigung von Charles' Mutter kümmern. Anschließend würde sie so schnell wie möglich nach Blois zu ihrer Mutter zurückkehren. Das Bild der kleinen Charlotte hatte sich in ihr Gedächtnis gebrannt.

7.

Entspannt, fast glücklich, den Alltag mit ihrer Zwillingsschwester zu verbringen, arbeitete Mathilde in der Werkstatt neben Valentine, die immer wieder die Fortschritte ihrer Schwester bewunderte. Mathilde hatte im Laufe ihres Lebens so wenig Zeit vor einem Webstuhl verbracht, dass jeder von ihrem Erfolg begeistert war.

Doch Alix wusste, dass dieser Zustand nicht von Dauer sein würde. Nur Mathildes Schwangerschaft hielt diese davon ab, sich erneut auf den Weg zur Duchesse d'Alençon oder zu ihrer Freundin Diane de Poitiers zu machen, der Frau des großen Seneschalls der Normandie.

Doch für den Moment hatten die Schwestern beschlossen, gemeinsam die Bordüren für den großen Wandbehang *Die Apostelgeschichte* zu weben, der zum Teil in den Werkstätten von Pieter van Aelst gefertigt wurde. Der Teppich, den er den Werkstätten Cassex überlassen hatte, hieß *Petri Fischzug*. Alix kannte van Aelst, sie war ihm häufig in Lyon und in Brüssel begegnet, und er hatte ihr bereits zu Zeiten Alessandros Werke überlassen, deren Herstellung er nicht allein bewerkstelligen konnte.

Bei dem Wandbehang besann sich Alix auf die Ratschläge, die sie von ihrer Freundin Properzia erhalten hatte. »Sieh, Alix«, hatte diese gesagt, »du musst die Männer mit anderen Augen betrachten. Sie tragen weder Mantel noch Tunika, die ihren Körper verbergen. Mit dem Verschwinden der Schamhaftigkeit kommt ihre Anatomie zum Vorschein. Man muss Lust bekommen, sie zu berühren, sie zu streicheln, sie zu ertasten. Du musst förmlich ihre Haut unter deiner Hand spüren. Du musst deinen Blick schärfen und den Verlauf einer Ader erkennen oder eine sich kräuselnde Falte. Die Gesten sind nicht mehr dieselben. Sie beabsichtigen nicht länger, etwas zu tun, sie tun es. Die Renaissance will sehen, reagieren und zeigen.«

Die Fischer im Zentrum des Bildes bewegten ihre Arme und ihre Beine, sie beugten den Rücken, und das Spiel ihrer Muskulatur war deutlich zu erkennen. Mit ihren kräftigen Händen holten sie die Fischernetze ein. Die Schultern und Knie waren von der Sommersonne gebräunt. Im Wasser spiegelten sich Vögel, Bäume und die Gesichter der Männer. Am fernen Ufer spielte sich städtisches Leben ab.

Mathilde und Valentine arbeiteten an einer Bordüre ganz unten am Bildrand. Alix hatte sie gezeichnet, und die Mädchen webten sie. Man sah dort Männer hoch zu Ross, die Säulen eines Tempels, einen griechischen Gott mit einem Becher in der Hand, einen Papst, vor dem die Priester niederknieten, eine liegende Frau mit Schleier, die von unbekümmerten Engeln umgeben war.

Diese Mischung aus religiösen Motiven und Alltagsbildern zog den Blick auf sich und entsprach ganz dem Geist der Renaissance.

Alix betrat beschwingt die Werkstatt.

»Mathilde, mein Liebling«, rief sie, »ich habe gerade einen Brief von der Comtesse d'Angoulême erhalten. Willst du ihn lesen?«

»Schreibt sie vom König?«

»Natürlich. Nimm«, sagte sie und reichte ihr den Brief. »Es scheint mir besser, dass du ihn selbst liest.«

Das junge Mädchen stand auf, wobei sie mit beiden Händen ihren Bauch hielt. Ihr beeindruckender Umfang wies auf ihre baldige Niederkunft hin. Ihr Gesicht wirkte ruhig, und ihre goldenen Augen strahlten eine gewisse Zufriedenheit aus.

»Valentine, ich lese ihn dir vor«, rief sie und nahm den Brief von ihrer Mutter entgegen.

»Meine liebe Alix,
es ist lange her, dass ich Euch geschrieben habe. Seit ich Regentin bin, habe ich viele Sorgen, vor allem seit der König in den Krieg gezogen ist. Sich um das Königreich zu kümmern ist eine äußerst heikle Angelegenheit. Eigentlich handelt es sich nur um alltägliche Sorgen. Hinzu kommt jedoch eine Frage, die ich mir täglich stelle: Wird François als Sieger heimkehren? Leider fürchte ich, dass er diesmal nicht triumphierend zurückkommt. Das bereitet mir schlaflose Nächte. Die Staatskassen sind leer, und ich weiß nicht, wie ich die heiklen Probleme lösen soll. Wie lange wird er fort sein? Bonnivet versucht, Mailand einzunehmen, und mein Sohn ist in Pavia. Alix, ich habe Angst. Ich habe Angst um meine Kinder. Auch um Marguerite, die momentan dunklen Gedanken nachhängt. Alix, wenn Mathilde sie in Blois besuchen könnte, wäre ich ihr sehr verbunden …«

»Aber das ist unmöglich, Mama, nicht in meinem Zustand. Ich bin schwanger und komme jeden Augenblick nieder.«

»Du wirst bald frei sein.«

»Aber ich will nicht, dass die königliche Familie davon erfährt. Marguerite wäre verärgert, und die Comtesse d'Angoulême wird mich vielleicht nicht mehr am Hof empfangen. Ich versichere dir, Mama, wenn sie davon erfahren, werde ich den

König nicht mehr sehen, und dann wäre ich untröstlich. Selbst Valentine könnte mich nicht trösten.«

Alix seufzte.

»Mein Liebling, ich weiß noch immer nicht, wer der Vater dieses Kindes ist. Warum weigert du und Valentine euch, es mir zu sagen?«

Sie wandte sich an Nicolas.

»Und du, mein Engel, wirst du es mir auch verschweigen, solange ich lebe?«

Nicolas stellte sich taub und ließ von der Arbeit ab, mit der er gerade beschäftigt war. Auf den Hochwebstuhl war eine Tapisserie gespannt, die sich auf einen der *Triumphe* bezog, an denen der König Gefallen fand. Der Triumph der Jagd! Der Triumph der Jahreszeiten! Der Triumph der Tugenden! Und bald wäre es der Triumph des Königs!

»Ich besorge neuen Goldfaden«, sagte er, um nicht auf Alix' Frage antworten zu müssen. »Wir müssen welchen bestellen. Es ist nicht mehr viel da.«

»Egal, wer der Vater ist, Mama«, versicherte Valentine mit klarer Stimme. »Ich werde mich um das Kind kümmern, als wäre es mein eigenes.«

»Das ist nicht das Problem, Valentine. Ich bin ebenso da, um das Kind aufzuziehen, genauso wie Mathias und die ganze Familie.«

Sie wandte sich um und wurde lauter:

»Lies jetzt weiter, Mathilde.«

»Seit dem Tod ihrer Schwiegermutter ist Marguerite niedergeschlagen, und noch mehr seit dem Tod der kleinen Charlotte, die sie so sehr geliebt hat und mit der sie sich verbunden fühlte. Seit die alte Duchesse nicht mehr ist, hat sie beschlossen, sich

nicht in einem Land einzuschließen, das nicht das ihre ist. Sie hat dort keinerlei Bindung. Sie hat sich ganz einer einzigen Sache verschrieben. Es geht um den Bischof Briçonnet, der zunehmend in komplizierte Angelegenheiten verstrickt ist. Ich würde ihn gern verteidigen, weil er die Sorbonne gegen sich aufbringt und der König nicht mehr da ist, um ihn zu unterstützen. Ihr seht, Alix, die Stimmung in der Normandie richtet sich gegen meine Tochter. Es ist gut, wenn sie eine gewisse Zeit in Blois bleibt, und aus diesem Grund hätte ich gern, dass Mathilde kommt …«

»Louise besteht darauf, Mathilde! Du musst aufbrechen, sobald das Kind auf der Welt ist.«

»Ich bin mir sicher, dass es wegen des Todes von Charlotte ist. Auch ich mochte das Kind gern. Sie war fröhlich, freundlich und schelmisch. Wie ist sie gestorben?«

»Lies weiter. Louise berichtet es.«

»Ich habe schreckliche Ängste um Charlotte ausgestanden, und seit einiger Zeit beschlich mich in meinen schlaflosen Nächten eine üble Vorahnung. Marguerite versuchte, mich zu beruhigen, war jedoch selbst viel zu besorgt, und so haben wir beide teuflische Ängste ausgestanden. In einer Nacht, in der ich keinen Schlaf finden konnte, hat Charlotte Fieber bekommen. Ihr Gesicht wurde rot, sie schwitzte und bekam keine Luft. Die Königin, die zu müde war, um an ihr Bett zu kommen, bat mich, auf sie aufzupassen. Was ich selbstverständlich gemeinsam mit Marguerite getan habe. Aber im Laufe der Stunden verschlimmerte sich ihr Zustand, und die Ärzte waren machtlos und konnten sie nicht retten. Im Morgengrauen war sie tot. Seit ihrer Rückkehr wird Marguerite von Charlottes Tod

verfolgt, und sie schließt sich in ihrem Zimmer ein. Sie schreibt Gedichte und sagt, dass sie so dem Kind nah sei. Mathilde, die das Mädchen gut gekannt hat, wird sie zu trösten wissen …«

»Ich werde reisen«, versicherte Mathilde, »aber vorher werde ich niederkommen.«

Als würde das Schicksal dieses Vorhaben befürworten, hielt sich Mathilde plötzlich den Bauch.

»Mathilde!«, rief Valentine, »du musst dich hinlegen. Das Kind kommt zu früh. Ich bin mir sicher.«

»Sie hat recht«, sagte Mathias, der zu ihnen hinübersah, während Pierrot sich mit einem kaputten Kettfaden abmühte, den er seit fast zwei Stunden zu reparieren versuchte.

Etienne, einer der Arbeiter, wollte ihm zu Hilfe kommen, aber Pierrot lehnte ab.

»Du weißt auch nicht besser als ich, wie man einen Kettfaden repariert. Ich glaube, Mathias wird mir helfen, und wenn wir es nicht schaffen, muss jemand anders kommen.«

Ungeduldig las Mathilde, die sich weigerte sich hinzulegen, weiter.

»Jetzt schreibt die Comtesse d'Angoulême vom König. Hör zu, Valentine:

In ihrer Verwirrung findet Marguerite dennoch den Mut, mir zu versichern, dass der Verrat durch Bourbon Frankreich nicht schaden und dem Erhalt der italienischen Provinzen nicht entgegenstehen wird. Doch ich teile ihre Ansicht nicht, und François will nicht kapitulieren.
Manchmal denke ich, wir sollten Neapel und Mailand aufgeben, auch wenn wir beträchtlich investiert haben, auch wenn

die französischen Könige vor meinem Sohn darauf bestanden haben. Aber François meint, wenn er Neapel und Mailand aufgibt, würde er zurückweichen. Er will nicht verzichten. Habe ich ihm nicht beigebracht, dass man immer vorangehen muss? Die königlichen Truppen befinden sich derzeit in Pavia, mit Ausnahme jener von Bonnivet, die noch immer vor den Toren Mailands ihr Lager aufgeschlagen haben. Er ist ein tapferer Offizier, treu und mutig, doch sein übermäßiger Eifer stört mich. Er hört nicht auf, François einzureden, dass sie den Schlag, der ihnen zum Sieg von Marignan verholfen hat, noch einmal wiederholen könnten.
Warum begreift mein Sohn nicht, dass jetzt alles anders ist? Jeden Tag schreibe ich ihm, um ihn daran zu erinnern, dass er vor allem an Frankreich denken muss. Charles Quint beansprucht die Bourgogne, und ich zittere unaufhörlich bei der Vorstellung, dass François sie ihm für die italienischen Städte überlässt, die uns nichts als Sorgen bereiten. Jeder weiß, dass dieser Krieg zu schlecht begonnen hat, um ihn zu gewinnen. Charles Quint ist von zu starken Mächten umgeben, seit er die Unterstützung von Bourbon hat, als dass man sich den kleinsten Fehler erlauben darf. Wenn Bourbon ihm Beistand leistet, steigen die Chancen von Charles Quint beträchtlich, während die von François sichtlich schwinden.«

»Mathilde«, befahl Valentine und nahm ihr den Brief aus den Händen, »lass mich weiterlesen und leg dich hin. Du bist ganz blass und du zitterst.«

Zu allem Überfluss habe ich die Stimmung meines armen Sohnes nicht gerade aufgeheitert, indem ich ihm mitgeteilt habe, dass seine kleine Charlotte gestorben ist und dass die Königin leidet. Sie steht noch nicht einmal mehr auf und isst so wenig, dass ihre Kräfte täglich schwinden. Sie nimmt gerade einmal etwas Honig zu sich, den ich ihr in einer warmen Milch reiche, oder etwas Zucker in einer heißen Schokolade. Seit der Geburt des kleinen Charles ist sie erschöpft. Habe ich Euch das eigentlich mitgeteilt, Alix? Himmel! Ich habe Euch vom Tod von Charlotte berichtet, aber nicht von der Geburt von Charles …«

»Mama«, rief Mathilde, »ich weiß, dass ich einen Sohn gebären werde, und ich werde ihn ebenfalls Charles nennen, genau wie den Sohn von François.«

Alix zuckte mit den Schultern. Gegen diese Leichtfertigkeit ihrer Tochter war sie machtlos.

»Mein Liebes, hör auf zu phantasieren. Vielleicht gibt dir das Schicksal unrecht, und du bekommst ein Mädchen.«

»Dann«, bestimmte Valentine, »wird es eine Weberin.«

Sie fuhr fort:

»Charles ist ein hübsches Kind, größer und stärker, als es Henri bei seiner Geburt war. Er sieht seinem älteren Bruder ähnlich, ist jedoch fröhlich und heiter wie sein Vater, während Henri einen stets mit ernstem Blick ansieht. Er hat den Blick seiner Mutter geerbt. Leider kann ein Kind ein anderes nicht ersetzen, und Prinzessin Charlotte fehlt uns. Mit ihren großen blauen Augen und den roten Locken macht sich die kleine Marguerite prächtig, aber sie ist nicht so lebendig und so fröhlich, wie Charlotte es war. Wenn François aus Italien zurückkehrt, wird er seine kleine Familie stark verändert vorfinden, doch seine Söhne werden ihn bezaubern.

Meine liebe Alix, Eure Werkstätten müssen nach der letzten

Bestellung, die ich Euch zukommen ließ, und der, die der König noch zusätzlich aufgegeben hat, voll ausgelastet sein. Werden seine Triumphe bei seiner Rückkehr vollendet sein? Euer Freund, der Maler van Aelst, ist dieser Tage bei Hofe erschienen, bevor er nach Brüssel zurückgekehrt ist. Und da er selbst Weber ist, hat er mir von einer Unterhaltung berichtet, die er in Lyon mit dem König geführt hat. Dieser versicherte, dass die Tapisserien künftig in großen Werkstätten gefertigt würden, die als Manufakturen dienen. Dort sollen sich die Künstler mit ihren Ideen, ihrer Kraft und ihren Arbeiten zusammentun. Denkt Ihr, dass das eine gute Sache wäre? Er schlug ebenfalls vor, die Lizenz abzuschaffen, die die Mitglieder der Gilde des Nordens vergeben, damit die Familien und vor allem die Söhne der Weber, die bereits im Geschäft, aber nicht zwangsläufig die talentiertesten sind, nicht bevorzugt werden. Es sei nicht nötig, meinte er, ein Werk vorzustellen, um wundervolle …

»Mama«, fragte Valentine, die dieser Punkt lebhaft interessierte, »soll das heißen, dass ich unter der Herrschaft von François I. nicht in den Norden reisen muss, um bei der Gilde mein Meisterwerk vorzustellen? Und dass mich das nicht daran hindert, frei mit Produktionen aus der Werkstatt zu handeln, wenn ich welche hätte?«

»Wenn das, was die Comtesse d'Angoulême behauptet, wahr ist, denke ich, dass das nicht mehr nötig ist.«

»Und Nicolas auch nicht?«

»Zweifellos. So verstehe ich den Wunsch des Königs. Nicolas hätte zwar keine Schwierigkeiten, seine Lizenz zu erhalten, aber für dich wäre es kompliziert. So musst du dich nicht der Kritik der Jurymitglieder aussetzen, die keine Weberinnen mögen, die sich zu viel Freiheit nehmen.«

»So, wie es dir passiert ist?«

Alix schüttelte den Kopf und fuhr fort:

»Sie würden sofort die Ausrede vorbringen, dass du keine bräuchtest, wenn dein Mann seine Lizenz hätte, um mit ihm zu arbeiten.«

»Aber wenn mich das Leben allein zurücklässt, so wie dich?«, widersprach Valentine. »Ich muss mir zu helfen wissen!«

»Dann machst du es wie Mama«, schaltete sich Mathilde ein, die ihrer Schwester den Brief der Comtesse d'Angoulême aus den Händen nahm, »und entscheidest es dann.«

»Aber da ›dein‹ François etwas anderes beschlossen hat«, sagte Alix lächelnd, »muss kein Weber, ob Mann oder Frau, dort vorsprechen.«

Mathilde, die den Brief wieder an sich genommen hatte, frohlockte:

»Hört, die Comtesse d'Angoulême spricht weiter davon:

Ach! Meine liebe Alix. Erinnert Ihr Euch an das Werk, das Ihr vorgestellt habt, als wir uns in Angoulême kennengelernt haben? Was habt Ihr nach dem Tod Eures Mannes für Mut bewiesen! Die Frauen verfügen eindeutig über mehr Energie als die Männer, zumindest, wenn sie wollen. Ihr wart so phantastisch erfolgreich. Passt auf, dass Euch die neuen Entwicklungen bei der Anfertigung der Tapisserien nicht überrollen. Ich rate Euch, Kontakt mit den Brüdern Gobelin aufzunehmen, die …«

Überrascht hielt Mathilde inne, dann erklärte sie:

»Die kenne ich. Ich habe sie besucht.«

»Wann?«, fragte Alix erstaunt.

»Bevor ich die Duchesse d'Alençon in Lyon getroffen habe.«

»Aber davon hast du mir gar nichts erzählt!«

Mathilde zuckte mit der Schulter. Natürlich erzählte sie ihrer Mutter nicht alles, sie hatte ihr schließlich sogar den Namen vom Vater ihres Kindes verschwiegen.

»Es sind drei Brüder«, antwortete sie. »Einer von ihnen, der jüngste, der ungefähr in deinem Alter sein muss, hat sein Werk am selben Tag wie du in Lille vorgestellt. Er hat mir von dem Skandal erzählt, den du unter den Jurymitgliedern ausgelöst hast.«

»Oh! Erzähl«, sagte Valentine mit glänzenden Augen, weil sie wusste, dass das die Gelegenheit für sie beide war, über ihren Vater Alessandro Van de Veere zu sprechen.

Und während Mathilde erzählte, las Alix den Brief von Louise allein zu Ende und dachte über ihren Rat nach.

Ich rate Euch, Kontakt mit den Brüdern Gobelin aufzunehmen, die ein ganzes Viertel am Boulevard Saint-Marcel besitzen. Sie scheinen die Herstellung der Tapisserien revolutionieren zu wollen, und auch wenn sie ursprünglich nur Färber waren, machen sie heute viel mehr als das. Ihre Ideen gehen mit denen des Königs konform. Vergesst das nicht, Alix.

Nun werde ich Euch verlassen, da meine zahlreichen Pflichten nach mir rufen. Vielleicht muss ich mich schon sehr bald nach Lyon begeben, wenn dieser Krieg rasch zu Ende geht. Ich werde es Euch wissen lassen. Aber in der Zwischenzeit wäre es mir lieb, ebenso wie Marguerite, wenn Mathilde zu uns stieße.

Bis bald. Ich erwarte Eure Antwort.

Eure Louise

8.

Drei Wochen später wurde der kleine Charles de Cassex, Mathildes Sohn, in eine fürsorgliche und liebevolle Familie hineingeboren. Valentine hatte das Kind sofort adoptiert. Aude, ihre eigene Tochter, bekam auf diese Weise einen fast gleichaltrigen Bruder, was ihr recht war, und Nicolas, der an die Launen der Zwillinge gewöhnt war, stimmte dem selbstverständlich zu.

»Mein Liebling«, hatte Alix gesagt, »meinst du nicht, dass es an der Zeit wäre, mir den Namen des Vaters zu verraten?«

»Mama, ich will nicht darüber reden. Ich kann dir jedenfalls versichern, dass er tot ist, sodass keine Zwischenfälle zu erwarten sind. Dieses Kind gehört mir und Valentine. Belassen wir es dabei. Charles wächst mit uns allen auf und wird ein berühmter Weber.«

Als Alix eingesehen hatte, dass ihre Tochter nicht mehr sagen würde, hatte sie den Kopf geschüttelt und geseufzt:

»Du hast recht, mein Mädchen, dafür werden wir sorgen. Das ist alles, was zählt.«

Das Gespräch über den Vater des Kindes, das bereits häufiger aufgekommen war, führte nicht weiter, weil die Zwillinge bei diesem Thema stets den Dialog verweigerten. Und so sprachen Alix ebenso wie Mathias nicht mehr davon. Die Amme, die Aude versorgte, würde ebenfalls Charles die Brust geben, und die Werkstätten gingen weiter ihrer Arbeit nach.

Der Brief der Comtesse d'Angoulême hatte Alix hellhörig gemacht. Wenn die kleinen Werkstätten mit Hochwebstühlen ihre Macht an die Manufakturen, die sich anzusiedeln begannen, verlören, mussten Mathias und sie ihre Interessen bestmöglich wahren.

»Hör zu, Mathilde«, sagte sie zu ihrer Tochter, als diese sich auf ihre Abreise nach Lyon vorbereitete, wo sie Louise und Marguerite treffen würde, »ich reise mit dir.«

Die Duchesse d'Alençon hatte Mathilde einen Brief geschickt, in dem sie ihr mitteilte, dass ihre Mutter die Staatsgeschäfte bis zur Rückkehr ihres Sohnes ebenso gut von Lyon aus lenken konnte. Selbstverständlich begleitete Marguerite sie, die nichts mehr in der Normandie hielt. In Lyon erreichten sie die Nachrichten aus Italien schneller, und sie konnten rascher darauf reagieren. Die beiden Frauen verlegten den Hof von Blois somit nach Lyon.

»Ja! Ich begleite dich, Mathilde.«

»Nach Lyon?«

»Nein, nicht nach Lyon, aber nach Paris, um den Rat von Louise zu befolgen. Ich werde die Brüder Gobelin besuchen. Willst du mich begleiten, da du sie ja nun schon kennst? Sobald wir sie getroffen haben, machst du dich auf den Weg nach Lyon. Ich überlasse dir Leo und das Gespann. Er kommt zurück, wenn du dort unten bist, denn ich nehme an, dass du bis zur Rückkehr des Königs dort bleiben wirst.«

»Sicher.«

Alix befiel ein seltsames, diffuses Gefühl, in ihrem Bauch bildete sich ein Kloß, der bis in ihre Kehle hinaufstieg. Mathilde war so unberechenbar! Doch sie musste jetzt mit ihr sprechen. Ihre Koffer waren gepackt und warteten übereinandergestapelt im großen Flur darauf, in die Kutsche geladen zu werden. Gleich würde Leo sie holen.

»Mathilde! Ich muss mit dir sprechen.«

Das junge Mädchen sah ihrer Mutter fest in die Augen, die scheinbar heiter wirkten. Doch sie kannte ihr Gesicht nur zu gut und ahnte, was sie ihr sagen würde.

»Worum geht es, Mama?«

»Wir müssen über deine Zukunft sprechen.«

Mathilde zuckte unmerklich zusammen und blieb auf der Hut. Mutter und Tochter maßen sich mit Blicken, und Alix bemerkte um Mathildes Lippen einen leicht verächtlichen Zug. Sie wirkte ungeduldig und leicht verärgert.

»Meine Zukunft? Darüber haben wir bereits gesprochen und sind uns in diesem Punkt nicht einig.«

»Diesmal geht es nicht um eine Hochzeit. Ich habe im Übrigen beschlossen, dich nicht mehr darauf anzusprechen. Mach das allein mit Marguerite aus. Es steht dir frei, sie davon zu überzeugen, dass du die Partien, die sie dir vorschlägt, nicht annehmen willst. Nein, mein Mädchen, ich will mit dir über die Werkstätten sprechen.«

»Über die Werkstätten!«

»Ja. Die Werkstätten werden eines Tages dir, Valentine und Nicolas gehören.«

»Und unserem Bruder Louis.«

»Du weißt sehr wohl, dass der Onkel meines ersten Mannes, Kardinal Jean de Villiers, ihm bei seinem Tod sein Vermögen vermacht hat, schlicht, weil es so in den Schoß der Kirche zurückkehrt. Darüber hinaus erweist sich mein großer Freund, der Domherr André, dessen Familie sehr mächtig ist, äußerst großzügig seinem Schützling gegenüber. Louis ist reich, und wenn er alles der Kirche gibt, erlaubt ihm das, rasch in das Bischofsgewand zu schlüpfen.«

»Worauf willst du hinaus?«

Alix hielt dem Blick ihrer Tochter stand, die sich anscheinend wieder einmal nichts gefallen lassen wollte.

»Auf Folgendes: Da es unwahrscheinlich ist, dass ich in meinem fortgeschrittenen Alter noch ein Kind in die Welt setze, kommen die Werkstätten meinen Töchtern und ihren Kindern zu. Aber du musst verstehen, Mathilde, dass du dich für das Leben dieser Werkstätten engagieren musst. Von nichts kommt nichts.«

Ihre Tochter wartete reglos auf weitere Ausführungen.

»Du willst nicht heiraten. Sei's drum. Du willst auch nicht ganze Tage am Webstuhl arbeiten wie Valentine. Das ist dein Recht, denn du kannst es dir dank der Dienste, die du am Hof leistest, und dank der regelmäßigen Anfragen der Duchesse d'Alençon erlauben.«

Alix löste den Blick von dem des jungen Mädchens, sie schien einen Augenblick nachzudenken, dann fuhr sie fort:

»Du reist gern. Nun denn, reise!«

»Was heißt das?«, fragte das junge Mädchen erstaunt.

»Reise für die Werkstätten.«

Nun wirkte Mathilde ehrlich verblüfft.

»Du wirst nicht immer die Vertraute von Marguerite d'Alençon bleiben, und du wirst auch nicht immer deinem König hinterherlaufen.«

»Ich weiß.«

»Also, mach Geschäfte für unsere Werkstätten. Du bist für den Kontakt mit Menschen geschaffen. Es wird dir leichtfallen, in eine Welt vorzustoßen, die du in all ihren Aspekten kennenlernen wirst. Du bringst im Übrigen schon einiges mit. Du sprichst Italienisch und Spanisch, und du lernst Englisch. Das hast du deiner Schwester voraus.«

»Was sie mit ihrem Talent als Weberin wettmacht.«

»Gewiss, und deshalb bin ich stolz auf sie.«

»Und wenn ich tue, worum du mich heute bittest?«

»Mathilde, dann wäre ich die glücklichste Frau auf Erden ... und die glücklichste Mutter.«

Die Augen des jungen Mädchens strahlten.

»Also, sobald der König aus Italien zurückgekehrt ist, mache ich mich an die Arbeit und schaffe Aufträge für unsere Werkstätten heran.«

»Mein Liebes!«

Es herrschte große Freude, und schließlich spürte Alix, wie sich der Kloß in ihrem Hals auflöste. Ihre Tochter akzeptierte ihren Vorschlag, ihre Art, die Dinge zu sehen, und das Leben und die Existenz, die sie ihr anbot. Der Rest würde sich finden.

»Bei eurer Geburt«, sagte Alix, »hat Valentine meine Weisheit und meine nachdenkliche und zurückhaltende Seite geerbt und du meine Energie und meinen Kampfgeist. Du besitzt die Fähigkeiten eines Mannes, denn du diskutierst wie ein Mann. Nun, jetzt handele wie einer. Hinter dir steht eine mächtige Weberfamilie, die dich unterstützt, was immer du auch für unseren Handel tust. Also nutze deine Chance. Verstehst du?«

»Warum hast du deine Meinung in Hinblick auf mich geändert?«

»Dein nicht zu stillendes Verlangen nach Freiheit, dein Streben nach Unabhängigkeit und deine Hartnäckigkeit, nicht heiraten zu wollen, haben mich gezwungen, dich mit anderen Augen zu betrachten. Du erinnerst mich an Properzia.«

»Vermisst du sie?«

»Sehr. Du bist ihr in gewisser Weise ähnlich. Du musst allerdings lernen, deine Impulsivität zu kontrollieren, die nur mit deiner Jugend zu entschuldigen ist. Aber du besitzt das ungestüme Feuer und die verrückte Kühnheit von Properzia, und du wirst die Geschäftsvorgänge, die unsere Werkstätten verlangen, erfolgreich meistern.«

Mathilde schien entzückt über diesen Vergleich. Der Vergleich mit einer Bildhauerin begeisterte sie! Einer Frau wie Properzia, die der Gesellschaft gezeigt hatte, dass sie den Bildhauern Italiens ebenbürtig war, indem sie begabte und noch dazu großartige Werke geschaffen hatte. Ja, mit solchen Frauen durfte man sie gern vergleichen!

Mathilde hatte ihre Entscheidung getroffen, sie würde beweisen, dass sie in der Lage war, den Werkstätten der Cassex zu ordentlichem Ertrag zu verhelfen. Wenn nötig, würde sie nach Italien, nach Spanien, nach Flandern und nach England reisen.

»Ich helfe dir«, fuhr Alix fort. »Die ersten Schritte machen wir gemeinsam. Wir fangen mit den Brüdern Gobelin an. Ich bringe dir bei, nicht in Fallen zu tappen, sondern sie zu umgehen, kein Geld zu verlieren und mit Finanziers zu sprechen. Ich bringe dir alles bei, was dein Vater mir beigebracht hat.«

Bei diesen Worten spürte Alix, wie ihrer Tochter das Herz aufging. Sie sprach weiter:

»Dein Vater war an erster Stelle Bankier. Ohne ihn wären die Werkstätten Cassex nicht das geworden, was sie heute sind. Von ihm hast du deinen Geschäftssinn. Das wirst du sehr schnell merken.«

Mathildes Augen funkelten vor Freude. Alix begriff, dass sie sie diesmal gewonnen hatte, indem sie ihr geschickt Aufgaben übertrug, die zu ihr passten und um die sich ihr Vater gekümmert hatte, der Gonfaloniere Van de Veere.

»Aber Achtung, mein Mädchen«, fügte sie hinzu, »die Männer sind noch listiger und perverser bei Frauen, die es wagen, sie im Handel herauszufordern. Frauen dieses Schlages sind so rar, dass die Männer sich das erlauben können. Sie stellen ihnen

Fallen, sie machen sich über sie lustig, sie halten sich für unübertroffen. Erst wenn sie merken, dass ihre weiblichen Arbeitskollegen ebenso fähig sind wie sie selbst, tolerieren sie diese zunächst, und später akzeptieren sie sie. Ach, Mathilde, es ist ein langer Weg. Merke dir gut, was ich dir eben gesagt habe.«

»Bestimmt, Mama.«

»Noch etwas, Liebes! Du bist eine schöne und verführerische Frau. Das hat zugleich Vor- und Nachteile. Du musst lernen, diese Vorzüge auszuspielen, ohne dich betrügen, bestechen oder in irgendeiner Weise missbrauchen zu lassen. Lass dich niemals von schmeichelhaften Worten zum Narren halten und mach dir bewusst, dass sich dahinter häufig eine Falle verbirgt.«

»Glaubst du, dass ich das nicht begriffen habe?«

»Was dir widerfahren ist, darf sich nicht wiederholen. Trinke nie mit einem Mann. Das ist die einzige Möglichkeit, in jeder Situation einen kühlen Kopf zu bewahren.«

»Das wird mir nie mehr passieren.«

Was sollte sie ihrer Mutter sonst sagen, da sie ganz mit ihr einer Meinung war? Mathilde war sich vollauf bewusst, dass ihre Mutter die Wahrheit sagte. Sie schwieg einen Augenblick, lächelte Alix an und sagte mit ruhiger Stimme:

»Such nicht nach der *Quadriga*, ich schaffe sie fort.«

»Was wirst du damit machen?«

»Ich weiß es noch nicht.«

»Verkauf das Werk nicht, es gehört dir nicht.«

»Ich werde es nicht verkaufen.«

Alix hätte sie am liebsten angeschrien, dass dieses kleine Wunderwerk, das man im achten Jahrhundert gewebt hatte, ihr durchaus gehörte, nach dem, was dieses Monster von Hieronymus ihr angetan hatte.

»Wir haben alles besprochen, mein Liebling. Nun vertraue ich dir. Machen wir uns auf den Weg nach Paris. Anschließend reist du nach Lyon und erfüllst deine letzten Pflichten gegenüber der Duchesse d'Alençon.«

Zwei Tage später erreichten Alix und ihre Tochter die Hauptstadt, die zur Ruhe gekommen war, seit der neue Vogt die »bösen Kerle« unschädlich gemacht hatte. Der Spätsommer brachte seltsame Gerüche mit sich, die den beiden Frauen mit ihren empfindlichen Nasen teilweise die Luft raubten. Um erträglichere Luft zu atmen, musste man sich an die Quais begeben, wo sich die Seine als langes ruhiges Band entlangwand.

Obwohl die Pariser noch immer in den Straßen palaverten und die Ereignisse des Vorabends, die Lebensmittelversorgung in der Stadt und die Nahrungsmittelpreise kommentierten, hörte man keine Klagen mehr über Diebstähle, Verbrechen und andere Übeltaten, an die sie sich gewöhnt hatten.

Heute sprachen die Pariser lieber über das Unglück des jungen François I., der vor den Toren Pavias in Italien lagerte, als von seiner siegreichen Durchreise, als er 1515 zur Eroberung von Marignan aufgebrochen war. Die Ankunft des Königs war damals durch schallende Hornstöße des Sire Montjoie, seines ersten Herolds, angekündigt worden und hatte für Aufsehen gesorgt. Er war durch die ganze Stadt geeilt und hatte überall Lanzenstechen, Kämpfe hoch zu Ross, Lanzenläufe für Damen und andere Feierlichkeiten angekündigt. Der große Konnetabel machte sie publik, indem er sie auf naive, aber sehr repräsentative Weise in Holz schnitzen ließ.

Diese Schnitzereien zeigten einen ruhmreichen König, der mit dem Zepter in der Hand den Thron bestieg, an seiner Seite die Königin, die durch das Fenster einem Wettbewerb im Lanzenstechen zusah. Ein Ritter in eiserner Rüstung stürzte sich auf seinen Rivalen, warf ihn aus dem Sattel und brach seine Lanze. Auf der Rückseite war der anmutige und elegante Brunnen abgebildet, den der junge König hatte bauen lassen, um mit ihm die wichtigsten Plätze der Stadt zu schmücken.

Diese Bilder hatten in der Hauptstadt die Runde gemacht, und der große Konnetabel, der sich mit dem König in Tournelles befand, hatte das Original im Register der Stadt abgelegt. Heute kam es für die Pariser nicht mehr in Frage, den großen Konnetabel zu beweihräuchern, der Frankreich so schändlich verraten hatte, indem er sich Charles Quint zugewandt hatte.

Alix und Mathilde saßen geschützt in der Kutsche, die Leo vorsichtig durch die stets belebte Stadt lenkte, und steckten die Köpfe aus dem kleinen Fenster. Das Gespann erreichte die Augustins und überquerte den Platz direkt vor der schönen Bleibe Hercules, dem herrschaftlichen Haus des Beraters Antoine Duprat, Präsident des Parlaments und Kanzler unter François I.

Im Gasthof überreichte Alix Leo eine Nachricht und bat ihn, diese zum Rathaus zu bringen.

»Ich habe dem Vogt versprochen, ihn bei meinem nächsten Aufenthalt in Paris zu besuchen.«

»Ach!«

Alix betrachtete ihre Tochter, die wie üblich, wenn sie von Seigneur de La Roche sprach, keine Miene verzog. Einen Augenblick überlegte Alix, ob der Vogt vielleicht der Vater des kleinen Charles war. Doch dann schien ihr dieser Gedanke unüberlegt, voreilig und ziemlich lächerlich, da ihre Tochter ihr versichert hatte, dass der Kindsvater tot sei. In diesem Punkt konnte sich Alix darauf verlassen, dass sie die Wahrheit sagte. Mathilde hatte ihre Fehler, aber sie hatte noch nie ihr Vertrauen missbraucht. Sie verschwieg ihr einiges, aber sie log nicht.

»Er ist sehr nett«, fügte Alix hinzu, »und hat ein freundliches Wesen.«

»Ach!«

»Und er interessiert sich sehr für unsere Arbeiten.«

»Ach!«

Das ständige »Ach!« überraschte Alix nicht, denn ihr war bereits seit Längerem aufgefallen, dass ihre Tochter den Vogt nicht sehr schätzte. Was war zwischen den beiden vorgefallen? Mathilde war so launenhaft. Obwohl es aussichtslos schien, versuchte Alix ihr dennoch eine Reaktion zu entlocken:

»Was hast du, Mathilde? Es scheint dir stets unangenehm zu sein, wenn ich von diesem Mann spreche.«

»Ich kenne ihn nicht.«

»Das stimmt. Schließlich warst du nicht da, als er unsere Werkstätten besucht hat. Er hat nur Valentine kennengelernt.«

»Und das ist gut so.«

Mathilde weigerte sich ihr seltsames Verhalten zu erklären. Alix insistierte nicht weiter, und nachdem Leo aufgebrochen war, unternahmen die beiden Frauen einen Spaziergang am Ufer der Seine.

»Gleich morgen gehen wir zu Maître Béranger. Dann triffst du seine Tochter Benoîte wieder, die dich zu den Brüdern Gobelin mitgenommen hat.«

»Und wann besuchen wir die Brüder?«

»In ein paar Tagen.«

Die Antwort des Vogts ließ nicht auf sich warten. Mittags brachte Leo ihnen einen Brief, in dem der Vogt sie für den folgenden Abend zum Essen in seine Privatwohnung im Rathaus einlud. Die Nachricht war vom Vogt der Händler von Paris unterzeichnet.

»Seht, seht!«, bemerkte Alix und drehte den Brief zwischen

den Fingern. »Unser Freund, Sire de La Roche, ist vom einfachen Vogt zum Vogt der Händler aufgestiegen. Nun hat er nicht nur die Aufsicht über die Händler der Stadt, auch die Pariser Polizei untersteht seinem Befehl. Er gewinnt zunehmend an Einfluss. Dieser Mann steigt in beeindruckender Weise auf. Es ist ratsam, sich gut mit ihm zu stellen.«

Sie ließ den Blick zu Mathilde gleiten, deren Augen nichts verrieten.

»Wir nehmen seine Einladung an.«

»Ich möchte nicht mitkommen«, äußerte Mathilde distanziert.

»Aber warum nicht?«

»Ich habe keine Lust, ihm zu begegnen.«

Nun schien ihre Mutter verstimmt.

»Mathilde! Das ist unerhört, was hat dir dieser Mann getan?«

»Nichts!«

»Dann musst du mitkommen. Das wäre ein schwerer Verstoß gegen das Protokoll. Der Vogt der Händler bekleidet nach dem Parlamentspräsidenten das höchste Amt in Paris. Sogar die Magistratsbeamten stehen in der Hierarchie der Hauptstadt unter ihm. Wenn du mich nicht begleitest, obwohl er dich eingeladen hat, distanziert er sich von uns. Du bringst mich dadurch in eine schwierige Lage. Ich hätte keine Möglichkeit mehr, mit ihm Geschäfte zu machen und, was noch schlimmer wäre, mit Paris! Was ist aus deinen guten Vorsätzen geworden, Handel für unsere Werkstätten zu treiben?«

Die Antwort folgte sofort, und Alix musste unwillkürlich lächeln.

»Gut, ich komme mit.«

Mit einem breiten Lächeln auf den Lippen kam der Vogt auf sie zu. Aus Anstand blickte er Alix in die Augen, aber wie gern hätte er sich in Mathildes Augen verloren.

»Madame de Cassex, ich freue mich, Euch im Rathaus zu empfangen. Ich bin noch nicht lange Herr dieser Hallen, aber ich gestehe, dass ich mich hier wohlfühle.«

»Ich bin entzückt über Eure freundliche Einladung, Sire Hugues.«

Das »Sire Hugues« nahm er mit einem leichten, fast verschwörerischen Lächeln auf und ergriff herzlich Alix' Hände.

Hugues de La Roche, Seigneur de Montalon, trug das Prachtgewand des Vogts der Händler von Paris. Es war dunkelbraun mit roten Besätzen und am Kragen sowie an Ärmeln und am Saum, wo das Gewand in Falten auf den Boden fiel, mit Zobel eingefasst.

»Ich kann es kaum erwarten, Euch die herrlichen Tapisserien hier zu zeigen. Ich denke, dass einige Euch bezaubern werden. Aber!«, sagte er und blickte schließlich zu Mathilde, »wie töricht von mir, Ihr habt natürlich noch viel schönere zu bewundern. Guten Tag, Demoiselle Mathilde! Und herzlich willkommen im Rathaus.«

Seine schwarzen Augen funkelten seltsam, seine großen Nasenflügel bebten, und in sein Lächeln mischten sich Ironie und Arroganz, dann fasste er sich jedoch, nahm eine distanzierte Haltung ein und bemerkte etwas kühl:

»Wie geht es Eurer Zwillingsschwester Valentine, die ich Gelegenheit hatte, in den Werkstätten kennenzulernen, als Ihr in Lyon wart?«

»Es geht ihr sehr gut, ich danke Euch, werter Vogt.«

Dann musste er sie zu seinem Bedauern verlassen, weil einige Persönlichkeiten und diverse Notabeln der Stadt seine Aufmerksamkeit verlangten – Großbürger, Magistratsbeamte, Händler und Künstler, die sich hier und dort unter den Gästen fanden.

»Pieter!«, rief Alix plötzlich, als Mathilde sie allein gelassen hatte, um sich woanders die Zeit zu vertreiben.

Alix trat auf einen schönen Mann mit blonden Haaren und kühlen blauen Augen zu.

»Ich habe erwartet, Euch hier zu treffen. Ihr habt Euch nicht verändert, Pieter.«

»Ihr auch nicht, Alix. Ihr seid noch immer jung und schön.«

»Die Jahre vergehen jedoch, und wenn uns nicht die Arbeit zusammenführte, würden wir ganz vergessen, wer wir sind. Aber ich weiß, dass Ihr jetzt berühmt seid. Euer Name ist an den Höfen Europas in aller Munde.«

Der Maler van Aelst führte sie in den großen Empfangssaal, wo einer der Wandbehänge der *Apostelgeschichte* hing.

»Seht, Alix«, sagte er und deutete auf den Wandteppich, »die Szene, die sich in Euren Werkstätten befindet, ist dieser hier sehr ähnlich.«

»Wo sind die anderen Tapisserien?«, erkundigte sich die junge Frau.

»Im Vatikan. Papst Léon X. hat sie bei mir in Auftrag gegeben.«

Der Vogt, der nun alle Geladenen begrüßt hatte, kehrte zu Alix zurück, allerdings nicht ohne einen Blick auf Mathilde zu werfen, die in einiger Entfernung mit einem großen, hageren Mann mit nichtssagendem Gesicht sprach. Er erkannte in ihm den äußerst bekannten Brüsseler Maler Bernard van Orley.

Nicht ein einziges Mal hatte Mathilde Hugues den Kopf zugewandt. Sie mied eindeutig seinen Blick, während sie mit geradem Rücken dem Maler lauschte, wobei sie lächelte und anmutig den Kopf neigte. Van Orley deutete mit der Hand auf eine große Tapisserie, über die er, seinen Gesten nach zu urteilen, sprach. Es handelte sich um *Der Monat September*, einen der großen Wandbehänge aus dem Zyklus *Die zwölf Monate des Jahres*.

Zuvor hatte Alix die hübsche Komposition, die Kraft der Pferde und der Hunde, die Erhabenheit der Figuren und die Klarheit des Unterholzes bewundert, die von den Schatten der dunklen Wälder kontrastiert wurde. Sie wusste, dass die zwölf Wandbehänge an allen Höfen Europas verteilt waren und dass van Orley einen Landschaftsmaler mit der Komposition der Umgebung beauftragt hatte. Alix war erfreut, dass einer der Teppiche in ihrer Werkstatt gefertigt worden war.

Sie löste den Blick von ihrer Tochter, die der Vogt kaum aus den Augen ließ, kam wieder auf den Wandbehang *Die Apostelgeschichte* zu sprechen und zog die Aufmerksamkeit von Sire de La Roche auf sich.

»Es heißt, dass Papst Léon X. die Sammlungen des Vatikans beträchtlich bereichert. Mag er schöne Tapisserien?«, erkundigte sich der Vogt bei van Aelst, während sein Blick erneut zu van Orley glitt, den er bereits bei seiner Ankunft begrüßt hatte.

»Ob er sie mag! Aber gewiss! Er ist verrückt nach ihnen, leidenschaftlich verrückt«, antwortete der Maler. »Mehr als sein Vorgänger Julius II., der sich mehr für Gemälde der Meister begeistert hat.«

Alix nickte.

»Das rührt sicherlich von der Tatsache, dass diese Tapisserien von den größten Malern unserer Zeit gezeichnet worden sind.«

»Sprecht Ihr von Raffael?«

»Gewiss.«

Alix hatte sich schon immer an der Seite von Malern und Künstlern wohlgefühlt, die von demselben Streben nach Größe getrieben wurden.

»Man darf nicht vergessen«, bemerkte sie und wandte sich an den Vogt, »dass Leo X. ein Mitglied der Familie Medici ist und den Geist der Renaissance von Kindesbeinen an kennt.«

Gefangen von Mathilde, die sich jetzt einem jungen Mann zuwandte, der zärtlich ihre Hände in seinen hielt und den er nicht kannte, zwang der Vogt sich, das Gespräch mit Alix und van Aelst fortzusetzen. Dieser berichtete, dass er bei dem Tod Philippe le Beaus 1506 in den Dienst seines Sohnes, des Duc de Brabant eingetreten sei. Ein Jahr später wurde dieser König von Spanien. Er hatte von ihm den Auftrag für einen riesigen Wandbehang mit dem Titel *Los Honores* angenommen, der aus neun Teilen bestand.

»Das weckt Erinnerungen in mir«, bemerkte Alix verträumt. »Ich habe einst einen Wandbehang mit einem Goldfaden für seine Ehefrau Jeanne de Castille gewebt. Er stellte Christi Geburt dar, und ich habe der Jungfrau das Gesicht der Königin von Kastilien gegeben.«

»Wie habt Ihr das Gesicht dargestellt, das Ihr nicht kanntet?«

»Ach! Sire Hugues, ich hatte alle Zeit, es zu studieren, denn ich habe an den Festlichkeiten teilgenommen, die Louis und Anne zu Ehren der Durchreise von Philippe le Beau und seiner Frau Jeanne de Castille in Amboise abgehalten haben. Vor ihrer Abreise hat sie meine Werkstätten besucht und mir den Auftrag erteilt, wobei sie mir die Wahl des Themas überließ. Da ich wusste, dass sie sehr gläubig ist, und da ich für sie bereits ein kleines Gebetskissen angefertigt hatte, entschied ich mich für Christi Geburt. Ganz sicher habe ich damals nicht im Entferntesten damit gerechnet, dass ihr Sohn eines Tages unter dem Namen Charles Quint der Herrscher über das Heilige Römische Reich Deutscher Nation sein würde. Ebenso wenig habe ich daran gedacht, dass er ein erbitterter Gegner unseres Königs werden würde. Warum musste der große Konnetabel de Bourbon Frankreich derart verraten? Sein Ehrgeiz hat ihn zu weit getrieben. Leider! Bereits als Duc de Montpensier war er schon von Ehrgeiz zerfressen.«

Dezent lenkte der Vogt die Unterhaltung von politischen Themen fort, damit sie die guten Beziehungen zwischen seinen Gästen nicht vergifteten. Er bremste Alix in ihrem Schwung und sprach sie auf Mathilde an.

»Eure Tochter scheint sich unter diesen Menschen und Künstlern sehr wohlzufühlen. Momentan wird sie ganz von diesem jungen Mann beansprucht, den ich nicht kenne.«

Alix wandte den Kopf.

»Aber das ist ja der junge Maler Giulio Romano«, rief sie. »Es heißt, er werde eines Tages berühmt. Mathilde war noch sehr jung, als er sie in den Räumen meiner Freundin Properzia in Lyon gezeichnet hat.«

»Gezeichnet!«

»Gezeichnet ist ein großes Wort. Er hat lediglich eine Skizze von ihrem Gesicht angefertigt«, fügte Alix vorsichtig hinzu.

Der Vogt hatte eindeutig ein Auge auf ihre Tochter geworfen. Beim Anblick der wütenden Falte auf seiner Stirn war es sicherlich nicht angeraten, ihm zu berichten, in welcher Haltung Properzia und sie Mathilde an jenem Tag vorgefunden hatten. Mathilde, die gerade mal zwölf Jahre alt gewesen war, hatte freizügig auf einer Steinbank gelegen, die kleine Brust war halbnackt und ein schlanker weißer Schenkel entblößt. So hatte sie den jungen Maler unter ihren Locken hervor mit unschuldigem Blick angelächelt, der vor ihr stand und fiebrig zeichnete.

Bei dem Abendessen kamen die wichtigsten Pariser Persönlichkeiten zusammen. Alix hätte hoch gewettet, dass Sire Hugues de

La Roche darum gebeten hatte, Alix und ihre Tochter an seiner Seite zu platzieren. Nicht weit entfernt saßen die Maler van Orley und van Aelst, die sich in Begleitung eines reichen Florentiner Händlers mit Namen Mario Cavalli befanden, während sich Giulio Romano zwischen den Webern sowie den Großhändlern von Textilien und Luxusartikeln wiederfand.

Dagegen hatte der Vogt in seiner Nähe einen Mann platziert, der Alix' Aufmerksamkeit erregte, als er von den Ländern des Orients sprach und von Produkten, die man von dort importierte. Er hieß Michel Suriano, und man munkelte, dass er ein Genueser Spion sei, der von den französischen Webern bezahlt werde.

Alix begeisterte sich für alles, was den Orient betraf. Sie kannte das orientalische Verfahren, bei dem die Fäden golden wirkten, sobald man sie auf ihren Rahmen zog. Im Übrigen hatte sie mit ihrem ersten Mann häufig über die Orientreisen seines Onkels Kardinal Jean de Villiers gesprochen und interessierte sich auch deshalb für das Thema.

Doch der Genueser Suriano, ein recht kleiner korpulenter Mann mit olivfarbenem Teint und schwarzen Augen, erwähnte etwas später nur Alaun, ein Produkt, mit dem sich die Wandteppiche wunderbar fixieren ließen. Bereits seit einigen Jahrzehnten sprach man von der Entdeckung dieser Kulturpflanze aus dem Orient, aus deren Wurzel man ein Sekret zum Fixieren von Farben gewann.

Alix bemerkte schnell, dass der Vogt von Paris sich gern mit Menschen von Stand und vor allem mit renommierten Künstlern umgab. Dazu gehörte auch van Aelst, der eine wichtige Debatte unter den Webern in Gang gesetzt hatte. Es ging dabei um Signaturen, was Alix rege interessierte.

Van Aelst war der erste Weber, der mit seinem Kollegen Pierre d'Enghien seine Signatur in den Schuss seiner Wandbehänge gewebt hatte. Er hatte ein großes »V« gewählt, das in der Mitte blau gekreuzt war und das er mit einem roten Doppelpunkt krönte. Man hatte sich bereits weit von jenem Verfahren entfernt, bei dem man den Buchstaben der Stadt in den Teppich webte, in der er gefertigt worden war. Heute applizierte man einen Doppelbuchstaben, den der Weber auf seine ganz eigene Weise verzierte.

Die Entwicklung der Industrietapisserien, die seit Langem das einfache Handwerk überholt hatte, befand sich auf dem Höhepunkt, und die Renaissance ließ sie noch zehnfach wachsen. François I. hatte bereits Reformen im Webprozess eingeleitet, und Charles Quint verkündete seine eigenen. Er hatte ein kaiserliches Dekret erlassen, in dem systematisch Status und Techniken der Webindustrie in Flandern, in Brabant und in Hennegau aus dem letzten Jahrhundert festgehalten wurden, und er stimmte mit dem französischen König überein, der eine Unterscheidung zwischen Massenproduktion und Qualitätsherstellung etablieren wollte.

»Man muss echte Tapisserien von falschen unterscheiden können«, verkündete Sire Mario Cavalli. »Ich für meinen Teil jage skrupellose Händler.«

Cavalli ließ sich nichts vorschreiben. Als großer florentinischer Händler war er es gewohnt zu spekulieren und wahrte dennoch bei allen seinen Waren einen gewissen Qualitätsanspruch.

»Wenn diese Fälscher nach Paris kommen, werde ich Euch helfen«, pflichtete ihm der Vogt bei. »Es gibt nichts Abscheulicheres, als mit falschen Werken zu handeln.«

»Kennt Ihr Guicciardini?«, erkundigte sich van Aelst beim Vogt, der sich Mathilde zugewandt hatte, die vorsichtig an einem Glas duftenden Weins nippte.

»Wer ist das?«

»Einer meiner Freunde und auch der Medici.«

»Ist er nicht florentinischer Botschafter in Brüssel?«

Van Aelst nickte.

»Das ist er. Mit diesem Mann könnt Ihr vertrauensvoll verhandeln. Er behauptet, dass das profitabelste Geschäft mit Gold, mit Silber oder mit Seide gearbeitete Tapisserien seien. Auch er macht Jagd auf Fälschungen. Ein guter Weber muss Meisterwerke herstellen.«

»Keine Frage«, antwortete van Orley, »denn das verschafft einem allgemeine Bewunderung. Deshalb ist es dringend erforderlich, dass wir es wie die Maler machen und unsere Werke signieren.«

»Ich bin froh, dass Ihr das sagt«, bestätigte Alix mit lauter, kräftiger Stimme. »Aber auf Euch, Pieter, trifft das bereits zu. Wisst Ihr, dass François I. die Aufgabe der Lizenz fordert, die die Webergilde an jene vergibt, die dort ihr Meisterstück vorstellen?«

»In der Tat. Nirgendwo außer in Flandern wird das noch praktiziert. Welches Argument bringt Euer König dagegen vor?«

»Dass zu viele talentierte Künstler, die nicht aus Weberfamilien stammen und nur deshalb nicht aufgenommen werden, benachteiligt würden.«

Van Orley schüttelte ebenso wie van Aelst den Kopf, während beide weiter Alix' Ausführungen folgten.

»Doch nach seiner Rückkehr aus Italien wird er die Signatur der Qualitätswerkstätten anordnen. Bald muss das Monogramm der Weber in den Kontrollbüchern der Städte vermerkt sein.«

»Wie werden diese aussehen?«

»Ohne von dieser Maßnahme betroffen zu sein, hat Brügge bereits ein gotisches gekröntes ›B‹ entworfen«, sagte Mario Cavalli.

»Das stimmt«, bestätigte van Orley, »und Tournai einen kleinen eckigen Turm.«

»Audenarde signiert mit einem kleinen Wolf über seinem ›A‹«, bestätigte Michel Suriano, »und Anvers hat das Symbol zweier Hände gewählt.«

»Und für unsere Werkstätten, Mama! Hast du schon darüber nachgedacht?«, fragte Mathilde und blickte zu ihrer Mutter.

»Was meinst du?«

»Zwei ›A‹ wie Alix, von denen eins auf dem Kopf stünde. Sie formen eine Raute, um die sich diverse Blätter ranken.«

»Sehr originell«, bemerkte Sire Cavalli. »Überhäuft Eure Buchstaben jedoch nicht zu sehr.«

»Doch«, entgegnete Mathilde, »die Ranken müssen sie unkenntlich machen. Es gibt bereits zu viele Buchstaben ›A‹.«

»Alix, Euer Monogramm ist bereits gefunden«, bemerkte der Vogt lächelnd. »Eure Tochter scheint entschieden.«

Mathilde reagierte nicht auf seine Worte. Alix wandte sich an Hugues, denn es war das erste Mal, dass er sie mit ihrem Vornamen angesprochen hatte. Himmel! Dieser bedeutende Mann schien mit allen Tugenden ausgestattet! Warum wehrte sich Mathilde so dagegen, ihn kennenzulernen? Sie musste nur ein Wort sagen, ihm einen Blick schenken, einen Seufzer, und dieser Mann schlösse sie in seine Arme.

Sie lächelte ihm zu und folgte erneut der Unterhaltung.

»Nun, Cavalli!«, fragte van Aelst, »was ist Eure Meinung in dieser Angelegenheit?«

»Die der Signaturen oder die des Missbrauchs von Werken der Webkunst?«

»Des Missbrauchs.«

»Die mangelhaften Ausführungen, derer sich die Industrie der Tapisserien schuldig gemacht hat, führen zu strengen Regelungen. Wusstet Ihr, dass es Werkstätten gibt, die direkt auf dem Rahmen kämmen und anschließend weben? Auf den ersten Blick sieht es nach guter Qualität aus, aber in Wahrheit ist es Geldschneiderei und Betrug. Man muss die Fäden abziehen, um es zu merken.«

»Außerdem«, bestätigte Suriano, »gibt es Händler, die diese Tapisserien für mehr als fünfhunderttausend Dukaten weiterverkaufen.«

»Kennt Ihr welche?«

»Zumindest einen, ja, Sire Frescobaldi.«

»Hieronymus Frescobaldi!«, rief Alix mit erstickter Stimme, da ihre Tochter sie bestürzt ansah.

»Ebender. Seid Ihr ihm bereits begegnet?«

»Ich kenne ihn«, erklärte Mathilde in eisigem Ton. »Meine Mutter ebenfalls. Wir mögen ihn nicht besonders.«

»Nun, das geht mir ebenso«, bestätigte van Aelst. »Ich habe mir von ihm einmal eine gewisse Summe geliehen, als ich in Verlegenheit war und auf die Finanzierung eines Geldgebers wartete. Dieser Teufel hat mich für seine Interessen missbraucht.«

»Seine List ist groß, und seine Betrügerei ist unermesslich. Er ist ein Machiavelli«, bestätigte Suriano.

Michel Suriano trank viel, doch das merkte man seinen Äußerungen nicht an.

»Es heißt, dass er selbst nie ein Risiko eingehe. Er bedient sich Helfershelfern, die die falschen Tapisserien mit dem Boot vertreiben. Wollt Ihr Namen hören?«

»Gewiss!«, antwortete Alix, die die Vorstellung erregte, dass sie diesen Mann vielleicht eines Tages in den Ruin treiben konnte.

»Ein gewisser Diego Lopez de Montero verschickt sie per

Boot von Calais aus, ein gewisser Francisco de La Torre von Marseille, und es gibt noch weitere. Ich kenne nicht alle Namen, die er zu seiner Tarnung benutzt, doch mit ein bisschen Nachforschen finde ich sie problemlos heraus.«

Van Aelst rieb sich mit seinem dicken Zeigefinger das Kinn, an dem ein blonder Bartschatten spross.

»Und wisst Ihr«, sagte er, »dass er illegalen Handel mit Alaun mit den ›Ungläubigen‹ treibt? Er transportiert es mit türkischen Piratenschiffen von Trapezunt nach Konstantinopel. Anschließend leitet er die Schiffe nach Griechenland um, wo sie von Genueser Galeeren erwartet werden.«

»Rom hat ihn bereits verwarnt«, ergänzte Suriano. »Zweimal. Man hat ihm gedroht, ihn vom Papst aus der Kirche ausschließen zu lassen.«

»Das beunruhigt ihn kaum.«

»Könnt Ihr als Vogt von Paris nichts ausrichten?«, fragte Alix.

»Leider nicht viel!«

»Was heißt nicht viel?!«, rief Mathilde wütend.

Van Aelst begrüßte ihren missbilligenden Ruf.

»Sie hat recht, mein lieber Hugues, Ihr vergesst, dass Ihr die Verbrecherbande von Paris außer Gefecht gesetzt habt und dass Ihr ohne Weiteres eine oder zwei Polizeigaleeren zur Verfügung stellen könntet, die Euren Mann am Bosporus erwarten, wenn er das Schwarze Meer überquert!«

»Pieter! So einfach ist das nicht.«

Mathildes Wangen waren gerötet, allerdings nicht vom Wein, denn sie hatte die Ratschläge ihrer Mutter verinnerlicht, sondern weil das Bild dieses schrecklichen Kerls sich erneut in ihre Gedanken drängte. Sie fiel Hugues ins Wort:

»Sire van Aelst versichert, dass die Genueser Galeeren an den griechischen Küsten entlangfahren. Sie überqueren das Marmarameer, um dann zum Ägäischen Meer hinunterzufahren. Die Schiffe Eurer Soldaten und Eurer Polizisten könnten sie leicht orten.«

Alle waren von ihrer Logik beeindruckt.

»Dieses junge Mädchen kennt sich ganz offensichtlich in der Geografie aus«, bemerkte Cavalli. »Glückwunsch, Demoiselle.«

»Das wäre in der Tat zu überlegen«, gab Hugues de La Roche zu, der endlich ein Mittel gefunden hatte, mit seiner kühlen Nachbarin ins Gespräch zu kommen. »Wenn Ihr weitere Ideen habt, Demoiselle Mathilde, lasst es mich wissen, ich werde sie prüfen.«

Alix dachte ihrerseits nach. Sie war begeistert, zum einen, dass ihre Tochter sich auf ihre Seite stellte und versuchte, Hieronymus in die Falle zu locken. Zum anderen, weil sich Mathilde an den Vogt gewandt hatte, auch wenn in ihren Worten ein leicht spöttischer Unterton mitschwang. Der Vogt fuhr fort:

»Wie gehen wir vor?«

Ohne weiter abzuwarten, antwortete Alix:

»Versprecht den Parisern ein Schiff mit Weizen. Daran fehlt es häufig, wenn der Nachschub im Winter ausbleibt.«

»Fürwahr. Eine hervorragende Idee«, lobte van Aelst.

Ja! Das war ein schlauer und zugleich hilfreicher Einfall, der die Pariser begeistern würde. Eine Idee, die in anderen Zeiten den Vogt von Paris das Leben gekostet hatte. Er hieß Michel de Lalliers und hatte eine Weberin aus dem Val de Loire geheiratet. Sie hieß Clarisse Cassex, eine Vorfahrin von Alix.

»Aber ich brauche ein Schiff!«, warf Hugues ein und rieb sich zweifelnd die Stirn.

»Ich könnte vielleicht den Kapitän der königlichen Galeeren fragen«, meldete sich Mathilde.

»Bernardin des Baux«, rief Suriano lächelnd. »Ihr wollt gleich ganz oben anfangen. Vielleicht sollte man es erst etwas weiter unten versuchen.«

»Zweifellos, Monsieur Suriano, aber darunter kenne ich niemanden. Bernardin des Baux bin ich dahingegen bereits mehrfach begegnet.«

»Und woher kennt Ihr ihn, Demoiselle?«

Diesmal antwortete Alix:

»Wir sind ihm in Lyon begegnet, bei den Festlichkeiten, die zu Ehren des Königs und seines Siegs in Marignan abgehalten wurden. Meine Tochter hat ihn später in Marseille wiedergetroffen, als sie ein Schiff bestieg, um nach Florenz zu reisen.«

Mehr sagte sie nicht und hoffte, dass man Mathilde glaubte, wenn ihre Mutter die Lage erklärte.

»Bernardin des Baux!«, wiederholte der Vogt. »Das wäre vielleicht ein Versuch wert.«

»Wir werden sehen«, schloss Alix, um Fragen zu vermeiden, die Mathilde in Bedrängnis brachten. »Vertraut mir.«

Das Abendessen setzte sich mit Unterhaltungen über andere Themen fort. Mathilde schwieg, und als die Gäste sich langsam auf den Weg machten und sich beim Hausherren bedankten, wandte sich Hugues an Alix:

»Es ist spät geworden, warum wollt Ihr heute Abend in Euer Gasthaus zurückkehren? Nehmt meine Einladung an und bleibt über Nacht hier. Ich werde Euch ein Zimmer vorbereiten lassen. Ihr hättet es bequem mit Eurer Tochter.«

»Ich nehme gern an«, sagte Alix schlicht und blickte zu Mathilde, die ihr einen wütenden Blick zuwarf.

»Und Leo, Mama? Er wartet, um uns zurückzubringen!«

Hugues beeilte sich zu antworten:

»Ich werde meinen Diener bitten, ihn zu informieren. Er

kann im Nebengebäude bei meinem Personal nächtigen. Dort ist genug Platz.«

»Aber unser Gepäck ist im Gasthaus«, widersprach Mathilde weiter.

»Ich werde einen Kutscher schicken, um es zu holen. Sorgt Euch deshalb nicht«, erwiderte der Vogt. »Ich begleite Euch auf Euer Zimmer.«

Um ihrer Missbilligung Ausdruck zu verleihen, weigerte sich Mathilde, ihrer Mutter zu folgen, und verkündete leichthin:

»Ich gehe zu Fildor. Ich komme später zu dir, Mama. Euer Diener, werter Vogt, wird mir sicher das Zimmer zeigen. Sagt mir nur, wo sich die Ställe befinden.«

Alix betrat das Zimmer. Es war geräumig, luftig und mit edlen Möbeln und schönen Tapisserien ausgestattet – vor ihr hing eine große Schäferszene, die Prunkkleidung vom Anfang des Jahrhunderts zur Geltung brachte. Das Zimmer gefiel ihr auf Anhieb.

Sie machte ein paar Schritte und blieb vor dem Wandbehang stehen, der die Tür bedeckte. *Die Traubenlese* war in Millefleurs-Technik aus Wolle und Seide gewebt. Sie kannte diese Tapisserie. Wo hatte sie sie schon einmal gesehen? Bei dem Vogt in Lyon? In Brüssel, in Brügge? Das Wappen in der linken oberen Ecke deutete darauf hin, dass sie in Flandern gewebt worden war.

Sie ging zu dem großen Bett, zog die Vorhänge beiseite, entkleidete sich und legte sich hin, während sie auf die Rückkehr ihrer Tochter wartete.

Weshalb wollte Mathilde die Ställe des Rathauses besuchen? Rechnete sie nicht damit, dass Seigneur de La Roche sie dort finden und versuchen würde, sie in ein Gespräch zu verwickeln, das sie ihm während des Abendessens verwehrt hatte?

Hugues stieß die Schwingtür zu der Box auf, in der sich Fildor befand. Mathilde stand dicht bei ihrem Pferd, streichelte seinen Hals und sprach leise mit ihm.

»Habt Ihr wirklich geglaubt, dass ich nicht käme?«

Sie blickte ihn an, antwortete jedoch nicht.

»Ihr wart nicht sehr gesprächig heute Abend.«

»Ich hatte nichts zu sagen.«

»Warum habt Ihr Euch dann am Ende des Essens so erregt, als es um diesen Mann ging, den Ihr offensichtlich am liebsten am Galgen sehen würdet?«

»Am Galgen!«

Sie lachte sarkastisch.

»Der Galgen wäre viel zu harmlos. Ich wünsche ihm etwas viel Schlimmeres!«

»Dass Eure Mutter es auf ihn abgesehen hat, veranlasst mich zu glauben, dass es sich um einen Betrug handelt, bei dem Ihr Geld verloren habt. Genau wie Pieter van Aelst. Doch dass Ihr Euch nach Rache sehnt, bringt mich auf den Gedanken, es könnte sich um eine ganz persönliche Angelegenheit handeln und dass Eure Mutter Euch nur unterstützt. Ist dieser Mann Euch gegenüber zudringlich geworden?«

»Ebenso wie Ihr am Ufer der Seine.«

Er erblasste.

»Genau wie ich! Ihr wagt es, mich mit diesem Monster zu vergleichen! Ihr redet dummes Zeug!«

»Vielleicht.«

»Ich verbiete Euch …«

»Ich habe Euch schon einmal gesagt, dass Ihr mir nichts zu verbieten habt.«

In diesem Augenblick hätte er sie am liebsten in die Arme genommen, sie mit Küssen überhäuft und ihr gesagt, dass er ihr nur gefallen und sie glücklich machen wollte. Doch erneut verlief ihre Begegnung unglücklich, und sie gab ihm zu verstehen, dass sie ihn nicht wollte. Warum verwehrte ihm der Himmel den Zugang zu diesem Mund, der seinem Bruder so sehr gefallen hatte?

Da bemerkte er das kleine Kissen von *Die Dame mit dem Papagei* auf dem Rücken von Fildor.

»Schon wieder Guillaume?«

»Ja, Sire Vogt, Guillaume wird immer da sein.«

Warum log sie? Jeden Tag vergaß sie König Guillot ein wenig mehr.

»Ich werde Euch zwingen, nicht mehr an ihn zu denken. Das schwöre ich Euch.«

Er trat auf sie zu und zog sie grob an sich.

»Lasst mich oder ich schreie.«

Doch er presste seine Lippen auf ihre. Eine heftige Lust ergriff ihn. Dieses Mädchen machte ihn verrückt, er konnte nicht von ihr ablassen, ohne ihr zu zeigen, dass sie seine Sinne heftig erregte. Er spürte ihre Körperwärme, ihre zarten Brüste, die sich gegen seine Brust drückten, ihre weichen Schenkel, die sich zwischen seine drängten.

Stumm vor Wut oder einem anderen Gefühl, dessen Ursprung sie ignorierte, weil sie es ebenso verfluchte, wie es ihr gefiel, stemmte sie ihre Hände gegen seine Brust und stieß ihn zurück. Doch er wollte sie auf keinen Fall gehen lassen, hielt sie entschieden fest und durchbohrte sie mit einem Blick aus seinen funkelnden schwarzen Augen. Es war der Blick von Guillaume! Der Blick, den zweifellos sein Sohn Charles haben würde! Ja, es waren die Augen der Hugues, die das Kind erben würde. Hatte ihre Mutter es bemerkt? Alix merkte alles, sie spürte sofort, wenn ihre Töchter in etwas verwickelt waren.

Obwohl Mathilde geschwiegen hatte, hatte ihre Mutter

Hugues das ganze Essen über intensiv beobachtet. Seine Augen, sein Lächeln, seine Gesten. Sie hatte ihn studiert, um herauszufinden, ob der kleine Charles sein Sohn war. Andererseits schien sie ihr geglaubt zu haben, als Mathilde ihr gesagt hatte, dass der Vater des Kindes tot sei.

»Lasst mich!«

»Ich werde Euch erst loslassen, wenn Ihr mir gesagt habt, was dieser Mann Euch angetan hat.«

Sie schaffte es, sich von ihm loszumachen, und wich zurück, warf ihre Haare auf den Rücken und zog den Saum ihres Kleides nach unten in das frische Stroh des Stalls. Mit zwei großen Schritten stürzte er zu ihr und riss sie erneut brutal in seine Arme. Einen Augenblick lang sahen sie sich in die Augen. Wieder dieser Blick von Guillaume!

»Er hat mich vergewaltigt«, schrie Mathilde. »Ja, er hat mich vergewaltigt, und zwar kurz bevor ich König Guillot begegnet bin. Euer Bruder hat mich mit seiner Liebe geheilt. Er war geduldig und hat mir alles beigebracht. Ihr werdet mich nie verstehen, Ihr werdet ihm nie ebenbürtig sein. Ihr seid zehnmal gröber als er und zehnmal weniger charmant. Reicht Euch das?«

Zunächst war er fassungslos, dann zeichnete sich Wut in seinem Gesicht ab, und Hass ergriff ihn. Mathilde errötete:

»Wollt Ihr mich erneut ohrfeigen, wie neulich am Ufer der Seine, als ich Euch gesagt habe, dass ich Euch nie verzeihen würde, dass Ihr Guillaume an den Galgen gebracht habt?«

Endlich ernüchtert, ließ er die Arme sinken. Seine Stimme klang hohl:

»Was soll ich also tun, um Euch zu gefallen?«

»Nichts.«

Sie stieß ihn mit der Hand zurück und verließ den Stall. Dann drehte sie sich noch einmal um und bemerkte trocken:

»Ach! Ihr sollt Folgendes wissen: Die Smaragde, die Euer Bruder gestohlen hat, befinden sich nicht mehr in meinem Besitz. Ich habe sie der Duchesse d'Alençon geschenkt, damit sie sie verkauft und mit dem Erlös einen Teil der Artillerie von François I. finanziert. Er brauchte das Geld dringend.«

»So ist es recht!«, spottete der Vogt, der sich wieder im Griff hatte. »Von dem einen König erhalten, dem anderen König gegeben! Ihr seid scharfsinnig und intelligent, Mathilde.«

Er verabschiedete sie mit einer flüchtigen Handbewegung, die zugleich hart und enttäuscht wirkte.

»Geht jetzt zu Eurer Mutter.«

9.

Louise d'Angoulême sollte recht behalten, ihre dunklen Vorahnungen sich als richtig erweisen. Sie ließ sich mit Marguerite und Mathilde, die zu ihnen gestoßen waren, im Kloster Saint-Just-sur-Lyon nieder. In der Nähe der Alpen und vor den Türen Italiens gelangten sie zweifellos schneller an Informationen.

Die Abtei von Saint-Just war gut befestigt und lag am rechten Ufer der Saône. Hinter der zinnenbewehrten Umfriedung mit den zwanzig eckigen Türmen waren die Mauern vier Fuß dick.

Dort fand sich eine richtige Stadt – Kirchen, Hospize, Krankensäle, Bibliotheken, Archive, Finanzverwaltung. Dazu kamen Häuser, Scheunen, Mühlen, Backstuben, Ölmühlen, Küchen und Wäschereien, in denen es heiter und fröhlich zuging.

Doch in diesen Tagen beobachteten die Wachleute eine gewisse Unruhe. Alles wurde in kürzester Zeit zum Sitz der Regentin umgewandelt.

Im großen Kloster richteten Louise und Marguerite die königlichen Gemächer ein. Von einem großen Hof und einem hübschen Garten umgeben, verströmte dieser heilige Ort, an dem sich seit Papst Innocent IV. viele berühmte Persönlichkeiten aufgehalten hatten, eine angenehme Atmosphäre.

Saint-Louis und die zarte Marguerite de Provence hatten sich hier zu Beginn der Kreuzzüge niedergelassen. Philippe le Bel hatte hier über zahlreichen Entscheidungen gebrütet, und Louis XI. diverse Krisen durchlebt. Anne de Bretagne war hergekommen, um sich zu erholen, und hatte eine andere Einrichtung, andere Blumen, andere Tapisserien und Wandbehänge verlangt. Und Louise suchte hier nach einer Lösung.

Im Kloster herrschte absolute Ruhe, die nur durch das Läuten der Glocken am Morgen und am Abend gestört wurde.

Mathilde hatte sich in einem kleinen komfortablen Zimmer häuslich eingerichtet, das sich an das von Marguerite anschloss. Kaum angekommen, kündigte man bereits den Besuch von Louis de Brézé an, der direkt aus Italien eintraf.

»Man lasse ihn eintreten«, befahl Louise gebieterisch und verschränkte die Hände ineinander.

Zwischen zwei Hellebardieren und mehreren Wächtern trat Brézé so aufrecht wie möglich herein, obwohl er schlechte Nachrichten zu verkünden hatte.

Mathilde hatte den alten Ehemann von Diane noch nie gesehen, den diese als loyal und großzügig beschrieb. Sie sah ein strenges Gesicht, das jedoch nicht unansehnlich wirkte. Brézé war sehr häuslich und kam selten an den Hof, lieber bewirtschaftete er seine Ländereien, sein Anwesen und sein Schloss in Anet. Louise kannte natürlich seine Geschichte. Brézé hatte den Ruf, integer, aufrichtig, selbstlos, gerecht und treu zu sein. Er hatte mit sechzig Jahren die überaus hübsche Diane de Poitiers geheiratet, deren Vater wegen Verrats gehängt werden sollte. Man munkelte, dass sie seine Enkelin sein könnte, aber man munkelte ebenso, dass die junge Duchesse de Brézé genauso treu wie ihr alter Ehemann sei.

Bei seiner Ankunft hatte Marguerite sich nicht gerührt, aber Louise stürzte sogleich auf ihn zu.

Louise löste die Hände und reichte sie ihrem Gesprächspartner.

»Kommt Ihr als Bote noch betrüblicherer Nachrichten als jener, die ich bereits kenne?«

Brézé verneigte sich tief und sah Louise dabei an. Eine tiefe Falte grub sich in seine Stirn. Als er sich wieder aufrichtete, wirkte er verlegen.

»Nun, Duc! Was wollt Ihr mir mitteilen?«

»Man hat den König festgenommen.«

Marguerite stieß einen Schrei aus. Es war einer dieser Schreie, die wie ein verletzter Vogel klangen, der darauf wartete, dass man ihm zu Hilfe eilte. Mathilde wurde aschfahl, und Louise fasste sich mit beiden Händen an die Brust. Dann atmete sie tief ein und stieß die Luft mit halbgeschlossenen Lidern wieder aus.

Marguerite lief zu ihr und warf sich weinend in ihre Arme. Louise schob sie jedoch langsam, aber entschieden zurück.

»Beruhige dich, meine Tochter. Für Klagen ist jetzt nicht der richtige Moment. Ich brauche mehr denn je Eure Energie, damit ich meine nicht verliere.«

Trotz der Tränen, die in ihren Augen brannten, fasste sich Marguerite. Sie wandte sich zu Mathilde, die sich mit bleichem Gesicht und zitternden Knien an die Wand drückte.

»Wo ist er?«, fragte Louise.

»In Pavia«, antwortete Brézé mit tiefer Stimme. »Der Duc de Navarre befand sich bei der Vorhut, er ist zusammen mit dem König festgenommen worden.«

»Und der Duc d'Alençon?«, erkundigte sich Marguerite mit gepresster, kaum hörbarer Stimme.

»Er hatte die Nachhut unter seinem Befehl. Anscheinend hat er sich nicht weit von Pavia zurückgezogen.«

Blass und zitternd warteten die drei Frauen die Fortsetzung des traurigen Berichts ab. Es schien Marguerite, als wiche jegliches Leben aus ihrem Körper. Louise beobachtete sie und schwankte zwischen Angst und Unsicherheit. Um wen sorgte sie sich? Es konnte doch nur François sein!

Doch sie meinte im Gesicht ihrer Tochter ein seltsames Zucken bemerkt zu haben, als Brézé den Namen ihres Mannes erwähnt hatte. Liebte sie ihn doch ein wenig?

Doch was scherte sie der Duc d'Alençon, wenn ihr Sohn zum Ziel eines Angriffs geworden war und sich in einem Krieg befand, um den es so schlecht stand. Louise verdrängte den Anflug von Mitgefühl für ihre Tochter und dachte nur noch an François.

Mathilde war zu ihr getreten.

»François lässt sich nichts gefallen, Madame Louise«, sagte sie und bemühte sich, überzeugt zu klingen. »Er wird sich bis zum Schluss mit allen Mitteln verteidigen. Er bleibt sicher nicht lange ihr Gefangener.«

»Möge der Himmel deine Worte erhören, Mathilde. Und Bourbon?«, flüsterte sie und wandte sich erneut an Brézé.

»Bourbon greift mit Hilfe von Lannoy und dem Marquis de Pescaire an.«

»Dieser Verräter, dieser Treulose!«, rief Louise und durchmaß nervös mit großen Schritten den Raum. »Bourbon greift an. Dieses Monster!«

All ihre Wut schien sich in einer Minute zu entladen, während die grausame Zeit weiterhin unerbittlich durch die Sanduhr des Schicksals lief.

»Du meine Güte! Warum hat François ihn nicht festnehmen lassen, wie ich es ihm geraten habe?«

»Bourbon ist ein Prinz, Mutter«, erklärte Marguerite, die ihre Selbstsicherheit wiedergefunden hatte. »Ihr wisst sehr wohl, dass Euer Sohn den Adel zu sehr respektiert, als dass er einen solchen Konflikt riskieren würde.«

»Nachdem man ihn verraten hat!«

Louis de Brézé trat einige Schritte vor. Er blickte aus seinen von tiefen Falten umgebenen Augen von Marguerite zu Louise und verharrte hin und wieder bei Mathilde. Der alte Duc wirkte nun weniger bedrückt. Seine Verlegenheit von eben schien verflogen.

»Die Lage ist kritisch«, versicherte er. »Charles Quint und Henri VIII. haben ihr Bündnis deutlich gefestigt. Bonnivets Ersuchen an den Papst hat sie angestachelt.«

Louise sah ihn aufgebracht an. Dann rang sie nach Luft und presste erneut eine Hand auf ihre Brust. Angespannt hörte sie Brézé zu.

»Leider marschieren die Spanier in das Roussillon ein und die Engländer in die Picardie. Bourbon umstellt dahingegen die Alpen und behauptet, dass die französischen Adeligen ihm folgen werden.«

»Warum sollten sie diesem Verräter folgen?«, rief Louise.

Sie packte Brézé am Arm.

»Sie werden sich nie auf seine Seite stellen.«

Der alte Duc, dessen Falten sich noch vertieften, richtete den Blick auf die Hand von Louise, die seinen Arm mit einer Kraft umklammerte, die er ihr nicht zugetraut hatte.

»Das ist nicht sicher«, bestätigte er mit tiefer Stimme. »Nur in der Picardie werden sie schwächer, weil die Finanzen von Henri VIII. nicht ausreichen, um dort eine ernsthafte Belagerung aufrechtzuerhalten.«

»Heißt das, dass die kaiserliche Armee von Charles Quint, die sehr reich ist, Henri VIII. womöglich Beistand leistet, wenn das zwischen ihnen geschlossene Bündnis anhält?«

Schließlich ließ die Regentin den Arm von Brézé los. Er nutzte die Gelegenheit, sich die Stirn abzuwischen, auf der sich ein Schweißfilm gebildet hatte. Seine Selbstsicherheit schwand zusehends. Er war erschöpft und ebenfalls empört über die schlechte Wendung der Ereignisse. Warum konnte er keine tröstlichere Nachricht überbringen?

»Wo sind seine Begleiter, abgesehen von Navarre, der beim König ist? Bonnivet ist bei Clément VII. und Charles d'Alençon bei der Nachhut? Wo sind die anderen?«

»Montmorency wurde ebenfalls in Pavia festgenommen, allerdings an einem anderen Ort. Chabot, der es geschafft hat zu entkommen, wurde vom König nach Marseille geschickt, um an der Seite von Renzo Orsini mit mehr als viertausend Mann Marseille zu halten. Die Marseiller haben sich ihnen sofort angeschlossen. Sie arbeiten an Befestigungen und an der Errichtung von Hinterhalten mit.«

»Chabot wird François verteidigen«, behauptete Marguerite feurig. »Ich weiß, dass er eine Möglichkeit finden wird, um ihm zu helfen.«

»Ja, er hat stets bessere Ideen als die Übrigen. Das habt Ihr selbst gesagt, Madame Louise«, pflichtete Mathilde ihr bei. »Er ist der geschickteste und der einfallsreichste von allen.«

»Hoffen wir, dass er auch einfallsreicher als Bonnivet ist«, murmelte Louise. »Sich in einer solchen Lage an den Papst zu wenden musste unsere Gegner unweigerlich mehr zusammenbringen. Was für ein Irrtum!«

Brézé war zu Marguerite getreten.

»Die königlichen Galeeren sind vor Ort«, sagte er, »und die Kanonen von Genouillac sichern ihnen einen gewissen Vorteil.«

»Ihr seht, Madame Louise, dass die Dinge sich finden werden«, frohlockte Mathilde plötzlich, in deren Wangen die Farbe zurückgekehrt war. »Von dieser Seite werden wir Hilfe erhalten. Bernardin des Baux kann Euch das nicht verwehren.«

»Ja, aber wo sind seine Galeeren? Dieses Unglück hat er nicht vorhergesehen.«

»Nun gut, er lässt sie zurückkommen. Man muss ihm sofort den Befehl zukommen lassen.«

Louise betrachtete eine Weile die junge Mathilde. Sie besaß Mut, Energie und Willenskraft. Das gefiel ihr. Als sie sah, dass die Farbe in das Gesicht der Regentin zurückkehrte, fuhr das junge Mädchen fort:

»Einige seiner Galeeren befinden sich im Mittelmeer, einige in der Ägäis, wieder andere auf dem Atlantik und am Golf von Gascogne. Mehrere müssten bereits vor der italienischen und der griechischen Küste kreuzen.«

Überrascht sah Marguerite sie an, froh, dass sie es geschafft hatte, ihrer Mutter etwas Mut zu machen.

»Es gibt allerdings ein Problem, Madame«, gab Brézé zu bedenken und schüttelte den Kopf. »Der französische König hat lange vergeblich nach einem Kompromiss gesucht. In dieser Zeit hat sich die französische Armee dezimiert. Unsere Soldaten sind ausgelaugt oder desertieren. Jene, die krank sind, werden nicht versorgt, und es fehlt Proviant.«

»Wo sind Lesparre und Lautrec? Diese Unfähigen!«, fragte die Regentin ungehalten.

Mathilde musste lächeln, sie freute sich, dass offenbar alles, was Françoise de Châteaubriant betraf, von der Regentin lebhaft kritisiert wurde. So galt die Sympathie von Louise ebenso wenig Lesparre und Lautrec, den beiden Brüdern der ersten Mätresse.

Doch Brézé schreckte auf. Trotz seiner Bemühungen erreichte Lesparre nichts, und Lautrec verlor sich in unnützen Machenschaften. Aber die beiden Männer taten ihr Bestes. Als er jedoch sah, wie sich die hellen Augen von Louise verdunkelten, behielt Brézé dies lieber für sich. Ebenso wie die Regentin die Mätresse des Königs verabscheute, lehnte sie deren Brüder ab, denen ihr Sohn hohe Ämter verliehen hatte, um ihre Wut über den lasterhaften, wenn auch anerkannten Lebenswandel ihrer Schwester zu besänftigen.

In diesem Punkt hatte François recht behalten. Die beiden Basken hatten alsbald ihre moralischen Bedenken vergessen, die ihre Schwester ebenso wenig belasteten.

»Sie haben selbstverständlich versucht, den Vizekönig von Neapel zurückzudrängen«, äußerte Brézé äußerst vorsichtig.

»Der Vizekönig ist nur ein Phantom, Brézé!«, entgegnete Louise scharf.

»Vielleicht. Aber wenn Lannoy ihn ersetzt, wird die Lage noch komplizierter. Vergesst nicht, Madame, dass er den König festgenommen hat, da er die Befehlsgewalt über die Armee von Charles Quint innehat.«

»Ach! Was können wir nur tun?«, stöhnte Marguerite.

Mathilde spürte, wie sie von heftiger Wut ergriffen wurde.

»Madame d'Alençon«, rief sie, »das ist nicht der Moment, um zu lamentieren.«

Dann wandte sie sich an die Regentin:

»Ihr habt recht, wir müssen versuchen, den König zu retten. Warum begeben wir uns nicht selbst vor Ort? François hat keine Vertrauensperson in seiner Nähe. Nun, versuchen wir einen günstigen Moment abzupassen, erkunden sein Gefängnis, hören zu, spionieren, kundschaften alles aus, was vor sich geht, wo er gefangen gehalten wird. Vielleicht können wir etwas tun. Seine Kerkermeister betäuben, sie bestechen! Ich weiß es nicht. Vielleicht finden wir eine List oder kommen auf eine Idee, wie wir ihn befreien können.«

Dann stürzte sie zu Marguerite und nahm ihre Hände.

»Wir fahren alle beide und kehren mit der Zusage zurück, dass er freikommt.«

Schon dachte Louise über diesen Vorschlag nach, der vielleicht nicht ganz so phantastisch war, wie er zunächst schien.

Wenn nicht derlei traurige Umstände Marguerite betrübt hätten, hätte sie in Lyon zahlreiche Gelegenheiten gefunden, ihre intellektuelle Neugier zu befriedigen.

Die Schulen, in denen man ein anderes kulturelles Leben favorisierte, die Salons, in denen sich eine neue Freiheit des Ausdrucks verbreitete, und der Austausch von Ideen beeindruckten sie sehr. Maurice Scève erwies sich als guter Wegbereiter. Clément Marot, den sie wiedergetroffen hatte, empfahl ihm Marguerites außergewöhnliches Dichtertalent und bat um eine Zusammenkunft mit ihm, den man nur den »Meister« nannte.

Zwischen den trüben Gedanken über das Schicksal ihres Bruders machte sich Marguerite auf, die Drucker zu besuchen, die eine ruhmreiche Zeit erlebten. Ihr *Zwiegespräch* war fertig. Nun musste sie es veröffentlichen. Marguerite hatte kein Kind zur Welt gebracht, doch sie schenkte der Welt ihre Verssammlung, an der sie so viele Stunden gearbeitet hatte.

Während sie wartete, bevor sie ihre Bücher abholte, fuhr sie mit der Kutsche durch die große, strahlende Stadt, in der so viele neue Ideen kursierten. Der »Buchmarkt« fand in großem Einvernehmen statt, ließ jedem seine Meinung oder trieb ihn vielleicht dazu, sein Urteil zu überdenken.

Als Stadt ohne Parlament und ohne Universität blieb Lyon frei und ließ die gegensätzlichsten unterschiedlichsten Gedankengänge zu, woraus die Humanisten ihre Inspiration bezogen.

Natürlich betrübte Marguerite der Gedanke, dass ihr Bruder in Pavia verhaftet worden und Gefangener der Mailänder war. Doch es nutzte nichts, in Mitleid zu versinken, wie ihre Mutter sagte, und angeregt von Mathilde, die kein Stück nachgab, beschloss sie, ihre Zeit dazu zu nutzen, ihren Geist zu stärken und ihr intellektuelles Urteilsvermögen mit neuen Ansichten zu füttern. Sie nahm Mathilde mit und erklärte ihr die großen Ideen, die jener bisher unbekannt waren. Die Intelligenz und die natürliche Neugier des jungen Mädchens erleichterten Marguerite die Arbeit, und sie war es bereits gewohnt, Mathilde auf anderen Gebieten zu unterrichten.

Während Marguerite und Mathilde mit den Druckern verhandelten, meinte Louise, dass vielleicht Gebete helfen würden, ein Ende der Belagerung herbeizuführen. Sie verbrachte viele Stunden in der Kapelle und widmete den Gebeten alle Zeit, die sie neben den politischen Diskussionen erübrigen konnte.

Als Marguerite und Mathilde zurückkehrten, fanden sie Louise in der Kapelle. Mathilde betete nicht gern, und als sie Louise und ihre Tochter beobachtete, die sich gemeinsam an den großen Jesus über dem Altar wandten, hätte sie am liebsten mit den Schultern gezuckt. Doch sie hielt sich zurück und begnügte sich damit, ihre Bedenken beim Verlassen der Kapelle zu äußern:

»Wird Gott Euch sagen, wie die Belagerung von Pavia endet und was daraus folgt?«

Die beiden Frauen blickten zu Mathilde, keine wagte ihr zu widersprechen. Louises Fragen blieben: Würde François I., der französische König, Frieden schließen und dafür einen Teil Frankreichs opfern? Würde er Charles Quint die Bourgogne überlassen, die dieser seit Langem begehrte? Hatte Mathilde nicht recht? Die meisten Fragen ließen sich nicht in der Kirche lösen, sondern indem man die Risiken, die Schwächen und die Vor- und die Nachteile abwog.

Am Abend, als die Regentin mit Kanzler Duprat die schweren Finanzprobleme, die der lang anhaltende Krieg mit sich brachte, besprach, kamen Marguerite und Mathilde hinzu. Louise war erschöpft, aber sie hörte ihrer Tochter zu, die von Büchern sprach, deren Herausgabe Maurice Scève vorbereitete. Warum zögerten sie an diesem Abend, ins Bett zu gehen? Und warum waren ihre Ohren an diesem Abend aufmerksamer?

Gedämpfte Geräusche, leise Stimmen, die langsam anschwollen, kamen näher, verstärkten sich und wurden schließlich so laut, dass die drei Frauen sich besorgt und angespannt aufrichteten. Schließlich klopfte es an der Tür. Im Türrahmen standen Grignaux, der Vorsteher der Pagen, Robertet und Marot, die Sekretäre, denen Duprat, der Schatzmeister folgte sowie die Damen de Châtillon, d'Aumont und de Nevers, die Zofen von Louise. Sogar Cornelius Agrippa, der Astrologe, von dem Louise sich nicht mehr trennen konnte, trat herein.

Als sich der zweite Türflügel öffnete und Lakaien, Knechte, Dienerinnen und Pagen den schweren Wandbehang aus broschierter Seide zur Seite zogen, erschienen die betroffenen Gesichter von Catherine, Jeannette und Marion.

Louise, Marguerite und Mathilde hatten sich noch nicht schlafen gelegt, trugen jedoch bereits ihr Nachtgewand. Louise streifte ihre Satinschuhe über, und Marguerite zog mit zitternder Hand an ihrem Hals den gezackten Kragen ihres weißen Batistnachthemds zusammen. Wohingegen Mathilde sogfältig ihre langen Haare bürstete und sich darauf vorbereitete, in ihr Zimmer zu gehen.

Allen dreien stand der Mund offen, und ihre Herzen schlugen heftig, als man einen großen, etwas schweren Mann mit weißem Gesicht und entschlossener Miene vorbeiließ.

Montpezat kam auf sie zu.

»Mesdames, der König ist endgültig auf unbestimmte Zeit Gefangener.«

Keine Träne löste sich aus ihren Augen. Waren sie bereits

ausgetrocknet? Louise stemmte die Hände in die Taille, Marguerite schloss den Mund, und Mathildes Augen verfinsterten sich vor Wut.

»Wir befreien ihn! Wir befreien ihn!«, murmelte sie.

Louise warf sich ein Cape um die Schultern und trat auf Montpezat zu. Sie sah ihm fest in die Augen und verkündete:

»Der König hat die Bourgogne nicht abgetreten. Frankreich ist unversehrt und frei. Ich bin stolz auf meinen Sohn.«

Sie wandte sich an Marguerite und Mathilde, die standhaft blieben, deren Augen der Schrecken jedoch deutlich anzusehen war.

»Kleidet Euch wieder an, wir müssen besprechen, was nun zu tun ist.«

In einem Zimmer, das man provisorisch zum Sitzungssaal umfunktioniert hatte, fand eine schwierige, angespannte und heikle Diskussion statt.

Montpezat erholte sich erst langsam von dem langen Ritt. Vier Tage war er ohne Pause unterwegs gewesen und hatte sich nur hin und wieder die Zeit genommen, ein paar trockene Stücke Brot zu essen, aus seiner Feldflasche zu trinken und auf dem schaukelnden Rücken seines Pferdes ein wenig zu dösen.

Als Marguerite vom Tod Bonnivets erfuhr, ergriff sie ein Schwindel. Das war nur zu verständlich, da sie daran dachte, wie er ihr ständig nachgestellt hatte, was in einer schrecklich peinlichen Situation geendet hatte. Aber in ihrer Kindheit war Guillaume de Bonnivet ihr ein wundervoller Freund gewesen, der alles getan hatte, um ihr zu gefallen.

Mathilde half ihr, sich wieder zu fangen, und legte ihr eine Hand auf die feuchte Stirn. Marguerite warf ihr einen dankbaren Blick zu.

Auch der mutige La Trémoille und der treue La Palice waren dem mörderischen Krieg zum Opfer gefallen. Der Knappe des Königs war von seinem Pferd über den Boden geschleift worden, bis er tot war.

All die Toten verdunkelten die Szenerie. Montpezat stand schnaufend, fast reglos zwischen zwei Hellebardieren mit Helm und erhobener Lanze, ihm ging langsam die Kraft aus.

Seine Augen wirkten leer, und sein Mund zuckte nervös, sodass sein brauner Bart, der im Licht rötlich schimmerte, bebte.

Und die traurige Bilanz setzte sich fort. Der Knappe von Montmorency war ebenso tot wie der von Henri d'Albret, die beide mit dem König gefangen genommen worden waren. Tot waren auch Boten, bevor sie überhaupt die Nachrichten des Königs für seine Mutter und seine Schwester übernehmen konnten. Tot waren Edelmänner und Soldaten. Es gab unzählige Gefallene!

Mit großen Augen hörte Mathilde zu, ohne zu verstehen. Wie verhielt sich die Hinrichtung von König Guillot zu diesem Gemetzel? Keiner dieser Männer hatte den Tod verdient. Dann dachte das junge Mädchen an Valentine und an ihre Mutter. Ihr war klar, dass sie die beiden nicht so bald wiedersehen würde und ihr Versprechen, das sie Alix in Bezug auf die Werkstätten gegeben hatte, erst nach der Befreiung von François einlösen konnte.

Nachdem Montpezat geendet hatte, wischte er sich die Stirn ab und versuchte, seine Ticks in den Griff zu bekommen, die immer stärker wurden und in seinem Gesicht schmerzten. Sein Mund verzog sich zu einer Seite, dann hinauf zur Nase und zuckte flüchtig nach unten, bevor er erstarrte. Seine Hände ruckten auf dem Tisch, und seine Füße schlugen nervös den Rhythmus auf den Boden. Dann richtete er den Blick starr aus dem Fenster und berichtete mit tonloser Stimme von den Einzelheiten der Festnahme des französischen Königs.

Die Stimmung im Zimmer war bedrückt, die Erinnerungen an eine glänzende Vergangenheit lasteten auf ihr. Plötzlich verhielt sich Louise ähnlich wie Montpezat. Sie verschränkte die Arme und trommelte mit den Fingern auf ihr Cape aus Samt.

Dann fuhr sie abrupt hoch.

»Nehmt die Lanzen herunter«, befahl sie in knappem Ton den Hellebardieren, die noch immer rechts und links von Montpezat standen. »Soweit ich weiß, werden wir nicht angegriffen! Und legt diese Helme ab, die uns nur an vergangene Schrecken erinnern.«

Mit müder Geste bedeutete Montpezat ihnen zu gehorchen. Die Hellebardiere senkten ihre Waffen. Doch sie entfernten sich erst, als Louise ihnen verärgert bedeutete, sich in den hinteren Teil des Zimmers zurückzuziehen. Marguerite sagte kein Wort, und Mathilde wagte nicht zu atmen.

Reglos wartete Montpezat. Er hatte noch so viel zu sagen und war so kraftlos! Langsam richtete er den Oberkörper auf, ließ jedoch weiter die Schultern hängen, was die runde schwere Form seines Körpers unterstrich.

»D'Albret und Montmorency hat man zusammen mit dem König gefangen genommen.«

War das wichtig? Sollte er nun von den Lebenden berichten, nachdem er zunächst die Toten aufgezählt hatte? Montpezat wusste nicht, wie er fortfahren sollte.

Louise hatte viel Übung darin, die Gesichter von Männern zu deuten, mit denen sie sich unterhielt. Sie erkannte Eifersucht Neid, Missgunst, Verachtung, Angst und Bewunderung. Montpezat mit seinem ausweichenden Blick schien nicht zu wissen, wie er sich verhalten sollte.

»Was möchtet Ihr noch ergänzen, Montpezat?«

Er zögerte. Zwei- oder dreimal zuckte sein Mund. Dann richtete er den Blick auf Marguerite.

»Es heißt, dass der Duc d'Alençon mit einem Teil der Armee geflüchtet ist«, murmelte er.

Mathilde stieß einen Schrei aus, zweifellos, um Marguerite zuvorzukommen. Louise sah zu ihrer Tochter. Sie blieb reglos, stumm, unbewegt. Ihr Blick schien in die Ferne zu schweifen. Louise ging zu ihr und sah, dass sie zitterte.

»Gibt es noch keine Neuigkeiten von ihm?«, erkundigte sie sich kühl, ohne Montpezat anzusehen.

»Keine.«

Sie nahm die Hand ihrer Tochter und hielt sie fest.

»Nun, Marguerite, das ist nicht das erste Mal, dass ein Soldat desertiert. Und leider wird es auch nicht das letzte Mal sein. Denken wir lieber an den König.«

Die gebieterische Stimme ihrer Mutter brachte Marguerite wieder zur Besinnung. Traurig nickte sie, und Louise fuhr in noch immer kühlem und distanziertem Ton fort:

»Was hört man noch?«

»Dass Bonnivet sich selbst getötet hat, als er gesehen hat, dass der König tatsächlich verhaftet wird und er nicht.«

Diesmal schien Louise die Fassung zu verlieren. Was hatte dieser junge Narr getan, dieser enge Gefährte ihres Sohnes, den sie kannte, seit er ein kleines Kind gewesen war? Sie seufzte, als bekäme sie keine Luft, und wandte sich an Montpezat, der mit gesenktem Blick fortfuhr:

»Er hat sich mit seinem eigenen Schwert erstochen.«

»Oh! Himmel, hört auf, von diesen grauenhaften Dingen zu sprechen«, schrie Marguerite, die einen Nervenzusammenbruch erlitt.

Mathilde stürzte zu ihr und fasste ihre Arme. Sie spürte, dass Marguerites Körper erschlaffte und ihre Beine nachgaben.

»Denkt lieber an Euren Bruder und lasst den Toten ihren Frieden. François braucht uns jetzt, wir sind die Einzigen, die ihm helfen können.«

Blanche und Catherine liefen weinend zu Marguerite und wollten sie umarmen. Doch Mathilde schob sie sanft zurück.

»Lasst sie, sie wird sich gleich erholen.«

»Marguerite, du darfst jetzt nicht schwach werden. Mathilde hat recht, wir brauchen jetzt enormen Mut. Gewiss, das Land befindet sich in Auflösung, aber es ist noch unversehrt, und solange wir leben, wird es das auch bleiben, denn das ist das Ziel des Königs.«

Louise schickte Blanche und Catherine fort und sah ihre Tochter an.

»Ich bin es nicht gewohnt, dich so zu sehen, Marguerite. Ich bin ebenfalls äußerst erschüttert. Doch fassen wir uns und überlegen, was wir tun können.«

Sie betrachtete ihre reglose Tochter, die von Mathilde gestützt wurde. Duprat war zu ihr getreten und reichte ihr den Arm. Doch sie wies ihn mit ungeduldiger Geste ab und machte ein paar wackelige Schritte an der Wand entlang, an der die Wachen standen, zu denen sich die zwei Hellebardiere gesellt hatten.

»Wir befinden uns an einem Abgrund und laufen Gefahr, die Krone Frankreichs an ihn zu verlieren. Zeigen wir uns der Lage gewachsen und bieten ein ganzes Land für die Rückkehr unseres Königs.«

Schweres, erdrückendes Schweigen breitete sich im Zimmer aus.

»Ihr müsst Euren Bericht fortsetzen, Montpezat, uns sind einige Informationen entgangen.«

Unbewusst quälte Louise den armen Montpezat, der mit leerem Blick und zunehmend fahler Hautfarbe der Aufforderung der Regentin folgte.

»Es heißt, dass der Vizekönig von Mailand, der beeindruckt von dem Mut des französischen Königs war, ihn vor dem sicheren Tod gerettet hat. Er befand sich ohne Knappen inmitten eines Gemetzels, aus dem er nicht lebend herausgekommen wäre.«

Die drei Frauen erschauderten und machten dann große Augen, als sie bemerkten, dass diese letzte Äußerung nicht von Montpezat gekommen war.

»Ich befand mich bei der Nachhut«, fuhr ein äußerst junger Mann fort, der niemand anders als Adrian war, der junge Bote, den Louise auf die Spur ihres Sohnes angesetzt hatte. »Ich war dort, Madame, weil ich Euch so schnell wie möglich die Neuigkeiten überbringen sollte.«

Er wirkte schüchtern und überaus unterwürfig, wurde jedoch mutiger, als er in den Augen der drei Frauen sah, dass sie ungeduldig darauf warteten, dass er weitersprach.

»Obwohl ich bei der Nachhut geblieben war, bin ich näher herangegangen und habe von Weitem gesehen, dass der König wie ein Riese gekämpft hat. Seine Rüstung überragte die aller anderen, und sein großer weißer Federbusch schwang wie ein Schwert.«

»Aber«, unterbrach ihn Marguerite schnell und befreite sich von Mathilde, die noch immer ihre Hand hielt, »wo befand sich der Duc d'Alençon?«

»Der König hatte ihn beauftragt, die Nachhut zu befehligen, aber nach der Umzingelung und Festnahme von Montmorency forderte er ihn bei den vorderen Truppen an.«

»Hat er sich dorthin begeben?«

»Unsere Feinde zerteilten die französische Armee, und die Toten fielen wie die Fliegen, Madame. Vom Feind umzingelt, konnte Montmorency nichts mehr tun. Ich habe dennoch gesehen, wie er sich umgedreht und versucht hat, den König zu befreien.«

»Und der Duc d'Alençon?«, fragte Marguerite erneut.

»Er hat der Nachhut befohlen, sich zurückzuziehen, und ist aufgebrochen, bevor ich selbst dieser Hölle entkommen konnte.«

»War der König verletzt?«, fragte Mathilde und trat auf den jungen Boten zu, der sich überrascht Louise zuwandte, um zu antworten.

»An zwei Stellen, aber nicht schwer. Erst am Bein, als sein Pferd tödlich getroffen auf die Erde gestürzt ist. Der König ist wieder aufgestanden und hat entschlossen auf dem Boden weitergekämpft. Dort wurde er dann an der Schulter getroffen.«

Der junge Mann hörte nicht mehr auf zu reden. Sein Redefluss gewann die Oberhand über seine Angst, die sich angesichts des gebannten Publikums verstärkte.

»Er ist erschöpft auf den Boden gesunken, und die Spanier wollten ihn töten.«

»Oh nein!«, rief Mathilde, die zwar feuchte Augen hatte, sich jedoch beherrschte zu weinen.

»Doch Lannoy ist entschieden eingeschritten. Er hat sich auf ihn gestürzt und ihn buchstäblich den mörderischen Händen entrissen, die ihn festhielten. ›Ein Gebieter dieses Geschlechts stirbt nicht auf diese Weise‹, hat er den Spaniern zugerufen. Und dem französischen König galant aufgeholfen.«

Der junge Adrian löste den Blick von den Augen der Regentin, um zu Marguerite zu sehen und dann zu der jungen Mathilde, die seinem Bericht zitternd folgte.

»Dann«, berichtete er weiter, »habe ich beobachtet, wie die

Spanier ihm Rüstung und Kettenhemd abnahmen. Sie haben alles in Stücke geschlagen, und als die Ausgelassenheit ihren Höhepunkt erreichte, haben sie die Teile an die Angreifer verteilt.«

Er strich sich über die Stirn und schob eine Strähne zurück, die über seine Braue gerutscht war.

»Das ist alles, was ich gesehen habe. Ich habe mich dann sofort auf den Weg gemacht. Der König war gerettet, wurde aber in seinem eigenen Quartier unter Aufsicht gestellt. Man brachte Montmorency zu ihm. Es ist möglich, dass Galio und Genouillac und Seigneur La Marck, die erst kurz zuvor zu ihm gestoßen waren, ebenfalls an seiner Seite sind. Aber Lannoy brauchte eine überzeugendere Verhaftung. So gab er den Soldaten Anweisung, den König von Navarra, den Duc d'Albret, in ihre Gewalt zu bringen.«

Er seufzte erschöpft, seine Augen waren müde und sein Mund trocken. Dieser Junge hatte vermutlich seit über einer Woche nicht geschlafen. Dennoch hielt er sich aufrecht und stand auf festen Beinen und mit erhobenem Kopf da.

»Als ich aufgebrochen bin«, erzählte er, »waren die spanischen Soldaten wütend, dass man ihnen ihr königliches Ziel genommen hatte, und gingen brutal auf alles los, was französisch war. Nur wenige Minuten später wäre ich tot gewesen. Ich glaube, dass niemand außer mir entkommen konnte, bis auf Seigneur de Montpezat, den der König schon länger zurückgeschickt hatte, damit er Euch die Neuigkeiten überbringt.«

»Und der Duc d'Alençon!«, bemerkte Louise bitter.

Montpezat, der den jungen Adrian hatte sprechen lassen, hob rasch die Lider. Natürlich war er angeschlagen, müde und angewidert von dem Krieg, an den er nicht mehr glaubte. All seine Begeisterung, seine Hoffnungen, seine Wünsche hatten sich in einem einzigen Moment in Luft aufgelöst. Aber die Gerüchte, die man über den Duc d'Alençon in Umlauf brachte, gefielen ihm nicht.

»Der Duc d'Alençon ist ein anständiger und mutiger Mann. Er wollte sicher seine Männer vor einem sinnlosen Tod bewahren.«

»Zweifellos«, murmelte Marguerite.

»Ich«, fuhr Montpezat fort, »bin auf Befehl des Königs aufgebrochen, bevor er gefallen ist. ›Geht und berichtet meiner Mutter von der Situation‹, hat er gesagt.«

Er konnte seine großen wässrigen Augen kaum offen halten, und erneut fing seine Oberlippe heftig an zu zucken.

»Adrian ist kurz nach mir aufgebrochen. Aber ich musste der Sperre eines spanischen Bataillons ausweichen, das in der Nähe von Pavia lagerte, wodurch ich zwei ganze Tage verloren habe. Anschließend bin ich ununterbrochen bis an die Grenze des Piemont galoppiert, wo ich Adrian wiedergefunden habe, der sich einen Augenblick ausgeruht hatte.«

Adrian blieb zwar stolz und aufrecht stehen, war jedoch aschfahl. Seine hohlen Wangen versanken in seinem Kiefer, den die Blässe hervorhob.

»Ich bekam keine Luft mehr, Madame, ich habe gewürgt, und ich glaube, ich habe mich sogar übergeben. Aber ich wollte so schnell wie möglich wieder aufbrechen. Ich hatte nur eins im Kopf: Euch die Neuigkeiten zu bringen.«

Die Regentin erschauderte, dann verzog sie den Mund.

»Ich hätte Euch nicht dorthin schicken dürfen. Ihr seid zu jung.«

Sie sah ihn gerührt an. Wie alt war dieser Junge? Höchstens sechzehn. Fast noch ein Kind!

»Ihr seid noch ein Kind. Ich habe den Eindruck, dass Ihr dort unten Eure ganze Unschuld verloren habt.«

Der junge Mann errötete und blickte erneut zu Mathilde.

»Zudem war das nicht Eure Aufgabe. Ihr seid kein Soldat, sondern Dichter. Wenn dieser Krieg beendet ist, werde ich Euch bei meinen Sekretären beschäftigen. Dort werdet Ihr Euch wohler fühlen.«

»Ich weiß nicht mehr, wo mein Platz ist, Madame«, sagte Adrian und schüttelte den Kopf. »Aber ich bin überzeugt, dass ich Euch die Tatsachen so genau wie möglich berichtet habe, und ich bin bereit, mich erneut dorthin zu begeben, wenn Ihr es wünscht.«

Für den Moment war alles gesagt. Louise war fast beruhigt, die wesentlichen Informationen bekommen zu haben und für schwierige Situationen gewappnet zu sein.

»Ihr müsst Euch achtundvierzig Stunden ausruhen, Montpezat. Dann begebt Ihr Euch dorthin, wo der König gefangen gehalten wird. Ihr bringt mir umgehend die neuesten Neuigkeiten.«

Sie berührte seinen Arm und drückte ihn herzlich, um ihren Dank auszudrücken.

»Versichert François, dass ich mich ausschließlich darum kümmere, Frankreich zu schützen und den Besitz des Königreichs zu bewahren. Sagt ihm, dass ich das Land so führe, dass er bei seiner Rückkehr mit meinen Diensten zufrieden sein wird.«

Sie drückte den Arm von Montpezat und zwang ihn, ihr in die Augen zu sehen.

»Wenn Ihr Euch erholt habt, gebe ich Euch einen Brief mit diesem Inhalt mit. Du zeichnest ihn gegen, Marguerite, denn ich will, dass du dich ganz mit mir engagierst.«

Mathilde stahl sich fort und folgte dem jungen Adrian. Sie sah, dass er auf der großen Treppe stehen blieb, die nach außen führte. Er begab sich ins Nebengebäude, um sich auszuruhen.

»Adrian!«, rief sie.

Der junge Mann drehte sich um und war überrascht, das junge Mädchen zu sehen. Als Mathilde auf ihn zuging, sah sie in seinen Augen Tränen glänzen.

»Hat der König auch geweint?«, murmelte sie, als sie auf ihn zuging.

»Ja, Demoiselle, aber das wollte ich denen nicht sagen.«

Sie beugte sich vor und gab ihm einen zärtlichen Kuss auf die Wange.

»Danke, Adrian, dass Ihr uns einen so schönen Bericht geliefert habt, in dem der ganze Mut des Königs zum Ausdruck kam. Wir werden ihn befreien! Ich weiß, dass wir ihn befreien werden, und dann feiern wir gemeinsam.«

10.

Die Regentin und ihre Tochter reisten überstürzt aus Lyon ab. Dort gab es für sie nichts mehr zu tun. Louise musste nun in Blois im Sinne ihres Sohnes wirken. Und sie hatten entschieden, dass Mathilde bei ihnen blieb.

Doch kaum hatten sie die Region und die tosenden Flusswindungen der Saône hinter sich gelassen, als ihnen ein Bote entgegenkam und ihnen die Nachricht vom Tod der Königin überbrachte.

Sie war ganz ruhig entschlafen, obwohl sie von der Festnahme von François erfahren hatte. Es wäre falsch zu behaupten, dass Louise nicht um sie trauerte. Sie hatte sich an die traurige, ängstliche und zurückhaltende Frau des Königs gewöhnt, die sie versehentlich unzählige Male aus dem Gleichgewicht gebracht hatte. Gewiss nur durch eine leichte Ungeduld, durch eine winzige Ungerechtigkeit, durch eine kleine Grobheit, die die arme Claude jedoch überaus ernst genommen hatte.

Louise war klar, dass sie sich, wenn François aus der Gefangenschaft zurückkehrte, mit einer zweiten Ehefrau oder neuen Mätressen abmühen musste, die es ihr sicher schwerer machen würden als Claude. Die auf Privilegien bestehen würden, die ihre Rechte deutlich überstiegen.

Aber momentan hatte die Comtesse d'Angoulême andere Sorgen. Nachdem sie sich von dem Schrecken über den Tod der Königin erholt hatte, schickte sie Duprat nach England, um sich ein Bild von der Stimmung dort zu machen. Vielleicht war es nicht zu spät, um in Gespräche mit Henri VIII. einzutreten, der bislang aus Geldmangel in Frankreich nichts erobert hatte.

Die Stimmung am Hof von Blois war seit dem Tod von Claude angespannt, ernst und still, und zu allem Überfluss hörten Louise, Marguerite und Mathilde endlos Namen von Soldaten, die in Pavia gefallen waren. Es war eine Litanei der Toten, die ihnen die Boten überbrachten, die so häufig wie möglich kamen.

Der Maréchal de Foix war getroffen worden und hatte sich sogleich zu seiner Mätresse, der schönen Comtesse de Scarfafione, bringen lassen. Der Comte de Saint-Pol, von Wunden übersät und mit zerfurchtem Gesicht, starb an einer Infektion. Und René, der große Bastard der Savoie, der Halbbruder von Louise, der schwer verwundet war, verblich zwischen seinen Waffenbrüdern, die alle ebenfalls tödlich getroffen waren.

Ergänzt wurde das Bild, das ebenso düster war wie das, das Montpezat gezeichnet hatte, durch die Namen der Brüder von Françoise de Châteaubriant – Lesparre und Lautrec. Das waren zweifellos die beiden einzigen Personen, um die es Louise nicht leidtat. Ging sie sogar so weit, sie für das Desaster verantwortlich zu machen? Sie war jedenfalls Tag für Tag mehr davon überzeugt.

Wenn Lesparre auf d'Albret gehört hätte, der die Situation nutzen wollte, um das spanische und das französische Navarra, über das er herrschte, wieder zu vereinen, hätte Frankreich tatkräftigere Unterstützung erhalten. Aber das hatte Lesparre nicht getan.

Und Lautrec, dieser Verhaltensgestörte, dem der König die Befehlsgewalt über Mailand übertragen hatte, hatte die Mailänder mit seiner unablässigen Gewalt und seinem fehlenden Feingefühl nur gegen sich aufgebracht. Wenn Lautrec es geschafft hätte, ein Gleichgewicht innerhalb der Mailänder herzustellen, hätte das dem französischen König zweifellos zum Vorteil gereicht.

»Diese Unfähigen hätten dem König helfen können, wenn sie anders gehandelt hätten«, bestätigte Mathilde eines Tages Louise gegenüber, die überrascht war, dass das Mädchen in ihrem Sinne argumentierte.

Sie wagte allerdings nicht, ihr zu antworten, dass sie ihren Tod nicht bedauerte, sondern erwiderte schlicht:

»Auch den Mann der Mätresse, den Comte de Châteaubriant, verdamme ich. Er ist mit einer feigen, verachtenswerten Haltung aus dieser schwierigen Lage entkommen. Er hat dem Feind gute Soldaten geliefert, um sich aus der Affäre zu ziehen.«

»Warum schicken Sie ihm nicht seine Frau zurück, Madame Louise?«

»Ich glaube, du hast recht, Mathilde. Das werde ich tun, jedenfalls bald.«

»Und warum nicht gleich?«, fragte das junge Mädchen.

Mathilde wusste, dass sie mit ihren anmaßenden Bemerkungen manchmal an die Grenzen des Protokolls stieß, doch Louise es ihr nicht übel nahm. Und Mathilde schämte sich nicht anzufügen:

»Die Comtesse de Châteaubriant ist töricht und oberflächlich.«

»Das ist nicht der Grund, weshalb du sie verabscheust.«

»Nein, weil François sie stets einfältig ansieht und sich einbildet, dass sie das hübscheste Mädchen der Welt sei.«

Mathilde errötete. Diesmal war sie deutlich zu weit gegangen, aber Louise hatte ganz offensichtlich keine Lust, sie heute zu schelten.

»Wenn er aus der Gefangenschaft zurückkehrt, braucht er eine neue Frau und vielleicht auch eine neue Mätresse.«

Diese Worte gefielen Mathilde nicht, daher erwiderte sie:

»Das Wichtigste ist, dass er aus der Gefangenschaft zurückkehrt! Das ist das Einzige, was momentan zählt.«

»Erinnerst du dich an den Tag, als du mir gesagt hast, du wärst bereit, mit Marguerite an den Ort seiner Gefangenschaft zu reisen, Mathilde?«

»Natürlich, Madame Louise, und ich wiederhole diesen Vorschlag.«

Nachdem sie die zwei Basken los war, musste Louise nun die Kurtisane bei François in Misskredit bringen. Das war keine leichte Aufgabe. Es wäre zweifellos einfacher, eine zweite Mätresse für den König zu suchen, als die erste zu vertreiben, die ganz sicher einige Trümpfe in der Hand hielt. Doch entschieden, sich ihrer zu entledigen, ließ Louise die Mädchen des Hofes vortreten.

Seit einiger Zeit bereits hatte Louise eine blonde junge Frau aus ihrem beeindruckenden Gefolge ins Auge gefasst, was sie Mathilde allerdings verschwieg, um sie nicht gegen sich aufzubringen und, vor allem, um sie nicht von ihrem Vorhaben abzubringen, ihrem Sohn zu helfen.

Das zarte Mädchen war gerade achtzehn Jahre alt, anmutig und geschmeidig. Ihr blasser Teint erinnerte an Porzellan, ihre verträumten Augen hatten das Blaugrau eines nebligen Wintertags an der Loire. Intelligent, kultiviert, ehrgeizig, aber respektvoll Louise gegenüber, brachte sie alle Vorzüge mit, um eine anerkannte Mätresse zu werden.

Anne de Pisseleu, die schöne Jungfrau – denn diesmal musste es eine Jungfrau für François sein –, für die man unter den mittellosen Edelmännern einen verständnisvollen Ehemann finden würde, zeigte sich offen gegenüber allen möglichen Ideen, was dem Vorhaben der Regentin zuträglich war. Da das junge Mädchen zudem eine breite musische wie literarische Bildung mitbrachte, schien sie einer hohen Stellung am französischen Hof würdig zu sein.

Doch dieses Vorhaben verschob Louise zunächst auf später und wandte sich wieder ihren Sorgen zu. Montpezat war in Begleitung des jungen Adrian erneut aufgebrochen und kurze Zeit später mit einem Brief von François zurückgekehrt, in dem er sie von seiner Verlegung nach Château de Pizzighettone informierte, wo er darauf wartete, an Charles Quint übergeben zu werden.

»Bei ihm muss man vorstellig werden, Madame Louise«, hatte Mathilde sogleich gerufen. »Bei Charles Quint. Man muss ihm Geschenke anbieten, ihm Ehre erweisen und ihn umgarnen, damit er den König freilässt.«

»Mathilde hat recht, Mutter«, pflichtete Marguerite ihr bei. »Wir müssen Charles Quint treffen.«

Die Regentin seufzte.

»Das ist eindeutig noch zu früh. Als Gefangener von Lannoy sagt François, dass er momentan bei guter Gesundheit sei und nicht misshandelt werde. Ganz im Gegenteil. Er hat sogar von seiner Milde profitiert, denn er hat Montmorency im Tausch gegen einige freiwillige Soldaten freigelassen.«

»Wir müssen eine List finden. Ich fürchte, dass der innere Unfrieden die Situation für Frankreich erschwert. Die Picardie ist in Aufruhr. In der Bourgogne fürchtet man das Schlimmste, auch wenn sich die Lage dort beruhigt hat, seit der König sich geweigert hat, sie seinem Gegner zu überlassen. Und die Provence sieht mit bösem Blick zu, wie die Marseiller für eine Sache kämpfen, die ihnen entgleitet.«

»Und Paris?«, fragte Marguerite. »Wie reagieren die Pariser? Sie waren alle gegen einen kostspieligen Krieg in Italien.«

»Ich werde den neuen Vogt von Paris nach Blois kommen lassen. Er wird uns erklären, wie sich die Dinge in der Hauptstadt entwickeln.«

Mathilde ließ sich nichts anmerken. Dann würde sie den Seigneur de La Roche eben wiedersehen. Nun gut, sie brachte ihm nur Gleichmut und Verachtung entgegen.

»Was sollen wir Charles Quint für die Befreiung des Königs anbieten? Die Kassen sind leer. Alles ist in diesen Krieg geflossen, an den wir anfangs glaubten.«

»Euer Erbe, Mutter!«

»Der Prozess läuft noch. Ich weiß, dass Bourbon ihn verlieren wird, aber wann? Wir brauchen jetzt sofort Geld!«

»Und der Prozess von Semblançay!«

»Er wurde erst vor Kurzem eröffnet, und wenn ich die vierhunderttausend Taler zurückerhalte, die er mir schuldet, wird das nicht in den nächsten Wochen geschehen und auch nicht in den nächsten Monaten. Wir sprechen hier vielmehr von Jahren.«

»Können wir Charles Quint nicht unsere schönsten Tapisserien, unsere schönsten Kunstwerke anbieten? Ich besitze eins, das ich ihm überlassen würde. Wollt Ihr es sehen, Madame Louise?«

Ohne erst die Antwort abzuwarten, lief Mathilde hinaus und kehrte kurz darauf zurück, um der Comtesse d'Angoulême *Die Quadriga* zu übereichen.

Die Farben des kleinen Meisterwerks schillerten. Seine Blautöne leuchteten in einem tiefen Himmelblau, und die Goldtöne glänzten, als hätte man Taler auf den vier Pferden verteilt, die von einem prächtig gekleideten Reiter geführt wurden.

»Dieses Stück ist aus dem achten Jahrhundert. Man hat es einst im Karlspalast in Aachen gefunden. Es stammt aus Konstantinopel.«

Louise und Marguerite ließen sie nicht aus den Augen.

»Das ist ein richtiges kleines Meisterwerk. Woher hast du das, Mathilde?«

»Das ist mein Geheimnis.«

Die Comtesse durchbohrte das junge Mädchen mit ihrem Blick.

»Genau wie die Smaragde, die Marguerite verkauft hat! Was hast du getan, um an all diese Kostbarkeiten zu gelangen?«

»Das Einzige, was zählt, Madame Louise, und da werdet Ihr mir nicht widersprechen, ist, dass diese Meisterwerke zur Unterstützung des französischen Königs zur Verfügung stehen.«

Die Regentin wiegte den Kopf.

»Du hast recht, ich werde dich nie mehr danach fragen. Unser einziges Ziel ist es, François zu befreien.«

»Warum geben wir Charles Quint nicht unsere schönsten Tapisserien?«

»Das stimmt«, rief Mathilde, »unsere Werkstätten weben neue. Wir haben den *Trojanischen Krieg, Die Triumphe, Die Jungfrauen des Vatikans, Die Geschichten von Alexander, von Hektor und Herkules.* Wir haben *Die königlichen Jagden* und Millefleurs im Überfluss. Wir sind reich an Wandbehängen.«

Als Mathilde sah, dass Louise über ihren großzügigen Vorschlag nachdachte, fuhr sie mit derselben Begeisterung fort:

»Meine Mutter wird Euch helfen, Madame Louise. Sie wird Euch die schönsten Webarbeiten überlassen, um Euren Cäsar zu retten. Sie kommen zu Eurer eigenen Sammlung sowie der von François und Marguerite. Ihr wisst sehr wohl, dass einige von ihnen mehr als hunderttausend Golddukaten wert sind, und sie kommen alle wieder als Ensemble zusammen. Kein Teil fehlt. Wenn die Staatskassen leer sind, die Wände des Schlosses sind voll mit schönen Wandbehängen. Dort muss man das Geld hernehmen, um den König zu befreien. Wir sammeln in Form von Tapisserien schnell ein Vermögen zusammen.«

Sie hielt inne und sah erst zu Louise, dann zu Marguerite, als wollte sie sich von der Wirkung ihrer Worte überzeugen. Dann sprach sie weiter:

»Raubt Eure Schlösser aus, nehmt alles von den Wänden, Madame Louise, und spätestens in zehn Jahren werden dort neue Tapisserien hängen.«

Louise dachte noch immer nach. Die Lösung war verführerisch. Sie schien wie ein gutes Omen und brachte ein wenig Hoffnung in diese düstere Situation. Diese Kleine war ebenso lebendig wie intelligent. Hinzu kam, dass sie genau wie ihre Mutter über einen brillanten Geschäftssinn verfügte. Ja! Mathilde war die außergewöhnliche Tochter einer Weberin, auch wenn sie ihre Zeit, anders als ihre Zwillingsschwester, nicht vor dem Webstuhl verbrachte!

Während sich Marguerite um die Kinder des französischen Königs kümmerte, die vorübergehend zu Waisen geworden waren, widmete sich Louise ganz ihrer Rolle als Staatschefin. Alles wurde komplizierter, die Finanzlage erwies sich als zunehmend desaströs, und im militärischen Bereich waren die Umstände ebenfalls kritisch.

Nach einem kurzen Aufenthalt in Tours, bei dem sich Mathilde davon überzeugt hatte, dass es dem kleinen Charles gut ging, war sie nach Blois zurückgekehrt, wo Louise, von den neuesten Neuigkeiten alarmiert, erneut nach ihr verlangt hatte.

Dann erfuhr der Hof, dass François I. in ein Gefängnis nach Madrid verlegt worden sei und dass sich sein Gesundheitszustand verschlechtert habe. Seit jenem Tag kamen weniger Boten, und die Neuigkeiten ließen auf sich warten.

Nur wenige Wochen standen Louise zur Verfügung, um sich mit den schwierigsten Fragen zu befassen. Alles war dringend. Die Befreiung des Königs zu finanzieren und Mittel zu finden, um Henri VIII. zu bezahlen, dessen Truppen in die Picardie und den Norden Frankreichs einzumarschieren drohten. Der englische König, der knapp bei Kasse war, setzte Louise unter Druck, die ihm ohne Armee nichts entgegenzusetzen hatte. Um an Geld zu kommen, bot Henri VIII. an, seine Truppen gegen fünfhunderttausend Golddukaten zurückzuziehen.

Louise setzte mit Unterstützung von Duprat alles ein, das als Tauschobjekt dienen konnte, vor allem die Tapisserien, die an den Wänden der Schlösser von Blois, von Amboise und von Romorantin hingen. Sogar Schloss Angoulême, das sie mit Meisterwerken ausgestattet hatte, wurde ausgeräumt. Und selbst aus Chenonceau, mit dessen Einrichtung François vor seiner Abreise nach Italien begonnen hatte, wurden die wertvollen Schmuckgegenstände entfernt. Man machte Bestandsaufnahme, danach wurde alles geschätzt.

Am Morgen, als Mathilde nach Blois zurückkehrte, wurde die Ankunft des Vogts von Paris angekündigt. Louise hatte ihn hergebeten, um sich ein Bild von der Stimmung zu machen, die seit der Festnahme des Königs in der Hauptstadt herrschte.

Zwischen der Regentin und dem Vogt entwickelte sich eine gute Verbindung. Hugues de La Roche war diplomatisch genug, sich nicht mit der Frau anzulegen, die in Abwesenheit des Königs das Land regierte. Die Hauptstadt von dem abzuschirmen, was in Frankreich vor sich ging, wäre für ihn ein schlechter Schachzug gewesen. Er musste sich klug und konstruktiv mit der Königinmutter arrangieren, die er heute kennenlernen würde.

Zum Glück befand er sich in einer glücklichen Ausgangsposition, da er den Parisern ein Schiff voll Weizen, Öl und Wein aus dem Orient versprochen hatte. Hinzu kam der kritische Zustand der französischen Wirtschaft, die das Land zu Einschränkungen zwang. Es fehlte an allem.

Der Vogt rechnete damit, dass diese Gelegenheit ihn bei den Parisern so beliebt machen würde, dass sie sich von ihm führen ließen.

»Die Pariser ändern schnell ihre Meinung«, bemerkte er an die Regentin gewandt, die daraufhin nickte. »Sie waren unzufrieden mit dem König, als Raub, Verbrechen, Überfälle und zahlreiche Grausamkeiten in der Stadt vorherrschten. Sie waren sogar so verärgert, dass sie sich von ihm abwandten. Nachdem ich zum Vogt der Händler ernannt worden bin und die Stadt von allem, das sie erzittern ließ, gereinigt habe, haben sie sich beruhigt und bringen mir ihr Vertrauen entgegen. Sie haben mir zugehört. Ich habe sie daran erinnert, dass sie einen König haben und dass sie ihn nicht vergessen dürfen.«

»Daran habt Ihr gut getan, Vogt. Wenn der König befreit ist, wird man Euch dafür dankbar sein.«

Der Vogt hatte sich nicht ein einziges Mal nach Mathilde umgesehen, die einige Schritte von Louise entfernt stand und darauf wartete, dass die Comtesse d'Angoulême sie um Hilfe bat, während Marguerite zu ihnen getreten war.

»Mathilde«, sagte sie, »kommt zu uns und sprecht mit uns über das Vorhaben mit den Wandbehängen, die wir zum Tausch anbieten wollen.«

Sie stellte Seigneur de La Roche das junge Mädchen vor.

»Das ist Mathilde de Cassex. Ihre Familie ist eng mit den großen Weberfamilien in Flandern, Paris und der Tourraine verbunden.«

»Wir kennen uns, Madame d'Angoulême«, erklärte Mathilde und trat zu ihnen, um den Vogt zu begrüßen.

»Das ist richtig«, bestätigte Hugues de La Roche gelassen, »und außerdem hatte ich nach einem Besuch, den ich den Werkstätten Cassex abgestattet habe, das große Vergnügen, Madame Alix und ihre Tochter im Rathaus zu empfangen.«

»Das habt Ihr mir verschwiegen, Mathilde.«

Das junge Mädchen antwortete nicht. Louise fuhr fort:

»Sagt, Seigneur de La Roche …«

Sie hielt inne.

»Darf ich Euch so nennen?«

Als der Vogt nickte, sprach sie in ruhigem Ton weiter, obwohl sie innerlich aufgewühlt war:

»Wie könnten die Pariser ihrem König helfen? Wären einige unter den Adeligen oder den Großbürgern, sprich den großen Händlern, bereit, mir Kredite in Form von Schmuck, Tapisserien und Luxusartikeln zu gewähren? Nach der Befreiung des Königs werde ich sie ihnen mit gutem Zins zurückzahlen.«

Sie wandte sich an Mathilde, die an der Seite von Marguerite aufmerksam zuhörte, wobei sie den Vogt ignorierte.

»Ihr wisst, dass die Staatskasse leer ist. Meine persönlichen Güter und die meiner Tochter, der Duchesse d'Alençon, sind alle verkauft worden, um diesen Krieg zu finanzieren, den wir leider verloren haben.«

Hugues sah zu Mathilde, die seinen Blick jedoch nicht erwiderte. Unverdrossen wandte er sich wieder der Regentin zu.

»Ich habe einigen Pariser Persönlichkeiten große Dienste erwiesen, indem ich ihnen wertvolle Gegenstände wiederbesorgt habe, die man ihnen gestohlen hatte. Vielleicht könnte ich in Verhandlungen mit ihnen etwas erreichen.«

»Würdet Ihr das tun?«

Hugues nickte.

»Ganz sicher, Regentin. Ich kann mich ebenfalls an große

Geschäftsleute wenden. Ich kenne einige ehrenhafte Bankiers. Wäre es Euch recht, wenn ich Euch mit ihnen in Kontakt bringe?«

»Gewiss, gewiss. Ihr würdet mir einen großen Gefallen tun. Wir sprechen mit meinem Freund und Berater Duprat darüber. Kennt Ihr ihn?«

»Ich hatte Gelegenheit, mich zwei- oder dreimal mit ihm zu unterhalten.«

»Na, schön. Wir haben bereits die Frage angesprochen, dass wir mit Goldfäden gewebte Wandbehänge zum Tausch anbieten wollen.«

»Madame d'Angoulême«, schaltete sich Mathilde ein. »Es existieren auch Wandbehänge aus feiner Wolle und Seide, die äußerst wertvoll sind. Die sollte man nicht vernachlässigen.«

»Ihr habt recht, Mathilde.«

In Gegenwart von Dritten duzte Louise das junge Mädchen nie, und diese nannte sie Madame d'Angoulême und nicht Madame Louise.

»Ich glaube«, ergänzte diese, »dass wir eine ganze Menge der schönsten Stücke requirieren können.«

»Ich möchte Euch etwas vorschlagen, Regentin«, sagte der Vogt in weiterhin sehr ernstem Ton. »Es geht um das Schiff, das in einigen Wochen in Marseille eintreffen wird und das ich bis nach Konstantinopel bringen muss. Es kommt vollbeladen mit Weizen, Öl und Wein für die Pariser zurück, die diesen Winter erneut Hunger leiden. Warum sollte es leer in See stechen, wenn es bei seiner Abfahrt in Marseille mit von Euch ausgesuchten Waren beladen werden könnte?«

»Sprecht Ihr von Tapisserien, die wir Charles Quint liefern wollen, der ein großer Liebhaber von ihnen ist?«

»Ganz genau.«

Zum ersten Mal trat Mathilde zu ihm, und ihre Blicke trafen sich.

»Dann wart Ihr erfolgreich. Ihr müsst Madame d'Angoulême erklären, dass das Schiff voll Soldaten und Polizisten sein wird.«

»Himmel! Und warum?«

Da er fürchtete, dass Mathilde zu viel sagen würde, erklärte der Vogt:

»Weil diese Reise zwei Ziele hat. Zum einen, den Parisern Lebensmittel zu bringen, und zum anderen, einen unehrenhaften Geschäftsmann festzunehmen, der sich auf schändliche Weise bereichert.«

»Aber woher wisst Ihr davon, Mathilde?«, rief Marguerite erstaunt darüber, dass ihre Gefährtin über diese Angelegenheit auf dem Laufenden war.

»Weil dieser Mann auch ihre Mutter bestohlen hat«, erklärte der Vogt.

Louise ging einige Schritte durchs Zimmer und blickte aus dem Fenster.

»Die Wandbehänge müssten an einem sicheren Ort in der Nähe von Madrid abgeladen werden, denn dort wird der König gefangen gehalten. Wer übernimmt sie dort?«

»Eine Handvoll Männer, denen ich vertraue und die ich Euch unter Umständen überlassen könnte.«

Louise trat vom Fenster zurück und ging auf den Vogt zu. Sie sah ihm fest in die Augen und fasste seinen Arm.

»Ich werde mich zu gegebener Stunde für Eure Dienste revanchieren, Seigneur de La Roche. Derweil seid für ein paar Tage mein Gast. Duprat wird morgen da sein, dann besprechen wir alles mit ihm.«

»Madame d'Angoulême«, schaltete sich Mathilde ein, »erlaubt Ihr mir, einige Tage nach Tours zurückzukehren, um meine

Mutter zu besuchen? Vielleicht könnte auch sie Euch einige Wandbehänge zur Verfügung stellen. Ihr vergütet sie ihr später.«

»In der Tat«, mischte sich der Vogt ein, »ich habe sie in ihren Werkstätten gesehen. Zwei von ihnen stellen einen beträchtlichen Wert dar, wenn sie wieder Teil ihres Ensembles werden.«

»Ich denke, Ihr sprecht von der *Apostelgeschichte* und den *Zwölf Monaten des Jahres*. Das sind tatsächlich die schönsten.«

Der Vogt nickte und sagte deutlich an Mathilde gewandt:

»Ich glaube, ich könnte mit unseren gemeinsamen Freunden van Aelst und van Orley sprechen, um diese beiden großen Werke zusammenzubringen und sie gegen den König einzutauschen.«

»Die Brüder Dermoyen werdet Ihr vielleicht nicht ganz so leicht überzeugen«, antwortete Mathilde. »In ihren Werkstätten ist der Großteil der Wandbehänge hergestellt worden, und die kümmert die Gefangenschaft des Königs wenig.«

»Es gibt andere Mittel, um sie für unsere Sache zu gewinnen. Überlasst das mir!«

Louise schien mit der Entwicklung der Unterredung zufrieden. Die Finanzlage würde sich entspannen, und das war das Wichtigste. Plötzlich ergriff Marguerite, die bislang kaum gesprochen, aber aufmerksam zugehört hatte, das Wort:

»Glaubt Ihr nicht, Mutter, dass der Kerkermeister von François I. in Person des mächtigen Charles Quint diese Werke lieber besitzen möchte als klingende Münze? Er könnte sie zu einem deutlich höheren Preis wiederverkaufen.«

»Werter Vogt«, sagte Mathilde ihrerseits, wobei sie sich bemühte, ihm nicht zu herzlich zu begegnen, »ich weise Euch dennoch darauf hin, dass *Die Apostelgeschichte*, die von dem berühmten Raffael gezeichnet worden ist, für Papst Léon X. und die Sixtinische Kapelle bestimmt ist.«

»Léon X. ist Frankreich wohlgesinnt. Der arme Bonnivet hat vielleicht nicht geahnt, dass er durch den Besuch beim Papst das Bündnis zwischen Charles Quint und Henri VIII. gefestigt hat. Aber dieser Besuch hat den Vorteil, dass er Léon X. dadurch für unsere Sache gewonnen hat. Wir nutzen die Wandbehänge als Tauschmittel.«

»Und die *Zwölf Monate des Jahres*, die unser Freund, der Maler van Orley gezeichnet hat?«, fragte Mathilde.

»Wir könnten sie in *Die Jagden des Maximilian* umbenennen«, schlug der Vogt vor. »Das könnte ihm schmeicheln.«

»Das ist eine hervorragende Idee«, bestätigte Louise.

11.

Alix strich sich über die Stirn, dann über die Augen. Sie waren noch feucht von den soeben vergossenen Tränen. Alix war erschöpft! Die letzten Tage waren anstrengend gewesen. Sie seufzte. Nachdem man den Sarg, in dem ihre Freundin Properzia ihre letzte Ruhe fand, abgeholt hatte, konnte sie sich ein bisschen erholen. Properzia hatte ihr das Werk hinterlassen, das sie bei ihrer Ankunft zu vollenden im Begriff gewesen war und dem sie den Titel *Pegasus und die Amazone* gegeben hatte.

Riesig wie alles, das Properzia in Stein gehauen hatte, stellte das Werk ein lebensgroßes Pferd aus weißem Marmor dar, auf dem eine kühne Reiterin saß, die den Kopf nach hinten drehte. Man sah ihre großen Augen, die sie zum Himmel richtete, als werde sie von einem seltsamen Stern angezogen, der ihr befahl, ihm zu folgen. Ihre langen Haare mischten sich mit der Mähne des wiehernden Pferdes, das die Vorderhufe hob und auf den Hinterläufen saß.

Alles war so schnell gegangen. Alix war eines Morgens in Bologna angekommen. Properzia hatte sie erwartet und sie durch ihr großes Haus geführt, in dem überall Blöcke aus Granit, Marmor und Basalt standen. In allen Zimmerecken lagen Zeichenkartons und Federn, weil Properzias Einfälle nicht warten konnten, sondern sofort in die Tat umgesetzt werden wollten. Zunächst auf einem Blatt Pergament, dann als Zeichnungen auf Karton und schließlich in Gips modelliert. Erst viel später, wenn die Formen ihre volle Größe erreicht hatten, fing sie an, sie in Stein zu hauen.

Sie hatten Raffael besucht, den Alix zwanzig Jahre zuvor in Florenz kennengelernt hatte, sowie andere Bildhauer, die Properzia ihr vorstellte. Schließlich hatte Alix auch den Maler Giulio Romano wiedergesehen, der seit der Zeit, als Properzia ihn unter ihre Fittiche genommen und er die nackten Brüste Mathildes gezeichnet hatte, berühmt geworden war. Beim Vogt von Paris hatten sie kaum Zeit gehabt, miteinander zu sprechen.

Bologna hatte Alix schließlich doch noch in seinen Bann gezogen. Bologna, die Stadt, die sie mit so schlechten Erinnerungen verband, hatte sich ihr als Stadt des Lichts gezeigt. Alix und Properzia hatten nächtelang diskutiert, sich angesehen und sich geliebt.

Dann befiel Properzia eines Tages, während sie in ihrem Atelier ihre Skulptur beendete, ein Unwohlsein. Sie fasste sich ans Herz, taumelte und sank vor den Hufen des Pegasus-Pferds auf den Boden.

In ihrer Geburtsstadt Bologna machten ihre Werke sie unsterblich. Jene, die ihre Skulpturen geliebt hatten, hielten Properzias Geist lebendig. Von nun an erinnerten ihre großen, kraftvollen, wunderschönen Werke an sie, an denen sie in jeder Kerbe ihren Fingerabdruck hinterlassen hatte.

Properzia, die Bildhauerin! Eine Frau, die Alix ein Vorbild gewesen war, seit sie sie in Lyon kennengelernt hatte. Eine Frau, die ihren kolossalen, riesigen Werken ebenbürtig war, die die neuen Ideen der Renaissance umzusetzen wusste und in der Alix eine Meisterin gefunden hatte, die ihren Ansprüchen gewachsen war.

Properzia de Rossi war anerkannt! Doch Alix wusste genau, wie hart die Bedingungen für eine Frau waren, die sich der Eifersucht ihrer Zeitgenossen ausgesetzt sah, da sie sich einer Arbeit widmete, die die Männer für sich in Anspruch nahmen. Als Tochter eines Notabeln aus Bologna hatte Properzia allerdings keine so schwere Jugend erlebt wie Alix, und sie war sehr schnell in die höchsten Ränge der italienischen Künstler aufgestiegen.

Ganz Bologna sprach von ihrer Kunst, die überall zu finden war. Der Altaraufsatz von Santa Maria del Baraccano, ihre Marmorbüsten, ihre Skulpturen in der Kirche San Petronio und die phantastische Reproduktion von *Josef und die Frau des Potiphar*. Alles Zeugnisse ihres Schaffens.

Sobald Alix wieder zu Hause war, würde sie sich darum kümmern, Properzias letztes Werk nach Tours zu holen. *Pegasus und die Amazone* würde ihren Platz im Zentrum des großen Gartens finden, ebenso wie ihre Skulptur unter der Rosenlaube, die im Frühling blühte.

Es verging kein Tag, an dem Alix nicht an ihre Freundin dachte, denn ihre Skulptur zwang sie dazu. Properzia hatte sie fast nackt unter einem dünnen, durchsichtigen Tuch dargestellt, das sich um ihren Körper schmiegte. Keine von beiden hatte die Stunden gezählt, die sie sich ausgeruht und die sie an der Skulptur gearbeitet hatten. Mathias, der nicht wusste, worum es bei ihrer Arbeit ging – er begab sich nur selten in Properzias Werkstatt –, hatte verlegen vor dem vollendeten Werk gestanden und geschwiegen.

Natürlich entging ihm nicht, dass die beiden Frauen eine große Zuneigung verband. Doch er hatte nicht versucht, den Grund dafür herauszufinden. Alix war eigenwillig, sie liebte ihre Unabhängigkeit und ihre Freiheit. Was sollte er angesichts dieser seltsamen Freundschaft sagen oder auch nur denken, die seine Frau mit einer Bildhauerin pflegte, die sich längst von weiblichen Zwängen befreit hatte? Zweifellos hatte Properzia den Körper seiner Frau liebevoll gestreichelt, bevor sie ihn in Stein abgebildet hatte. Hatte es Alix gefallen? Wie weit war Properzias Leidenschaft gegangen, die kein Hehl daraus machte, dass sie sich in all ihre Modelle verliebte.

War es mit Alix anders verlaufen, da sie genau wie Properzia der Schaffenslust verfallen war? Nichtsdestoweniger hatte Properzias Herz beim Anblick dieses weiblichen Körpers, der sich fast nackt ihren Augen und ihren Händen darbot, leidenschaftlich gebebt.

Nachdem Properzia nun tot war, verdrängte Mathias diese unzähligen Fragen. Alix würde immer an seiner Seite sein, und nur darauf kam es an.

Doch Alix konnte nicht aufhören zu trauern und zu klagen. Es half ihr nicht, in einem Moment, in dem sie so traurig war, in dem sie sich so verlassen fühlte, an Mathias zu denken. Sie wusste, dass Mathias sich keine Fragen mehr über den Seelenzustand seiner Frau stellte. Nicht mehr, seit sie nach ihrer Liebe für ihren ersten Mann Jacquou und vor allem nach der Leidenschaft, die sie mit dem Florentiner Bankier Alessandro Van de Veere durchlebt hatte, dem Vater ihrer Zwillinge, sowie nach der verrückten Liebe, die sie später ins Château de Chaumont zu Charles d'Amboise getrieben hatte, schließlich zu Mathias zurückgekehrt war.

Properzia! Mathias! Alles geriet durcheinander. Alix musste so schnell wie möglich nach Hause zurückkehren. Ihr treuer und aufmerksamer Ehemann erwartete sie. Wie lange geduldete er sich schon? Sechzehn Jahre, achtzehn Jahre? Vielleicht sogar zwanzig! Seit jenem Tag, an dem sich auf den Straßen des Nordens eine Scherbe in den Huf von Alix' Maulesel gesetzt hatte und Mathias das Tier mit seinem Messer in wenigen Sekunden davon erlöst hatte.

Wer so lange gewartet hatte, nahm keinen Anstoß an einer Leidenschaft zwischen zwei Frauen, die ein wenig über das normale Maß hinausging. Denn auch Alix brannte für ihre Ideen, für ihre Webkunst, ihre Wandbehänge, die ganze Szenen mit Figuren darstellten und die sich mit der Zeit entwickelt hatten. Sie hatte sich weit von der Zeit der Einhörner und der Millefleurs entfernt. Jetzt webte man *Die Triumphe* mit riesigen Figuren, Elefanten, Giraffen, Dromedaren, Gazellen, Straußen, allen Arten von Fabeltieren und sogar Negerkindern, die man von afrikanischen Reisen mitbrachte, sie wie Prinzen kleidete und ihnen gute Manieren beibrachte wie den Pagen an allen europäischen Höfen.

Natürlich hatte Alix von den Unterrichtsstunden bei Properzia profitiert. Die Zeichnungen ihrer Kartons hatten an Größe und an Selbstsicherheit gewonnen. Ihre Wandbehänge atmeten das neue Jahrhundert, so wie *Die Apokalypse des heiligen Johannes*, den ihre Vorfahren gewebt hatten, der damaligen Zeit entsprochen hatte. War sie nicht, ebenso wie ihre Freundin Properzia, Zeitgenossin des großen Meisters da Vinci, des nicht weniger großen Raffael und von Michelangelo, den man in Florenz bejubelte? Gehörte sie nicht der Zeit der italienischen Renaissance an, die derzeit in Frankreich für Furore sorgte und auf die der französische König versessen war?

Alix musste nach Tours zurückkehren. In Bologna drang zu viel Bitterkeit in ihr Herz. Sie betrachtete die große Skulptur mit dem feurigen Pferd und der nicht weniger temperamentvollen Reiterin. Es fehlte das Entscheidende, jene, die das Werk geschaffen hatte.

Alix schloss die Augen und erinnerte sich an sie, auch wenn die dicken Vorhänge in dem Haus in Bologna das Zimmer verdunkelten, auch wenn sie die gedämpften Geräusche der zwei

Dienerinnen draußen im Flur störten, die noch schockiert über den Tod ihrer Herrin waren. Sie kamen und gingen, liefen ohne Unterlass an dem Zimmer vorbei, in dem Alix sich eingeschlossen hatte.

Alix lag auf dem großen Bett von Properzia und träumte. Sie stellte sich vor, die zugleich groben und zärtlichen Hände ihrer Freundin auf ihrem Körper zu spüren. Sie fühlte noch das Brennen ihrer Lippen auf ihren. Nie würde sie diese Momente vergessen. Plötzlich wurde sie von einer überwältigenden Sehnsucht ergriffen.

Warum war Properzia innerhalb weniger Sekunden gestorben? Sie hatte noch den Meißel in der Hand gehalten, um die Skulptur zu beenden. Sie war gestorben, kurz nachdem sie ihre Geburtsstadt Bologna zurückerobert hatte, in die als Siegerin zurückzukehren sie sich geschworen hatte.

»Properzia«, murmelte Alix. »Properzia, ich spüre, dass du da bist. Ich habe das Gefühl, dass du mir noch immer deinen schöpferischen Atem einhauchst.«

Drei Monate nach ihrer Abreise aus Paris, wo sie Mathilde zurückgelassen hatte, kehrte Alix nach Tours zurück, doch ihre Tochter war noch immer unterwegs. Die Werkstätten arbeiteten träge. Es waren nicht gerade die besten Zeiten, denn die leere Staatskasse wirkte sich auf den Handel in ganz Frankreich aus und ganz besonders im Val de Loire.

In den Werkstätten Cassex kam hinzu, dass die Wandbehänge *Die Apostelgeschichte* und *Die Jagd des Maximilian,* die man dem Vogt von Paris unentgeltlich zur Verfügung gestellt hatte, um der Regentin bei der Befreiung des Königs zu helfen, ein großes Loch in die Kasse gerissen hatten.

Doch Alix und Mathias waren darauf vorbereitet, und es

fehlte nicht an Aufträgen. Sie kamen aus Flandern und vor allem aus Brüssel, wo sich bereits vor der Gefangennahme des Königs durch die Armee von Charles Quint zahlreiche Kontore niedergelassen hatten.

In diesen Zeiten war es jedoch ungewiss, ob die Auftraggeber ihre Bestellungen auch gleich bezahlten. Die *Triumphe* mit den Themen Kraft, Mut und Barmherzigkeit waren auf ihre Webstühle gespannt und bildeten ein großes Ensemble, das die Symbole in der Darstellung widerspiegelte. Weltliche Figuren waren häufig mit Formen und Farben dargestellt, die direkt aus Florenz kamen.

Valentine ging im Gebäude neben der Werkstatt die Wollbestände durch. Das erledigte sie stets ebenso präzise wie ihre Mutter und sah mit einem Blick, was vorrätig war und was fehlte. Alix folgte dem Blick ihrer Tochter und bemerkte, dass die Vorräte an feiner Wolle und Seidenfäden zur Neige gingen und Goldfäden ganz fehlten.

Anschließend zog sie sich an einen kleinen Tisch zurück, auf dem sich Zeichenkartons stapelten. Sie zog einen hervor und betrachtete ihn eine Weile. Er zeigte einen Mann in Toga, der mit nackten Füßen auf einem Steinsockel saß und seinen Kopf mit der Hand abstützte. Die Umgebung war noch nicht gezeichnet, aber vermutlich würde sie aus großen Arabesken mit Blättern bestehen, zwischen die man Gesichter, vielleicht Engel, Vögel und andere Tiere setzte.

»Mama, wenn François aus der Gefangenschaft zurückkehrt, müssen wir solche Wandbehänge weben.«

»Selbstverständlich, mein Mädchen. Aber haben wir für den jungen französischen König nicht schon getan, was nötig war? All die Wandbehänge, die man uns nicht bezahlt hat! Was nutzen uns die Aufträge aus Brüssel, wenn wir nicht mehr genug

Material im Lager haben, um sie auszuführen, und auch kein Geld, um neues zu kaufen?«

»Glaubst du wirklich, dass die Lage so dramatisch ist?«, erkundigte sich Valentine und sah ihrer Mutter in die Augen.

»Jedenfalls ist sie zehnmal schwieriger als bei meiner Abreise. Und das beunruhigt mich.«

Während Valentine nach Hause ging, um sich um die Kinder zu kümmern, kehrte Alix in die Werkstatt zurück und ging an den Lehrlingen vorbei, die ihre ersten Webarbeiten ausführten. Wenn ihnen das Geld fehlte, um feine Wollfäden für das Lager nachzukaufen, mussten sie sich von einigen von ihnen trennen und vielleicht sogar von ein oder zwei Arbeitern.

Mathias, dem sie vorhin in der anderen Werkstatt begegnet war, hatte ihr versichert, dass, entgegen anderslautender Gerüchte, die Dinge nicht so liefen, wie Louise d'Angoulême es sich wünschte, und dass die Befreiung des Königs in Frage stand.

»Bei allem Respekt für den jungen französischen König bin ich nicht glücklich, Mathilde auf den spanischen Straßen zu wissen.«

»Aber in ihrem Alter warst du auf den italienischen Straßen unterwegs! Du musst einsehen, dass deine Tochter sich nicht ändern wird, Liebes. Aber sieh mich an, du wirkst sehr angespannt. Ich weiß, dass Properzias Tod dich tief getroffen hat.«

»Ich möchte lieber nicht darüber sprechen, Mathias.«

Alix betrachtete aufmerksam den Wandbehang, an dem Mathias und Nicolas arbeiteten. Es war eines der Teile von *Die Geschichte des heiligen Peter,* die aus zehn Teilen bestand. Es ging schneller voran, als sie gedacht hatte. Diese großen breiten Bordüren ließen sich recht schnell weben, aber das zentrale Quadrat mit dem Hauptmotiv nahm viel Zeit in Anspruch. Alix lehnte sich gegen die gekalkte Wand und betrachtete aus der

Ferne die ockergelben und bläulichen Farben, die beruhigend auf das Auge wirkten, obwohl sie so wunderbar schillerten! Bald mussten sie ein solches Stück für Louise d'Angoulême weben. Die Zeichnungen würden ihr gefallen.

»Hast du nicht gesagt, dass erst einmal der König aus der Gefangenschaft zurückkehren soll?«

»Gewiss, aber Louise muss besorgt und nervös sein. Sie hat mir lange nicht mehr geschrieben. Ich weiß, dass die Sorgen ihr häufig den Schlaf rauben, und die Angst um ihren Sohn wird ihren Zustand sicher nicht verbessern.«

Seit ihre Freundin, die französische Regentin, die Führung des Landes übernommen hatte, erhielt Alix keine Neuigkeiten mehr von ihr. Aber wie sollte Louise nicht äußerst beunruhigt sein, da abgesehen von der Gefangenschaft ihres Sohnes Frankreich auch noch die Bourgogne zu verlieren drohte? Dem Land ging es schlecht, nachdem Charles Quint die Provinz für sich beanspruchte, weil er behauptete, sie stünde ihm von seinem Großvater Karl dem Kühnen zu.

Wie viele Tote der italienische Krieg gefordert hatte: Der treue Bayard war von einer Arkebuse ins Kreuz getroffen worden und daran gestorben, Freund Bonnivet hatte sich erdolcht, als er von der Gefangennahme des Königs erfahren hatte, Charles d'Alençon war krank zurückgekehrt und einige Wochen später an einem Fieber und aus Scham in den Armen seiner Frau Marguerite verblichen. Die Brüder von Françoise de Châteaubriant waren in Ungnade gestorben, was zur Verbannung der Mätresse und zu ihrer endgültigen Rückkehr in die Bretagne geführt hatte. Und der tapfere La Trémoille hatte zweigeteilt und in Stücke gerissen in einer so großen Blutlache gelegen, dass die Erde sie nicht aufnehmen konnte. Und so viele andere waren tot, bis hin zur Königin, die krank und ausgelaugt nach der Geburt ihres achten Kindes ihren letzten Atemzug getan hatte.

Alix schlief nicht mehr, weil sie fürchtete, dass ihre Tochter nicht aus Spanien zurückkehren würde. Was war ihr in den Sinn gekommen, dass sie François I. sogar im Kerker wiedersehen wollte? Über das überschwängliche Wesen des Königs in Liebesdingen war sie sich allerdings im Klaren. Was erhoffte sie sich von dem jungen Monarchen, der ohne Gewissensbisse von einer zur anderen wechselte?

Als sie an Pierrot vorbeiging, legte Alix ihm ihre Hand auf die Schulter. Sie liebte diesen großen Jungen, der seinen Weg gemacht und ihr bewiesen hatte, dass sie ihm zu Recht vertraut hatte, als sie ihn bei sich aufnahm. Damals war er nur ein Waisenkind gewesen, das auf der Suche nach Arbeit durch die Straßen streifte und klaute. Heute war Pierrot dreißig Jahre alt. Vom Lehrling war er zum Arbeiter aufgestiegen, und nun wollte er genau wie Nicolas seine Weberlizenz erhalten. Alix ermutigte ihn dazu, und wenn diese ganzen Kriegsgeschichten vorüber waren und alles wieder seinen gewohnten Gang ging, würden beide in den Norden reisen, wo sich noch immer die Mitglieder der Webergilde versammelten. Zweifellos würde auch Valentine ihnen folgen, denn auch sie vollendete das Werk, das sie dort vorstellen wollte. Und selbst wenn François dieses Verfahren abschaffte, was würde sein Nachfolger tun, falls der König nicht aus der Gefangenschaft zurückkehrte?

»Pierrot! Du reist wieder nach Paris. Wir brauchen Aufträge.«

Ihr Blick begegnete dem des jungen Mannes, und sie bemerkte, dass ihn diese Neuigkeit mit Freude erfüllte.

»Valentine wollte wissen, ob die Bezahlung von *Die Geschichte des heiligen Peters* demnächst erfolgt. Leider weiß ich nicht, ob die Börse der flämischen Auftraggeber noch immer gut gefüllt ist. Die Bourgogne ist nicht die einzige Region, die Charles Quint begehrt, auch auf die Regionen im Norden hat er es abgesehen.«

Alix setzte ihren Rundgang durch die Werkstatt fort. Jeden Tag überzeugte sie sich davon, dass keine Stelle unbesetzt war. Als sie bei dem jungen Etienne vorbeikam und seine Arbeit auf dem Webstuhl betrachtete, bewunderte sie ihre Perfektion.

Etienne freute sich darauf, am Ende des Jahres zum Meister aufzusteigen. Alix hatte ihm eine Reise nach Florenz versprochen, damit er die Atmosphäre dort kennenlernte. Denn die Renaissance gewann zunehmend an Bedeutung für die europäische Kultur, und es war gut, wenn die Arbeiter die ganze Bandbreite sahen. Leider spürte Alix, dass sich die Lage für Frankreich verschlechterte.

»Etienne! Ich fürchte, dass deine Reise nach Florenz sich erheblich verschieben wird.«

»Die Umstände, Dame Alix! Ich habe mir schon gedacht, dass Florenz nicht in Frage kommt.«

»Es ist nur aufgeschoben, Etienne. Momentan ist meine größte Sorge, dass ihr alle in der Werkstatt bleibt.«

Etienne hatte Dame Alix stets beeindruckt, nicht durch Prahlerei oder Überheblichkeit, sondern schlicht durch seine Intuition, mit der er seiner Arbeit den letzten Schliff verlieh und durch die er sie schnell und gut bewerkstelligte. Das war Alix vom ersten Tag an aufgefallen. Etienne brüstete sich damit, besser als seine Arbeitskollegen zu sein, und dazu hatte er allen Grund. Albin, der gleichzeitig mit ihm angefangen hatte, kam nicht so schnell voran. Antoine war ein guter Arbeiter, entwickelte sich jedoch nicht weiter, und Quentin, der Neue, lernte gut, aber zu langsam.

Etienne hatte schnell die Vorliebe der Franzosen für die italienischen Ideen verstanden, und genauso wie Alix wusste er, dass man neue Entwicklungen nicht aufhalten durfte. Wenn die guten Millefleurs der französischen Weber in den Köpfen der Künstler ein bisschen in den Hintergrund rückten und durch die *Triumphe*, die *Sibyllen*, die *Florentinischen Jungfrauen*, *Bathseba und Penelope* ersetzt wurden, die auf die Hochwebstühle gespannt waren, brachte das die Denkweise voran. Mit den ersten Zeichnungen des berühmten Raffaels waren auch die *Grotesken* aufgekommen.

Mathias war wie Antoine, Etienne, Pierrot und die anderen von der Florentinischen Bewegung begeistert, aber Alix brachte ihnen bei, dass man sich nur bis zu einem gewissen Maß von ihr beeinflussen lassen durfte und den Stil dem französischen Geschmack anpassen musste. Für sie machte erst das ein echtes Werk der Renaissance aus.

Mathias gingen jene Ideen durch den Kopf, die die Welt der Tapisserien ebenso wie die der Maler, der Bildhauer, der Keramik und des Schmucks revolutionierten. Eine Stilrichtung, bei der darüber hinaus die Qualität des Werks absolut überzeugend sein musste. Man brauchte Kompositionen, die sich aus Girlanden, fallendem Obst, einer überwältigenden Menge Blätter, trägen Körpern und entkleideten Frauen zusammensetzten. So erschien die Nacktheit in einer anmutigen Freizügigkeit, in einem Ensemble aus Eleganz und Charme, das die Sinneslust auf französische Weise steigerte, so wie der freizügige François I. es liebte.

Diese Neuheiten, die die Künstler schufen, beeinflussten die Gedanken und Urteile eines jeden.

»Ich bin nicht deiner Meinung, was Etiennes Florenzreise angeht«, sagte Mathias und wandte sich dem jungen Weber zu.

»Rom und Florenz sind nicht gefährlicher als Bologna, woher du soeben zurückkommst. Gefährlich ist es in der Nähe von Madrid und an der spanischen Grenze.«

»Ich denke dabei nicht an die Gefahren der Reise, Mathias, sondern an die Finanzen. Natürlich wird die Arbeit im Moment etwas aufgehalten, weil im Lager Wolle und Seidenfäden fehlen. Etienne hätte alle Zeit zu reisen, ohne die Arbeit der Werkstätten dadurch zu beeinträchtigen. Aber diese Reise kostet auch. Es wäre unvernünftig, sie zu bezahlen, bevor wir unseren Bedarf an Rohstoffen erneuert haben.«

»Ich habe Erspartes, Dame Alix.«

»Seit wann lässt ein Meister seinen Arbeiter bezahlen, wenn er ihn ins Ausland schickt, damit er ihm von seinen Ideen und seinen Erfahrungen berichtet?«, widersprach Alix.

»Wir könnten es erstatten, sobald sich der Handel im Land wieder erholt hat.«

»Das ist eine Lösung«, bemerkte der junge Etienne vorsichtig. »Ich bitte Euch, Dame Alix, so sollten wir es machen. Mein Geld reicht völlig, um die Reise zu bezahlen, und ich suche mir Arbeit in kleinen Werkstätten, die mir den Rest bezahlen.«

Da Alix zögerte, obwohl Mathias ihm zustimmte, fuhr Etienne voll glühender Leidenschaft fort:

»Es ist der rechte Moment, mich auf den Weg zu machen, Dame Alix. Wenn alles wieder seinen gewohnten Gang geht, brechen Pierrot, Nicolas und vielleicht Valentine in den Norden auf, um ihre Werke zu präsentieren. Dann kann ich nicht mehr von der Werkstatt weg. Dann werdet Ihr mich brauchen.«

»Ich glaube, du hast recht. Es ist gut, wenn du aufbrichst.«

Der junge Weber ließ den Hebel los, und ein Kettfaden brach.

»Du solltest dich gleich auf den Weg machen«, bemerkte Alix lächelnd.

Dann drückte sie seine Schulter und fügte hinzu:

»Du musst deine Gefühle besser beherrschen, Etienne. Die Selbstsicherheit, die du bei deiner Arbeit beweist, sollte sich auch in deinen anderen Handlungen zeigen. Florenz ist als Stadt ebenso gefährlich wie Rom oder Paris. Du musst dir einen Panzer zulegen. Ich schicke keinen jungen empfindsamen Menschen nach Florenz, dem lauter Missgeschicke passieren und der zurückkommt, ohne etwas gelernt zu haben.«

»Ich habe verstanden, Dame Alix.« Der junge Etienne nickte und errötete.

»Ich gebe dir eine Nachricht für meine Cousine Constance mit. Ich habe es nicht geschafft, sie zu besuchen, als ich in Bologna war.«

Die ganze Nacht hatte Alix über die Reise von Etienne nachgedacht und überlegt, ob es vielleicht gut wäre, wenn auch Pierrot nun seine Reise nach Paris unternahm. Wenn die Werkstätten jemanden entbehren konnten, dann jetzt und nicht, wenn die Geschäfte wieder anzogen und die Anwesenheit aller erforderten.

Daher sprach sie am nächsten Tag in der Werkstatt mit ihm. Pierrot nahm ihren Vorschlag mit überbordender Freude auf. Sein erster Aufenthalt hatte ihm das Ansehen eines Meisters verschafft, und dieses Mal wollte er es noch mehren.

Valentine, die ein junges Mädchen ausbildete, billigte die Entscheidungen ihrer Mutter. Der Lehrling saß aufmerksam vor einem Flachwebstuhl. Alix ging an ihrer Tochter vorbei und blieb neben dem jungen Mädchen stehen.

»Achte auf deine Markierungen, Margot«, sagte sie und beugte sich über ihre Arbeit.

»Ich habe aufgepasst, Dame Alix.«

»Na schön. Aber studiere das Blattwerk, das sich um den

Mast windet. Sieh, er dient deinem Bild als Stütze. Die Blätter sind schneckenförmig, nicht wie Gabeln oder Lanzenspitzen. Mach sie verschlungener, sinnlicher. Verleih ihnen Anmut und Geschmeidigkeit. Sie fallen, richten sich auf, rollen sich ein und wieder aus, klammern sich fest und lassen wieder los. Hauche ihnen Leben ein.«

Wie das junge Mädchen mit aufmerksamem Blick die Nase über den Wandbehang beugte und in der erhobenen Hand den Faden hielt, erinnerte Margot sie an Angela. Angela, die Frau von Giulio, die aus Rom gekommen war und sich bei Alix im Val de Loire niedergelassen hatte.

»Gut, Margot! Ich werde Valentine loben, dass sie dich so gut ausgebildet hat. Ich bin zufrieden mit dir.«

»Ich gebe mir große Mühe, Dame Alix.«

»Sag, Margot, was sagt deine Mutter? Sie schien Zweifel an deinen Fähigkeiten zu haben, als sie dich hierhergeschickt hat. Sie fürchtete, dass du dich nicht bewährst. Hältst du sie über deine Fortschritte auf dem Laufenden?«

»Sie weiß, dass Ihr mit meiner Arbeit zufrieden seid.«

»Hat sie nicht wieder geheiratet?«

»Das stimmt.«

»Verstehst du dich gut mit deinem Stiefvater?«

Das Mädchen wandte ihr das Gesicht zu und errötete. Alix spürte, dass ein privates Problem das Leben ihres jungen Lehrlings belastete.

»Gehst du abends zu dir nach Hause?«

Das Mädchen antwortete nicht.

»Margot, gehst du abends zu deinen Eltern nach Hause?«

»Der Weg ist weit, Dame Alix. Sie wohnen am anderen Ende der Stadt!«

Alix insistierte nicht weiter und nahm sich vor, mehr herauszufinden. Wenn sie dieses Kind in Pension nehmen musste, wie sie es einst mit Pierrot getan hatte, würde sie sicher nicht zögern, auch wenn ihre Finanzen das momentan eigentlich nicht erlaubten. Sie ließ kein Mädchen fallen, das bereits jetzt ihre Arbeit liebte.

Als Alix in die andere Werkstatt kam, arbeitete Mathias an der Seite seines Sohnes Nicolas. Er richtete sich auf und zog sie an sich.

»Was willst du, Mathias?«, fragte sie lächelnd.

»Dich küssen.«

Alix neigte sich nach hinten, und Mathias legte seine Lippen auf ihre, dann umfasste er mit kräftigem Arm ihre Taille.

»Denkst du noch an Properzia?«

Alix zuckte mit den Schultern, schürzte die Lippen, antwortete jedoch nicht. Als Mathias daraufhin seufzte, hörte sie daraus Erleichterung. Wer nahm nach Properzias Tod mehr Platz in ihrem Herzen ein als ihr Mann? Ihre Gefühle für ihn waren im Laufe ihres Lebens immer stärker geworden. Jetzt hatte sie das Gefühl, dass sie wirklich ihm gehörte.

Alix spürte, dass die Umarmung von Mathias konkreter wurde. Seine Hand glitt hinunter zu ihren runden Schenkeln. Sie wusste, dass er es liebte, sich ihr vor Nicolas oder Valentine auf diese Weise zu nähern. Es war, als wollte er ihnen damit zeigen, dass Alix die Atmosphäre im Haus und in den Werkstätten erwärmte. Dieses Verhalten zauberte stets ein Lächeln auf das Gesicht von Nicolas.

Mathias erforschte mit seinen Lippen den Nacken seiner Frau und atmete ihr Parfum ein. Sie schob ihn vorsichtig zurück, doch er hielt sie mit starker Hand fest, sodass sie murmelte:

»Mathias!«

»Willst du heute Abend nicht früher nach Hause gehen?«

»Diese Tapisserie wird noch eine Weile beträchtliche Investitionen erfordern«, antwortete sie nur.

Enttäuscht ließ Mathias sie los, doch sie hielt ihn zurück.

»Einverstanden«, flüsterte sie ihm ins Ohr. »Wir gehen vor den anderen.«

»Valentine und ich schließen die Werkstätten ab«, bemerkte Nicolas, ohne den Blick von der Arbeit zu wenden.

Doch das traute Zusammensein des Paars Cassex sollte an diesem Abend gestört werden. Plötzlich schlug heftig eine Tür.

»Louis!«

Der junge Mann stürzte sich auf sie und umarmte sie so stürmisch, wie er es seit Kindertagen tat. Alix sah, dass Domherr André hinter ihm erschien. Jedes Mal, wenn er seine Freunde besuchte, schaffte er es, auch den jungen Mönch mitzubringen. Ein Privileg! Natürlich freute sich Alix. In dem Kloster, in dem Louis unter dem Schutz des Bischofs von Tours, Martin de Beaune, seine religiösen Studien betrieb, sah man geflissentlich über die plötzlichen Einfälle von Domherr André hinweg. Es war besser, ihn nicht zu verärgern, denn seine Gaben für den Bischof waren unschätzbar wertvoll. All seinen persönlichen Besitz gab er für die Ausbildung seines jungen Protegé Louis de Cassex aus.

»Ihr könnt nicht behaupten, dass es Eurem Sohn nicht gut ginge! Seht nur, er ist nicht abgemagert und zeigt im Gesicht keine Anzeichen schwerer Zweifel, die mich in seinem Alter umtrieben. Er ist fröhlich, wenn er es sein sollte, aufbrausend, wenn der Himmel es ihm aufträgt, und sein Ehrgeiz ist groß. Etwas zu groß für meinen Geschmack…«

»André!«, rief Alix mit gedämpfter Stimme, »Ihr habt mir versprochen, ihn nicht in seinem Ehrgeiz zu bremsen. Nur deswegen habe ich Euch meinen Sohn anvertraut.«

»Ich bremse nichts, meine liebe Alix. Ich treibe ihn ganz im Gegenteil an. Ich lehne es nur ab, dass sein Ehrgeiz seinen Glauben übersteigt.«

»Ihr habt es gesagt«, protestierte die junge Frau. »Mal muss er bei seinen Gebeten sein, mal bei seinen Geschäften.«

»Zugegeben! Aber die Mönche, die mit seiner Erziehung beauftragt sind, ermahnen ihn zu mehr Mäßigkeit und Demut. Louis ist nicht bescheiden genug.«

»Und was sagt Bischof Martin?«

»Er ist zufrieden mit ihm. Er hört nicht auf, seine große Intelligenz zu loben und seinen …«

»Geschäftssinn!«, rief Louis stürmisch. »Er spricht davon, mich als Ersten Sekretär einzustellen.«

»Als Ersten Sekretär! Schon!«

»Ich bin zwanzig Jahre alt, Mama, hast du das vergessen?«

Nein! Alix hatte nichts vergessen, ebenso wenig wie Mathias. Dieser Sohn, der aus ihrer Verbindung entstanden war, dieser Sohn, der in keiner verwandtschaftlichen Beziehung zum Kardinal Jean de Villiers stand und der dennoch so viel mit dessen einzigartigem Charakter gemein hatte.

»Ich habe ihn bereits auf einige gute Geschäfte aufmerksam gemacht«, sagte er an seine Mutter gewandt.

André Mirepoix rang die Hände.

»Nun, André, sagt mir, was Euch Sorgen macht.«

»Nichts macht ihm Sorgen, Mama. In Wahrheit mag André mich, wie ich bin, und schätzt es, wie ich auftrete.«

»Das stimmt«, gab der Domherr zu. »Louis ist ehrgeizig, aber er ist nicht eingebildet. Er ist großzügig, fromm und von Natur aus hilfsbereit. Aber diese Qualitäten erlauben ihm nicht, sich den Entscheidungen anderer Mönche zu widersetzen und von nun an die höchsten kirchlichen Kreise anzustreben.«

Jetzt sprach Louis mit seinem Vater. Nichts würde ihn davon abhalten, dem Weg zu folgen, der sich vor ihm auftat. Ja! Er war ehrgeizig. Aber musste man das nicht immer und in allen Bereichen sein? Sogar die Kirche forderte mächtige und starke Männer. Männer, die andere zu führen wussten. Und zu denen würde Louis gehören!

12.

An einem warmen Aprilmorgen machten sich Marguerite und Mathilde auf den Weg nach Aigues-Mortes, wo die königlichen Galeeren bereitlagen. An jenem Tag zeigte der für gewöhnlich klare und heitere Himmel dunkle Vorzeichen. Doch die beiden Frauen achteten nicht darauf, denn sie waren einzig von ihrem Ziel getrieben, so rasch wie möglich zu François zu gelangen.

Kurz vor ihrer Ankunft waren die Boote von Kapitän Bernardin des Baux, die sie nach Palamos bringen sollten, bereit. Montmorency hatte sich um jedes Detail gekümmert und sich bemüht, alle Schwierigkeiten auszuräumen.

Dennoch würde es sicher zu Komplikationen kommen, doch das Wichtigste war, dass sie eintrafen, bevor das Leben des französischen Königs ein tragisches Ende nahm.

Während Marguerite und Mathilde an der Seite des befreiten Montmorency über die Straßen Frankreichs ritten, vergingen die Tage und Nächte wie im Flug, und keiner von ihnen wollte die Reise durch eine längere Pause verlangsamen. Eine Eskorte mit dreihundert Reitern begleitete sie. Das war vermutlich wenig verglichen mit der Zahl, die man bräuchte, um François I. zu retten. Aber zunächst ging es weder um die Befreiung des Königs, noch standen Gespräche an. Es ging darum, den König zu heilen, der seelisch schwer erkrankt war.

Derweil hatte Louise beschlossen, ihre Tochter wieder zu verheiraten. Während sie mit diversen Diplomaten in Europa korrespondierte, stellte die Regentin fest, dass Marguerite plötzlich zu einer äußerst wichtigen Figur auf dem Schachbrett der europäischen Diplomatie geworden war.

Die Arbeit von Louise gestaltete sich allerdings nicht einfach, denn die wichtigsten Diplomaten schalteten sich ein und nahmen die Sache in die Hand. Sie wollten unter keinen Umständen eine Heirat zulassen, die ihren eigenen Interessen entgegenstand.

Eine erneute Heirat der Schwester des französischen Königs musste ausgiebig diskutiert und von allen Seiten beleuchtet werden.

Der Papst schlug vor, sie mit François Sforza zu verheiraten, dem neuen Herzog von Mailand. Die Hochzeit hätte einen doppelten Vorteil. Sie würde endgültig die Frage der Mailänder klären. Außerdem hätte die Verschwendung von Gold und Menschenleben ein Ende, die dort herrschte, seit Charles VIII. zum ersten Mal italienischen Boden betreten hatte.

Momentan ignorierte Marguerite diese politischen Ränkespiele, die sie direkt betrafen. Sie wollte nur zu ihrem geliebten Bruder, der in der Gefangenschaft schwer erkrankt war.

Seit einem kurzen Gespräch, das Mutter und Tochter kurz vor ihrer Abreise aus Blois geführt hatten, beunruhigte Louise eine Bemerkung von Marguerite. Sie werde jede Verbindung akzeptieren, werde sogar eine weitere misslungene Ehe in Kauf nehmen, doch sie weigere sich, Frankreich zu verlassen.

Wäre Marguerite nicht so überstürzt abgereist, hätte sie zweifellos mit ihrer Mutter diskutiert, mit ihr die Vor- und Nachteile abgewogen, gestritten und sich vielleicht so weit beeinflussen lassen, dass sie sich den Argumenten ihrer Mutter gebeugt hätte. Aber die junge Witwe ritt über die französischen Straßen und ignorierte die Kontakte, die ihre Mutter mit den Botschaftern im Ausland geknüpft hatte.

Seit dem Tod von Bonnivet, dem engen Freund des Königs, seinem fröhlichen und sorglosen Gefährten, wusste Montmorency, dass sein Einfluss auf François wieder zunehmen würde. Der Augenblick würde kommen, ihm seine Zuneigung und seine Treue zu beweisen.

Währenddessen eilte Chabot gemeinsam mit d'Albret, dem König von Navarra, von Madrid nach Toledo. Man sprach von der spektakulären Flucht d'Albrets aus dem Gefängnis in Pavia. Doch in Toledo, wo beide versuchten, über das Schicksal des Königs zu verhandeln, mussten sie sich stets mit den fixen Ideen von Charles Quint auseinandersetzen.

In Aigues-Mortes, wo Catherine und Blanche gerade mit der Kutsche eingetroffen waren, warteten die Galeeren. Seit ein paar Tagen herrschte schlechtes Wetter, das sich weiter verstärkte. Ein heftiger Wind ließ die Wellen anschwellen und fegte die Gischt über den feuchten warmen Strand. Die Galeeren lagen perfekt nebeneinander, wie eine mächtige Armee, die bereit zum Aufbruch in den Krieg war. Die gewienerten Brücken und die langen Ruder ragten aus den Rümpfen aus dunklem Holz.

An langes Reiten gewöhnt, hatte Montmorency das Tempo, das Marguerite und Mathilde anschlugen, mitgehalten. Nun warteten sie in Aigues-Mortes bei schwülen Temperaturen und unter einem schwarzen stürmischen Himmel auf einen Passierschein, den man bereits vor einigen Tagen angefordert hatte.

Die sonst so ruhige Marguerite wurde nervös. Mathilde wiederholte ohne Unterlass, wenn sich die Dinge noch weiter verzögerten, werde sie zu Kapitän Bernardin des Baux gehen, den sie persönlich kenne, und ihn überzeugen, seine Galeeren so schnell wie möglich abfahrtbereit zu machen. Mit jedem Tag verging wertvolle Zeit, in der sich der Zustand des Königs verschlechterte. Marguerite ärgerte sich. Finstere Ideen gingen ihr durch den Kopf. Gereizt strich sie sich über die nasse Stirn. Die Hitze war drückend, und sie versuchte ihre absurden Gedanken zu verdrängen.

An dem Tag, an dem man ihr schließlich den Passierschein übergab, schlug sie unablässig nervös mit dem Fuß auf den Boden, seufzte und richtete den Blick gen Himmel.

Energisch und mit höchster Präzision organisierte Montmorency die Verschiffung. Die Eskorte wurde unruhig. Als die Pferde ahnten, dass sie festen Boden unter den Hufen verlören, scharrten sie aufgebracht mit den Hufen. Einige gerieten in Panik und stiegen hoch, und man musste sie fest am Zaumzeug halten.

Arkebusenschützen und Hellebardiere standen aufrecht, die Lanzen in der Hand, und blickten hin und wieder mit kaum verhohlener Angst auf den stärker werdenden Seegang und den sich verdunkelnden Horizont.

Plötzlich tauchte ein Mann von der Hafenverwaltung auf. Mit seiner kleinen korpulenten Gestalt wirkte er ziemlich lächerlich. Seine Schreie sollten ganz offensichtlich unterstreichen, dass er etwas mitzuteilen hatte. Mit klappernden Schritten und fuchtelnden Armen kamen zwei seiner Untergebenen angelaufen, und es entspann sich eine aufgebrachte Diskussion.

Auf dem Passierschein fehlten Angaben, um die Verschiffung zu autorisieren.

»Gott!«, rief Marguerite, »werden wir wohl endlich abreisen können? Das ist verrückt! Wenn Angaben fehlen, soll man sie augenblicklich ergänzen.«

»Es fehlt der Ort, an dem Ihr aussteigt«, entgegnete der Mann und wedelte mit dem Passierschein vor der Nase der jungen Frau herum. »Ihr müsst Euer endgültiges Ziel eintragen. Dieses fehlt.«

»Warum ist es nicht eingetragen?«, brüllte Montmorency. »Ich habe es ausdrücklich angegeben, als das Dokument beantragt wurde. Ich habe erklärt, dass Toledo das Ziel unserer Reise ist.«

»Ich möchte Kapitän Bernardin des Baux sprechen«, rief Mathilde plötzlich.

Die Soldaten lachten ihr ins Gesicht.

»Er kommt erst nächste Woche zurück, Madame. Da müsst Ihr noch warten.«

Schreien, Wüten, Stampfen – nichts nutzte. Sie mussten noch zwei Tage warten. Marguerite war blass, erschöpft und den Tränen nahe. Mit großen nervösen Schritten schritt sie am Kai auf und ab.

Als der Zollbeamte das Dokument schließlich brachte, lief die Duchesse d'Alençon ihm mit solcher Hast entgegen, dass ihr Kleid an einem Eisenhaken hängen blieb, an dem ein Seil vertäut war. Sie scherte sich nicht darum, achtete nicht auf das Geräusch des reißenden Stoffes, sondern zog das Kleid mit eiligem Schritt mit sich fort. Es hatte einen langen Riss, der ihren weißen Reifrock zeigte, was sie noch nicht einmal zu verdecken versuchte.

Mit unruhigem Blick und verkrampftem Lächeln, Montmorency auf den Fersen, streckte sie die Hand aus, um das notwendige Papier entgegenzunehmen, aber der kleine dickbäuchige Mann mit der Habichtsnase und dem olivfarbenen Teint redete auf sie ein und löste damit sogleich einen Wutanfall aus:

»Es tut uns leid. Die Angaben auf dem Passierschein sind falsch.«

Fassungslos öffnete Montmorency den Mund und schloss ihn wieder. Er errötete, und Schweiß trat ihm auf die Stirn.

»Falsch!«, dröhnte er. »Wenn das ein Scherz sein soll, dann

ein sehr schlechter. Seit zwei Tagen ist dieses Dokument unvollständig. Heute ist es falsch!«

»Was wollt Ihr?«, erwiderte der Mann. »Wir können nichts dafür, wenn in diesem Passierschein zweihundert Reiter anstelle von dreihundert Reitern angegeben sind.«

»Seht zu, wie Ihr das löst«, stieß Marguerite hervor. »Wir geben Euch vierundzwanzig Stunden, keine einzige mehr. Wenn wir morgen nicht mit unserer Eskorte eingeschifft haben, seid Ihr erledigt. Das schwöre ich Euch.«

Der Mann sah sie überrascht an. Ein so scharfer Ton und ein so feindseliger Blick hätte vielleicht etwas Nachgiebigkeit erfordert, was ihm jedoch keineswegs in den Sinn kam, da er nicht schuld an diesem neuen Ungeschick war.

»Wenn der König von Frankreich in diesem Augenblick nicht mehr am Leben ist«, entgegnete Mathilde, »seid Ihr für seinen Tod verantwortlich und verrottet Eurerseits in einem Gefängnis.«

Nun wirkte der Mann etwas verunsichert. Vielleicht hatte er es zu weit getrieben in einer Situation, die sich als kritisch und dringend erwies. Vielleicht konnte er mit seinem Vorgesetzten sprechen, ob es möglich wäre, dieses neue Hindernis auszuräumen.

»Wir tun unser Möglichstes«, nuschelte er.

»Vierundzwanzig Stunden! Keine Stunde mehr«, bemerkte Marguerite noch einmal kühl. »Sonst werden sich die Ratten über Eure Überreste hermachen.«

Ihre blankliegenden Nerven ließen nicht länger zu, dass sich ihr irgendetwas in den Weg stellte. Nichts war unmöglich. Sie fürchtete weder das Meer noch die Gefahren noch die Risiken, denen sie sich stellen musste. Sie betrachtete eine Weile die langen Ruderboote, die auf den zunehmend unruhigen Fluten schaukelten, und ließ sich mit wütendem Herzen nieder, um weitere vierundzwanzig Stunden zu warten. Der Wind verstärkte sich stetig und peitschte die Wellen auf, doch auch ihre Höhe beeindruckte Marguerite nicht mehr.

Als sie den Blick hob, bemerkte sie, dass sich am Himmel riesige dunkle Wolken sammelten.

»Wir müssen auf besseres Wetter warten«, hörte sie es vom Kai rufen.

Sie zitterte. Das Schicksal war ihrem Aufbruch eindeutig nicht wohlgesinnt, auch wenn der Passierschein anständig ausgefüllt, unterschrieben und gegengezeichnet sogar vor Ablauf der Vierundzwanzigstundenfrist eintraf. Aber bevor sie an Bord gehen konnten, musste erst das Gewitter vorüberziehen.

»Segeln wir«, schlug Montmorency vor. »Der Wind wird uns treiben.«

Als Mathilde endlich vor Bernardin des Baux stand, konnte sie nicht umhin, seine stattliche Erscheinung zu bewundern. Er hatte sich kaum verändert, seit er sie in Marseille in seinem Privathaus empfangen und ihr ein Schiff zur Verfügung gestellt hatte, mit dem sie nach Pisa gereist war.

»Herzlich willkommen in Aigues-Mortes, Mathilde«, sagte er und trat mit ausgestreckten Armen auf sie zu. »Ich treffe Euch in einer Situation wieder, die zwar äußerst tragisch für Frankreich, aber sehr günstig für Euch ist.«

»Ihr täuscht Euch, Bernardin. Habt Ihr vergessen, wie sehr ich meinem König verbunden bin?«

»Gewiss nicht, ich habe nichts vergessen.«

Bernardin des Baux stand etwas steif und gezwungen am Kai, was seiner charmanten Ausstrahlung jedoch keinen Abbruch tat. Sein offenes Gesicht und seine kostbare Kleidung sowie seine leuchtenden Augen, die ebenso geheimnisvoll wie das Meer wirkten, das er beherrschte, verliehen ihm etwas Verführerisches. Ohne es sich anmerken zu lassen, bewunderte er die Anziehungskraft der schönen Mathilde.

»Lasst uns aufbrechen, Bernardin.«

»Unmöglich. Das Wetter ist zu schlecht. Dagegen sind die Ruder machtlos.«

»Dann segeln wir«, bemerkte Mathilde, beunruhigt durch den Blick von Seigneur des Baux, der versuchte ihre Gefühle zu ergründen. Erinnerte er sich an den Kuss, den sie ihm am Abend vor seiner Abreise gewährt hatte? Erinnerte sie sich an den Geschmack seiner Lippen auf ihren?

»Segeln!«, wiederholte er. »Natürlich sind meine Galeeren dazu in der Lage, aber Ihr riskiert, über Bord zu gehen.«

»Wie kommt Ihr darauf, dass die Duchesse d'Alençon und ich Angst haben könnten?«

Sie eilte zu ihm, ergriff seine Hand und führte sie an ihre Lippen.

»In Erinnerung an einen anderen Kuss«, flüsterte sie. »Erfüllt meine Bitte und zögert unsere Abfahrt nicht länger hinaus. Ich werde Euch mein Leben lang dankbar sein.«

Bernardin des Baux zögerte. Er hielt ihre Hand in seiner.

»Gott, wie schön Ihr seid, Mathilde! Noch verführerischer als an dem Tag, an dem ich Euch in meinen Armen gehalten habe.«

Er näherte sich ihrem Gesicht und flüsterte ihr ins Ohr:

»Warum liebt Ihr nur den französischen König? Warum interessiert Ihr Euch ausschließlich für ihn?«

Sie lächelte.

»Darauf habe ich keine Antwort, denn ich weiß es nicht.«

»Das genügt mir nicht.«

Sie rückte von ihm ab.

»Wir müssen aufbrechen, sobald es geht, Bernardin.«

»Versprecht mir, dass Ihr in Eurer Kabine bleibt.«

»Ich werde sie nicht verlassen. Seid unbesorgt, ich überlasse meinen Körper nicht den Haien zum Fraß.«

»Mathilde!«

Er machte einen Schritt auf sie zu. Das junge Mädchen betrachtete ihn mit einem Lächeln auf den Lippen.

»Wenn nicht diese ganzen Menschen am Kai stünden und uns beobachteten, würde ich einen weiteren Kuss von Euch fordern. Würdet Ihr ihn mir gewähren?«

»Ohne zu zögern.«

Dann fing sie an zu lachen.

»Nun, den schuldet Ihr mir hiermit. Nur unter dieser Bedingung lasse ich Euch aufbrechen.«

Eine Stunde später befand sich die Eskorte an Bord und entfernte sich bei starkem Seegang und Wind, der die Segel klingen ließ, von den Küsten der Provence. Die Kabinen waren so eng, dass man sich kaum ausstrecken konnte, und durch das winzige Bullauge sah man nur einen kleinen Ausschnitt des aufgewühlten Meeres.

Heftig wankend und nach unruhiger Fahrt erreichten die Galeeren Katalonien, wo sie anlegen mussten.

Trotz des Stampfens des Bootes waren Marguerite und Mathilde eingeschlafen. Als das Morgenlicht sie weckte, hatten sie Barcelona erreicht. Marguerite hatte sich die ganze Nacht hin- und hergewälzt und war erst gegen Morgen eingeschlafen. Doch die Angst hielt sie wach, und ihr genügten bereits ein paar Stunden Schlaf zur Erholung.

Mathilde zog sich rasch an, wobei sie gegen die Decke ihrer Koje stieß, griff die Lampe, entzündete sie etwas ungeschickt und stand eilig auf.

Catherine, die auf einem Strohsack neben der Tür der Kabine

schlief, öffnete verschlafen die Augen und erhob sich widerwillig. Als sie zu Marguerite ging, zeigte sich hinter dem kleinen ovalen Bullauge der gerade erwachende Tag.

Marguerite spürte bereits ein Kribbeln auf ihrer Haut, und Mathilde schien nicht weniger aufgeregt. Sie hatten jedoch am Vorabend beschlossen, ruhig und gelassen, aber entschlossen zu sein. Marguerite stellte die Lampe auf den Boden vor ihre Koje, streckte ihre Arme aus und warf hastig ihr Reisecape über ihr Kleid, das sie gar nicht ausgezogen hatte. Dann trat sie auf die Brücke.

Ein spanischer Edelmann erwartete sie. Er verneigte sich, strich mit seinem Hut über den Boden und stellte sich vor:

»Ugo de Moncada. Charles Quint schickt mich, um Euch zu Diensten zu sein, Madame.«

Während Montmorency mit eiligem Schritt und ernster Miene zu ihnen kam, musterte Marguerite ihr Gegenüber. Der Mann war groß und mager, hatte ein grobes Gesicht mit einem spitzen Kinn und vorstehenden Wangenknochen. Er war sorgfältig gekleidet, und wenn er auch nicht gerade schön war, so merkte man seinem Auftreten die vornehme Herkunft an.

Sie sah, dass Montmorency einen neutralen Blick auf den Kai warf, wo eine dicht gedrängte Menge der »französischen Prinzessin« zujubelte. Eine solche Begrüßung hatte Marguerite von den Spaniern nicht erwartet. Sie wusste, dass sie sich ihr Bild einprägten, und nahm Haltung an für die Menschen, die sich drängten, sie zu sehen.

Unentschlossen und mit besorgter Miene folgten ihr Blanche, Mathilde und Catherine. Wenn Madame de Châtillon auch ihre Gedanken über diese verhasste Reise für sich behielt, so konnte die Kammerfrau nur schwer ihre Anspannung überspielen. Nur Mathilde beherrschte sich.

Don Ugo und Montmorency grüßten sich freundlich, aber distanziert. Anschließend wandte sich der Spanier wieder an Marguerite.

»Señora, Charles Quint hat mich beauftragt, Euch nach Madrid zu bringen.«

Er blickte Mathilde aus seinen funkelnden Augen an. Es war, als würde aus noch glühender Asche eine Flamme auflodern. Marguerite verbarg heute Morgen sorgsam ihren inneren Aufruhr, der sich in der Folge um ein Vielfaches verstärken würde und sie beherrschen sollte.

Sie wirkte überrascht, dann sah sie Montmorency fragend an. Doch Don Ugo kam ihm zuvor.

»Dies ist ein Befehl von Charles Quint, Señora. Ich darf nicht von Eurer Seite weichen. Ich bin Euer Schatten.«

»Was soll ich dazu noch sagen?«, murmelte Marguerite. »Wenn es ein Befehl ist.«

Montmorency wandte sich ab und tat so unbeteiligt wie möglich. Mit den Anweisungen, die er der französischen Eskorte erteilte, schien er betonen zu wollen, wie wenig ihn die Angelegenheit beeindruckte. Marguerite erkannte darin eine Strategie, mit der er den spanischen Aufseher überlisten wollte.

Doch die Taktik ging nicht ganz auf. Als Marguerite erfuhr, dass Montmorency einen Teil der französischen Eskorte in Barcelona lassen musste und sich die spanische Armee vor ihren Tross setzte, begriff sie, dass sie nicht frei war, sondern sich diversen Zwängen fügen musste. Zweifellos würde man ihr höchstens gestatten, ihrem Gefolge rein praktische Anweisungen zu geben.

Halblaut und bemüht, seinen Ärger zu überspielen, erklärte Montmorency Marguerite, dass er der Eskorte vorausreiten werde, um Neuigkeiten über den Gesundheitszustand des Königs in Erfahrung zu bringen.

So langsam, wie sich der Tross unter der Leitung von Señor Ugo vorwärtsbewegte, schaffte Montmorency es zweimal hin und wieder zurück zu reiten. Blanche und Catherine schienen nicht unglücklich über das träge Tempo zu sein, aber die Duchesse d'Alençon, deren Nerven bis aufs Äußerste gespannt waren, empfand es als Belastung.

Ohne Don Ugo de Moncada hätte sie wahrscheinlich darauf bestanden, so schnell wie Montmorency zu reiten. Aber sie fürchtete, gegen die Regeln der Spanier zu verstoßen. Womöglich sogar die Absichten von Charles Quint zu durchkreuzen und unwiederbringlich in einen gefährlichen Abgrund zu rutschen. Sie durfte nichts tun, das François schaden konnte.

So saß sie aufrecht und anmutig auf ihrem Pferd und ritt langsam an der Seite von Don Ugo über die ausgetrockneten Wege.

Sie war froh, dass sie ihre unerschrockene Attalante für die Reise ausgewählt hatte. Die Stute liebte die Wärme, auch große Trockenheit machte ihr nichts aus, sie würde Marguerite gefahrlos ans Ziel bringen.

Blanche und Catherine folgten in der Kutsche und keuchten ob der staubigen Luft. Vor den beiden spanischen Zofen, die man ihnen mit in die Kutsche gesetzt hatte, wagten sie nicht, ein Wort zu sprechen. Sie blieben in ihrem Wagen und öffneten noch nicht einmal die Vorhänge, um die steilen Schluchten mit der rissigen ockerfarbenen Erde zu betrachten.

Allmählich näherte man sich Saragossa. Die Boten kreuzten in einer weißen Staubwolke. Die Luft unter dem seltsam blauen Himmel wurde zunehmend trockener. Marguerite musste sich zu ihren Begleiterinnen setzen, so sehr setzte die Hitze ihr zu. Sie teilten ihr mit, dass Mathilde sich allein auf den Weg nach Madrid gemacht und Don Ugo sie nicht aufgehalten habe. Sie werde zweifellos vor Marguerite dort sein.

Attalante war hinter zwei stämmigen, phlegmatischen grauen Mauleseln angebunden, die das harte spanische Klima und den steinigen Boden gewohnt waren, auf dem bis auf gelbe trockene Gräser nichts wuchs.

In den ausgedörrten Schluchten fanden sich hier und dort riesige Höhlen unter weißen Felsvorsprüngen. Der Himmel blieb hoffnungslos blau, keine Wolke störte die drückende Wärme.

Catherine hustete. Blanche presste ein kleines weißes Leinentuch auf ihre trockenen Lippen. Hin und wieder befeuchtete sie es mit frischem Wasser aus ihrer kleinen Feldflasche, dann strich sie damit über ihr rotes erhitztes Gesicht.

Ebenso lästig wie der stolze Ugo de Moncada waren die beiden spanischen Dienerinnen, die sich sehr beherrscht gaben und kaum mit ihrem Rücken die Wand der Kutsche berührten, als wüssten nur sie, was Durchhaltevermögen bedeutete.

In Saragossa war die Luft etwas frischer, und die jungen Frauen konnten wieder normal atmen. Häuser, Gassen und Mauern spendeten einen Hauch von Schatten, der ihnen eine wohlverdiente Pause bescherte. Am Stadttor kam ihnen ein Bote entgegen und hielt vor Ugo de Moncada. Er verneigte sich steif vor Marguerite, wandte sich dann jedoch mit dem Schreiben an Don Ugo, als ginge sie der Brief nichts an.

Dieser nickte kurz mit dem Kopf, woraufhin der Bote den Brief Marguerite überreichte.

Himmel! Ihr Herz drohte zu zerspringen. Es kostete sie große Anstrengung, nicht vor Angst zu weinen. Mit ungewöhnlich nervösen Fingern brach sie das Siegel und entrollte das Schreiben.

Es war von Montmorency, der sie darüber informierte, dass der König nicht mehr aß, nicht mehr sprach und von Tag zu Tag schwächer wurde. Als hätte die junge Frau keine anderen Neuigkeiten erwartet und die Lage bereits ausführlich überdacht, reichte sie Don Ugo den Brief und sagte mit tonloser Stimme:

»Ich weigere mich, diese Reise in der Kutsche fortzusetzen. Das kostet mich zu viel Zeit. Ich muss reiten und die Etappen verdoppeln. Ich brauche Eure spanische Eskorte nicht und auch nicht meine eigene.«

Dann dachte sie an Mathilde, die mit hoher Geschwindigkeit auf Fildor nach Madrid unterwegs war.

Als sie sah, wie ihre Zofen erblassten, zwang sie sich ruhig zu wirken und setzte hinzu:

»Blanche, Ihr bleibt mit Catherine in Saragossa. Von dort kehrt Ihr mit unserer Armee nach Barcelona zurück. Genouillac und de l'Isle Adam wachen über Euch und suchen Euch ein angenehmes Quartier.«

Blanche wagte nicht zu sprechen, und Catherine unterdrückte ein leichtes Husten, presste die Lippen zusammen und strich sich mit einem feuchten Zeigefinger über die Lippen.

»Sorgt Euch nicht, alles wird gut werden. In Barcelona gibt man Euch eine frische und gastliche Bleibe.«

Blanche wischte sich die Stirn ab. Ihre Hände zitterten, und als sie sah, dass Marguerite es bemerkte, wollte sie sie verstecken. Doch Marguerite nahm sie in die ihren.

»Ich bitte Euch, Blanche! Ihr wisst sehr wohl, dass Eure Anwesenheit die Dinge verzögert. Wartet mit Catherine in Barcelona auf mich. Die Stadt ist schön, Ihr werdet begeistert sein.«

Die beiden Frauen fühlten sich verloren, von der Welt verstoßen, und Marguerite hatte plötzlich Mitleid mit ihrer Schwäche. Erneut dachte sie an die kühne und unerschrockene Mathilde, die nicht eine Sekunde gezögert hatte, sich dem trockenen heißen Klima auszusetzen, um ihren geliebten König zu retten.

Blanche sah sie mit diesem milden unterwürfigen Blick an. Sie konnte dem stummen Bitten ihrer Freundin jedoch nicht nachgeben. Sie versuchte erneut, ihre Entscheidung zu rechtfertigen.

»François liegt vielleicht schon im Sterben. Ich darf nicht länger warten. Versteht Ihr das, Blanche?«

Schließlich nickte diese und drückte fest Marguerites Hände.

13.

Alles geschah, wie Marguerite es wünschte. Blanche und Catherine blieben mit der französischen Eskorte in Barcelona, während Mathilde so schnell sie konnte auf Fildor nach Madrid ritt und Marguerite der langsamen spanischen Eskorte überließ.

Seit gestern Abend galoppierte Mathilde über zunehmend steile Straßen. Ihre Ausdauer wurde von der nicht nachlassenden stickigen Hitze beeinträchtigt, die sie hin und wieder zu einer Pause zwang. Bei jeder Kurve blieb ihr Pferd stehen, weil ein Huf zwischen zwei Steinen festklemmte. Ständig musste Mathilde absteigen, um einen Pferdefuß zu befreien.

Nach einer kurzen Unterbrechung, in der sie einige größere Steine aus dem Weg räumen musste, vernahm sie Hufschläge, und kaum saß sie wieder im Sattel, sah sie die Silhouette eines Reiters auf sich zukommen.

Er wirkte groß, schien ein guter Reiter zu sein und trug eine weiße Mönchskutte, deren Kapuze seinen Kopf bedeckte. Mathilde sprang zur Seite und zog sich vorsichtig an den steinigen Straßenrand zurück.

»Señora«, sagte er, »habt keine Angst. Ich bin ein Freund von Seigneur de La Roche.«

»Ein Freund von Seigneur de La Roche!«, wiederholte sie verblüfft.

Der Reiter setzte die Kapuze ab, und Mathilde sah sein Gesicht.

»Ja, Hugues de La Roche, Seigneur de Montalon. Er hat mich durch einen seiner Boten kontaktiert und mich gebeten, Euch zu beschützen.«

»Warum mischt er sich ein?«, bemerkte Mathilde trocken.

Der Mann schien überrascht und verlegen ob dieser abweisenden Reaktion, erklärte aber dennoch vorsichtig:

»Er fürchtet alle möglichen Zwischenfälle. Plünderungen, Überfälle, Entführung. Die spanischen Straßen sind erbarmungslos, wenn man sich nicht auskennt.«

»Ich brauche Euch nicht.«

Der Unbekannte sprach perfekt und akzentfrei Französisch. Er gewann an Selbstsicherheit und fuhr fort:

»Seid nicht so mürrisch, ich bleibe an Eurer Seite.«

Wütend trieb Mathilde Fildor an, und das Pferd machte einen Satz nach vorn und ließ den Reiter zurück. Doch da kannte sie den Fremden schlecht. Mit wenigen Galoppsprüngen holte er sie ein und ritt erneut neben ihr her.

»Versucht nicht, mich abzuhängen, Señora, das gelingt Euch nicht. Ich gehöre zu den besten Reitern Spaniens, und, um Euch zu beruhigen, ich bin ein Mönch aus der Abtei Los Lujanes. Seid versichert, dass ich Euch nicht den Hof machen werde.«

Diesmal war es Mathilde, die überrascht wirkte.

»Seigneur de La Roche hat mir nie von Euch erzählt.«

»Hat er Euch denn alles von sich erzählt?«

Als das junge Mädchen schwieg, fuhr der Mann fort:

»Wisst Ihr alles von ihm, Señora?«

»Nein!«, gab sie zu.

»Nun, ich werde Euch erzählen, was er Euch nicht gesagt hat. Meine Mutter ist Französin, sie ist vor meinem spanischen Vater geflohen, weil sie sich nicht verstanden haben. Durch welchen Zufall auch immer ist sie in der Auvergne gestrandet, wo sie mich auf der Domaine de Cébazat zur Welt gebracht hat, die Dame Alix de La Roche gehörte.«

»Der Mutter von Hugues!«

»Genau. Meine Mutter ist dort zumindest bis zum Tod von Seigneur de Châteauguay geblieben, der es nicht mehr geschafft hat, Alix de La Roche zu heiraten. Kurz darauf wurde Hugues geboren, und ich habe mich mit ihm angefreundet. Wir haben unsere Kindheit zusammen verbracht.«

Trotz der glühenden Hitze war Mathilde auf einmal kühl. Sie murmelte:

»Dann habt Ihr Guillaume gekannt?«

Der Mönch wandte ihr sein Gesicht zu, und sie sah seine klaren hellgrauen Augen, deren sanfter treuherziger Blick sie überraschte.

»Leider waren wir zu dritt, und das hat mir nicht gefallen. Guillaume hat stets versucht. Hugues in seine Verrücktheiten hineinzuziehen, in seine Missgeschicke, seinen Irrsinn, seine Niederlagen. Ich glaube, er mochte mich nicht, weil ich seinen Bruder immer auf den richtigen Weg zurückgeführt habe. Damals bewunderte Hugues Guillaume, er wollte ihm ähnlich sein. Doch ich war stets bei ihnen. Und wenn es mir auch nicht gelungen ist, die niederen Instinkte von Guillaume unter Kontrolle zu bringen, so ist es mir doch glänzend gelungen, an das Gewissen von Hugues zu appellieren, und darauf bin ich stolz.«

»Gewiss. Das habt Ihr so gut gemacht, dass er nicht gezögert hat, seinen Bruder zu verurteilen!«

Anschließend schwieg sie. Erneut überrascht von dieser unerwarteten Reaktion, erwiderte der Mönch nichts. Er ritt an ihrer Seite und betrachtete verstohlen ihre hochmütige Gestalt, die sich offenbar durch nichts aufhalten ließ. Als Mathilde eine halbe Länge vorausritt, gab er seinem Pferd die Sporen und ritt wieder neben sie.

Sie hatten seit dem Morgengrauen ein Dutzend Meilen durchritten, als Mathilde es für nötig hielt, ihre Entscheidung zu verkünden:

»Wir müssen das Tempo beschleunigen.«

Sie wandte sich ihm mit unbewegter Miene zu.

»Señora«, sagte er auf Spanisch, »habt mehr Geduld. Das Klima und der Boden sind nicht für die Hast gemacht.«

Sie nutzte die Gelegenheit und antwortete ebenfalls auf Spanisch:

»Señor, da es um das Leben meines Königs geht, ist mir jede Hast erlaubt.«

»Nun gut«, erwiderte der Mönch lachend. »Ich wollte wissen, ob Ihr Spanisch sprecht. Ich bin gewarnt. Wo habt Ihr die Sprache gelernt?«

»Von der Duchesse d'Alençon, der Schwester des Königs.«

»Warum habt Ihr sie verlassen? Es heißt, sie befände sich noch in der Nähe von Barcelona.«

»Ihre Zofen haben sie beträchtlich aufgehalten, das war unglücklich für sie. So sind sie an der Grenze geblieben, während sie mit der spanischen Eskorte weitergeritten ist. Wenn ich vor ihr in Madrid eintreffe, kann ich dem König sagen, dass Marguerite ebenfalls bald dort sein wird.«

»Im Ernst, Señora. Ihr solltet wirklich nichts überstürzen. Wollt Ihr wegen einer Unbedachtsamkeit aufgehalten werden?«

Er verlangsamte seine Geschwindigkeit, doch die junge Frau ritt unbeirrt weiter und war nicht bereit, sich dem Wunsch des Mönchs zu beugen.

»Was mich angeht, Señor, so empfinde ich es als unbedacht, die Geschwindigkeit zu drosseln.«

Da sie vor ihm ritt, beschleunigte er und überholte sie um einen halben Kopf. Dann gab er seinem Pferd die Sporen, das hochfuhr und zwei Sprünge nach vorn tat. Der Mönch hielt sich aufrecht, fast unbeweglich. Er machte unter seiner Mönchskutte eine knappe Bewegung mit den Schenkeln und trieb erneut sein Pferd an, stachelte es auf und löste sich ganz von ihr. Das Tier schlug geschickt aus, und die beiden Vorderläufe befanden sich einige Sekunden in der Luft. Dann kehrte er in einer Staubwolke mit zwei Galoppsprüngen zu Mathilde zurück.

»Nun, Señora«, sagte er und nahm wieder seine normale Haltung ein, »folgt meinem Rat, er ist ebenso vernünftig wie meine Erfahrung, was die unwägbare kastilische Gegend angeht.«

Mathilde zuckte mit der Schulter. Die kurze und kunstvolle Vorführung des Mönchs hatte sie nicht sonderlich beeindruckt. Wofür hielt sich dieser Reiter? Sie konnte ihr Pferd ebenfalls so kühn reiten. Allerdings spürte sie, dass sie hier wenig Gelegenheit hatte, es ihm zu zeigen.

Doch erst einmal blieb sie stehen. Fildor rieb sich an dem Fell des anderen Pferds. Das war ein kleiner ungestümer Araber mit einer dicken schwarzen Mähne, der ein umgänglicher Charakter und guter Gefährte zu sein schien.

Gegen ihren Willen musste Mathilde lächeln. Fildor zeigte mehr Interesse an den Großtaten seines Reisebegleiters als sie an den Kunststücken des Reiters.

»Was sollte ich Eurer Meinung nach tun?«, fragte sie.

»Steigt von Eurem Pferd. Es wird nie den Rhythmus finden, den diese Reise erfordert. Ihr wollt aufs Ganze gehen! Dann lasst mich machen.«

Einen kurzen Augenblick war sie sprachlos, als hätte sie den Vorschlag des Mannes falsch verstanden oder als verbärge sich dahinter eine Falle.

»Habe ich eine Wahl?«, fragte sie skeptisch.

Er lächelte, und sie bemerkte, dass seine Lippen eine fröhliche Falte auf seine hohlen Wangen zauberten.

»Leider nein.«

Er sprang vom Pferd und reichte ihr die Hand, damit Mathilde es ihm gleichtat. Sie ließ sich an der warmen Flanke von Fildor hinuntergleiten, und der Mönch fing sie auf, bevor sie den Boden berührte. Sie sahen sich fest in die Augen, ohne dass einer von ihnen den Blick senkte.

»Danke, Señor«, sagte sie herausfordernd.

Plötzlich tauchten eilig vier weitere Mönche mit Mauleseln auf, die die Holme einer Sänfte trugen. Sie erreichten das Ende der steinigen Straße.

»Ist das Eure Lösung?«, rief Mathilde. »Wollt Ihr etwa, dass ich diese Sänfte nehme und es mir bequem mache wie eine Prinzessin? Ich dachte, Ihr hättet verstanden, dass ich die Reise beschleunigen möchte.«

»Wir müssen leider unzählige Breschen passieren, und diese Mönche, die auch als Führer fungieren, kennen das Gelände und die Gefahren der Gegend.«

Mathilde verzog das Gesicht zu einer Grimasse, dachte einen Augenblick nach und nahm schließlich ohne ein weiteres Wort in der Sänfte Platz. Die fehlende Synchronisation zwischen den Trägern verhinderte ein gleichmäßiges Vorankommen. Hinzu kam, dass die Sänfte schwankte. Mathilde fragte sich, ob der Mönch nicht im Gegenteil versuchte, die Reise hinauszuzögern.

Da sie jedoch müde, zerschlagen und kraftlos war, beherrschte sie sich, willigte ein, sich über die steinigen öden Straßen tragen zu lassen, und wartete auf den Moment, in dem sie sich revanchieren und allein nach Madrid galoppieren konnte. Fildor folgte brav der Sänfte.

Momentan lag die spanische Hauptstadt noch zu weit entfernt, und Mathilde machte sich bewusst, dass sie nicht allein reisen konnte, ohne sich unwiederbringlich in dem Labyrinth aus felsigen Bergen zu verlieren, mit denen sie nicht gerechnet hatte und die sie mit ihrer arroganten Überheblichkeit zu verspotten schienen.

Ständig fiel Geröll herunter, und hin und wieder bekamen die Maulesel Angst. Sie erstarrten einen Moment, verweigerten jeden Schritt und liefen erst weiter, wenn sie sich wieder beruhigt hatten. Fildor lief stets hinter ihnen her, aber als die anderen Tiere sich ängstlich verhielten, erfasste auch ihn Panik.

Alle paar Schritte hielten Steinschläge sie auf. Man musste einen Bogen um sie machen und die Maulesel am Hals führen. Der Mönch ließ Mathildes Sänfte nicht aus den Augen. Hin und wieder öffnete sie die Vorhänge und fragte, ob die Reise voranginge.

»Mit jedem Schritt nähern wir uns Madrid, Señora.«

Seit Längerem hatte sie systematisch jede Pause abgelehnt. Und am nächsten Tag, nachdem sie in der Sänfte geschlafen hatte, fiel donnernd Geröll herunter. Es hörte sich an wie ein riesiges Gewitter ohne Wasser, ohne Sturm und ohne Blitz. In wenigen Sekunden war der Weg von einem riesigen Steinhaufen versperrt. Die Mönche sorgten sich. Mathilde begriff, dass sie nicht weitergehen wollten und jede Weiterfahrt verweigerten. Sie sprachen sogar davon umzukehren. Nach dem großen Erdrutsch glitten einige Steine hinterher, die noch die letzten Durchgänge schlossen.

Nun konnte niemand mehr vorbei. Die einzige Bresche bestand aus aufgeschichteten Steinen – zwischen zwei Felsen schien durch einen schmalen Spalt der blaue Himmel. Die

Führer hatten die Sänfte abgesetzt und weigerten sich, den Weg fortzusetzen. Mathilde schwitzte.

Sie sprang auf den Boden und rief:

»Señor, nun ist es genug. Ich spanne mein Pferd aus und reite alleine weiter. Ich brauche Eure Begleitung nicht. Weder die Eurer Mönche noch Eure.«

Dann betrachtete sie die Mönche, die angestrengt an den Mauleseln zerrten.

»Amanda und Fougasse, meine Maulesel, würden bessere Arbeit leisten«, murmelte sie.

Ganz gewiss war der Mönch nicht stolz auf die wenig mutige Haltung seiner Führer. Und wie sollte er nicht die Kühnheit und die Schnelligkeit Mathildes bewundern?

»Ja, Señor, ich verzichte auf Eure Hilfe.«

Als er sah, wie sie Fildor am Halfter packte, um ihn vorsichtig in die Bresche zu ziehen, schwindelte ihm. Er war wirklich beeindruckt von ihrer heldenhaften Entschlossenheit.

»Komm, mein Schöner, gehen wir«, raunte sie Fildor ins Ohr. »Du hast schon Schlimmeres erlebt. Du hast Wind, Schnee und Glatteis gemeistert. Du hast über die Ufer getretene Flüsse und morastige Wege überquert.«

Langsam zog sie ihr Pferd mit sich und versuchte es durch den einzigen Spalt zu führen. Aber nur eine Maus hätte dort hindurchgepasst, und Mathilde begriff schnell, dass es unmöglich war, sich mit ihrem Pferd hindurchzuschieben. Sie wich einige Schritte zurück, führte Fildor mit sich und sah nach oben.

»Da, mein Schöner, wir klettern auf den Steinhaufen. Ich weiß, dass du das schaffst.«

Sie fasste den niedrigsten Felsbrocken. Dann stützte sie sich mit breiten Beinen ab und zog an dem Halfter des Pferds.

Fildor wirkte nicht verschreckt und folgte mit dem Blick jeder Geste seiner Herrin.

»So ist es gut, mein Fildor. Lass dich nicht von diesem Steinhaufen beeindrucken. Das sind nur kleine Stücke vom Berg, die unglücklich gefallen sind.«

Mathilde stand auf dem nächsten Felsbrocken, der höher und steiler und deutlich gefährlicher war. Um Fildor besser ziehen zu können, musste sie noch eine Stufe nach oben steigen, was noch gefährlicher war. Ihr Fuß rutschte ab, doch sie fing sich an der steilen Kante des Steins ab.

»Komm, mein Tapferer, komm, mein Schöner. Wir haben es fast geschafft.«

Als sie sich umdrehte, sah sie von ihrem unsicheren hohen Sockel aus die andere Seite des Wegs, der steil und bedrohlich wirkte. Sie musste wieder hinunterkommen, ohne auszurutschen und ohne dass Fildor sich ein Bein brach. Mathilde schwitzte stark. Ihr Rücken tat weh, und die Kraft in ihren Armen ließ nach.

Wenn Fildor rutschte, war alles verloren. Sie begann den gefährlichen Abstieg auf der anderen Seite, ohne zu bemerken, dass der Mönch ihrem Weg folgte. Sie war zu konzentriert auf die letzte Anstrengung, um sich um das Schicksal ihrer Weggefährten zu kümmern. Stattdessen setzte sie ihren beruhigenden Monolog fort.

»Ja, mein hübsches Pferd. Zeig mir deine Grenzen, so wie ich dir meine zeige. Zeig es mir.«

Das Pferd, das nur noch auf seine Herrin hörte, stellte vorsichtig einen Huf nach dem anderen auf die unregelmäßige Treppe, die der Steinhaufen bildete.

»Siehst du, wir schaffen es. Sobald wir diese gefährlichen Felsen überwunden haben, reiten wir los. Nur du und ich, und wir befreien François. Vielleicht sind wir vor Marguerite da.«

Fildor konzentrierte sich ganz auf Mathilde und schien keine Angst zu haben. Mit Geduld und Vorsicht schaffte es das junge Mädchen schließlich, den sicheren Boden zu erreichen. Mit raschelnder Mähne glitt Fildor sanft zu Mathilde, die verrückt vor Freude ihrem Pferd um den Hals fiel und sein Gesicht mit kleinen Küssen bedeckte.

Der Mönch, der der gefährlichen Besteigung sprachlos zugesehen hatte, folgte gleich darauf ihrem Beispiel. Er und seine Begleiter hatten nicht damit gerechnet, dass sie den Anstieg schaffen würde.

Als er noch nicht einmal die Hälfte des gefährlichen Aufstiegs bewältigt hatte, bei dem er sein Pferd und die Maulesel hinter sich herzog, hörte er Mathilde von der anderen Seite des Steinhaufens rufen:

»Wir treffen uns in Madrid, Señor. Vielleicht befreien wir gemeinsam den König.«

Das junge Mädchen war auf Fildor gestiegen und galoppierte, ohne auf ihn zu warten, mit hoher Geschwindigkeit Richtung Madrid, das noch in weiter Ferne lag.

Ganz gewiss brachte sie der Galopp, den sie in ihrem Rücken vernahm, nicht dazu, das Tempo zu drosseln. Sie wusste, dass der Reiter ihr folgte, weil er auf sie aufpassen wollte. Er hatte es Seigneur de La Roche versprochen.

Sie trieb ihr Pferd noch ein wenig mehr an, und es folgte ein ausgelassenes Wettrennen. Als sie den schnellen und gleichmäßigen Galopp hörte, wusste sie, dass der Reiter allein war. Die Maultiertreibermönche hatten den gefährlichen Anstieg zweifellos nicht bewältigt.

Er holte sie nach einigen Meilen ein. Mathilde zwang sich, nicht den Kopf zu wenden. Sie führte Fildor mit fester Hand, und das Pferd ging bis an die Grenzen seiner Kräfte.

»Seid Ihr immer so stur?«, rief der Mönch von der Seite.

»Immer, wenn ich etwas will. Wie heißt Ihr, Señor Mönch?«

»Ich bin der Superior des Klosters von Los Lujanes. Ich heiße Bernard und bin im Schoß meiner Abtei der Prior Bernardin geworden.«

»Und die unfähigen Mönche sind Eure Schüler?«

»Nein, nicht meine Schüler, sondern meine Brüder! Aber Ihr habt recht, sie haben sich nicht von ihrer besten Seite gezeigt. Ich werde sie nicht loben.«

»Ihr seid also der Superior des Klosters. Dann werde ich aufhören, Euch Señor zu nennen.«

»Das stört mich nicht.«

»Bringt Ihr mich bis nach Madrid?«

»Ich habe die Anweisung erhalten.«

»Und dann?«

»Dann kümmere ich mich in Tortosa an der Mittelmeerküste um das Abladen der Tapisserien.«

Hugues hatte es also geschafft, von Alix sowie den Herren van Orley und van Aelst die gigantischen Wandbehänge *Die Apostelgeschichte* und *Die Jagden des Maximilian* zu erhalten. Mathilde war beruhigt, und das hob ihre Laune und ließ sie gegenüber Prior Bernardin etwas wohlwollender sein.

»Tortosa!«, wiederholte sie. »Von dort ist das Boot von Seigneur de La Roche also in See gestochen.«

»Ich glaube, dass er zu den griechischen Küsten unterwegs ist.«

»Ich bin informiert.«

Die Sonne warf ihre glühenden Strahlen auf sie. Es war kaum zu ertragen. Der Hals des jungen Mädchens war trocken und brannte ebenso wie der von Fildor. Doch in diesem fremden Kastilien gab es nur diesen wilden Galopp, der sie dem französischen König näher brachte.

Madrid war allerdings noch weit, und nach zwei Tagen, die sie wie von Sinnen über den trockenen Boden gejagt waren, mussten sie anhalten. Erschöpft sparte sich Mathilde jeden Kommentar, als Prior Bernardin ihr seine Trinkflasche mit frischem Wasser reichte, damit sie ihre rissigen Lippen befeuchten konnte.

Sie benetzte ebenfalls das Maul von Fildor und aß von den Trockenfrüchten, die ihr Reisebegleiter ihr anbot. Erst als Mathilde mit den Füßen den Boden berührte, merkte sie, wie erschöpft sie war. Die Nacht brachte etwas Frische.

Der Prior band die beiden Pferde an eine trockene Wurzel. Seite an Seite schliefen sie am steinigen Wegesrand. Mathildes Glieder waren so zerschlagen, dass sie sie nicht mehr spürte. Ihr geräderter Rücken schmiegte sich an den harten Felsen. Sie schloss halb die Augen und akzeptierte die Kutte, die ihr Begleiter ihr als weiche Decke anbot.

»Danke«, sagte sie und musterte den muskulösen Körper des Priors, der nur noch Hemd und Beinlinge trug.

Er verspürte, ebenso wie sie, kein Bedürfnis zu reden, doch seine Schweigsamkeit hatte andere Gründe als bei ihr. Rasch kam der Schlaf über Mathilde, während Bernardin die ganze Nacht wach lag. Er spürte, wie sein Gesicht und seine Hände nervös zuckten. Die Seitenblicke, die er seiner schlafenden Begleiterin zuwarf, von der er in der dunklen Nacht nur die Umrisse ihres Körpers erahnen konnte, beunruhigten ihn. Doch ganz Prior, beherrschte er schnell seine Hitze und wartete bis zum Morgengrauen, um die junge Frau zu wecken.

Sein Freund Hugues hatte ihm nichts verraten, außer dass er die junge Frau ständig und gut beschützen sollte. War er in sie verliebt? Sie sprach kaum von ihm. War sie jemandem versprochen? Der Hof des französischen Königs hatte ihr sicher jemanden vorgeschlagen.

Das war die einzige Pause, die sie sich gönnten. Schließlich setzten sie ihren Weg in einem weniger heißen, weniger drückenden Klima fort. In der Umgebung von Madrid war die Sonne gnädiger.

Mathilde traf einige Tage vor Marguerite in Madrid ein, durfte den König allerdings nicht sehen. Die Kerkerwächter erwarteten seine Schwester, die Duchesse d'Alençon, und nicht eine ihrer Freundinnen. Der ganze Ritt quer durch das öde heiße Spanien, all die gewonnene Zeit nutzten ihr nichts. Mathilde musste sich gedulden und auf Marguerite warten.

Prior Bernardin musste sich auf den Weg nach Tortosa machen, um sich davon zu überzeugen, dass die Wandbehänge an einem sicheren Ort abgeladen worden waren. Dann transportierte er sie nach Madrid, um sie dem allmächtigen Charles Quint zu präsentieren.

Endlich traf Marguerite ein. Mathilde war unterwegs, um die Umgebung zu erkunden und auszuspionieren, falls ihr niemand helfen konnte, in den Palast von Alcázar zu gelangen, in dem Charles Quint lebte.

Als die Duchesse d'Alençon bei ihrem Bruder war, befiel sie großer Kummer, denn sein Zustand war alarmierend. In dem kleinen Zimmer kamen ihr die Tränen. Es war mehr eine Gefängniszelle als ein Zimmer, ein sauberer Ort, aber unzureichend. Das Bett, auf dem der König lag, schien allerdings bequem zu sein. In einer Ecke standen ein kleiner Tisch, davor der einzige Schemel und eine Öllampe, die schwaches Licht spendete.

Als Marguerite wieder aufsah, entdeckte sie, dass am Kopfende des Königs ein Mann stand, der nachzudenken schien und den sie im ersten Moment nicht bemerkt hatte.

Er war groß und schlank. Marguerite sah schwarze gelockte

Haare, seine Augen waren jedoch in der Dunkelheit verborgen. Sie grüßte ihn rasch und bemerkte knapp:

»Lasst mich mit dem König allein.«

Der Mann rührte sich nicht. Marguerite hob den Blick zu ihm und wiederholte in scharfem Ton:

»Ich glaube, dass meine Gegenwart für ihn jetzt besser ist als Eure. Lass mich mit ihm allein.«

Sie richtete den Blick auf den abgemagerten Körper von François und bemerkte, in welch traurigem Zustand er sich befand. Ihr Mut sank. Sie wandte langsam den Kopf zu dem Mann, der noch immer an ihrer Seite stand.

»Ihr habt sicher getan, was in Eurer Macht stand. Leider scheint Eure Wissenschaft hier am Ende.«

»Ich bin kein Arzt, Madame«, antwortete der Unbekannte, wandte sich zu ihr und sah ihr tief in die Augen. »Ich bin Henri d'Albret, der König von Navarra.«

Marguerite erschauderte. Der Mann hatte eine tiefe, warme Stimme, die zugleich zärtlich und gebieterisch klang.

»Henri d'Albret!«, rief sie halblaut, »der Mitgefangene meines Bruders!«

»Zu Euren Diensten, Madame. Die Ärzte haben einen Gehirntumor diagnostiziert und sagen, dass er nur noch wenige Tage zu leben habe.«

Marguerite zitterte. In ihrem Kopf schien sich alles zu drehen. Die Strapazen der langen Reise, die Angst, François tot vorzufinden, und ihre von Minute zu Minute schwindende Hoffnung ließen ihre Beine schwach werden. Sie klammerte die feuchten Hände aneinander und sah einen schwarzen Schleier vor Augen. Selbst der schwache Schein der Lampe blendete sie. Ein Schwindel ergriff sie.

Henri d'Albret stürzte zu ihr, aber sie fasste sich wieder, gab jedoch ihrem Kummer nach. Es störte sie kaum, dass der König von Navarra sie vor ihrem Bruder weinen sah. Sie fühlte sich allein mit ihrer Verzweiflung. In diesem einen Augenblick brachen alle Ängste hervor. Alle Befürchtungen, die sie vor ihrer Mutter verborgen hatte, kehrten in dieser dunklen Zelle zurück, in der ihr Bruder im Sterben lag.

Ungeschickt wischte sie eine Träne fort und war überrascht, als Henri d'Albret plötzlich ihre Hand ergriff.

»Ihr seid müde und erschöpft. Ihr solltet Euch etwas ausruhen.«

Sie nickte langsam.

»Der König ist seit zwei Tagen ohne Bewusstsein«, fuhr er fort, wobei er noch immer ihre zitternde Hand in Händen hielt.

Er richtete den Blick auf die gegenüberliegende Ecke, in der der Tisch stand.

»Ich hab diesen Strohsack hereinbringen lassen. Dort schlafe ich, seit sich sein Zustand derart verschlechtert hat. Ihr könnt ihn nehmen.«

»Und Ihr?«

»Meine Zelle befindet sich nebenan.«

Marguerite ließ ihre Hand in den Händen dieses beruhigenden Mannes. Sie fühlten sich warm und angenehm an. Sie meinte zu spüren, dass er ihr wieder Energie einhauchte.

»Der König hat so häufig nach Euch verlangt«, murmelte er. »Und jetzt kann er Euch nicht sehen.«

Sie ließ schließlich die Hände von Henri d'Albret los und beugte sich über ihren Bruder. Er war fiebrig heiß und bewusstlos. François I. hatte die Augen geschlossen. Sein großer Körper war abgemagert, und sein ausgemergeltes Gesicht war das eines Sterbenden. Es rief in Marguerite ein seltsames Unbehagen hervor und stürzte sie in einen Abgrund aus Zweifel und Entsetzen.

Marguerite beschloss, sich in der Zelle einzurichten. Als sie die Lampe über sein eingefallenes Gesicht hielt, traten düstere Schatten hervor und betonten seine hageren Züge.

Die ganze Nacht lag sie auf dem Strohsack an seiner Seite und überlegte, wie sie François retten konnte. Die Möglichkeiten waren gering, wenn sie überhaupt existierten. Sollte man Charles Quint anflehen, ihn sofort freizulassen? Sie seufzte, denn sie wusste, um das zu erreichen, musste man lange verhandeln. Ihre Mission erwies sich als schwierig, komplex, in unentwirrbaren Fäden verstrickt, die sie nacheinander lösen musste.

Gewiss, man hatte sie geschickt, um die Modalitäten der Befreiung mit Charles Quint auszuhandeln. Doch Marguerite konnte den Zustand von François nicht außer Acht lassen. Es war nicht mehr daran zu denken, mit Charles Quint zu diskutieren. Von Stunde zu Stunde verlor ihr Bruder seinen Lebensodem.

Sie atmete tief die drückende Luft ein, die in der Zelle herrschte. Es roch nach Tod und Einsamkeit. Sollte man Charles Quint auf der Stelle die Bourgogne überlassen oder François sterben sehen?

Gott! Gab es keine andere Lösung? Bevor Marguerite Frankreich verlassen hatte, hatten der Staatsrat und ihre Mutter überlegt, den französischen König mit der Schwester von Charles Quint, Prinzessin Eleonore, zu verheiraten, obwohl diese erst kürzlich dem untreuen Bourbon versprochen worden war.

Marguerite stand auf, trat zu François, der noch immer die Augen geschlossen hatte und ohne Bewusstsein war. Seine Knöchel hatte er so fest zusammengekrampft, dass sie bläulich verfärbt waren, und sein großer athletischer Körper, den Marguerite so häufig bei Kämpfen mit seinen Freunden bewundert hatte, war eingefallen, abgemagert und zeigte kein Zeichen von Leben.

Mit traurigem Blick und zarten fürsorglichen Gesten versuchte die junge Frau ihrem Bruder sein Schicksal zu erleichtern. Ein sinnloser Rettungsversuch. Unermüdlich hielt sie seine Hand, ohne dass diese nur einmal zuckte.

Am folgenden Morgen kam Montmorency. Genau wie Chabot und La Marck hatte man ihn im Tausch gegen freiwillige Soldaten freigelassen. So konnten sie Kontakt nach außen aufnehmen und Boten zur französischen Regentin schicken, um die Bedingungen für die Freilassung des Königs zu diskutieren.

Montmorency befand sich in Begleitung von Mathilde. Sie waren sich zufällig in Madrid begegnet, wo das junge Mädchen auf dem Pferd herumstreifte und eine Möglichkeit suchte, in das Gefängnis des Königs zu gelangen. Marguerite warf sich schluchzend in ihre Arme.

Dann fasste sie sich, trocknete sich die Augen und ließ sie zu François treten. Der König blieb reglos. Sein Mund stand offen, wodurch seine eingefallenen Wangen noch hohler wirkten.

»Wir müssen beten«, sagte Montmorency mit tonloser Stimme.

»Oh weh! Selbst dazu fehlt mir die Kraft. Was kann ich tun, damit Gott mich erhört?«

»Beten! Gewiss«, murrte Mathilde. »Aber man sollte vor allem Charles Quint über den Zustand des Königs informieren. Er hat nicht das Recht, ihn sterben zu lassen.«

»Die junge Dame hat recht«, bestätigte Henri d'Albret.

»In der Tat«, bekräftigte Montmorency, »Beten ist eine Sache, aber Charles Quint muss unbedingt informiert werden. Du solltest ihn sofort um eine Audienz bitten, Marguerite.«

In dem ganzen Durcheinander duzte der Vertraute von François dessen Schwester wie in Jugendtagen. Ebenso Mathilde, deren Phantasien er kannte, seit sie sich mit vier Jahren in den jungen Duc d'Angoulême verliebt hatte.

»Mathilde! Erzähl es Marguerite, das wird sie etwas beruhigen«, sagte er zu dem jungen Mädchen.

Mathilde betete nicht. Sie ergriff Marguerites Hand und drückte sie fest, als wollte sie ihr die verlorene Energie zurückgeben.

»Ein Freund von Seigneur de La Roche hat es geschafft, unsere schönsten Tapisserien vom Schiff abzuladen. Sie werden bald in Madrid sein, und wir können sie Charles Quint zeigen.«

Marguerite wirkte weiterhin niedergeschlagen.

»Er will die Bourgogne haben, keine Tapisserien.«

»Aber sie stellen einen großen Wert dar!«

»Ja, aber die Bourgogne steht für all seine Hoffnungen, Mathilde. Es geht ihm um sein Erbe. Er möchte die Bourgogne zurückbekommen, wie François Mailand zurückbekommen wollte.«

»Dennoch«, beharrte Mathilde stur, »wir versuchen es.«

Marguerite begab sich zu dem kleinen Tisch, nahm die Lampe und stellte sie auf den Boden. Dann betrachtete sie die Kleidung von François, die auf der Fensterbank lag, nahm sie und breitete sie auf seinem Lager aus.

»Man bringe uns weiße Wäsche und suche einen Priester«, trug sie dem Kerkermeister auf, der die Zimmertür bewachte. »Ich möchte, dass man sofort eine Messe abhält.«

D'Albret und Montmorency sahen sich an.

»Das ist die beste Art, Charles Quint zu informieren. Diesen Gefallen kann er mir nicht verwehren. Das lässt seine Gottesfurcht nicht zu.«

Was Marguerite und ihre Freunde nicht wussten, war, dass Charles Quint sehr wohl über den Gesundheitszustand des Königs auf dem Laufenden war und sich große Sorgen machte.

Er hatte nicht damit gerechnet, dass der König in dem Kerker sterben könnte, in dem er durch seine Schuld saß. Daraus folgten mit Sicherheit große Komplikationen, denn Frankreich würde einen erbarmungslosen Rachefeldzug gegen ihn führen.

Was sollte er mit einem destabilisierten Land auf der Suche nach einem neuen Monarchen anfangen? Mit wem sollte er verhandeln? Seit der Ankunft seiner Cousine kratzte er sich nervös den Bart und fuhr sich mit dem Zeigefinger, auf dem ein riesiger Opal steckte, durch die buschigen dunklen Locken.

Marguerites Vorhaben kam ihm entgegen. So konnte man ihm wenigstens nicht vorwerfen, er habe seinen Cousin um das letzte Sakrament gebracht. Der provisorische Altar war kaum in der Zelle aufgestellt, als auch schon der Priester kam. Er trug ein Gewand, das er bei großen Messen anlegte, und hielt einen Kelch in Händen, der mit Rubinen und Smaragden besetzt war. Sein Gesicht zeigte Mitgefühl, in das sich eine kühle Strenge mischte.

Man erleuchtete das kleine Zimmer mit diversen Lampen, die man in allen Ecken aufstellte, und die Zeremonie begann. Ein Konzert aus Gebeten begleitete den Geistlichen, und als er die Hostie vor François' ausgemergeltes Gesicht hielt, musste Marguerite ihm helfen, sie auf die trockene Zunge des Sterbenden zu legen. Mathilde wollte ihr helfen, beherrschte sich jedoch und zog sich mit Tränen in den Augen in eine Zimmerecke zurück. Ihr schöner Prinz! Ihr geliebter Duc d'Angoulême! Würde ihr König von einem Moment auf den anderen sterben?

Auch die zwei Ärzte hatte man gerufen. Sie sahen den König mit dem hilflosen Blick an, mit dem Wissenschaftler aussichtslose Fälle betrachteten.

Während der Priester die Messe mit dem lateinischen Monolog fortsetzte, der von seinen Assistenten im Chor aufgenommen wurde, traf Prior Bernardin ein, der aufgehalten worden und noch nicht nach Tortosa aufgebrochen war. Er betrat die Zelle und bemerkte Mathilde, die leise weinte.

»Betet«, sagte er leise, »Gott wird Euch erhören.«

»Wann brecht Ihr nach Tortosa auf?«

»Vorläufig nicht. Ich werde Euch informieren, sobald ich zurück bin.«

Dann setzte er seine Kapuze auf, verabschiedete sich von Marguerite und den Gefährten des Königs und ging, nachdem er noch einen letzten Blick auf den Sterbenden geworfen hatte.

Marguerite richtete den Blick auf den Mund ihres Bruders. Er hatte ihn geschlossen, was seit Tagen nicht mehr vorgekommen war. Überrascht beteten die Ärzte mit den anderen und betrachteten das schwache Licht, das durch das vergitterte Fenster fiel.

Marguerite und Mathilde ließen das Gesicht des Königs nicht aus den Augen, sie betrachteten seine gespannte, eingefallene Haut, die zusammengepressten Flügel seiner großen Nase und seine blasse, fast durchscheinende Stirn, die sich unter einer dichten, schmutzigen Haarsträhne verbarg.

Damit ihnen kein noch so kleines Detail entging, untersuchten sie ihn mit der Lampe in der Hand. Marguerite hob die dunkle Strähne an und entdeckte dort einen Abszess, den die Haare verdeckt hatten. Er war so groß, dass sie sofort die Ärzte rief. Sie versicherten, ihn noch nie gesehen zu haben und dass er innerhalb weniger Minuten entstanden sein musste.

»Man muss ihn sofort öffnen.«

Von da an ging alles sehr schnell, fast schwindelerregend schnell. Die Ärzte öffneten den Abszess, aus dem gelblicher übelriechender Eiter floss. Sofort sank das Fieber. Staunend sahen Marguerite, Mathilde, Montmorency und d'Albret zu, welche Veränderung in dem Gesicht des Königs vor sich ging. Nach und nach entspannte sich seine Haut, die Nasenflügel öffneten sich, und er schien wieder Luft zu bekommen.

Mathildes Augen leuchteten, und in Marguerites Wangen kehrte die Farbe zurück.

»Schnell«, sagte sie zu Montmorency. »Bringt diesen Brief rasch meiner Mutter. Mit dem letzten Boten habe ich ihr eine sehr traurige Nachricht geschickt. Sie muss so schnell wie möglich beruhigt werden.«

Noch immer fassungslos nahm Montmorency den Brief von Marguerite entgegen.

Die folgenden Tage verbrachte Marguerite an der Seite des Königs von Navarra, Henri d'Albret, den sie näher kennenlernte, während er ihr von der traurigen Schlacht berichtete. Sie wusste, dass er aus Pavia entkommen war, indem er mit einer List die Pläne Lannoys vereitelt und versucht hatte, François zu retten.

Erfreut bemerkte sie seine Bildung, die nicht unter seinem Kampfgeist gelitten hatte. Nicht ein Mal erwähnte er den Namen von Charles d'Alençon, und Marguerite stellte keine Fragen nach seiner Frau. Sie teilte ihm nur durch eine vage Andeutung mit, dass sie verwitwet war. Er schaffte es sogar, ihr einige Leckereien zu beschaffen, die sie sich mit Mathilde teilte.

Nachdem Marguerite wusste, dass das Fieber sank und der König dem Tod entkommen war, machte sie ab und an mit ihrem neuen Begleiter ein paar Schritte vor die Zelle und ließ Mathilde mit François allein. Diese nutzte die Gelegenheit, die Hände des Königs zu fassen, sie zu streicheln und zwischen ihren zu halten, stets in der Hoffnung, dass er in diesem Moment die Augen öffnen möge.

Jeden Tag beobachteten die drei das Gesicht von François,

der eines schönen Morgens all ihre Hoffnungen erfüllte. Endlich öffnete der König die Augen und sah erstaunt Marguerite an. Dann wandte er den Blick zu Mathilde, die mit klopfendem Herzen am liebsten zu ihm gestürzt wäre, sich jedoch beherrschte. Nicht dass eine solche Vertraulichkeit Marguerite schockiert hätte, aber Letztere sollte die Erste sein, die ihren Bruder anlächelte.

Charles Quint war erleichtert über die Genesung, da er nun wieder zum ursprünglichen Konflikt zurückkehren konnte, und nahm die Verhandlungen wieder auf.

Als Mathilde von Montmorency erfuhr, dass die Wandbehänge nicht in Tortosa abgeladen worden waren und es noch keine Neuigkeiten vom Prior von Los Lujanes gab, beschloss sie aufzubrechen. Sie verabschiedete sich vom König und von Marguerite, falls sie nach Frankreich zurückkehren sollte. Doch sie erklärte, dass sie selbstverständlich zurückkäme, sollte François noch immer gefangen gehalten werden.

François und Marguerite betrachteten das lange geschwungene Ufer des Manzanares. Die Zelle lag ungefähr hundert Fuß über der Ebene von Madrid. Das Fenster war so schmal, dass sich ihre Köpfe berührten, wenn sie den blauen Horizont betrachteten, an dem sich die steinige Bergkette Guadarrama erhob. Bei jedem Morgengrauen und jeder Abenddämmerung drang der Klang der Trompeten und Tamboure an ihre Ohren, die die Wachablösung der Soldaten verkündeten.

Die Offiziere erteilten ihre Anweisungen und stampften dabei fest auf den Boden. Die Wachposten hielten Wache, und der Kerkerwächter stand schweigend neben der Tür. Wie seltsam es war, dass die jungen Frauen die vielen Geräusche nicht bemerkt hatten, als sie voller Sorge bei dem König gewacht hatten!

Nachdem François wieder etwas bei Kräften war, konnte er

sich auf die Probleme Frankreichs konzentrieren. Marguerite erwartete, dass er eine Unterredung zwischen ihr und Charles Quint veranlassen würde.

»Ich bin gekommen, um die Krankheit des französischen Königs zu heilen«, sagte sie sanft zu ihrem Bruder und fasste seine Schultern, »aber vor allem, um einen Gefangenen zu befreien.«

»Du musst Charles Quint treffen, wir müssen Frieden schließen.«

»Frieden schließen. Gewiss, François, aber wie? Und seit Charles Quint nach Toledo gereist ist, ist alles noch komplizierter.«

»Dann triff ihn in Toledo.«

»Um ihm was zu sagen? Er wird die Bourgogne von uns fordern.«

»Sag ihm, dass ich das ablehne.«

»Können wir ihm nicht Flandern oder Artois anbieten? Das stand vor deiner Gefangennahme zur Debatte.«

»Ich werde kein Stück von Frankreich aufgeben.«

Marguerite ließ die Schultern ihres Bruders los und sah ihm direkt in die Augen.

»Dann sehe ich nur eine Lösung.«

»Welche?«

»Du bist Witwer. Heirate seine Schwester, Prinzessin Eleonore.«

Er zeigte sein freches Lächeln, was bewies, dass er wieder ganz der Alte war. Wie früher kniff er die Augen zusammen, wenn er an etwas besonders Angenehmes dachte.

»Vielleicht ist das die vernünftigste Lösung«, antwortete er erfreut. »Aber ich fürchte, das ist eine Illusion.«

»Versuchen wir es«, seufzte Marguerite.

»Wann brichst du auf?«

»Da du wieder gesund bist und Mathilde nach Tortosa geritten ist, werde ich nicht lange warten. Ich mache mich morgen auf den Weg.«

Der König straffte die Schultern, dann stand er auf und machte ein paar Schritte in seiner Zelle.

»Mathilde wird es schaffen. Wenn sie die Tapisserien wiederbeschafft hat, wird sie wissen, wie sie sie meinem Cousin richtig präsentiert. Das wird seine Laune heben. Wenn sie die Wandbehänge vorstellt, wirken sie noch ein bisschen verführerischer und charmanter. Und was dich angeht, meine geliebte Schwester, du wirst ihn von zahlreichen Punkten überzeugen, die du mit gewohnter Klugheit erörtern wirst.«

In Toledo empfing Charles Quint Marguerite auf dem zentralen Platz, umgeben von den Herzögen von Kalabrien, von Béjar, von Nájera und von allen, die zu dieser Gelegenheit eingeladen worden waren.

Nach der Begrüßung und den üblichen Formalitäten erklärte Charles Quint, dass er froh über die Gesundung des französischen Königs sei, und begleitete seine Cousine zum Palast, wo er sie privat empfing.

Als Marguerite ihm eine mögliche Hochzeit zwischen François I. und seiner Schwester Eleonore vorschlug, schüttelte der Kaiser den Kopf, und in seine Augen trat ein herausfordernder Blick, in den sich ein starkes Misstrauen mischte. Er kratzte sich den schwarzen Bart, tippte mit seinen Filzschuhen auf den Boden und beendete die Unterredung zügig unter dem Vorwand, dass die Gegenwart seiner Schwester unverzichtbar sei, um einen solchen Vorschlag zu erörtern, der sie schließlich persönlich beträfe.

Marguerite sah nur Angst und Misstrauen. Ihr wollte kein Kompromiss einfallen. Charles Quint verbiss sich in den Wunsch, die Bourgogne zu erobern, und lehnte jede andere Lösung ab.

Die zweite Audienz fand somit in Gegenwart von Eleonore statt. Als die beiden Frauen sich begegneten, empfanden sie sogleich Sympathie füreinander.

Marguerite bat im Stillen den Himmel um Hilfe, dass sich nun endlich eine Lösung für dieses Dilemma fand. Sie musste sehr behutsam handeln, einfallsreich sein und entgegenkommend. Marguerite war scharfsinnig genug zu begreifen, dass sie Charles Quint über Eleonore erreichen würde, und stellte sich geschickt an.

Die Frauen hatten nun Platz genommen, sich einander zugewandt und musterten sich wohlwollend. Marguerite hätte das Schicksal verflucht, hätte es ihr jetzt versichert, sich auf Eleonore zu stützen sei der falsche Weg. Aber wer wusste das? Einige Frauen – und die sanfte unterwürfige Schwester von Charles Quint schien dazuzugehören – waren so schamhaft und zurückhaltend, dass dies kein leichtes Spiel war.

Und wer konnte in diesem Augenblick sagen, ob sich hinter der kühlen Art von Charles Quint nicht irgendwelche Fallen verbargen. Auch wenn seine Schwester trotz ihrer überaus reservierten Haltung so herzlich schien.

Eleonore war schön. Sie hatte blonde Haare, einen blassen Teint und einen kleinen, zu feinen Mund, der jedoch hübsch gezeichnet war. Sie besaß eine schlanke Figur und wirkte ein wenig zu zart und ein wenig zu sanft. Sie schien all die Autorität und all die Energie der Habsburger ihrem Bruder überlassen zu haben.

Marguerite erkannte sofort, dass dem jungen Mädchen eine

Heirat nicht unangenehm war. Vielmehr schätzte Eleonore es nicht, dass man sie mit Bourbon verheiraten wollte, dem anderen Franzosen, der die seinen so elendig betrogen hatte und der in ihren Augen nur für Unglück und den Verlust eines Titels stand.

Überdies entsprach der düstere und erbärmliche Charakter von Charles de Bourbon gar nicht ihrem Geschmack, während ihr das Bild von François I. angenehm erschien.

Wie sollte sie also den Vorschlägen widersprechen, die Marguerite ihr im Namen des französischen Staatsrats machte? Der Gedanke an die Bourgogne, die ihr Bruder so begehrte, lag ihr fern. Ebenso wie die Zwänge der Politik.

Eleonore zögerte und wartete, dass ihr Bruder sich zugunsten des französischen Königs äußerte. Wer wusste außer Charles Quint, dass das Blinzeln von François sie mitten ins Herz getroffen hatte, als Charles ihn bei seiner Ankunft in Madrid in diese triste Zelle werfen ließ.

Charles Quint gab sich äußerst ernst. Hoch aufgerichtet und mit seiner hängenden Lippe wirkte er diesmal deutlich weniger entgegenkommend als bei seiner letzten Unterredung mit Marguerite. Wollte er seiner Schwester mit dieser Haltung imponieren, damit sie ihn nicht daran hinderte, seine Ansprüche geltend zu machen?

Hin und wieder warf er einen anerkennenden Blick auf die geschmeidige Figur seiner Cousine. Man sprach über die Vereinigung des französischen Königs mit der Prinzessin von Habsburg, wobei allen bewusst war, dass man auch eine Heirat zwischen Charles Quint und Marguerite hätte erwägen können. Doch das Gerücht hatte sich schnell gelegt, da der künftige Kaiser Isabelle von Portugal heiraten musste, die junge, schöne und kluge Prinzessin, die den spanischen König einem Land näherbringen sollte, das er ebenso begehrte wie die Bourgogne.

Er sah Marguerite aus seinen kalten Augen an.

»Dass Euer Bruder meine Schwester heiratet, nun gut, Cousine, aber das befriedigt nicht mein Bedürfnis, von Euch die Bourgogne zu erhalten, die mir durch Erbschaft zusteht.«

Bei diesen Worten erblasste Marguerite. Würde sie scheitern, nachdem sie glaubte Einigkeit erzielt zu haben?

»Cousin«, antwortete sie äußerst sanft, um den jungen Monarchen nicht noch mehr zu verärgern, »wenn wir Euch die Bourgogne überlassen, schenkt Ihr sie dann Eurer Schwester zur Hochzeit mit dem französischen König?«

Wütend und mit tiefroten Wangen erhob sich Charles Quint.

»Spott, Cousine! Dies sind nichts als armselige Spöttereien. Das habt Ihr und Euer Bruder Euch fein ausgedacht. Aber darauf falle ich nicht herein!«

»Nun, es gibt angrenzende Provinzen, Cousin. Provinzen, die mit ihren Vorteilen die Bourgogne ersetzen können.«

»Eine falsche Bourgogne also! Ihr scherzt!«

Marguerite stand auf, stellte sich vor Charles Quint und sah mit ruhigem Blick in sein aufgebrachtes Gesicht.

»Keineswegs. Diese Provinzen sind gesund, reich und äußerst stark.«

Charles Quint geriet erneut in Zorn, und seine Lippe zitterte. Fieberhaft schritt er durchs Zimmer.

»Beenden wir die Unterhaltung hier«, verfügte er kühl.

Er stellte sich vor seine Schwester, die ihn naiv aus ihren großen blauen Augen ansah, als würde sie mit dem guten Willen ihres autoritären Bruders rechnen.

»Schwester, es kommt nicht in Frage, dass Ihr den französischen König heiratet, wenn dadurch meine Ansprüche auf die Bourgogne erlöschen.«

Als Eleonore aufstand und etwas vorbringen wollte, was von

vornherein zum Scheitern verurteilt war, hob er gebieterisch eine Hand.

»Schweigt! Bis Ihr eine neue Anweisung erhaltet, geht Ihr ins Kloster. Ich werde demnächst eine Entscheidung treffen, die mehr meinen Interessen entspricht.«

Als sie resigniert die Hand sinken ließ, fügte er in etwas milderem Ton hinzu:

»Sagt nichts, so ist es nun einmal. Wenn Ihr Bourbon nicht heiraten wollt, finden wir eine bessere Partie für Euch.«

Marguerite sah zu, wie Eleonore das Zimmer verließ. Ihr Blick wirkte niedergeschlagen. Das Leuchten in ihren Augen, das ihr zuvor einen besonderen Charme verliehen hatte, war verschwunden. Was sollte sie angesichts der übermäßigen Autorität ihres Bruders tun? Auf dem Recht bestehen mitzureden, gegen die von Männern aufgestellten Rechte verstoßen? Die Duchesse d'Alençon seufzte. Sie war in ganz genau demselben Netz gefangen.

Eleonore hatte nicht ein einziges Wort gesagt! Als sie gegangen war, unternahm Marguerite einen neuen Vorstoß.

»Cousin, wir haben nicht über die Frage der hunderttausend Golddukaten gesprochen.«

»Zweihunderttausend«, korrigierte Charles Quint. »Und ebenso viele Ecus.«

»In den Verhandlungen war von hunderttausend die Rede.«

»Und jetzt erhöhe ich auf zweihundertfünfzigtausend und ebenso viele Ecus.«

»Gewiss, ebenso viele Ecus«, wiederholte Marguerite, die wusste, dass ihre Mutter im äußersten Notfall noch mehr Geld besorgen konnte als das, was sie bereits von den Bankiers erbeten hatte. »Und wir geben Euch große Wandbehänge, wenn nötig. Die größten und schönsten, die wir besitzen.«

»Wenn nötig, sagt Ihr!«, wiederholte Charles Quint in ironischem Ton. »Nun, Cousine, Ihr wisst sehr wohl, was nötig ist: die Bourgogne.«

Als Marguerite enttäuscht, dass sie mit ihrem Vorstoß gescheitert war, und ebenso empört zu François zurückkehrte, suchte sie bereits nach einer anderen Lösung.

Die diplomatischen Boten, die man ihr seit Kurzem zur Verfügung stellte, galoppierten auf den Straßen zwischen Spanien und Frankreich.

Von diesem steten Kommen und Gehen profitierte Marguerite, weil sie dadurch diverse Beziehungen pflegte. Vielleicht konnte sie diese eines Tages nutzen, um ein Vorhaben in die Tat umzusetzen, das langsam in ihrem Kopf Gestalt annahm.

Nach reiflichen Überlegungen plante die Duchesse d'Alençon mit Hilfe von Montmorency – d'Albret war in seiner Zelle eingeschlossen – schließlich die Flucht des französischen Königs.

Montmorency und Marguerite fanden einen Offizier mit Namen Cavriana, der hoffte, eine ordentliche Belohnung zu erhalten, wenn er sich in ihre Dienste stellte, und nachdem sie dem Kerkermeister ein Schlafmittel verabreicht hatten, verpflichteten sie einen Komparsen.

Um das Gefolge besser täuschen zu können, beschloss Marguerite, noch einmal nach Toledo zurückzukehren und um eine erneute Unterredung mit Charles Quint zu bitten. Um jeden Verdacht zu zerstreuen, musste man ihn glauben lassen, dass man über einen Kompromiss, sogar über die Zustimmung zu seinen Forderungen zu sprechen bereit war.

Sie machte sich somit ein zweites Mal auf den Weg von Madrid nach Toledo, doch am Stadttor erfuhr sie, dass ein Diener von Cavriana sie verraten hatte.

So scheiterte das Vorhaben kläglich und drang alsbald an die

Ohren von Charles Quint, der Marguerite daraufhin umgehend des Landes verwies. Als sie den Geleitbrief von Charles Quint erhielt, der ihr ausdrücklich befahl, sofort spanischen Boden zu verlassen, sonst werde sie selbst gefangen genommen, musste Marguerite sich von ihrem Bruder verabschieden. Sie war gezwungen, eine Eskorte spanischer Reiter zu akzeptieren, die sie an die Grenze brachte, ohne dass sie Mathildes Rückkehr abwarten konnte.

Marguerite begab sich nach Katalonien, wo ihre Begleiter sie verließen. Unterwegs schickte Charles Quint ihr keine Nachricht. Die Vorstellung, die Bourgogne zu verlieren, was ausschlaggebend für seinen Zorn war, ließ ihn alle Grundregeln des Anstands vergessen. Daraus schloss Marguerite, dass sein Verlangen, diese Provinz zu besitzen, offenbar noch gestiegen war und man sie ihm eines Tages überlassen musste.

In Barcelona traf sie ihre Zofen wieder, und da Mathilde nicht dort war, vermutete sie, dass diese später nach Frankreich zurückkehren würde. Sie betete, dass Mathilde ihre Mission vollendete und es ihr gelang, das Herz des allmächtigen Charles Quint ein wenig zu erweichen.

Als sie den Col du Perthus passierten, erreichten Marguerite und ihr Gefolge die französische Grenze und nahmen die Straße nach Narbonne, wo sie Montmorency wiedertrafen, der ebenfalls aus Spanien geflohen war, um nicht wieder eingesperrt zu werden. Beide trugen im Herzen die Enttäuschung darüber, dass sie den König in Gefangenschaft zurücklassen mussten, obwohl er sich zunehmend auf dem Weg der Besserung befand.

Mit atemberaubender Geschwindigkeit ritt Marguerite auf Attalante. Sie wollte zu ihrer Mutter, um mit ihr die neuen Bedingungen von François' Befreiung zu besprechen. Schließlich erreichte sie Lyon, wo Louise d'Angoulême sie erwartete.

Von diesem Tag an spielte Louise mit außergewöhnlichem Fingerspitzengefühl ein doppeltes Spiel. Einerseits machte sie Rom neue Angebote und schlug vor, auf ihre Kosten die zehntausend italienischen Soldaten der kaiserlichen Armee zu unterhalten. Auf der anderen Seite bot sie an, dass Frankreich auf Mailand und Neapel verzichtete.

Sie zögerte noch beim Schicksal der Bourgogne und erörterte das Finanzproblem. Noch wusste sie nicht, wie sie das nötige Geld besorgen sollte. Ein Großteil fehlte ihr trotz der Summen, die ihr Duprat, der Vogt von Paris und einige große Finanziers zur Verfügung gestellt hatten. Während Louise noch über die heikelsten Punkte nachdachte, schickte Marguerite einen Brief an Mathilde, ohne dass sie genau wusste, wo diese sich aufhielt. Hatte sie ihre Mission bei Charles Quint erfolgreich erfüllt? Hatte sie François widergesehen? Seit der misslungenen Flucht verkehrten die Boten nicht mehr. Man hatte sie systematisch an die spanische Grenze gedrängt.

Marguerite ließ ihre Mutter die Dinge lenken und wandte sich erneut dem Konflikt zwischen den Religionen zu. In Meaux hatten die Fanatiker Verunglimpfungen gegen den Papst aufgehängt, den sie als Antichristen beschimpften. Sie rissen die angeschlagenen Gebete in den Kathedralen herunter, zerstörten die Statuen der Jungfrau, trampelten auf der Heiligen Schrift herum und beleidigten alle, die ihnen nicht folgten.

Jedes Mal, wenn sich ein Lutheraner fassen ließ, wurde er verurteilt, und die Katholiken rächten sich mit brutalen Gegenangriffen. Auf den Plätzen hängte man die Ketzer. Marguerite versuchte, die Begeisterung ihres Freundes, des Bischofs Briçonnet, zu bremsen, der voller Leidenschaft weiterhin in seiner Kathedrale predigte und keine Angst hatte, die Sorbonne und ihre Glaubenslehre in Frage zu stellen.

Der Konflikt der Religionen, der sich täglich verstärkte, begann sich über die Grenzen Frankreichs hinaus auszubreiten. Das war ein großes Problem, dem Charles Quint keinerlei Bedeutung schenkte, was wiederum die Aufmerksamkeit von Louise erregte. Sie sah darin einen Fehler, den sie für sich nutzen konnte. Charles Quint war im Begriff, sich einen Großteil jener zum Gegner zu machen, auf deren Unterstützung er bei seinem Anspruch auf die Bourgogne angewiesen war.

14.

Indessen überquerte Mathilde die Ausläufer der iberischen Gebirgskette, um nach Katalonien zu gelangen. Sie hatte die Serrania de Cuenca bereits müde und angeschlagen erreicht, und nachdem sie diese durchquert hatte, war sie völlig erschöpft. Nun galoppierte sie in Richtung Tortosa, um die Tapisserien *Die Apostelgeschichte* und *Die Jagden des Maximilian* wiederzubeschaffen, die an einen anderen Ort gebracht worden waren als ursprünglich vorgesehen.

In der Ferne vernahm sie ein dumpfes Geräusch auf dem harten, trockenen Boden. Sie klammerte sich an Fildors Mähne und verdoppelte die Geschwindigkeit. Doch kurz darauf holte sie ein anderes Pferd ein. Sie drehte den Kopf und erkannte die Kutte des Mönchs aus Los Lujanes. Die Anspannung, die sie seit einigen Tagen beherrschte, fiel ein wenig von ihr ab.

»Bruder Bernardin!«, rief sie.

Sie hatte keinerlei Vorbehalte mehr gegenüber dem Mönch. Vielmehr erleichterte sie der Gedanke, dass sie sich nicht länger allein um die verschwundenen Wandbehänge kümmern musste.

»Warum habt Ihr nicht auf mich gewartet?«, fragte er mit seiner tiefen Stimme. »Ihr wusstet, dass ich nach Tortosa muss, um die Verladung der Teppiche zu überwachen.«

»Ich wollte keine Zeit verlieren. In Madrid hat sich die Lage zwischen der Schwester des französischen Königs und Kaiser Charles Quint zugespitzt.«

Anschließend ritten sie schweigend Seite an Seite über die steinigen Wege. Die Straße von Madrid nach Tortosa war kurvenreich, und je näher man der Küste kam, desto steiler wurde sie. Allerdings gab es diesmal keinen Zwischenfall mit einem Steinschlag. Manchmal wandte sich Mathilde nach ihrem Reisegefährten um. Als der Tag schließlich zu Ende ging und sich der wolkenlose Himmel rot färbte, gestand das junge Mädchen:

»Ich bin etwas erschöpft, Bernardin. Ich würde gern ein paar Stunden haltmachen.«

Es schien ihm zu gefallen, dass sie ihn mit dem Vornamen angesprochen hatte. Er antwortete ganz ruhig:

»Wie lange reitet Ihr schon?«

»Seit drei Tagen. Ich habe nicht geschlafen. Glaubt mir, mit Fildor habe ich schon größere Heldentaten vollbracht. Aber ich musste so viele Tage und Nächte mit Marguerite am Bett des Königs wachen, dass mir ein bisschen Schlaf fehlt. Ich glaube, ich bin erschöpft.«

»Gut, halten wir an. Nach einer erholsamen Nacht werdet ihr frisch und ausgeruht sein, um Tortosa und seine Bewohner zu erobern. Wir werden dort vom Superior der Abtei beherbergt, den ich sehr gut kenne.«

Er streckte den Arm aus und deutete auf einen Fluss am Horizont.

»Seht, nur noch ein kleines Stück, dann sind wir am Ufer des Ebro. Dort verbringen wir die Nacht, und morgen Abend sind wir in Tortosa.«

Der Ebro brachte frische Luft, und Mathilde entspannte sich. Sie atmete tief ein und aus und befreite sich von allen Ängsten, denn die spanischen Straßen waren ganz anders als die französischen, und sie musste fürchten, jeden Moment vom Ziel abzukommen.

Sie aßen ein paar Trockenfrüchte, tranken Wasser direkt aus dem Fluss und vergaßen nicht, ihre Feldflasche für den Rest der Reise aufzufüllen. Als Mathilde auf der Kutte lag, die der Mönch ihr wieder als Decke geliehen hatte, dankte sie ihm. Ihr Ton hatte sich deutlich verändert, seit sie sich zum ersten Mal begegnet waren.

»Ich glaube, ich habe Euch anfangs unrecht getan, Bernardin.«

»Das ist nicht schlimm. Ihr wart zu recht misstrauisch. Ihr hattet keinen Beweis, dass ich wirklich ein Mönch aus Los Lujanes bin.«

»Vielleicht kein Mönch, aber ein Jugendfreund von Seigneur de La Roche, davon war ich überzeugt. Er hat einmal zu mir gesagt: ›Obwohl mich eine innige Freundschaft mit einem Priester meines Alters verbindet, bin ich nicht sehr gläubig.‹«

Neben sich hörte Mathilde Bernardins gleichmäßigen Atem. Er lag auf dem Boden und hatte die Hände hinter dem Kopf verschränkt, der etwas erhöht auf einem alten Baumstamm ruhte. Nichts bot ihnen in dieser öden Landschaft Schutz, es gab nur vereinzelt Wurzeln in der trockenen Natur. Frische spendete lediglich der Fluss zu ihren Füßen.

Bernardin zögerte, richtete sich etwas auf und fragte mit sanfter Stimme:

»Ich habe das nicht wirklich verstanden. Was ist zwischen Euch und Hugues?«

»Nichts!«

»Das glaube ich Euch nicht, Mathilde. Ihr macht Euch etwas vor. Ich bin mir sicher, dass Ihr an ihn denkt.«

»Ich denke an Guillaume.«

Nun richtete sich Bernardin ganz auf und sah sie überrascht aus großen Augen an. Mathilde verunsicherte ihn.

»Guillaume, sein Bruder!«

»Ja, sein Bruder, Guillaume de Montalon, den man in Paris König Guillot nannte.«

»Was war zwischen Euch und ihm?«

»Er war mein Geliebter.«

Es folgte langes Schweigen. Die Anspannung löste sich erst, als Mathilde eine Entscheidung traf. Sie würde sich diesem Mann anvertrauen. Zum ersten Mal würde sie sich von der Last ihrer Vergangenheit befreien, die noch gar nicht so lange zurücklag.

»Ich verachte Hugues, weil er seinen Bruder verurteilt hat.«

»Das musste er tun, Mathilde. Dieser Mann war ein Gesetzloser, ein Verbrecher, ein Krimineller!«

»Nein, er hat nie jemanden getötet. Er war stark, mächtig, herrisch, aber zu mir war er zärtlich und sanft. Er hat gestohlen, geplündert und betrogen, gewiss, aber er hat nicht gemordet.«

»Weil er das seinen Männern überlassen hat.«

»Das ist etwas anderes.«

»Bei Gott, das ist dasselbe.«

»Bei Gott! Bei Gott! Man kann nicht alles Gott überlassen!«, rief sie.

Nach allem, was sie seit ihrer Ankunft in Spanien erlebt hatte, war Mathilde müde und erschöpft, ihre Nerven lagen blank. Sie begann zu schluchzen, und Bernardin schloss sie in die Arme. Sie kauerte dort wie ein Vogel in der Hand eines Beschützers. Das Gesicht über ihren entblößten Hals geneigt, atmete Bernardin ausgiebig den Duft der jungen Frau ein. Sie erschien ihm in diesem Augenblick, in dem sie ihm alles gestand, wunderschön und berührte sein Herz. Obwohl es ihn überaus reizte, durfte er auf keinen Fall den Kopf verlieren.

Nachts lag Mathilde mit halb geschlossenen Augen in den Armen ihres neuen Freundes. Sie seufzte und murmelte:

»Hugues nimmt es mir übel, dass ich Guillaume geliebt habe. Das kann er mir nicht verzeihen, und dafür verachte ich ihn. Er wird nie erfahren …«

Sie schwieg. Warum erzählte sie das alles? Warum vertraute sie sich zum ersten Mal jemandem an? Es schien ihr, als würde sie ihren Körper und ihr Herz von einer schweren Last befreien.

»Was wird er niemals erfahren?«, fragte Bernardin sanft und strich Mathilde zärtlich über den Rücken.

»Dass ich einen Sohn von Guillaume habe.«

So, nun war es heraus! Sogar ihre Mutter, die so gern gewusst hätte, wer der Vater ihres Enkelsohns war, ahnte nichts.

»Warum wollt Ihr es ihm nicht erklären?«

»Weil er in der Lage wäre, ihn mir wegzunehmen.«

»In der Tat. So, wie ich Hugues kenne, ist das wahrscheinlich. Das Kind ist sein Blut.«

Sie löste sich von ihm, und er ließ sie mit Bedauern los. Mathilde sah ihm tief in die Augen, aber in der Dunkelheit konnte sie nicht genau den Ausdruck in ihnen erkennen. Nur ihrer beider Hände, die sie beim Sprechen stets bewegten, waren deutlich zu sehen.

Plötzlich ergriff Bernardin Mathildes Hände und hielt sie fest in seinen.

»Schwört mir, es ihm nie zu sagen, Bernardin.«

»So etwas darf ich nicht schwören. Aber ich verspreche es Euch.«

»Ist das dasselbe?«

»Für mich, ja.«

Er legte einen Arm um ihre Schultern und erkundigte sich in noch immer ruhigem Ton, obwohl er etwas durcheinander war:

»Wo ist dieses Kind?«

»Meine Zwillingsschwester Valentine zieht ihn zusammen mit ihrer gleichaltrigen Tochter auf. Meine Mutter unterstützt sie dabei. Sie lieben den kleinen Charles genau wie Aude, das Kind meiner Schwester.«

Mathilde befreite sich vorsichtig von seinem Arm.

»Sprechen wir jetzt nicht mehr davon, Bernardin, und denkt daran, es ist ein Geheimnis zwischen Euch und mir. Ihr habt es mir versprochen, und ich vertraue Euch.«

In Tortosa begab sich Prior Bernardin zu der Abtei, die neben der fast einhundertfünfzig Jahre alten Kathedrale lag.

Die Stadt war von einer steinernen Stadtmauer umgeben. An ihrem Fuß waren in der sengenden Sonne einige Stände aufgebaut. Die Frische der Nacht war einer schweren Wärme gewichen. Die Fischverkäufer verkündeten, was sie gefangen hatten, und die Frauen verkauften Früchte, die sie in Körben am Ufer des Ebro feilboten.

Vater Hugo aus Montales und Bruder Bernardin aus Los Lujanes waren befreundet, obwohl der Superior des Priorats von Tortosa um die fünfzig Jahre alt war, während Bernardin noch nicht einmal die dreißig erreicht hatte.

Nach einem Abendessen mit Bohnensuppe, diversen Milchprodukten, Roggenbrot, Ziegenkäse und Früchten waren Mathilde und ihr Begleiter gesättigt. Sie verbrachten eine erholsame und friedliche Nacht. Mathilde schlief in einer der Klosterzellen in der Nähe des Stalls, während Bernardin mit den Mönchen das Abendgebet sprach.

Im Morgengrauen verließen sie die Abtei. Vater Hugo begleitete sie bis zum Tor des Priorats.

»Sorgt Euch nicht wegen Eurer Wandbehänge«, sagte er. »Doch seid Euch bewusst, dass das Abladen der einundzwanzig

Tapisserien, die von beträchtlicher Größe sind, auch nicht der Aufmerksamkeit von Seigneur Tortosa, Rodrigo San Remo, entgangen ist. Meines Erachtens weiß er etwas. Ich rate Euch daher, ihn als Erstes aufzusuchen.«

Er schloss Bernardin wie einen Sohn in die Arme und wünschte ihm einen guten Ausgang der Reise. Dann ergriff er Mathildes Hände.

»Ich wünsche Euch, dass der französische König bald freikommt. Ich bete jeden Tag dafür. Wenn sich die Fronten verhärten, ist das nicht gut für den Kaiser. Nun macht Euch auf den Weg! Gott schütze Euch.«

Sie ritten durch das Labyrinth aus Gässchen, die zum Schloss hinaufführten, und erreichten kurz darauf ein großes Steintor, das in einen eckigen Hof führte. In der Mitte stand ein Brunnen, und einige Bäume spendeten etwas Schatten.

Rodrigo San Remo empfing sie mit einem dünnen Lächeln. Wie viele Spanier war er groß und von hagerer, schlaksiger Gestalt, er hatte ein längliches Gesicht, schwarze Augen und eine spitze Nase.

»Ich habe Euren Besuch erwartet, Bruder Bernardin. Vater Hugo hat mich von Eurer Ankunft informiert. Ich habe allerdings nicht die junge Dame erwartet, die sich in Eurer Begleitung befindet.«

Er sprach korrektes Französisch, doch Mathilde machte sich den Spaß, ihm auf Spanisch zu antworten:

»Ich bin Mathilde de Cassex«, unterbrach sie ihn prompt, »Tochter, Enkelin und Urenkelin von Webern. Unsere Werkstätten in Tours arbeiten überwiegend für die französische Königsfamilie. Ihr habt sicherlich gehört, dass die einundzwanzig Wandbehänge dem Kaiser von Österreich gezeigt werden sollen. Nicht damit er dafür den französischen König freilässt, das wäre angesichts seiner Ansprüche sicher zu wenig, sondern damit er etwas von seinen immensen Forderungen abrückt.«

Steif und aufrecht stand San Remo in Gebieterpose vor Mathilde und betrachtete sie aufmerksam. Er machte keine Bemerkung über ihren starken Akzent. Sie hatte gezeigt, dass sie die Sprache ausreichend beherrschte, um sich verständlich zu machen.

»Entschuldigt«, antwortete er auf Französisch, »aber da ich bei dem Abladen dieser Prachtwerke anwesend war, konnte ich nicht umhin, eines nach dem anderen zu bewundern und die Geschichten zu studieren, die durch die Darstellung so wundervoll zum Ausdruck kommen.«

»Wo sind sie?«, erkundigte sich Mathilde. Ihre Stimme klang ängstlich.

»Sorgt Euch nicht. Die Wandbehänge sind bei mir. Der Ort, an dem sie eigentlich gelagert werden sollten, schien mir zu unsicher. Sie hätten verschwinden können, und Ihr hättet sie sicherlich nicht wiedergefunden.«

Beruhigt neigte Mathilde den Kopf.

»Mir scheint, Ihr seid ein Liebhaber schöner Tapisserien, Señor San Remo.«

»Mehr als Ihr denkt. Der Einzige, der mich noch übertrifft, ist der mächtige Charles Quint. Daher glaubt mir, wenn diese Wandbehänge nicht für ihn bestimmt wären, hätte ich versucht, sie Euch abzukaufen.«

»Wir können Euch andere liefern, Señor Remo. Unsere Werkstätten arbeiten für Prinzen, Edelmänner und hohe Würdenträger in Frankreich und anderswo.«

»Gut«, schaltete sich Bernardin ein, »über Geschäfte könnt Ihr ein anderes Mal sprechen.«

»Richtig«, bemerkte Mathilde, »momentan geht es nur um

diese Tapisserien. Ich muss Charles Quint treffen, um sie ihm zu zeigen, bevor sich die Fronten verhärten.«

»Meiner Ansicht nach ist das bereits geschehen«, warf San Remo ein.

»Wie das?«, entgegnete Bernardin.

»In Spanien spricht sich alles herum, und in den Patios wird viel über die Gefangenschaft des französischen Königs getuschelt. Spione, Händler und Boten sind unterwegs, einige inkognito, andere ganz offen. Und alle fragen sich, wie sich Charles Quint entscheidet.«

Er wandte sich an Bernardin.

»Ein Bote hat mir soeben Neuigkeiten gebracht.«

»Welcher Art?«

»Die Schwester des französischen Königs, die Duchesse d'Alençon, hat versucht, ihrem Bruder zur Flucht zu verhelfen. Aber ein Diener hat ihre Helfershelfer verraten. Die Flucht ist gescheitert.«

»Oh!«, rief Mathilde. »Warum bin ich nicht dort gewesen? Ich hätte vielleicht vernünftigere Ideen gehabt.«

»Vielleicht, aber das hätte nichts genutzt«, lächelte Rodrigo San Remo. »Euer französischer König wird zu gut bewacht. Eine Flucht ist unmöglich.«

»Und jetzt? Wie hat sein Kerkermeister reagiert?«

»Charles Quint hat verlangt, dass die Schwester des Königs sofort ausgewiesen wird. Sie muss Spanien umgehend verlassen, sonst wird sie auch gefangen genommen. Sie müsste jetzt auf dem Weg nach Barcelona sein.«

»Aber wie soll ich Charles Quint nun treffen, nachdem die Duchesse d'Alençon nicht mehr da ist? Sie sollte um eine Audienz für mich ersuchen. Das hätte er ihr nicht verwehren können.«

»Ich werde ihn für Euch bitten, Mathilde. Der Kaiser kann

den Prior von Los Lujanes nicht zurückweisen. Zudem kennt er mich. Wir sind uns drei- oder viermal bei diversen Prozessionen in den Straßen von Madrid begegnet.«

»Aber das habt Ihr mir nicht gesagt!«

»Ihr hattet die Hilfe der Schwester des Königs. War das nicht besser als meine?«

»Vielleicht«, seufzte das junge Mädchen. »Offensichtlich hat er seiner französischen Cousine nicht zuhören wollen. Wir dürfen keine Zeit verlieren, wir müssen uns sofort auf den Weg nach Toledo machen.«

»Der Kaiser ist nicht mehr in Toledo, er befindet sich wieder im Palast von Alcázar.«

»Auch gut«, sagte der Mönch. »Das liegt näher an meinem Kloster. Wie verfahren wir mit den Tapisserien?«

»Ich könnte Euch meine Hilfe anbieten.«

»Eure Hilfe! Zu welchem Preis?«, fragte Bernardin.

»Unsere Werkstätten in Tours kommen dafür auf«, entgegnete Mathilde sogleich. »Das ist die Gelegenheit für uns, Señor San Remo, über Geschäfte zu sprechen. Was sagt Ihr dazu?«

»Das würde mich freuen. Ich überlasse Euch diverse Kutschen für die Teppiche und eine kleine Eskorte, die Euch nach Madrid bringt.«

Vier Tage später betrat Mathilde dank der Vermittlung Bernardins den Palast von Alcázar. Er lag auf einer Anhöhe über der Stadt und war von festen Mauern mit vier Toren umgeben, die jeweils von weißen Türmen gekrönt waren.

Man kündigte sie als Vertraute von Marguerite d'Angoulême an, der Schwester des französischen Königs, und wenige Minuten später informierte sie ein Wachposten, dass der Kaiser bereit sei, sie zu empfangen.

Der große Hof des Palastes war von Fackeln erhellt. Ein Stallbursche übernahm die Zügel von Fildor, während Mathilde behände auf den Boden sprang.

»Wartet!«, sagte sie zu dem Stallburschen, der das Pferd bereits zum Stall führte.

Sie eilte zu ihm und holte aus der Tasche, die an der Flanke des Tiers befestigt war, ein kleines zusammengerolltes Päckchen in einem Lederetui hervor. Von nun an durfte sie *Die Quadriga* nicht mehr loslassen.

Mathilde folgte einem Diener in grauroter Livree durch einen prächtigen Flur, in dem bereits mittelalterliche Tapisserien in lebendigen schillernden Farben hingen. Sie kam an ländlichen und herrschaftlichen Szenen vorbei, deren Komposition sie kannte. Einige Bilder und komfortable Sessel vervollständigten das Ensemble.

Ein anderer Diener löste den ersten ab und brachte sie in ein luxuriös eingerichtetes Vorzimmer, wo sie ein Kammerherr erwartete, der sie in die Gemächer des Kaisers führte.

Dann wurde sie, sie wusste nicht genau wie, in einen anderen Flur geschoben und fand sich in einem riesigen halbdunklen Zimmer wieder, dessen Fenster von verzierten Schlagläden geschützt wurden, die nur einige Lichtstrahlen hereinließen.

Charles Quint kam auf sie zu, maß sie mit Blicken und beobachtete ihren geschmeidigen leisen Gang, der an eine Katze erinnerte.

Dann blieb der junge Kaiser stehen und sah sie aus seinen dunklen hervortretenden Augen an. Er war von mittlerer Größe, prächtig gekleidet und besaß ein stark vorstehendes Kinn, was er unter einem dichten braunen Bart verbarg.

Sein Blick wirkte milde, was jedoch nicht aufrichtig schien, sein Mund stand offen, und seine dicke Unterlippe hing herunter, was ihn irgendwie enttäuscht wirken ließ. Er lächelte kaum, oder zumindest sah man es nicht.

Charles Quint kaschierte seine Hässlichkeit mit einem zurückhaltenden Charme. Mit seinen gemäßigten, ruhigen, aufmerksamen Gesten und Augen, denen nichts entging, ähnelte er jenen mächtigen Keilern, die den Jägern hinter einem Busch auflauern. Seinen unförmigen Körper kaschierte er mit einer sportlichen Figur, die einige, um nicht zu sagen viele, eher vorteilhaft fanden.

Charles Quint wirkte eher listig als intelligent. Er bewegte sich lieber an der frischen Luft, als seinen Geist zu formen, und sein ganzes Dasein bestand aus Kalkulieren, Abschätzen und Deuten.

Er ging ein paar Schritte auf Mathilde zu, sodass er direkt vor ihr stand, und blickte ihr in die Augen, ohne dass sie einschätzen konnte, ob er milde gestimmt war oder nicht.

»Ihr seid also eine der Vertrauten von Marguerite d'Angoulême, der Duchesse d'Alençon.«

»Und Tochter einer Weberin aus Tours, Majestät.«

Da er das Gespräch eröffnet hatte, wusste Mathilde, dass sie nun fortfahren durfte, ohne gegen die Regeln des Protokolls zu verstoßen.

»Ich bin Euch unendlich dankbar, Majestät, dass Ihr mir diese Unterredung gewährt, denn mir ist durchaus bewusst, dass ein König keine Vertrauten empfängt.«

»Aber er empfängt Bildhauer, Maler und Weber. Ihr habt also gute Chancen.«

Er stand konzentriert und wachsam vor ihr, irgendwie steif.

»Aber um ehrlich zu sein, habe ich Euch empfangen, weil man Euren Mut und Eure Entschlossenheit ebenso gepriesen hat wie Eure außerordentliche Schönheit. Ich sehe, man hat sich nicht getäuscht.«

Charles Quint ließ seinen Blick zu ihrem staubigen Kleid hinuntergleiten und studierte anschließend ihr Gesicht.

»Verzeiht, Majestät, dass ich mich in dieser traurigen verstaubten Kleidung zeige, aber ich komme aus Tortosa und bin mehrere Tage ohne Pause geritten.«

Mit einer großzügigen Geste bedeutete er ihr, dass das für ihn unwichtig war. Er musterte sie allerdings derart eindringlich, dass es Mathilde beunruhigte. Ihr nachtblaues Kleid, das auf Taille gearbeitet war, schmiegte sich um ihre wogenden Hüften, und unter den harmonischen Falten, die bis auf den Boden fielen, konnte man ihre langen schlanken Beine erahnen.

Charles Quint hob den Blick erneut zu dem Gesicht des jungen Mädchens und betrachtete das vollkommene Oval, die zarte Linie des Kinns, die feinen wohlproportionierten Nasenflügel, ihre geschwungenen Brauen, die langen Wimpern, die die lebendige Farbe ihrer Augen betonten, und ihre fein modellierten Wangen. Ihre langen kastanienbraunen Locken lugten aus ihrer Haube und fielen anmutig über ihren Rücken und ihre Brust.

Nachdem er seine Studie beendet hatte, setzte Charles Quint die Unterhaltung fort.

»Wie kommt es, dass Ihr nicht mit Marguerite d'Angoulême abgereist seid, als ich sie des Landes verwiesen habe?«

»Ich hatte Madrid bereits einige Tage zuvor verlassen. Ich war über die Ausweisung nicht informiert.«

»Und was hat Euch nach Tortosa geführt?«

Damit er einwilligte, Mathilde zu empfangen, hatte Bernardin Charles Quint erklärt, was das Ziel dieser Unterredung war. So erwartete der Kaiser nun, dass Mathilde von den Wandbehängen berichtete.

Er maß sie noch immer mit diesen großen schwarzen Augen und hatte ein verkniffenes Lächeln aufgesetzt.

»Ich musste mich nach Tortosa begeben, um die Wandbehänge wiederzubeschaffen, die die französische Regentin Euch in Abstimmung mit einigen Webern aus Flandern, Paris und dem Val de Loire, darunter meine Mutter Alix de Cassex, anbietet, wenn Ihr einer akzeptablen Vereinbarung zur Befreiung von François I. zustimmt.«

»Meint Ihr, die Befreiung Eures Königs ließe sich einfach mit ein paar Tapisserien regeln?«

»Ein paar Tapisserien!«, rief das junge Mädchen missbilligend. »Keineswegs, Majestät!«

Sie sah ihm kühn in die Augen und fuhr entschieden fort:

»Dies sind zwei gewaltige Werke. Das eine wurde von dem Brüsseler Maler Bernard van Orley gezeichnet und zum Teil in den Werkstätten der Brüder Dermoyen gewebt. Ich verstehe, Majestät, dass Ihr nicht wisst, worum es sich handelt, da Ihr sie nicht gesehen habt.«

»Also, erklärt es mir.«

»*Die Jagden des Maximilian,* so haben wir die Wandbehänge genannt, stellen die vier Jahreszeiten dar. Die Werkstätten meiner Mutter haben den September gewebt. Die zentrale Figur, die prächtig in ein Wams aus broschierter Seide gekleidet ist und auf einem feurigen, sich aufbäumenden Pferd sitzt, könnte durchaus Euch darstellen. Ja! Seine Erscheinung passt zu Euch. Ihr führt und befehlt, und Euer Volk gehorcht Euch.«

Charles Quint hörte ihr noch immer unbewegt zu.

»Die Wälder sind voller Wild, die Bäume voll dichtem Blattwerk, die Hunde aufgeregt, und jede Jahreszeit spiegelt sich im Himmel und der Erde des dargestellten Monats. Alle Wandbehänge sind aus feiner Wolle und Seide gewebt sowie mit Gold- und Silberfäden durchwirkt.«

Mathilde spürte, dass sie das Interesse des Kaisers geweckt hatte. Daher fuhr sie ohne Pause fort:

»Das zweite ebenso beeindruckende Werk *Die Apostelgeschichte* wurde von dem berühmten Maler Raffael gezeichnet. Sie ist in den bekannten Werkstätten von Pieter van Aelst gewebt worden. Einer der neun Teile, *Petri Fischzug,* wurde auf Webstühlen meiner Mutter in Tours hergestellt. Diesmal zieht die zentrale Figur ihr Netz in eine riesige Barke auf dem grünen Wasser des Meeres. Es ist ein schöner und starker Fischer mit kräftiger Muskulatur.«

Sie senkte nicht den Blick, sondern versuchte, den Kaiser zu umgarnen, was ihn womöglich verärgerte oder verwirrte, es sei denn, er ließe sich auf das Spiel der Verführung ein. Was das anging, war Charles Quint allerdings kein François I.

»Ja! Ein schöner und starker Fischer mit kräftiger Muskulatur«, wiederholte sie, »wie Ihr, Majestät.«

Er blinzelte, erwiderte jedoch nichts, was bedeutete, dass ihm der Vergleich nicht unangenehm schien.

»Die neun Wandbehänge der *Apostelgeschichte* haben gigantische Ausmaße, die nur an den Wänden des Vatikans richtig zur Geltung kommen können.«

Charles Quint schwieg. Er hörte dem jungen Mädchen zweifellos aufmerksamer zu als erwartet. Diesmal bemerkte Mathilde den Tick seiner dicken Lippe, die leicht zuckte. Dann glitt ihr Blick zu den Edelsteinen an seinen Fingern. Sie waren der einzige Schmuck, den er sich gönnte, abgesehen von einer dicken Halskette mit einem Bronzemedaillon.

»Die Mauern meiner Paläste, Schlösser und Residenzen«, antwortete er mit tiefer Stimme, »können mit denen des Vatikans konkurrieren. Meine Sammlung von Tapisserien ist die bedeutendste unter allen europäischen Herrschern, der Papst eingeschlossen.«

»Ich weiß, Majestät, das erzählt man sich. Deshalb biete ich Euch im Namen der französischen Regentin, Madame Louise d'Angoulême, diese Meisterwerke an, die zurzeit im Kloster Los Lujanes lagern und von Prior Bernardin bewacht werden.«

»Was wollt Ihr?«, sagte er und sah sie forschend an.

»Dass Ihr Euch bei den Bedingungen für die Befreiung des französischen Königs entgegenkommend zeigt.«

Er brach in schallendes Gelächter aus, und seine dicke Lippe wackelte jedes Mal, wenn sein Körper zuckte, doch in Wahrheit dachte er nach, und sein Lachen sollte das überspielen.

»Meine Bitte ist kindisch, Majestät, aber das angesprochene Geschenk bittet Euch lediglich, Euch bei Eurem Urteil etwas milde zu zeigen.«

Schließlich reichte sie dem König das kleine Lederpäckchen, in dem sich *Die Quadriga* befand. Er packte sie behutsam aus, um das Bild anschließend aufmerksam zu studieren. Das kleine blaugoldene Viereck beeindruckte den Kaiser.

»Nur ein König besitzt ein so wertvolles Meisterwerk«, murmelte er.

»Dieses kleine byzantinische Werk aus dem achten Jahrhundert gehört mir. Nun gehört es Euch, Majestät. Legt es in die Waagschale, die sich zugunsten unseres französischen Königs neigt. Ich schenke es Euch ohne Gegenleistung.«

Sein Lachen erstarb, und er betrachtete schweigend die junge Frau.

»Obwohl es sehr klein ist«, fuhr Mathilde salbungsvoll fort, »ist sein Wert immens. Zu einer unbekannten Zeit, die jedoch gewiss weit zurückliegt, hat man es aus dem Palast Kaiser Karls gestohlen, dann wurde es in Konstantinopel wiedergefunden, wo es mehr als dreihundert Jahre im Palast von Byzanz eingeschlossen war. Und seit fast zweihundert Jahren wird es heimlich von Hand zu Hand gereicht. Heute liegt es in Euren Händen, Majestät. Ich kann Euch versichern, dass niemals eine Kopie angefertigt wurde. Es handelt sich um das Original.«

Was dachte er wirklich? Spekulierte er bereits? Sollte sie ihm Zeit zum Nachdenken geben? Sie beschloss fortzufahren, ohne seine Reaktion abzuwarten.

»Es wäre sicher gerecht, wenn dieses kleine einzigartige Meisterwerk Euch positiv beeinflussen würde und keine Rache wegen eines alten Erbes zur Folge hätte.«

Sie begriff zu spät, dass sie ihn verärgert hatte.

»Was wollt Ihr damit sagen?«, fragte er knapp.

»Die Bourgogne gehört Frankreich«, antwortete Mathilde und ließ sich nicht aus der Fassung bringen.

»Und Mailand gehört Italien.«

»Der König überlässt Euch Mailand und Neapel, da bin ich mir sicher.«

Er drehte nervös *Die Quadriga* zwischen seinen Fingern.

»Wer seid Ihr wirklich, und was habt Ihr getan, um dieses Werk zu erhalten?«

»Majestät, soll ich Euch meine Geschichte erzählen?«

Er deutete auf einen Sessel und forderte sie auf, Platz zu nehmen. Anschließend ließ er sich in dem Sessel ihr gegenüber nieder.

»Ich habe viel Zeit. Im Übrigen bitte ich darum, Eure Wandbehänge zu sehen, und wenn sie so sind, wie Ihr mich glauben machen wollt, denke ich darüber nach. Bis dahin höre ich Euch zu.«

»Majestät, in Wahrheit ist meine Geschichte kurz. Ich bin die Tochter von Alix de Cassex, aus einer alten Weberfamilie, die sich im Laufe der Jahre in Brügge, in Paris und im Val de Loire niedergelassen hat. Ich wurde allerdings in Bologna geboren, und mein Vater war einer der vier Gonfaloniere von Florenz. Er hieß Alessandro Van de Veere.«

Sie hielt inne, und um glaubwürdig zu klingen, beschloss sie, in einem Punkt zu lügen.

»Ihm gehörte *Die Quadriga*. Er hat sie mir vor seinem Tod vermacht.«

Charles Quint verzerrte heftig den Mund.

»Und vor seinem Tod hat Euer König Louis XI. meinem Großvater Karl dem Kühnen die Bourgogne gestohlen.«

Auf diesem heiklen Gebiet konnte sie nur verlieren. Mathilde wollte den Kaiser jedoch für sich einnehmen und fuhr von daher mit ihren Ausführungen fort:

»Die Werkstätten meiner Mutter haben seit jeher Werke für den Vatikan oder die Familie d'Angoulême gewebt. Und vor der Regentschaft von François I. haben sie große Wandbehänge über den Trojanischen Krieg für Louis XII. angefertigt.«

Die Verärgerung im Gesicht von Charles Quint hatte sich gelegt, er wirkte wieder gelassen.

»Eines Tages, Majestät, hat ebendieser König Eure Mutter Jeanne von Kastilien am Hof von Amboise empfangen. Meine Mutter, die Spanisch spricht, war ebenfalls zum Fest geladen. Da sie die Gesellschaft meiner Mutter geschätzt hatte, machte die Königin von Kastilien auf dem Rückweg in unseren Werkstätten halt. Dann erteilte sie ihr den Auftrag für *Die Jungfrau mit dem Kind*. Da ich damals noch nicht geboren war, habe ich diesen Wandbehang nie gesehen.«

»Er ist ganz mit Goldfaden gewebt. Würdet Ihr ihn vor Eurer Abreise gern sehen?«

»Vor meiner Abreise!«

»Ja! Eurer sofortigen Abreise. Sobald Ihr diesen Palast verlassen habt, werde ich Eure Ausweisung anordnen, genau wie ich es mit Marguerite d'Angoulême gemacht habe.«

Mathilde empfand zunächst Enttäuschung, dann Wut, und schließlich antwortete sie in leicht spöttischem Ton:

»Fürchtet Ihr, Majestät, dass ich ebenfalls versuchen könnte, den französischen König zu befreien?«

»In der Tat möchte ich dieses Risiko nicht eingehen. Eure Geschicklichkeit und Eure Kühnheit zusammen mit Eurem Wagemut, den ich erleben durfte, könnten möglicherweise dazu führen, dass Ihr Erfolg habt, wo meine Cousine Marguerite d'Alençon gescheitert ist. Daher wird eine meiner Eskorten Euch bis zur spanischen Grenze begleiten.«

Er erhob sich und fügte hinzu:

»Nun, wollt Ihr *Die Jungfrau mit dem Kind* sehen, die Eure Mutter für meine gefertigt hat?«

»Ich hätte nicht gewagt, Euch darum zu bitten, Majestät.«

»Es ist das Mindeste, schließlich habt Ihr mir ein Geschenk gemacht. Ich schulde Euch etwas.«

»Majestät! *Die Jungfrau mit dem Kind* zu sehen ist nicht der Preis, den ich verlange. Es ist die Freiheit des französischen Königs, die ich wünsche.«

»Und ich will die Bourgogne.«

Schaudernd folgte Mathilde dem Mann, der François seiner Freiheit beraubte, ohne je über seine Befreiung zu sprechen, und der sich doch ihr gegenüber entgegenkommender gezeigt hatte, als sie zunächst erwartet hatte. Hatte sie ihn unwillentlich bezaubert? Sie schob diesen Gedanken rasch beiseite, als sie daran dachte, wie groß seine Sorge vor einem zweiten Fluchtversuch war.

Aber was hatte Marguerite dazu veranlasst? Sie musste diese übereilte Entscheidung, von der Mathilde nichts wusste, nach ihrer zweiten Unterredung mit Charles Quint getroffen haben, bei der er sich ihr gegenüber offenbar unnachgiebig gezeigt hatte. Hatte Marguerite denn nicht versucht, diplomatisch mit ihrem Cousin, dem Kaiser, zu verhandeln?

Und die Verführung! Hatte sie nicht versucht, diesen unerbittlichen Mann ein wenig zu becircen? Hatte sie in ihrer weißen Trauerkleidung, die ihre extreme Zartheit betonte, keinerlei Wirkung auf ihren Cousin gehabt? Mit ihrem ockergelben, durchsichtigen Schleier, unter dem ihre rötlichen Locken durchschimmerten und der nur unzureichend ihre gütigen grauen Augen verbarg? War es ihr gelungen, blass und müde wie sie war, sich ihrer Reize jedoch durchaus bewusst, auf das undankbare Gesicht des Kaisers nur ein schwaches Lächeln zu zaubern?

Leider hatte Mathilde offenbar auch nicht mehr Erfolg! Und auch sie wurde des Landes verwiesen. Charles Quint bedeutete ihr, ihm zu folgen. Er stieg ein paar Stufen in einen weiteren großen Saal hinunter, in dem Leiern, Mandolinen und Zithern lagen. Sie wanderten durch die Flure des Palastes, und Mathilde spürte die Anwesenheit der Wachen und der Soldaten, die sich in den Ecken versteckt hielten und sie beobachteten, ohne sich zu zeigen.

Sie überquerten eine Reihe von Innenhöfen, von denen einige so offen waren, dass die brennende Sonne dort kaum zu ertragen war. Andere waren so schattig, dass man die sie umgebenden Arkaden kaum sah.

Hier schien es keinerlei Abstufungen zu geben. Alles wirkte entweder ganz hell oder sehr dunkel. Nur die Düfte waren vielfältig.

Sie kamen an Gärten vorbei, in denen es nach Zitronen duftete, und erreichten schließlich das Zimmer mit der Tapisserie. Diese war zwar klein, glänzte jedoch golden, und Mathilde war sprachlos ob der Herrlichkeit.

Das junge Mädchen wusste nicht, was sie sagen sollte. Von der Mutter von Charles Quint zu sprechen war heikel. Sie hatte bei dem Tod ihres Mannes, des Erzherzogs von Österreich, Philippe le Beau, den Verstand verloren und war seither im Schloss von Tordesillas eingeschlossen. Mathilde sagte lieber nichts und bedankte sich bei Charles Quint, dass er ihr gestattet hatte, das Werk der Weberin Alix de Cassex zu bewundern.

»Sehe ich vor meiner Abreise aus Spanien meinen Freund, den Prior Bernardin de Los Lujanen, noch einmal wieder?«

»Gewiss, da wir gemeinsam die Wandbehänge aus Frankreich und Flandern bewundern.«

»Gut, dann muss ich Euch sagen, Majestät, dass auf Bitte seines Freundes aus Kindertagen, Hugues de La Roche, Seigneur de Montalon und Vogt von Paris, Prior Bernardin de Los Lujanes die Garantie für die Tapisserien übernimmt, bis eine endgültige Entscheidung zur Befreiung von François I. gefallen ist. Sie werden vom Vogt von Paris zurückgeholt und uns übergeben, wenn Eure Entscheidung dem französischen Königreich nicht zusagt.«

»Genau so habe ich es erwartet. Und Eure *Quadriga*?«

»Ich habe es Euch gesagt, Majestät: Ich schenke sie Euch. Alles Weitere überlasse ich Euch und …«

Sie sah ihn durchdringend an.

»Mir und meinem Gewissen.«

Mathilde nickte langsam mit dem Kopf.

15.

Schließlich trat ein, was die Regentin vorausgesehen hatte. Die deutschen Fürsten interessierten sich nicht mehr für die persönlichen Probleme von Charles Quint, von denen sie nicht direkt betroffen waren, und zogen es vor, sich mit den Fragen der Religionsreform zu befassen.

Um François I. zu befreien, machten die Regentin und ihre Berater ein Scheinangebot. Charles Quint wurde seinerseits nachdenklich. Seine überhöhten Forderungen, die sich an den Höfen Europas herumgesprochen hatten, zeigten, dass er gefährlich werden konnte, nicht nur für Frankreich, sondern auch für die anderen Länder. Sogar Henri VIII. betrachtete ihn mit anderen Augen.

Nach langen Überlegungen hieß es, niemand wusste, woher das Gerücht genau stammte, dass der französische König nicht nur auf die italienischen Provinzen Neapel und Mailand verzichten würde, sondern auch auf die Bourgogne, einige Teile im Osten des Königreichs und weitere im Süden, die dem König von Navarra gehörten. Man beschnitt das französische Königreich sozusagen von allen Seiten ein bisschen, um die überzogenen Forderungen des Kaisers von Österreich zu befriedigen.

Da er darin eine mögliche Falle sah, akzeptierte Charles Quint die Vorschläge der Regentin zwar, bestand jedoch darauf, dass man ihm die beiden ältesten Söhne von François I. als

Geiseln überließ, zum Zeichen, dass die Zusagen der Regentin ernst gemeint waren.

Selbstverständlich gehörten auch die zweihundertfünfzigtausend Golddukaten sowie die königlichen Tapisserien zu der Abmachung. Ehe die neun Teile der *Apostelgeschichte* dem Vatikan zurückgegeben wurden, wurde vereinbart, dass sie tatsächlich Charles Quint gehörten und dass die zwölf großen Tapisserien, die man *Die Jagden des Maximilian* nannte, in Madrid an den Wänden des Alcázar aufgehängt würden.

Obendrein beschloss man die erwähnte Hochzeit zwischen dem französischen König und Prinzessin Eleonore von Österreich. Anschließend wartete man die Folgen dieser Umwälzungen ab.

Am ersten Februartag beschloss Louise d'Angoulême, dass der Hof Blois verlassen und dem befreiten König entgegenreisen würde. Die Freude wäre unendlich gewesen, wenn nicht das Schicksal der beiden Königskinder auf dem Spiel gestanden hätte.

Die Dächer der Stadt glänzten unter dem winterlichen Nieselregen. Die schieferfarbene Loire schwoll an und ließ langsam die Sandbänke in den fast unbeweglichen Fluten verschwinden.

Seit wie vielen Monaten träumte Louise von diesem Tag? Sie wusste es nicht zu sagen, so oft war sie jedes Detail durchgegangen, seit die Armee von Charles Quint die Schlacht gewonnen und ihren Sohn gefangen genommen hatte.

Gemeinsam mit Marguerite machte sie sich auf den Weg, den freigelassenen François zu treffen, doch sie konnten ihr Glück der Kinder wegen noch nicht ganz genießen. Niemand hatte sich getraut, ihnen von dem schrecklichen Schritt, der ihnen bevorstand, zu erzählen. Wer sollte es ihnen sagen? Vielleicht verstanden sie noch nicht einmal, was man von ihnen verlangte!

Als François Madrid verließ, waren die beiden Frauen jedoch außer sich vor Freude. Louise lachte und scherzte mit ihren Zofen, obwohl ihr in der feuchten kalten Jahreszeit ihr Rheuma schwer zu schaffen machte.

Plötzlich spürte sie, wie sich ein Gelenk schmerzhaft verspannte, und verzog das Gesicht zu einer Grimasse. Sie beachtete es jedoch nicht weiter, sondern konzentrierte sich darauf, dass sich endlich eine Lösung abzeichnete, die schlechter hätte sein können. Sie wollte nicht mehr an die trüben Tage denken, an denen sie jeden Augenblick mit dem Tod ihres Cäsar gerechnet und Marguerite ihr eine traurige Botschaft nach der anderen geschickt hatte.

Hinter Blois tauchten die Türme von Amboise am fahlgrauen Himmel auf, dem die winterliche Kälte alle Farbe entzog. Die Terrassen, die feucht vom feinen Regen waren, hatte man abwechselnd mit Mimosen und mit Schalen bunter Stiefmütterchen bepflanzt.

Louise befand sich mit Marguerite und den beiden kleinen Prinzen am Kopf des Trosses, die nicht wussten, ob sie fröhlich oder traurig sein sollten. Sie waren begeistert, ihren Vater wiederzusehen, aber worin bestand dieser außerordentliche Mut, den sie angeblich beweisen mussten? Das beunruhigte sie. Als Louise sah, dass die Kinder gedämpfter Stimmung waren, begriff sie, dass Marguerite ihnen in einfachen Worten erklärt hatte, wozu eine Geisel da war, wenn zwei Länder planten, einen Friedensvertrag zu unterzeichnen.

»Seid nicht traurig«, sagte Mathilde, die in Amboise aus ihrer Kutsche gestiegen war, um sie einen Augenblick zu besuchen. »Ihr werdet nicht lange in Spanien bleiben.«

»Gewiss nicht, meine Kleinen«, bekräftigte die Duchesse d'Alençon und nahm die beiden herzlich in die Arme. »Heute denken wir nur daran, wie schön es ist, dass euer Vater nach so langer Zeit zurückkehrt.«

»Aber was sollen wir dann machen?«

»Was man von euch verlangt, meine Herzchen. Dasselbe, was ihr auch in Bois oder in Amboise macht.«

»Wohin fahren wir?«

Auf die Fragen, die der Dauphin mit unverhohlener Sorge stellte, reagierte Henri, der jüngeren Bruder, stumm und abweisend.

»Hinter der Grenze«, fuhr Mathilde in ruhigem Ton fort, »liegt Spanien. Madrid ist eine schöne Stadt. Dort werdet ihr einen sehr prächtigen Palast sehen, den eure Tante Marguerite und ich schon besucht haben.«

»Aber warum werden wir allein sein? Sonst seid immer Großmutter und Ihr bei uns, Tante Marguerite.«

Der Dauphin riss die Augen weit auf, und auf seiner Stirn bildete sich eine tiefe Falte. Er wollte noch so vieles fragen, doch ihm schwirrte der Kopf. Seine Augen, die normalerweise so fröhlich lachten, da er den Blick von seinem Vater geerbt hatte, wirkten weiterhin besorgt. Verzweifelt klammerte er sich an die ausweichenden Antworten, die man ihm gab.

»Aber wenn Großmutter uns nicht belgeitet und auch nicht Tante Marguerite, bleibt immer einer der königlichen Berater und manchmal auch eine Amme bei uns. Wir sind nie allein.«

Henri hörte, was sein Bruder sagte, und wagte nicht zu sprechen. Das schien ihm alles beängstigend. Warum Spanien? Warum die Trennung von der Familie? Warum die Tränen in Marguerites Augen?

»Meine Kinder, die königlichen Berater sind durch die Rückkehr eures Vaters alle sehr beschäftigt. Aber ich bin mir sicher, dass sie abwechselnd kommen werden, um sich davon zu überzeugen, dass es euch an nichts fehlt.«

Diese Antwort schreckte den kleinen Henri auf, und Marguerite bedauerte ihre Worte.

»Warum sollte es uns an etwas fehlen? Wir sind die Kinder des Königs!«

Aus diesen Erklärungen hielt Louise sich lieber heraus. Sie seufzte, der Schmerz schnürte ihr die Brust zusammen. Die Vorstellung, dass François jeden Moment auftauchen konnte, verwirrte sie so, dass sie die Augen schloss. Schließlich sagte Mathilde, deren Herz bei der Aussicht, François wiederzusehen, heftig klopfte:

»Ja, ihr seid die Söhne des französischen Königs. Und deshalb werden die Spanier euch großen Respekt erweisen.«

Diese mit ruhiger Überzeugung vorgebrachten Worte beruhigten die Kinder ein wenig. Die Jungen schwiegen und gingen zu Louise, die sie mit einem traurigen Lächeln in die Arme schloss.

Nachdem Marguerite von der schwierigen Befragung erlöst war, kehrte Mathilde in ihre eigene Kutsche zurück, die sie mit der neuen Mätresse des Königs teilte. Sie setzte sich und warf ihr einen finsteren Blick zu.

Mätresse! Natürlich, noch war nichts geschehen. Demoiselle de Pisseleu konnte François nicht gefallen. Schließlich hatte Louise sie ausgesucht. Und in Liebesdingen tat François, was er wollte. Mit der Eleganz eines Prinzen vernaschte er die hübschen Kammerzofen, die seinem Geschmack entsprachen. Er lockte die verführerischen Töchter der Gastwirte mit charmanten Worten und ritterlichen Gesten, die er so gut beherrschte, in sein Bett. Er liebte es, Frauen zu verführen, zu begutachten, zu mustern und zu vernaschen, aber er mochte es nicht, wenn man ihn zwingen wollte, eine zu lieben, die man ihm auf dem Silbertablett servierte.

Doch seine Mutter bot ihm Demoiselle d'Heilly als kleines Schätzchen an, die er sofort vernaschen konnte. Wie würde François reagieren? Anne würde mit den Lidern klimpern, um ihre langen schwarzen Wimpern zu betonen, würde zunächst auf respektvolle Weise den Blick senken und ihn dann kurz heben, damit der König den Funken bemerkte, der darin glühte. Anschließend würde sie erröten, genau wie es sich gehörte, was ihren rosigen Teint zur Geltung brachte.

Mathilde kannte das alles. Wenn sie den König nicht so gut kennen würde, verhielte sie sich ganz genauso. Sie würde sogar noch mehr tun. Sie würde in einem durchsichtigen Nachthemd an seine Zimmertür klopfen, damit er mit einer Fackel in der Hand ihren verführerischen Körper bewundern konnte.

Mathilde kehrte in die Gegenwart zurück und dachte an Guillaume, dessen Bild mit dem von Hugues verschwamm. Sie verdrängte es. Heute wollte sie nur an François denken, an seine Rückkehr, an alles, was sie tun würde, um vor Demoiselle d'Heilly in seine Arme zu sinken. Dabei war sie sich durchaus bewusst, dass sie, Mathilde, keineswegs die Mätresse sein würde.

Doch sie würde die Gelegenheit nutzen, dass Françoise de Châteaubriant nicht mehr da war, da Louise sie während der Gefangenschaft des Königs vertrieben hatte, um einen Augenblick ihren Platz einzunehmen. Denn Mathilde spürte, dass sie in einiger Zeit, wenn alles am königlichen Hof wieder seinen normalen Gang ging, nicht mehr an François I. herankommen würde. Sie würde ihre lange Unterredung mit Charles Quint zum Anlass nehmen, ein privates Gespräch mit dem König zu erbitten. Musste sie ihm nicht alle Details dieser Besprechung mitteilen?

Ihr Blick begegnete dem von Anne de Pisseleu, und sie erschauderte. Zweifellos würde der König sich von ihren blonden Haaren, ihrem frischen Teint, ihren zarten Gesichtszügen verführen lassen. Anne besaß das Gesicht einer flämischen Madonna, und Mathilde wusste, dass sie den König mit ihren funkelnden Augen gefangen nehmen würde. Wenn sie in diesem Augenblick auch kühl und abweisend wirkten, wusste Anne, wie sie ihnen im entscheidenden Moment den gütigen sanften warmen Ausdruck eines Engels verlieh.

Mathilde wusste auch – und darauf spekulierte sie –, dass der König laut Etikette der blonden Demoiselle erst eine Weile den Hof machen musste. Ein König erobert eine künftige Mätresse nicht in wenigen Stunden, auch nicht in einigen Tagen. Der Hof musste ihre Blicke und Gesten, ihre Haltungen und ihre Worte studieren und bewerten, bevor sie sich zum Tête-à-Tête zusammenfanden. Und das gab Mathilde Zeit, François zu verführen.

Bei ihrem Wunsch, eine neue Mätresse für ihren Sohn auszusuchen, hatte die Regentin allerdings eine Kleinigkeit vergessen, die Mathilde zunehmend ins Auge sprang: die Heirat von François I. mit Eleonore von Österreich. Durfte eine Frau vom Rang einer Königin gleich von Beginn ihrer Ehe an derart brüskiert werden? Würde sie einfach hinnehmen, dass sie sich bei jedem Empfang, jedem Spaziergang, jeder Jagd, jedem Konzert und jedem Fest einer Mätresse gegenübersah, die der König vergötterte? Gewiss, nach einigen Jahren konnte man eine gewisse Toleranz erwarten, aber in den ersten Tagen der Vereinigung, die den Segen der Kirche hatte! Das war etwas anderes!

Je länger Mathilde darüber nachdachte, desto mehr schwierige Punkte fand sie. Der zweite, der ihr von großer Bedeutung schien, war, dass die blonde und süße Anne nicht über die Scharfzüngigkeit und die überaus betörenden Eigenschaften der brünetten und verführerischen Comtesse de Châteaubriant verfügte. Anne war ebenso still und besonnen, wie die andere impulsiv und spontan war. Anne war sehr gebildet und verfügte über eine Intelligenz, die Louise und Marguerite von Nutzen sein konnte. François zog jedoch unbeschwerte, kühne Mädchen den braven und intellektuellen vor.

Schließlich musste Anne de Pisseleu mit sämtlichen schönen Mädchen am Hof konkurrieren – darunter Mathilde. Alle hatten ein Auge auf den Souverän geworfen, der als großer Liebhaber verrückter Affären galt.

Erneut richtete Mathilde ihren Blick auf Anne.

»Ich glaube nicht«, sagte sie mit unverhohlener Ironie, »dass Ihr in Tours oder in Poitiers zu der Regentin in die Kutsche steigen könnt, wie Ihr es eigentlich vorhattet. Sie bleibt mit Dame Marguerite und den beiden Kindern zusammen.«

»Ihr erzählt mir nichts Neues. Das weiß ich bereits«, erwiderte Anne de Pisseleu in scharfem Ton.

Da Mathilde darauf nichts entgegnete, flüsterte Anne:

»Ihr im Übrigen auch nicht. Ihr könnt nicht die königliche Kutsche nehmen, sondern müsst mit den einfachen Zofen vorliebnehmen.«

Mathilde tat, als hätte sie ihre Worte nicht gehört, und zog sich in ihre Ecke zurück. Auf der mit Samt gepolsterten Bank ihr gegenüber saßen Isabelle de Boulogne und Charlotte de Nevers, die sie einen Augenblick schweigend musterten. Anne setzte ein hübsches entspanntes Lächeln auf. Mathilde gab sich herablassend. Sie war sich der Privilegien bewusst, die ihr dank ihres Platzes im Schoße der königlichen Familie zukamen.

Anne blieb auf der Hut wie eine geduldige Katze, die den richtigen Augenblick abwartet, um ihre Krallen auszufahren. Mathilde hüllte sich in Schweigen, da sie genau wie ihre Reisegefährtin wusste, dass sie fortan nur bittersüße Worte tauschen würden. Sie hatten beide begriffen, dass zwischen ihnen kein offener Streit ausbrechen durfte und sie sich vor dem Hof gut benehmen mussten.

Da Mathilde bewusst war, dass Louise ihre Launen und ihre Verstöße gegen das Protokoll, die sie sich gegenüber der Comtesse de Châteaubriant herausgenommen hatte, künftig nicht mehr dulden würde, änderte sie ihr Verhalten. Mathilde würde gute Miene machen und lächeln, wenn sie merkte, dass ihr Blut vor Wut kochte. Sie würde ein fröhliches, liebenswürdiges Gesicht aufsetzen, wenn die Situation es verlangte. Doch sie würde nicht von ihrem Vorhaben ablassen: mit dem König das Bett zu teilen, bevor er es mit Anne teilte.

Hinter Amboise, Tours, Le Plessis und Montbazon begaben sich die Kutschen dem Lauf der Vieme folgend Richtung Poitiers. Mathilde schwieg weiterhin, während Anne sich anmutig mit den beiden Zofen, Isabelle de Boulogne und Charlotte de Nevers, unterhielt. Im Gegensatz zu Mathilde schienen beide entschieden, Anne im Licht der künftigen Eroberung des französischen Königs glänzen zu lassen.

Mathilde, die beschlossen hatte, nicht mit ihren Begleiterinnen zu sprechen, hing ihren Gedanken nach. Als das Bild des Königs verblasste, dachte sie an Valentine, die auf den kleinen Charles und ihre Tochter Aude aufpasste. Ab und an kam ihr das Bild von Seigneur de La Roche in den Sinn. Doch Hugues hatte sie keineswegs besessen, und sie hatte sich ihm nicht hingegeben. Zweimal hatten scharfe Worte sie auseinandergetrieben, kurz bevor sie von Lust überwältigt niedersinken konnten. Das erste Mal am Ufer der Seine, begleitet von den Schreien der Möwen und den unablässig vorbeifahrenden Kähnen, das zweite Mal im warmen Stroh im Pferdestall neben dem Rathaus. Hatte

Hugues sie verwirrt? Bedauerte sie ihre Worte, mit denen sie ihm jedes Mal versichert hatte, dass sie Guillaume niemals vergessen würde?

»Mathilde, werdet Ihr dem Hof weiterhin folgen, wenn wir zurück im Val de Loire sind?«

»Ich weiß noch nicht«, antwortete sie Isabelle de Boulogne, die ihr gegenübersaß.

»Die Werkstätten Eurer Mutter verlangen vielleicht nach Euch«, schloss sich Charlotte de Nevers an und zeigte ein leicht spöttisches Lächeln.

»Die Werkstätten meiner Mutter verlangen weniger nach meiner Anwesenheit als der französische König, dem ich in einem persönlichen Gespräch von meiner Audienz bei Kaiser Charles Quint in Madrid berichten muss.«

Und, um die zwei Frauenzimmer zu beeindrucken, die nur daran dachten, sich mit Anne de Pisseleu gutzustellen, fuhr sie leichthin fort:

»Ich musste ihm die königlichen Tapisserien anpreisen, die die Regentin und ich ausgewählt hatten. Zwei der Wandbehänge stammten aus unseren Werkstätten, ich wusste also, wovon ich sprach.«

Isabelle de Boulogne blickte Mathilde aus ihren grauen Augen an. Ein charmantes Lächeln, doch welch trüber Blick! Charlotte de Nevers besaß tausendmal mehr Charme, obwohl sie ungewöhnlich klein war, weshalb sie bei den Paraden und Präsentationen am Hof stets in der Reihe nach hinten gedrängt wurde. Hätte der wertvolle Name Nevers ihre kleine Person nicht mit strahlendem Ruhm umgeben, wäre sie nie in das Gefolge der Regentin gelangt.

»Aber anschließend, was habt Ihr vor?«

»Ich reise sicher nach Bologna. Meine Mutter hat dort Properzia de Rossi getroffen, eine Bildhauerin. Anschließend reise ich nach Rom, denn unsere Werkstätten arbeiten für den Vatikan, und ich werde in Florenz vorbeischauen, wo ich den großen Meister Raffael treffen muss, der Kartons für unsere Tapisserien zeichnet. Schließlich mache ich am Palazzo Medici halt, wo mich die Söhne des Gonfaloniere Van de Veere empfangen.«

Bei ihrer Aufzählung hatte Mathilde nicht einmal gelogen. Der Palazzo Medici! Ja, das war ein bedeutendes Detail. Leider konnte sie nicht mehr dazu sagen. Wenn sie gestand, dass es sich dabei um ihre beiden Halbbrüder handelte, musste sie Erklärungen abgeben, zu denen sie keine Lust hatte.

»Die Medici, Maîtres von Florenz! Welche Ehre!«

Mathilde wusste nicht zu deuten, ob Charlotte de Nevers ironisch oder aufrichtig klang.

»Ach!«, sagte sie, um ihren Ruf bei ihren Begleiterinnen zu festigen, »es ist mir eine noch größere Ehre, mich zum Vatikan zu begeben. In meiner Familie gab es einen Großonkel, der ein enger Berater von Papst Alexander Borgia war. Er ist leider verstorben. Immer, wenn ich nach Rom komme, verweile ich in stillem Gedenken an seinem Grab.«

Die Unterhaltung über die Medici oder den Vatikan schien die jungen Mädchen mehr zu interessieren als die Werkstätten mit den Hochwebstühlen, deren Meisterwerke so kostbar waren, dass sie sogar im Tausch für einen gefangenen König eingesetzt wurden. So sprach Mathilde von den warmen Nächten in Rom, von den Gärten, all seiner Pracht und den grenzenlosen Festen. Von Florenz mit seinen nächtlichen Rufen, dem Karneval und seinen verrückten Straßentänzen unter sternenklarem Himmel.

Nur Anne de Pisseleu schien sich nicht für die aufregenden Nächte in Florenz und Rom zu interessieren. Aber Mathilde wusste bereits, dass die blonde Demoiselle nur literarische Gespräche mochte. Daran berauschte sie sich mit der Schwester des Königs, die sich ebenfalls mit ihren Schriften, ihren Gedichten und ihren klugen Reflexionen zurückzuziehen pflegte.

Mathilde spürte, dass sie entgegen ihrer Gewohnheit zu viel geredet hatte. Sie schloss die Augen und schwieg. Anschließend drehte sich das Gespräch um die Interessen von Anne de Pisseleu, die auf die reformatorischen Ideen einer im Niedergang begriffenen Religion setzte. Was so viel bedeutete wie, dass Anne allein sprach.

In Bordeaux war der Frühling zu spüren, überall explodierten die Knospen. Der Himmel war nicht mehr regenverhangen wie von Poitiers bis Angoulême. Der Duft von Veilchen und Rhododendron hing in der Luft und streichelte sanft die empfindlichen Nasen der Damen.

Wenn man den Blick hob, sah man, wie die Blätter langsam in unvergleichlichem Grün an den Bäumen sprossen. Die Wiesen schillerten in unzähligen Farben, darunter Kornblumen und Margueriten, zwischen denen hier und da ein leuchtend roter Klatschmohn aufblitzte.

Je näher sie dem Baskenland kamen, desto stummer und trauriger wurden die Kinder des Königs. Der Dauphin schien verstanden zu haben, dass sein Vater eine Art Schachspiel verloren hatte und dass sie dafür den Preis zahlen mussten. Doch Henri, der noch immer schwieg, hing seinen eigenen Vermutungen nach. Er dachte mit zunehmender Sorge über den Grund nach, der ihn und seinen Bruder in diese verlorene Schachpartie hineinzog.

»Wer ist Charles Quint?«, fragte der Dauphin plötzlich, als die Stadt Bordeaux ihre Tore einige Tage für den königlichen Tross öffnete.

»François, das weißt du doch«, antwortete die Regentin. »Das ist der Cousin des französischen Königs, eures Vaters.«

»Aber er ist auch unser Kerkermeister«, entgegnete der kleine Henri.

Eine Kälte ergriff die kleine Gruppe. Niemand sagte etwas, und damit sie nicht noch weitere Fragen stellten, legte man die Kinder bald schlafen und wünschte ihnen süße Träume.

»Das ist furchtbar«, murmelte Louise. »Henri scheint mehr zu verstehen als sein älterer Bruder. Ich weiß nicht mehr, was ich ihnen sagen soll. Vermeiden wir es, zu viel mit ihnen zu reden und sie überhaupt anzusehen. Sie erkennen die Sorge in unseren Augen. Von unserem Blick lassen sie sich nicht täuschen.«

»Wie wollen wir sie ignorieren?«, murmelte Marguerite. »Das ist unmöglich, Mutter.«

Louise seufzte und atmete schwer. Sie hatte plötzlich das Gefühl, keine Luft mehr zu bekommen. Die Freude, ihren Sohn wiederzusehen, erlosch angesichts der Angst, die beiden Kinder zu verlassen. Nachdem sie von der Klausel des Vertrags erfahren hatte, hatte sie diverse schlaflose Nächte durchlitten. Wenn Neapel und Mailand endgültig für Frankreich verloren waren, würde man anschließend über die Bourgogne und die anderen Gebiete verhandeln. Aber wie lange würde die Gefangenschaft der Königskinder dauern?

Die Regentin musste sich zwischen zwei teuflischen Lösungen entscheiden: Entweder akzeptierte sie, dass die beiden ältesten Kinder des Königs oder zwölf wichtige Personen des Königreichs als Geiseln genommen wurden. Letzteres hätte zur Folge, dass Frankreich über keine Wirtschafts- und Finanzstruktur mehr verfügte. Sie musste entscheiden zwischen der Gefangenschaft der Kinder oder der jener Würdenträger.

Wie sollte sie reagieren und dabei nicht vor Angst schreien?

Die beiden Kinder zu opfern bedeutete eine unerträgliche Last, und Louise hatte sich nächtelang dagegen gewehrt. Ihre Schlaflosigkeit verstärkte ihren heftigen Widerwillen.

Eines Morgens fand sie sich jedoch alt, müde und angespannt vor einem aufgeregten Staatsrat wieder und musste zustimmen, Charles Quint die Kinder als Geiseln zu überlassen. Auf den Dienst von Montmorency, Chabot, Duprat oder des Comte de Guise zu verzichten, zu denen noch weitere wichtige Namen kamen, hätte den Niedergang des Königreichs bedeutet.

Zu jenem Zeitpunkt war ein solider Staatsrat für Frankreich wichtiger als zwei kleine Kinder, auch wenn es sich um die Kinder des Königs handelte. Nach diesem Entschluss hatte Louise sich elend, unverstanden und überfordert von dieser Entscheidung gefühlt.

Nachdem sie von Bordeaux Richtung Baskenland fuhren, freute sich Mathilde darauf, ihre Freundin Diane de Poitiers wiederzusehen. Diese schloss sich dem Gefolge der Regentin an, um den französischen König zu empfangen.

Dianes kleiner Tross war prächtig. Die Kutschen wurden von Pferden in prunkvollem Geschirr gezogen, die am Schweif mit einem Federbusch geschmückt waren und in deren Mähne man Seidenbänder geflochten hatte. Es waren acht Kutschen, denn Diane reiste mit ihrem Mann, ihren Töchtern, ihren eigenen Zofen, den Ammen, den Dienerinnen und Dienern ihres Anwesens.

Ihre Kutschen waren mit weißem Satin abgesteppt. In die Türen war das Wappen des großen Seneschalls der Normandie geschnitzt, was die Blicke jener anzog, die mehr über die Comtesse wissen wollten, die von so vollkommener Schönheit war.

Ja! Diane hatte ein wirklich schönes Gespann! Es war eindeutig genauso prächtig wie das königliche. Die Räder waren mit

Eisen beschlagen. Die meisten Kutschen besaßen Holzräder wie einfache Karren, häufig waren es Scheibenräder, da sie besser die Spur hielten. Die vorderen Räder waren kleiner als die hinteren, damit sie Anstiege, Hindernisse und andere Schwierigkeiten bewältigen konnten. Eisenräder bei einem Schmied beschlagen zu lassen bedeutete einen Luxus, den sich viele Familien nicht erlauben konnten. Sie nutzten die Dienste des Schmieds nur, um die Hufe ihrer Pferde beschlagen zu lassen.

Die Kutscher selbst waren ganz in Weiß gekleidet, Dianes Lieblingsfarbe. Damals fand sie an Schwarz noch keinen Gefallen. Das würde sie später mit großer Kühnheit zu ihrem weißen durchscheinenden unvergleichlichen Teint tragen, der ihr so wertvoll war.

Diane konnte sich einen Luxus leisten, der vielen anderen verwehrt war. Zwar hatte der Hof die Güter ihres Vaters, der kurz nach seiner Begnadigung gestorben war, eingezogen, doch der große Seneschall der Normandie, Louis de Brézé, war ausreichend begütert, um seiner Frau ein ebenso luxuriöses Leben wie am Hof zu bieten.

Der bald siebzigjährige Seneschall war mit einer guten Gesundheit gesegnet. Er aß gut, schlief gut, ritt wie ein junger Mann und war vom Leben bevorteilt, denn sein Reichtum war groß und seine Frau schön und treu. Es spielte keine Rolle, dass man munkelte, er könne ihr Großvater sein. Diane gab nichts auf diese Gerüchte und amüsierte sich, wenn es hieß, dass ein so alter Mann eine so junge und schöne Frau nicht befriedigen könne.

»Diane! Welche Freude, Euch zu sehen!«, rief Mathilde und umarmte ihre Freundin. »Wie lange bleibt Ihr?«

»So lange, wie der König seinen gesamten Hofstaat um sich schart.«

»Ob er viele Gesichter vergessen hat?«

»Unsere nicht, hoffe ich.«

Diane lachte, doch Mathilde war nicht in der Stimmung mitzulachen, denn sie sah bereits vor sich, wie der König die Gesichter jener betrachtete, die er nicht kannte. Und Anne de Pisseleu würde ihm sogleich bedeuten, dass sie ab jetzt ein wichtiger Bestandteil des Hofes sein würde.

»Diane!«, sagte sie mit einem herzzerreißenden Seufzer, »stellt Euch vor, er wird endlich den Himmel des Val de Loire wiedersehen, seine Sonne, seine Wiesen, seine Wälder. Bald kann er wieder in Blois, in Amboise und sogar in Chenonceau jagen!«

»Ich könnte schwören, dass die Gedanken des Königs sich weniger auf den französischen Himmel als auf andere Dinge konzentrieren. Es wird ihm sicher gefallen, noch ein paar amouröse Abenteuer zu genießen, bevor er wieder heiratet.«

Sie beugte sich zu ihrer Freundin und flüsterte:

»Hat die Regentin ihm eine neue Mätresse ausgesucht? Es heißt, die Comtesse de Châteaubriant bliebe in der Bretagne. Ihr Mann wolle sie auf keinen Fall wieder gehen lassen und habe sie sogar in ihrem Zimmer eingeschlossen.«

»Der König wird sie nicht zurückholen«, erwiderte Mathilde in kaum hörbarem Flüsterton, da deren Nachfolgerin im Schatten der Regentin lauerte.

»Ist es dieses blonde junge Mädchen mit Namen Anne de Pisseleu?«

»Das ist sie.«

»Dann könnt Ihr ja beruhigt sein.«

»Beruhigt, warum?«

»Eine königliche Mätresse muss einen Ehemann haben. Die Regentin und die Duchesse Marguerite werden erst einen Mann für sie suchen, bevor sie einen für Euch auswählen. Das verschafft Euch Zeit.«

»Glaubt das nicht, Diane. Es gibt eine lange Liste für Demoiselle d'Heilly. Und von dieser Liste bleiben zweifellos auch einige Namen für mich übrig. Die Gelegenheit ist zu günstig für Marguerite, die seit Jahren einen Mann für mich sucht. Ach! Bei dem Gedanken erzittere ich jetzt schon.«

Mathilde rückte zu Diane und zog sie am Arm.

»Kommt, entfernen wir uns ein paar Schritte. Jeder beäugt hier den anderen auf der Suche nach irgendeiner Schwäche. Das hat mich schon immer gestört.«

Sie gingen ein Stück, und schließlich murmelte Mathilde, während sie sich umsah und sich versicherte, dass niemand sie beobachtete:

»Ich habe gehört, wie die Regentin und Madame Marguerite den Namen Baron d'Etampes genannt haben. Das ist ein alter ruinierter Edelmann. Wenn er zustimmt, dass seine neue Frau am Hof lebt, heiratet er reich ein.«

»Der König ist noch nicht aus Spanien zurück, und schon entwickeln sich die Dinge mit schwindelerregender Geschwindigkeit. Diese Geschichte mit dem Baron d'Etampes scheint mir äußerst geschickt eingefädelt. Meiner Ansicht nach wird er sofort zustimmen.«

»Er kann ablehnen, und die Liste wird überarbeitet.«

»Das ist unmöglich, Mathilde. Wenn die Königinmutter die Dinge in die Hand nimmt, sind sie von Erfolg gekrönt. Nun beruhigt Euch, Eure Hochzeit wird so bald nicht stattfinden, weil es noch keine Liste gibt.«

»Ich glaube Euch nicht.«

Diane ließ den Arm ihrer Freundin los und baute sich vor ihr auf.

»Wetten wir, dass Ihr bei Eurem nächsten Besuch in meinem Schloss zu Beginn des Sommers noch niemandem versprochen seid.«

An einem Märzabend erreichte der Hof die schöne Stadt Bayonne, die im Fackelschein glänzte und durch die der Schall der Bombarden tönte. Die Artilleristen und die Führer der Infanterie begleiteten Louise und ihr Gefolge.

Die Gasthäuser waren voll. Überall herrschte Leben, und die Lichter brannten bis zum Morgengrauen. Man feierte die Ankunft der Regentin mit allen Ehren, die einer Königinmutter zukamen, die in der Abwesenheit des Königs das Land gut geführt hatte.

Der Hof hatte die ganze Nacht gefeiert, und die Frauen hatten gelacht und getanzt. Viele von ihnen standen erst im Laufe des Tages auf und würden die Festlichkeiten in der folgenden Nacht fortsetzen.

Nicht so Diane und Mathilde. Die beiden standen früh auf. Ihnen war gemeinsam, dass sie nie sehr spät schlafen gingen, um bei Tagesanbruch auszureiten, wenn die Natur gerade erst langsam erwachte.

Die beiden jungen Frauen entfernten sich von der Stadt und ritten an die Küste. Das Baskenland mit seiner sanften Stimmung faszinierte sie. Als sie am Meer die Wellen beobachteten, die von einer unterirdischen Kraft getrieben schienen und vom Wind aufgepeitscht sanft an den Strand plätscherten, waren sie sich darüber einig, dass ein solches Land sicher viele Geheimnisse barg.

Aus den grünen Wellen mit der weißen Gischt tauchten riesige dunkle Felsen auf. Als die erste Morgenröte verblasste und der Himmel sich langsam bläulich färbte, kam über dem Meer

Wind auf und zerrte an den Haaren der beiden Reiterinnen, die sie an diesem Morgen noch nicht ordentlich frisiert hatten.

Sie trieben ihre Pferde an und rasten voll Freude mit wehenden Haaren, die Gesichter in den Wind gereckt, über den Strand, wo die Hufe ihrer Pferde auf die kleinen Wellen schlugen, die dort verendeten.

Plötzlich kamen ihnen drei Reiter entgegen. Sie galoppierten ruhig und ohne Eile. Sie kamen rasch näher, bald würden sich ihre Wege kreuzen. Mathilde stockte der Atem. Sie erkannte den mittleren der drei Reiter. Leicht nach vorn gebeugt, saß er auf dem Rücken von Grenade. Hugues de La Roche ritt direkt auf sie zu.

Sie musste ihr Pferd zum Stehen bringen und kehrtmachen. Doch Diane hatte andere Pläne. Ohne auf Mathilde zu warten, galoppierte sie entschlossen auf die Reiter zu. Mathilde verlangsamte ihr Tempo und wusste nicht, wie sie sich verhalten sollte. Und während ihre Freundin auf Höhe der drei Männer angekommen war und sie höflich grüßte, beschloss Mathilde, wortlos an ihnen vorbeizureiten. Wer waren sie schon? Wohin wollten sie? Es gab keinen Anlass, bei ihnen anzuhalten.

Als sie in ihre Nähe kam, hätte sie am liebsten die Augen geschlossen. Doch das tat sie nicht. Es handelte sich um Hugues de La Roche in Begleitung von Duc d'Albret und Schatzmeister Duprat. Mit klopfendem Herzen, die zitternden Schenkel an Fildors Flanken gepresst, ritt Mathilde an ihnen vorbei, wobei sie dem Wind dankte, der eine dicke Haarsträhne in ihr Gesicht wehte und sie vor den Augen von Hugues verbarg.

Doch dann kamen zwei weitere Pferde durch die Wellen auf sie zugeritten. Von Weitem erkannte sie Admiral Chabot und Konnetabel Montmorency. Wie sollte sie diese nicht erkennen, da sie ihnen seit ihrem vierten Lebensjahr am Hof begegnet war?

Erneut wehte der Wind ihr die Haare ins Gesicht. Sie drehte sich um und sah, wie Diane mit den drei anderen Reitern sprach. Zweifellos erklärten diese ihr, dass sie aufgebrochen waren, um den König zu treffen, nachdem dieser Madrid verlassen hatte, und dass sie die Regentin soeben über seine kurz bevorstehende Ankunft informiert hätten.

Doch es sollte anders kommen. Hugues de La Roche löste sich von der kleinen Gruppe und ritt zu ihr. Sie holte tief Luft, gab ihrem Pferd die Sporen und ritt wie der Teufel. Sie wusste aus Erfahrung, dass Hugues ein guter Reiter war und dass er ihr folgen konnte. Er holte sie noch vor der Stadt ein. Einen Augenblick ritten sie wie zwei Verrückte nebeneinanderher, die Gesichter starr in den Wind gerichtet.

Ohne den Kopf zu drehen, rief Mathilde:

»Auch wenn Ihr Freund der Mönch sehr freundlich war, ich habe Euch nicht um Euren Schutz gebeten, Sire Vogt.«

»Eure Mutter hat mich darum gebeten. Sie fürchtete, dass Ihr in diesen konfliktreichen Zeiten in eine Falle geraten könntet.«

»Ihr lügt. Meine Mutter befindet sich auf dem Weg nach Bologna.«

»Als sie mir ihre Bitte vortrug, war sie noch nicht abgereist.«

Hugues trieb Grenade mit der Peitsche an, die daraufhin zu nah kam und heftig gegen Fildor stieß. Hugues rief:

»Allein hättet Ihr die Tapisserien in Tortosa nicht wiedererlangt.«

»Doch! Ich hätte es ohne Hilfe geschafft.«

»Ihr seid zu überheblich. Das wird Euch noch ins Verderben führen.«

Mathilde wurde wütend.

»Ich untersage Euch, mir Ratschläge zu erteilen. Und erwartet vor allem keinen Dank von mir. Ich schulde Euch nichts.«

Erneut von Grenade bedrängt, wollte Mathilde ausweichen, woraufhin ihr Pferd einen falschen Schritt machte. Der Wind trieb eine Welle mit weißem Kamm vor sich her, die höher als die anderen war und sie mit unerwarteter Wucht traf. Die Pferde scheuten vor Angst, und Hugues sprang in die Flut, die gegen seine Beine schlug. Dann zog er Mathilde am Fuß, um sie hinunterzuziehen.

Sie stürzten in die Wellen. Einen Augenblick verschwanden sie im Wasser, dann tauchten sie wieder auf. Hugues fasste Mathilde um die Taille. Sie wehrte sich, schrie und kreischte. Schließlich zog er sie aus dem Wasser und warf sie auf den feuchten Sand.

Sie wollte aufstehen, doch Hugues drückte sie brutal auf den Boden.

»Was glaubt Ihr, Seigneur de La Roche«, stieß sie hervor, »dass Ihr mich misshandeln müsst, um mich zu nehmen? Ich habe Euch bereits gesagt, dass Guillaume, egal was für ein Verbrecher er gewesen sein mag, mich nie geschlagen hat.«

Er hielt sie mit den Händen fest und drückte sein Knie in ihren Bauch. Dann riss er an ihrem Mieder und entblößte zwei kleine Brüste mit rosa Knospen, die ihm den Verstand raubten. Wie von Sinnen raffte er ihren Rock nach oben und entblößte ihre schlanken Schenkel, die im Licht des ockerfarbenen Sonnenaufgangs schimmerten.

»Ihr seid ein gewalttätiger, brutaler Mann. *Ihr* seid das Monster!«, schrie Mathilde. »Ich werde Euch nie gehören. Niemals. Ihr tötet Euren Bruder für das, was er getan hat, und dabei seid Ihr selbst viel schrecklicher als er. Lasst mich los, Ihr erfüllt mich mit Abscheu.«

Am liebsten hätte er sie geohrfeigt, damit sie den Mund hielt. Er wollte liebevolle Worte hören, nicht diese hasserfüllten, die sie erneut unerbittlich voneinander trennten. Er wollte Mathilde lieben und schützen, doch sie brachte ihm nur Hass und Wut entgegen. Aufgebracht ließ er die erhobene Hand sinken und legte sie auf ihren nackten Bauch. Er nahm sein Knie von ihrem Bauch, ohne sie jedoch loszulassen, und legte sich lang auf sie, wobei er eine Hand wütend in das goldene Vlies ihrer Scham schob.

Mathilde schrie nicht mehr, atmete nicht mehr. Sie schien tot zu sein oder schlicht aufgegeben zu haben. Hugues atmete heftig, stützte sich sodann auf den Händen ab, hob seine Brust und löste sich mit einem geschmeidigen Sprung von ihr.

»Ich werde Euch nicht nehmen, Mathilde! Nein! Ihr würdet nur allzu gern verbreiten, dass ich Euch vergewaltigt hätte. Ich überlasse Euch Euren Phantasien, Euren Verrücktheiten. Ich überlasse Euch Guillaume. Aber beim Teufel, lauft mir nicht mehr über den Weg!«

Bevor sie erschöpft von diesem neuen Angriff aufstand, hörte Mathilde bereits, wie sich Grenade galoppierend entfernte.

Im Gasthaus stellte niemand Mathilde Fragen, nicht einmal Diane, die sich wie die anderen Frauen des Gefolges in großer Aufregung befand. D'Albret, Chabot, Montmorency und Duprat hatten Alarm geschlagen, und der gesamte Hof machte sich für den französischen König bereit. Mathilde blieb kaum Zeit, ihr nasses Kleid auszuziehen und gegen ein anderes zu tauschen.

Marguerite, deren Herz zwischen der Freude, ihren Bruder wiederzusehen, und dem Schmerz, sich von ihren Neffen zu trennen, schwankte, wich nicht von der Seite des Privatlehrers der Kinder, der sie unaufhörlich darauf hinwies, ja nicht ihr Vaterland zu vergessen. Wie sollten sie es angesichts einer so trockenen Rede in Erinnerung behalten?

Das Gefolge der Regentin setzte sich in Bewegung. Die Begegnung, die in der Nähe von Fontarabie auf einer Brücke über den Bidasoa stattfinden sollte, versprach äußerst seltsam zu werden. Louise und Marguerite hielten mühsam ihre Tränen zurück. Wie sollten sie den Schmerz des Abschieds und zugleich die Freude über die Heimkehr ertragen?

Louise hatte in ihrer Jugend oft von der Krönung ihres Sohnes geträumt. Sie hatte viele unliebsame Situationen gemeistert. Nie hätte sie gedacht, dass sie einmal etwas so Trauriges erleben müsste.

Umgeben vom gesamten Hof befand sich die Regentin in Begleitung von Marguerite, die die beiden Jungen an der Hand hielt. Mathilde, die man in den Rang der Zofe zurückgewiesen hatte, bemerkte Hugues an der Seite von Montmorency, Chabot und d'Albret. Von Weitem wirkte seine Kleidung nicht durchnässt. Sie beschloss, nicht in seine Nähe zu kommen. Ihr Herz schlug heftig, und sie wollte den König nicht in aufgelöstem Zustand wiedersehen. Dann sah sie, wie Diane sich entfernte und zu Marguerite ging.

Die anderen Zofen, zu denen sich Anne de Pisseleu gesellte, folgten ihr. Mathilde trat vor. Der Anblick der künftigen Mätresse brachte sie wieder zur Vernunft, und sie vergaß den brutalen Überfall von Seigneur de La Roche. Erneut kam ihr der verwegene Gedanke, den König zu verführen. Sie würde alles tun, um François zu bezaubern und sich für die Gewalt des Vogts von Paris zu rächen. Niemals würde François sich so verhalten. Auch Claude, der Königin, gegenüber, die er respektiert, aber nicht geliebt hatte, war er stets zärtlich und aufmerksam gewesen.

Man betrat von beiden Seiten die Brücke über den Bidasoa, wobei man sorgsam darauf achtete, sich an die Konventionen zu halten und die Schritte nicht zu überstürzen. Louise bekam kaum Luft. Marguerite spürte die Unruhe der Kinder. Die kleine Hand von Henri umklammerte die ihre. Der Dauphin François hob den Blick zum Horizont, wo er seinen Vater erwartete.

Am anderen Ende der Brücke stieg François vom Pferd und machte sich langsam bereit, französischen Boden zu betreten. Tief atmete er die Luft seines Landes ein und gewann mit einem Schlag seine Jugend, seine Freiheit und seine Freude zurück. Er würde wieder den Vergnügungen der Natur frönen, auf die Jagd gehen, und er würde sich erneut der Lust der Frauen widmen. Er würde seine Mätressen wiedertreffen und vor allem Françoise de Châteaubriant – so glaubte er zumindest –, die nicht aufgehört hatte, ihm zu schreiben.

Louise und Marguerite blickten mit starrem Blick auf das andere Ende der Brücke, wo die Soldaten aufrecht mit erhobenen Lanzen standen.

François machte einen ersten Schritt auf die Brücke. Sie knarrte. Louise, Marguerite und die beiden Jungen kamen langsam näher. Unter ihren Füßen floss träge der Bidasoa und warf graugrüne Reflexe auf das angrenzende Ufer.

Schließlich trafen sie aufeinander. Was sie in dieser Situation empfanden, war nicht zu beschreiben. François sah seine Mutter an. Er erkannte sie kaum wieder. Sie war schwer gealtert, abgemagert und von den vielen Sorgen ausgezehrt. Als François sie in den Armen hielt, zeigte er offen seine Freude. Er drückte seine Mutter heftig an sich, woraufhin sie kurz von ihm abrückte, um sein so geliebtes Gesicht zu betrachten.

Am Ende der Holzbrücke stand das Gefolge von Louise und sagte kein Wort. Alle waren in Tränen aufgelöst. Marguerite ließ die Hand ihrer Neffen los, um sich in die Arme ihres Bruders zu werfen.

Plötzlich allein gelassen, ergriff Panik die beiden Jungen. Sie schienen vor Angst erstarrt zu sein. Aber der Dauphin fasste sich, und um an diesem glücklichen Augenblick teilzuhaben, trat er auf seinen Vater zu, der noch immer seine Mutter und seine Schwester in den Armen hielt.

Wäre der kleine Henri mit den dunklen Locken, der gerade einmal sieben Jahre alt war, kein Mann gewesen, wäre er in diesem Moment in Schluchzen ausgebrochen.

Doch Diane kam ihm zu Hilfe. Mathilde sah, wie sie sich zu dem Kind hinunterbeugte. Henri würde Diane nicht vergessen und ihr Bild über die gesamte Zeit seiner Gefangenschaft in Erinnerung behalten. Er sah zu ihr auf. Sie war unfassbar schön. Ihre Schönheit ließ alle Gesichter verblassen, die sich je dem Kind genähert hatten, sogar das von Mathilde, die er so gut kannte und die er wunderschön fand.

Diane war hochgewachsen und prächtig gekleidet, und als sie den Kopf neigte, erinnerte sie an einen Schwan. Man konnte ihre Anmut nur bezaubernd finden. Ihre Augen, in denen das Kind sich spiegelte, brachten ihm unvergleichliche Milde entgegen. Sie war zweifellos die Einzige, die die kleine Perle bemerkte, die am Rand seiner Lider glänzte und sich an seine schwarzen Wimpern klammerte, um nicht hinunterzufallen.

Die junge Frau nahm ihn in die Arme und küsste ihn auf die Stirn. Dann berührte sie mit ihren frischen Lippen zärtlich die seidige Wange des Kindes. Schließlich drückte sie sanft ihren Mund auf seine Lippen.

Henri hatte das Gefühl, den Halt zu verlieren und dass seine Seele sich auflöste. Ohne es zu sehen, spürte er ein kleines Stück blauen Himmels über seinem Kopf. Ein leichter Wind strich über sein Gesicht. Ein Lächeln spielte um seine rosafarbenen Lippen, dann hörte er, wie Diane ihm ins Ohr raunte:

»Ich werde häufig an Euch denken, Henri, und ich werde da sein, wenn Ihr zurückkommt.«

Das Kind lächelte. Hitze stieg ihm in die Wangen und erwärmte sein Herz. Dann löste sich Diane von ihm und schob ihn sanft zu seinem Vater, der seinen ältesten Sohn umarmte.

Der König hatte kaum Zeit, seine Söhne anzusehen. Schon zogen spanische Soldaten die Kinder an den Armen mit sich, und während der Dauphin traurig zusah, wie seine Familie in die Ferne rückte, blickte der kleine Henri mit großen Augen auf die schöne Unbekannte, die ihm hinterhersah. Sie hob eine Hand und winkte ihm zu, woraufhin sich die einzelne Träne doch noch löste und über seine Wange kullerte.

16.

Der Sommer verlief ruhig, er war erfrischend und voller Hoffnung. Wochenlang erzählte der König von seiner Gefangenschaft. Seine endlosen Schilderungen waren gespickt mit Details und düsteren Anekdoten. Hin und wieder unterbrach ihn Montmorency, und der König überließ ihm das Wort, ab und an warf d'Albret etwas ein. Chabot berichtete, dass Charles Quint kurz vor ihrer Abreise geneigt gewesen war, neue Zugeständnisse an Frankreich zu machen. Der Hof hing an ihren Lippen, und La Marck berichtete von spanischen Soldaten, die an der Grenze lagerten und ihre Pfeile auf alles schossen, das sich bewegte.

Sie befanden sich noch in den Pyrenäen, denn d'Albret hatte den Hof auf sein Anwesen in Navarra eingeladen. Der König würdigte Marguerite, die an sein Lager geeilt war, als er im Sterben lag, und den Stürmen des Mittelmeers sowie der Hitze der spanischen Sonne getrotzt hatte.

Nach Lobesreden auf die tapfere Leistung des Königs von Navarra, der mit ihm in Gefangenschaft gewesen war, äußerte der König eine Reihe weiterer Danksagungen und bat sodann um einen Augenblick der Stille, um seines Jugendfreunds Guillaume Bonnivet zu gedenken, der sich das Leben genommen hatte, als er von der Festnahme des Königs erfuhr.

Schließlich wandte sich François I. an seine Mutter und zollte ihr Anerkennung für ihren Mut, den sie in den vielen

Jahren bewiesen hatte, und dafür, wie geschickt sie das Land geführt habe. Er verkündete laut und deutlich, dass seine Mutter das Land so intakt erhalten habe, wie er es vor seinem Aufbruch nach Italien verlassen hatte. Noch immer hingen dunkle Wolken über der Bourgogne, aber er wiederholte seine Entscheidung, sie keinesfalls den Truppen Charles Quints überlassen zu wollen.

Mathilde hatte nur Augen für den König. Da deutete er plötzlich mit der Hand auf sie.

»Und diese Demoiselle, die junge Freundin meiner geliebten Schwester, deren Kühnheit und Furchtlosigkeit ich kenne, hat nicht gezögert, mir zu Hilfe zu eilen. Sie hat sich mutig allem gestellt, sogar meinem schrecklichen Gegner. Ich werde Euch beizeiten angemessen danken, Mathilde.«

Mathilde drehte den Kopf und begegnete dem Blick von Hugues, der sich ihr gegenüber befand. Er durchbohrte sie förmlich mit seinen Blicken, und eine Weile starrten sie sich herausfordernd an.

Mathilde lächelte allen zu, nur nicht jenem Mann, der sie unablässig mit hartem Blick beobachtete, was niemandem entging. Mathilde widmete sich ihren direkten Nachbarn, die ihr einen vollen Kelch reichten, damit sie davon trank. Sie ließ sich bereitwillig die Hand schütteln und warf ihre Locken zurück, die sie offen trug und nach florentinischer Art am Haaransatz zu feinen Zöpfen geflochten hatte. Sie gab sich liebenswert, amüsant und schlagfertig. Doch nicht ein einziges Mal schenkte sie dem Vogt von Paris ein Lächeln.

Auch François ließ Mathilde nicht aus den Augen, blickte hin und wieder allerdings zur Demoiselle de Pisseleu. Gewiss, die scharfsinnige Comtesse de Châteaubriant hatte mit Mathilde konkurriert, die nicht weniger Schneid besaß, doch im Vergleich mit der kleinen d'Heilly strahlte die junge Weberin aus Tours tausendmal mehr.

Seigneur de La Roche hatte beschlossen, Mathilde nicht aus den Augen zu lassen, während ihm diese nur Gleichgültigkeit und Verachtung entgegenbrachte.

Dem König, dessen Augen unvermindert scharf waren, fiel dieses ungewöhnliche Verhalten auf. Überrascht, dass Mathilde sich nicht für diesen Mann interessierte, der doch so fasziniert von ihr zu sein schien, beschloss der König, sich über die Konventionen hinwegzusetzen, und bat Mathilde, neben ihm Platz zu nehmen.

Zweifellos hätte er das nicht getan, wenn Marguerite wie seine Mutter neben ihm gesessen hätte, aber seine Schwester saß neben dem Duc d'Albret und ließ sich von ihm verführen, ohne sich um etwas anderes zu scheren. Montmorency, der sich links vom König befand, machte Mathilde lachend Platz.

»Wenn Ihr nicht an unserem Kampf teilgehabt hättet, Mathilde, würde ich mich dem Wunsch des Königs widersetzen. Ich habe ihm noch viel zu viel zu erzählen, um mich schon so schnell wieder von ihm zu trennen. Aber da Ihr eine von uns seid, mache ich Euch Platz. Berichtet uns von Eurer Begegnung mit dem Kaiser.«

Louise, die stets die Kühnheit des jungen Mädchens toleriert hatte, fand, dass die Dinge sich noch einmal zu ihren Gunsten entwickelten. Nachdem sie bei ihrem todkranken Sohn im Gefängnis von Madrid gewacht hatte, hatte Mathilde sich ebenso ein Zeichen der Ehre verdient wie seine Gefährten.

»Ja, Mathilde«, sagte sie fröhlich, »berichtet uns von dieser Begegnung. War Charles Quint freundlich zu Euch?«

»Freundlicher als zur Duchesse d'Alençon.«

Alle sahen sich nach Marguerite um, die jedoch zu sehr von

den zarten Worten abgelenkt war, die ihr d'Albret ins Ohr raunte, und so wandten sich alle wieder Mathilde zu, die fortfuhr und sich dabei ihrer Bedeutung bewusst war:

»Der Kaiser hat mich bis in seine privaten Gemächer geführt, damit ich *Die Jungfrau mit dem Kind* bewundern durfte, die in unseren Werkstätten für seine Mutter, die Königin von Kastilien, gewebt worden ist.«

»Gott! Ich erinnere mich«, schaltete sich die Regentin ein. »Louis XII. und Anne de Bretagne haben das österreichische Prinzenpaar in Amboise empfangen. Jeanne von Kastilien mochte Eure Mutter sehr, Mathilde. Alix hatte ihr einen kleinen Gebetsteppich geschenkt, den sie bezaubernd fand. Aber sagt uns, ist Charles Quint tatsächlich ein Liebhaber schöner Tapisserien?«

»Mehr noch, Dame Louise! Er behauptet, die größte Sammlung aller Höfe in Europa zu besitzen.«

»Und glaubt Ihr das?«

»Ich bin mir sicher. Ich habe einen Großteil gesehen.«

Als der König plötzlich ihre Hand ergriff und sie an seine Lippen führte, ohne dass seine Mutter mit der Wimper zuckte, überlief Mathilde ein köstliches Schaudern. Anne de Pisseleu dahingegen wirkte gereizt, was alle bemerkten, wodurch Mathildes Glück noch wuchs. Wie bei einem Ballspiel zählte der Hof die Punkte, die die künftige Mätresse für sich verbuchen konnte.

Mathilde zog den seligen Moment noch ein bisschen in die Länge und ließ ihre zarten Finger in den großen Händen François' I., wobei sie sich durchaus bewusst war, dass Hugues dies ohnmächtig mit ansah.

Begeistert, dass dieses Zeichen der Zuneigung dem Hof gefiel, zog der König Mathilde ein wenig zu sich.

»Stimmt es«, flüsterte er, »dass Ihr dem Kaiser ein kleines Meisterwerk geschenkt habt, das Euch gehörte?«

»Ja, Majestät, und da dieses Werk sehr alt und von unschätzbarem Wert ist, habe ich ihn gebeten, seine Forderungen an Euch noch einmal zu überdenken«, antwortete Mathilde und hoffte, dass der König sich nicht zu lange mit der Herkunft dieses Meisterwerks aufhielte.

Das wusste der Vogt von Paris zwar nicht, sagte jedoch nichts, und so fuhr die Regentin fort:

»Sobald wir wieder im Val de Loire sind, mein Sohn, müssen wir unsere Sammlung an Tapisserien erneuern. Wir haben alles verloren.«

»Sind wir, was das betrifft, arm?«

»Wir haben nicht alles Charles Quint überlassen, Majestät. Wir haben noch Eure *Jagden* und Eure *Triumphe*.«

»Worum handelt es sich dabei?«

Die Frage kam diesmal vom Vogt von Paris. Wollte er sich in die künftige Sammlung königlicher Tapisserien einmischen – er hatte das Recht dazu –, oder fand er, dass der König Mathildes Hand etwas zu lange in seiner hielt? Doch amüsiert über diesen Einwurf führte der König erneut Mathildes Hand an seine Lippen.

»Ja! Worum handelt es sich dabei, Mathilde?«, erkundigte sich Montmorency, der sicher war, dass die junge Weberin nicht zögern würde, das Bett mit dem König zu teilen, bevor die neue Mätresse kam, die die Regentin offenbar noch zurückhielt.

»Majestät«, versicherte Mathilde und ließ noch immer ihre Hand in der des Königs, »die Mauern Eures Schlosses schmücken bald Wandbehänge mit dem Titel *Triumphe*. Sie bestehen aus sechs großen Teilen. Der Teppich, den unsere Werkstätten herstellen, befasst sich mit den Tugenden und den Lastern. Die anderen werden in Brüssel angefertigt.«

Montmorency, der ebenfalls ein großer Liebhaber von Tapisserien war, hörte interessiert zu. Er plante bereits, wie er sein Schloss in Ecouen ausstatten würde. Da nun wieder Normalität einkehrte, musste man an sich denken.

»Was die *Jagden* angeht«, fuhr Mathilde fort, »so handelt es sich um eine Wildschweinjagd, die von einem großen Wandbehang in Florenz inspiriert ist. Aber mehr sage ich nicht, Sire, denn diese Meisterwerke muss man zu gegebener Zeit selbst entdecken.«

Der Vogt von Paris schaltete sich ein:

»Ihr habt nicht alles erwähnt.«

»Nein«, antwortete Mathilde kühl und wandte sich höflich zu ihm um, »wir haben noch diverse andere Stücke auf unsere Webstühle gespannt, die Euch Freude machen werden, Majestät. Wir haben alle Szenen von *Jagden und Schäferei*, die noch auf Millefleurs gearbeitet sind. Wir haben auch *Augustus und die Sibylle* und *Daniel und Nebukadnezar*.«

»Gut, gut, sehr schön«, murmelte Louise.

Schließlich ließ der König Mathildes Hand los.

Nachdem sie die Pyrenäen verlassen hatten, bewegte sich der königliche Tross langsam wieder in Richtung Val de Loire. Zu diesem Zeitpunkt beschloss man, abgesehen von der Hochzeit François' I. mit Eleonore von Österreich, die in Spanien von der Vermählung ihres Bruders mit Isabelle von Portugal aufgehalten wurde, den Vertrag von Madrid neu zu verhandeln.

Mathilde war zornig. Ob der Tross sich auf die Straße begab, die von den Pyrenäen ins Val de Loire führte, oder ob sie auf Einladung der Besitzer in anliegenden Schlössern haltmachten, ständig stieß sie überall auf Hugues.

Unablässig warf er ihr wütende, zornige, rachsüchtige Blicke zu, als wartete er nur auf den passenden Moment, sie zu schlagen. Der König dahingegen spürte, dass seine Mutter noch nicht bereit war, ihm die künftige Mätresse zu überlassen, und fand Gefallen daran, Mathilde den Hof zu machen. Was für ein unverhofftes Glück für das junge Mädchen! Noch dazu vor den Augen des gesamten Hofes!

Doch eines Tages brachte ein Bote einen Brief von Alix, die ihre Tochter sehen wollte. Mathilde musste aufbrechen.

Anders als sonst, hielt die Schwester des Königs sie diesmal nicht zurück. Sie schien so erfüllt von ihrer Liebe zum Duc d'Albret, dass sie Mathilde kaum zuhörte. Diese ergriff ihre Hand und informierte sie, dass sie nach Blois zurückkehren werde, sobald sie ihre Familie besucht habe, die sie seit ihrem Aufbruch nach Spanien nicht mehr gesehen hatte.

Marguerite schwebte auf Wolken. Nachdem der Duc d'Albret ihr zunächst diskret den Hof gemacht hatte, verstärkte er innerhalb weniger Wochen seine Aufmerksamkeiten. Mathilde nutzte Marguerites inneren Aufruhr, an den diese so gar nicht gewöhnt war, um ihre Zustimmung zur Abreise zu erhalten.

Bei Duc d'Albret, König von Navarra, der mit seinen achtundzwanzig Jahren ein hervorragender Kämpfer, ein großer Geist, kultiviert, stolz und ebenso mutig wie ehrgeizig war, reifte der Entschluss, die Schwester des französischen Königs zu heiraten. Er war sich durchaus bewusst, dass François I. seinem Ansinnen sicher nicht zustimmte, hätte er nicht so intensiv die Gefangenschaft mit ihm geteilt, und so hielt er es für ratsam, die Dinge zu beschleunigen.

Marguerite genoss die Gesellschaft von Henri. Da seine Flucht aus dem italienischen Gefängnis ihn ehrte, erzählte er sein Abenteuer ein Dutzend Mal und spickte seinen Bericht mit Details über die wilde Jagd durch die Alpen, auf der er diversen Gefahren ausgesetzt gewesen war. Ebenso berichtete er, wie man ihn in Spanien erneut festgenommen und in die Zelle neben dem König gesperrt hatte, wobei er alles ausschmückte, was seinen Zuhörern den Atem raubte. Marguerite erzitterte bei jedem Wort.

Es fiel allgemein auf, dass François I. Hugues de La Roche, dem Vogt von Paris, äußerst wohlgesinnt war, da er sich so sorgsam darum gekümmert hatte, all die königlichen Tapisserien zu besorgen, mit denen der unversöhnliche Charles Quint milde gestimmt werden sollte. Der König sprach sogar davon, de La Roche beim Wiederaufbau seines verfallenen Schlosses in der Basse-Auvergne zu helfen. François I. hatte noch nicht genug vom Bauen und Renovieren, auch wenn die Kassen des Königreichs nach dem hohen Lösegeld für seine Befreiung wieder leer waren.

Bei seinen schmeichelhaften Versprechen hatte Seigneur de La Roche nicht mit der Wimper gezuckt. Niemand erwähnte den Namen seines verwünschten Bruders, den man auf der Place de Grève gehängt hatte. Aber wer von den Anwesenden wusste überhaupt von seiner Verwandtschaft? Vielleicht keiner? Und selbst wenn, wie viele Kriegshelden mussten ebenfalls mit einem Familienmitglied leben, das in Ungnade gefallen war?

Während Mathilde die Feierlichkeiten verlassen musste, um zu ihrer Familie zu reisen, machte Henri d'Albret, der König von Navarra, Marguerite weiterhin intensiv den Hof, was ihre Mutter mit Wohlgefallen beobachtete. Die Regentin sah mit großer Freude einer Hochzeit entgegen, die Frankreich mit dem kleinen Gebiet im Südwesten verbinden würde, dessen Grenze zu Spanien nicht eindeutig definiert war. Das wäre der erste Vergeltungsschlag gegen Charles Quint.

Henri verstärkte seine Werbung und sah mit feurigem Blick in Marguerites sanfte grauen Augen. Die Schwester des Königs fand Gefallen an der zärtlichen Liebe, den flüchtigen Küssen, den aufmerksamen Gesten, was der Hof erfreut beobachtete. Das Volk hatte die freundliche anmutige Prinzessin stets geliebt, die mit ihrem ersten Ehemann ganz offensichtlich nicht sehr glücklich gewesen war.

Der schöne Henri d'Albret ignorierte, zumindest momentan, dass Marguerite bereits fünfunddreißig Jahre alt war. Ihre schlanke Gestalt, ihre klaren sanften Augen und ihre königliche Escheinung bewahrten sie noch vor den Spuren des Alters und glichen ihre fehlende Jugend aus.

Henris Verführungskünste unterschieden sich stark von denen von Charles d'Alençon, der Liebe mit groben Überfällen verwechselt hatte. Charles hatte es nicht verstanden, die Flamme der Leidenschaft in Marguerite zu wecken, wohingegen Henri sie bereits vor der Hochzeit erbeben ließ.

Wie ein junges Mädchen lernte Marguerite die Facetten der Leidenschaft mit all ihren Finessen kennen. Sie entdeckte intime Gefühle, von denen sie nichts geahnt hatte. Und schließlich gefielen ihr sogar die Pyrenäen besser als die Normandie, wofür vermutlich hauptsächlich die Verführungskünste d'Albrets verantwortlich waren.

Noch bevor sie ihn ehelichte, hatte sie die Heimat des Königs von Navarra erobert. Später würde sie sich in Nérac niederlassen, wo sie mit den klügsten Köpfen der Epoche einen hochintellektuellen Hof unterhalten würde. Die Veröffentlichung ihrer Werke würde das lebendig bezeugen. Aber für den Moment befasste sich Marguerite mehr mit den lustvollen Küssen ihres Geliebten als mit Diskussionen über die Konformisten, die seit einiger Zeit versuchten, die Protestanten anzugreifen.

Ja, momentan war die Schwester des Königs von einem Gefühl beseelt, das ihr bis dahin fremd gewesen war, und ließ sich von einem Strudel unbekannter Lust erfassen, den Wein und Feiern noch verstärkten.

Und der König! Wie verhielt er sich in dieser ganzen Zeit? Kurz nach seiner Ankunft auf der Brücke über den Bidasoa, nachdem er seine Mutter und seine Schwester umarmt hatte, hatte er Mathilde in die Arme geschlossen und strahlend gelacht, obwohl seine Zähne unter der schlechten Versorgung im Gefängnis etwas gelitten hatten. Doch dank seiner stattlichen Gestalt, seiner kräftigen Muskeln, seines fröhlichen Lachens und seiner lüsternen Blicke war er noch immer ein Meister der Verführung.

Bevor Mathilde aufbrach, hatte Hugues während der Festlichkeiten laut gesprochen, gelacht, sogar gesungen und Stein und Bein geschworen, dass ihn kein launisches Frauenzimmer in seine Fänge locken würde. Seine Freunde hatten schallend gelacht. Henri d'Albret hatte ihm freundschaftlich auf den Rücken geklopft und ihm bedeutet, dass er wie die anderen sei und eines Tages ein schönes Mädchen mit ihm turteln werde.

Was die blonde Anne anging, so hatte der König sie vor allem lange betrachtet, was Louise zufrieden zur Kenntnis genommen hatte. Anschließend hatte er nicht weiter insistiert, da er verstand, dass er sich Zeit lassen musste, bevor er ihr offiziell den Hof machte. Er hatte nicht nach Françoise de Châteaubriant verlangt und zeigte auf diese Weise, dass die Affäre beendet war.

Als Mathilde abreiste, zweifelte sie nicht daran, dass Hugues de La Roche ihre Abwesenheit bemerkt hatte und dass der Galopp von Grenade schon bald dem von Fildor auf dem Weg nach Tours folgen würde.

Hugues fand die Werkstätten Cassex problemlos wieder, in denen er Mathildes Mutter bereits einmal aufgesucht hatte, nachdem er sie in Paris bei der Erfassung der von König Guillot entwendeten Gegenstände kennengelernt hatte.

Seit fünfzehn Jahren waren die Werkstätten Cassex die größten der Stadt, noch vor denen von Mortagne, die von Jahr zu Jahr mehr an Einfluss einbüßten, und denen von Duval, die sich aus Mangel an großen Aufträgen nicht mehr erholten.

Am Ende der Straße, die auf der Place Foire-le-Roi endete, wünschte ihm ein Bäcker, der vor seinem Geschäft stand, einen schönen Tag.

Hugues bedankte sich. »Einen schönen Tag!«, wiederholte er leise für sich. Wie sollte er keine Bitterkeit bei diesen drei Worten empfinden, die für ihn von so großer Bedeutung waren. Wie würde dieser Tag für den kleinen Mann aus der Provinz verlaufen, für den Eigentümer eines Schlosses, das nur noch aus einer Ruine bestand? Gewiss, der kostbare Titel des Vogts von Paris brachte die Dinge wieder ins Lot, aber genügte das heute? Normalerweise war Hugues ruhig, hellsichtig und heiter, doch inzwischen war er nervös, jähzornig und aggressiv geworden. Seine eigene Mutter erkannte ihn nicht wieder. Leider veränderte er sich zunehmend auf eine Weise, die auf das junge Mädchen wenig anziehend wirkte, das er wie ein Wahnsinniger begehrte und brauchte wie die Luft zum Atmen. Noch nie hatte er etwas so sehr gewollt wie Mathilde.

Warum mündete alles, was mit Mathilde zu tun hatte, in eine Niederlage? Er besaß schließlich nicht die Gene des elenden Guillaume de Montalon.

Doch heute Morgen hatte er beschlossen, ruhig und verständnisvoll zu sein, und das nicht ohne Grund! Er wollte bei ihrer Mutter um Mathildes Hand anhalten. Er würde friedlich bleiben, ohne dass sein Temperament mit ihm durchginge und ihn aggressiv oder eifersüchtig werden ließ, wenn Mathilde vorgab, ihn nicht zu lieben. Und sogar, wenn sie behauptete, ihn niemals lieben zu können. Dann würde er behaupten, dass dies nur Geduld erfordere und er durchaus warten könne.

Was könnte sich eine Mutter mehr wünschen? Alix würde ihrer Tochter raten, dass sie darüber nachdenken und später antworten solle.

Je näher er den Werkstätten der Cassex kam, desto überzeugter war Hugues, dass Mathilde ihm zuhören und es nicht wagen würde, Guillaume vor ihrer Mutter zu erwähnen. Das war schon ein Punkt zu seinen Gunsten! Vielleicht hatte Hugues doch eine Chance, nachdem er seinen gefährlichen Bruder los war.

Er redete sich ein, dass alles gut werden würde. Gott! Dass er Erfolg haben würde, denn er dachte an nichts anderes mehr als an dieses Mädchen. Daran, sie wiederzusehen, sie zu besitzen, sie zu halten und sie zu heiraten.

Eine starke Hoffnung bemächtigte sich seiner. Der König war ihm äußerst wohlgesinnt und sprach davon, sein Schloss zu restaurieren. Diesen Punkt konnte Mathildes Mutter nicht außer Acht lassen. Seigneur de La Roche war den anderen Würdenträgern, die am Hof verkehrten, bald ebenbürtig. In ein oder zwei Jahren konnte er Mathilde ein festes Dach bieten und einen Namen, dann war er eine gute Partie.

Und noch etwas sprach für ihn, weshalb er diesen Schritt heute wagte. Für die Befreiung des Königs mussten die Werkstätten Cassex auf zwei schöne große Wandbehänge verzichten, die man ihnen nicht bezahlen würde. Und da die Staatskassen leer waren, würden so schnell auch keine neuen königlichen Aufträge folgen. In einer solch ungünstigen Lage war es von Vorteil für einen Weber, mit dem Vogt von Paris befreundet zu sein, der ihn mit potentiellen Auftraggebern zusammenbringen konnte. Wie alle Werkstätten fürchteten die Cassex die knappe

Auftragslage. Würdenträger, Grundbesitzer und große Händler hatten während der Gefangenschaft von François I. viel verloren.

Ja! Für Hugues lief es gut an. Die düsteren Tage lagen hinter ihm, nun würde der Himmel aufklaren.

Nachdem er seine Stute an einem Steinpfosten festgebunden hatte, trat Hugues de La Roche durch die Tür und sah, wie ein Mann den Hebel eines Hochwebstuhls bediente. Es handelte sich weder um Mathias, dem er bereits einmal begegnet war, noch um Nicolas, den Mann von Valentine, an dessen Gesicht er sich erinnerte.

Dieser Mann musste ein Arbeiter sein. Er schien ihm liebenswürdig und ruhig. Neben ihm stand ein jüngerer und zweifellos unerfahrener Junge, der seinem Kollegen bei der Arbeit zusah, als wollte er sich jede Bewegung genau einprägen. Pierrot sah auf.

Der große Wandbehang, der auf den Hochwebstuhl gespannt war, zeigte ein religiöses Motiv, eine Szene aus *Die Geschichte vom Leben des heiligen Peters*. Diesem Werk, das kürzlich aus einer Pariser Werkstatt hergebracht worden war, damit man es in Tours vollendete, fehlte noch eine Szene. Der Wandbehang setzte sich aus sanften seidigen Halbtönen zusammen, aus klaren Ockerfarben, in die sich unendlich viele blaugraue Nuancen mischten. Der heilige Peter war als ausdrucksstarke und beeindruckende Figur dargestellt, und Mathias, der das Ensemble verantwortete, hatte ihm eine beträchtliche Größe verliehen. Dieser Wandbehang war zweifellos der eindrucksvollste unter den zehn Teilen.

Stolz auf sein Werk, das schneller voranging als gedacht, blickte Pierrot auf den Mann, der im Türrahmen verharrte.

»Guten Tag, Sire. Kann ich Euch behilflich sein?«

Hugues trat einen Schritt vor.

»Ich kenne die Werkstätten Cassex, ich habe sie bereits vor längerer Zeit besucht.«

»In der Tat, Ihr befindet Euch in den Werkstätten Cassex. Zu Euren Diensten, Sire. Was kann ich für Euch tun?«

»Ich suche Dame Alix Cassex.«

»Wie Ihr seht, ist sie nicht da. Aber vielleicht kann ich Euch weiterhelfen?«

Er trat einige Schritte vor und schob Etienne beiseite, der ebenfalls mehr erfahren wollte.

»Auch Maître Mathias ist nicht da. Normalerweise sind stets er oder Dame Alix in der Werkstatt, sie sind nie gleichzeitig fort.«

»Doch da ihre Tochter Mathilde aus Spanien heimgekehrt ist«, ergänzte Etienne, »sind alle zu Hause geblieben.«

»Das heißt, sie war aus Spanien zurückgekehrt, musste dann aber dem königlichen Tross in die Pyrenäen folgen«, korrigierte Pierrot.

»Ich bin informiert, ich war dabei.«

Er zögerte weiterzusprechen. Nicht, dass seine Stimme zitterte, aber er sorgte sich, ob der Plan, den er sich so hübsch zurechtgelegt hatte, womöglich in wenigen Minuten in sich zusammenfiele.

»Ihr seid …«

»Ich bin der Vogt von Paris.«

»Guter Gott!«, grummelte Pierrot. »Der Vogt von Paris. Warum sagt Ihr das nicht gleich!«

Dann verkündete er mit lauter Stimme:

»Valentine, die andere Tochter von Dame Cassex, war vorhin da, aber sie ist gleich wieder gegangen. Wenn die Zwillinge sich erst wiederhaben, sind sie unzertrennlich.«

»Das stimmt«, bestätigte eine alte Frau, die durch die Verbindungstür zwischen den beiden Werkstätten hereintrat. »Wärt Ihr ein paar Minuten eher gekommen, hätte Valentine Euch mit zum Haus nehmen können.«

Arnaude hatte sich in den letzten Jahren stark verändert. Sie war faltig, ging stark nach vorn gebeugt und hatte hängende Schultern, doch sie klammerte sich an ihren Flachwebstuhl wie eine Ertrinkende an einen Ast. Ihre Arbeit war ihr Leben. Und ihre große Freundin Alix, die sie kannte, seit sie sechzehn Jahre alt gewesen war, konnte sie nicht davon abhalten, ihrer Arbeit nachzugehen.

Arnaude arbeitete seit jeher an der Seite von Arnold, ihrem Mann, der älter war als sie, und mit ihrem Sohn Guillemin. Seit der Gründung der Werkstätten Cassex hatten sie hier so viel miterlebt, dass sie zum Inventar gehörten, und beide wollten nirgendwo anders als vor ihrem Webstuhl sterben.

»Kommt, folgt mir, Sire. Valentine hat mit Tania gesprochen, bevor sie gegangen ist. Vielleicht hat sie ihr gesagt, dass sie gleich noch einmal zurückkommt. In dem Fall könntet Ihr warten, und sie würde Euch zu ihrem Haus mitnehmen.«

Dankbar folgte Seigneur de La Roche Arnaude in die Werkstatt nebenan. Alle Arbeitsplätze waren belegt. Die Arbeiter Philippe und Landry arbeiteten. Zwei Lehrlinge waren noch etwas ungeschickt damit beschäftigt, die Schussfäden über die Kettfäden zu schieben. Francesca, die junge Frau von Pierrot, bediente einen Hochwebstuhl.

Hugues betrachtete die großen Rahmen mit den *Grotesken*. Die Wandbehänge bestanden aus einem kleinen Medaillon in der Mitte, während die Hauptfiguren in breiten Bordüren all ihre Pracht entfalteten. Das Prinzip stammte von dem Maler Raffael.

Die Fabeltiere fanden sich ebenfalls auf den Webstühlen der Cassex. Elefanten, Giraffen, Kamele – vor nichts schreckten die Weber zurück. Hugues betrachtete den Wandbehang *Die Ge-*

schichte von Calcou und fand ihn prächtig. Die Kamelkarawane nahm einen wichtigen Raum ein.

»Die Werkstätten werden wirklich zu eng«, brummte Arnaude humpelnd. »Wenn wir nicht das Verkaufskontor in der Nähe hätten, wäre überhaupt kein Platz mehr.«

Dann rief sie mit schwacher Stimme:

»Tania! Bist du da?

Tania, der Vogt von Paris möchte Alix besuchen. Kommt Valentine noch einmal zurück? Was hat sie gesagt, als sie gegangen ist?«

»Dass sie zu Hause bleibt, weil die Amme erschöpft ist. Ich glaube, sie kümmert sich um die beiden Kinder.«

Dann wandte sich Tania lächelnd an Hugues:

»Valentine hat ziemlich viel zu tun. Sie will ihren Platz in der Werkstatt nicht aufgeben, aber manchmal muss sie sich um ihr Kind und das von Mathilde kümmern.«

Hugues runzelte die Stirn, dann erblasste er und verzog das Gesicht. Auf seiner Stirn erschien eine tiefe Falte. Was sollte das heißen? »Mathildes Kind«? Vielleicht hatte er sie falsch verstanden. Mit tonloser Stimme wiederholte er:

»Mathildes Kind! Wie das?«

Tania schien überrascht und traute sich nichts mehr zu sagen. Der Mann hatte seine Haltung verändert, und irgendetwas sagte ihr, dass sie zu viel geredet hatte.

»Kommt«, sagte sie, »ich bringe Euch zum Haus der Cassex. Ich nehme ein Maultier, und Ihr folgt mir auf Eurem Pferd, das ich draußen gesehen habe.«

Diese Entscheidung schien ihr richtig, denn sie spürte, dass sie diesem Mann, den die Tatsache, dass Mathilde ein Kind hatte, zu verwirren schien, nicht mehr erzählen sollte.

Die Hände zu Fäusten geballt und mit bleicher Miene ging

Hugues wortlos hinaus und stieg auf Grenade. In seinem Kopf ging alles durcheinander. Und wenn Mathilde verheiratet war und nur ihre Familie davon wusste?

Nein! Das war unmöglich, kein Ehemann ließe seiner Frau die Freiheit, stets dem König zu folgen und sich überall mit einer solchen Leichtigkeit und Unerschrockenheit zu bewegen, die man nur gelegentlich bei Witwen oder zügellosen Menschen fand.

Aber ein Kind! Eben noch war er voller Hoffnung und unbändiger Freude gewesen! Was würde er nun herausfinden? Wie sah die Wahrheit aus?

Vor ihm bewegte sich der Maulesel mit den Hufen klappernd langsam über das Pflaster. Grenade folgte willig, aber Hugues' Hand zitterte bereits bei der Vorstellung, dass Mathilde ihn zum Narren gehalten hatte.

Hugues spürte, wie seine Schläfen pochten. Wenn er sich nicht beruhigte, würden sie noch platzen. Alles um ihn herum drehte sich. Er stieß eine Faust in die Luft. Am liebsten hätte er sie gegen eine Wand geschlagen und sich bewusst verletzt.

Was nutzte es ihm jetzt, dass er sich beim König bewährt hatte? Dieser Monarch, der es sich erlaubte, stundenlang die Hand der Damen zu halten, und ihnen anzügliche Blicke zuwarf! Er sah vor sich, wie Mathilde in den Augen ihres Königs versank, den sie bewunderte, ja sogar vergötterte! Er spürte, wie Wut in ihm aufstieg. Was nutzte ihm ein renoviertes Schloss, wenn er die Frau seiner Träume nicht dorthin führen konnte? Er würde Guillaume in der Hölle wiederbegegnen. Schließlich hatten sie dieselbe Frau geliebt.

Gott! Mathilde war Mutter, aber war sie auch Ehefrau? Das war unmöglich, was wurde nun aus seinem guten Plan? Sie erreichten das große Haus, das von einer Steinmauer umgeben war. Hugues stieg von seinem Pferd und schlug zweimal mit der Faust gegen die Mauer. Ein heftiger Schmerz durchfuhr ihn, und er musste sich einen Augenblick anlehnen, um wieder zu sich zu kommen.

Eine weitere Frage war offen. Wie alt war das Kind?

Er überließ Leo, der auf ihn zukam, die Zügel von Grenade, kam wieder zu Atem, versuchte, sich zu entspannen, und hörte, wie Tania das Hoftor hinter ihnen schloss.

Das Haus war geräumig und besaß große Fenster, wie es üblich war, seit die Renaissance in Frankreich Einzug hielt, und war von Blumen und Grün umgeben. Es strahlte Ruhe und Heiterkeit aus. Hugues wartete einen Augenblick, dann stieg Tania die vier Steinstufen hinauf und klopfte an die Tür.

Eine sehr alte Frau öffnete. Sie trug eine Schürze über ihrem schwarzen Kleid, die nur die langen Ärmel freiließ, wie sie viele Dienerinnen trugen, die diverse Alltagsarbeiten zu verrichten hatten und zugleich in den Häusern ihrer Herrschaften repräsentieren mussten. Um ihren Hals strahlte eine weiße Halskrause. Unter ihrer Haube, die ebenfalls tadellos weiß war und deren Seiten ihr faltiges Gesicht umrahmten, lugten ein paar graue Strähnen hervor.

»Ach!«, rief sie sogleich. »Die Werkstätten befinden sich nicht hier. Ihr müsst zur Place Foire-le-Roi.«

»Daher komme ich«, antwortete Hugues finster.

»Möchtet Ihr denn keine Bestellung aufgeben?«

»Ich bin nicht gekommen, um über einen Wandbehang zu verhandeln.«

»Bertille! Ruf Alix«, unterbrach Tania, »und sag ihr, dass der Vogt von Paris sie besuchen möchte. Ich gehe zurück in die Werkstatt.«

Die alte Bertille, die bald fünfundsechzig oder siebzig Jahre alt war, nickte.

»Ihr habt Glück, Demoiselle Mathilde ist aus Spanien heimgekehrt. Da wird gefeiert, das könnt Ihr Euch sicher denken!«

Wie durch einen Nebel hörte Hugues »Demoiselle Mathilde«. Sie war also nicht verheiratet. Während Tania schon wieder fort war, hatte das kurze Gespräch zwischen Bertille und Seigneur de La Roche Alix angelockt. Sie steckte am anderen Ende den Kopf in den Flur und erkannte den Vogt von Paris sogleich.

»Hugues! Welcher glückliche Umstand führt Euch her?«

Hugues, der nicht mehr milde und geduldig gestimmt war, weil sich seine Hoffnungen eine nach der anderen auflösten, erwiderte trocken:

»Ich möchte sofort Mathilde sehen und …«

Sein Satz verhallte. Valentine stand vor ihm und lächelte ihn charmant und mit funkelnden Augen an. Sie kam mit schwingenden Hüften näher. Der Vogt war außer sich, denn er hatte vergessen, dass man die Zwillinge nicht auseinanderhalten konnte.

»Was verdanken wir Euren Besuch, Monsieur Vogt?«

Er meinte noch immer, Mathilde würde ihn verspotten. So viel Gunst, um ihn sogleich zurückzuweisen! Sie war ein ironisches, perverses, grausames Monster! Ohne noch etwas zu sagen, trat er vor und ohrfeigte sie.

Alix schrie auf, und Valentine hielt sich verdutzt die Wange.

»Weicht zurück, Sire«, befahl Alix mit harter, fester Stimme, »sofort! Bis zur Tür und erklärt mir Euer Verhalten. Wenn Ihr nicht sofort zurückweicht, rufe ich Mathias, Giulio und all die anderen Arbeiter, die Euch gnadenlos hinauswerfen.«

Plötzlich blieb Hugues wie erstarrt stehen, denn Mathilde trat hinzu. Mein Gott! Wie anders ihre Zwillingsschwester war.

Wie hatte er sie verwechseln können? Mathilde ging zu Valentine und nahm sie in die Arme.

»Meine arme Valentine«, sagte sie, »diese Ohrfeige war nicht für dich bestimmt.«

Während Hugues verblüfft die beiden jungen Frauen beobachtete, die er noch nie nebeneinander gesehen hatte, begriff Alix, dass wieder einmal die Ähnlichkeit der Mädchen Auslöser für das Drama gewesen war. Dieser Mann hatte sich von seiner Wut hinreißen lassen, deren Grund Alix nicht kannte. Doch ganz offensichtlich richtete sie sich gegen Mathilde, die sie zweifellos verdiente.

Hugues betrachtete die junge Frau, die er soeben mit einer Vehemenz geohrfeigt hatte, die an Wahnsinn grenzte. Dann blickte er zu Mathilde, die ihre Schwester tröstete. Sie ähnelten sich zu sehr, als dass man sie unterscheiden konnte. Sie waren gleich groß, hatten denselben Glanz in den Augen, ihre Lippen, der hübsch gezeichnete Mund, der diese weiche Zartheit verhieß, die Hugues mehrfach gekostet hatte. Wie sollte man sie nicht verwechseln?

Valentine hatte ihr Lächeln wiedergefunden, und ihre Augen funkelten erneut.

Um das Missverständnis nicht übermäßig in die Länge zu ziehen, nahm Alix die Dinge in die Hand. Hugues blickte ständig von einer zur anderen. Beide trugen die kastanienbraunen Haare offen auf dem Rücken und hielten sich an der Hand. Schließlich löste Valentine sich von ihrer Schwester und ging auf ihn zu, wobei sie sich die Wange hielt, um das Brennen etwas zu lindern.

»Ich verzeihe Euch, Sire, denn ich verstehe, dass diese Ohrfeige nicht für mich bestimmt war. Als wir noch Kinder waren, haben wir uns gern für die andere ausgegeben. Alle haben sich täuschen lassen, nur Nicolas nicht. Er meinte, dass das Leuchten in meinen Augen ganz anders als das in Mathildes sei.«

Was sollte er antworten? Hugues blickte zu Mathilde. Sie sah ihn mit düsterem Blick und wütender Miene an. Sie musterten sich, und wieder hassten sie sich.

Von dem Lärm angezogen, kam Nicolas hinzu. Valentine stürzte zu ihm und schob ihn zurück, damit er keinen weiteren Skandal provozierte. Um die Stille zu brechen, sagte Alix in milderem Ton:

»Ich erwarte Eure Erklärung, Hugues.«

»Ich will das Kind sehen!«

»Das Kind! Welches Kind?«

Hugues deutete mit dem Finger auf Mathilde.

»Ihres!«

Während Nicolas zurückwich, weil er merkte, dass diese Angelegenheit nicht Valentine betraf, sondern ihre Zwillingsschwester, erblasste Alix. ›Also doch‹, dachte sie, ›Mathilde hat gelogen. Charles ist das Kind dieses Mannes.‹

Mathias, der ebenso wie Nicolas wissen wollte, woher der Lärm rührte, hielt sich mit seinem Sohn im Hintergrund.

»Da ist er!«, sagte Valentine, die kurz darauf mit einem kleinen dreijährigen Jungen vor ihn trat.

Hugues spürte, wie ihm der Schweiß auf die Stirn trat. Bleich vor Wut wich er zurück. Ihn überkam das Verlangen, Mathilde zu töten. Wütend betrachtete er die dunklen Augen des Kindes, seinen Mund, seine Nase, seine Haut, seine dunklen Locken. Er war das Ebenbild seines Vaters. Er besaß bereits den verführerischen Charme von Guillaume. Aber Himmel! Er sah auch Hugues ähnlich.

Selbst Alix konnte das nicht übersehen. Je genauer sie das Kind mit dem Gesicht des Vogts verglich, desto mehr entdeckte sie die frappierende Ähnlichkeit. Doch ebenso wie Nicolas Valentine genau von ihrer Schwester unterscheiden konnte, wusste Mathilde, dass Hugues Guillaume überhaupt nicht ähnlich sah.

»Mathilde!«, flüsterte Alix. »Warum hast du gelogen? Du hast mir erzählt, der Vater von Charles sei tot?«

»Mama«, sagte Valentine sanft und ging zu ihrer Mutter, »der Vogt von Paris ist nicht der Vater von Charles. Es ist Guillaume, sein Bruder.«

»Ja! Guillaume, sein Bruder«, rief Mathilde und zeigte wütend auf Hugues de La Roche, »den er denunziert und auf der Place de Grève gehängt hat.«

Diesmal wankte Alix, und Mathias lief zu ihr, um seine Frau zu stützen, während Nicolas den kleinen Charles nahm, um ihn zu seiner Tochter Aude zu bringen.

Wütend ging Hugues auf Mathilde zu. Sie fing sich nicht eine, sondern gleich zwei Ohrfeigen. Heftig, brutal und aggressiv. Der jungen Frau schwindelte.

»Ihr werdet nichts daran ändern, Sire. Ich habe Euren Bruder geliebt, und ich liebe dieses Kind, das mich an ihn erinnert. Verlasst dieses Haus und kommt nie mehr zurück.«

Hugues strich sich mit der Hand über die Stirn. Er spürte, dass sie feucht war, und entfernte eine Schweißperle, die über seinen Finger lief. Er wandte den Kopf zu Alix und sah sie lange an, als erwartete er, dass sie die Situation löste, wozu er nicht imstande war.

»Ihr müsst meiner Tochter Mathilde verzeihen. Ihre Kindheit war schwierig, gefährlich und verwirrend. Man hat sie mir bei ihrer Geburt gestohlen, dann wurde sie vom Duc und der Duchesse d'Alençon in einem Feuer entdeckt. Ich habe sie erst einige Jahre später wiederbekommen.«

Hugues ging plötzlich mit großen Schritten auf und ab. So war es also! Er musste sich fassen, die Situation abwägen und eine Entscheidung treffen.

»Nehmt Ihr es ihr noch übel?«

»Mama«, schrie Mathilde, »nachdem Seigneur de La Roche über alles Bescheid weiß, kann er abreisen. Egal, ob er mir verzeiht oder nicht. Ich will ihn nicht wiedersehen.«

Hugues stürzte sich auf sie und packte sie brutal. Mathilde versuchte, ihn zurückzustoßen, aber er löste seinen festen Griff nicht von ihrem Arm.

»Und unser Spaziergang in Paris? Am Ufer der Seine?«, stieß er hervor. »Die Vertrautheit, die wir miteinander teilten!«

Da sie spürte, dass ihre Tochter noch einiges erwidern wollte und Hugues Wut stärker zu werden drohte, schaltete sich Alix erneut ein.

»Das ist eine hässliche Geschichte, Hugues, und ich fürchte, dass Mathilde mir nur einen Teil erzählt hat. Aber ich kann sie nicht zwingen, mir mehr zu verraten. Sie wird es tun, wenn sie es für richtig hält. Derweil möchte ich Euch etwas fragen.«

Hugues ließ Mathilde los, die sich an die Wand zurückzog und ihm wütende Blicke zuwarf. Da sie schwieg, fuhr Alix fort:

»Nun, Ihr habt meine beiden Töchter zu einem Zeitpunkt gerettet, als sie in Gefahr waren, und ich schulde Euch meinen unendlichen Dank. Aber so sehr ich Valentine verstehe, so wenig verstehe ich Mathilde.«

Valentine öffnete den Mund, aber Mathilde war sofort bei ihr, hielt ihr den Mund zu und wandte sich an ihre Mutter.

»Bitte. Keiner von Euch hat das Recht, sich in diese Angelegenheit einzumischen.«

Alix stieg die Röte ins Gesicht. Der Ton ihrer Tochter gefiel ihr keineswegs.

»Das reicht, Mathilde. Du hast uns nichts zu verbieten. Valentine und ich ziehen deinen Sohn auf, weil du noch immer ein unreifes und launisches Kind bist. Seit die Duchesse d'Alençon dich in ihren Dienst genommen hat, machst du nur, was du willst. Du kommst und gehst, wie es dir passt, du besuchst die Werkstatt, du folgst dem Hof, du bist flatterhaft und suchst wieder Zerstreuung unter dem Vorwand, dass du nirgends hingehörst. Du gibst dich für deine Schwester aus, ohne dir Gedanken zu machen, dass du sie dadurch in Gefahr bringst. Du berauschst dich mit Wein und lässt dich von einem offenkundigen Schurken in die Falle locken. Du verliebst dich in einen Banditen, der dir einen Sohn hinterlässt, du …«

Hugues unterbrach sie mit schneidender Stimme:

»Sie verführt sogar den König. Aber wer sollte am Hof daran Anstoß nehmen, wenn der Monarch selbst Gefallen an der Sache findet!«

»Das ist eine andere Geschichte«, seufzte Alix. »Nun, Hugues, bitte reist ab, denn meine Tochter wünscht es so. Ich hoffe, dass unsere berufliche Verbindung nicht unter dieser Aufregung leidet.«

Dann wandte sie sich an ihre Töchter:

»Lass mich den Vogt allein zur Tür begleiten.«

Sie überzeugte sich, dass weder Valentine noch Mathilde ihnen folgten. Und während sie darauf warteten, dass Leo sein Pferd brachte, flüsterte sie:

»Vergesst nicht, dass Charles Euer Neffe ist. Von daher habt Ihr das Recht, Neuigkeiten von ihm zu erfahren.«

»Darauf verzichte ich«, entgegnete der Vogt knapp, »und ich möchte Eure Tochter nicht mehr sehen, denn ich will sie vergessen.«

17.

Mathilde war wieder mal aufgebrochen, um sich dem Hof anzuschließen, der seine Reise von Schloss zu Schloss fortsetzte. Wenn der Vogt sie vergessen wollte, würde sie ihn ebenfalls aus ihrem Gedächtnis verbannen. Und dazu würde sie sich in die Arme des französischen Königs werfen, bevor dieser in jene seiner Mätresse sank.

Der Sommer neigte sich dem Ende entgegen, mit rötlich schimmernden Farben und frischen Abenden kündigte sich der Herbst an. Nicht einen einzigen Augenblick hatte Mathilde an den Schmerz ihrer Mutter über den Tod Properzias gedacht. Sie hatte nur eines im Kopf – den König wiederzusehen. Sie wollte einen Schlussstrich unter ihre Vergangenheit ziehen. Die Zukunft hieß François! Anschließend käme sie schon zurecht. Der kleine Charles würde ihr über ihre Ängste und einsamen Momente hinweghelfen, ohne dass sie sich dazu das Bild von Guillaume in Erinnerung rufen musste. Mit einem tiefen entschiedenen Seufzer löschte sie das Bild der beiden Brüder aus ihrem Kopf.

Das Schicksal war Mathildes Vorsatz wohlgesinnt, denn Henri d'Albret, der vom König und vor allem von seiner Liebe für Marguerite zurückgehalten wurde, die er nun offiziell erklärte, gab dem Vogt von Paris einige Monate Urlaub, damit er die Arbeiten an seinem Schloss in der Basse-Auvergne überwachte. So war Mathilde sicher, ihm eine ganze Weile nicht zu begegnen.

Zu Herbstbeginn hatte sich der König von seiner langen Gefangenschaft erholt, Gewicht zugelegt und seine alte Kraft wiedererlangt, und man beschloss, die Reise zu beenden und sich mit der Begegnung mit Margarete von Österreich auseinanderzusetzen. Mit ihr sollte das Abkommen von Madrid noch einmal neu verhandelt werden, wobei die Bourgogne, die Geiselhaft der Kinder des Königs und die Hochzeit von François I. mit Eleonore von Österreich zur Debatte standen.

Louise hatte alle Aspekte genau durchdacht, doch wie würde ihre Rivalin, die Tante von Charles Quint, reagieren? Botschaften wurden in beide Richtungen gesandt, die entscheidenden Punkte festgelegt und beschlossen, dass die Unterredungen zwischen Margarete von Österreich und Louise d'Angoulême stattfinden sollten, ohne dass Charles Quint und François I. direkt daran teilnahmen. Der Kaiser von Österreich hatte seiner Tante Handlungsvollmacht erteilt, und der französische König verfuhr ebenso mit seiner Mutter. Nur die Tochter von Louise würde ebenfalls an den Verhandlungen teilnehmen.

Der Tross begab sich somit gen Norden und nahm den Weg nach Cambrai. Es regnete, und die Pferde kamen nur langsam voran. Die häufigen Schauer weichten den Boden auf. Der Schlamm nahm stetig zu, die Furten schlossen sich, die Brücken waren überflutet. Eine Kutsche geriet auf dem schlickrigen Boden ins Schleudern und kippte um. Einer anderen riss der Wind das Dach fort.

Nachdem sich eine Scherbe in den Huf von Marguerites Pferd gesetzt hatte, verzögerte sich die Reise. Sie musste in eine Kutsche steigen und lud Anne ein, sie mit ihr zu teilen. Marguerite empfand eindeutig mehr Sympathie für sie, als sie für die Comtesse de Châteaubriant empfunden hatte. Mit Anne sprach sie über Kultur, Kunst und ihre Zweifel an der Religion.

Ihr stets hungriger Geist und ihre wache Intelligenz, die manchmal sogar etwas zu scharf war, da sie bereits Urteile über die Menschen am Hof fällte und Kritik an ihnen übte, machten sie für Louise zu einer nützlichen Gesprächspartnerin.

Der Tross wurde von Stadt zu Stadt länger. In Cambrai und der ganzen Umgebung sprach man von nichts anderem mehr als von dem »Vertrag der Frauen«. Erzbischöfe, Bischöfe, Feldherren und Finanzkontrolleure ließen den königlichen Tross deutlich anwachsen. Darunter viele Prälaten und viele Männer! In der Stadt kursierten zahlreiche Gerüchte. Man sprach von beigelegten Konflikten und vom wiedererlangten Frieden zwischen dem österreichischen Kaiser und dem französischen König. Hingegen wusste Louise, dass die Verhandlungen hart werden würden und sie sich dabei vielleicht ihre deutlich angeschlagene Gesundheit ganz ruinieren würde.

Normalerweise wäre Marguerite mit Blanche, ihrer Gesellschafterin, und Catherine, ihrer Kammerfrau, in der Kutsche gereist. Sie hätte sich auch gern mit Anne und Mathilde unterhalten, aber sie spürte, dass die beiden jungen Mädchen sich aus tiefster Seele hassten, und wollte keinen Skandal verursachen. So war sie an der Seite von Henri d'Albret geritten.

Es war töricht von ihr gewesen, dass sie den Huf des Pferdes nicht am Vorabend untersucht hatte, da es bereits leicht hinkte. Der Stallbursche hätte es abends zum Schmied gebracht, sodass sie am nächsten Morgen wieder über das Tier hätte verfügen können.

Louise befand sich in der Kutsche vor der von Marguerite. Die alte Comtesse de Polignac, seit jeher ihre Freundin, begleitete sie noch, obwohl sie unaufhörlich wiederholte, dass das Kloster von Angoulême, das von ihrer Tochter Madeleine geleitet wurde, sie unverzüglich erwarte. Eigentlich hörte Antoinette de Polignac nur zu gern Louises Beteuerungen, wie sehr sie ihre Gesellschaft brauche.

Dahinter folgten die Kutschen des Gefolges. Die blonde Anne, die noch nicht Mätresse war, wartete auf ihre Stunde. Doch Louise hielt die Fäden in der Hand, und es wäre für Anne nicht ratsam gewesen, ihre Ungeduld zu zeigen. Die Königinmutter wollte dem jungen Mädchen zunächst beibringen, ihrem Monarchen treu zu dienen. Ihr war bewusst, dass das nicht mehr möglich war, sobald sie das königliche Lager mit ihm teilte.

Sie wollte zudem verhindern, dass Anne ihren hübschen Kopf unangemessen hoch trug, wenn sie zu schnell zu Ansehen und Ruhm gelangte. Louise fürchtete, dass sie dadurch gebieterisch und herrisch würde, was ihren bereits recht stark entwickelten Ehrgeiz beflügeln und ihren Charakter verderben würde. Eine lange Wartezeit würde unwillkürlich ihre Ansprüche und ihren Ehrgeiz zügeln. In einiger Zeit sollte sie sich die bange Frage stellen, was der König wirklich mit ihr vorhatte. All diese Vorbereitungen waren notwendig und durften nicht gestört werden.

Louise hatte recht. Mit der Zeit würde Anne sich mit den verständnisinnigen Blicken des Königs, den freundlichen Worten, den höflichen Begrüßungen und den flüchtigen Berührungen der Finger zufriedengeben und begreifen, dass sie nur eine Mätresse war und dass die Königin stets vor ihr kam.

Louise kannte ihren Sohn, und François wusste seinerseits, was er von seiner Mutter hinnehmen musste. Er hatte ihr Spiel sehr wohl verstanden und erkannte die Regeln an. Im Übrigen wusste Louise, dass François nie um Liebschaften verlegen war. Er begegnete ständig schönen Mädchen, und viele von ihnen reagierten auf seine koketten Blicke.

Aus diesem Grund hatte sie nichts dagegen, dass Mathilde um den König herumschwirrte. Ein Abenteuer mit ihr würde ihn geduldig machen, zumindest bis zu seiner Hochzeit mit der Schwester des österreichischen Kaisers. Anschließend würde die kleine Pisseleu offiziell ihren Platz einnehmen. Wenn Mathilde es geschickt anstellte, konnte sie sich vielleicht das Privileg bewahren, dem König jedes Mal zu »dienen«, wenn sie an den Hof kam.

Das war eine hervorragende Entscheidung, denn Mathilde – das wusste Louise – wollte nicht heiraten und lieber nach Belieben ihren amourösen Launen frönen. Louise hatte sich gewiss nicht täuschen lassen, als das junge Mädchen ihrem Sohn den Smaragdschmuck und die Tapisserie aus dem achten Jahrhundert angeboten hatte. Sie hatte sich gesagt, dass Mathilde ihre Liebhaber zumindest mit Bedacht wählte.

Louise kannte sich schließlich aus: So waren Könige, zumindest ihr Sohn, und darin ähnelte er seinem Vater, dem Duc d'Angoulême. Für sein Gleichgewicht brauchte er eine Frau, eine Mätresse und hin und wieder ein Abenteuer.

Deshalb hatte die ehemalige Regentin Mathildes Rückkehr mit Wohlwollen zur Kenntnis genommen. So würden kleinere Skandale in den Gaststätten vermieden, in denen François unter den gelegentlich düsteren Blicken der Wirte zu eilig den Rock einer Dienerin lüftete. Mathilde kam also genau recht. In François verliebt, seit sie ein Kind war – der Hof hatte sie deshalb häufig belächelt –, wusste sie ihm auf wundervolle Weise die Wartezeit zu vertreiben. Obwohl sie nie mit ihrer Freundin Alix vertraulich über dieses Thema gesprochen hatte, war Louise sich sicher, dass das junge Mädchen keine Jungfrau mehr war.

Louise schätzte ihren Sohn richtig ein: seinen freien Geist, seine Liebschaften, seinen Trieb und seine Sentimentalität, die manchmal maßlos war. Sie wusste, dass er Mathilde in die Falle ging und dass ihre Zuneigung ihn dahinschmelzen ließ wie

Schnee in der Sonne. Das junge Mädchen verfügte über alle notwendigen Raffinessen, um François so lange zurückzuhalten, wie Louise es gern wollte.

Wieso noch Zeit verlieren? Es musste auf dieser Reise nach Cambrai beginnen, deren Dauer allein von den Verhandlungen mit Margarete von Österreich abhing. Louise wusste, dass Mathilde nach der Rückkehr aus Cambrai von Diane de Poitiers auf Château d'Anet eingeladen war. Sie würde es so einrichten, dass weder Marguerite noch Anne de Pisseleu etwas davon erfuhren. Besser, es zogen keine dunklen Wolken am klaren Himmel auf. Es wäre störend, wenn Marguerite erführe, dass ihr Schützling mit dem König schlief.

Louise seufzte. Sie wusste, dass alles so kommen würde. Hatte sie es schließlich nicht in der Hand? Eine Königinmutter wusste sich aller Mittel zu bedienen, um für das Wohl ihres Sohnes, des Königs, zu sorgen.

Die kleine Pisseleu glänzte nicht durch ihre Qualitäten als Reiterin und konnte dem Hof hoch zu Ross nur folgen, wenn er sich sehr langsam bewegte, das bedeutete bei der Ankunft in einer Stadt oder in der Nähe eines Schlosses. Doch dazu ließ Louise ihr kaum Gelegenheit, da sie Mathilde anregen wollte, sich dem königlichen Pferd zu nähern.

Da sie sich bereits seit ihrer Jugend stets in der Nähe des Königs und Marguerites aufgehalten hatte, würde niemand daran Anstoß nehmen. Mathilde wirkte anmutig wie eine Prinzessin und konnte auf ihrem weißen Pferd alle Punkte für sich verbuchen. Anne de Pisseleu würde niemals ihr Format erreichen.

Mathilde hielt sich etwas abseits des Königs und ritt langsam hinter Montmorency, Chabot und d'Albret her, wobei sie aufmerksam der Unterhaltung lauschte. Plötzlich sah sie die Kutsche der Königinmutter näher kommen.

»Mein lieber Henri«, rief Louise und steckte den Kopf aus dem Kutschfenster, »da Marguerite in ihrer Kutsche bleiben muss, solange ihr Pferd beim Schmied ist, könntet Ihr nicht ein Stück vorausreiten und Cambrai auf uns vorbereiten?«

»Nichts leichter als das, Madame. Ich mache mich gleich auf den Weg. Es soll nicht heißen, dass die Stadt Cambrai den König nicht mit Flaggen, Girlanden, Blumen und Trompeten begrüßt hätte.«

Zufrieden beobachtete Louise Montmorency und Chabot, die an der Seite ihres Sohnes ritten. Die beiden kannten Mathilde zu gut, um ihr Steine in den Weg zu legen.

Nachdem d'Albret sich auf den Weg gemacht hatte, ritt Mathilde neben der Kutsche von Louise her und beugte sich zu ihr hinüber.

»Dame Louise, gestattet Ihr mir, auf Höhe des Königs zu reiten?«

Sie lächelte sie an und trommelte mit den Fingern auf das kleine Sims unterhalb des Fensters.

»Ihr wisst sehr wohl, Mathilde, dass ich Euch das nie untersagt habe. Dieses Privileg kommt Euch seit Eurer Kindheit zu.«

»Wollt Ihr mir den Grund verraten?«

»Unnötig, Mathilde, Ihr kennt ihn ebenso gut wie ich.«

»Das Gleichgewicht Eures Sohnes.«

»Ich habe immer gewusst, dass Ihr ein kluges Mädchen seid.«

Noch immer streckte Louise den Kopf aus dem kleinen Fenster ihrer Kutsche. Sie sah, wie François sich umdrehte und sich fragte, was seine Mutter mit Mathilde tuschelte.

»Wie werdet Ihr die Unterhaltung beginnen?«, flüsterte Louise.

»Nun«, erwiderte Mathilde keineswegs verlegen, »ich werde ihm von den Brüdern Gobelin erzählen.«

»Meint Ihr die einflussreichen Färber aus Paris?«

»Sie sind nicht nur Färber, sondern auch Weber, Händler, Künstler. Sie haben große Pläne, die den König interessieren. Davon bin ich überzeugt.«

»Nun denn, Mathilde!«

Das ließ diese sich nicht zweimal sagen. Mit zwei Sprüngen war Fildor an der Seite des Königs.

»Mathilde!«, sagte François lachend. »Ich habe mich gefragt, ob Ihr die Erlaubnis meiner Mutter erhaltet, zu mir zu kommen. Wie habt Ihr es angestellt?«

»Ich habe ihr gesagt, dass ich mit Euch sprechen müsse.«

Sie schwiegen einen Augenblick, und der König gab Chabot und Montmorency ein Zeichen. Sie verstanden und entfernten sich.

»Donnerwetter! Ich hatte noch keine Gelegenheit, Euch zu sagen, wie schön Ihr seid. Ich wage es noch nicht einmal mehr, Euch zu duzen. Wie alt wart Ihr, Mathilde, als ich nach Italien aufgebrochen bin?«

»Sire! Sprecht Ihr von Marignan oder von Pavia?«

»Von beiden.«

»Als ich Euch als glänzender Ritter am Kopf Eurer Armee habe aufbrechen sehen, um den Weg über die Alpen zu nehmen, war ich ein Kind. Jetzt, Majestät, bin ich eine Frau.«

»Majestät! Sire! Nennst du mich denn nicht mehr François? Niemand hört uns, und ich gestatte es dir.«

Er neigte sich zu ihr und flüsterte:

»Bist du noch immer verliebt in mich?«

»Mehr als je zuvor, Majestät.«

Der König lachte. Es war ein fröhliches, dröhnendes Lachen,

das bis zu den Kutschen hinüberdrang, und Louise dachte, dass ihr Tölpel von Sohn zweifellos in die Falle getappt war. Die raffinierte Mathilde erfüllte ihre Rolle voll und ganz.

»Donnerwetter! Wie hast du dich verändert. Vorher warst du hübsch, jetzt bist du schön.«

»Ihr habt mich doch auch in Eurem Gefängnis in Madrid gesehen, Majestät.«

»Das ist wahr, aber ich habe alles vergessen. Wenn meine Augen auch offen waren und mein Herz schlug, bin ich erst richtig wieder zum Leben erwacht, nachdem alle, die mir in meinem Leid beigestanden haben, abgereist waren. Nur d'Albret war an meinem Lager, als meine Geister zurückkehrten.«

Ergriffen sah Mathilde ihn an:

»Ich habe gedacht, Ihr würdet sterben.«

»Hast du geweint?«

Diesmal musste Mathilde lachen. Es war ein helles Lachen, das wie Perlen klang, die von einer Kette glitten. Ein Lachen, das einen lebendigen Glanz in die bereits fröhlichen Augen des Königs zauberte.

»Marguerite und ich hatten anderes zu tun, als an Eurem Lager zu weinen und zu klagen. Wir mussten Euch retten.«

Der König zog an den Zügeln und ritt so dicht zu ihr, dass die Pferde sich berührten.

»Erzählst du mir von deiner Unterredung mit Charles Quint?«

»Ja, Sire, in allen Einzelheiten.«

»Und diese Tapisserien! Waren sie schön?«

»Prächtig. Zwei von den einundzwanzig Wandbehängen stammten aus unseren Werkstätten.«

»Erzähl mir nicht, dass du sie eigenhändig gefertigt hast! Du hast noch nie in deinem Leben gewebt. War es deine hübsche Zwillingsschwester?«

Mathilde nickte und antwortete mit wichtiger Miene:

»Sie und alle Weber unserer Werkstätten.«

»Und dieses kleine Meisterwerk, *Die Quadriga*, woher stammt es?«

Der Schritt ihrer Pferde folgte dem der Hellebarden, die ihnen vorausritten. Cambrai war nicht mehr weit. Man sah bereits die Lichter der Stadt, denn es dämmerte schon.

»Ein byzantinisches Werk aus dem achten Jahrhundert! Was machte das in Euren Händen?«

»Ich habe es sorgsam bewahrt, um es Euch eines Tages zu schenken. Leider musste ich es Eurem Cousin überlassen, damit er in seinen Forderungen nachgab.«

»Wie bist du an dieses kleine Meisterwerk gelangt?«

Sie schenkte ihm ihr unbeschwertes Lachen und antwortete leichthin:

»Das ist mein Geheimnis, Majestät. Das werdet Ihr nicht erfahren.«

»Dann sag mir, wie ich dir danken kann?«

»Mir danken?«

»Du weißt, dass die Staatskasse leer ist. Ich kann dich nicht bezahlen.«

Sie bezahlen! Sie machte einen plötzlichen Schritt zur Seite. Fildor fing an zu wiehern und bäumte sich auf. Mathilde beruhigte ihn und führte ihn zurück neben den König.

François lächelte und zwinkerte ihr zu. Er vermutete, dass sie diese kleine Einlage absichtlich vollführt hatte, um ihn mit ihrer Reitkunst zu beeindrucken.

»Ich hasse Euch dafür, dass Ihr so etwas Dummes sagt, Majestät. Ich will kein Geld.«

Der König lachte so laut auf, dass Louise den Kopf aus dem Kutschfenster steckte und feststellte, dass Montmorency und

Chabot nicht mehr da waren, was François sicher schon länger bemerkt hatte.

»Dann sag mir, wie ich dir danken kann!«

»Mit einem Kuss!«, erkühnte sich Mathilde. »Einem richtigen Kuss!«

»Und wo darf ich ihn dir geben? Du weißt sehr wohl, dass wir keine Gelegenheit haben werden, noch einmal unter vier Augen zu sprechen. Meine Geschäfte werden mich unablässig beanspruchen, und ich vermute, dass meine Mutter dir nicht noch einmal erlauben wird, was sie heute gestattet hat.«

»Nun, kommt nächstes Frühjahr auf Château d'Anet. Diane de Poitiers hat mich eingeladen. Ihr müsst nicht lange bleiben. Nur ein paar Tage, ohne jemandem etwas zu sagen.«

»Das scheint mir kompliziert.«

»Keineswegs. Ich weiß, dass Eure Schwester sich zu der Zeit in der Normandie erholt. Wenn Ihr sie mit einer kleinen Eskorte besucht, um nicht die Neugier des Hofs zu wecken, seid Ihr schnell mit dem Pferd in Anet.«

Der König schwieg und wagte nicht, den Kopf zu drehen. Die Richtung ihrer Unterhaltung war nicht ungefährlich. Der Hof, der ihnen langsam folgte, ließ sie nicht aus den Augen. Da sie sich der inquisitorischen Blicke bewusst waren, setzten der König und Mathilde ihre Unterhaltung leise fort. So war das am königlichen Hof, man konnte ihm nichts verheimlichen.

»Ich merke mir deinen Vorschlag. Er gefällt mir. Ich werde jedoch nicht bis zum nächsten Frühjahr warten, um dir deinen Kuss zu geben.«

»Was schlagt Ihr vor, Majestät?«

»Ich denke nach.«

Sie schwiegen eine Weile, und während ihre Pferde einträchtig nebeneinanderher liefen, brach der Abend herein. In Kürze würde der König wieder in Begleitung seiner Berater, seiner Hellebardiere, seiner Mutter, seiner Schwester, seiner Freunde, seiner Knechte und seiner Zofen sein und zahlreichen Zwängen unterliegen.

»Herrgott!«, gelobte er. »Es ist Abend, und ich habe kaum Zeit gehabt, dein Gesicht zu bewundern und wie anmutig du dich auf dem Pferd hältst, das ich dir einst geschenkt habe. Wenn ich dir heute Abend meine Türe öffne, wirst du kommen?«

»Sire, es wäre mir lieber, wenn ich Euch die meine öffnete. Das ist weniger gefährlich.«

»Wirst du allein sein?«

»Eigentlich teile ich mir das Zimmer stets mit zwei oder drei Zofen Eurer Mutter und Eurer Schwester.«

»Lass mich nur machen. Ich verspreche dir, dass du ein Zimmer für dich allein haben wirst und dass ich zu dir komme.«

»Und wenn nicht?«

»Was meinst du?«

»Es kommt vor, dass das Schicksal unseren Wünschen in die Quere kommt und sie sich nicht erfüllen. Selbst Ihr, Majestät, seid vor diesen Unwägbarkeiten nicht sicher.«

»Ich werde Anweisung erteilen, dass du während unseres Aufenthalts in Cambrai ein Zimmer für dich allein erhältst.«

»Ändert nicht Eure Meinung, Majestät, denn vom ersten Abend an, den ich allein in meinem Zimmer sein werde, bleibt die Tür offen, und ich möchte nicht, dass sich dort jemand anders Zutritt verschafft.«

Hinter den Gräben, den Stadtmauern, den von Türmen flankierten Toren und den soliden Hôtels, die die Großbürger für die reichen Flamen führten, herrschten Trubel und Geschäftigkeit. Mit Freude feierte man die Ankunft des französischen Königs und seiner Mutter.

In der geistlichen Stadt, in der es Klöster, Kirchen, Kapellen und Oratorien in Hülle und Fülle gab, in denen die Domherren Könige waren, in der die Spitze der hohen Kathedrale in den Himmel ragte und ein Bronzeengel auf dem Kreuz balancierte, empfing man sie herzlich.

Schöffen, Beamte, Bürger, Vögte, Händler und Pilger unterhielten sich laut vor den Geschäften. In den vergangenen Wochen hatte man eine enorme Menge an Vorräten herbeigeschafft. Ganze Schafs-, Kuh- und Ferkelherden hatten die Stadt unter den wachsamen Blicken der Bauern durchquert.

Hähne, Hühner und anderes Geflügel flogen über die öffentlichen Plätze und durch die düsteren Gassen. Man hatte sogar gesehen, wie sie sich bis in die Kirchen vorgewagt hatten, und es bedurfte der ganzen Geschicklichkeit der Bauern, sie an anderer Stelle zusammenzutreiben.

Karren mit Säcken voll Korn und Mehl, mit Fässern voll Wein und Bier sowie Wagen mit Stroh und Viehfutter für die Armee aus Pferden waren über das kühle Pflaster der Stadt geholpert. Und nun war der Moment gekommen, mit den Festivitäten zu beginnen, die Margarete von Österreich, Statthalterin der Niederlande, angeordnet hatte.

Plötzlich öffnete sich, begleitet von dröhnenden Trompeten, die riesige Spitzbogentür vom Hôtel Saint-Pol. Die Torflügel aus Eiche, die mit Eisen eingefasst und von Nägeln mit Diamantspitzen gespickt waren, schwangen weit auf, um den König, seine Mutter sowie den Hof eintreten zu lassen.

Marguerite, Mathilde und die Gesellschafterinnen zeigten ihr charmantestes Lächeln, auch wenn die blonde Anne de Pisseleu dazu keinerlei Lust verspürte. Die lange Unterhaltung zwischen der Demoiselle de Cassex und François I. machte ihr Sorgen. Sie hatte den König mehrfach lachen hören, und seine Begleiterin auch. Schlimmer noch! Als es dämmerte, hatte sie gespürt, dass ihre Unterhaltung einen vertraulichen Ton angenommen hatte.

Anne war hartnäckig, sie würde brav sein, aber wachsam, und wenn die Königinmutter zögerte, eine Entscheidung zu treffen, würde sie dem König ihr stilles Verlangen durch ihre Blicke und ihr Lächeln zeigen.

In der Stadt herrschte wachsende Aufregung. Der gesamte Hof war im Hôtel Saint-Pol angekommen, nun mussten die Bündel mit Kleidern und Wäsche folgen, die kostbaren Tapisserien, die ein Geschenk der Stadt waren, die ledernen Wandbehänge aus Cordoue, die Teppiche aus der Türkei, das goldene und das silberne Geschirr, die wertvollen Nippesfiguren, die kolorierten Manuskripte, die mit Perlmutt und Elfenbein eingefasst waren, und all die anderen Gegenstände. Margarete von Österreich hatte nicht gespart.

Die Lehnsherren aus Barre, Sauch, Vieilleville und Rochepot hatten ihre jeweiligen Posten eingenommen, um den König, die Königinmutter und ihre Tochter zu empfangen.

Gleichzeitig mit dem französischen Hof kam der gute Robert de Croy in die Stadt. Er saß aufrecht in seinem purpur- und mauvefarbenen Ornat auf seinem weißen Maulesel. Auf dem Kopf die Mitra und in der Hand das Kreuz, verteilte er Weihrauch und Weihwasser an das jubelnde Volk, das sich in Richtung Kathedrale begab, um das Tedeum zu hören.

Der Prinz von Liège erschien in Begleitung der Ritter vom Goldenen Vlies und gefolgt von einer prächtigen Eskorte. Alle Notabeln von Cambrai waren da. Sie nahmen an der abendlichen Messe teil, während die Menge in den schmalen Straßen feierte und sich an den Kreuzungen zusammendrängte. Reiter und Kutschen trieben den lärmenden Menschenfluss hier und da vorsichtig auseinander.

Die Herolde bliesen ihre Trompeten und ließen die bunten Fähnchen fliegen. Die Hôtels, die Paläste und die Häuser wurden gestürmt. Es war so voll, dass die Nachzügler kaum noch eine Ecke zum Schlafen oder Ausruhen fanden, sogar das Dach eines Pferde- oder Schweinestalls war vor ihnen nicht sicher.

Die Cambraiser bewunderten das Aufgebot an Kutschen, die Anzahl der Karren und ihre Fracht, die Schönheit der Pferde und die Eleganz der Damen, die in ihren üppigen Roben herabstiegen, ihre ordentlich gefalteten Halskrausen und die voluminösen Ärmel, die von goldenen Schnüren zurückgehalten wurden. Ein Großteil des Gefolges war draußen vor der Kathedrale geblieben, die die Cambraiser gestürmt hatten, da sie nicht mehr von der Seite des Königs weichen wollten.

Mathilde hatte die Situation genutzt, um einige Informationen im Hôtel Saint-Pol einzuholen und festzustellen, wie die Unterbringung des Hofs organisiert war. Aber sie konnte die Ordnung nicht durcheinanderbringen, und weder diesen ersten Abend noch die folgenden verbrachte sie allein auf einem Zimmer. Ganz im Gegenteil musste sie die Nächte beengt mit vier anderen Begleiterinnen in einem Bett schlafen. Die Demoiselles de Boulogne, de Nevers, de Vendôme und de Pisseleu gingen ihr so auf die Nerven, dass sie schließlich nicht mehr mit ihnen sprach.

Margarete von Österreich, die den ohrenbetäubenden Lärm in ihrem Arbeitszimmer kaum ignorieren konnte, erinnerte sich an den Jubel der Einwohner der Bourgogne in der Nähe von Péronne, als Karl der Kühne und Louis XI. einst ein anderes Abkommen unterzeichnet hatten.

Sie empfing Louise und ihre Tochter zunächst in der Abtei von Saint-Aubert. Noch immer schön und majestätisch, kam sie in ihrem schwarzen Samtkleid umgeben von ihren Gesellschaftsdamen auf ihren Pferden auf sie zu. Selbstbewusst drängte sie die Hellebardiere zurück, die am Eingang zur Abtei ein Spalier bildeten, und reichte Louise die Hand.

»Meine liebe Louise! Es ist so viel Zeit vergangen, seit wir Kinder waren und in Amboise miteinander gespielt haben!«

»Wir haben auch viel gelernt, scheint mir.«

»Himmel! Louise, Ihr wart so strebsam. Ich habe Euch beneidet, weil Ihr Euch alles so leicht merken konntet. Ich glaube, ich war verspielter als Ihr.«

Dann schloss Margarete von Österreich Louise beinahe herzlich in die Arme und wünschte ihr einen prächtigen Aufenthalt in der schönen Stadt Cambrai.

»Und das ist Eure Tochter Marguerite. Wie anmutig und vornehm! Wisst Ihr, dass ich schon viel von Euch gehört habe, mein liebes Kind? An allen Höfen Europas heißt es, dass Ihr ein Wunder seid. Mein Neffe, den Ihr in Madrid getroffen habt, als Euer Bruder noch in Gefangenschaft war, hat mir von Eurer großen Intelligenz und Eurem vielfältigen Wissen berichtet. Es ist mir eine Freude, Euch kennenzulernen.«

Sie sprachen den ganzen Tag von ihren gemeinsamen Erinnerungen. Margarete von Österreich gestand ihnen sogar ihren Kummer, als der Thronfolger Charles VIII., den sie heiraten sollte, ihr erklärt hatte, dass er nach Österreich zurückkehren müsse, um Anne de Bretagne zu heiraten.

Auf diese Erinnerung entgegnete Louise nichts, denn sie fürchtete, dass Margarete schließlich noch erklären würde, dass sie aus diesem Grund Frankreich heute so sehr hasste. Doch nichts dergleichen wurde geäußert, zweifellos, weil sie als Mädchen damals denselben Geschmack geteilt und sich wundervoll verstanden hatten.

Margarete von Österreich besaß durchaus Charme, auch wenn ihre Stirn von Falten durchzogen war. Ihre Augen strahlten, und ihr freundliches Gesicht konnte ein Lächeln rasch erhellen. Ihre Haube und ihre Halskrause verbargen ihren Hals. Es war eine weiße Haube, die wie bei den Beginen in Flandern eng ihren Kopf umschloss und nur einen breiten Zopf erkennen ließ, in den ein Silberfaden geflochten war.

Mit mehr als fünfzig Jahren hatte sie sich ihren strahlenden Teint und die vollen Lippen bewahrt, die Louise aus ihrer Kindheit kannte. Sie besaß nicht das lange undankbare Gesicht der Habsburger, das ihr Neffe geerbt hatte. Blond, schlank, mit wachem Blick und spontanem Lachen hatte die kleine Margarete bereits Thronfolger Charles verführt. Schade für sie, dass die Regentin Anne de Beaujeu bereits damals eine Möglichkeit suchte, um die Bretagne wieder mit Frankreich zu vereinen.

In den zwanzig Jahren, die Margarete Flandern und die Niederlande verwaltete, hatte sie eine große Menschenkenntnis erlangt. Sie war verständnisvoll, milde und vernünftig. Louise konnte sich nicht vorstellen, dass sie ihrer Angst um das Schicksal ihrer Enkelkinder nicht ein Ende bereiten würde.

Louise war weniger füllig als Margarete von Österreich und wirkte in ihrer Erschöpfung fast schmächtig. Zu mager, aber mit jener majestätischen Ausstrahlung gesegnet, die ihre Kinder von ihr geerbt hatten, stützte sie sich auf ihre Tochter, deren Lächeln bereits ganz Cambrai verzaubert hatte.

Margarete von Österreich hatte vieles mit Louise und ihrer Tochter gemeinsam. Sie war empfänglich für die Kunst, die Malerei und die Dichtkunst und begeisterte sich für schöne und kostbare Wandbehänge – diese Vorliebe hatte sie ihrem Neffen vererbt. Sie spielte Spinett und empfing in ihrem Palast in Mechelen die größten Maler und Musiker der Zeit. Sie umgab sich mit kunstvoll gebundenen Bibeln und mit Silber eingefassten Spiegeln. Sie lief über dicke Teppiche, in denen ihr Fuß wie in Schaum versank, und an ihren Wänden hingen prächtige Tapisserien, die von Gold- und Seidenfäden durchwirkt waren.

»Erinnert Ihr Euch noch an die Bücher, die wir zusammen gelesen haben, Louise? An die Abenteuerberichte, die griechischen Texte, das Latein?«

Louise nickte.

»Alles, wovor Suzanne, der Tochter von Anne de Beaujeu, graute.«

»Ihr gefiel im Grunde nichts, und sie hat Euch häufig kritisiert.«

»Sie mochte mich nicht, und das habe ich ihr heimgezahlt.«

Louise wollte nur ungern bei den Erinnerungen an ihren Liebhaber Charles de Montpensier verweilen, der mit Suzanne de Beaujeu verheiratet gewesen war, weshalb sich die Frauen weiterhin gehasst hatten.

»Und die Bilder, die wir gemeinsam bewundert haben! Ihr mochtet lieber van Eyck, während ich Dürer bevorzugte.«

»Und die schönen Tapisserien, die wir schon damals beide geliebt haben. Im Schloss in Amboise hingen so große Wandbehänge.«

»Gewiss. Damals bestaunten wir die herrschaftlichen Szenen, die sich vor dem Hintergrund von Millefleurs abspielten.«

»Und ich habe mir so gern die Kleider angesehen, die die Damen mit so viel Anmut trugen. Die Farben schillerten.«

Die Duchesse d'Alençon, die ihnen zugehört hatte, sagte:

»Ach! Mutter, was habt Ihr für schöne Millefleurs bei Eurer Freundin Alix, der Weberin aus Tours, bestellt. Ihr mögt sie ebenso wie wir«, bemerkte sie und blickte auf die hübsch dekorierten Wände. »Ihr seid von wahren Meisterwerken umgeben.«

Als Politikerinnen und Geschäftsfrauen, die ebenso intellektuell wie künstlerisch veranlagt waren, verstanden sich die drei Frauen blendend. Doch die freundschaftliche Unterhaltung neigte sich dem Ende zu, und die langen Friedensverhandlungen begannen.

Schließlich wurde die Konferenz der Damen eröffnet. Die Besprechungen fanden im privaten Arbeitszimmer von Margarete von Österreich statt. Sie dauerten bis in die Nacht. Die Fenster des Hôtel Saint-Pol blieben erleuchtet, und ganz Cambrai schlief nicht vor dem Morgengrauen. Ein schmaler Streifen des Mondlichts fiel auf die Dächer, und man erwartete mit großer Ungeduld die Ergebnisse der ersten Verhandlungen.

Die Unterredung zwischen den drei Frauen war nicht annähernd beendet. Die Verhandlungen sollten fast einen Monat dauern. Am zweiten Abend tauschte Margarete von Österreich ihre liebenswürdige Art gegen ein barsches gefühlloses Auftreten. Am dritten Abend verließ Louise das Arbeitszimmer angespannt und erschöpft.

Um lange Wege und vor allem Ablenkung zu vermeiden, hatten sie ein Zimmer nebenan. Louise spann geduldig ihr Netz. Margarete von Österreich gab sich unbeweglich und äußerst kühl.

»Ihr könnt die Kinder nicht in Geiselhaft lassen. Sie sind unschuldig.«

»Sie sind die Söhne des Königs«, antwortete Margarete von Österreich eisig. »Das wissen sie, denn Ihr habt ihnen beigebracht, dass sie nicht wie andere Kinder sind.«

»Ja!«, bestätigte Marguerite d'Alençon mit Tränen in den Augen. »Das triff auf François zu, den Thronfolger, der eines Tages regieren wird, aber der Jüngere, Henri!«

»Er ist ein Prinz des Königreichs. Seine Rolle ist ebenso wichtig. Der Ältere könnte sterben, dann nimmt er seinen Platz ein.«

»Sterben!«

»Wie häufig ist das bereits vorgekommen? Das wisst Ihr sehr wohl. Kein Thronfolger ist davor gefeit.«

Der traurige Blick von Louise begegnete dem ihrer Rivalin. So heiter ihre Augen bei ihrer ersten Unterredung in Saint-Aubert gewirkt hatten, so unerbittlich wirkten sie jetzt.

»Margarete!«, flehte sie herzerweichend, »wenn Ihr auch nicht die Mutter eines Kindes seid, so habt Ihr doch Euren Neffen Charles und Eure Nichte Eleonore wie Eure eigenen Kinder aufgezogen, und diese lieben Euch wie eine Mutter!«

»Das ist richtig.«

»Stellt Euch vor, ich wäre unerbittlich und würde deren Kinder gefangen halten. Wie würdet Ihr reagieren?«

Margarete von Österreich stand auf und ging ein paar Schritte.

»Das ist nicht der Fall, diese Frage steht hier nicht zur Debatte.«

»Margarete!«, bemerkte Louise barsch. »Seid Ihr ein grausames Monster? Befreit meine Enkel, ich beschwöre Euch.«

Aber kein Versprechen kam über die Lippen ihrer Gegnerin. Margarete von Österreich ließ sich nicht erweichen, die Kinder des Königs aus ihrem spanischen Gefängnis zu befreien.

An manchen Abenden verließ Louise das Arbeitszimmer müde, angespannt und von Schmerz ausgehöhlt. Marguerite musste sie auf dem Weg zu ihrem gemeinsamen Zimmer stützen. Die Nacht war von Albträumen beherrscht, und wenn sie im Morgengrauen erwachten, waren sie noch mit den Diskussionen des Vorabends beschäftigt.

Derweil blickte Margarete von Österreich nachdenklich aus

ihrem Fenster, das auf den Innenhof des Hôtel Saint-Pol hinausging, und spielte mit ihrer Perlenkette.

Nachdem sie drei Wochen lang über eine mögliche Befreiung der zwei Kinder gesprochen hatten und sich keine Lösung abzeichnete, musste man sich dem Thema Bourgogne nähern. Louise hielt an ihren Vorschlägen fest, aber ihre Rivalin sagte ihr unablässig, dass sie inakzeptabel seien. Dahingegen schienen jene, die Margarete ihr im Namen von Charles Quint offerierte, Louise unannehmbar.

»Ihr wisst sehr wohl, Louise, dass der Kaiser seine Ansprüche auf die Bourgogne geltend macht.«

»Aber er fordert auch das Lyonnais und die Hauptstadt Dijon. Seine Ansprüche sind inakzeptabel.«

»Nicht mehr als die Eures Sohnes, der Mailand und Neapel beansprucht und den ganzen Norden Italiens bis Bologna in seine Gewalt bringen will.«

»Ich lehne ab. Euer Neffe wird niemals Dijon und die Bourgogne erhalten.«

Margarete von Österreich lächelte breit und zeigte, dass sie die Stärkere war.

»Nun, Louise. Ihr kennt die Geschichte Eurer Ahnen und derer, die einst die Herrscher über diese Gegenden waren. Dijon war die Stadt von Karl dem Kühnen, dessen Enkel mein Neffe ist. Dieses Königreich steht ihm ebenso zu wie die Bourgogne.«

»Ihr vergesst, dass wir die Frage meiner Enkel noch nicht geklärt haben.«

»Ob ich ihrer Freilassung zustimme, hängt ganz von Euch ab.«

Die Zeit verging, die Verhandlungen drehten sich im Kreis. Unaufhörlich verkehrten Boten aus Spanien, Italien und Deutschland zwischen Margarete von Österreich und ihrem mächtigen Neffen Charles Quint, und es kursierte das Gerücht, dass er ein Abkommen mit dem König von England unterzeichnen werde.

»Was steht in dem Brief? Verratet Ihr es mir, Margarete?«

Louise konnte kaum abwarten, es zu erfahren. Margarete von Österreich antwortete leichthin:

»In seinem Brief bittet mich Henri VIII., ihn in meinen Verhandlungen mit Frankreich nicht zu vergessen.«

»Henri VIII. ist ein Wolf, der an allen Tränken seinen Durst stillt.«

»So bereichert er sich. Das ist eine Art, die Dinge zu betrachten. Manche Staatskassen füllen sich, während andere sich leeren. So ist es immer gewesen, meine liebe Louise.«

Die Liebenswürdigkeit der Statthalterin der Niederlande war verschwunden und hatte dieser Unerbittlichkeit Platz gemacht, dieser glatten Höflichkeit, mit der sie sich gegen Louises Angriffe verteidigte.

Die Cambraiser waren langsam gereizt, weil die Verhandlungen so langsam voranschritten. Die Vorräte gingen zur Neige, und die Ausgaben stiegen unerfreulich. Die Gemüter waren erhitzt, und man sprach davon, dass der französische Hof bald gezwungen wäre, ohne die Königinmutter heimzukehren.

Eines schönen Morgens jedoch traf ein Bote ein und rief:

»Ein Brief von König François für die Regentin.«

Schweigend nahm Louise ihn entgegen und entfaltete ihn bedächtig. Sie wollte ihre Ungeduld und ihre Sorge nicht zeigen.

»Würdet Ihr ihn mir vorlesen?«, fragte Margarete von Österreich.

Louise erklärte sich einverstanden.

»Mein Sohn schreibt Folgendes: Warum will der Kaiser mich ruinieren? Muss ich ihn persönlich anflehen, die Dinge voranzutreiben und zu beenden?«

»Er möge nichts unternehmen und den Ausgang unserer Gespräche abwarten. Derweil möge er in den Wäldern der Umgebung auf die Jagd gehen.«

Tatsächlich fürchtete Louise, dass ihr Sohn die Nerven verlieren würde und die Erfolge zunichtemachte, die sie Tag für Tag errungen hatte. Zum Beispiel, dass die Bourgogne angemessen aufgeteilt werden konnte, ebenso wie das Lyonnais und die Stadt Dijon, und dass die Kinder des Königs gut behandelt wurden und ein Minimum an Komfort erhielten. Das war zwar kein Sieg, aber immerhin ein Anfang.

Im Gegensatz zu der ruhigen, entspannten, unnachgiebigen Margarete war Louise nervös und angespannt. Sie ließ sich nur durch ein Wort, eine Geste oder ein Lächeln ihrer Tochter beruhigen.

»Und dennoch«, wandte Louise ein, »soll mein Sohn die Schwester seines Folterknechts heiraten! Wenn ich ihn bitte zu kommen, wird er die Hochzeit unverzüglich vor Euch absagen. Ich muss Euch nicht sagen, meine liebe Margarete, dass ich eine Liste mit Namen habe, die es alle ebenso wert sind, den französischen König zu heiraten. Und glaubt mir, einige dieser Namen könnten das Gleichgewicht Eures Neffen gefährden. Wollt Ihr ihm eher schaden als ihm helfen?«

Diese berechtigten und vernünftigen Worte erreichten Margarete von Österreich. Louise spürte, dass sie einen Punkt gewonnen hatte. So fuhr sie fort:

»Wenn sie Königin von Frankreich wird, erhält Eleonore, Eure Nichte, die Bourgogne zurück, die sie selbstverständlich Frankreich überlässt.«

Daraufhin übernahm Marguerite d'Alençon mit einem passenden Argument:

»Ich habe im Beisein von Eleonore mit Charles Quint über

eine mögliche Heirat zwischen ihr und François I. gesprochen, und ich kann Euch versichern, dass sie mich mit ihren Blicken, denn ihr Bruder hat sie nicht ein einziges Mal zu Wort kommen lassen, angefleht hat, diesen Antrag zu befördern. Eure Nichte möchte den französischen König leidenschaftlich gern heiraten. Das versichere ich Euch. Sie will niemand anders. Sie hat sich auf diese Hochzeit vorbereitet. Liebt Ihr sie denn überhaupt nicht, dass Ihr ihr das verwehren wollt, was sie so fromm erwartet? Wollt Ihr ihr das Herz brechen? Ist Euch die Gunst Eures Neffen wichtiger als die Eurer Nichte?«

Sie seufzte.

»In dieser Hinsicht hat meine Mutter mich stets genauso behandelt wie ihren Sohn. Sie hat nie meine Wünsche ignoriert und nur die von François beachtet.«

Louise sah, dass ihre Tochter gute Argumente vorbrachte, aber das Spiel war noch nicht gewonnen.

»Der Name des Duc d'Alençon wurde Euch allerdings vorgeschrieben.«

»Man hat mir diesen Namen vorgeschlagen, und er passte zu meiner Vorstellung der Ehe«, antwortete Marguerite, »und im Übrigen habe ich stets alle Ehen abgewiesen, die mich gezwungen hätten, Meere und Grenzen zu überqueren. Ich wollte in Frankreich bleiben, und ich bin in Frankreich geblieben. Muss ich noch mehr sagen?«

Schließlich zeigte sich ihre Gegnerin gnädig und stimmte einer vorzeitigen Befreiung der Königskinder gegen eine Lösegeldzahlung von zweitausend Goldtalern zu. Dafür nahm sie die Wut ihres Neffen in Kauf. Sobald das Geld beim Kaiser von Österreich eingezahlt wäre, würden die Söhne des französischen Königs freigelassen.

Daraufhin unterschrieb Louise die Verpflichtung, dass ihr

Sohn endgültig auf alle Ansprüche auf Italien verzichtete. Seine Verbündeten und seine Männer in Mailand, Neapel und im Norden Italiens mussten sämtliche Orte, die sie noch besetzt hielten, an Charles Quint übergeben.

Schließlich erkannte François I. die Souveränität des Kaisers über Flandern, Artois und die Städte Cambrai und Tournai an. Und zuletzt würde er Eleonore von Österreich, die Schwester des Kaisers, heiraten. Im Gegenzug erbte Eleonore das Lyonnais und die Bourgogne, die sie ihrem Mann François I. überließ.

Endlich war Frankreich gerettet. Für Margarete von Österreich war es ein halber Erfolg, für Louise war es alles andere als eine Niederlage. Die Liebenswürdigkeit von Margarete von Österreich kehrte zurück, und Louises Anspannung ließ nach.

Man unterschrieb das Abkommen über den »Frieden der Damen«, und die Feierlichkeiten begannen.

Nicht einen einzigen dieser Abende hatte Mathilde ein Zimmer für sich allein erobern können. Doch der König war nicht in Stimmung für ein Rendezvous, und Mathilde wagte es nicht, die Dinge zu forcieren. Im Übrigen interessierte sich der König auch nicht mehr für Anne de Pisseleu als für die Zofen des Hôtel Saint-Pol oder für die hübschen Wäscherinnen, die am frühen Morgen zu den Ufern des Escauts aufbrachen, um dort ihre Wäsche zu waschen.

Während all der sorgenvollen Tage wirkte der König äußerst beunruhigt. War er nach all der Zeit befreit worden und auf seinen Thron zurückgekehrt, damit er nun zusah, wie sein Land einer der mächtigsten Regionen beraubt wurde? Würde er ein Land regieren, das kleiner als das seines Vorgängers war? Und würde er seine Söhne wiedersehen? Es beschäftigten ihn zu viele Fragen, als dass er Lust hatte, eine Frau zu verführen. Es erschütterte ihn, wie langsam die Verhandlungen vorangingen, und er hielt es nicht aus stillzusitzen. Jeden Tag brach er in Begleitung von Montmorency, Chabot und d'Albret in aller Frühe auf. Sie ritten durch die Wälder der Umgebung, wo sie zweifellos über das Schicksal Frankreichs sprachen, und kehrten erst zum Abendessen zurück. Tagsüber sah Mathilde ihn nicht.

Dann kam die Heiterkeit zurück, und die Trompeten erklangen in der ganzen Stadt. François erschien, und das Lächeln kehrte auf Mathildes Lippen zurück.

Alles begann mit einer kurzen Messe in der Kapelle von Saint-Aubert, in der sich ein Teil des Hofes versammelte. Jeder blickte zu den drei Frauen, die die Kirche betraten und sich dabei an den Händen hielten. Sie lächelten.

Beruhigt und frisch, als kehrte sie gerade von einem angenehmen Spaziergang heim, wandte Marguerite d'Alençon sich zu François um, dann zu Henri, und setzte ihren Weg zwischen ihrer Mutter und Margarete von Österreich bis zum Chor der Kapelle fort.

Während sie durch den Mittelgang schritt, blickte Louise lange zu François und lächelte ihm zu. Mathilde sah, dass er ihr das ganze Vertrauen eines liebenden Sohnes entgegenbrachte. Dass zwischen ihnen eine Innigkeit herrschte, die nichts zerstören konnte. Sie gaben sich gegenseitig Kraft.

Beim Anblick dieser heiteren und lächelnden Gesichter – die sich im Stillen fragten, wie das Königreich die zusätzlichen zweitausend Goldtaler aufbringen sollte – entspannte sich Mathilde und dachte wieder an den Kuss, den ihr der König versprochen hatte. Langsam drehte sie sich zu ihm um. Er saß nicht weit entfernt zu ihrer Rechten. Anne de Pisseleu bemerkte die Blicke, die sie tauschten, und zitterte vor Wut.

Edelmänner, Prälaten, Ordensritter, Botschafter und Notabeln aus Cambrai folgten laut redend und warteten draußen unter den Hellebarden der Soldaten, die die lärmende Menge zurückdrängten.

Von der Kapelle von Saint-Aubert begab sich der französische Hof zur Kathedrale. Die Flügel der geschnitzten Eichentüren öffneten sich wie am Tag, als der Tross eingetroffen war. Das lange Gefolge zog unter den Kirchenfahnen, den Flaggen und den Wimpeln vorbei, die aus den Fenstern und von den Schildern der Läden hingen. Diesmal war der König zu seiner Mutter und seiner Schwester gestoßen. Sie hielten unter der beeindruckenden Statue des heiligen Christophorus, und dort, kurz bevor er die erleuchtete Kathedrale betrat, kreuzte François' Blick erneut den von Mathilde.

Lichterkränze, bemalte Kandelaber, große Kerzen und Silberlampen erleuchteten die Grabplatten, die Flachreliefs, die bunten Altarbilder und den Reliquienschrein aus kostbarem Gold. Mit einem Donnerschlag erklang das Tedeum, das von den Sängern, den Trompeten und den Oboen fortgeführt wurde.

Margarete von Österreich bot ihnen ein großes Fest, das der Cambraiser würdig war. Alle Zutaten flämischer Festlichkeiten wurden zusammengetragen. Sänger und Tänzer sorgten während des Festessens für Unterhaltung. Der Wein floss in Strömen, und überall ging man lüsternen Vergnügungen nach.

Etwas abseits hielten Marguerite und Henri sich unter dem Tisch an den Händen, während die unterschiedlichen Speisen serviert wurden. Hin und wieder neigte sich der Duc d'Albret zu ihr, um ihr einen Kuss auf den Nacken zu hauchen, oder führte die zarten Finger der jungen Frau an seine Lippen. Ab und an wagte er es sogar, seinen Mund dem ihren zu nähern. Marguerite war entzückt. Sie nahm die anderen kaum wahr, Gesang und

Lachen drangen nicht mehr an ihre Ohren. Sie hörte nur noch die zarten Worte, die d'Albret ihr zuflüsterte.

Louise sprach mit Margarete von Österreich. Sie saß zu ihrer Rechten, während die Königinmutter zu ihrer Linken Demoiselle Anne de Pisseleu platziert hatte. Diese konnte sich somit weder umsetzen noch sich amüsieren noch den König anlocken, der unablässig unter dem Vorwand kam und ging, dass die Ferkel und das Geflügel an der frischen Luft gegrillt wurden. So sinnierte sie über ihr Pech.

Alle kamen, gingen, liefen umher und schlichen sich davon. Plötzlich spürte Mathilde, wie sie jemand am Ärmel zog. Als sie herumfuhr, stand eine junge Dienerin vor ihr.

»Seid Ihr Demoiselle Mathilde?«, fragte sie leise.

»Ja, die bin ich.«

»Ich soll Euch sagen, dass Ihr heute Abend das Zimmer nehmen sollt, das sich am Ende des Flurs in der ersten Etage auf der rechten Seite befindet.«

Mathildes Herz tat vor Freude einen Sprung.

»Ich habe auch Anweisung, Euch zu sagen, dass Ihr es beziehen müsst, bevor die Festlichkeiten zu Ende gehen, da sich in diesen ausgelassenen Tagen im Morgengrauen jeder fallen lässt, wohin seine Beine ihn führen.«

Mathilde sah sich um, konnte den König jedoch nicht entdecken. War er vielleicht schon gegangen? Die Dienerin rührte sich nicht vom Fleck.

»Willst du mir noch etwas sagen?«, fragte Mathilde.

»Ja, ich soll Euch auch sagen, dass Ihr die Tür schließen sollt, damit man Euch nicht belästigt. Aber wenn dreimal hintereinander ein dreimaliges Klopfen ertönt, sollt Ihr öffnen.«

Die Menge tanzte und amüsierte sich. Drehungen, Gigues und Gavottes. In einem Wirbel aus Kleidern und fliegenden

Ärmeln bemerkte Mathilde Anne de Pisseleu. Sie amüsierte sich endlich mit den anderen, lachte, neigte sich vor, hob die Füße und wechselte von einem Tänzer zum nächsten. Doch der König war verschwunden. Mathilde begriff, dass er bereits gegangen war, um keine Aufmerksamkeit zu erregen. So schlich auch sie sich heimlich davon.

Das Zimmer war klein, aber nett. Von dem großen Bett, das hinter Vorhängen verborgen war, konnte sie nur den Holzrahmen erkennen. Zwei mit goldenem Samt aus Genua bezogene Sessel, ein Tisch aus poliertem Holz und eine geschnitzte Truhe mit Bronzebeschlägen verbreiteten eine angenehme Atmosphäre.

Mathilde, deren Herz bis zum Bersten schlug, wusste nicht, was sie tun sollte. Hielt François I. sich noch bei seinen Freunden auf? Kam er erst im Morgengrauen? Nein! Der König ließ eine Frau niemals warten. Kaum hatte sie sich auf das weiche Federbett gelegt, als es dreimal hintereinander dreimal klopfte.

Im ersten Moment glaubte sie, ihr bliebe das Herz stehen. Instinktiv fasste sie an ihre Wangen. Dann stürzte sie zur Tür, öffnete, und der König trat ins Zimmer.

Er sah sich rasch um, sein Blick verweilte kurz an den zugezogenen Vorhängen des Bettes, dann wandte er sich langsam dem jungen Mädchen zu. Aus seinen goldbraunen Augen, die etwas amüsiert und spöttisch wirkten, maß er sie stillschweigend.

Um ihn vorbeizulassen, war Mathilde zurückgewichen und stand nun vor der Tür. Einen Augenblick sahen sie sich schweigend an, dann trat François langsam zu ihr, schob sie sanft zur Seite und verschloss die Tür.

»Jetzt haben wir unsere Ruhe. Wirst du mir diese Nacht schenken?«

»Deshalb bin ich da, Majestät.«

Er schloss sie in die Arme. Sie nahm den Duft von Lilien und Jasmin wahr, und er spürte das zarte Beben ihres Busens an seiner Brust.

»Kein ›Majestät‹. Heute Abend bin ich dein Geliebter.«

»Mein Geliebter! Aber ich dachte, Ihr würdet mir nur einen Kuss geben«, scherzte sie und gewann ihre Sicherheit zurück.

Er näherte sich ihren Lippen und küsste sie zärtlich. Mathilde war zutiefst aufgewühlt. Eine Welle der Freude strömte über ihren Rücken, umso mehr, als François, der sie noch immer an sich presste, ihn zärtlich streichelte.

Seine Hände glitten ohne Hast von ihren Schultern zu ihrer Taille. Er ließ sich unendlich viel Zeit, während er ihr weiterhin den versprochenen Kuss schenkte. Sein duftender Bart, der mit Sorgfalt geschnitten war, rieb leicht über Mathildes zartes Kinn.

Er bog sie nach hinten und spürte, wie ihre Lenden bebten. Schließlich löste er sich von ihrem Mund und legte seine Lippen auf ihren Hals, der augenblicklich zuckte.

»Mathilde, meine Geliebte, ich werde dich glücklich machen, denn ich spüre, dass du für die Liebe gemacht bist.«

»Seid Ihr das denn nicht auch, Majestät?«

»Mehr als du zweifellos. Mein Blut gerät bereits in Wallung, und das wird es bald noch mehr. Komm!«

Doch Mathilde stellte fest, dass der König, wenn sein Blut bereits in Wallung geriet, seine Lust sehr wohl zu zügeln wusste.

Er hob Mathilde hoch, drückte sie an sich und trug sie zu dem großen Bett, wo er sie zärtlich ablegte, nachdem er die Vorhänge beiseitegezogen hatte. Verrückt vor Glück ließ Mathilde sich gehen und konnte ihre Ungeduld kaum zügeln. Als sie ihr Mieder öffnen wollte, hielt François sie zurück.

»Rühr dich nicht, meine Geliebte, verdirb mir nicht die

Freude, denn aus meiner entspringt die deine. Ich liebe es, eine Frau zu entkleiden.«

François blieb ruhig und ließ sich Zeit. Wann hatte er die ersten Erfahrungen in Liebesdingen gemacht? Er wusste es nicht mehr zu sagen, denn seit seiner Jugend war er stets mit seinem Freund Bonnivet auf der Suche nach leichten Mädchen gewesen. Leider war Bonnivet in Italien gestorben, und der König widmete sich nun, nach der Rückkehr aus seiner Gefangenschaft, erneut der Liebe.

François genoss alles, den matten Blick einer Frau, ihre laszive Haltung, ihren kaum enthüllten Hals oder eine rosa Brust, die aus einem Mieder quoll. Einen entblößten Schenkel, ein gehobenes Bein, eine nach hinten geneigte Schulter.

»Mathilde! Hast du schon einmal einen Liebhaber gehabt?«

Sie war verunsichert und wusste nicht, was sie antworten sollte. Sie sah in seine spöttischen Augen und lächelte ihn schweigend an.

»Meine Geliebte«, fuhr er fort, »ich stelle dir diese Frage, weil ich dein Jungfernhäutchen nicht zerstören will, sollte es noch unversehrt sein.«

Gott! Würde der König sich zurückziehen? Plötzlich bekam Mathilde Angst und dachte, dass er ginge und sie unglücklich und jammernd wie ein kleines Mädchen zurückließ, dem man sein Spielzeug weggenommen hatte.

»Nein, François«, rief sie, »du kannst mich haben.«

Ihr Ruf war eine lustvolle Aufforderung, und der König war verrückt vor Verlangen. Was fürchtete sie? Nichts! Auch als Jungfrau hätte François sie genommen – mit Geduld und Vorsicht. Er beugte sich hinab, fasste ihren kleinen Fuß und führte ihn an seine Lippen. Der Strumpf, der ihn umhüllte, war aus Seide. Er streichelte ihre Wade, ließ seine Hand bis zu ihrem

Knie gleiten und neigte sein Gesicht zu ihr, um sie erneut auf die Lippen zu küssen.

»François«, flüsterte sie, »ich warte schon so lange auf diesen Tag.«

»Sag nichts, Geliebte. Lass mich dich lieben.«

Er entkleidete sie überaus langsam. Nach jedem abgelegten Kleidungsstück streichelte er sie, berührte sie sanft, küsste sie, seufzte. Er strich mit seinen Lippen über Stellen an ihrem Körper, von denen sie nicht geahnt hatte, dass sie ihr ein Schaudern verursachten.

Er küsste ihre Schenkel, er küsste die Mulde ihres Bauchs, er küsste ihre Schultern, ihren Nacken, ihren Hals, ihre Augen, ihre Hände, ohne sich je zu erregen, ungeduldig zu werden oder seine Lust zu zeigen.

Als sie nackt vor ihm lag, dicht neben ihm, unter ihm, begann er, mit ihrem Körper zu spielen wie ein Harfenspieler auf den Saiten seines Instruments. Er fand jede empfindliche Stelle, die sie beben, genießen, schreien ließ. Ach! Zum Teufel! Wie weit weg war Guillaume de Montalon! Ein anderer Mann, der gewusst hatte, wie man eine Frau liebte. Jetzt würde Mathilde nicht mehr an ihn denken, das Bild des Königs würde an seine Stelle treten. Sogar der Anblick, die Gegenwart, das Lächeln ihres Sohnes beunruhigten sie nicht mehr. Es war sein Kind, sein kleiner Sohn, mehr nicht. Gewiss nicht! Charles würde nie mehr für sie das Ebenbild von Guillaume sein.

Viel später, Mathilde war jegliches Gefühl für die Zeit abhandengekommen, hatte François sich entkleidet und lag auf ihr. Endlich spürte sie seine Haut, atmete sie, berührte sie. Sie war warm und feucht. Sie bebte unter ihren Berührungen, denn Mathilde wusste, wie sie dem König Lust bereitete. François besaß ein dichtes braunes Vlies, das ebenso wie sein Bart nach Parfum duftete.

Er war stark behaart, und Mathilde ließ ihre Finger durch die weichen Haare an seinem Bauch bis zu seinem Geschlecht gleiten. Er steigerte die Ritterlichkeit noch, und Mathilde schwindelte mehrfach. Er trieb sie in einen Rausch, als wollte er die Grenzen ihres Körpers ergründen.

François erfand stets neue Arten, sie zu streicheln, und zögerte das Brennen in seinem Bauch hinaus. Derweil richtete sich zum ersten Mal prächtig und ungeduldig sein Glied auf, doch er beherrschte seine Lust, um sie noch mehr zu steigern.

Jetzt drängte Mathilde ihn, flehte ihn an, wollte ihn in sich spüren, wollte, dass er sich in sie ergoss.

»Willst du es, meine Geliebte?«

»François! Ich flehe dich an. Komm!«

18.

Die Hochzeit von Marguerite und dem König von Navarra wurde feierlich in der Kirche Saint-Germain-en-Laye begangen. Die Zeremonie erstrahlte in prächtigem Glanz. Der König hatte auf einem großen Fest bestanden, und obwohl die Staatskasse leer war, wirkte sich das kaum auf die Ausgaben aus. Er geizte nicht. Die Bewohner von Saint-Germain, die zu den Feierlichkeiten eingeladen waren, gewährten dem französischen König Kredite, und natürlich versprach er sie ihnen hundertfach zurückzuzahlen.

Saint-Germain-en-Laye lag nicht weit von Paris entfernt, und so hatte auch der Vogt Kredite zur Finanzierung der Festlichkeiten zugesagt.

Seit seiner Befreiung hatte François I. an diversen Festlichkeiten teilgenommen, ohne dabei zu schlemmen, doch da es sich diesmal um die Hochzeit seiner geliebten Schwester handelte, feierte er ausgelassen. Allerdings war für alle offensichtlich, wie sehr sich der König verändert hatte. Seine lange Gefangenschaft und seine Krankheit hatten ihm heftig zugesetzt, und wenn seine Miene, sein Lächeln und das Funkeln in seinen lachenden Augen noch immer vorhanden waren, so hatten die prägenden Ereignisse doch ihre Spuren hinterlassen. Die Gefangenschaft hatte ihn schwermütiger werden lassen, seine eisernen Muskeln jedoch nicht geschwächt.

François I. betrieb nun eine andere Politik. Sein natürlicher

Optimismus war Doppelzüngigkeit, List und Rache gewichen. Er hatte das Heucheln gelernt wie in seiner Jugend Mut und Tapferkeit. Und Herrgott, wie sehr wünschte er seinem unbarmherzigen Cousin Charles Quint den Tod, der seine Kinder weiterhin als Gefangene hielt. Er verbarg seinen Kummer, doch François I. fürchtete sehr, dass seine Kinder dasselbe durchleiden mussten, was ihm widerfahren war.

Obwohl seine Nase noch immer genauso groß war und er die Augen immer mehr wie ein Raubtier zusammenkniff, blieb der König ein schöner Mann, von Natur aus sportlich und ein gefährlicher Kämpfer. Er war groß und kräftig, hatte sich seine schlanke Reiterfigur erhalten und seine regelmäßigen Ausritte, seine Ballspiele, das Lanzenstechen und die Turniere wiederaufgenommen.

Marguerite, die in der Mitte des großen Tisches saß, sah bezaubernd aus. Dass sie elf Jahre älter als ihr Ehemann war, merkte man ihr kaum an. Forsch und sich seines guten Aussehens bewusst, thronte der König von Navarra wie der König höchstpersönlich am Tisch, doch heute gewährte ihm François I. diese Ehre.

Henri d'Albret bewegte sich äußerst selbstsicher in seinem schwarzroten Wams, zu dem er passende Beinlinge sowie eine eckige Samtkappe mit einer Straußenfeder trug. Dass er so nah an die königliche Familie herangerückt war, verstärkte sein Selbstbewusstsein noch. Marguerite, die nur Augen für ihn hatte, flüsterte ihm unablässig ins Ohr, dass er noch verführerischer aussah als in seiner Soldatenuniform.

Die Braut wirkte strahlend in ihrem weiten duftigen Kleid, das mit Perlmuttperlen verziert und harmonisch in Creme, Weiß und Ocker komponiert war. Sie wandte ihr lächelndes Gesicht mal ihrem Bruder, mal ihrem neuen Mann zu, der sie unermüdlich mit einem Kuss, einer zärtlichen Geste oder einer ins Ohr geflüsterten Aufmerksamkeit bedachte.

Louise hatte ihren Blick überall gleichzeitig. Ihr entging nichts. Sie gab den Dienerinnen diskrete Zeichen und trieb die Knechte zur Eile an, die nach den Anweisungen des Kammerherrn die Gäste platzierten.

Abgesehen von dem großen Tisch in der Mitte, hatte man in Form eines T zwei unendlich lange Tafeln aufgebaut, die lediglich aus Brettern bestanden, die man auf Böcke gestützt hatte. In der Mitte zwischen den Tischen verkehrten Kellner mit diversen Speisen, Musiker, Gaukler und Sänger.

Der große Prunksaal im Hôtel von Saint-Germain fasste zum Glück viele Menschen, und in den angrenzenden Sälen hatte man die Notabeln und die reichen Kaufleute aus der Gegend untergebracht.

Das erste Festessen dauerte einen ganzen Tag und eine ganze Nacht. Am Tisch von Marguerite saßen alle großen Dichter des Königreichs, die – und dies war erst der Anfang – sie als ihre größte Förderin betrachteten. Ihr lieber Freund Clément Marot gehörte ebenso dazu wie einige kluge Köpfe, die sie in der Normandie kennengelernt hatte und die, wie sie, die Kirche reformieren wollten. Doch heute wurde nur gelacht und gefeiert.

»Möge uns Sire Jean Dorat seine Geschichte erzählen!«, forderte beschwingt und mit dem Becher in der Hand lautstark der alte Herr zur Rechten von Mathilde. Diese schmollte und grollte, denn die Königinmutter hatte endlich über das Schicksal ihres Schützlings Anne de Pisseleu entschieden. Mit deren Zustimmung hatte man sie an der Seite des Königs platziert, und Mathilde, die sie unablässig beobachtete, begriff plötzlich, worin die Rolle einer Mätresse bestand. Würde sie das aushalten?

Könnte sie die ganzen Frauen aus dem Gefolge ertragen, mit denen sie unablässig konkurrierte? Würde sie auf die kleinste Laune des Königs eingehen? Nein! All diese Zwänge wären nichts für sie. Sich nicht mehr frei bewegen zu können, wie es ihr gefiel! Bei jedem Fehler den gebieterischen Blick der Königinmutter zu ertragen! Ihre Mutter nicht mehr zu sehen, Valentine, den kleinen Charles! Dieses Leben könnte sie nicht aushalten.

Gewiss, François blickte ständig zu ihr herüber. Er wusste, dass sie nicht weit entfernt von ihm saß, und seine Blicke erinnerten sie an unvergessliche Nächte, intime, aufrichtige, innige Momente, die sich zweifellos nicht wiederholen würden.

Während Mathilde, da sie keinen Hunger hatte, an ihrem Essen knabberte, begriff sie, dass ein Herrscher sein Volk führte, wie er wollte, und dass sie sich bei ihm auch nicht mehr durchsetzen würde als eine andere. So überließ sie, wenn auch mit großer Bitterkeit, ihren Platz gern der Mätresse.

Sie hob langsam den Kopf und sah zum Ende des anderen Tisches. Warum musste sie noch jemand anders verwirren? Ihre Laune war auch ohne eine weitere ärgerliche Begegnung verdrießlich genug. Seigneur de La Roche, der bei den Hochzeitsfeierlichkeiten nicht fehlen durfte, saß nicht weit entfernt von ihr. Auch er beobachtete sie, doch sie wandte den Kopf ab und wich seinem Blick aus.

»Sire Dorat, erzählt uns die Geschichte von der ›Perle‹«, forderte erneut Mathildes Tischherr.

Er beugte sich zu ihr hinüber.

»Kennt Ihr die, Demoiselle?«

»Nein, Sire.«

Mathilde seufzte. Alles langweilte sie. Sie wollte sich nicht unterhalten und beschloss kurzerhand, nicht bis zum Ende der

Feierlichkeiten zu bleiben. Sie würde vorgeben, sich nicht gut zu fühlen. Viel zu beschäftigt mit ihrem Glück, würde Marguerite sich kaum darum scheren. Und die Königinmutter war so mit der kleinen de Pisseleu beschäftigt, dass sie nur noch Augen für sie hatte. Sie beobachtete ihre Gesten, ihre Haltung und ihren Gesichtsausdruck gegenüber ihrem Sohn. Sie würde Mathilde ebenso wenig wie ihre Tochter von ihrer Abreise abhalten.

»Ja, Sire Dorat, erzählt uns die Geschichte von der ›Perle der Margueriten‹«, forderte auch Dame de Breuille, die sich an der Seite ihres Mannes mit Taubenpastete und Schweineschmalz vollstopfte.

Jean Dorat, ein großer hagerer Mann mit grauen Augen, der sein schütteres Haar unter einer runden Fellkappe versteckte, war der Privatlehrer zahlreicher Pagen des Königs. Als Dichter und Musiker schätzte man ihn auf Festen wegen seines Geistes, seines Witzes und seines Talents als Redner. Und da er wegen der Bande junger Männer, die er unter seiner Fuchtel hatte, sich stets sehr streng und ernst geben musste, tobte er sich bei Festlichkeiten aus.

Plötzlich erschrak Mathilde. Ihr Nachbar beugte sich vor und lächelte. Ja! Sie träumte nicht, er grüßte mit knapper Geste Seigneur Hugues de La Roche. Zweifellos kannten die beiden sich. Sie ließ den Blick unauffällig in die Richtung von Hugues gleiten, sah, dass er sie beobachtete, gab sich gelassen und fasste mit drei Fingern, wie es die Ordnung verlangte, nach einem Stück Geflügel, das vor ihr stand.

»Wir hören, Sire Dorat. Lasst uns nicht länger warten.«

Mathilde kaute gedankenverloren auf ihrem Huhn herum und konnte den Bissen nicht hinunterschlucken. Wie traurig ihr Gefühlsleben war! Es hatte keinen Sinn, es war leer. Sie zog ein Resümee ihrer traurigen Erfahrungen: Ein junger und verführerischer Laffe von sechzehn Jahren, den sie nie mehr wiedergesehen hatte und vor dem sie ihre Jungfräulichkeit geschützt hatte. Ein Betrüger, der sie brutal vergewaltigt hatte. Ein Verbrecher, den man auf der Place de Grève gehängt, den sie geliebt und der ihr einen Sohn hinterlassen hatte. Sein aggressiver, grober Bruder, den sie nicht verstand und der ihre Vergangenheit nicht ertrug, und schließlich François, der König.

François, der ihr seit Cambrai bald jeden Abend eine wundervolle Liebesnacht geschenkt hatte! Heilige Jungfrau, warum mussten diese Nächte aufhören, weil sie der Mätresse Platz machte? Mathilde hatte nun zwar erreicht, was sie wollte, sie hatte sich François vor der Demoiselle de Pisseleu hingegeben, dennoch fühlte sie sich nicht besser als vorher.

Sie bereute nichts. Noch weniger wollte sie sich beklagen. Dennoch schlich sich eine Träne in ihr Auge und lief über ihre Wange. Sie wegzuwischen hätte erst recht Aufmerksamkeit erregt. Sie ließ sie laufen. Doch dem noch immer wachen Blick ihres alten Tischnachbarn entging die Träne nicht, die sich schließlich am Hals des jungen Mädchens verlor. Er beugte sich zu ihr hinüber und flüsterte:

»Weint nicht, Demoiselle, für Euch fängt das Leben gerade erst an. Vergesst Eure Sorgen, und amüsiert Euch!«

Dann wiederholte er mit lauter Stimme seine Forderung, die von mehreren Gästen unterstützt wurde. Mathilde wandte sich zu ihm und schenkte ihm ein Lächeln. In seiner Jugend musste er attraktiv gewesen sein, denn mit seinen fünfzig Jahren – vielleicht sogar mehr – wirkte er noch immer aufrecht und stolz. Sein sorgfältig gepflegter Bart war grau, ebenso wie sein dichtes Haar, das ihm in den Nacken fiel. Er besaß ausdrucksstarke blaue Augen unter buschigen grauen Brauen. Eine hohe Stirn, auf der sich nur zarte Falten zeigten, und eine Adlernase vervollständigten sein Gesicht, dessen Wangen kaum auf sein vorspringendes Kinn hinabsanken.

Erneut rief man Jean Dorat zu, er solle etwas vortragen. Dieser hatte sich bereits erhoben und begrüßte sein Publikum.

»Mögt Ihr die Dichtkunst, Demoiselle?«

»Ich kenne alle Dichtungen der Dame Marguerite.«

»Wie das?«

»Wisst Ihr denn nicht, Sire, dass ich zum Hof gehöre?«

»Leider kenne ich Euren Namen nicht.«

»Ich heiße Mathilde de Cassex.«

Sie lächelte ihn erneut an.

»Und Ihr, Sire?«

»Ich bin Jean de Saurier. Mein Anwesen befindet sich in der Basse-Auvergne, einer Gegend, die ich wegen ihres rauen Klimas und ihrer schönen Landschaft mag.«

Deshalb hatte dieser Mann Hugues de La Roche also gegrüßt. Sie waren beinahe Nachbarn. Doch obwohl die Auvergne eine dicht bevölkerte Region war, war es möglich, dass sich die beiden Anwesen in entgegengesetzten Gegenden befanden. Sie blickte zu Hugues. Er beobachtete sie noch immer.

»Er lässt Euch nicht aus den Augen. Kennt Ihr ihn?«, erkundigte sich Saurier leise.

»Keineswegs«, antwortete Mathilde und errötete.

»Und dennoch beobachtet Ihr ihn ebenfalls. Ich weiß manchmal nicht, ob Eure Blicke mehr bei ihm oder beim König sind.«

»Ich interessiere mich weder für den einen noch für den anderen«, erwiderte Mathilde trocken.

»Nun, entschuldigt meine Unverfrorenheit, Demoiselle, und lasst uns Frieden schließen. Es wäre schön, wenn ich nicht auf Euer Lächeln verzichten müsste. Es ist so bezaubernd.«

Plötzlich rief ein Trompetenstoß zur Ruhe. Sire Jean war mit seinen Grüßen in die Runde fertig und machte sich bereit, mit seinem Vortrag zu beginnen:

»Ich widme diese Geschichte der Dame, die heute zur Königin von Navarra wird, der Schönsten unter den Blumen, der Verführerischsten der Margueriten. Meine Anerkennung gilt zugleich der edlen Seele, dem Mut und der großen Weisheit ihrer Mutter, Madame Louise de Savoie, Comtesse d'Angoulême.«

Es herrschte Ruhe. Sänger, Gaukler, Jongleure und Musiker hatten sich an den Rand des Saals begeben, und nur die Diener kamen und gingen zwischen den Gästen umher, um ihnen zu bringen, was fehlte.

»Auf Latein bedeutet Marguerite ›die Perle‹«, begann Jean Dorat. »Das ist mehr als ein Schmuckstück, mehr als Schönheit und Reichtum. Es bedeutet Pracht und Reinheit. Ich werde Euch nun die Geschichte erzählen.«

Er wandte sein Gesicht der Königsfamilie zu. Marguerite und Henri hielten sich an den Händen. Der König lauschte andächtig dem Vortragenden.

»Die Perle entstammte derselben Muschel, aus der die Venus gestiegen war. Sie drehte sich eine Ewigkeit auf dem Meeresboden um sich selbst, bis sie sich schließlich in einer Auster einschloss. Dort fühlte sie sich wohl und verweilte dort, bis die Geschichte über ihr Schicksal entschied. Eines Tages, als sie gerade schwanger war, aß Madame de Savoie, die Comtesse d'Angoulême, Austern, die man ihr reichte, und verschluckte dabei versehentlich die Perle. Und als sie ihre Tochter Marguerite zur Welt brachte, trug diese die Perle in sich.«

Das Publikum applaudierte begeistert, und die Sänger setzten ihre Lieder und ihre Runden fort.

Mathilde folgte der Unterhaltung, die sich nun um den Krieg

drehte. Man sprach von Marignan, denn niemand sollte vergessen, dass der Niederlage ein Sieg vorausgegangen war.

»Wir kämpften mit Federhelm und eisernem Handschuh so edel wie möglich. Nie kam uns ein vulgäres Wort über die Lippen.«

»Oh, là, là! Saurier!«, sagte ein alter Soldat, der die Italienkriege überlebt hatte, »wen wollt Ihr mit einer solchen Sprache verführen?«

Seigneur de Saurier fing an zu lachen und wandte sich zu Mathilde.

»Wen könnte ich verführen, wenn nicht meine charmante Nachbarin?«

»Nun, Demoiselle«, fuhr der alte Soldat fort, »unser Nachbar soll Euch auch von den tragischen Momenten unserer Kämpfe berichten.«

Es gab nicht mehr viele alte Soldaten unter den Gästen, stolze und tapfere Kämpfer, die schon in der Armee von Louis XII. gedient hatten. Wahrscheinlich waren die italienischen Kriege von François I. ihre letzten Schlachten!

»Mein Freund hat recht«, fuhr Saurier fort. »Ihr müsst wissen, Demoiselle, dass man sich Ehre in den dramatischsten Momenten erwirbt. Unsere Armeen lagerten am Ufer des Tessins.«

»Am Ufer des Tessins!«

»Ja, Demoiselle, wir lagerten am Ufer des Tessins, das vom Herbstregen aufgeschwemmt war. An den Uferböschungen sammelte sich angeschwemmte Erde, die der kalte Nebel auf die lombardischen Ebenen spülte.«

»Der Norden Italiens, die Lombardei, Bologna«, murmelte das junge Mädchen.

»Die ständigen Stürme machten uns zu schaffen«, fuhr Saurier fort. »Von den Mailändern gedrängt, zwangen wir uns, gute

Miene zu machen. Die Ritterlichkeit hatte uns noch nicht verlassen. Stolz hielten wir Schilde und Fahnen hoch.«

»Die Ritterlichkeit«, rief der andere Soldat und richtete seinen krummen Rücken auf. »Wo war die, Saurier? Die Pferde versanken im Matsch und starben eins nach dem anderen. Das war der Anfang des Untergangs.«

Jean de Saurier straffte die Schultern, und seine Augen funkelten lebhaft.

»Ein tapferer Ritter gibt sich niemals geschlagen«, rief er. »Wir haben Bayard bei seinem Einsatz gesehen und durften nicht weniger leisten.«

»Der Bayard mit dem legendären Ruf?«, erkundigte sich Mathilde, die sich zwangsläufig für die Berichte der beiden Veteranen interessierte.

»Bah! Wo ist dieses mittelalterliche Rittertum geblieben? Der Glanz, den kein Kämpfer leugnen konnte.«

Saurier beharrte auf seiner Meinung und erwiderte mit erhobenem Kinn:

»Wagt es nicht, mir zu widersprechen. Selbst als die Krieger unterlagen, blieben die Soldaten Ehrenmänner. Und kurz vor Marignan überquerte der alte Galiot de Genouillac würdevoll den Col de Genièvre, der unter Schnee begraben lag. Die gesamte französische Artillerie hat gut gekämpft, die schweren geladenen Bronzekanonen mit dem königlichen Wappentier, dem Salamander mit Flammengloriole, glänzten ordentlich in einer Reihe. Und die Soldaten bewahrten sich ihre Würde.«

»Ach! Marignan. Lasst uns wieder über Marignan sprechen, wenn es Euch recht ist«, schaltete sich Mathilde ein.

Sie wandte sich mit einem strahlenden Lächeln, das ihre wunderschönen blitzweißen Zähne zur Geltung brachte, an Saurier und drängte ihn:

»Erzählt mir von dem Mut von François.«

»François!«

Mathilde errötete, und der alte Seigneur de Saurier neigte sich zu ihr:

»Ich möchte Euch gefallen, Demoiselle, und ich möchte Euch noch einmal lächeln sehen. So werde ich Euch von unserem tapferen König berichten. Also, hört mir zu.«

Er drehte sich ganz zu dem jungen Mädchen um und hielt ihrem Blick stand.

»Plötzlich fand der Angriff statt, und der König befahl den Sturm und übernahm die Führung der Armee. Landsknechte, Schweizer, Hellebardiere und Infanteristen folgten. Die Soldaten umringten den König, um ihn vor einem tödlichen Angriff zu schützen, doch François I. machte sich stets wieder frei, um in der ersten Reihe zu kämpfen, trotzte allen Gefahren und riskierte sein Leben. Mit Federbusch und heruntergelassenem Visier schwang er sein Schwert und ließ erst nach, als der Feind getötet oder zurückgedrängt war. Unser König ist ein tapferer Ritter, nach dem Vorbild Bayards.«

Plötzlich schwieg er.

»Hat es Euch gefallen?«

»Danke«, murmelte Mathilde. »Ich möchte jetzt aufbrechen.«

»Wollt Ihr nicht dem Turnier beiwohnen?«

»Nein, Sire. Ich fühle mich erschöpft und nutzlos.«

»Habt Ihr denn nicht Eure Farben einem der jungen Edelmänner gereicht, die nur auf einen Blick von Euch warten? Kommt, junge Dame, begleitet mich zum Lanzenstechen. Da ich zu alt bin, um teilzunehmen, leiste ich Euch auf der Tribüne Gesellschaft. Ich zeige Euch den Kämpfer, den Ihr wählen könnt.«

Direkt vor den Wettbewerben im Lanzenstechen fanden die Ritterschläge statt. Wie es die Sitte verlangte, hatten sechs junge Männer die ganze Nacht in der Kapelle Saint-Germain verbracht. Sie waren alle um die zwanzig Jahre alt und wandten ihren Blick dem König zu. Erfüllt von den mittelalterlichen Kämpfen, die ihr jugendliches Herz höherschlagen ließen, hatten sie keine Augen für etwas anderes und konzentrierten sich ganz auf ihre schwere Aufgabe.

Sie waren aufgeregt, denn wenn die Knappen auch die ganze Nacht gebetet hatten, so hatten sie auch geträumt und untereinander sogar geflüstert, um sich ihrer Bedeutung zu versichern. Sie trugen Helm, Visier, Brust- und Rückenharnisch sowie Knieschützer. Sie führten Krieg in imaginären Ländern, sie waren Kämpfer und schützten hinter den Mauern des Schlosses, nicht weit von Schlossgraben und Zugbrücke, die man mit der schweren Kurbel hochzog, das Volk vor Angriffen von außen.

Mit gesenktem Kopf und gefalteten Händen knieten sie vor dem König, der das heilige Schwert auf ihre Schulter legte, und lauschten den Gebeten des Bischofs, der bereits die Ehe von Marguerite gesegnet hatte. Wie immer im Morgengrauen, wenn die ersten Sonnenstrahlen durch die Fenster fielen, war die Kapelle Saint-Germain in sanftes Licht getaucht.

Lärm und Geräusche von außen erregten die jungen Ritter. Abrupt mit der Gegenwart konfrontiert, brauchten sie einen Augenblick, um zu realisieren, dass sich der Tag ihren Hoffnungen entsprechend fortsetzen würde. Mit Turnieren und Wettbewerben im Lanzenstechen! All ihre Träume erfüllten sich. Das war der Tag und die Stunde, in der sie der Menge beweisen durften, dass die junge Ritterschaft nicht vom Niedergang bedroht war.

Nun begann das Turnier. Mathilde hatte sich energisch geweigert, ihre Farben einem jungen Ritter zu geben, und der alte Jean de Saurier, der neben ihr auf der Tribüne saß, hatte sie nicht gedrängt.

Um das Kampfgelände herum waren Zelte für die Kämpfer errichtet. Über jedem wehte das Wappen der jeweiligen Familie. Mathilde hatte bemerkt, dass das von Seigneur de La Roche, der dank der Großzügigkeit des Königs wieder zu Reichtum gelangt war, ebenfalls dort wehte: eine Löwenkralle zwischen zwei schrägen gelben Bändern auf blauem Grund.

Auch die anderen großen und kleinen Grundherren hissten ihre Farben oder Löwen, Adler, Wölfe, Greifvögel, Steinböcke und andere Tiere, die mit ihren Krallen, ihren Mähnen, ihren gefährlichen Schnäbeln oder ihren funkelnden Augen das Erbe der Familie repräsentierten.

Die Tribüne war nicht sehr groß. Dort saßen nur die wichtigsten Personen. Im ersten Rang sah man Louise, Marguerite, Anne de Pisseleu, einige Zofen der Königinmutter, Mathilde und den alten Soldaten, mit dem sie sich im Laufe der Feierlichkeiten angefreundet hatte. Ihr wohlwollender Ritter Jean de Saurier, der nicht mehr von ihrer Seite wich.

Um das Gelände herum, das von einer festen Holzwand umgeben war, jubelte die Menge bereits aus vollem Hals, schwang die Fäuste und rief nach den Helden, auf die sie große Summen gesetzt hatte.

In der ersten Runde, als die Kämpfer vor der Tribüne vorbeigingen, um die verdienten Ehren zu erhalten, warf Anne de Pisseleu mit der diskreten Zustimmung von Louise eine silberne Locke vor die Füße des Königs, die François I. aufhob und auf die Spitze seines Helms setzte.

Die erste Runde fand unter dem Jubel der Menge statt. An der Seite ihres betagten Bewunderers sah Mathilde sie alle vorbeidefilieren: Montmorency, den gut aussehenden Chabot, d'Albret mit seiner fast arroganten Selbstsicherheit, der sich bewusst war, dass Marguerite ihn von Weitem mit den Augen verschlang, sowie einige weitere große Kämpfer, darunter der König, der ebenfalls von seiner Allmacht überzeugt war. Er ging neben seinem Pferd und lächelte wohlwollend in die Runde.

Die jungen Ritter, die im Morgengrauen geweiht worden waren und die stolz und aufrecht auf ihren Pferden saßen, folgten den anderen langsam, um ja keinen Fehler zu begehen, durch den sie sich bereits vor Beginn des Kampfes disqualifizierten. Es war ihr erstes Turnier, und sie mussten es mit dem Mut und der Tapferkeit meistern, zu der sie sich heute Morgen mit der größten Ehrenhaftigkeit verpflichtet hatten.

Dann folgten Kämpfer, die Mathilde nicht kannte, und schließlich beendete Hugues de La Roche die Reihe. Wenn ein Vogt, ein Magistratsbeamter und der Vogt der Händler gegeneinander bei einem Lanzenstechen kämpften, war es üblich, in der Reihe einen kleinen Abstand zwischen dem einen und dem anderen zu lassen, um sie von den anderen zu unterscheiden. Hugues de La Roche wirkte enttäuscht, fast abwesend. Eine in Blau gekleidete Demoiselle, die im zweiten Rang auf der Tribüne saß, trat eilig an das Geländer und warf ihm ihren weißen Seidenschal zu. Er fing ihn mit der Spitze seiner Hellebarde auf und schnürte ihn um das Heft, das er fest in der Hand hielt. Er grüßte sie ritterlich, und das junge Mädchen schenkte ihm ein aufreizendes Lächeln. Jean de Saurier beobachtete amüsiert, wie Mathilde ihr einen finsteren Blick zuwarf und sodann den Kopf abwandte, um das freche Ding nicht länger sehen zu müssen.

Nachdem die Einführung vorüber war, traten die Kämpfer einander gegenüber und richteten die Hellebarden auf den Gegner.

Es fanden sich ungefähr zehn auf jeder Seite des umzäunten Gebietes, die einen nervös und aggressiv, die anderen scheinbar ruhig. Dann verkündeten die Trompeten den Start und den ersten Angriff. Die Kämpfer stürzten mit erstaunlichem Schwung aufeinander zu. Die Hufe der Pferde wirbelten die Erde durch die Luft, die Fahnen, die an ihren Flanken befestigt waren, flatterten.

In der ersten Runde schieden bereits jene aus, die heftig von einer Hellebarde getroffen und zu Boden gegangen waren. Niemand wollte seinen Gegner wirklich verletzen. Man musste nur eine größtmögliche Zahl an Konkurrenten ausschalten. So blieben in der zweiten Runde nur erfahrene Kämpfer übrig. Die Anfänger waren alle von der Heftigkeit des ersten Angriffs überrascht.

Plötzlich lagen auf dem Boden Pferde und Teile der Rüstungen – Helme, Bein- und Ellenbogenschützer, Hemdbrüste sowie Knieschützer. Überall klapperte es, bis die dafür eingeteilten Männer den Boden rasch säuberten, da die Herolde bereits die zweite Runde ankündigten.

Gedrängt von dem alten Sire de Saurier, der versuchte, sie aufzuheitern, indem er ihr die Spielregeln erklärte, beschloss Mathilde, etwas Interesse zu zeigen.

»Seht Ihr François?«, fragte sie.

»Demoiselle Mathilde, macht Euch keine Sorgen um den König. Er hat sich bereits für die zweite Runde in Stellung gebracht. Ich könnte schwören, dass er bereits an die dritte denkt. Seht ihn Euch an, er ist ebenso kühn wie am Anfang.«

»Ist der nächste Angriff gefährlicher?«

»Gewiss, und der dritte ist furchterregend, während der vierte fast tödlich ist. Je weniger Kämpfer dabei sind, desto größer ist die Gefahr. Aber quält Euch nicht wegen des Königs. Er kämpft, seit er ein Kind war, und er kennt alle Kniffe. Ich wäre sehr erstaunt, wenn er nicht als Sieger aus dem Turnier hervorginge.«

Mathilde wandte den Kopf. Sie suchte Hugues. Jean de Saurier, der Seigneur de La Roche mit seinen Adleraugen bereits entdeckt hatte, sagte gutmütig:

»Auch er ist für den Kampf bereit.«

Dann ergriff er Mathildes Hand und tätschelte sie herzlich, während er hinzusetzte:

»Ihr habt ihm nicht Eure Farben dargeboten!«

»Nein«, antwortete sie finster.

In der zweiten Runde schieden vier starke Kämpfer aus. Der Sturz der Pferde war spektakulär. Manchmal musste eines von ihnen getötet werden. Es kam auch vor, dass die Hellebarde eines Kämpfers die Flanke oder die Schulter eines Gegners durchbohrte, auch wenn sie gut geschützt war. Kein Kämpfer war vor einer schlecht angezogenen Niete sicher oder vor einem verdrehten Schulterschutz.

In der dritten Runde fielen zwei weitere Kämpfer aus. Man räumte rasch das Gelände für das folgende Lanzenstechen. Fünfzehn Männer waren bereits ausgeschieden. Es blieben nur noch Montmorency, d'Albret, der sich dem Versuch eines wütenden Angreifers, ihn auf den Boden zu werfen, erfolgreich widersetzt hatte, der König, der bereits einen triumphierenden Blick in Richtung Tribüne schickte, der Seigneur de Vieilleville, dessen Ruf als guter Kämpfer nichts zu wünschen übrig ließ, Seigneur de La Roche und zwei junge Ritter, die in der nächsten Runde ausfielen.

Mathilde, die beschlossen hatte, sich nicht für das Spiel zu interessieren, folgte zwangsläufig den Erklärungen Sauriers und verfolgte die Bewegungen des Königs.

»Sire de La Roche scheint mir zu nervös für den folgenden Angriff«, erklärte ihr Begleiter und hielt schützend eine Hand über seine Augen, um besser sehen zu können. »Wenn er sich aufregt, wird er nicht gewinnen. Seht, wie ruhig d'Albret bleibt.«

»Ich denke, dass François noch gelassener ist. Ihr habt recht, er ist sich seines Sieges gewiss.«

Saurier hatte richtig beobachtet. Die große Nervosität von La Roche ließ ihn verlieren. In der folgenden Runde traf ihn die Hellebarde von Vieilleville mit voller Wucht. Er fiel, klammerte sich jedoch an den Hals von Grenade, die daraufhin wieherte. Die Lanze, die durch den Schlag gebrochen war, konnte er noch benutzen, falls er im Sattel blieb. Nicht zu fallen blieb sein letzter Trumpf. Nach und nach zog sich Hugues am Hals von Grenade wieder nach oben und schaffte es, wieder sicher im Sattel zu sitzen. Saurier hielt es nicht mehr auf seinem Sitz.

»Die Regel lautet, dass derjenige im Vorteil ist, dessen Lanze gebrochen ist, der sich aber dennoch auf dem Pferd hält«, rief er und deutete mit dem Finger auf Hugues. »Er muss nur noch seinen Gegner zu Fall bringen, dann hat er gewonnen.«

Seigneur de Vieilleville griff ihn mit einem weiteren Stich seiner Hellebarde an, deren Spitze Hugues in die Seite traf. In dem Augenblick ergriff Grenade Panik, und sie bäumte sich verängstigt auf. Da Hugues sich verloren sah, wenn Grenade ihn abwarf, klammerte er sich an das Pferd seines Gegners. Dies erlaubte ihm das Spiel, da er noch immer im Sattel saß.

»Seht, Mathilde, er greift das andere Pferd an.«

In der Aufregung verzichtete der alte Herr auf das »Demoiselle«.

Mathilde starrte auf den Kampfplatz und erschauderte. Klammerte sich Hugues tatsächlich an dieses Pferd, das nicht darum gebeten hatte, in einem albernen Spiel zu sterben, das die

Menschen sich ausgedacht hatten? Seine gebrochene, extrem scharfe Lanze glänzte wie eine Mordwaffe. Er senkte den Arm, um das Sprunggelenk des Pferds von seinem Gegner zu erwischen. Das Tier wieherte, taumelte und fiel, wobei es Seigneur de Vieilleville mit sich riss.

Leider befand sich Grenade auch nicht in besserem Zustand. Aus ihrer Schulter strömte unaufhörlich Blut. Hugues gab auf. Seine durchbohrte Seite machte ihm zu schaffen. Er spürte, wie sich unter seinem Helm Schweiß sammelte und ein Schwindel ihn ergriff. Er fasste seinen Helm, nahm ihn ab und warf ihn auf den Boden. Dann glitt er langsam, aber unausweichlich auf die Erde.

Mathilde zerriss es das Herz. Sie stand auf, verließ die Tribüne und ging hinten herum zu den Zelten und Pavillons. Während man den Kampfplatz für die nächste Runde vorbereitete, in der d'Albret gegen den König antrat, suchte sie den Pavillon von Seigneur de La Roche.

Das Gelände wirkte nicht mehr so strahlend wie zu Beginn des Turniers, als überall hoffnungsvolle Farben geglänzt hatten. Die Pferde wieherten und litten an ihren Wunden, einige hatte man bereits getötet.

»Oh! Nicht Grenade«, rief Mathilde und stürzte auf das Pferd von Hugues zu, das ein Stallbursche versorgte.

»Es ist eine ziemlich tiefe Wunde, und sie hat viel Blut verloren, aber sie wird es überleben«, versicherte der Stallbursche.

Beruhigt, dass es Grenade schaffen würde, hob Mathilde den Kopf und sah nicht weit von sich den tief erschütterten Seigneur de Vieilleville. Er hatte sein wackeres Pferd verloren. Man musste es töten, weil eine solche Schnittwunde am Sprunggelenk nicht mehr verheilte.

Dann sah sie Saurier. Er befand sich an der Seite von Hugues, über den sich ein Arzt beugte. Sie ging zu ihnen, wurde jedoch brüsk zurückgewiesen.

»Lasst mich, Madame. Ich brauche Eure Hilfe nicht. Geht!«, stieß Hugues hervor.

»Keine Sorge, Sire«, entgegnete Mathilde. »Euer Schicksal ist mir einerlei. Um Grenade habe ich Angst gehabt, nicht um Euch.«

Dann zuckte sie die Achseln und sah zu, wie die Demoiselle, die Hugues ihren Schal zugeworfen hatte, näher kam. Sie trat mit tief betrübter Miene zu ihm. Sie war ziemlich hübsch, ihr Gesicht zeigte nicht den geringsten Makel, aber sie wirkte insgesamt fade, es fehlte ihr an Persönlichkeit. Mit Sicherheit handelte es sich um ein weiteres Mädchen auf der Suche nach einem Ehemann.

»Danke, Demoiselle, ich brauche nichts«, hörte sie Hugues antworten. »Nehmt Euren Schal und Eure Freiheit zurück. Lauft rasch zu einem anderen Herrn.«

Mathilde seufzte, ging wieder zu Grenade, die sich zu erholen schien, streichelte ihren Hals und flüsterte ihr ins Ohr:

»Adieu, meine Schöne, werde schnell wieder gesund. Ich überlasse dich deinem Herrn, den ich nicht mehr wiedersehen möchte.«

Aber wie oft hatte sie das schon gesagt? Und dennoch lief sie ihm immer wieder über den Weg.

Mathilde traf den alten Sire de Saurier bei den Stallungen wieder. Er hatte sich nach seinen Pferden erkundigt. Wollte er ebenfalls abreisen?

»Ihr habt ein schönes Pferd, Mathilde.«

Er drehte sich zu ihr um und betrachtete den schönen Fildor.

»Gestattet Ihr mir, Euch Mathilde zu nennen?«

»Gewiss, Sire.«

Er sah sie aus seinen grauen Augen an, die zugleich wohlwollend und unerbittlich wirkten. Zu Zeiten, als Louis XII. in Mailand und Neapel gekämpft hatte, musste er ein mutiger und stolzer Soldat gewesen sein. Wie alt er wohl war? Er könnte sechzig sein, wirkte jedoch eher wie fünfzig.

»Wollt Ihr sagen, dass ich Euer Großvater sein könnte und Ihr mir diese Vertraulichkeit deshalb gestattet?«

»Nun, Sire, Ihr wärt ein sehr junger Großvater.«

Er lachte und gestand, dass sein Alter ihm tatsächlich noch nicht das Recht gab, sich alle Vertraulichkeiten herauszunehmen.

»Ich werde aufbrechen, Sire, denn ich möchte nicht mit dem Hof bis nach Navarra reisen.«

»Möchtet Ihr dann von meiner Kutsche profitieren? Ich bleibe auch nicht länger auf diesem Fest. Meine Pflichten rufen in der Auvergne nach mir.«

»Ich weiß nicht, ob ich das annehmen darf, Sire, ich kenne Euch kaum.«

»Aber ich weiß alles über Euch.«

»Alles!«

»Ja. Ich weiß, dass Ihr zwei Männer liebt. Der eine ist unerreichbar, während der andere Euch ebenso hasst, wie Euch sein Herz zufliegt. Wagt es ja nicht, mir zu widersprechen.«

Das junge Mädchen errötete. Gewiss, dass sie derart übereilt zum Pavillon von Seigneur de La Roche gestürzt war, hatte Sire de Saurier nicht getäuscht. Und die Wut des Kämpfers war bezeichnend gewesen.

»Nun, Mathilde, Ihr könnt es Euch noch überlegen. Seht Euch um. Ich habe nicht einen Einzigen unter den sechs jungen Herren gesehen, die der König zum Ritter ernannt hat, der Euch nicht bewundernd angesehen hätte. Donnerwetter! Ihr seid das schönste Mädchen auf diesem Fest, und alle Männer verehren Euch, sogar der König, der sich mehr für Euch als für seine künftige Mätresse interessiert.«

»Der König braucht mich nicht mehr, und ich habe mich schon von ihm verabschiedet.«

»Unter vier Augen?«

»Ja, unter vier Augen. Und was diese jungen Herren angeht, so habe ich kein Verlangen, sie kennenzulernen. Sie gefallen mir nicht.«

»Mögt Ihr die Jugend nicht?«

Die Jugend! Diese jungen Kämpfer waren kaum älter als Louis, ihr jüngerer Bruder, Mönch im Bistum von Tours. Mathilde schüttelte langsam den Kopf von links nach rechts.

Sie streichelte Fildors Hals und antwortete in heiterem Ton:

»Ich nehme Euer Angebot an, Sire. Aber ist das nicht ein Umweg für Euch?«

»Ihr lebt in Tours, nicht wahr?«

»Das liegt nicht auf Eurem Weg. Ihr müsst in den Norden fahren, dann an Orléans und Nevers vorbei.«

»Woher kennt Ihr diese Strecken?«

»Ich bin sehr frei und reise viel.«

Er sah ihr tief in die Augen. Mathilde hatte bemerkt, dass die Falten auf seiner Stirn manchmal deutlich hervortraten und dass sie an seinem Hals erschienen, wenn er den Kopf neigte.

»Danke, dass Ihr meinen Vorschlag annehmt. Er ist ehrenhaft, ohne Berechnung und ohne Hintergedanken. Es ist mir eine Freude, Euch nach Hause zu bringen.«

»Aber habt Ihr keine Frau, die Euch in der Basse-Auvergne erwartet und die angesichts einer solchen Zuvorkommenheit äußerst verärgert sein wird?«

Jean de Saurier schüttelte den Kopf und lächelte traurig.

»Ich bin seit mehr als zwanzig Jahren Witwer und habe nie wieder geheiratet.«

»Oh!«

»So ist es, junge Dame. Ich habe das Gedenken an meine geliebte Charlotte immer bewahren wollen, obwohl es viele Gelegenheiten gegeben hätte, wieder zu heiraten.«

»Ihr habt Euch sehr geliebt.«

»In der Tat. Ich wünschte, Ihr würdet dieselbe Liebe erfahren wie meine Frau und ich. Dann würdet ihr nicht von einem zum anderen flattern, das versichere ich Euch.«

Mathilde errötete. Dieser Mann hatte die komplizierte Situation verstanden, in der sie sich befand. Mit ihm musste sie nicht um den heißen Brei herumreden.

»Eine solche Liebe habe ich außer beim König, der mir Fildor geschenkt hat, als ich dreizehn Jahre alt war, leider noch nicht gefunden. Da kann man nichts machen, glaubt mir.«

»Aber, aber, kein Bedauern, keine Bitterkeit!«

Plötzlich ergriff sie seine Hand, als wäre er ein alter Freund, dem sie alles anvertrauen könnte.

»Der König und ich, das ist vorbei, denn die Regentin hat die Mätresse aus ihrem Käfig gelassen. Und was Hugues angeht, das ist eine andere Geschichte, die im Übrigen nie begonnen hat.«

Dann ließ sie seufzend die Hand des alten Mannes los und wechselte das Thema:

»Ist Eure Frau bei einem Unfall gestorben?«

»Nein, bei der Geburt unseres Sohnes.«

Als Mathilde erneut ein »Oh« ausstieß, lächelte Jean de Saurier. Es war allerdings sehr traurig. Aber es war schon so lange her.

»Und Euer Sohn?«

»Er hat nicht überlebt. Er ist wenige Stunden nach der Geburt gestorben. Er hätte mir so geholfen zu leben und andere Interessen zu finden als nur Soldaten und Schlachtfelder. Wenn seine Mutter von ihm sprach, als er noch in ihrem Bauch war, sagte sie stets, dass sie einen Künstler aus ihm machen würde. Sie wollte einen kleinen Dichter oder Musiker.«

»Was für eine ungewöhnliche Vorstellung! Gab es Künstler in der Familie Eurer Frau?«

»Meine Frau war keine Adelige. Aber sie stammte aus dem Großbürgertum, dessen Macht und Reichtum den des Adels manchmal übersteigt. Wie bei vielen Adeligen befanden sich das Schloss und das Anwesen meiner Vorfahren nach dem ewigen Krieg mit England in keinem guten Zustand.«

Sein Blick verharrte einen Augenblick auf der feinen Hand von Mathilde, die noch immer Fildors Hals streichelte.

»Wenn mein Urgroßvater und mein Großvater mehr mit dem Krieg beschäftigt waren als damit, ihr Anwesen zu pflegen, und ihr Schloss verkommen ließen, war mein Vater ganz anders. Er hat mich das reichste Mädchen der Auvergne heiraten lassen. Mit ihrem Geld konnte mein Anwesen wieder aufgebaut werden.«

»Es ist selten, dass man bei einer solchen Ehe so glücklich wird.«

»Meine Frau war nicht das, was man eine Schönheit nennt, aber sie war ein Ausbund an Milde und Verständnis, ein Engel. Ihr Vater und meiner wussten, was sie taten, als sie uns vereinten. Ich war eine gute Partie, weil ich jung war, gut aussah und, das muss ich gestehen, von adeliger Herkunft war, da ich von Guillaume Dauphin, Comte de Clermont, abstamme, sowie alleiniger Erbe eines großen Lehensgutes. Doch ich hatte nicht einen Taler in der Tasche und konnte nicht einen Knecht bezahlen. Vielleicht kann ich Euch mein Anwesen eines Tages zeigen.«

»Zunächst muss ich zustimmen, in Eurer Gesellschaft zu reisen. Anschließend spreche ich darüber mit meiner Mutter, die ich Euch vorstellen werde, wenn Ihr mich heil zu Hause abgesetzt habt.«

Sie fing an zu lachen. Es war seltsam, wie wohl sie sich mit diesem alten Mann fühlte, der ihrem Charme verfallen zu sein schien.

»Ich werde Eure Mutter gern kennenlernen. Aber habt Ihr keinen Vater?«

»Das ist eine lange Geschichte, die ich Euch vielleicht später erzähle.«

»Ihr habt recht, man sollte nicht alles gleich am ersten Tag verraten.«

»Ihr werdet sehen, dass meine Mutter eine beeindruckende Frau ist, mit der ich pausenlos aneinandergerate, die ich jedoch von ganzem Herzen liebe. Genau wie Valentine.«

»Wer ist Valentine?«

»Meine Zwillingsschwester.«

»Ist Eure Zwillingsschwester ebenso verführerisch wie Ihr?«

»Äußerlich ist meine Zwillingsschwester meine Doppelgängerin, aber ihr Charakter ist das Gegenteil von meinem. Sie ist verheiratet und Mutter einer Familie. Sie vergöttert ihren Mann und hat noch nie einen anderen gekannt.«

Sie zuckte etwas verloren mit der Schulter, eine Geste, die das Herz des alten Mannes berührte. Dann ergriff sie erneut seine Hand, führte sie aber diesmal an ihre Lippen und flüsterte:

»Wenn Ihr wüsstest, wie viel schöner Valentine ist. Sie ist so lieb, so ausgeglichen. Ich wäre so gern wie sie!«

19.

Die Kutsche, vor die zwei Pferde gespannt waren, kam rasch voran, und Fildor, den man ebenfalls an das Gespann gebunden hatte, trabte seinen Gefährten brav hinterher. Humbert, der Kutscher, war nicht mehr ganz jung und wusste, wie man mit Pferden umging. Zweifellos stand er schon lange im Dienst seines Herrn.

Gegen Abend erreichten sie Tours. Es begann gerade zu dämmern, und am Himmel zeigten sich erste flammend rote Streifen. Aus dem ruhigen Lauf der Loire ragten hier und da kleine goldfarbene Inseln auf, zwischen denen sich langsam Schatten bildeten.

Mathilde betrachtete die vertraute Landschaft und versäumte es nicht, die Aufmerksamkeit ihres Begleiters auf die Schönheit des Val de Loire zu lenken, die er bereits seit Orléans bewundern konnte.

Bei Einbruch der Dunkelheit erreichten sie die Place Foire-le-Roi.

»Seit ihrer Gründung befinden sich unsere Werkstätten an diesem Platz, Sire Saurier«, bemerkte Mathilde voll Stolz, »aber es ist dunkel, und wir können nichts sehen. Von daher bringe ich Euch gleich zum Haus.«

Überrascht, ihre Tochter in Begleitung eines so alten Mannes zu sehen, lauschte Alix ruhig ihren Erklärungen.

»Mama, darf ich dir Comte de Saurier aus der Basse-Auvergne

vorstellen, ein Nachfahre des Comte de Clermont. Wir haben uns auf der Hochzeit von Marguerite in Saint-Germain-en-Laye kennengelernt und gemeinsam das Turnier verfolgt, das nach dem Ritterschlag einiger junger Männer stattfand. Anschließend wollte ich nach Tours zurückkehren, und da Seigneur de Saurier auch nicht mehr bleiben wollte, hat er mir netterweise angeboten, mich in seiner Kutsche mitzunehmen. Ich habe ihm daraufhin vorgeschlagen, mich bis zum Haus zu begleiten.«

»Das ist äußerst liebenswert von Euch, Sire. Doch es scheint mir nicht vernünftig, noch heute Abend weiterzureisen. Es ist schon sehr dunkel. Wollt Ihr nicht mit uns zu Abend essen?«

Und da ihr das reife Gesicht des älteren Herrn liebenswürdig erschien, fügte sie hinzu:

»Ihr lernt Mathias kennen, meinen Mann, und heute Abend haben wir das Glück, unseren Sohn Louis und seinen Förderer, unseren Freund, den Domherrn André Mirepoix, bei uns zu haben. Nehmt meine Einladung an, meine Tochter wird sich sicher freuen. Wir geben Euch eines unserer Zimmer, und morgen früh könnt Ihr frisch und ausgeruht weiterreisen.«

Als Alix Saurier ins Haus bat, erschien Valentine und warf sich ungestüm in die Arme ihrer Schwester.

»Ich hoffe, Sire, dass meine Tochter sich nicht wieder einmal für ihre Schwester ausgegeben hat. Was hat sie Euch gesagt? Dass sie Valentine oder Mathilde hieße?«

»Nun«, antwortete der Comte amüsiert, »ich kenne sie unter dem Namen Mathilde. Doch ist es schwer vorstellbar, dass sie mich an der Nase herumgeführt hat. Ich habe so häufig gehört, wie die Königinmutter, deren Tochter und die Freunde des Königs sie mit ihrem Vornamen angesprochen haben, dass ich keine Zweifel habe.«

Er betrachtete Valentine.

»Bei allen Heiligen im Himmel, liebe Madame! Ihr habt da zwei wunderschöne Mädchen, und ich nehme umgehend zurück, was ich soeben sagte, denn schon weiß ich nicht mehr, wer von den beiden welche ist.«

Alix betrachtete ihren Gast. Wie alt er wohl war? Schwer zu sagen. Fünfzig oder sechzig Jahre alt? Seine vornehme Erscheinung, seine gepflegte Kleidung und seine würdevolle Haltung gefielen ihr auf Anhieb.

»Also«, sagte sie lachend, »wenn Mathilde nicht versucht hat, Euch an der Nase herumzuführen, bin ich beruhigt. Sie hat sich gut benommen. Ich bin mir sicher, wenn Ihr mit uns speist, werden die beiden Euch noch ihr Spiel ›Wer von uns ist welche?‹ vorführen.«

»Ich glaube, das findet bereits statt«, antwortete der alte Herr mit Blick auf die beiden Gesichter, die sich so außergewöhnlich glichen.

»Mit meiner Schwangerschaft«, entgegnete Valentine fröhlich und legte die Hände auf ihren bislang nur zart gewölbten Bauch, »stehen die Chancen gut, dass Seigneur de Saurier uns bald gut auseinanderhalten kann.«

Nachdem die Zwillinge mit ihrer überschwänglichen Begrüßung fertig waren, erschienen Nicolas und Mathias im Türrahmen. Auch sie waren erstaunt, Mathilde in Begleitung eines so betagten Mannes zu sehen, und betrachteten den Fremden schweigend.

»Das ist Comte de Saurier, der unsere Tochter liebenswürdigerweise nach Hause gebracht hat, Mathias.«

Auf einmal wurde Mathilde von einem Wirbelsturm überrannt, und ein großer junger Mann hob sie hoch und drehte sich zwei- oder dreimal mit ihr im Kreis, bevor er sie wieder auf dem Boden absetzte.

»Sieh nur meine Mönchskutte, große Schwester. Es ist nicht mehr dieselbe.«

Tatsächlich, der junge Mönch war nicht mehr in seine grobe braune Leinenkutte gehüllt, sondern steckte von Kopf bis Fuß in einem feinen weißen Mantel. Das bedeutete, dass er sehr bald zum Priester ernannt wurde.

»Oh! Schon!«, rief Mathilde enttäuscht.

»Warum schon?«, fragte Domherr André und trat auf Mathilde zu, um sie mit einem Kuss auf die Stirn zu begrüßen. »Dein Bruder wartet schon sehr lange auf diesen Tag, Mathilde.«

Dann tauchte Bertille auf, die so alt war, dass sie sich nicht mehr darum scherte, was sich gehörte und was nicht, und stellte vor ihr die kleine Aude ab, ein hübsches Mädchen mit hellen Augen und kastanienbraunen Locken. Sie hielt einen ungefähr gleichaltrigen Jungen an der Hand, der den Fremden anlächelte. Mathilde stürzte auf die Kinder zu und drückte sie herzlich an sich.

Dann fasste sie beide an der Hand, um sie ihrem neuen Freund vorzustellen.

»Aude ist die Tochter von Valentine und Nicolas. Sie ist jetzt drei Jahre alt.«

Sie zögerte einen Augenblick, und kurz herrschte angespannte Stille. Was würde sie sagen? Sie sah dem Comte in die Augen und erklärte, ohne zu zögern, wobei sie den Jungen auf ihn zuschob:

»Und das ist Charles, mein Sohn. Er ist ein bisschen jünger.«

Jean de Saurier zuckte nicht mit der Wimper. Er nahm das Kind und hob es hoch. Als der Junge sich auf Augenhöhe befand und ihn anlächelte, sagte er:

»Ein hübscher Junge. Ich gratuliere, Mathilde.«

»Sire Jean«, fügte Mathilde ruhig hinzu, »da wir ganz offen

miteinander sind, sage ich Euch auch, dass Charles der Sohn des Bruders von Hugues de La Roche ist.«

Diesmal hob Comte de Saurier eine Braue und setzte den Jungen wieder auf dem Boden ab. Dann betrachtete er Mathilde eine Weile, sagte jedoch nichts, sondern lächelte sie an. Als Nachbar des Anwesens von de La Roche kannte er zweifellos die Geschichte der Mutter von Hugues, die, bevor sie einen Sohn von Seigneur de Châteauguay bekommen hatte, einen Herrn mit Namen Montalon geehelicht hatte.

Wie dem auch sei, der Abend verlief in herzlicher, vertrauter Atmosphäre. Jean de Saurier fühlte sich äußerst wohl in der Weberfamilie aus Tours. Louis erwies sich als angenehmer Gesprächspartner. Er war fröhlich und gebildet und sprach mit großer Leichtigkeit über alle Themen, die sich ergaben. Wie viele Soldaten aus dem Adel sah Comte de Saurier es als bemerkenswert an, dass sich in der Weberfamilie ein Prälat fand.

»Lasst uns nun essen«, sagte Alix, die nicht wollte, dass sich das Gespräch zu sehr um die Kinder ihrer Töchter drehte. »Bertille, da du gerade da bist, bring du die Kleinen ins Bett und sag Vicenta, dass sie dir helfen soll.«

Als sie sodann den Kopf zur Küche wandte, sah sie Adrian, den Knecht, dem es nicht gefiel, dass die alte Bertille sich um die Kinder kümmerte, da sie hin und wieder verwirrt war. Manchmal hielt sie die Kleinen für ihre eigenen Kinder, die in jungen Jahren gestorben waren.

»Adrian! Sag Vicenta, dass sie die Kinder ins Bett bringen soll, und anschließend bitte Leo, sich um den Kutscher von Comte de Saurier zu kümmern. Er fährt erst morgen weiter.«

Als Dame Alix ihrem Gast ein Lächeln schenkte, stellte der alte Comte fest, dass sie noch immer eine sehr schöne Frau war.

»Unser Kutscher hat im Anbau ein Zimmer. Macht Euch keine Sorgen, er kümmert sich um den Ihrigen.«

Maria, eine junge Dienerin, trat hinzu und verneigte sich vor dem neuen Gast. Sie war klein und brünett und hatte ein keckes Gesicht.

»Maria, serviere uns das Essen im großen Saal. Und sobald Adrian zurück ist, bitte ihn, uns den guten schweren Wein aus Bologna zu bringen.«

Als sich die junge Dienerin nicht rührte, erklärte sie:

»Ja, den, den meine Freundin Properzia mir vor ihrem Tod geschickt hat.«

Die junge Maria, die nicht älter als sechzehn Jahre alt war, war die Tochter von Juan und Mariette, dem Paar, das sich um das Verkaufskontor der Werkstätten kümmerte.

Juan stand im Dienst von Alix, seit Louis XII. und Anne de Bretagne eines Tages den Erzherzog von Österreich und seine Frau, die Königin von Kastilien, eingeladen hatten. Juan hatte sich in eine Kammerfrau der französischen Königin verliebt und wollte nicht mehr nach Spanien zurückkehren. Seither hatte er Mariette einen Sohn und sechs Töchter geschenkt. Alix verfügte also über reichlich weibliches Personal.

Maria kaufte ein und kochte, Carlotta, ihre Schwester, kümmerte sich um die Wäsche und den Haushalt, während Vicenta, die Älteste, zusammen mit Adrian und der alten Bertille auf die Kinder aufpasste.

»Da Ihr uns die Ehre macht, diese Nacht bei uns zu bleiben, Seigneur de Saurier, werden wir Euch morgen früh vor Eurer Abreise die Werkstätten zeigen.«

»Sehr gern, denn Ihr werdet rasch merken, dass ich ein großer Liebhaber schöner und großer Tapisserien bin. Mein Anwesen liegt in der Nähe von Felletin, wo ich noch immer eine

Werkstatt besitze, die meine eigene Produktion herstellt. Kennt Ihr Felletin?«

»Leider nein! Wir haben mehr mit Flandern, Paris, Rom und Florenz zu tun.«

Mathias und Nicolas, die wenig sagten, bemerkten, dass die Atmosphäre dieses Abendessens sehr vertraulich schien. Und dass dieser alte Herr Alix offenbar gefiel. Er sprach so angenehm von seiner Auvergne, von seinem Schloss, seinen Vorfahren und von seinen Leuten, dass es eine Freude war, ihm zuzuhören.

»Es heißt, dass in der Nähe von Felletin ein neuer Betrieb entstünde, der wie eine Fabrik aufgebaut ist.«

»Aubusson! Gewiss. Ihr werdet sehen, dass das Limousin bald ein großes Zentrum für Tapisserien sein wird. Ich habe das schon lange vorausgesehen, deshalb wollte ich mich nicht von meiner Werkstatt trennen. Wenn Ihr in die Auvergne kommt, werde ich Euch alles zeigen. Felletin ist interessant, es wird Euch gefallen. Meine Frau hielt sich gern dort auf.«

Endlich kam das Gespräch auf die Comtesse de Saurier. Alix hatte nicht gewusst, wie sie das Thema ansprechen sollte, ohne indiskret zu wirken.

»Charlotte war eine Liebhaberin schöner Wandbehänge. Sie hingen überall bei uns im Schloss. Ich habe diese Vorliebe von ihr übernommen. Eure Tapisserien hätten ihr ohne Frage sehr gefallen«, sagte er und blickte auf die Millefleurs vor ihm an der Wand. »Wir haben damals …«

Er hielt inne, und da er die neugierigen Gesichter seiner Gastgeber sah, fuhr er fort:

»Ich bin Witwer und habe nie wieder geheiratet. Charlotte war meine Frau.«

Er stieß einen Seufzer aus, senkte den Blick und schwieg einen Moment, dann hob er den Kopf und sprach weiter:

»Ach ja, ich sagte, dass ich eine Werkstatt in Felletin besäße und dass unsere Weber unsere eigenen Wandbehänge webten.«

»Ich würde diese Werkstätten im Limousin gern besichtigen«, antwortete Alix, der die Richtung der Unterhaltung interessant schien. »Es heißt, dass die dortigen Werkstätten beständiger sind als jene in Tours, Nevers oder Orléans, die zu nah an Paris liegen, wo der Boulevard Saint-Marcel und das Haus der Gobelins die größten Aufträge aus dem Norden an sich reißen.«

»Die Brüder Gobelin behaupten, dass die Zukunft der Tapisserien in den Fabriken liege, in denen alle aktuellen Werke zusammenkommen. Ihre Idee ist es, fünfzig Weber zu vereinen und die ganze königliche Produktion umzustellen.«

»Das bedeutete den Niedergang für unsere kleinen Werkstätten«, brummte Mathias. »Warum sind Felletin und der neue Betrieb von Aubusson nicht von dieser Bewegung betroffen?«

»Weil sie sich Paris anschließen. Sogar die großen Zentren im Norden sehen das so. In einigen Jahren werden sich auch die Werkstätten in Brüssel, Tournai und Arras zusammenschließen.«

»Mama«, sagte Valentine auf einmal, »Mathilde und ich könnten die Werkstätten in der Auvergne besuchen. Dann wüssten wir, wie sie dort arbeiten, und könnten vielleicht gute Ideen mitbringen.«

»Ihr müsstet vor deiner Niederkunft reisen, mein Liebling. Ich weiß nicht, ob noch genügend Zeit ist.«

»In der Zeit kann ich mein Kind dreimal zur Welt bringen. Ach, Nicolas, ich würde so gern die Werkstätten in Felletin und Aubusson besichtigen. Liegen sie weit entfernt von Eurem Anwesen, Sire Saurier?«

»Keineswegs, es sind nur wenige Meilen. Ihr seid herzlich willkommen. Ich bin alt und allein. Etwas Abwechslung würde mir guttun. Mathilde, versucht Eure Mutter zu überreden, Euch und Eure Schwester zu begleiten.«

»Alix, Liebes!«, sagte Mathias liebevoll, »das bringt dich auf andere Gedanken. Du bist so niedergeschlagen, seit du aus Bologna zurückgekehrt bist.«

Er wandte sich an den Comte und fügte hinzu:

»Mathilde ähnelt ihrer Mutter in dieser Beziehung, sie liebt es zu reisen. Leider hat die letzte Reise meiner Frau nach Bologna ihr großen Kummer bereitet. Sie musste miterleben, wie ihre liebe Freundin Properzia de Rossi gestorben ist.«

»Handelt es sich um die äußerst begabte italienische Künstlerin? Die Bildhauerin?«

»Ja, das ist sie«, bestätigte Alix, der anzuhören war, wie bewegt sie war. »Wir haben sie lange bei uns beherbergt.«

»Ihre Gläubiger waren hinter ihr her, und sie konnte nicht in ihr Land zurückkehren. Die Schlossherrin Philippa Lesbahy, Frau des Finanziers Berthelot, hat ihr zahlreiche Aufträge für ihr Schloss d'Azay-le-Rideau gegeben. So ist Properzia wieder zu Wohlstand gekommen und konnte nach Bologna zurückkehren.«

»Mathias!«, sagte Alix mit unendlich trauriger Stimme, »von Properzia zu sprechen betrübt mich. Lass uns über etwas anderes reden, ja?«

»Früher«, sagte Mathias daher, »war Alix ständig unterwegs. Während ihrer ersten Ehe hat sie im Val de Loire, in Paris, in Flandern und in Italien, sogar in Rom und Florenz Aufträge besorgt. So hat sie die Werkstätten aufgebaut.«

»Mit deiner Hilfe, Mathias. Was hätte ich mit den Aufträgen gemacht, wenn du nicht da gewesen wärst, um dich in meiner Abwesenheit um die Arbeit zu kümmern?«

»Nun, da Euer Mann Euch zuredet, nehmt die kleine Reise

in die Auvergne an. Ihr bekommt einen Eindruck von unserer Produktion.«

»Ich werde darüber nachdenken. Derweil kostet von dieser gefüllten Poularde. Maria ist eine gute Köchin. Sie bringt uns später noch ihre Apfelküchlein, die mit Mandelcreme gefüllt und mit einem Hauch Zimt gewürzt sind.«

Mathildes Wunsch und Valentines Begeisterung obsiegten, und Alix ließ sich auf das Abenteuer ein, zu dem sie umso mehr Lust verspürte, als sie selten mit ihren beiden Töchtern reiste.

Es begeisterte sie, an einem Fluss entlangzureiten, einen Wald zu durchqueren, in einem Gasthaus abzusteigen und eine ihr unbekannte Landschaft zu erleben. Und vor allem entzückte es sie, Mathilde so glücklich und guter Laune zu sehen.

Am Tag, nachdem Jean de Saurier nach Tours gekommen war, wurden diverse Entscheidungen getroffen. Hingerissen von Alix' Werkstätten hatte Saurier erneut mit einer Leidenschaft von seinem Betrieb in Felletin gesprochen, die die Cassex beeindruckte. Der Comte blieb zwei Tage länger, bis Louis wieder zum Bischofssitz zurückkehrte. Außerdem zeigte Mathias dem Comte die Stadt. Schließlich packten Mutter und Töchter ihre Sachen, und Leo spannte die Pferde an.

Bis Nevers verging die Reise schnell. Die zwei Kutschen hielten an einem Gasthaus, wo man übernachten wollte. Das Haus hatte einen hervorragenden Ruf und gefiel ihnen gut. Das Abendessen verlief in entspannter, freundschaftlicher und heiterer Atmosphäre. Jean de Saurier vereinte Liebenswürdigkeit und Humor in sich. Dieser Mann scheint einen guten Einfluss auf meine Tochter zu haben, dachte Alix. Sie hatte Mathilde noch nie so fröhlich erlebt. Das fiel auch Valentine auf.

Als Alix am folgenden Morgen in ihre Tasche griff, um ihren

Anteil und den ihrer Töchter zu begleichen, hielt Jean de Saurier sie zurück und übernahm alle Kosten. Die Wirtin bedankte sich mit einem breiten Lächeln und einem königlichen Gruß und sagte mehrmals, dass sie sich freuen würde, sie wiederzusehen.

Nachdem die Pferde, die sich inzwischen erholt hatten, wieder angespannt waren, setzten sie ihre Reise fort. Mit der Zeit veränderte sich die Landschaft. Die Luft wurde frischer und der Weg kurvenreicher. Er versank zwischen Blumenwiesen, die zu hügeligen Wäldern aufstiegen.

Zwei Tage später erreichten sie Limoges. Die Kutsche von Alix folgte ruhig jener von Jean de Saurier. Leo war ein angenehmer Geselle für den älteren Humbert. Die beiden hatten sich auf Anhieb verstanden – sie fühlten sich wohl in der Umgebung, in der sie sich bewegten, liebten Reisen und Pferde und besaßen ein ruhiges Gemüt.

Valentine äußerte den Wunsch, einen Teil der Strecke mit Seigneur de Saurier in seiner Kutsche zu reisen. Sie sei gern mit ihm zusammen und von seiner umfassenden Bildung beeindruckt, so verbrachte sie anschließend mehrere Stunden mit ihm.

Als sie wieder zu ihrer Mutter und ihrer Schwester in die Kutsche zurückkehrte, stellte Mathilde ihrerseits Forderungen.

»Kommt, Sire Jean, machen wir unsere Pferde los und reiten bis Clermont.«

Der Comte ließ sich bereitwillig darauf ein und stieg aus seiner Kutsche, während Humbert eins der Pferde losband und Leo Mathilde bereits die Zügel von Fildor reichte.

Ebenso wie die Kutsche von Alix bot der Wagen von Jean bequem Platz für vier Reisende. Der Unterschied bestand allerdings in der äußeren Verkleidung, in die bei Jean das goldene Familienwappen eingraviert war.

Mathilde und Jean ritten Seite an Seite. Saurier war vom

Kaliber jener Soldaten, die nichts schreckte und denen nichts etwas anhaben konnte. Es hätte ihn umgebracht, sich schwach und erschöpft zu zeigen. Mit geradem Rücken, erhobenem Kopf, den Blick auf den Horizont vor ihm gerichtet, genoss er die frische Luft und die Schönheit seines Heimatlandes.

»Eure Schwester ist reizend«, sagte er, um die Unterhaltung zu beginnen.

»Reizender als ich?«, entgegnete Mathilde lachend.

»Gewiss nicht, Mathilde. Ihr seid das bezauberndste Geschöpf, das mir seit Charlotte begegnet ist.«

Mathilde fasste die Worte als das größte Kompliment auf, das er ihr machen konnte.

»Danke, Jean. Eure Worte berühren mich. Ich bin manchmal etwas ungeschickt.«

Er wandte ihr den Kopf zu, und sie sah gelassen zu ihm hinüber. Jean betrachtete ihre eher kühlen Augen, in denen hin und wieder ein warmer Schein aufflackerte. In diesem Augenblick wollte er sie gern alles fragen, was er von ihr wissen wollte.

»Ich wagte nicht, Euch zu bitten, mich so zu nennen. Darf ich Euch etwas fragen, das mich beschäftigt, seit ich das Haus Eurer Eltern verlassen habe?«

»Mathias ist nicht mein Vater«, antwortete Mathilde prompt. »Er ist der Vater von Nicolas. Louis ist das gemeinsame Kind von meiner Mutter und von ihm.«

»Ja! Ich hatte verstanden, dass Eure Mutter Witwe war, als er sie geheiratet hat.«

»Valentine und ich sind auch nicht die Töchter von ihrem ersten Mann.«

»Ah!«, sagte Jean schlicht, der sich nicht durch ihre Antwort von der Frage abbringen lassen wollte, die ihm eigentlich am Herzen lag.

»Wollt Ihr mehr darüber wissen?«, fragte Mathilde und trieb sanft ihr Pferd an. »Was wolltet Ihr mich fragen?«

»Das ist unwichtig«, antwortete er mit leiser Stimme. »Ich glaube, ich traue mich nicht mehr, Euch die Frage zu stellen.«

Mathilde richtete sich auf und machte eine energische Geste.

»Doch! Fragt mich, ich werde Euch antworten.«

»Nun, Ihr habt es gewollt«, entgegnete er und merkte, dass seine Begleiterin plötzlich auf der Hut war.

Er trieb ebenfalls sein Pferd an, denn er würde ganz sicher nicht zulassen, dass sie ihm vorausritt.

»Der junge Charles, den Ihr mir vorgestellt habt, ist der Sohn von Seigneur de Montalon?«

»Ja.«

»Ich stamme aus der Auvergne und kenne alle Schlösser der Region, von den kleinen bis zu den ganz großen, von den alten bis zu den neuen, von jenen in der Basse bis zu denen in der Haute-Auvergne. Ich kenne die Schlossbesitzer, die Bauern, die Bewohner und ihre Geschichte. Ich weiß also, dass der Bruder von Hugues de La Roche ein bekannter Verbrecher gewesen ist.«

»Ja! Den man auf der Place de Grève gehängt hat.«

»Wie habt Ihr ihn kennengelernt?«

»Ich wollte nach Brügge reisen, um die Stadt kennenzulernen, in der mein Vater mit meiner Mutter gelebt hat, bevor er gestorben ist. In Paris bin ich ihm zufällig auf der Durchreise begegnet.«

Sie hatte diese Worte hervorgestoßen, als wollte sie sich von dem Kloß in ihrem Hals befreien. Doch Jean wollte noch mehr wissen und sagte leise:

»Ich weiß nicht, ob ich mich mit Eurer Antwort zufriedengeben soll oder nicht.«

»Warum?«

»Er ist Euer Liebhaber gewesen, denn er hat Euch einen Sohn geschenkt.«

»Ja.«

Diesmal verhärtete sich sein Blick, und seine Stimme klang harsch.

»Und Hugues ebenfalls?«

»Nein. Ich dachte, das hättet Ihr verstanden.«

»Warum nicht?«

»Hinter seinem Gebaren des anständigen, loyalen, großzügigen Vogts ist Hugues ein eifersüchtiger, brutaler Kerl, der aggressiver als sein Bruder ist. Er verzeiht mir nicht, dass Guillaume mich mit seiner Sanftheit verführt hat. Ich bitte Euch, urteilt nicht schlecht über mich und sprecht nicht so hart mit mir, sonst erzähle ich Euch nichts mehr.«

»Das werde ich nicht, denn ich möchte Euch nicht verlieren. Aber ich verstehe es nicht, Mathilde. Erklärt es mir.«

Er fürchtete sehr, dass sie sich nach diesen wenigen Erklärungen wieder verschließen würde, so blickte er sie voller Wohlwollen an und wiederholte sanft seine Bitte:

»Erklärt es mir.«

»In Paris geriet ich in einen Hinterhalt, der mich zu Guillaume de Montalon geführt hat. Er hatte mein Pferd aus dem Gasthaus gestohlen, in dem ich abgestiegen war, und zwang mich, mich ihm hinzugeben, um es wiederzuerhalten. Er hat mich mehrere Tage und mehrere Nächte lang eingeschlossen, in denen ich ihm gehörte. Doch er hat mich nie geschlagen, nie verprügelt, nie misshandelt. Ganz im Gegenteil.«

Mathilde hatte den Eindruck, dass Jean aufgehört hatte zu atmen. Doch er fragte sogleich weiter:

»Und welche Rolle spielt Hugues de La Roche in Eurer Geschichte?«

»Er hat mich von seinem Bruder befreit. Aber zwischen uns ist es schwierig. Unsere Charaktere geraten ständig aneinander, sodass unsere Herzen nicht zueinanderfinden.«

»Ich danke Euch für Eure Offenheit, Mathilde.«

Dann hob er die Hand und deutete auf die Landschaft.

»Seht! Jetzt kommen wir in die Auvergne. Wir befinden uns in der Nähe von Montferrand. Felletin liegt weiter links in Creuse.«

Die Landschaft wurde zunehmend beeindruckender. Rau, aber faszinierend. Sie erreichten die Hochebene von Chastel, wo sich auf den Festungsmauern Spuren der Merowinger fanden.

Eine frische Brise wehte und ließ die leuchtend grünen Baumkronen zittern. Ein Frühlingsmorgen in der Auvergne. Der Himmel war strahlend blau, und das Licht war so klar, dass sich jeder Grasfleck und jeder Stein deutlich abzeichnete.

Überall standen Befestigungsmauern und mittelalterliche Verteidigungsanlagen. Steinige Bergspitzen überragten die Landschaft, an die sich von dichtem Wald umgebene Herrenhäuser klammerten. Schutzmauern und Felswände stiegen stufenförmig an. Es herrschte ein Wirrwarr aus Wällen, großen runden Türmen, Burgwarten, zinnenbewehrten Mauern, Schießscharten und Bergfrieden aus Stein. Sie kamen an einem Felsvorsprung vorbei, auf dem ein altes mittelalterliches Schloss kauerte.

»Das ist Saint-Floret. Es gehört mir ebenfalls. Wir kommen an dem Schloss, der Kirche und dem Priorat von Chantoin vorbei, das Ihr dort drüben seht«, sagte Jean und zeigte auf einen spitz zulaufenden Felsen.

»Ein Priorat! Was machen die Mönche dort?«

»Selbstverständlich stellen sie Wandbehänge her. Vergesst nicht, dass wir uns in der Nähe von Felletin befinden. Hier wird jeder vor einen Flachwebstuhl gesetzt.«

»Aber das ist ungewöhnlich!«, rief Alix, die bereits überlegte, wie sie mit den webenden Mönchen in Kontakt kommen konnte.

Mathilde war mehr mit dem Anwesen und dem Schloss beschäftigt als mit dem Priorat, denn es schien ihr phantastisch. Es war so ganz anders als das Val de Loire.

»Dann gehören Euch also zwei Schlösser, eine Kirche und ein Priorat!«, stellte sie fest und klang ebenso aufgeregt wie ihre Mutter, als diese soeben von den webenden Mönchen gesprochen hatte.

»Die Mutter deiner Tante Constance, die mit einem La Trémoille verheiratet war, besaß ebenfalls ein Priorat und eine Kirche.«

»Ein La Trémoille!«, sagte Jean mit erhobener Braue. »Ich glaube, ein alter Waffenbruder von mir ist einer der zahlreichen Cousins dieses Mannes.«

Valentine, die diese Constance nicht kannte, die Mathilde in Florenz getroffen hatte, unterbrach die Geschichte über La Trémoille.

»Ist es noch weit bis zu Eurem Anwesen?«

»Nein. Wir sind gleich da. Aber zuvor zeige ich Euch Saint-Floret. Das Schloss ist, anders als Saurier, nicht restauriert worden. Da es zwei Jahrhunderte früher auf diesem Felsvorsprung erbaut worden ist, weist es noch alle Kennzeichen einer alten Burg auf. Seht, es liegt zwischen dem nördlichen Flussufer der Couze und dem Bach Lard.«

»Und das Tal?«, erkundigte sich Mathilde.

»Das ist das Tal, das nach Montaigut-le-Blanc und nach Champeix führt. Diese Anlagen entsprechen einer Verteidigungsstrategie aus einer anderen Zeit. Bevor ich es geerbt habe, gehörte das Schloss meinem Onkel Robert de Champeix, der zwar verheiratet war, jedoch keinen Erben hinterlassen hat.«

»Das Gebäude ist von bemerkenswerter Schönheit«, sagte Alix. »Ich wünschte, Mathias wäre hier.«

»Kommt mit ihm wieder«, schlug Jean vor.

»Und mit Nicolas!«, rief Valentine. »Nicolas muss diese phantastische Landschaft sehen. Unbedingt! Sie ist wirklich phantastisch.«

Einige Zeit später erreichten sie Saurier. Das schmale Tal oberhalb von Champeix führte zu den Mauern des Herrenhauses, wo eine Brücke aus drei Steinbögen die Couze überspannte.

Auf dem Weg zum Schloss, der über weite Blumenwiesen führte, überquerten sie eine weitere Brücke. Ein kleiner Steinbau unterbrach die Umfriedung des Schlosses.

»Diese kleine Gebetsstelle ist der Jungfrau Maria gewidmet«, erklärte Jean. »Charlotte wollte, dass dort immer Blumen stehen. Dafür sorge ich jetzt.«

Schließlich passierten sie das große mittelalterliche Tor der Umfriedung, das von Pechnasen überragt war. Hinter dem Eingang links stand ein Haus mit vorspringenden Stockwerken.

»Das ist die Schlosswache.«

Schließlich entdeckten sie das herrschaftliche Herrenhaus, das sich auf den östlichen Wall stützte. Ein großer geschlossener Außenhof, der von der Umfriedung geschützt wurde, erlaubte den Angestellten des Schlosses ihren Tätigkeiten nachzugehen. Die Stallungen verbanden den Hof mit zahlreichen Nebengebäuden. Alles befand sich in einwandfreiem Zustand. Kein Stein saß locker, kein Gebäude war vom Einsturz bedroht, kein Ziegel fehlte auf dem Dach. Die Schönheit des Schlosses war beeindruckend.

Die Kutschen hielten im Hof vor den langen grauen Steinmauern, und Humbert brachte, gefolgt von Leo, die Pferde fort.

Eine Wendeltreppe führte ins Innere. Die Gebäude im rein mittelalterlichen Stil waren ganz anders als die Schlösser der Renaissance, die man im Val de Loire errichtet und umgebaut hatte.

Fenster und Türen waren so schmal, dass kaum Tageslicht hereinfiel. Doch das Ganze wirkte so edel und so rein, dass es den drei Frauen den Atem raubte. Unten fanden sich in einem Waffensaal Helme, Kettenhemden, Kriegsbeile der Merowinger, Lanzen, Pfeil und Bogen aus der Zeit des hundertjährigen Krieges und sogar noch aus einer früheren Epoche.

Die Böden bestanden aus Steinplatten, und auch die Treppen waren nicht aus Holz, sondern aus Stein gefertigt. Sie hatten breite Stufen und ließen erkennen, dass das Schloss vor nicht allzu langer Zeit renoviert worden war.

An den großen Waffensaal schlossen sich Prunk- und Speisesaal an. Alix und ihre Töchter waren fasziniert von der Schönheit der Tapisserien, die an den Wänden hingen. Im Prunksaal fand sich ein wahres Meisterwerk.

»Ich kenne diese Tapisserie. Sagt nicht, dass sie nicht von meinem Freund Pieter van Aelst stammt und zu derselben Zeit wie *Die Apostelgeschichte* hergestellt wurde.«

»Das ist richtig. Dieser Teppich gehört zur *Geschichte von Josua*.«

»Habt Ihr ihn nicht von Emmanuel Riccio gekauft?«

»So ist es. Kennt Ihr ihn?«

»Er ist mein Handelsvertreter in Brüssel. Ich wusste schon, dass er mir nicht alles sagt. Aber ich drücke häufig ein Auge zu, denn er verhilft mir zu sehr guten Geschäften. Diesen«, Alix deutete auf den Wandbehang an der gegenüberliegenden Wand, »kenne ich dahingegen nicht.«

»Das ist *Die Schlacht von Zama*.«

»Ich erkenne die Handschrift eines jungen italienischen Malers mit Namen Giulio Romano wieder.«

Als sie den Namen hörte, hob Mathilde den Kopf.

»Giulio! Er hat einmal mein Gesicht gezeichnet. Erinnerst du dich, Mama?«

Wie könnte Alix den Tag vergessen, an dem sie ihre zwölfjährige Tochter halbnackt vor dem jungen Maler vorgefunden hatte, der mit ihrem jugendlichen Körper zum Glück nichts weiter angestellt hatte, als ihn auf Karton zu zeichnen. Was für eine Erinnerung! Und Alix selbst war der schönen und gebieterischen Properzia de Rossi verfallen.

»Der kleine Giulio hat seinen Weg gemacht«, murmelte Alix. »Dieses Bild würde dem König gefallen. Die dicken Elefanten, die Soldaten und die Pferde, überhaupt die ganze Schlacht.«

Dann betrat sie das angrenzende Zimmer. In den Sälen standen jede Menge wuchtige Holzmöbel. Truhen, Bänke, Hocker, Stühle mit Rückenlehne, Tische, die man an den Seiten herunterklappen konnte, und Buffetschränke mit aufwendigen Schnitzereien, in denen Geschirr aufbewahrt wurde.

»Diese Möbel stammen zum Teil aus den italienischen Kriegen«, erklärte der Comte unter den bewundernden Blicken seiner Gäste. »Sie standen einst in den schönsten Palästen von Neapel und Mailand.«

Die Zimmer in der oberen Etage waren ebenfalls wunderschön. Alix entdeckte einen prächtigen Wandbehang, doch ihre Tochter Valentine rief vor ihr:

»Sieh nur, Mama, das ist *Adam und die Fabeltiere*!«

»Nicht ganz«, berichtigte Jean de Saurier, »der Wandbehang heißt *Adam gibt den Tieren Namen*.«

»Adam ist völlig nackt«, bemerkte Mathilde, als sie mit ihrer Schwester die Figuren studierte.

Alix hing einen Augenblick ihren Gedanken nach. Sie sah Properzia vor sich, die ihr die Hand führte, um Alix zu zeigen, wie man die Muskulatur der Figuren zeichnete.

»Ja«, murmelte sie. »Es ist mir zunächst schwergefallen, diese Art von Figuren, die aus dem Geist der Renaissance entstanden sind, zu entwerfen. Wenn Properzia mir nicht geholfen hätte, hätte ich unseren Werkstätten nicht zu der Bedeutung verhelfen können, die sie heute haben. Seht, meine Mädchen, jede Epoche hat ihren Stil. Man darf nie den Anschluss verlieren.«

Sie betrachtete die große zentrale Figur in ihrer Nacktheit. Mittlerweile zeichnete und webte Alix genauso. Dann verharrte ihr Blick bei den Möbeln: Betten mit Baldachinen, die von kleinen Säulen getragen wurden, sowie Notenpulte, Schreibgarnituren, Harfen und Zithern, die in den Ecken standen oder lagen. Außer damals im Palast von Alessandro van de Veere in Florenz oder in den Gemächern von Jean de Villiers im Vatikan hatte Alix noch nie so etwas Schönes gesehen.

Sie wagte nicht zu sprechen.

»Du denkst an die Möbel unseres Vaters Alessandro«, sagte Mathilde leise zu ihrer Mutter. »Ich habe sie ebenfalls gesehen.«

Dann fügte sie an Jean gewandt hinzu:

»Unser Vater war Florentiner. Er besaß ähnliche Meisterwerke. Ach, Valentine, du musst einmal mitkommen und sie dir ansehen! Einer unserer Halbbrüder hat mich eingeladen wiederzukommen.«

Jean verfolgte die Unterhaltung zwischen Alix und ihren Töchtern und erhielt nach und nach ein genaueres Bild von dieser faszinierenden Familie.

Den ganzen nächsten Tag verbrachten sie im Couze-Tal und

betrachteten den Himmel, die Berghänge und den Bach Lard, der als Wasserfall herabstürzte.

Mutter und Töchter teilten sich zu dritt ein Zimmer. Unter dem Vorwand, einen Morgenausritt durch die bergige Landschaft unternehmen zu wollen, die sie so wundervoll fand, stand Mathilde früher auf als ihre Mutter und ihre Schwester. Doch wenn sie die Schönheit der Auvergne bewunderte, so tat sie dies auch, um sich allein mit ihrem Freund Jean de Saurier unterhalten zu können.

»Was werdet Ihr nach Eurer Heimreise tun, Mathilde? Kehrt Ihr an den Hof zurück?«

»Ich bleibe nie lange in Tours.«

»Dann arbeitet Ihr nicht in der Werkstatt Eurer Mutter?«

»Ich webe ab und an, aber ich bin keine Weberin wie meine Schwester.«

»So kehrt Ihr an den königlichen Hof zurück.«

»Ich habe nie dem Hof von François angehört, sondern dem von Marguerite.«

»Das war nicht meine Frage.«

»Die neue Königin von Navarra braucht mich nicht mehr. Sie ist viel zu verliebt in Henri d'Albret, um künftig nach mir zu verlangen. Ich werde mich nur nach Blois oder Amboise begeben, wenn sie sich im Val de Loire aufhält. Was allerdings deutlich seltener sein wird als bislang.«

Sie hielten ihre Pferde auf der Brücke über den Lard an. Rechts von ihnen lag das Hochplateau von Chastel, und vor ihnen erstreckten sich die Ruinen der Merowinger. Weiter hinten erhoben sich die schroffen Felsen und spitzen Berge über der Couze, an die sich die Schlösser der Gutsherren klammerten.

»Glaubt Ihr wirklich, dass Marguerite de Navarre Euch nicht mehr braucht?«

»Ja, sie langweilt sich nicht mehr. Vielmehr habe ich den Eindruck, dass meine Gegenwart sie sogar stören würde.«

»War sie zuvor so unausgefüllt?«

»Charles d'Alençon hat sie nicht geliebt, wie sie es sich gewünscht hat.«

»Er war Soldat.«

»Aber das ist der Duc d'Albret auch.«

Sie wandte sich zu ihrem Begleiter um. Er saß aufrecht auf seinem Pferd, das er mit Geschick führte.

»Ihr seid ebenfalls Soldat. Das hat Euch nicht daran gehindert, Eure Frau zu lieben und mit ihr glücklich zu sein.«

Er ging nicht darauf ein, sondern fragte:

»Werdet Ihr den Hof vermissen, wenn Ihr nicht dorthin zurückkehrt?«

»Die Vorstellung stimmt mich traurig.«

»Was findet Ihr dort?«

Das junge Mädchen machte eine Wende mit ihrem Pferd, sodass sie direkt vor dem Comte stand.

»Na, den König! Ich dachte, Ihr hättet das verstanden.«

Saurier schluckte und erwiderte:

»In der Tat, Ihr habt es mir deutlich erklärt.«

»Entschuldigt, ich möchte offen mit Euch sein.«

»Dafür bin ich Euch dankbar.«

Er wollte ihr eine weitere Frage stellen, aber das junge Mädchen sprach weiter:

»Ich habe mich bereits in François verliebt, als ich ihn zum ersten Mal gesehen habe. Damals war ich vier Jahre alt.«

Sie seufzte.

»Er hat mir Fildor geschenkt, und er hat mir beigebracht, so gut zu reiten. Wenn ich mich am Hof aufhielt, haben sich alle über meine Liebe zu ihm lustig gemacht. Dann wurde er eines

Tages König, und man wies mich darauf hin, dass sich mein Verhalten ihm gegenüber ändern müsse, zumindest in der Öffentlichkeit.«

»Und im Privaten, wie verhält sich der König Euch gegenüber?«

Mathilde errötete. Sollte sie ihm die ganze Wahrheit gestehen? Aber er fuhr in neutralem Ton fort:

»Es heißt, der König sei sehr unstet und dass er trotz seiner großen Liebe für die Comtesse de Châteaubriant und der sich erst entspinnenden Affäre mit der jungen Anne de Pisseleu, die seine Mutter für sein Wohlbefinden ausgewählt hat, den Kopf nach allen Frauen umdrehe, die ihm gefallen. Häufig gelinge es ihm, sie auf sein Lager zu locken.«

»Wollt Ihr wissen, ob er mich in sein Bett gelockt hat, Comte de Saurier?«

»Mathilde! Ich bin Euer Freund. Habt Ihr das nicht begriffen? Ich bin bereit, all Eure Geheimnisse mit Euch zu teilen, wenn es Euch erleichtert. Ich bin ein alter Soldat, wie Ihr vorhin richtig bemerkt habt.«

Eine frische Brise umwehte sie. Vor ihren Augen erstreckte sich das Tal, aber Mathilde beachtete es ebenso wenig wie den Fluss, der unter ihnen vorbeifloss. Jean rückte von ihr ab und ritt ans Ende der Brücke.

»Es stimmt«, sagte sie schließlich, als sie ihn einholte. »Ich habe mehrere Nächte mit ihm verbracht. Aber der Hof ist darüber nicht informiert. Nur die Königinmutter ahnt etwas.«

»Täuscht Euch nicht, Mathilde, der Hof hat seine Augen und seine Ohren überall. Das solltet Ihr wissen.«

»Aber es war in Cambrai, nachdem die Mutter des Königs und Margarete von Österreich den ›Damenfrieden‹ unterzeichnet haben.«

»Der Hof hat seine Augen nicht nur auf das Fenster gerichtet, hinter dem die Verhandlungen stattfanden. Er hat auch das Kommen und Gehen des Königs beobachtet. Seid Euch bewusst, Mathilde, dass François I., wie alle anderen Monarchen auch, nicht einen Schritt tun kann, ohne dass sein Gefolge darüber informiert ist. Auch wenn er allein ist, ohne seine Eskorte, und niemandem ein Wort sagt.«

Den Blick auf die nebelverhangenen Berge am Horizont gerichtet, fuhr er fort:

»Meint Ihr, mir wäre entgangen, als Ihr auf der Hochzeit von Marguerite de Navarre meine Tischnachbarin wart, wie alle Euch und den König angestarrt haben? Jeder hat Euch beobachtet, Mathilde – die Mätresse, die Königinmutter, die Zofen, der gesamte Hof. Jeder wollte herausfinden, ob es zwischen ihm und Euch vorbei ist oder nicht.«

Mathilde seufzte.

»Reden wir nicht mehr vom König, ja?«

Aber Seigneur de Saurier ritt zu ihr. Sein Pferd schüttelte die Mähne, und Fildor wieherte.

»Doch! Ich möchte noch eine Sache verstehen.«

»Was?«

»Versucht der Hof nicht, Euch zu verheiraten? Mehr als ein Edelmann wirft Euch bewundernde Blicke zu, und sicher würde Euch mehr als einer gern heiraten.«

Die junge Frau zuckte mit der Schulter.

»Ihr habt recht, der Hof würde mich gern verheiraten, aber ich lehne alle Namen ab, die man mir vorschlägt.«

»Und wenn der Tag kommt, an dem der König Euch seinen Willen aufdrängt und Euch einen Namen nennt, den Ihr nicht ablehnen dürft, was macht Ihr dann?«

Mathilde antwortete nicht.

»Junge Mathilde, nur weil Ihr mit dem König das Bett geteilt habt, gestattet er Euch nicht, Euch ihm zu widersetzen. Ein König ist so. Ihr werdet gezwungen sein einzuwilligen.«

»Das werde ich nicht tun.«

»Nun, Ihr solltet selbst entscheiden, bevor es jemand anders für Euch tut.«

»Schon geschehen. Ich habe mich entschieden.«

Jean machte einen Schlenker zur Seite, fing sich jedoch wieder. Mathilde sah, dass seine Hand leicht zitterte. Der alte Soldat sollte sich nicht so leicht beeindrucken lassen.

»Und wer ist es?«

»Ihr, Seigneur de Saurier! Heiratet mich.«

Er stoppte sein Pferd, sah sie lange mit undurchdringlichem Blick aus seinen grauen Augen an und schluckte schwer.

»Kehren wir um«, sagte er knapp.

»Ich möchte Euch heiraten«, rief Mathilde hinter ihm her. »Ich habe Euch gesagt, dass ich keinen jungen Mann möchte. Und was Seigneur de La Roche angeht, ich hasse ihn.«

»Und der König?!«

»Ich werde ihn nicht mehr unter vier Augen sehen. In meinem Herzen bin ich frei, Jean. Heiratet mich.«

20.

Nachdem Comte Jean de Saurier bei Mathildes Mutter um ihre Hand angehalten hatte, ging alles sehr schnell.

Es war zu Beginn des Abendessens, das wie jeden Abend im großen Saal eingenommen wurde. Alix machte so große Augen, dass ein verlegenes Lächeln auf den schmalen Lippen des Comte erschien. Valentine, die zweifellos am Abend zuvor von ihrer Schwester eingeweiht worden war, brach über das erstaunte Gesicht ihrer Mutter in Lachen aus. Es folgte Stille, die kurz von einem Diener unterbrochen wurde, der sogleich wieder ging. Mathilde, die nicht weiter mit dem Comte über dieses Thema gesprochen hatte, lief zu ihm und warf sich in seine Arme. Sie hob ihr strahlendes Gesicht zu ihm und sah ihn dankbar an, woraufhin Jean sie zärtlich in die Arme schloss.

»Aber …«, hob Alix an, die sich im Gegensatz zu ihren entspannten Töchtern noch nicht von ihrer Überraschung erholt hatte.

Der Comte wandte den Blick von Mathilde und sah erneut zu ihrer Mutter.

»Sorgt Ihr Euch wegen des Altersunterschieds zwischen uns?«

»Nein, keineswegs. Mathilde ist so anders als alle anderen.«

Alix hatte sich wieder gefasst. Ihre Augen strahlten. Sie war glücklich. Ja, sie war erleichtert und fühlte sich von einer Last befreit, die sie auf ihren Schultern getragen hatte, seit Mathilde sich in Herzensgeschichten verstrickt hatte, aus denen es keinen Ausweg zu geben schien.

Der Diener in blaugelber Livree kehrte zurück, um gefüllten Fisch zu servieren – schöne Forellen aus den Flüssen der Basse-Auvergne. Vom frühen Morgen an sah man, wie sich die Fischer weit in die Berge vorwagten, sie stiegen den Flusslauf hinauf. Abends kehrten sie mit Kalebassen von Fischen zurück, die die Frauen am folgenden Morgen auf den Marktplätzen verkauften.

Mathilde löste sich aus den Armen des Comte, ging, ohne ihn dabei aus den Augen zu lassen, zu ihrer Mutter und fragte:

»Darf ich es sagen, Jean?«

Er nickte bedächtig mit dem Kopf.

»Ich habe ihn gebeten, mich zu heiraten, Mama.«

»Du!«

»Du weißt genau, dass ich keinen jungen Mann wollte, und auch keinen, der auf einer Liste steht, die die Königinmutter und ihre Tochter sich ausgedacht haben.«

»Und Ihr habt angenommen?«, unterbrach Alix an den Comte gewandt.

Nachdem die Forellen serviert waren und der Diener gegangen war, fing Jean an zu lachen.

»Ich bin Soldat, Dame Alix, und ein Soldat muss alles wagen, allem trotzen, ohne sich im Geringsten zu fürchten. Ich bin dem Charme Eurer Tochter vom ersten Augenblick an erlegen. Doch, wenn ich auch im Laufe der Tage mehrmals daran gedacht habe, um ihre Hand anzuhalten, so wollte ich doch keine Zurückweisung riskieren. So habe ich es nicht getan. Eure Tochter hat meine Notlage erkannt und sie ohne zu zögern gelöst. Glaubt mir, ich bin der glücklichste Mann auf Erden.«

Alix seufzte gleich mehrmals vor Erleichterung. Seine Worte machten sie überglücklich. Auch Valentine lächelte so selig, als ginge es um ihr eigenes Schicksal. Schon sah Alix die Vorteile dieser Verbindung. Je länger sie darüber nachdachte, was geschehen wäre, wenn Louise ihrer Tochter den Namen eines Mannes aufgedrängt hätte, desto mehr war sie davon überzeugt, dass Mathilde unglücklich geworden wäre. Sie hätte dagegen aufbegehrt, mit einem jungen Lehnsherrn sein Anwesen zu teilen und mit seiner Familie leben zu müssen. Bei Comte de Saurier war sie die alleinige Herrin. Alles Mögliche ging ihr durch den Kopf – das Schloss, der Titel, die Werkstätten. Ach ja, die Werkstätten! Dort würde Mathilde Gelegenheit haben zu glänzen. Sie war nicht umsonst die Tochter einer Weberin. Sie wusste zu reisen, zu verhandeln und Entscheidungen zu treffen. Sie würde es ebenso gut wie ein Webermeister schaffen, die nötigen Kontakte mit Händlern, Bankiers und Auftraggebern zu pflegen, um die Werkstätten in Felletin zu unterhalten. Ja! Das konnte sie, und Alix würde nicht versäumen, den Comte mit Nachdruck darauf hinzuweisen.

Dann dachte sie an die Kühnheit ihrer Tochter. Doch Mathilde war nun einmal so, sie hielt nicht viel von Konventionen – ganz im Gegenteil.

»Valentine, mein Kind! Was hast du nur angestellt, um eine solche Schwester zu bekommen? Bei allen Heiligen der Auvergne, wozu hat sie sich erdreistet? Ach! Mein Liebling, zum Glück bist du genau das Gegenteil von ihr.«

Die Zwillinge brachen in Gelächter aus, und das Abendessen verlief in ausgelassener Stimmung. Alix neigte sich zu Mathilde zu ihrer Linken, während Valentine zu ihrer Rechten saß, und tuschelte ihr ins Ohr:

»Heute Abend darfst du all diese guten Weine kosten und dich ein wenig berauschen. Ich passe auf dich auf, du entwischst mir nicht.«

Dann erhob Alix ihr Glas:

»Jean! Erlaubt mir, Euch so zu nennen, da ich nun bald Eure Schwiegermutter bin. Wann wollt Ihr meine Tochter heiraten?«

»So bald wie möglich«, rief Mathilde.

So hatte Mathilde es entschieden, und es war gut so. Was sollten diese langen, nutzlosen Verlobungszeiten? Ein leichter Schwindel erfasste Mathilde. Eine heftige Böe hatte sie mit sich fortgerissen, ein Sturm, der ihre Seele gereinigt hatte. Vor kaum einem Monat erst hatte sie Cambrai und somit das Bett des Königs verlassen. Genau fünfzehn Tage kannte sie Seigneur de Saurier, und ihr Leben war vollkommen verändert.

In dieser Nacht schlief Mathilde glücklich und erleichtert wie ein Kind und drückte Valentine in dem großen Bett, das sie mit ihrer Mutter teilten, an sich. Keine Albträume belasteten ihre Tage, und morgens früh weckte sie die frische Luft der Basse-Auvergne zu ihren morgendlichen Ausritten.

Jeden Abend war der Tisch von Seigneur de Saurier reichhaltig mit raffinierten Gerichten gedeckt, die Weine waren vielfältig und erlesen. Hin und wieder traten zwischen den einzelnen Gängen Musiker auf und brachten ihnen ein Ständchen.

Mathilde verlebte ihre glücklichsten Tage. Bald würde sie Comtesse de Saurier sein! Sie wollte es wirklich. Sie liebte Jean auf ihre Art, und sie wollte nichts anderes. Häufig dachte sie an ihre Freundin Diane, die eine so gute Beziehung zu ihrem alten Ehemann pflegte. War sie ebenso brav wie Diane, die nur Kinder ihres eigenen Mannes in die Welt gesetzt hatte? Würde sie ebenso ausgeglichen wie Diane sein, die zuvor keinem verrückten, brutalen und eifersüchtigen Mann begegnet war? Würde sie in allen Bereichen und in allen Situationen so vernünftig sein wie sie?

Mathilde wollte ihre ganze Vergangenheit vergessen und nur

noch in der Gegenwart leben. Jean war überaus aufmerksam und zärtlich zu ihr. Er schmeichelte ihr mit sanften liebevollen Worten und sagte ihr immer wieder, dass der kleine Charles der Sohn sei, den er nie hatte, und dass er ihn wie sein eigenes Kind aufziehen werde.

Vielleicht konnte er sein Glück, eine so junge und schöne Frau zu heiraten, noch gar nicht ganz fassen. Vielleicht sagte er sich, dass das Schicksal ihn gut beraten hatte, nach dem Tod von Charlotte nicht wieder zu heiraten. Vielleicht hatte ihm etwas geflüstert, dass eines Tages geschehen würde, was er nicht mehr zu hoffen wagte.

Mathilde genoss diese berauschenden Tage, an denen sie von früh bis spät in Gesellschaft von Jean ausritt, während ihre Mutter und Valentine sich lieber in die Werkstätten begaben.

Welche andere Beschäftigung hätten die beiden leidenschaftlichen Weberinnen auch finden können, die in der Basse-Auvergne bereits eine Möglichkeit zur Ausweitung ihrer Produktion sahen. So kam Alix nicht dazu, viel über das Schicksal ihrer Tochter nachzudenken. Doch nachdem sich die erste Überraschung und Freude gelegt hatten, war ihr etwas klar geworden. Ihre unstete, ungestüme Tochter, der ein Vater offenbar mehr gefehlt hatte als ein Liebhaber, brauchte genau einen solchen Mann. Valentine hatte Mathias sehr schnell als ihren Vater akzeptiert. Er war ebenso ihr Vater wie der von Nicolas. Im Übrigen liebte Mathias sie genauso wie seinen Sohn. Mathilde hingegen hatte Mathias nicht so leicht angenommen wie ihre Schwester, und obwohl er liebevoll zu ihr war und ihr viel Verständnis entgegenbrachte, hatte Mathilde ihn nie als ihren Vater anerkannt. Sie hatte sich immer als vaterlos betrachtet. Jean war alles in einem für sie – Ehemann, Vater, Freund und Vertrauter.

Die Hochzeit wurde für das Ende des darauffolgenden

Monats festgelegt. Mathilde würde mit Valentine und ihrer Mutter bleiben, bis Mathias und Nicolas kamen. Die kirchliche Trauung sollte im engsten Kreis in der Schlosskapelle stattfinden und von dem Prior von Chatoin durchgeführt werden. Alix war selig. Ihre Tochter würde in Gegenwart der gesamten Gemeinschaft der webenden Mönche heiraten! Der einzige Wunsch, der vielleicht nicht in Erfüllung ging, war, dass ihr Sohn Louis und ihr Freund, der Domherr André Mirepoix, bei der Trauung dabei waren.

Als Alix und ihre Töchter zum ersten Mal das betraten, was Comte de Saurier als »seine Werkstatt« bezeichnete, stellten sie fest, dass der Betrieb ganz anders aufgebaut war als eine echte Werkstatt im Val de Loire, in Paris oder auch in Lyon oder Toulouse.

Es handelte sich um eine richtiggehende Fabrik, natürlich klein im Vergleich mit den großen Manufakturen, die in der französischen Hauptstadt entstanden, aber dennoch von beträchtlicher Größe, wie der französische König sie gern aufbauen wollte.

Hier, in Felletin, war nichts wie in Tours. In den aufeinanderfolgenden Sälen, von denen einer größer als der andere war, standen ungefähr fünfzig Webstühle hintereinander. Sie gehörten nicht alle Jean de Saurier, denn man teilte sich Arbeit, Bestellungen und die Produktionen. Die Webermeister, Arbeiter, Lehrlinge und Vorarbeiter halfen einander und arbeiteten Seite an Seite. Wenn einer der Webermeister fort war, um Aufträge zu besorgen, übernahmen die anderen die Arbeit seiner Werkstatt.

Alix kam aus dem Staunen nicht heraus. Aufmerksam betrachtete sie die Webstühle. Sie waren anders als die, die sie von jeher kannte. Die Kettfäden waren mit Tritten verbunden, einer Art langen Hebeln, auf die der Weber mit dem Fuß trat, um die Kettfäden zu heben.

Die Schussfäden bestanden fast alle aus Wolle und nicht aus Arras oder Seide. Hier gab es keinen Kettbaum, sondern ein Schiffchen mit Wolle, das durch zwei Kettfäden geschoben wurde. Alix konnte sich nicht erinnern, diese Art zu weben schon einmal irgendwo gesehen zu haben. Die Arbeit schien ihr leichter, dauerte jedoch offenbar länger als bei den traditionellen Hochwebstühlen.

In Felletin stellte ihnen der Comte den alten Meister Jehan Dumont vor, während Alix in Aubusson, wo Saurier ebenfalls ein Teil der Werkstätten gehörte, junge Weber kennenlernte, die sich bemühten, ihr Können mit schönen Aufträgen aus dem Norden zu beweisen.

Simon Darquet und François Galland behaupteten, dass die Werkstätten in Tournai dem Untergang geweiht seien und dass ihnen bald auch jene in Brüssel folgen würden, auch wenn der französische König ein großer Kunde von ihnen war. Würden sie recht behalten? Schon die Werkstätten in Brügge hatten nicht mehr die Bedeutung wie zu der Zeit, als der Großvater ihres ersten Mannes zu den Honoratioren der Stadt gehörte.

Während Alix die Werkstätten der Auvergne besichtigte, bedauerte sie, nie mit ihnen Geschäfte gemacht zu haben. Warum hatten ihre Reisen sie nie hierhergeführt? Gewiss, als sie zu Zeiten Jacquous ganz auf Flandern konzentriert gewesen war, dann mit Alessandro auf Florenz und Rom und auf das Val de Loire zu Zeiten des Duc d'Amboise, hatte Alix nicht ahnen können, dass sie eines Tages im Zentrum der Auvergne auf all diese Wunderwerke stoßen würde.

Jean de Saurier kannte die Geschichte seines Landes gut,

und ob es um den Handel von Tapisserien mit den Webern der Region ging oder um den mit Futter und Weideflächen mit den Bauern seines Anwesens, er kannte sich mit allem hervorragend aus. Jeden Tag entdeckte Alix an ihrem künftigen Schwiegersohn – der älter war als sie – neue Qualitäten und Kenntnisse.

Felletin und Aubusson, Orte, durch die die Creuse floss und die kaum zwanzig Wegmeilen auseinanderlagen, blickten auf eine lange Tradition der Tuchkunst zurück. Doch während in Felletin bereits Tapisserien hergestellt wurden, fing Aubusson erst an, das Weben von Teppichen auszuweiten und die Produktion von Textilien zu vernachlässigen.

Wie Alix am Anfang auch, mussten die jungen Weber aus der Auvergne viele Monate durch Frankreich, Flandern und Italien reisen, um Aufträge zu besorgen. Allerdings mit dem Unterschied, dass sie die ganzen Wandbehänge herstellten und nicht, wie Alix, mit Zulieferern von außen arbeiteten. Und anders als viele andere Webereien arbeiteten sie auch nicht nur an einem Teil eines Ensembles.

Jean stellte seine künftige Ehefrau den Vorarbeitern und dem alten Maître Jehan Dumont vor, die ein sehr bedeutendes zehnteiliges Werk mit dem Titel *Die Recken* begonnen hatten.

»Gebt Ihr keine Aufträge an Zulieferer?«, erkundigte sich Alix vor dem beeindruckenden Werk, mit dem man ihrer Meinung nach gut zehn Jahre beschäftigt war, wenn man sich nicht helfen ließ.

»Nein! Wir fertigen hier das gesamte Ensemble. Die Zeit spielt keine Rolle, da der Verkauf ohnehin erst nach der Vollendung des zehnten Stücks stattfindet.«

»Aber warum wartet Ihr, wenn Ihr sie mit Hilfe von außen früher fertigstellen könntet?«

»Um zu vermeiden, dass sie von Anfang an aufgeteilt werden und hierhin und dorthin verschwinden. Wir verkaufen das Ensemble teurer als jeden einzelnen Wandbehang.«

Gewiss, so konnte man es auch betrachten. Das war eine andere Organisation. Alix dachte daran, wie schwierig es für den Vogt von Paris gewesen war, die neun Teile der *Apostelgeschichte* und die zwölf Teile von *Der Jagd des Maximilian* zusammenzubekommen.

»Das ist eine hervorragende Idee. Aber man muss anfangs über beachtliche finanzielle Mittel verfügen. Wie macht Ihr das, wenn Ihr keine Anzahlungen von den Auftraggebern erhaltet?«

»In der Auvergne haben wir die Unterstützung aller Gutsbesitzer, die Tapisserien lieben. Sie finanzieren das Material, wir führen die Arbeit aus.«

»Wie wird diese bezahlt?«

Maître Jehan Dumont zeigte auf das umfangreiche Personal der Fabrik.

»Wir engagieren viele Wanderarbeiter und bilden Männer und Frauen aus, die im Sommer auf dem Feld arbeiten und im Winter mittellos sind. Sie sind zufrieden, wenn sie ein kleines Einkommen haben, mit dem sie bis zum Sommer über die Runden kommen.«

»Das sind in der Tat günstige Arbeitskräfte vom Land. Bei uns in Tour oder in Paris oder selbst im Norden können wir so nicht arbeiten. Man muss ein fachkundiger Weber sein, um zu arbeiten, man muss erst eine Lehre gemacht und dann als Geselle gearbeitet haben, bevor man Meister wird.«

»Wir haben Gesellen von überall – aus Frankreich und aus dem Ausland. Sie bleiben zwar nur eine Weile, geben jedoch ihr Bestes.«

»Ihr habt auch noch die Mönche des Priorats von Chantoin.«

»Gewiss, ohne sie wären wir möglicherweise auf zusätzliche Hilfe angewiesen.«

Maître Deveau empfing Alix de Cassex wie eine Weberin mit großer Sachkenntnis und rühmte ihre Produktionen, von denen er gehört hatte. Sein Kollege hingegen, Maître Joseph Laurent, spielte mit spöttischem Lächeln auf die Affäre um den Wandbehang *Das höfische Leben* an. Alix hatte wegen dieser Geschichte mit Maître Bellinois vor Gericht gestanden, der aus der Auvergne stammte.

Alix verweilte bei dem großen Wandbehang, den Jean de Saurier auf seinen eigenen Webstühlen begonnen hatte. Sie betrachtete den Karton:

»Erstellt Ihr alles im selben Stil?«

»Ja, ein Ritter und sein Pferd.«

»Und die Farben! Sind sie immer identisch?«

»Das ist ein Ensemble, das in seiner Gesamtheit verkauft wird. Das verlangt nach vollkommener Harmonie. Alles wird in Grün-, Ocker- und Brauntönen mit vielen Blättern und Pflanzen gewebt.«

»Ist der Preis hoch?«, erkundigte sich Alix weiter.

»Es wird pro Elle bezahlt«, antwortete Jean de Saurier und nahm sich das Privileg heraus, seine junge Verlobte um die Taille zu fassen. »Vierzig Sous pro Wandbehang.«

»Das ist nicht sehr teuer. Ich denke, dass sich der im Vergleich zu unseren Teppichen günstige Preis dadurch erklärt, dass der Karton nicht von einem bekannten Maler stammt. Aber ich gestehe, dass Eure Zeichnungen wundervoll sind. Habt Ihr denn nie das Verlangen verspürt, die Dienste eines Pieter van Aelst, eines Bernard van Orley oder eines Jean van Rome in Anspruch zu nehmen?«

»Das ist eine Investition, die wir vielleicht ins Auge fassen könnten«, räumte Comte de Saurier zum Erstaunen seiner Webermeister ein.

Die Männer konnten kaum den Blick von den Zwillingen lösen, die sie mit ihrer Ähnlichkeit beeindruckten. Sie antworteten bereitwillig auf alle Fragen von Alix, die über ihre Antworten zufrieden und erfreut schien.

Als Mathilde aufstand, erwartete Jean sie im Arbeitszimmer, das sich an ihr Zimmer anschloss, zu ihrem täglichen Ausritt. Das Zimmer war recht geräumig und äußerst komfortabel mit zwei Sofas, einigen Sesseln, einer Truhe und einem Schreibtisch eingerichtet, auf dem sich Briefe, Dokumente, Listen mit zu erledigenden Arbeiten, Berichten und diversen Buchhaltungsunterlagen stapelten.

In einer Ecke des Zimmers, nicht weit von dem Wandbehang, der das Fenster verdeckte, fand sich sogar ein alter Rechentisch. Dieses kleinen, aber schweren, wuchtigen Tisches hatte man sich im letzten Jahrhundert bedient, um an ihm mit Münzen aus Blei oder Kupfer zu rechnen. Man verschob sie auf einem Gitter von einer Linie zur anderen oder von einer Kolonne in die nächste, je nachdem, welche Berechnung der Nutzer anstellen wollte.

»Kommt, Mathilde«, sagte Jean und kam auf sie zu. »Es ist schönes Wetter. Wenn der Himmel sich am Tag unserer Hochzeit ebenso freundlich zeigt, sind wir das glücklichste Paar der Welt.«

Sie warf sich in seine Arme. Er drückte sie leidenschaftlich an sich und genoss den Duft, den ihre dichten Haare verströmten, die im Nacken von einem blauen Samtband gehalten wurden.

»Ich würde Euch gern bereits gehören«, flüsterte Mathilde ihm ins Ohr.

»Und ich wäre der verabscheuungswürdigste Mensch der Welt, wenn ich das ausnutzen würde.«

»Ihr nutzt niemanden aus.«

Zum ersten Mal legte sie ihre Lippen, die noch warm von der Nacht waren, auf seine und genoss voller Wonne den sanften Kuss, den er zärtlich erwiderte.

»Reiten wir zu den Werkstätten«, schlug er vor und schob sie sanft von sich.

»Ihr verjagt mich, Jean?«, antwortete sie lächelnd.

»Ja, ich schütze Euch vor mir«, antwortete er seufzend, »weil ich fürchte, dass mich meine Sinne überwältigen und ich mich nicht mehr beherrschen kann. Versteht Ihr das?«

»Natürlich. Brechen wir gleich auf. Wohin reiten wir?«

»Zunächst nach Felletin. Ich möchte, dass Ihr mich bei jedem Besuch in der Werkstatt begleitet. Weber, Vorarbeiter und Arbeiter sollen sich an Euch gewöhnen und sich mit Euch unterhalten. Ihr sollt mit ihnen Entscheidungen und Ideen besprechen. Diese werde ich niemals vor ihnen hinterfragen oder diskutieren. Wir sprechen anschließend unter vier Augen darüber.«

»Seid Ihr sicher?«

»Ganz sicher. Sobald wir verheiratet sind, gehören die Werkstätten Euch. Ihr müsst sie mit fester Hand führen, wenn ich einmal nicht mehr da bin.«

»Jean! Sagt so etwas nie wieder!«

Sie warf sich in seine Arme, und er spürte, wie sie vor Sorge und Angst bebte.

»Mein Jean! Sag so etwas nicht noch einmal.«

Sie führte ihn zu dem Samtsofa, das gegenüber von seinem Schreibtisch stand, und er ließ sich darauf sinken. Als sie halb auf ihm lag, spürte er ihre warmen Schenkel durch seine Kniebundhose sowie ihre feste Brust, die sich an sein Wams aus broschierter Seide schmiegte. Ihre Lippen trafen sich zu einem Kuss, den Jean diesmal etwas leidenschaftlicher gestaltete, wozu Mathilde ihn noch ermutigte. Dann richtete sie sich jedoch hastig auf und seufzte:

»Ihr habt recht, Jean, ein schöner Ausritt wird uns einen klaren Kopf bereiten. Machen wir uns auf den Weg nach Felletin.«

Er ergriff ihre Hand und küsste diese zärtlich, doch er legte sie nicht an sein Herz, aus Angst, Mathilde könnte bemerken, wie heftig es schlug und wie kurzatmig er war. Er hatte das Gefühl, sein Brustkorb werde zerspringen. Doch er glaubte auch an seine eiserne Rüstung, die ihm so gut stand. Jean, der alte Soldat, der stählerne Kamerad, der zähe Kämpfer auf allen Schlachtfeldern!

»Anschließend reiten wir auf meine Ländereien«, sagte er, als er wieder zu Atem kam. »Ich will Euch die Pächter, die Bauern, die Müller und die Steinbruchbesitzer vorstellen, die Steine aus den Bergen auf meinem Anwesen schlagen, und mit denen ich über den Bau neuer Schlösser sowie die Restaurierung alter Gebäude verhandele.«

Mathilde hörte zu, wie Jean all die Menschen aufzählte, die sie kennenlernen sollte, und war beeindruckt, was sie jedoch nicht zugab. Jean war allerdings noch nicht fertig, und Mathilde lauschte ihm weiter aufmerksam.

»Ich möchte Euch auch dem Majordomus des Anwesens und den diversen Buchhaltern vorstellen, die sich um die ganze interne Verwaltung kümmern: Steuern, Zehnt, Gebühren und andere Abgaben, die sich daraus ergeben. Anschließend beenden wir unseren Ausflug mit einem Besuch des Priorats von Chantoin.«

So verbrachten sie den Vormittag in den Werkstätten von Felletin, und Jean hörte, wie Mathilde den Webern einige Fragen stellte, die anders als die ihrer Mutter waren und sich mehr auf den Auslandshandel bezogen. Sie schlug sich hervorragend und kannte sich besser bei den Finanzen aus als Valentine.

Anschließend ritten sie ins Tal Montaigut-le-Blanc, um dort die Pächter und Bauern zu treffen. In der Ebene von Champeix, die auf der einen Seite von der Couze und auf der anderen von dem kleinen Bach Lard umschlossen war, drehten sich unablässig die großen Mühlräder, und da sie mit Korn aus der Region von Lyon und Toulouse versorgt wurden, mangelte es in der Gegend nicht an Mehl.

Der Abend war dem Priorat gewidmet. Es lag im Grünen zwischen der Couze und der Chassagne tief im Tal und war von einer Steinmauer umgeben, die es einst vor Angriffen geschützt hatte.

Die Anlage war in tadellosem Zustand. Wie bei anderen Schlössern der Basse-Auvergne war das Dach mit Schiefer gedeckt, der aus Steinbrüchen in Mezenc stammte, einem Vulkanmassiv in der Nähe von Velay, das zum Teil dem Comte de Saurier gehörte. Die Klosteranlage lag auf einem Felsen und hatte ein Kreuzgewölbe. Das Kloster öffnete sich zu einem großen eckigen Hof, in dem unter den gotischen Arkaden Steinbänke standen. Jean und Mathilde betraten die Kirche, in der ihre Trauung stattfinden sollte. Mathilde war von der Heiterkeit und von der Reinheit ergriffen, die der Ort ausstrahlte. Durch eine große Fensterrose fiel Licht herein, und im Zentrum offenbarte der Chor den Stein unter der Vierung, die in beiden Seitenarmen über eine Kapelle verfügte.

Das Haupthaus der Abtei sowie die Nebengebäude – Besuchszimmer, Speisesaal, Schlafsaal, Küchen, Vorratsräume, Ställe und natürlich die Werkstätten der Weber erstreckten sich im hinteren Bereich und gingen in Obst- und Gemüsegärten über.

Als Mathilde dem Prior des Klosters gegenüberstand, war sie von seiner Strenge beeindruckt. In seinem Gesicht zeigte sich nicht der Anflug eines Lächelns, und zwei tiefe Falten auf seiner Stirn ließen ihn noch ernster wirken.

Mathilde kam unwillkürlich der attraktive charmante Bernardin aus Los Lujanes in den Sinn. Auch er war Superior in einem Kloster, das vielleicht sogar strenger geführt wurde als dieses hier, das sich nach dem Vorbild der Zisterzienser- und Benediktinerklöster in einem Geschäftszweig betätigte, der das Land ernährte. Mathilde nahm sich sofort vor, das Interesse dieses Mannes zu wecken, der sie sicher für eine dieser kleinen oberflächlichen Personen vom königlichen Hof hielt, die das Geld des alten Ehemanns verprassten, den man für sie ausgewählt hatte.

»Jean«, sagte sie und sah ihn an, »könnten wir die Werkstätten besichtigen?«

Sie wartete gar nicht erst seine Antwort ab, sondern wandte sich an den Prior und fuhr fort:

»Vater! Ich bin Tochter, Enkelin und Urenkelin von bekannten Webern. Meine Ahnen haben an der *Apokalypse des Heiligen Johannes* mitgearbeitet, und meine Mutter hat viele Werke für den Vatikan in Rom gewebt, wo ein Onkel von ihr Kardinal gewesen ist. Er hieß Jean de Villiers. Da ich es vorziehe, mich um die Verträge mit den Kommanditisten, den Händlern und Kaufleuten zu kümmern, haben meine Schwester und ihr Mann in unseren Werkstätten in Tours das Regiment übernommen. Ich würde mich meinerseits gern in der Fabrik in Felletin engagieren, die mein Mann mir zur Hochzeit überlässt.«

»Was wir nicht lange aufschieben wollen, Vater Antonin«, bestätigte Comte de Saurier. »Ich möchte Euch mitteilen, dass die kirchliche Trauung nächsten Monat in der Kirche des Priorats stattfinden wird.«

»Sehr gut, sehr gut. Ich bin hocherfreut, glaubt mir.«

»Ohne Aufwand und im intimen Kreis«, erklärte Jean. »Meine Verlobte wünscht es so.«

Obwohl er sich bemühte, eine neutrale Miene aufzusetzen, hatte Mathilde das Erstaunen im Gesicht des Priors bemerkt, während sie sprach. Die plötzliche Heirat des Comte überraschte ihn, und die Jugend seiner Verlobten machte ihn erst recht stutzig.

»Wir werden nicht viele sein. Nur meine Mutter und ihr Mann, mein Stiefvater, meine Zwillingsschwester und ihr Mann und vielleicht mein Bruder Louis. Ich bete, dass er ebenso wie Bruder André an jenem Tag dabei sein kann.«

Da Vater Antonin weitere Erklärungen zu erwarten schien, fuhr Mathilde fort:

»Louis wird in einigen Monaten im Bistum von Tours zum Priester ernannt, und Bruder André Mirepoix, Domherr im Bistum von Tour, ist ein enger Freund meiner Mutter.«

»Ich habe nichts mehr hinzuzufügen«, schloss Comte de Saurier lächelnd. »Meine Verlobte hat alles gesagt. Nun lasst uns die Werkstätten besichtigen.«

Ungefähr zwanzig Mönche arbeiteten an den Webstühlen. Die Männer machten große Augen, als sich Mathilde für die Werke, die auf die Rahmen gespannt waren, interessierte, vernünftige Fragen stellte und zum Abschied versprach wiederzukommen.

Am Ende dieses erfüllten Tages teilte Alix ihnen mit, dass ein Bote einen Brief gebracht habe, der die Ankunft von Mathias und Nicolas für Ende der Woche ankündige, und dass Louis wahrscheinlich ein paar Tage später eintreffen werde. Die Hochzeit wurde für Ende des Monats festgelegt.

Würde sich ein so schöner Tag noch einmal wiederholen? Am folgenden Morgen war Mathilde bleich vor Angst. Sie fühlte sich vollkommen niedergeschlagen. Plötzlich stürzte alles in sich zusammen. Sobald sie die Übelkeit spürte, wusste sie, dass sie erneut schwanger war. Sie ließ sich schwer auf einen Sessel sinken, der sich auf der Hälfte zwischen ihrem Zimmer und dem Büro von Jean befand, und stützte den Kopf in die Hände.

Was sollte sie tun? Schweigen und warten, bis die Ehe vollzogen war, um die Vaterschaft Comte de Saurier unterzuschieben? Ganz sicher nicht! Einen solchen Betrug hatte Jean nicht verdient. Eher würde sie sterben oder fliehen!

Sich ihrer Mutter oder Valentine anzuvertrauen schien ihr auch keine bessere Lösung. Alix würde ihr raten, Jean unverzüglich die Wahrheit zu gestehen, und Valentine würde sie an sich drücken und ihr ins Ohr flüstern, sie solle tun, was ihr Herz ihr rate.

Fliehen und zum König zurückkehren, um ihm zu verkünden, dass sie ein Kind von ihm erwarte? Man würde sie auslachen und ihr erklären, dass der König zweifellos mehr als nur einen kleinen Bastard in die Welt gesetzt habe. Würde sie alles durch einen Moment törichten Verhaltens verderben?

Sie beschloss, auf Jean zu warten und unverzüglich mit ihm zu sprechen. Als sie nicht wie üblich zu ihm kam, trat der Comte aus seinem Arbeitszimmer und fand Mathilde noch immer den Kopf in die Hände gestützt in ebenjenem Sessel vor.

Mit besorgter Miene blieb er vor ihr stehen.

»Was ist mit Euch, Liebes? Ihr scheint mir erschöpft und traurig.«

»Ich muss mit Euch sprechen, Jean.«

»Ist es wichtig?«

»Es kann unsere Hochzeit in Frage stellen.«

Er schwieg und schloss sie in die Arme.

»Kommt.«

Kurz darauf passierten sie die Brücke, die sie fort von Saurier nach Saint-Floret führte. Sie ritten in hohem Tempo an der kleinen Gebetsstelle vorbei, ohne zu bemerken, dass sie diesmal keine Blumen dabeihatten, um sie dort abzulegen. Anschließend passierten sie das große Tor im Süden der Umfriedung mit den Pechnasen, ritten an dem Wachhaus mit den vorspringenden Stockwerken vorbei und an der östlichen Mauer entlang.

Schließlich befanden sie sich auf dem Weg nach Saint-Floret. Mathilde fühlte sich schwach, ihr Kopf war leer. Schwindel erfasste sie.

»Wir müssen anhalten, Jean. Ich fühle mich nicht gut.«

»Legt Euch auf Euer Pferd, und haltet Euch an seiner Mähne fest. In zwei oder drei Meilen erreichen wir eine kleine Hütte. Dort können wir sprechen.«

Mathilde seufzte.

»Ich muss mit euch reden«, murmelte sie.

Der Comte hielt sein Pferd an und stieg ab. Die Hütte lag versteckt in einem Wald, der auf einen Hügel hinaufführte.

»Steigt ab«, sagte er, während er die Pferde an einen Baum band.

Als Mathilde auf den Boden sprang, fing Jean sie mit seinen Armen auf. Dann hob er sie hoch und trug sie zum Eingang der Hütte.

Diese erwies sich als klein, aber gemütlich. Sie diente offenbar dem Jagdaufseher des Anwesens als Unterschlupf. Die einfache Einrichtung der Lehmhütte bestand aus einem Strohsack, einem Tisch auf Böcken, einem Schemel und einer kleinen Feuerstelle.

»Jean! Ich weiß nicht, ob wir heiraten können.«

»Kommt«, sagte er in etwas strengem Ton, den er stets anschlug, wenn er besorgt war. »Setzt Euch auf den Schemel. Es ist etwas frisch, aber wir können ein Feuer machen. Was wollt Ihr mir sagen?«

»Ich bin schwanger, Jean.«

»Vom König?«

»Ja.«

Ohne ein Wort wandte er sich zur Wand der Hütte und tat einen tiefen Atemzug. Dann blieb er einen Augenblick stehen, als würde ihn eine unsichtbare Kraft dort festhalten. Er hörte, dass Mathilde weinte, drehte sich abrupt um, ging zu ihr und fasste sie an den Schultern.

»Schwört mir, dass es mit ihm vorbei ist«, flüsterte er.

Sie warf sich in seine Arme.

»Ach, Jean, das ist es bereits, seit wir uns auf der Hochzeit der Königin von Navarra begegnet sind.«

»Schwört mir, dass Ihr nur noch an den Hof zurückkehrt, wenn ich Euch begleite.«

»Das schwöre ich.«

Er hob sie hoch und legte sie auf das Strohlager. Sie ließ es bereitwillig geschehen.

»Schwört, dass Ihr mit niemandem darüber sprecht. Niemals.«

»Ich schwöre es.«

»Gut, dann ist dieses Kind von nun an meins. Es wird lediglich einen Monat zu früh geboren. So etwas passiert. Ihr kommt fast zum gleichen Zeitpunkt wie Eure Schwester nieder. Das wird ein großes Fest.«

Bei diesen Worten wischte sich Mathilde die Tränen fort und wandte ihm ihr Gesicht zu.

»Jean! Oh, Jean! Haltet mich in Euren Armen. Liebt mich, sonst vergehe ich vor Kummer. Umarmt mich, streichelt mich.

Lasst uns dieses Kind gemeinsam zeugen. Ja, Jean, ich will, dass es Euer Kind ist.«

Mehr brauchte es nicht, um Jean de Saurier zu überzeugen, dass das Kind von nun an seins sein würde. Charlotte war bei der Geburt ihres Kindes gestorben, und wenige Stunden später war sein Sohn verschieden. Nun schenkte ihm der Himmel Mathilde, Charles und das Kind, das in kaum acht Monaten zur Welt kam.

Mathilde seufzte. Er beugte sich über sie und begann, sie langsam zu entkleiden.

Als sie zurückkehrten, verkündete Jean Alix und ihren Töchtern, dass die Hochzeit vorgezogen werde.

»Aber …«, protestierte Alix.

»Ich bitte Euch, zögern wir die Sache nicht unnötig hinaus. Es ist eine einfache kirchliche Trauung, bei der wir uns gegenseitig als Ehepartner annehmen. Sie wird selbstverständlich von einer Eheschließung in anständiger Form begleitet sein. Anschließend streifen wir uns als Symbol unserer Treue die Ringe über die Finger.«

Alix nahm erstaunt den langen Blick zur Kenntnis, den ihre Tochter mit dem Comte tauschte. Jeans Blick wirkte etwas kühl, und Mathilde schien ihm etwas zu schwören. Alix war überzeugt, dass die beiden eine Übereinkunft getroffen hatten, von der sie nichts wusste. Es hatte eine Unterredung stattgefunden, die beide für sich behalten wollten.

Alix nickte, und Jean fuhr fort:

»Ich habe meine Ahnenfolge bereits dem Prior der Abtei von Chanoin überreicht, damit er sich davon überzeugen kann, dass keine Blutsverwandtschaft vorliegt.«

»Das ist sicher«, bemerkte Alix und nickte noch immer mit

dem Kopf. »Von dieser Seite her ist alles in Ordnung, aber seit Mathilde ein Kind war, sollte eine Mitgift für sie angelegt werden …«

Erneut unterbrach der Comte sie brüsk:

»Ich möchte nicht, dass Eure Tochter eine Mitgift von François I. erhält. Das ist unabdingbar, Alix, glaubt mir, und ich bitte Euch, nicht darauf zu bestehen.«

»Mathilde!«, insistierte Alix dennoch, »diese Mitgift hat man dir versprochen. Sagst du denn gar nichts? Du, die du für gewöhnlich alles diskutierst und alles in Frage stellst!«

»Sie stellt nichts in Frage, Madame. So ist es.«

Diesmal spürte Alix, dass sie nicht weiter fragen sollte.

»Mama«, bemerkte Mathilde, »ich möchte nichts, was vom französischen König kommt. Jean hat recht.«

An der Reaktion von Alix bemerkte der Comte, dass Mathilde ihrer Mutter tatsächlich nichts gesagt hatte. Und was Valentine anging, so wusste er, dass die Zwillinge derart verschwiegen mit ihren Geheimnissen umgingen, dass er ihnen vertraute.

»Seid unbesorgt. Ich bin reich, Madame«, sprach der Comte noch immer in leicht schneidendem Ton weiter. »Ich bin reich, und ich habe keine Kinder und keine direkten Erben, auch nicht von Seiten meiner verstorbenen Frau. Sie war Einzelkind und, was äußerst selten vorkommt, es gibt weder auf ihrer noch auf meiner Seite eine Nichte oder einen Neffen oder einen nahen Cousin.«

Dann wurde sein Ton milder.

»So gibt es nur die Kinder, die Eure Tochter mir schenkt.«

Er ging einige Schritte zu einer Truhe, aus der er eine kleine silberne ziselierte Schachtel holte. Er öffnete sie und holte vier Schlüssel hervor, zwei mit massivem und zwei mit hohlem Schaft. Er trat auf Mathilde zu und legte sie vor ihr ab.

»Dies sind die Hauptschlüssel des Schlosses. Von nun an gehören sie Euch, Mathilde. Diese beiden da«, sagte er und fasste den Ring mit den massiven Schlüsseln daran, »gewähren Zutritt zum Schloss. Sie öffnen das große Tor im Süden der Umfriedung und alle Zimmer im Inneren des Schlosses. Sie dienen zugleich zum Öffnen und Verschließen.«

Mathilde blickte nicht auf die Schlüssel, sondern sah Jean unverwandt in die Augen.

»Diese da«, fuhr er fort und nahm die beiden anderen Schlüssel, »sind kleine Schlüssel, die die wichtigsten Truhen öffnen, in denen ich meine Golddukaten und meine Wechselbriefe aufbewahre.«

Stumm hörte Alix zu, doch ihre Tochter sah dem Comte noch immer tief in die Augen. Jean verschloss die Truhe mit einem leisen Klicken.

»Ich erkläre Euch auch, Mathilde, wozu all die anderen Schlüssel sind, die sich in der Truhe befinden.«

21.

Zwei Tage später trafen Mathias und Nicolas ein. Die Hochzeit musste tatsächlich schnell stattfinden, denn nun brachen Mathilde und der Comte jeden Morgen auf und kehrten abends mit diesem verklärten Blick zurück, den Verliebte zeigen, wenn sie ihre Körper entdeckt haben. Alix spürte, dass Jean, gedrängt von der Kühnheit ihrer Tochter, der Versuchung erlegen war.

Ja, diese Hochzeit sollte sofort stattfinden, bevor noch etwas den glücklichen Ausgang in Frage stellte. Alix schlug sogar vor, mit der Eheschließung nicht auf Louis und Domherr André zu warte, da deren Ankunft sich verzögerte. Es war noch immer Zeit, anschließend mit den Bewohnern der Nachbardörfer zu feiern, sollte das Ehepaar dies wünschen.

Segen, Eid, Ringtausch und notarielle Bestätigung fanden in der Abtei von Chantoin inmitten der Mönche statt, die von der plötzlichen Heirat ihres Schlossherrn überrascht waren. In der Kirche erklang Gesang, der von den Mauern der Umfriedung widerhallte. Kaum einen Monat, nachdem Mathilde Jean kennengelernt hatte, wurde sie Comtesse de Saurier.

Louis und André trafen eine Woche später zusammen mit Pierrot und seiner Frau Francesca ein. Alix hatte dem jungen Weber eine Nachricht zukommen lassen und ihn gebeten, an dem Fest teilzunehmen, das die Dorfbewohner organisierten und das Comte de Saurier ihnen nicht verwehren konnte.

Pierrot, der Mathilde kannte, seit sie mit vier Jahren nach

Tours gekommen war, wäre verstimmt gewesen, hätte er ihre Hochzeitsfeier verpasst. Francesca war noch jung, und er hatte beschlossen, die Feier ausgiebig zu genießen und zugleich die Region kennenzulernen, in die Bewohner aus dem Val de Loire nur selten kamen.

Hatte der religiöse Akt kurz und übereilt stattgefunden, so erstreckten sich die Feierlichkeiten über mehrere Tage. Die Bewohner der Nachbardörfer, Pächter und Bauern tanzten auf den Plätzen, tranken reichlich Wein, der gratis gereicht wurde, und aßen von den mit Brot, Pasteten, Schinken und Käse reich gedeckten Tischen.

Aliette und Jacquemine, die beiden jungen Dienerinnen des Schlosses, die seit ihrer Ankunft eine große Schwäche für Mathilde hatten, träumten schon lange von einem solchen Fest. Ihr Herr hatte sie mit solchen Freuden nicht gerade verwöhnt, seit er Witwer war.

Louis und Domherr André, die den Comte in Tours kennengelernt hatten, fanden Gefallen daran, lange Debatten zu führen, bei denen sie häufig alles in Frage stellten, die jedoch nicht sehr weit führten. Der Wein tat sein Übriges, und so wurden die kühnsten Reden geschwungen.

Am Abend färbte der edle Wein die Wangen rot, und der Comte, der am beliebten Spiel der Zwillinge teilnahm, das alle amüsierte, bemerkte, dass er die beiden genau wie Nicolas mit einem Blick zu unterscheiden wusste. Man forderte ihn auf, seinen Trick zu verraten, doch er weigerte sich, sein Geheimnis zu lüften.

Kurz vor den Hochzeitsfeierlichkeiten hatte Alix ein paar Mal den Prior der Abtei von Chantoin aufgesucht. Der Prälat gab sich freundlich jedoch zurückhaltend, wie es Geistliche häufig Frauen gegenüber waren, die ihre Finanzen in die Hand nahmen. Er war jedoch begeistert von dem Besuch von Louis und Domherr André, die den Wunsch geäußert hatten, ihn kennenzulernen, und zeigte ihnen die Klosterwerkstätten. Louis sprach von seinen Vorstellungen, Wünschen und religiösen Strebungen, aber auch von seinen ehrgeizigen Zielen. André rühmte seinerseits Alix und ihren Mut.

Die Zeit verging, und man musste allmählich an die Heimkehr denken. Comte de Saurier schaffte es allerdings, seine kleine Gruppe noch ein paar Wochen bei sich zu behalten, denn es lag nahe, die Region kennenzulernen. Es gab so viele Orte zu besichtigen, dass ein Monat verging.

Sie besuchten die Basse-Auvergne, Riom und Brayaud, den Norden von Limagne, Saint-Amand, Couze-Chambon, Couze-Pavin und zum Schluss das Val d'Allier mit der hübschen Stadt Issoire. Sogar in die Region La Marche wagten sie sich vor, die sich um die Hauptstadt Guéret erstreckte.

Am letzten Abend vor ihrer Rückreise nach Tours machte Alix es sich vor einem geschnitzten Schreibpult bequem und schrieb mit einer Feder auf einem Stück Pergament an ihre Freundin Louise, um sie über die Hochzeit ihrer Tochter zu informieren.

Liebe Louise,
ach, wie lange ist es her, dass wir uns so häufig schrieben, dass wir uns von allen guten und allen schlechten Tagen berichtet haben. Die Zeit vergeht so schnell, und die Ereignisse überstürzen sich geradezu!
Nun ist Marguerite Königin von Navarra, und François ist seit fast einem Jahr aus der Gefangenschaft zurückgekehrt. Man spricht von seiner Hochzeit mit Prinzessin Eleonore, der Schwester seines schrecklichen Gegners, wodurch Frankreich die Bourgogne behalten kann. Man hört auch, dass die Kinder

des Königs, die noch immer in Spanien gefangen gehalten werden, bald zurückkehren. Ach, liebe Louise, ich kann mir vorstellen, was Ihr durchlitten habt, als Ihr der Geiselnahme zustimmen musstet, damit der König freikommt. Die armen Kinder! Sie sind noch so klein. Wie könnte dieses traurige Schicksal sie nicht prägen?
Ich sehe häufig Königin Claude als sanftes junges Mädchen vor mir. Erinnert Ihr Euch, wie ich in Amboise ihr Portrait gezeichnet habe, um es auf eine Tapisserie zu übertragen, die mit Goldfäden gewirkt war?
Doch nun komme ich zu dem, was mich heute beschäftigt und was der Hauptgrund meines Schreibens ist. Marguerite lebt künftig auf ihrem Anwesen in Navarra und braucht Mathildes Dienste nicht mehr. Und, liebe Louise, Mathilde scheint in ihren Ehemann verliebt zu sein, den sie auf der Hochzeit von Marguerite kennengelernt hat.
Comte Jean de Saurier war ihr ein angenehmer Tischherr. Ihr habt es vermutlich bemerkt, obwohl Ihr Euch in jenen Tagen um so viele Dinge kümmern musstet. Gewiss, er ist deutlich älter als sie, aber das scheint Mathilde nicht zu stören. Seigneur de Saurier ist ein Soldat, ein ehrenwerter Mann, ein Ritter vom alten Schlag. Aber er ist auch ein freundlicher, großzügiger, guter Mann. Sein Anwesen in der Basse-Auvergne ist riesig, sein Reichtum und seine Einkünfte beträchtlich. Mathilde ist somit künftig vor Schicksalsschlägen sicher, sogar in der Weise, dass sie auf die Mitgift, die der König ihr von jeher versprochen hatte, verzichtet. Sorgt Euch nicht, Louise, und sagt Euch, dass die Staatskasse leer ist. Es kann Euch nur nutzen.
Ich denke, dass Mathilde mit ihrem Ehemann nach Blois kommen wird, um Euch einen Höflichkeitsbesuch abzustatten, und nach Navarra, um Marguerite zu besuchen.

Ach, Louise, wenn Ihr wüsstet, wie zufrieden ich bin, dass meine beiden Mädchen glücklich sind. Mathilde hat mir so viele Sorgen gemacht, mit ihren Launen, ihren verrückten Träumereien und ihren unvergleichlichen Marotten. Nun ist sie überglücklich. Ganz bestimmt.
Aber ist glücklich das richtige Wort? Sollten wir nicht eher von »heiter« sprechen? Es gibt so wenig wahres Glück im Leben.
Ich denke häufig an den Betrug des Konnetabels. Die Vorstellung bringt mich auf! Widert mich an! Wie weit ist Euer Prozess gediehen? Ich hoffe, dass er bald zu Euren Gunsten endet, das würde Euren Finanzen helfen. Was die meinen angeht, meine liebe Louise, so haben sie schwer gelitten, seit man die wertvollen Tapisserien für diesen Geier Charles Quint beschlagnahmen musste! Aber wir fangen uns wieder und werden andere Teppiche fertigen. Ist es nicht das Wichtigste, mit derselben Begeisterung und Energie fortzufahren?
Ich gehe davon aus, dass ich mit den Werkstätten zusammenarbeiten kann, die Comte de Saurier in Felletin und Aubusson besitzt, und natürlich erwarte ich Mathildes Hilfe. Ihr seht, Louise, es gibt stets etwas zu tun, worüber wir Euch jedoch nicht vergessen.
Ich hoffe, dass Ihr trotz all des Leids, das, wie ich weiß, Euch in den Nächten verfolgt und am Tage zermürbt, bei guter Gesundheit seid. Ich warte ungeduldig auf einen Brief von Euch und versichere Euch meiner tiefen Freundschaft.
Eure Euch ganz ergebene Alix

Der Aufenthalt in der Auvergne dauerte für die einen über drei Monate, für die anderen vier. Nur Louis musste nach einigen Wochen abreisen, da sein Bistum nach ihm verlangte.

Nachdem der Herbst vorüber war, die ersten Wintertage den

Himmel grau färbten und in dem umliegenden Gebirgsmassiv trockene schwarze Erde zum Vorschein kam, beschloss man schließlich, von der Heimkehr zu sprechen.

Mathilde war noch immer aufgewühlt, und ihr innerer Frieden verglichen mit dem ruhigen Glück ihrer Schwester sehr fragil.

Eines Abends, als es in der Auvergne dämmerte und sich die Dunkelheit auf das Gut sowie die Hausdächer in den Gassen legte, ritt ein Bote durch das große Tor in der Schlossmauer.

»Woher kommt Ihr?«, rief Humbert und eilte auf den staubigen Reiter zu.

»Aus Tours.«

»Wer schickt Euch?«

»Giulio der Römer von den Werkstätten Cassex.«

So nannte man Giulio, den Italiener, den Kardinal Jean de Villiers einst eingesetzt hatte, damit er Alix und Jacquou in der kleinen Werkstatt half, die sie gerade in Tours eröffnet hatten und die es angesichts der starken Konkurrenz in der Stadt nicht leichthatte. Giulio nannte sich Giulio der Römer, weil er aus Rom kam, wie man Mathias, den zweiten Mann von Alix, Mathias den Lillois nannte, weil er aus Lille stammte.

In Abwesenheit von Alix und ihrem Mann war Giulio der Meister und übernahm in der Werkstatt die Verantwortung.

»Giulio!«, wiederholte Alix und nahm die Nachricht entgegen, die ihr der junge Mann reichte.

»Humbert, kümmere dich um den Reiter. Er bricht erst morgen auf, nachdem er ein wohlverdientes Abendessen erhalten und sich eine Nacht ausgeruht hat.«

Mathias war zu Alix getreten und versuchte die Nachricht über ihre Schulter mitzulesen.

»Was kann er wollen?«

Kurz darauf breitete sich Schweigen und eisige Kälte im Zimmer aus. Da kamen die Zwillinge herein. Als sie das bleiche Gesicht ihrer Mutter sah, rief Mathilde:

»Was ist geschehen?«

»Charles ist entführt worden.«

Mathilde und Valentine fingen gleichzeitig an zu schreien. Jean stürzte zu seiner Frau und stützte sie. Mit zitternden Händen, den Brief noch in der Hand, meinte Alix den Albtraum von einst erneut zu durchleben, als Béraude und Theo der Byzantiner bei der Geburt der Zwillinge Mathilde im Kanonenfeuer von Bologna entführt hatten.

»Jean! Wir müssen sofort aufbrechen.«

»Das ist unmöglich! Es ist dunkel. Brechen wir morgen auf. Das ist sicherer, Liebes.«

»Nein, Jean! Heute Abend. Ich will keine Zeit verlieren.«

»Dein Mann hat recht, Liebling«, schaltete sich Alix ein, die sich wieder gefasst hatte. »Es nutzt nichts, sich heute Abend auf den Weg zu machen. Die Pferde kommen nur langsam voran, und bei Morgengrauen bist du bereits erschöpft.«

»Mama hat recht, Mathilde«, bemerkte Valentine. »Wir stehen morgen ganz früh auf. Ich komme mit dir.«

Es war überflüssig, den Namen Seigneur Hugues de La Roche zu nennen, und obwohl er allen in den Sinn kam, glaubte Alix nicht, dass dieser Mann ein falsches Spiel trieb. Alix war vielmehr der Ansicht, dass der Vogt sich wütend und machtlos angesichts des Starrsinns ihrer Tochter fühlte, die seine Liebe zurückwies, und er sich nun mit den ihm zur Verfügung stehenden Mitteln rächte. Nachdem Mathilde jetzt verheiratet war, bestand für ihn keine Hoffnung mehr, woraufhin Hugues gewissermaßen den Verstand verloren hatte. Alix suchte daher nach einer Möglichkeit, die Angelegenheit allein zu regeln, sie war überzeugt, dass sie Hugues von der Sinnlosigkeit seines Handelns überzeugen konnte.

Sie musste allein zu ihm nach Paris reisen und ihn daran erinnern, dass er nicht der Vater des Kindes, sondern lediglich sein Onkel war, und dass die Blutsverwandtschaft zwischen Charles und Mathilde deutlich stärker war als seine Verbindung zu dem Kind. Gewiss, er könnte leicht erwidern, dass er das Kind geholt habe, da er es nicht einem Stiefvater überlassen wollte, der sich nicht um es kümmerte.

Mathildes Blässe verstärkte sich.

»Wenn er mir Charles nicht zurückgeben will, bringe ich ihn vor Gericht.«

»Liebes! Vielleicht war er es gar nicht.«

»Nicht er! Da täuschst du dich, Jean, dieser Mann ist zu allem fähig. Er hat mich immer gehasst, und mit dem Kind will er mir jetzt wehtun. Ich muss ihn finden.«

»Ich glaube nicht, dass das der richtige Weg ist, um dein Kind zurückzubekommen«, beharrte ihre Mutter.

»Vielleicht ist der Kleine weggelaufen«, bemerkte Mathias. »Er könnte nach dir und Valentine kommen. Weißt du nicht mehr, wie häufig du und deine Schwester weggelaufen seid und wir uns große Sorgen gemacht haben?«

»Das war etwas anderes, Mathias.«

Mathilde sprach ihren Stiefvater stets mit dem Vornamen an, während Valentine ihn seit frühster Kindheit »Papa« nannte.

»Das war etwas anderes. Wir sind weggelaufen, um uns zu finden. Wir waren von, ich weiß nicht welchem, Drang getrieben. Nachdem das Schicksal uns wiedervereint hatte, sind wir nicht mehr weggelaufen. Charles ist nicht geflohen.«

»Das stimmt!«, bestätigte Valentine. »Charles ist kein Kind, das fortläuft. Vielmehr ist er gern in seiner gewohnten Umgebung. Er fühlt sich wohl in seiner kleinen Welt und liebt sie über alles. Hugues de La Roche hat ihn uns weggenommen.«

Comte de Saurier bemerkte das »uns« und fragte sich, wer von den Zwillingen die wahre Mutter war. Zweifellos alle beide!

»Nun«, erklärte er, »wenn Ihr denkt, dass dieser Mann schuldig ist, sollten wir uns vielleicht zunächst zu seinem Anwesen in der Basse-Auvergne begeben, bevor wir nach Paris reisen.«

Er strich seiner Frau mit der Hand durchs Gesicht und streichelte ihre Stirn, ihre Wangen und ihren Hals.

»Ruh dich aus, Liebes, und höre auf den Rat deiner Mutter. Wir reden morgen früh noch einmal über alles, dann haben alle nachgedacht, und wir entscheiden gemeinsam, was zu tun ist.«

Alle gingen bedrückt zu Bett. Doch später, als Mathilde feststellte, dass Jean schlief, stand sie auf, trat an den kleinen Tisch, auf dem stets Pergamentpapier, Federn und Tinte bereitlagen, griff ein jungfräuliches Blatt und schrieb: *Mein Geliebter, mein Jean, nimm es mir nicht übel, ich muss Charles wiederfinden. Ich kann nicht anders. Ich halte dich über meine Suche auf dem Laufenden. Sorge dich nicht, meine Börse ist gefüllt, und ich werde gut zurechtkommen. Ich liebe dich.*

Zwei Stunden später erwachte der Comte, und als er die kurze Nachricht seiner Frau vorfand, schrieb er seinerseits einen kurzen Brief, der seine Abwesenheit erklärte. Er konnte Mathilde nicht allein auf der Straße lassen, wo sie womöglich in eine Falle geriet.

Er vermutete, dass sie seinem Rat gefolgt war und sich zunächst zum Schloss von La Roche begab, um sich davon zu überzeugen, dass ihr Sohn nicht dort war, bevor sie nach Paris aufbrach.

Humbert schlief, und um die anderen nicht zu wecken, band

der Comte geräuschlos sein Pferd los und nahm den Weg, den kurz zuvor Mathilde eingeschlagen hatte.

Einige Stunden später erwachte Humbert, und als er sah, dass sein Herr nicht da war, dachte er sich, dass er seiner Frau gefolgt war und beschloss, die beiden nicht allein zu lassen. Mathias und Nicolas entschieden mit Nachdruck, ihn zu begleiten, während Alix und Valentine beschlossen, sich nach Paris zu begeben.

Mathilde folgte mit der Fackel in der Hand einer unwegsamen und steinigen Straße, die sie zwar bereits am Tag benutzt hatte, die des Nachts allerdings böse Fallen bereithielt. Biegungen, steile Böschungen und Abgründe ließen ihr keine Zeit, zur Ruhe zu kommen. Das erinnerte sie an den gefährlichen Weg von Barcelona nach Madrid, wo sie versessen darauf gewesen war, vor Marguerite beim französischen König zu sein. Wie lange das alles her zu sein schien!

Sie ließ Saint-Floret und Champeix hinter sich und ritt am Allier entlang. Dann sagte ihr Instinkt ihr plötzlich, dass sie dem Fluss in der verkehrten Richtung gefolgt war. Mit der Fackel in der Hand machte sie in der dunklen Nacht die ersten Dächer von Issoire aus und bemerkte, dass Clermont hinter ihr lag. Also musste sich das Anwesen von La Roche zwischen den beiden Orten befinden.

Sie drehte um und trieb Fildor sanft an, strich über seinen Hals und sagte halblaut:

»Mein braves Pferd. Zum Glück hast du keine Angst in der Nacht. Los! Bring mich jetzt zum Schloss von diesem verdammten Entführer!«

Doch die undurchdringliche Dunkelheit verwirrte sie erneut, und als sie die Umgebung des Klosters Saint-André de Chamalieres erkannte, bemerkte sie, dass sie noch einmal einen falschen Weg eingeschlagen hatte. Sie war links abgebogen, als sie rechts entlanggemusst hätte. Sie nahm den anderen Weg und fand schließlich den Weg der Abtei von Saint-Alyre, der sie zu den Ländereien von Châteauguay brachte, die nicht weit entfernt vom Schloss de La Roches lagen.

All diese Irrtümer hatten sie Zeit gekostet. Beinahe zwei Stunden! Doch schließlich befand sie sich vor dem Anwesen des Vogts von Paris, das derzeit restauriert wurde. Sie hätte es im Dunkeln nicht gefunden, wenn sie nicht tagelang mit Jean die Gegend erkundet hätte.

Es war ein großes Schloss, das größtenteils aus Ruinen bestand. Da keine Umfriedung existierte – vor langer Zeit musste es eine gegeben haben –, überquerte sie einen mauerlosen Hof. Eine große Stille empfing sie. Auf dem nackten Gelände gab es weder ein Huhn, noch eine Ente oder einen Esel. Nur einen Brunnen, der zweifellos trocken war, baufällige Mauern und einen Haufen Steine!

Als sie das Gelände mit der Fackel in der Hand umritt und versuchte, jemanden zu finden, entdeckte sie im hinteren Teil ein Stück Mauer aus neuen Steinen. Es musste zu dem Teil gehören, den der Hausherr renovierte. Schließlich rief eine Stimme:

»Wer ist da?«

»Ich suche Seigneur Hugues de La Roche.«

Ein Schatten mit einer Fackel in der Hand zeichnete sich ab, der sich schließlich als Frauengestalt entpuppte.

»Der ist nicht da.«

»Ist er in Paris?«

»Zweifellos.«

Mathilde richtete ihre Fackel auf die Frau, die langsam näher kam.

»Wann habt Ihr ihn das letzte Mal gesehen?«

»Wer erlaubt mir, mit Euch zu sprechen?«

»Beantwortet mir nur eine einzige Frage, und ich belästige Euch nicht weiter.«

»Welche?«

»Das letzte Mal, als Ihr Euren Herrn gesehen habt, hatte er da ein Kind bei sich?«

Da die Frau argwöhnisch schwieg, insistierte Mathilde:

»Ich bitte Euch, ich muss es wissen. Ich bin die Mutter des Jungen.«

»Wie alt soll das Kind sein?«, erkundigte sich die Frau und klang weniger misstrauisch.

»Dreieinhalb Jahre. Ich bin Comtesse de Saurier und gewissermaßen Eure Nachbarin. Ich habe erfahren, dass Seigneur de La Roche sich meines Sohnes bemächtigt hat, und bin schrecklich in Sorge. Ich bitte Euch, sagt mir nur, ob er bei ihm war. Das würde mich beruhigen, denn es ist ebenso gut möglich, dass er ihn nicht entführt hat. In dem Fall müsste ich das Schlimmste befürchten. Nun, habt Verständnis und sagt mir, ob der kleine Charles bei ihm war, als er aufgebrochen ist.«

Mathilde schien die Frau zu erreichen.

»Das wäre möglich.«

Mathilde quittierte ihre Worte mit einem Seufzen. Die Frau hatte ihr soeben gesagt, dass sich ihr Sohn tatsächlich bei Hugues befand.

»Ist das Kind mit ihm nach Paris gereist?«

»Ihr habt gesagt, nur eine einzige Frage.«

»Ich bitte Euch, ich sterbe vor Angst. Ich will meinen Sohn zurück. Ist er hier?«

»Nein.«

Sie musste unverzüglich nach Paris reiten, bevor Hugues erneut seine Meinung änderte. Warum hatte er das Kind erst in die Auvergne gebracht, um es dann in die Hauptstadt zu schleppen? Was hatte er vor? Was führte er im Schilde? Wollte er sie verwirren, indem er überall Spuren hinterließ?

»Wer seid Ihr?«

»Louisette, die Kammerfrau.«

»Seid Ihr viele auf diesem Anwesen?«

»Nein, Seigneur de La Roche ist nicht betucht. Es gibt nur noch Gaston, den Diener, und Nestorine, die Köchin.«

Mathilde versuchte die Frau zu besänftigen, die weniger misstrauisch schien, seit sie in ihrer Stimme die Sorge einer Mutter wahrgenommen hatte. Nach und nach wurde sie weicher, und ihr Gesichtsausdruck, der in der Dunkelheit verborgen lag, wirkte sanfter.

»Habt Ihr Kinder, Louisette?«

»Nein.«

»Und Nestorine?«

»Auch nicht.«

»Glaubt Ihr, dass ich den kleinen Charles in Paris wiederfinden werde?«

Die Frau machte einen vorsichtigen Schritt auf sie zu. Der Schein der Fackel erfasste Mathilde, die ebenfalls einen Schritt nach vorn tat.

»Jetzt darf ich Euch eine Frage stellen«, sagte sie. »Ist das Kind der Sohn von Seigneur de La Roche?«

»Nein.«

»Das behauptet er aber.«

»In der Tat, er konnte Euch nicht das Gegenteil sagen, ohne Euer Missfallen zu erregen. Er ist nur sein Onkel.«

»Sein Onkel! Dieses Kind ist der Sohn von seinem Bruder ...«

»Ja! Von Seigneur Guillaume de Montalon.«

Warum hatte Mathilde ihr die Wahrheit verraten? Gott, wie

töricht sie war! So etwas tat man nicht. Louisette wich zurück, stieß einen Schreckensschrei aus, wich noch weiter bis zur Haustür zurück, ging hinein und schloss lautstark die Tür.

Mathilde biss sich vor Verzweiflung auf die Zunge, denn sie hätte sicherlich noch weitere Hinweise erhalten, die ihr bei ihren Nachforschungen geholfen hätten. Sie kehrte um und nahm erneut die Straße in Richtung Nevers, Orléans, Paris.

Währenddessen ritt Jean de Saurier, der den Weg kannte, mit hoher Geschwindigkeit zum Anwesen von La Roche. In seiner Eile hatte er keine Fackel mitgenommen und vertraute auf seine gute Ortskenntnis.

Eine Stunde später traf er dort ein, wo Mathilde kurz zuvor gewesen war. Mit einer Fackel in der Hand steckte Louisette vorsichtig die Nase aus der Tür.

»Wer seid Ihr?«

»Seigneur de Saurier, einer Eurer Nachbarn. Habt Ihr eine Frau gesehen, die nach einem Kind sucht?«

»Ich habe nichts gesehen und will nicht mit Euch sprechen. Geht Eurer Wege.«

Das waren die einzigen Worte, die er mit der Dienerin des Vogtes sprach. Von diesem unglücklichen Anfang verunsichert und enttäuscht, dass er nicht mehr erfahren hatte, beschloss er seinen Weg in Richtung Hauptstadt fortzusetzen. Mathilde war sicher nicht nach Saurier zurückgekehrt. Andernfalls hätten sie sich zwangsläufig begegnen müssen. Nein! Sie ritt nach Paris, um den Vogt zu treffen, und war wild entschlossen, ihre Rechte auf das Kind geltend zu machen.

Die Zeit, die seine Frau verloren hatte, verringerte den Abstand zwischen ihnen. So holte Saurier Mathilde in den steilen Bergen von Combraille ein, die man im Norden des Massif

Central überqueren musste, um auf die Straße von Bourges zu gelangen.

»Mathilde!«, rief er, als sie sich nach dem Reiter umsah, der sie seit einigen Minuten durch die Nacht verfolgte.

»Jean!«

Er wollte rascher zu ihr als vernünftig war, doch das Feuer des alten Soldaten wurde ihm zum Verhängnis. In dem Augenblick, als er sie mit klopfendem Herzen eingeholt hatte, rief er:

»Machen wir einen Moment Pause, Mathilde. Lass uns in ein oder zwei Stunden weiterreiten. Ich verspreche dir, dass wir in zwei oder drei Tagen in Paris sind.«

Er wandte ihr unwillkürlich den Kopf zu und ritt zu nah an den Abgrund, der in der Dunkelheit verborgen lag. Sein Pferd machte einen falschen Schritt, glitt in die Schlucht, verlor das Gleichgewicht und stürzte in die Tiefe, bevor Mathilde der Katastrophe überhaupt gewahr wurde. Es ertönte kein Schrei, kein Wiehern, nur ein schauriges dumpfes Geräusch, als Reiter und Pferd unten in der Schlucht aufprallten.

Als Mathilde nichts mehr von ihm hörte, begriff sie das schreckliche Ausmaß des Unfalls. Sie rief eine ganze Weile, doch nur der Widerhall ihrer eigenen Stimme antwortete ihr.

»Jean! Jean!«, schluchzte sie unaufhörlich.

Sie stand wie versteinert am Rand des Steilhangs, zitterte und musste sich auf einen Stein setzen. Was sollte sie bloß tun? Eine unvorsichtige Geste genügte, und sie würde ebenfalls in die Schlucht stürzen und Fildor auf dem steinigen Weg zurücklassen.

»Oh, Jean, wir haben doch noch so viel vor.«

Sie zitterte so stark, dass sie nicht mehr denken konnte. Sie konnte nur weinen, klagen und um Hilfe rufen. Zwischen zwei Schluchzern vernahm sie Hufgeräusche.

»Hilfe!«, rief sie.

Dann schluchzte sie erneut:

»Jean! Antworte mir. Wo bist du?«

Humbert hielt das Gespann in der Nähe der Felswand. Mathilde hörte, wie jemand ihren Namen rief, dann stürzte sie wie von Sinnen zu Nicolas und Mathias, die sie in die Arme schlossen.

Mathilde hatte aufgehört zu schluchzen. Sie atmete leise, zitterte noch immer und wiederholte unablässig Jeans Namen.

Schließlich wurde es Tag, am Himmel hingen noch ein paar bläuliche Spuren der Nacht. Die drei Männer blickten hinunter in die Schlucht, die zwar nicht sehr tief war, aber tief genug, um den Tod zu bringen. Dort unten erkannten sie den zerschellten Körper von Seigneur de Saurier sowie den seines Pferdes. Jean musste sofort tot gewesen sein, sein Schädel war zertrümmert.

Humbert, der das Gelände kannte, fand einen Weg, um in die Schlucht hinunterzusteigen.

»Bleib bei Mathilde«, sagte Mathias zu Nicolas, »ich berge mit Humbert die Leiche von Jean.«

Nicolas tröstete Mathilde, die sich an seine Brust geworfen hatte. Sie klammerte sich an ihn wie eine Ertrinkende an einen Ast. Sie weinte und wiederholte immer wieder, dass sie in der Liebe niemals glücklich sein werde und dass das Schicksal sie nicht in Ruhe ließe. Sie schluchzte:

»Ich habe dich immer beneidet, Nicolas. Ich wünsche Valentine kein anderes Leben, sie ist glücklich.«

Dann fing sie erneut an zu weinen:

»Jean! Warum lässt du mich allein? Was soll ich denn jetzt ohne dich machen? Jean! Jean! Antworte!«

Dann beruhigte sie sich und richtete sich auf.

»Nicolas, wir müssen Charles finden.«

»Sorge dich deshalb nicht. Wir wissen, wo er ist.«

Eine Stunde später, während Nicolas noch immer die jammernde Mathilde in seinen Armen hielt, kamen Humbert und Mathias mit der Leiche des Comte de Saurier wieder nach oben.

Als sie ins Schloss zurückkehrten, erfuhren sie, dass Alix und Valentine auf dem Weg nach Paris waren.

»Es ist nicht nötig, dass du ihnen hinterherreist, Mathilde«, riet Mathias. »Deine Mutter und deine Schwester werden diesen Mann sicher besser überzeugen können als du.«

»Ja, lass sie«, bekräftigte Nicolas. »Sie werden die Situation klären. Mein Vater hat recht, sie sind weniger aufgewühlt und können sachlich bleiben. Hugues wird sich gezwungen sehen, ihnen das Kind zurückzugeben. Bestimmt! Sie werden dir Charles zurückbringen. Da bin ich mir sicher.«

Erschöpft und deprimiert, dass sie all dies Unglück anzog, ließ Mathilde die anderen handeln. Sie wusste, dass Mathias und Nicolas recht hatten. Ihre Mutter und Valentine würden ihr Charles zurückbringen.

Drei Tage später wurde der Comte in einen Sarg gebettet. Anschließend kehrten Alix und Valentine zurück und hielten den kleinen Charles an der Hand. Bestürzt hörten sie, was geschehen war, und kümmerten sich um die Verwaltung des Schlosses.

Die Beisetzung fand an einem kalten Wintertag statt, und das ganze Dorf sowie alle Bewohner der Gegend nahmen an ihr teil. Eine riesige Menge bezeugte durch ihre Gegenwart, wie sehr sie ihren Herrn geliebt hatte. Die Familie Cassex sah, dass Jean de Saurier in der ganzen Gegend großes Ansehen genossen hatte, und sie war überzeugt, dass Mathilde daraus nur Gutes erwachsen konnte.

Die Mönche des Klosters Chantoin sangen eine hinreißend schöne Messe, und der Sarg wurde in der Familiengruft beigesetzt.

Mathilde schloss sich in dem großen Eheschlafzimmer ein, in dem sie nur so kurze Zeit glücklich gewesen war. Sie hielt die Fenster geschlossen, Vorhänge und Gardinen waren zugezogen, sie aß kaum und schlief nicht mehr. Ihre Mutter ließ einen Arzt kommen. Dieser stellte fest, dass sie schwanger war, und niemand ahnte, dass das Kind vom französischen König stammte. Mathilde behielt ihr Geheimnis für sich, denn Jean hätte es so gewollt. Nicht einmal Valentine wusste Bescheid.

Die Rede, dass auf dem Anwesen Saurier ein Kind unterwegs war, verbreitete sich rasch im Dorf, in Montaigut, in Champeix, im Kloster von Chantoin, am Ufer der Couze, in den Werkstätten von Felletin und Aubusson und sogar darüber hinaus. Jeder glaubte, dass der Himmel endlich den Wunsch des alten Soldaten Jean de Saurier erhört hatte und ihn nach seinem Tod endlich zum Vater machte.

Mathilde verließ noch immer nicht ihr Zimmer. Aliette und Jacquemine pflegten sie liebe- und hingebungsvoll, und Mathilde beschloss, sie mit ihren Diensten enger an sich zu binden. Sie waren jung und bereit, mit ihr zu reisen. Außerdem würde sie einen jungen Kutscher anstellen. Sie dachte bereits an Francesco, den ältesten Sohn von Juan, der nur auf diesen Vorschlag wartete.

Alix beschloss, das Anwesen in der Auvergne nicht mehr zu verlassen, ehe ihre Töchter niedergekommen waren, denn Valentines Bauch wuchs und wuchs, sodass Alix fürchtete, sie werde Zwillinge gebären. Derweil begab sie sich in die Werkstätten, um die Werke zu erfassen, die auf die Webstühle des Comtes de Saurier gespannt waren. Mathias und Nicolas reisten hingegen nach Tours zurück und wollten mit einigen Aufträgen zurückkehren, die in Felletin oder in Aubusson realisiert werden sollten. Es wurde Zeit, die Arbeit künftig von Tours in die Auvergne zu verlegen.

Die Winterabende verbrachten sie vor großen Kaminfeuern. In den Hallen befanden sich riesige Feuerstellen, und die Diener waren unablässig damit beschäftigt, die Glut anzuheizen und neue Holzscheite nachzulegen. Es lagen stets einige große Holzscheite bereit, die einen langen Abend hielten.

Die Verwaltung des Schlosses – Küchen, Zimmer, Lebensmittel und tägliche Arbeiten auf dem Geflügelhof, in den Ställen und Stallungen – unterstanden einem Majordomus, der seine Arbeit bestens beherrschte. Er war es gewohnt, die Ländereien in Abwesenheit seines Herrn zu verwalten, denn zu Zeiten von Louis XII. war dieser lange Zeit im Krieg gewesen. Unter Gondrans Befehl standen somit auch die zahlreichen Angestellten des Schlosses.

Einen Monat später kehrten Mathias und Nicolas mit großen Wandbehängen nach Saurier zurück, darunter eine *Geschichte von Moses* und eine *Geschichte von Cäsar*, die in Felletin hergestellt werden sollten. Sie waren in Begleitung der Amme Vicenta. Sie kümmerte sich um die Kinder, solange sie in der Auvergne waren, denn sie hatten die kleine Aude mitgebracht, die unablässig nach Charles verlangte.

Francesco nahm den Vorschlag an, den Mathilde ihm durch Vermittlung von Mathias machen ließ. Alix beruhigte die Vorstellung, dass er ihr persönlicher Kutscher wurde, und sie freute sich, dass der junge Mann aufrecht, treu und ehrlich war. Ihre Tochter konnte ihm vertrauen, wie sie selbst einst seinem Vater, als er ihr Gespann gelenkt hatte.

Nachdem Mathilde ihren wiedergefundenen Sohn sah, bekam

sie wieder etwas Farbe und gewann Kraft zurück, und je mehr sie das Kind in sich spürte, desto stärker wurde ihre Energie. In ihr wuchs ein Mensch, und sie sagte sich, dass das Leben mit Jeans Tod nicht zu Ende war.

Tagsüber brachten Alix und Valentine ihr Charles, die einzige Ablenkung, die sie sich gönnte, um ihrem Kummer zu entfliehen. Als ihre Mutter und Valentine aus Paris zurückgekehrt waren, hatte sie ihnen kaum zugehört. Doch Alix hatte ihr die Geschichte viermal erzählt und Valentine zweimal. Die Worte, mit denen sie die Entführung erklärten, blieben ziemlich vage. Es war lediglich klar, dass der Vogt es leicht gehabt hatte, den Jungen zu entführen, weil man in Abwesenheit der Familie nicht gut auf ihn aufgepasst hatte.

»Man muss dem Mann vergeben«, hatte Alix gesagt. »Er hat mehrmals beteuert, dass er das Kind gern aufziehen würde. Ich habe das natürlich abgelehnt und ihm erklärt, dass dies außer Frage stünde, da Charles vor allem anderen dein Sohn sei. Als intelligenter Mann hat er das verstanden.«

Valentine sagte etwas anderes.

»Hugues bedrängt dich. Er verfolgt dich, ich habe das an der Art gespürt, wie er mich angesehen hat. Er hat dich in mir gesehen. Er will über Charles an dich herankommen, und zum Abschied hat er mir ins Ohr geflüstert: ›Sagt ihr, Valentine, dass ich nicht aufhören werde, sie zu verfolgen.‹«

In den wenigen Monaten bis zu ihren Geburten ging der Winter zu Ende, und die ersten Anzeichen des Frühlings zeigten sich.

Eines Tages brachte ein Bote aus Paris einen Brief für Mathilde: Sie las ihn mit bleichem Gesicht halblaut vor: *Mathilde, glaubt ja nicht, dass ich Euch in Frieden lasse. Eines Tages müsst Ihr Euch von diesem Sohn trennen, der durch das Blut meines*

Bruders auch der meinige ist. Da Ihr nun Witwe seid, willigt ein, mich zu heiraten und das Kind mit mir gemeinsam aufzuziehen.

Alix war sich sicher. Sie sah überhaupt keine Gehässigkeit bei diesem Mann, den die Pariser zu vergöttern schienen. Sie bejubelten ihn bei jeder Gelegenheit, sobald es ihm gelungen war, eine Abgabe zu senken oder für sie eine Ladung Weizen, Öl oder Wein zu besorgen oder wenn er beruhigende Worte zu einem heiklen Problem fand. Die Pariser wollten keinen anderen Mann, der Vogt war ihr Gott.

Am nächsten Tag überreichte Mathilde dem Boten ihre Antwort: *Ich werde Euch niemals heiraten, und solltet Ihr mir Charles wegnehmen, werde ich vor Gericht gehen. Ich werde allen Parisern die Wahrheit entgegenschreien und beweisen, dass Ihr ein Komplize Eures Bruders Guillaume de Montalon gewesen seid. Von König Guillot. Jawohl! Ihr wart sein Komplize, denn Ihr habt all jene gerettet, die er gefangen hielt, um Euch ihrer anschließend leicht und wohlfeil zu bemächtigen. Dann steht das Wort von Hugues de La Roche gegen das der Comtesse de Saurier. Es wäre erstaunlich, wenn Ihr nach diesem Prozess noch Vogt von Paris wärt.«*

»Aber Mathilde«, seufzte Alix, »du wirst nicht dein ganzes Leben lang Witwe bleiben! Du bist jung …«

»Mama, ich werde diesen Mann niemals heiraten.«

Auf Mathildes Antwort erfolgte keine weitere Reaktion. Mathias und Nicolas kehrten nach Tours zurück, doch Alix blieb in der Auvergne. Valentines Bauch wurde mit jedem Tag größer, und sie konnte kaum noch gehen. Von Tag zu Tag war Alix mehr davon überzeugt, dass sie Zwillinge erwartete.

Ihre Ahnung erwies sich als richtig. Die Zwillinge wurden einen Monat vor dem Kind von Mathilde geboren. Es waren zwei große kräftige Jungs. Sogleich kehrten Nicolas und Mathias in die Auvergne zurück, und man nannte die Kinder Pierre und Antoine.

Schließlich wurde die kleine Charlotte geboren. An jenem Morgen strahlte der Himmel über der Auvergne so blau wie ihre Augen. Sie besaß bereits reichlich Charme und verzauberte alle. In ihren Augen funkelte etwas Freches, und ihr kleiner sinnlicher Mund versprach ein betörendes Lächeln.

Das Schloss Saurier war plötzlich von Freude, Kindergeschrei und Lachen erfüllt. Man vergaß die schrecklichen Tage. Und mit der Sonne und den ersten Hyazinthen, die aus der Erde lugten, kehrte die Hoffnung in Mathildes Herz zurück.

22.

In den ersten Maitagen erhielt Mathilde einen Brief von ihrer Freundin Diane, die sie für ein paar Wochen auf Schloss d'Anet einlud. Diane erwähnte, dass der König einen kurzen Aufenthalt von Marguerite in der Normandie zum Anlass nehme, ebenfalls einige Tage in Anet zu verbringen. Seit Marguerite mit Henri D'Albret in Navarra lebte, hielt sie sich nur noch sehr selten in der Normandie auf.

Mathildes Blick blieb an den letzten Zeilen hängen. Insistierte Diane, damit Mathilde die Lust am Leben wiederfand? *Kommt!*, schrieb sie, *Anet erwartet Euch, meine Liebe! Der König wäre entzückt, Euch zu sehen.*

Mathilde fragte sich, was der Hof über dieses Thema wusste? Der Hof war versessen auf Gerüchte, Klatsch und Geschwätz über die intimsten Dinge, Mathilde kannte die schäbige Heuchelei zu Genüge. Sie hatte im Lauf ihres Lebens viel Zeit in der Nähe von Louise, Marguerite und François verbracht und war selbst oft genug Gegenstand von Klatsch und Tratsch gewesen. Obwohl sie sich nicht mehr am Hof aufhielt, wurde noch viel über sie geredet. Missgünstige Desmoiselles und Gesellschaftsdamen, die stets auf jede noch so kleine Information erpicht waren, fanden Spaß daran, Mathilde zu verunglimpfen und zu erzählen, dass die kleine Charlotte genau neun Monate, nachdem Mathilde einige Nächte im Bett des Königs verbracht hatte, zur Welt gekommen war.

Selbstverständlich waren diese Gerüchte auch dem König zu Ohren gekommen. Er wusste, dass Mathilde verwitwet war, und freute sich darauf, sie heimlich in der Normandie zu treffen, wo er nur mit einer kleinen Eskorte unterwegs sein würde.

Doch Mathilde wusste noch nicht, ob sie sich zu ihrer Freundin Diane nach Anet begeben sollte, um dort den König zu treffen. Ihre tiefe Niedergeschlagenheit war vorüber. Sie verließ wieder ihr Zimmer und nahm nach und nach die weiten Räumlichkeiten des Schlosses in Besitz. Obwohl es noch immer Momente gab, in denen sie sich mutlos fühlte, war die große Trauer, die sie nach dem Tod von Jean erfasst hatte, inzwischen vorüber.

Als sie das erste Mal wieder auf dem Rücken von Fildor saß, geriet sie in eine Art Rauschzustand und ritt einen ganzen Tag lang. Sie fragte sich, wie sie sich so lange hatte einschließen können, und beschloss, die Einladung von Diane anzunehmen.

Konnetabel Montmorency, der zusammen mit dem König auf Schloss d'Anet eingeladen war, sollte vor diesem dort eintreffen, da der König vorher noch seine Schwester, die neue Duchesse d'Albret, in Alençon besuchen wollte.

Madeleine de Savoie, die Frau von Montmorency, war eine Nichte der Comtesse d'Angoulême. Die Königinmutter hatte die Vermählung der beiden jungen Leute angeordnet, und wenn es dem Paar auch an feuriger Leidenschaft mangelte, so hatte es doch das nötige Gleichgewicht gefunden, um eine gute Ehe zu führen.

Man hatte Montmorency anstelle des Verräters Bourbon zum großen Konnetabel von Frankreich ernannt. Da er es seit seiner Jugend gewohnt war, François stets überallhin zu folgen, gefiel es ihm, auf den Straßen unterwegs zu sein.

Madeleine de Savoie, die keine makellose Schönheit war, jedoch ein liebenswürdiges Gesicht besaß, war das Gegenteil ihres Mannes. Ruhig und still, ordentlich, gemäßigt im Verhalten und stets genau, gefiel es ihr, ganz wie Diane, das Schloss und die Ländereien zu verwalten. Sie wachte sorgsam über die Ausgaben, verfolgte akribisch ihre Buchhaltung und listete die Zahlen in einem großen Buch mit einem silbernen Schloss auf. Sie regelte Meinungsverschiedenheiten unter ihren Angestellten und bereitete minutiös den nächsten Tag vor. Im Winter liebte sie es, die Abendstunden vor einem schönen Kaminfeuer zu verbringen, und im Sommer beschäftigte sie sich gern mit den Blumen im zum Anwesen gehörenden Park.

Selbstverständlich schätzte Diane, die selbst so systematisch und genau war, die Qualitäten ihrer neuen Freundin.

Madeleine de Savoie widmete sich mit wachsender Freude den täglichen Aufgaben, die die Verwaltung des großen Anwesens erforderte. Bei seiner Rückkehr aus der Gefangenschaft hatte François I. seinen Waffenbrüdern schöne Anwesen vermacht, und dabei hatte er Montmorency ebenso wie Chabot und La Marck nicht vergessen. Louise de Savoie, die Mutter des Königs, hatte ihre Nichte jedoch gut vorbereitet.

Die Festung war einst von Philippe Auguste erbaut worden, der aufbrach, um die Normandie zu erobern. Später hatte Jacques de Brézé einen gotischen Bergfried errichtet. Sein Sohn Louis nahm einige Änderungen vor, um den Bau komfortabler zu gestalten, und seine Frau Diane hauchte dem Ganzen eine Seele ein.

Schloss d'Anet war eine wahrhaft fürstliche Bleibe. In dem ganzen Anwesen spiegelte sich die Persönlichkeit von Diane wider. Überall herrschte eine anmutige, intime, geheimnisvolle Atmosphäre. Am Fuß einer Heckenlandschaft gelegen, erstreckte sich der Blick auf ein Zusammenspiel aus terrassenförmig angelegten Gärten, die zu der herrschaftlichen Architektur passten. Die umgebenden Wälder eigneten sich zur königlichen Jagd, worauf der geschnitzte Hirsch in der großen Vorhalle verwies.

Das Schloss ragte aus der anmutigen grünen, harmonischen Landschaft hervor. Es wirkte wie eine große, verführerisch duftende Blume, die durch zahlreiche Attraktionen den Blick auf sich zog. Von der seltsam weiblichen Anlage ging ein antiker Nimbus aus, der an griechische und römische Kulturen erinnerte, ohne dabei die französische Anmut zu verlieren.

Während Diane die Ankunft ihrer Freundinnen Madeleine und Mathilde erwartete, neigte sie sich über ein Beet mit Rosen, auf deren Blüten Tauperlen schimmerten, und atmete den morgendlichen Duft ein.

Die noch kaum geöffneten Blüten verströmten ein Aroma, das die junge Frau den ganzen Tag begleitete. Obwohl sie häufig zögerte, den zarten Stiel abzubrechen, pflückte sie ab und zu eine Blume, entfernte die Dornen und ließ sie in das Leinen ihres Mieders zwischen ihre Brüste gleiten. So konnte sie den Duft jederzeit genießen.

Die Alleen des Schlosses waren gerade und sauber, nicht das geringste Unkraut störte die sorgfältige Anordnung. Diane verwandte große Sorgfalt auf die Wahl ihrer Gärtner und duldete keine Fehler. Wenn einer ein Beet vernachlässigte oder ein anderer am Ende eines Sommertages zu gießen vergaß, erfolgte die Strafe knapp und unwiderruflich.

Nachdem sie eine Rose gepflückt und zwischen ihre runden vollen Brüste geschoben hatte, führte sie ihr heutiger Weg zu den blühenden Fliederbüschen, deren Weiß und Mauvetöne sich zart miteinander mischten. Dahinter erstreckten sich riesige

Beete mit roten duftenden Azaleen. Die Blüte begann in diesem Frühjahr spät, erwies sich jedoch als üppig.

Ein kurzer Schrei weckte Dianes Aufmerksamkeit. Eine der ersten Schwalben erhob sich in den Himmel. Diane verfolgte die Flugbahn des winzigen schwarzen Punktes, der sich immer weiter entfernte. Dann fiel ihr Blick auf die Laube hinter den Azaleenbüschen. Sie war von Geißblatt und Efeu umrankt, das sich noch in zartem Grün zeigte. Diane ging weiter bis zum Pavillon, wo sie manchmal mit ihrer ältesten Tochter spielte. Wie viele Spiele ihr wieder einfielen, wenn die kleine Françoise fröhlich in die Hände klatschte, sodass die blonden Locken unter der Haube auf ihrem Kopf hüpften!

Bevor Diane Laube und Pavillon verließ, bog sie in einen kleinen Kräuterweg ab, der zum Gemüsegarten führte. In den frisch gezogenen Furchen könnte sie bald köstliche grüne Salate ernten, die man seit Kurzem als Lattich bezeichnete. Porree, Kürbisse, Erbsen und anderes Gemüse, das Diane sorgfältig mit den Gärtnern ausgewählt hatte, versprach ebenfalls bald zu sprießen. Sie freute sich bereits darauf, wenn die kleinen weißen Zwiebeln sprossen, die der große Seneschall auf Graubrot aß, und auf die Bohnen, die nichts mit den einfachen Saubohnen gemein hatten.

In dieser Hinsicht musste sich Diane keinerlei Sorgen machen, ihr Garten und ihre Gemüsebeete waren in gutem Zustand. Bald würden Suppen, die nach Fenchel oder Oregano dufteten, in Schüsseln und Tellern auf dem Tisch stehen.

Zufrieden warf Diane noch einen letzten Blick in den hinteren Teil des Gemüsegartens, wo sich der Obstgarten anschloss. Auf dem Boden der Normandie, der sich besonders für Apfelbäume eignete, die ordentlich in einer Reihe standen, wuchsen neuerdings auch Birnbäume, aus denen man wie aus den Äpfeln ein

Getränk herstellte. Man trank es kalt anstelle von Bier, das damals noch weit verbreitet war. Im Obstgarten von Diane, der die neuesten Entdeckungen berücksichtigte, wuchs auch jene neue Pflaumenart, die man im Gedenken an die sanfte Frau von François I. »Reine-Claude« genannt hatte.

Dianes täglicher Morgenspaziergang endete stets an der Voliere. Das Gebäude war nicht sehr groß, doch die Vielfalt der Vögel befriedigte das Auge des Liebhabers. Dort gab es Papageien, Wellensittiche, Turteltauben, einen Falken, einen Gerfalken und einen kleinen Habicht für die Jagd. In dem Gebäude dahinter hielt Diane zwei blaue Pfauen, zwei Reiher und einen Uhu.

Der Gerfalke erwartete sie täglich mit aufgespannten Flügeln und gerecktem Schnabel. Diane streckte immer den Arm aus, damit sich der Vogel daraufsetzen konnte. Doch an diesem Morgen hatte sie kaum den Arm ausgestreckt, als der Vogel den Kopf wandte. Seine runden schwarzen Augen wirkten erschrocken. Er umklammerte mit seinen Krallen ihren Arm, ohne sich jedoch in Dianes Haut zu graben. Als diese im Busch ein Geräusch vernahm, drehte sie sich um. Dort stand der große Seneschall.

»Louis, Ihr habt meinen Falken erschreckt!«

»Verzeiht mir, mein Liebchen, aber ein Bote des Hofs hat uns einen Brief gebracht. Montmorency befindet sich derzeit beim König. Sie reiten gemeinsam mit einer kleinen Eskorte und sind auf dem Weg zu unserem Anwesen. Madeleine kommt etwas später allein mit der Kutsche nach.«

»Habt Ihr vergessen, dass ich darüber informiert bin, mein Lieber? Ach, seht, der Falke ist einfach zu sensibel. Er erträgt nur meine Gegenwart. Ich komme zurück, wenn er ruhiger ist.«

Sie setzte den Vogel zurück auf die Stange, die quer durch den Käfig ging.

»Meines Wissens«, fuhr sie fort, »macht der König einige Tage halt in Alençon, wo seine Schwester, die Königin von Navarra, sich derzeit aufhält. Es ist also möglich, dass Montmorency eher hier ist als er.«

Dann wandte sie sich zu ihrem Mann um.

»Mögt Ihr mich zu den Ställen begleiten? Wir kehren gemeinsam zum Haus zurück, und ich bereite die Ankunft unserer Gäste vor.«

Die Ställe waren weitläufig. Es gab Füchse, ein paar Ponys, vier kleine Pferde aus Béarn, zwei weitere mittlerer Größe, ein stämmiges Pferd und einen schönen Araberhengst.

Als sie zurück im Schloss war, rief Diane ihre Kammerfrau zu sich und ließ sich vor ihrem Frisiertisch nieder. Der Spaziergang hatte sie erfrischt. Sie strich mit ihren zarten Fingern über den Hals eines Flacons mit Jasminwasser, während Guillemette mit geschickter Hand nach der Wildschweinbürste griff, die ihre Herrin ihr reichte.

Diane schüttelte schwungvoll ihre Haare, die wunderhübsch glänzten und das Feuer in ihren Augen unterstrichen.

Sie verteilte Jasminwasser über ihrem Gesicht, und nachdem sie einen Kräutertee und etwas Honiggebäck zu sich genommen hatte, überzeugte sie sich davon, dass ihre beiden Töchter noch schliefen.

Guillemette hielt in ihrer Bewegung inne, und die Bürste mit dem silbernen Griff schwebte über den glänzenden Haaren ihrer Herrin. Es klopfte an der Tür, vor der eine schwere Tapisserie mit Blumenmotiven hing.

Diane blickte kurz auf ihre legere Kleidung. Mit kaum merklichem Kopfnicken beschloss sie, dass ihre Nachtkleidung schicklich genug war. Ihr edles Nachthemd bedeckte die runden Schultern und den festen Hals und fiel über ihre schlanken Schenkel. Sie nahm den weißen Seidenmantel zur Hand, den sie auf ihrem Morgenspaziergang getragen hatte.

Die Tür öffnete sich einen Spaltbreit und ließ eine beigefarbene Samtkugel herein, einen Wirbelwind, der sich auf die Knie seiner Herrin stürzte.

»Wo kommst du denn her, Luna?«

Der zierliche Hund leckte Diane die Hand und wirbelte so wild herum, dass Diane drohte, auf den Boden zu stürzen. Nun stand die Zimmertür ganz offen, ihr Diener erschien und sagte:

»Sire Nicolas d'Herbray bittet darum, Euch zu sprechen.«

»Sire d'Herbray! Warum bittet er nicht meinen Mann? Er möge eintreten.«

Es war der Knappe von Louis de Brézé. Ein Edelmann von niederem Adelsstand, der dem Seneschall sehr verbunden war. Er verehrte ihn zutiefst und begab sich auf die heikelsten Missionen, um seinem Herrn zu gefallen.

Mit großem Respekt, in den sich ein Hauch Selbstsicherheit mischte, verbeugte Herbray sich vor Diane. Sie reichte ihm ihre weiße Hand, auf die er einen Kuss hauchte. Dann richtete er seinen schlanken Körper auf, der in einem Wams aus braunem Samt steckte, das ihm große Eleganz verlieh. Nicolas d'Herbray stand ganz aufrecht, das Wams betonte seine Taille, die Arme hingen etwas unsicher am Körper herab. Er blickte aus seinen schwarzen Augen tief in die hellen Augen von Diane.

Dann kam Luna aus einer Zimmerecke zurück, die sie inspiziert hatte, und sprang auf ihre Herrin.

»Dieser Windhund ist wirklich schlecht erzogen. Verzeiht, Nicolas.«

Dann wandte Diane sich an ihre Kammerfrau, die noch immer neben ihr stand und auf Anweisungen wartete:

»Bring sie weg, Guillemette, und lass mich einen Augenblick allein. Du kannst mich später frisieren.«

Die Kammerfrau ging leise aus dem Zimmer und hinterließ einen Duft nach Rosenwasser. Diane deutete mit der Hand auf den Knappen und sagte lächelnd:

»Tretet näher, Nicolas, was habt Ihr mir mitzuteilen?«

»Ich komme vom Hof. Der Kammerherr des Königs lässt Euch ausrichten, dass Seine Majestät über Alençon reist und dort einige Tage verweilt, bevor er nach Anet kommt.«

»Hat er gesagt, ein paar Tage? Nicht länger!«

»Gewiss nicht. Die Schwester des Königs zögert, ihren Aufenthalt in der Normandie zu verlängern. Es heißt, dass ihr Mann, der Duc d'Albret, sie nicht gern aus Navarra fortlässt.«

Diane hob eine Braue.

»Sie muss sich dennoch um ihr Anwesen kümmern.«

»Darf ich darauf hinweisen, Madame Seneschall, dass Duc und Duchesse d'Albret noch immer in den Flitterwochen sind.«

»Das ist wahr. Wie töricht von mir. Aber sagt, Nicolas, wird der König von einer Eskorte begleitet werden?«

»Einige Männer sichern ihn von hinten, und einige reiten vorweg. Das ist alles.«

Diane hob eine Hand und legte sie sanft auf ihre blasse Stirn. Nicolas gehörte zu den wenigen Männern, die sie morgens in ihrem Zimmer empfing. Und Nicolas d'Herbray genoss dieses Privileg, ohne dass daraus zweideutige Situationen entstanden.

Diane blieb unerreichbar. Die perfekte Harmonie ihres Gesichtes und ihres Körpers schien sie hinter einer undurchdringlichen Maske zu verbergen. Ob sie leicht bekleidet war oder ein schweres Prunkgewand trug, Diane blickte ihr Gegenüber stets offen, direkt und geradeheraus an. Mit diesen Blicken unterband sie jeden Gedanken, ihr den Hof zu machen.

»Vergesst nicht, Madame Seneschall, dass Euer Herrscher sich nach dieser Einladung zu Dank verpflichtet fühlt. Ihr dürft ihn um einen Gefallen bitten. Der große Kammerherr wüsste gern, um welchen.«

»Nun, Nicolas, sagt ihm, ich bin glücklich und bitte den König um keinerlei Gefallen. Und wenn er insistiert, erinnert ihn daran, dass ich ihm ein Leben lang verpflichtet bin, da er einst dem Gnadengesuch meines Vaters nachgegeben hat.«

Bei diesem Gedanken kroch ein Schaudern ihren Rücken hinauf. Was konnte sie mehr verlangen? Die Ländereien, die Schlösser, die Titel und die anderen Güter ihres Vaters hatte man konfisziert, und Diane hatte sie bei seinem Tod nicht zurückverlangt. Ganz im Gegenteil könnte sie diese zur Verfügung stellen, um die Kinder des französischen Königs damit zu befreien. Bei diesem Gedanken musste sie lächeln und beschloss, dem König diesen Vorschlag zu machen. Dann wäre er tatsächlich ihr Schuldner.

Sie wusste, dass Louise d'Angoulême vor Kurzem zu beträchtlichem Reichtum gelangt war, da sie den Prozess gegen den Duc de Bourbon gewonnen und das gesamte Vermögen der Beaujeus geerbt hatte. Dieser frische Reichtum würde die Staatskasse füllen und es ermöglichen, das Lösegeld für die Königskinder bald zu bezahlen. Dennoch hielt Diane an ihrem Vorhaben fest, dem König ihr eigenes Vermögen zur Verfügung zu stellen, um die Befreiung der Kinder zu beschleunigen. Wie häufig hatte sie an den kleinen Henri gedacht, sie erinnerte sich sehr gut an die erschrockenen Augen in seinem gequälten Gesicht.

Nicolas trat einen Schritt vor und blickte auf die Schnabelschuhe aus Büffelleder, die Diane an den Füßen trug. Dann hob er den Blick zu ihrem makellosen Gesicht. Er verstand, dass die junge Frau ihm nichts mehr zu sagen hatte, deutete eine Verbeugung an und verließ das Zimmer.

Diane nutzte ein paar wenige freie Minuten, um ihre Töchter zu sehen. Im weiteren Tagesverlauf würde sie vielleicht nicht mehr dazu kommen. Sie wusste, dass ihr Mann die Kinder bereits umarmt hatte, wie es jeden Morgen und jeden Abend seine Gewohnheit war.

Die Dunkelheit war gerade hereingebrochen, als Francesco Mathildes Gespann vor Schloss Anet anhielt. Die junge Kammerfrau Aliette begleitete sie. Diane bemerkte sofort das Wappen der Sauriers an der Tür der Kutsche. Sie lächelte und fand, dass die neue Vornehmheit Mathilde gut stand.

Aliette sprang behände hinaus und half ihrer Herrin beim Aussteigen. Fildor, der mit den beiden anderen Pferden angebunden war, wurde alsbald befreit. Diane wusste, dass er sich nicht gern dem Kummetbügel einer Kutsche unterwarf, und so gab sie ihrem Stallburschen ein Zeichen, sich rasch um ihn zu kümmern.

»Mathilde!«, rief sie und stürzte auf ihre Freundin zu. »Ich warte seit gestern auf Euch. Ich konnte es nicht erwarten, Euch zu sehen.«

Sie schlossen einander herzlich in die Arme.

»Ach, mein Herz! Ich habe alles über Eure Hochzeit gehört. Dass Ihr so rasch Witwe geworden seid, hat mich sehr betrübt. Aber wenn es Euch zu sehr bekümmert, sprechen wir nicht darüber.«

»Das Leben hat mich wieder, Diane, und es bleibt mir Charlotte. Sie ist so hübsch.«

Mathilde hatte ihrer Freundin nie von dem kleinen Charles erzählt, da sie nicht wusste, wie sie es ihr erklären sollte. Und da

Valentine den Jungen zum Teil aufzog, hielt sie es nicht für nötig, etwas zu sagen.

Nach stürmischen Umarmungen ließen die beiden Freundinnen voneinander ab.

»Jetzt kümmere ich mich um Euch, Mathilde. Sagt Eurem Kutscher, dass er zum Stall gehen möge. Ich habe meine Stallburschen informiert, sie kümmern sich um ihn. Und meine Kammerfrauen nehmen sich Eurer Zofe an.«

Dann trat sie zu ihrer Freundin und fügte leise hinzu:

»Der König reist über Alençon, bevor er herkommt. Er sollte in einigen Tagen hier sein.«

Mathilde schien enttäuscht. Wenn der König zu lange bei seiner Schwester verweilte, verkürzte das seinen Aufenthalt auf Schloss d'Anet. Sie erwiderte nichts, nahm sich jedoch vor, später mehr darüber herauszufinden und zu überlegen, was sie tun sollte.

Doch die Zeit verging rasch, und zwei Tage später traf Madeleine de Savoie ein. Am Morgen des dritten Tages war Diane gerade aufgestanden, als Mathilde in ihr Zimmer trat.

»Ist es nicht etwas früh für unseren morgendlichen Ausritt?«

Diane bemerkte, dass ihre Freundin sich nicht wohlzufühlen schien.

»Was gibt es, Mathilde? Seid Ihr krank?«

»Nein, nein, keineswegs! Beruhigt Euch, Diane.«

»Wollt Ihr, dass wir gleich ausreiten? In dem Fall wartet, ich bin gleich bereit.«

»Diane! Nein, lasst. Ich möchte allein aufbrechen.«

»Allein! Aber warum?«

Verlegen strich sich Mathilde über den Hals.

»Ich will dem König entgegenreiten und ihn vielleicht sogar in Alençon treffen.«

»Mathilde!«, rief Diane, die langsam zu verstehen begann.

Da ihre Freundin nichts erwiderte, ergriff sie Mathildes Hand und führte sie zu ihrem Bett.

»Mathilde, sprecht offen mit mir. Ich ertrage es nicht, wenn Ihr mir die Wahrheit verschweigt. Ist zwischen dem König und Euch etwas vorgefallen, das über die alte Zuneigung hinausgeht, die Ihr ihm seit Eurer Kindheit entgegenbringt?«

Mathilde errötete.

»Verschweigt mir nichts. Ich will es wissen, sonst bin ich nicht mehr Eure Freundin. Habt Ihr kein Vertrauen mehr zu mir?«

Mathilde verzog den Mund und dachte nach.

»Mathilde«, fing Diane erneut an, »Ihr wisst genau, dass ich ein Geheimnis für mich behalten kann, insbesondere wenn es um Euch geht.«

»In Wahrheit war diese Begegnung bereits lange geplant. Wir haben uns seit der Hochzeit von Marguerite nicht mehr gesehen.«

»Was wollt Ihr damit sagen?«

»Dass wir ein paar Nächte miteinander verbracht haben.«

»Mathilde! Ach! Seit ich nicht mehr am Hofe verkehre, bin ich überhaupt nicht auf dem Laufenden. Ich dachte, dass Ihr …«

»Denkt nichts, Diane. Der König und ich haben uns geliebt, bevor ich Comte de Saurier begegnet bin, den ich respektiert, geheiratet und zärtlich geliebt habe. Dann bin ich Witwe geworden und habe die kleine Charlotte zur Welt gebracht, und das alles innerhalb von einem Jahr. Es ist verflogen wie ein Komet am Himmel.«

»Und seither habt Ihr den König nicht mehr wiedergesehen?«

»Nein.«

Diane schwieg einen Augenblick und ging ein paar Schritte auf das große Fenster zu, durch das helles Tageslicht hereinfiel.

»Ich mag die kleine Pisseleu nicht«, erklärte sie, während sie zurück zu Mathilde kam und ihre Hand nahm. Sie ist ein affektiertes, eingebildetes Frauenzimmer, und seit sie königliche Mätresse ist, meint sie, sich alles erlauben zu können.«

»Das ist auch meine Ansicht, aber dagegen können wir nichts ausrichten.«

Mathilde legte den Kopf an die Schulter ihrer Freundin und öffnete sich ihrer Freundin.

»Diane, helft mir. Ich weiß nicht mehr, was ich tun soll. Ich habe so viel durchgemacht, seit Jean tot ist. Ich habe ihn geliebt, und ich wäre ihm treu gewesen. Er war loyal und großzügig. Er hatte nur gute Eigenschaften. Seit er mich verlassen hat, fühle ich mich erschöpft, verloren, todtraurig.«

Mathilde spürte, wie ihre Freundin ihr Gesicht streichelte.

»Und dennoch habe ich Lust, wieder zu leben.«

»Nun, meine Liebe, eilt zum König, und gönnt Euch ein paar glückliche Tage, wenn das Euer Wunsch ist. Ihr betrügt niemanden, denn Ihr seid allein, und die Mätresse ist nicht bei ihm.«

Mathilde nickte einige Male kurz mit dem Kopf, und Diane legte einen Arm um ihre Schultern und zog sie an sich.

»Ich kann nichts tun, als Euch aufbrechen und zum König galoppieren zu lassen. Wenn Ihr Euch gleich auf den Weg macht, findet Ihr ihn sicher dort, wo sich die Straßen aus Dreux und d'Alençon kreuzen. Dort trifft er sich mit Konnetabel Montmorency.«

Mathilde stand auf, aber Diane fasste ihren Arm.

»Allerdings, Mathilde, wohin bringt Euch dieses neue Abenteuer?«

Mathilde zuckte mit den Schultern.

»Nirgendwohin, ich weiß.«

Diane trat zu ihr und küsste sie auf die Wange.

»Wenn Ihr heute Abend nicht zurück seid, sage ich meinem Mann und meinen Gästen, dass Ihr Euch ebenfalls nach Alençon begeben musstet. Da Ihr zum Hof von Marguerite gehört habt, wird das niemandem seltsam vorkommen.«

Mathilde nickte.

»Sagt Eurem Mann und Euren Gästen, dass ich mit der Schwester des Königs über die Werkstätten in Felletin und Aubusson sprechen muss, die ich von meinem Mann geerbt habe. Es sind ausreichend Werke in Arbeit, von denen ich der neuen Königin von Navarra einige vorstellen kann.«

»Das ist gut. So werde ich es ihnen sagen.«

Dann hielt sie Mathilde noch einmal zurück:

»Ihr habt Glück. Der König ist nur mit einer kleinen, unbedeutenden Eskorte unterwegs.«

Schließlich ritt Mathilde friedlich in Richtung Alençon. Während Fildor ruhig vor sich hin trabte, hing sie ihren Gedanken nach. Diane hatte sie darauf gebracht: Was würde ihr dieses neue Abenteuer mit dem König bringen, das sie in einiger Zeit wieder vergessen musste, um nicht in die Tollheit von einst zu verfallen? Eine Ablenkung! Es war eine Möglichkeit, die grausamen Schicksalsschläge zu verwinden! Doch zunächst musste sie das Bild von Jean aus dem Kopf bekommen und ihr Leben neu überdenken, und das konnte sie nicht, indem sie mit dem König zusammen war.

Doch je weiter sie sich von Schloss d'Anet entfernte, umso heftiger schlug ihr Herz und umso mehr geriet ihr Blut in Wallung. Würde François nie aufhören, sie derart aufzuwühlen?

Sie ließ sich Zeit für einen Spaziergang und führte Fildor am langen Zügel, wodurch die Zeit angenehm verstrich. Doch erneut sah sie Jean vor sich, seine grauen Augen, seinen ruhigen Blick, in den sich ab und an etwas Gebieterisches mischte, das sogleich verflog, wenn sie ihn anlächelte und auf ihn zuging.

Himmel! Sollte sie umdrehen und nach Anet zurückkehren, den König nicht wiedersehen, der jeden Augenblick vor ihr auftauchen konnte? Das Bild des kleinen Charles und seiner großen dunklen Augen tröstete sie einen Augenblick. Dann sah sie Charlottes rosiges Gesicht mit den blauen Augen vor sich. Schließlich vergaß Mathilde ihre Befürchtungen, ihre Zweifel, ihre Sorgen und stieg auf den Rücken von Fildor.

Sie ritt in flottem Galopp und war froh über ihre Entscheidung. Ja! Sie würde diese wenigen Momente, die François Ihr schenkte, genießen.

Der Weg war hell, dank des hellblauen Himmels, an dem sich schüchtern die Sonne zeigte. Kein Reiter begegnete ihr, obwohl die Morgendämmerung bereits lange vorüber war. In der Ferne hörte Mathilde die Glocke eines Klosters schlagen.

Wo sich die Straßen aus Dreux und Alençon kreuzten, richtete Mathilde den Blick auf den Horizont und sah die Sonne am Himmel strahlen. In den satten grünen Wiesen, wie es sie nur in der Normandie gab, wuchsen Wildblumen in leuchtenden Farben, und die Bauern pflügten mit ihren Ochsen die Felder.

Schließlich begegnete Mathilde einem Händler auf einem Esel, der auf dem Weg nach Alençon war, um dort seine Kerzen auszuliefern, und wurde von einem mit Kisten und Fässern gefüllten Karren überholt. Fildors Hufe klapperten fröhlich über die Straße. Langsam erkannte Mathilde die Gegend um Schloss Alençon wieder, wo sie so häufig mit Marguerite geritten war. Zu ihrer Rechten sah sie die Täler und Wälder, die nach Mauves führten, wo sich das Haus der alten Duchesse d'Alençon befand. Anschließend erkannte sie die tiefen, dichten Wälder, in die kaum Licht drang. Wie oft war sie mit Marguerite über die Alleen galoppiert?

Als sie Alençon erreichte und in der Ferne die alte Festung sah, die sich über Wassergräben und dunklen Gewässern erhob, wurde Mathilde unruhig. Der riesige Bergfried erschien, und hinter den von kleinen Öffnungen durchbrochenen Mauern lag der Wohntrakt.

Da hörte sie auf einmal Hufgeklapper auf der Straße. Konnte das der König sein? Sie zählte vier oder fünf Galoppsprünge und sah die Silhouette eines Reiters, der noch zu weit entfernt war, als dass sie sein Gesicht erkennen konnte. Schließlich ritt er in irrsinniger Geschwindigkeit an ihr vorbei. Mathilde bremste, machte eine wilde Kehre und jagte dem Reiter hinterher. Dieser trug einen Umhang über seinem Wams sowie einen großen Hut, hielt kurz inne, und als er merkte, dass Mathilde ihm folgte, trieb er sein Pferd an und ritt in Richtung Dreux.

Es folgte ein wilder Galopp, wie nur François und Mathilde ihn beherrschten. Es war eine jener jugendlichen Launen, denen der König noch immer gern frönte! Eine Verrücktheit, die sie ausleben wollten, bevor sie sich in den Armen des anderen wiederfanden. Ein kurzer köstlicher Moment, in dem sie bereits vor Vorfreude bebten.

Der Wind sauste an ihren Ohren vorbei. Die Zeit stand still, und sie nahmen nur den Rhythmus der galoppierenden Pferde wahr. Die Tiere liefen Seite an Seite, keines war dem anderen auch nur eine Kopflänge voraus. Sie orientierten sich aneinander, verbanden sich miteinander, um ihren Reitern zu gefallen.

»Wir sind frei, Mathilde!«, rief der König. »Ich habe meine Eskorte abgehängt.«

Der Wind trug seine Stimme fort, doch Mathilde verstand jedes Wort.

»Sire! Nicht eine einzige Wache?«

»Keine Einzige!«

Die junge Frau erschauderte unweigerlich. Dies bedeutete ein Risiko, das die Königinmutter sowie die Berater des Hofes kaum gutheißen würden. Aber sie wussten es nicht, ebenso wenig wie Louise. Welcher Monarch hatte nicht zwei- oder dreimal in seinem Leben eine kleine Reise ohne Eskorte unternommen? Auch wenn das Motiv vielleicht nicht das einer Galanterie, einer amourösen Phantasie war!

»Sire! Wohin reiten wir?«

»In die Wälder.«

Er bog in einen Weg ein, der zu einem dichten Wald führte, sie passierten ihn und fanden sich auf einem Feld mit Klatschmohn und Gänseblümchen wieder.

Der König blickte sich um, genoss die Stille des einsamen Ortes, den erfüllten Augenblick, hielt sein Pferd an und stieg ab.

»Dieser Blumenteppich ist für dich, Mathilde! Komm!«

»Sire!«

Das Lächeln des Königs fesselte sie bereits. Sein schelmischer, verführerischer Blick nahm sie gefangen. Er kam auf sie zu und legte seine Lippen auf ihre.

»Sire!«, sagte sie erneut.

»Es gibt jetzt kein ›Sire‹.«

Sie korrigierte sich.

»François!«

Er nahm sie in die Arme und zog sie an sich. Mathilde seufzte. Sie fühlte sich ein Jahr zurückversetzt, und jäh überkamen sie düstere Gedanken. Sie unterdrückte einen plötzlichen Schwindel und wollte sich nicht von der Vergangenheit überwältigen lassen. Nein, sie wollte diesen Moment genießen, der sich gewiss nicht wiederholen würde.

»Sire!«

Sie hob erneut an:

»François! Ich muss Euch zwei Dinge sagen.«

Mit einer schwungvollen Geste entledigte er sich seines Umhangs und breitete ihn sorgfältig auf dem Gras aus, damit Mathilde es bequem hatte.

»Du hast recht. Setzen wir uns und reden ein wenig.«

Er nahm neben ihr Platz, zog die Knie an und beugte sich leicht nach vorn, wobei er sich durchaus bewusst war, dass er zart ihren Körper streifte.

»Ich höre dir zu.«

»Ich habe Comte de Saurier geheiratet.«

»Das weiß ich. Meine Mutter hat es mir erzählt. Aber ich habe auch gehört, dass du Witwe bist, und ich weiß, dass du nur deshalb heute hier bist.«

»Ich … ich …«

Er umfasste ihre Taille und verschloss ihren Mund mit einem Kuss.

»Ich bin mir sicher, dass du deinen Ehemann nie betrogen hättest.«

»So ist es.«

Er ließ sie los und rückte etwas von ihr ab. Dann blickte er ihr tief in die Augen:

»Und die zweite Sache?«

»François! Ich habe eine Tochter zur Welt gebracht.«

»Bin ich der Vater, wie man sich erzählt?«

Mathilde stockte der Atem. Sie öffnete den Mund, um ihn wieder zu schließen. Sie wusste nicht, was sie sagen sollte, so fuhr der König fort:

»Nun, mein Liebchen, dass ein Monarch kleine Bastarde hinterlässt, ist durchaus üblich, unvermeidlich, fast notwendig, vor allem, wenn das Königreich gesichert ist. Bastarde haben den Hof noch nie gestört, und deine Tochter, Mathilde, bringt keine Unruhe in mein Leben.«

»Charlotte ist kein Bastard, François, sie ist die künftige Comtesse de Saurier. Ich habe Jean alles erzählt, bevor er gestorben ist, und er hat sie als seine Tochter anerkannt.«

»Du hast einen der besten Soldaten unter Louis XII. geheiratet. Es ist bedauerlich, dass er bei diesem schrecklichen Unfall umgekommen ist. Er hätte noch schöne Jahre mit dir haben können.«

Er schloss Mathilde erneut in die Arme und küsste ihr Gesicht.

»Lass uns nun diesen Augenblick genießen, Liebste!«

»Nein, François, nicht, bevor du mir erklärt hast, woher du wusstest, dass Charlotte nicht die Tochter von Jean ist. Warum spricht der Hof von ihr?«

»Der Hof weiß alles, und meine Spione berichten mir, was man sich dort erzählt, und auch, was man sich nicht erzählt.«

Er streckte sich mit einer anmutigen Bewegung auf der Wiese aus. Sein Kopf ragte über den auf dem Boden ausgebreiteten Umhang hinaus. Er nahm ihr die Haube ab, löste die Bänder, die ihre Haare zusammenhielten, und bewunderte den warmen kastanienbraunen Ton. Wie eine weiche, seidige, glänzende Decke ergossen sich ihre Haare über ihre Schultern, ihren Rücken, ihr Dekolleté, und der König wurde von heftiger Lust ergriffen.

»Nein! François, warte! Ich will wissen, was man über mich erzählt.«

»Und über mich, meine Liebste.«

Er beugte sich über sie und legte die Hände auf ihr Mieder. Ach! Zu spüren, wie sich ihre Brüste unter seinen Fingern hoben, weckte erst die wahre Lust in ihm.

»Was erzählt man sich?«, beharrte Mathilde.

»Warum hast du das Kind Charlotte genannt?«

»Weil ich unablässig an deine Tochter denken musste, die in den Armen Marguerites gestorben ist, während du in Italien warst. Ja, François, deine kleine Charlotte, die ich mehr als einmal in den Armen gehalten habe.«

Plötzlich ließ der König sich etwas schwerer auf Mathilde sinken. Seine Hände waren zärtlich, aber fordernd. Er hatte seinen Sinn für Galanterien nicht verloren, und am Hof wurde über sie nicht mehr getratscht als über Eleonore von Österreich, die er in Kürze heiraten sollte, oder über Demoiselle de Pisseleu, die ihre Arbeit als Mätresse aufnahm.

Mathilde spürte, dass sie zu neuem Leben erwachte. Sollte das Schicksal sie nie wieder in einer so intimen Situation zusammenbringen, so hatte François das zumindest jetzt erreicht.

Sie verbrachten zwei Tage und zwei Nächte miteinander und genossen es, sich unerkannt in einem kleinen Gasthaus in der Umgebung von Dreux aufzuhalten. Dann musste der König Montmorency treffen und sich auf Schloss Anet begeben. Mathilde gab ihm eine Nachricht für Diane mit, in der sie ihr erklärte, dass sie sie bei einer anderen Gelegenheit erneut besuchen würde. Sie übergab den Brief dem König mit der Bitte, ihn ihrer Freundin in aller Diskretion zu überreichen.

23.

Mathilde kehrte also in die Auvergne zurück, ohne über Anet zu reisen, und ließ Diane durch die Nachricht, die sie dem König mitgegeben hatte, ausrichten, dass sie ihr später einen Besuch abstatten werde. Entgegen ihren Befürchtungen hatte sie sich von François mit ruhiger Stimme verabschiedet.

»François, mein König! Ich habe dich wie verrückt geliebt und werde dir immer als liebende und respektvolle Untertanin dienen, aber ich werde das Schicksal nicht herausfordern. Unsere Wege trennen sich hier. Wir werden uns nie wieder auf diese Weise begegnen. Nein, nie mehr. Bald wird dir deine Mätresse wie ein Schatten folgen, und ich werde für dich nicht mehr als eine Erinnerung sein. Doch es gefällt mir, dich so zu verlassen, denn ich behalte eine wunderschöne Erinnerung, und ich werde sie bewahren, solange ich lebe.«

François hatte nachdenklich mit dem Kopf genickt.

»Ich auch, meine Geliebte!«, erwiderte er. »Ich werde ein traumhaftes Bild in Erinnerung behalten. Ein Bild von dir, das von vielen anderen überlagert ist. Von einem kleinen Mädchen, das ich einst auf mein Pferd gehoben habe und das daraufhin nur noch an mich gedacht hat. Das eines jungen Mädchens, das immer schöner wurde und sich dem Protokoll widersetzte, das meine Schwester und meine Mutter ihr einzuschärfen versuchten. Das Bild einer jungen Frau, die gekommen ist, um mich in meinem Kerker in Spanien zu trösten, und schließlich das einer großen Geliebten, die ich nur schweren Herzens verlasse.«

Er hatte ein letztes Mal seine Lippen auf ihre gelegt und mit heiserer Stimme leise hinzugefügt:

»Ich hoffe nichtsdestotrotz, dass wir uns hin und wieder am Hof begegnen. Ich werde dich einladen, meine Geliebte, denn manchmal habe ich das Bedürfnis, dich zu sehen, auch wenn es uns nur erlaubt ist, ein Lächeln oder einen Blick zu tauschen. Auch wenn dein Herz einem anderen gehört! Kein Mann wird je über mir stehen und mir verbieten, dich anzusehen.«

Dann war er als Erster gegangen und hatte sie im Gasthaus zurückgelassen, wo ihre Kutsche sie abholen sollte.

»Mathilde!«, hatte er gerufen, bevor er über die Straße nach Anet davongaloppiert war, »wenn Charlotte groß ist, möchte ich sie kennenlernen. Denk daran, diese Freude darfst du mir nicht verweigern, denn es ist ein Befehl.«

Mathilde hatte erwidern wollen, dass sie sich dem nicht widersetzen würde und dass sie ihre Tochter Liebe und Respekt für ihren König lehren werde, doch da hatte ein Gespann den Weg des Reiters gekreuzt, und er war eilig davongestoben.

Kurz darauf stieg die alte Comtesse de Nevers in Begleitung zweier Zofen sowie einer vierten Person, die Mathilde nicht kannte, aus ihrer Kutsche.

»Ich meinte, den König erkannt zu haben«, rief die Comtesse laut.

»Den König!«, hatte eine der Zofen sogleich erwidert. »Das ist unmöglich, der Reiter war ohne Eskorte unterwegs.«

»Ihr wisst doch, Jeanne, wenn der König ein galantes Rendezvous hat, reitet er stets ohne Eskorte.«

Dann hatte die alte Comtesse sich hinterhältig zu Mathilde

umgedreht und freute sich bereits darauf, die Anekdote herumzuerzählen:

»Ach! Aber das ist ja unsere neue Comtesse de Saurier!«

Mathilde hatte gegrüßt und ihnen deutlich gemacht, dass sie nicht mit ihnen sprechen wollte, indem sie sich auf Fildor schwang und davonritt.

Es wäre ein Irrtum anzunehmen, dass sie galoppierte, ohne an irgendetwas zu denken. Mathilde durchlebte noch einmal die letzten Tage mit dem König und empfand wenig Lust nach Saurier zurückzukehren, wenn sie daran dachte, wie der Abend vor ihrer Abreise dort verlaufen war.

Im Schloss war alles wunderbar. Diener, Zofen und sogar der alte Majordomus akzeptierten widerstandslos Mathildes Stellung als neue Comtesse. Um niemanden vor den Kopf zu stoßen und das Gleichgewicht im Haus zu bewahren, hatte Mathilde sich den alten Gewohnheiten angepasst, und alle merkten, dass sich nichts verändert hatte.

In den Werkstätten in Felletin war das allerdings anders. Am Abend vor ihrer Abreise hatte Mathilde eine Ansprache gehalten, die den Webern gar nicht gefallen hatte.

»Der Tod meines Mannes hat mich schwer getroffen, und ich habe mich monatelang in meinem Zimmer eingeschlossen. Nun muss ich nach Anet reisen, wohin die Duchesse de Brézé mich einige Wochen eingeladen hat. Ich möchte, dass wir vor meiner Abreise eine Bestandsaufnahme der vollendeten sowie der noch in Arbeit befindlichen Werke machen. Vielleicht habt Ihr auch neue Bestellungen erhalten?«

Der alte Jehan Dumont hatte sich, umrahmt von seinen beiden Assistenten, vor ihr aufgebaut und kühl geantwortet:

»Macht Euch keine Sorgen, Comtesse, wir verstehen unsere Arbeit. Reist ohne Sorge und bleibt, solange es Euch gefällt.«

»Ich sorge mich nicht, denn ich weiß, dass Ihr Eure Arbeit versteht. Ich möchte schlicht über den Fortgang der Arbeiten auf dem Laufenden gehalten werden.«

Meister Leonard Deveau war einen Schritt vorgetreten und hatte zu herrisch gesprochen, als dass Mathilde seinen Ton akzeptierte:

»Sogar der Comte hat uns nicht darum ersucht, denn er wusste genau, dass die Arbeit fristgerecht erledigt wird.«

»Der Comte war Soldat, ich stamme aus einer großen Weberfamilie, Maître Deveau! Meine Vorfahren haben *Die Apokalypse des heiligen Johannes* gewebt. Das ist der Unterschied zwischen ihm und mir.«

»Was Ihr in Eurem Schloss treibt, Comtesse, stört uns nicht«, hatte Joseph Laurent, der andere Meister erwidert, »aber die Leitung und die Verantwortung unserer Werkstätten geht Euch nichts an.«

»Nun, das werden wir nach meiner Rückkehr sehen. Glaubt nicht, dass ich so leicht kapituliere.«

Anschließend hatte sie wütend die Werkstatt verlassen und bereits Argumente gesammelt, die sie ihnen bei ihrer Rückkehr entgegenhalten würde. Gewiss, Alix, Valentine und Mathilde hatten sehr wohl bemerkt, dass im Gegensatz zu den Werkstätten in Tours und Paris hier keine einzige Frau arbeitete. Man lieh ihnen Flachwebstühle, damit sie für eine bescheidene Summe zu Hause weben konnten.

In Felletin genügte es nicht, dass Mathias und Nicolas die Werkstätten zusammen mit Alix besucht hatten, die scharfsinnige Fragen gestellt und sich als fachkundige Weberin erwiesen hatte. Die Männer waren deshalb nicht davon überzeugt, dass eine Frau einem Mann gleichkam. Schon jetzt wusste Mathilde, dass sie es schwerhaben würde, denn sie verfügte zwar über Geschäftssinn, doch hatte sie nicht das Wissen und die Erfahrung ihrer Mutter.

Von Dreux, wo Mathilde schließlich auf ihre Kutsche stieß, reiste sie über Chartres nach Paris, wo sie einen Halt einlegte, um ihre Freundin Benoîte, die Tochter des Webermeisters Béranger, zu besuchen und sie für ein paar Wochen in die Auvergne einzuladen. Sie hoffte, ihr geschickt ein paar Informationen über die Gobelin-Brüder zu entlocken, um die ihre Mutter sie gebeten hatte. Die Brüder fertigten den Großteil der aktuellen Webarbeiten in Paris.

Mathilde hatte beschlossen, sich nicht von Bitterkeit oder Ärger überwältigen zu lassen. Die Zeit der Abenteuer mit dem König war endgültig vorüber, dessen war sie sich bewusst. Sie wollte nicht von einer Sackgasse in die nächste geraten. So erreichte sie die Rue du Faubourg-Saint-Marcel in guter Stimmung. Sie hatte Aliette und Francesco im Gasthaus zurückgelassen und sie gebeten, bis zu ihrer Abreise dort auf sie zu warten.

Als sie aus einer Gasse ritt, die in das Weberviertel führte, versperrte ihr plötzlich ein Gespann den Weg. Überrascht rief sie, dass sie in die Rue Faubourg-Saint-Marcel wolle und man sie vorbeilassen möge.

Da sprangen zwei Männer aus der Kutsche, stürzten sich auf sie und brachten sie aus dem Gleichgewicht, ohne dass sie überhaupt begriff, was vor sich ging. Von den zwei Männern mit starker Hand gehalten, musste Fildor abrupt stehen bleiben.

Mathilde schrie, aber ein dritter Angreifer, der aus dem Schatten auftauchte, warf sich auf sie und presste ihr ein Tuch, das mit einem starken Betäubungsmittel getränkt war, auf den Mund. Mathilde verlor das Bewusstsein und merkte nicht, dass man sie an einen Ort brachte, an den sie sich ganz sicher nicht freiwillig begeben hätte. Einige Stunden später erwachte sie.

Man hatte sie in einem prächtigen Zimmer auf ein weiches Sofa gebettet, das ihr bekannt vorkam. Dennoch wusste sie nicht gleich, wo sie sich befand.

Als sie den Blick auf die Tapisserie vor ihren Augen richtete, meinte sie, königliche Jagd- und Schäferszenen zu erkennen, die sie schon einmal gesehen hatte.

Natürlich! Bei ihm! Beim Vogt von Paris! Sie befand sich in seinen Wohnräumen im Rathaus! Mathilde fuhr wie von einer Tarantel gestochen hoch und erinnerte sich nun genau an das Zimmer. Hier war sie mit ihrer Mutter gewesen, als der Vogt von Paris sie empfangen hatte.

Sie stand auf und stellte erleichtert fest, dass sie nicht verletzt war. Anschließend lief sie mehr als eine Stunde unruhig durch das Zimmer, bis ein Diener kam.

»Möchtet Ihr etwas trinken, Comtesse?«

»Ich möchte unverzüglich Euren Herrn sehen.«

Mathilde hatte beschlossen, keinen Skandal zu verursachen, um zu zeigen, dass sie nicht so war, wie der Vogt sie ganz offensichtlich den Männern beschrieben hatte, die sie entführt hatten. Besser, sie zeigte gleich, dass sie eine vernünftige Frau war und dass es sich um ein Missverständnis handeln musste.

»Ich werde ihm sagen, dass Ihr bereit seid, ihn zu empfangen.«

Hugues kam kurz darauf. Groß und von schöner Gestalt stand er mit undurchdringlicher Miene im Türrahmen und fixierte sie von Weitem, ohne etwas zu sagen.

Es war fast zwei Jahre her, dass sie ihn zum letzten Mal gesehen hatte, und er hatte nichts von seinem stattlichen Aussehen verloren.

»Habt Ihr erneut meinen Sohn entführt?«, fragte sie kühl. Sie fürchtete, dass er sie mit ihrem Kind erpressen wollte.

»Nein! Er ist in Tours bei Eurer Mutter und Eurer Schwester.«

»Schwört es.«

»Ich schwöre es.«

Mathilde trat einen Schritt auf ihn zu. Sie konnte nicht verhindern, dass wütende Blitze aus ihren Augen schossen.

»Wenn Ihr nicht die Wahrheit sprecht, werdet Ihr mit Guillaume in der Hölle schmoren.«

»Noch immer denkt Ihr an meinen Bruder! Ihr könnt ihn einfach nicht vergessen. Wie viel Wasser ist seither die Flüsse hinuntergelaufen? Was sage ich? Es hat sich ein ganzes Unwetter ereignet, das Eure gesamte Vergangenheit hätte mit sich reißen müssen, Comtesse de Saurier!«

»Was wollt Ihr von mir? Was habt Ihr diesen Männern erzählt, dass sie mich derart angegriffen haben?«

»Dass Ihr verdächtig seid.«

»Verdächtig!«

Auch er trat einen Schritt vor, sodass sie nun dicht voreinander standen.

»Das war die einzige Möglichkeit, mit Euch zu sprechen.«

»Wir haben uns nichts zu sagen.«

»Ihr vielleicht nicht, ich schon!«

»Nun, ich höre.«

Er trat noch einen weiteren Schritt auf sie zu, und sie bemerkte, dass er noch immer denselben herrischen Blick und dieselbe ernste Miene besaß. Wo waren nur der heitere Ausdruck und das zugewandte Lächeln, das die Pariser so an ihm schätzten?

Als Hugues sie fast berührte, streckte er die Hand aus.

»Mathilde, ich möchte Euch heiraten.«

»In der Tat. Das hab Ihr mir geschrieben, und ich habe Euch geantwortet, dass ich ablehne.«

»Ihr habt den alten Saurier geheiratet!«

Um ihn zu verunsichern, höhnte sie:

»Jean habe ich geliebt, Euch verabscheue ich. Das ist der ganze Unterschied.«

Er wollte ihre Hand fassen, aber sie entzog sie ihm und trat wieder einen Schritt zurück. Der Vogt beharrte:

»Ich möchte Charles mit Euch aufziehen. Ist das kein triftiger Grund?«

»Nein!«, rief sie. »Ihr lügt, denn Ihr habt das Kind zum Teufel gejagt, als Ihr in Tours von seiner Existenz erfahren habt.«

»Mathilde«, versuchte er es erneut. »Ich war gekommen, um bei Eurer Mutter um Eure Hand anzuhalten. Meint Ihr nicht, dass ich das Recht hatte, außer mir zu sein, eifersüchtig, ja sogar verrückt zu reagieren, als ich von dem Kind erfahren habe, von dessen Existenz ich nichts wusste?«

Einen Augenblick schien sie dieses überzeugende Argument aus der Fassung zu bringen, und Hugues nutzte den Moment, um rasch hinzuzufügen:

»Als ich erfuhr, dass Ihr ein Kind habt und dass es von Guillaume ist, war ich wie vor den Kopf gestoßen. Versteht doch, Mathilde, es war ein Schock für mich. Damit hatte ich nicht gerechnet.«

Als sie nichts erwiderte, sprach er mit leiser, hohler Stimme weiter:

»Doch das war nichts im Vergleich zu dem, was ich ertragen musste, als ich erfuhr, dass Ihr den alten Comte de Saurier geheiratet habt.«

»Ich bitte Euch, hört auf, ihn ›alt‹ zu nennen. Jean war in meinen Augen jung, und nur darauf kam es an. Ja, er war voller

Schwung, gut, großzügig, tolerant. Er war das ganze Gegenteil von Euch! Er hat mich sogar Guillaume vergessen lassen.«

Hugues fasste sie an den Schultern und schüttelte sie, und Mathilde begriff, dass er außer sich geriet, wie jedes Mal, wenn sie sich ihm gegenüber aggressiv und unzugänglich zeigte.

»*Mich* hättet Ihr heiraten sollen.«

»Lasst mich, ich bitte Euch.«

Aber er hielt sie weiter fest und schüttelte sie.

»Ich lasse Euch, wann ich will, Comtesse de Saurier. Ich werde nicht aufhören, Euch zu bedrängen, und werde Euch erneut Charles wegnehmen. Bringt mich vor Gericht, zieht mich in den Schmutz, erklärt dem Gericht, was Ihr wisst, schmückt es aus, erfindet etwas hinzu. Euer Wort steht gegen meines, das habt Ihr mir geschrieben. Ich nehme die Herausforderung an. Wir werden ja sehen, wer von uns beiden gewinnt. Ich möchte nichts anderes im Leben als Euch. Nur der Tod wird mich befreien.«

»Der Tod!«, entgegnete Mathilde zitternd.

»Eurer oder meiner, das weiß ich noch nicht. Auf jeden Fall unser beider Tod.«

Er hörte auf, sie zu schütteln, denn sie zitterte zu stark. Er sah sie unverwandt mit irrem Blick an. Mathildes Beine gaben nach, und ihr rauschte der Kopf. Sie atmete tief ein und legte eine Hand auf ihr Herz. Langsam beruhigte sie sich.

»Lasst mich gehen«, sagte sie schließlich. »Ich muss nach Tours und anschließend zurück in die Auvergne, um die Konflikte mit den Webern in Felletin zu lösen, deren Werkstatt mir nun gehört.«

»Geht zum Teufel!«, fluchte er. »Und wenn es Euch gefällt, kehrt in das Bett des Königs zurück.«

Dann rief er einen Knecht und bat ihn, sie zum Stall zu begleiten, damit sie ihr Pferd holen konnte.

»Aber«, schrie er, bevor sie aus seinem Blick entschwand, »denkt daran, ich halte, was ich verspreche. Ja! Comtesse de Saurier, es wird genau so sein, wie ich es Euch gesagt habe.«

Zwei Tage später erreichte Mathilde Tours und drückte Charles an sich.

»Wie groß du geworden bist, mein Sohn. Was für ein hübscher Junge!«

Der Kleine sprang vor Freude vor seiner glücklichen Mutter in die Luft.

»Bleibst du hier, Mama?«

»Eine Weile, mein Engel. Aber ich muss in die Auvergne zurückkehren. Du wirst mich später begleiten.«

»Und Aude?«

Mathilde blickte auf das Mädchen hinunter, das ihr seine rundlichen Arme entgegenstreckte.

»Du bist ja auch so hübsch, mein Schätzchen.«

Sie umarmte die Kleine zärtlich, die davonsauste, um ihre Mutter zu holen. Seit sie aus der Auvergne zurückgekehrt waren, lebten Aude und der Junge wieder ihren ruhigen und geordneten Alltag.

Noch immer schön und anmutig, genau wie ihre Schwester, erschien Valentine und trug Charlotte auf dem Arm. Hinter ihr folgten die Ammen, die je einen Zwilling im Arm hielten. Charlotte war ein hübsches molliges Baby, rosig und gesund. Ebenso prächtig machten sich die Zwillinge von Valentine, Pierre und Antoine. Im Haus der Cassex' in Tours hatte man ein Kinderzimmer für die fünf Kinder eingerichtet.

Valentine hatte ihre Arbeit in der Werkstatt wiederaufgenommen. Mathias und Nicolas beendeten den großen Wandbehang *David und Bathseba*, dessen Herstellung sich verzögert hatte, da zunächst die Tapisserien fertiggestellt werden mussten, die Charles Quint während der Gefangenschaft des französischen Königs erhalten hatte.

Bei den Cassex, ebenso wie bei den Duvals, den Mortagnes und den anderen Webern aus Tours wie auch bei den Webern aus Orleans, Nevers, Lyon und Toulouse waren die Kassen leer, und man musste nach neuen Finanzierungsmöglichkeiten suchen. Doch solange das Lösegeld für den französischen Thronfolger und seinen Bruder nicht an Charles Quint gezahlt war, blieben die Finanzen der Weber schwach.

Alix hatte erneut ausgiebige Reisen unternommen, um Aufträge aus Brügge und Brüssel zu besorgen. Bei ihrer letzten Reise nach Blois hatte ihre Freundin Louise, die Königinmutter, sich als Geldgeberin für einige große Werke der *Triumphe* zur Verfügung gestellt. Leider konnten diese aus Mangel an Personal nicht alle in Tours hergestellt werden, denn Mathias und Alix mussten sich von einigen Arbeitern trennen, die sie derzeit nicht bezahlen konnten.

Um so günstig wie möglich zu produzieren, kamen die Werkstätten von Felletin wie gerufen, aber konnte Mathilde den Webern Arbeiten auferlegen, nachdem diese ihr offenbar nicht die Leitung überlassen wollten?

Mathias begann auf einem Flachwebstuhl einen Wandbehang mit *Pflanzen* zu weben, und Nicolas eine *Königliche Jagd*. Die Hochwebstühle waren fast alle ungenutzt. Valentine webte eine Tapisserie mit herrschaftlichen Wappen, und Pierrot reparierte momentan defektes Material, während er darauf wartete, dass die großen Rahmen wieder mit riesigen Wandbehängen bestückt wurden.

»Alix ist sicher bereits aus Flandern zurück«, bemerkte Mathias. »Sie müsste sich derzeit bei der Königinmutter in

Amboise, Chenonceau oder Romorantin aufhalten, denn auch die königlichen Schlösser mussten ihren schönsten Wandschmuck hergeben. Wirst du auf sie warten, bevor du in die Auvergne zurückkehrst?«

»Ich weiß es nicht.«

»Was hast du, Mathilde? Du wirkst besorgt.«

»Ich glaube, dass ich Schwierigkeiten haben werde, mich in Felletin zu behaupten. Die Weber hören nicht auf mich. Sie verhöhnen mich und sagen mir in ironischem Ton, ich solle mich lieber um die täglichen Aufgaben im Schloss kümmern.«

»Hör zu, meine Tochter«, riet Mathias, »eine Werkstatt ist eine Art Haus, in dem Knechte und Dienerinnen zu Arbeitern und Lehrlingen geworden sind. Und der alte Meister Jehan Dumont, mit dem du dich zuerst zusammensetzen musst, ist nichts anderes als der Majordomus. Betrachte die Dinge aus diesem Blickwinkel, und du wist sehen, dass du besser zurechtkommst.«

Mathilde umarmte ihren Stiefvater. Seine Worte beruhigten sie und machten ihr Mut. Sie würde sich der Zukunft stellen.

Als er sah, wie Mathilde ihre übliche Selbstsicherheit wiedererlangte, fing Mathias an zu lachen.

»Du wirst schon noch lernen, dir Respekt und Gehorsam zu verschaffen, genau wie es deine Mutter getan hat.«

»Ich verfüge nicht über ihre Kompetenzen, Mathias.«

»Du wirst das schon machen. Da bin ich mir sicher.«

Als Mathilde Valentine am ersten Abend berichtete, wie der Vogt von Paris sie ins Rathaus hatte schleppen lassen und sie erneut aneinandergeraten waren, gestand diese, dass sie ihre Schwester nicht verstand:

»Er ist noch einmal nach Tours gekommen, Mathilde. Mama hat ihm die Werkstätten gezeigt, und er hat einen Kontakt zu einem neuen Weber in Brüssel hergestellt, der uns als wertvoller Zulieferer dienen wird. Es geht erneut um die *Triumphe*. Wie es scheint, ist der König verrückt danach. Es heißt, dass François I. seine eigenen *Triumphe* als Gemälde und Tapisserien haben will, und der Vogt von Paris bringt uns mit ins Geschäft. Wie kann es sein, dass er uns so sehr hilft, zu dir aber so unangenehm ist?«

»Um ehrlich zu sein«, seufzte Mathilde, »er war nicht gewalttätig, auch nicht böse, noch nicht einmal aggressiv. Er will mich noch immer heiraten, unter dem Vorwand, dass er Charles mit mir zusammen großziehen möchte.«

»Meiner Ansicht nach ist das nicht der wahre Grund. Ich glaube, dass er dich wirklich liebt. Warum weist du ihn ab? Du bist Witwe, du hast zwei Kinder, und er ist jung und ledig. Mama wäre so glücklich über diese Verbindung, die mit Sicherheit unser schwaches Geschäft beleben würde.«

»Laufen die Geschäfte denn so schlecht?«, erkundigte sich Mathilde besorgt.

»Mathilde!«, sagte Valentine mit leisem Vorwurf, »hast du denn alles vergessen? Gedrängt von Louise und Marguerite hast du uns mit deinem heftigen Wunsch, bei der Befreiung des Königs zu helfen, fast ruiniert. Wir mussten ihnen unentgeltlich alle großen Wandbehänge überlassen, die unsere Werkstätten besaßen. Wir mussten uns von einem Teil der Arbeiter trennen, weil wir sie nicht mehr bezahlen können. Wenn wir nicht bald mehr Aufträge haben, müssen wir das große Haus verkaufen und uns eine bescheidenere Bleibe suchen.«

»Ach!«, seufzte Mathilde, die plötzlich zu begreifen schien, in welche Schwierigkeiten sie ihre Familie durch ihre überbordende Leidenschaft für den französischen König gebracht hatte.

»Und da haben wir einen Retter, der dich bittet, ihn zu heiraten, und du weist ihn ohne ersichtlichen Grund zurück.«

Valentine schüttelte den Kopf.

»Fürwahr, niemand versteht dich.«

Mathilde wusste nicht, was sie denken sollte. Es war das erste Mal, dass ihre Zwillingsschwester sich ihr widersetzte.

»Dieser Mann wäre ein guter Ehemann genau wie er ein guter Vogt ist. Die Pariser haben ihm ihr Vertrauen geschenkt. Und er ist ein Gutsbesitzer aus der Basse-Auvergne, Eure Ländereien grenzen fast aneinander.«

»Ich verabscheue ihn.«

Valentine lächelte. Ihre Schwester klang schon nicht mehr ganz so überzeugt. Sie spürte, dass Mathilde langsam Zweifel kamen. Mit Sicherheit war ihre Zwillingsschwester die Einzige, die sie zur Vernunft bringen konnte.

»Nein, Mathilde, du verabscheust ihn nicht, du erträgst nur seine Kritik nicht, seine Forderungen und seine Autorität. Wie soll unsere Mutter dich verstehen? So sprunghaft wie du bist.«

»Valentine! Ich habe Jean geliebt, und wir wären glücklich gewesen. Ich hatte endlich mein Gleichgewicht gefunden. Aber das Schicksal hat es mir wieder genommen. Findest du nicht, dass der Himmel es mir sehr schwermacht?«

Sie lief zu ihrer Schwester und warf sich in ihre Arme. Im Laufe des Abends und der Nacht waren die beiden wieder ein Herz und eine Seele, und Nicolas musste ausnahmsweise das Zimmer mit seinem Vater teilen.

Mathilde reiste ab, nachdem ihre Mutter zurückgekehrt war. In Saurier erwartete sie der Sommer. Überall in den Bergen blühten die Blumen, und die grauen Steine glänzten in der glühenden Augustsonne. Wie konnte sie da nicht an den vorherigen Sommer denken, in dem Jean und sie über ihre Heirat gesprochen hatten?

Sie beschloss, sich am Tag nach ihrer Rückkehr nach Felletin zu begeben. Mathias hatte ihr einiges erzählt, worüber sie mit Meister Jehan Dumont sprechen wollte, wie beispielsweise, dass sie einen Wandbehang, für den der Auftrag aus Brügge stammte, als Zulieferer übernehmen sollten. Es handelte sich um einen der vier Teppiche über die Jahreszeiten, der den Titel *Triumph des Sommers* trug. In den Vorjahren hatten die Werkstätten Cassex bereits *Triumphe der Tugenden und der Laster* und *Triumph des Todes über die Keuschheit* gewebt.

Als Mathilde die Werkstätten in Felletin betrat, den Teil, deren Eigentümerin sie geworden war, sah sie Meister Jehan Dumont im Gespräch mit seinen zwei Vorarbeitern und mit einem Mann, der mit dem Rücken zu ihr stand.

Als die Tür aufging, drehte er sich abrupt um:

»Ihr!«, rief Mathilde mit heiserer Stimme. »Ihr! Was tut Ihr hier?«

Überrascht fragte Meister Dumont:

»Ihr kennt Euch?«

»Ja«, sagte der Vogt. »Wir haben zusammen mit der französischen Regentin und der Duchesse d'Alençon, der jetzigen Königin von Navarra, daran mitgewirkt, die Befreiung des französischen Königs zu finanzieren.«

Die drei Weber schienen äußerst überrascht, was Mathilde vermuten ließ, dass der Vogt nicht von ihr gesprochen hatte.

»Doch das erklärt nicht, weshalb Ihr hier seid«, sagte sie an Hugues gewandt.

»Das ist ganz einfach«, schaltete sich Meister Jehan Dumont ein, der sich wieder gefasst hatte, »unser Nachbar, Seigneur de La Roche, Vogt von Paris, hat eine unserer Werkstätten in Felletin gekauft. So arbeiten wir bei allen Aufträgen, die von außen kommen, mit ihm zusammen.«

Dies war sicher nicht der Augenblick, sich dem Vogt gegenüber aggressiv zu zeigen. Mathilde musste sich rasch entscheiden. Entweder sie wandte sich höflich an Hugues, was die Weber von Felletin dazu bringen würde, sich ihr zu beugen, oder sie widersetzte sich ihm heftig, und die Weber würden nicht zögern, sie aus den Werkstätten auszuschließen, um mit dem Vogt von Paris zu arbeiten.

Sie erinnerte sich an Valentines Worte. Doch sie hatte sich bereits entschieden. Sie, Mathilde Cassex, Tochter einer Weberin, würde sich nicht von den Webern der Auvergne wie irgendeine hübsche oberflächliche Schlossherrin unterdrücken lassen.

Sie blickte dem Vogt in die Augen und erklärte in ruhigem Ton, der für die drei Weber keinerlei Ablehnung erkennen ließ:

»Ich bin gern bereit, mit Euch zusammenzuarbeiten, Monsieur. Und da wir uns bereits kennen, wird es umso leichter sein.«

Hugues blinzelte nicht. Er sah Mathilde fest in die Augen und antwortete ebenso ruhig:

»Nun, ich bin mir sicher, dass wir ebenso hervorragend zusammenarbeiten werden, wie es bereits mit Euren Eltern der Fall ist.«

Da Mathilde beschlossen hatte, auf den Rat von Valentine zu hören, fuhr sie diesmal an Jehan Dumont gewandt fort:

»Ich würde gern die Diskussion wiederaufnehmen, die wir vor meiner Abreise geführt haben und bei der wir etwas unterschiedlicher Meinung waren.«

Leonard Deveau trat einen Schritt vor.

»Ich dachte, wir hätten uns klar ausgedrückt.«

»Keineswegs, Sire Deveau, ich habe Euch unmissverständlich gebeten, mich über die Arbeiten in Kenntnis zu setzen, die in den letzten sechs Monaten vollendet worden sind, sowie ebenso über die laufenden Arbeiten. Ich habe zudem den Wunsch geäußert, die neuen Aufträge zu sehen. Ihr habt mich verhöhnt.«

»Nichts leichter als das«, bestimmte der Vogt. »Von meiner Seite aus gibt es einen Auftrag für eine Tapisserie mit den Wappen von Dinteville-Pontailler, auf der neben den Wappen auch das Motto und die Wahrzeichen ihrer Besitzer dargestellt sein sollen. Der Herr, der den Auftrag vom Orden Saint Michel als Auszeichnung erhält, wünscht diesen Wandbehang Anfang nächsten Jahres.«

Er wandte sich an Mathilde:

»Um Zeit zu gewinnen, habe ich daran gedacht, die Bordüren in den Werkstätten der Cassex realisieren zu lassen. Wäre das möglich, Comtesse de Saurier?«

Hugues wusste momentan noch nicht, wohin ihn sein Spiel führte, aber er spürte plötzlich, dass er vielleicht die Chance erhielt, die heftigen Zwistigkeiten mit Mathilde beizulegen.

»In Felletin ist es üblich, dass wir die Tapisserien, die wir begonnen haben, auch beenden«, entgegnete der junge Leonard Deveau mit schneidender Stimme.

»Gewiss. Aus ökonomischen Gründen«, schaltete sich Mathilde ein. »Aber unsere Werkstätten in Tours fordern keine Zahlung, wenn wir in Felletin im Gegenzug einige der dortigen Arbeiten übernehmen. Wäre das in Eurem Sinne, … Sire de La Roche?«

Er fasste die Gelegenheit beim Schopf und gab ihr recht.

»Absolut. Ihr müsst Eure Einstellung ändern, Maître Dumont, und nicht mehr alles selbst herstellen wollen. Ab jetzt werdet Ihr mit anderen Werkstätten zusammenarbeiten.«

Langsam wurde der Meister ungehalten.

»Wir können nicht einfach die Methoden ändern, die seit mehr als hundert Jahren Tradition sind!«

»Alles unterliegt einem Wandel, Maître Dumont!«, bestätigte Mathilde. »Spanien ist das wichtigste Land auf dem Gebiet der Webarbeiten geworden. Bald werden sich die französischen Herrschaften außerhalb Frankreichs versorgen, ebenso wie die Engländer oder die Italiener. Wie meint Ihr, sollen sich die Webereibetriebe in unserem verarmten Land erholen, wenn die Weber kein Einsehen haben?«

»Comtesse de Saurier hat recht«, pflichtete ihr der Vogt bei, »die Höfe von Mantua und Ferrara wachen bereits eifersüchtig über ihre großen Maler, und Florenz baut seine eigenen Manufakturen. Die Werkstätten in Nordeuropa, wie die in Norwegen und Dänemark, genügen sich selbst. Warum soll unsere Produktion noch mehr erstarren?«

Mathilde wagte nicht, dem Vogt einen warmen Blick zuzuwerfen, um sich für seine Unterstützung zu bedanken. Sie schenkte ihm stattdessen ein zartes Lächeln, das er als gutes Zeichen deutete. Meister Deveau gab jedoch nicht nach:

»Wir haben hier in Felletin *Die Geschichte des heiligen Saturnin* als gesamtes Ensemble gefertigt.«

»Mir scheint, Ihr täuscht Euch, Sire Deveau«, entgegnete Mathilde in ebenjenem ironischen Ton, in dem dieser sich kurz zuvor an sie gewandt hatte. »Zwei Wandbehänge der *Geschichte des heiligen Saturnin* wurden bei einem unserer Konkurrenten in Tours gefertigt.«

»Ihr sprecht sicher von dem Wandbehang *Die Geschichte des heiligen Stefan*, der zum Teil in Felletin und zum Teil in Toulouse hergestellt wurde«, meldete sich der Vogt.

Maître Jehan Dumont warf seinem jungen Vorarbeiter einen finsteren Blick zu.

»Ach!«, entgegnete Mathilde nachsichtig, »diese Irrtümer seien Euch verziehen, schließlich wart Ihr damals noch nicht in Felletin.«

Um die Sache zu beenden, wandte sich der alte Weber an den Vogt, ohne sich weiter um Mathilde zu scheren:

»Da wir nun die Werkstätten der Comtesse de Saurier kennengelernt haben, können wir die Euren besichtigen, Sire.«

»Erlaubt Ihr mir eine kleine Korrektur, Maître Dumont«, widersprach Mathilde, »wir haben nur einen kleinen Überblick erhalten, den Rest machen wir morgen. Was Eure Werkstätten angeht, werter Vogt, erlaubt Ihr mir, Euch zu folgen? Ich bin äußerst interessiert an allem, was Ihr weben lasst.«

Der Vorschlag war zu schön für Hugues, der sich langsam fragte, wie er Mathilde wiedertreffen konnte. Er fürchtete, sie würde womöglich die Tür ihres Schlosses nicht öffnen, wenn er daran klopfte, nachdem er Felletin verlassen hatte.

»Selbstverständlich sollt Ihr über meine Produktionen informiert sein. Das steht außer Frage.«

Seine Werkstätten lagen etwas weiter entfernt und waren mit denen anderer Weber zusammengeschlossen, die viel für Auftraggeber in Flandern arbeiteten. Hugues stellte Mathilde die wenigen Männer vor, die für ihn arbeiteten, und erklärte, dass er vorhabe, fachkundige Weber aus anderen Ländern anzustellen, um gezielter für das Ausland produzieren zu können.

»Ich gehe davon aus, dass ich mit einem guten Freund von mir arbeiten kann, der Prior in einem Kloster nahe Madrid ist.«

Mathilde wandte sich zu ihm um.

»Sprecht Ihr von Bernardin aus Los Lujanes?«

»Genau von dem!«

»Ich bin entzückt. Er gehört auch zu meinen Freunden. Ich habe ihm viel zu verdanken.«

Diesmal lächelte Mathilde Hugues aufrichtig an, was ihn wie der Blitz traf. Er wusste noch nicht, wohin ihn dieses Lächeln führen würde, denn mit Mathilde war alles möglich – das Schlimmste und das Beste.

Da sie es für unpassend hielt, sich in seine Vorschläge einzumischen, unterließ Mathilde es, über die Werke des Vogts zu diskutieren. Sie antwortete jedoch jedes Mal, wenn er sie um einen Rat bat. Um den alten Meister Dumont nicht zu kränken, hörte sie sich auch seine Vorschläge an.

Mathilde bemerkte, dass der alte Jehan seine Taktik ihr gegenüber komplett geändert hatte, während die beiden jungen Weber ihr noch immer spöttisch und überheblich begegneten.

Sie begriff rasch, dass der Vogt große Ideen hatte, um Tapisserien aus dem Ausland nach Frankreich zu bringen und umgekehrt. Ihm schien das die beste Methode, um die Produktion im französischen Königreich wiederzubeleben. Kein einziges Mal erwähnte er den französischen König und die Aufträge, die eventuell von ihm kommen konnten. Er sprach von den Höfen in Österreich, England, Deutschland, Mantua, Ferrara und Florenz. Kein einziges Mal von dem französischen Hof. Felletin und Aubusson konnten unter seiner Leitung neuen Auftrieb erhalten.

Als sie die Werkstätten verließen, war es noch nicht dunkel, denn der Sommer zögerte die Nacht hinaus. Fildor erwartete Mathilde, und Grenade, die ein Stück weiter angebunden war, wieherte, als die junge Frau ihr über den Hals strich.

»Hat sie sich gut von ihrer Verletzung erholt?«

»Ja! Sie ist nicht mehr ganz so schnell, aber sie ist noch genauso kräftig und widerstandsfähig. Fildor ebenso, wie mir scheint.«

»Ja! Fildor ist trotz seiner zwölf Jahre noch ganz jung geblieben.«

Sie stieg auf ihr Pferd. Er tat es ihr gleich, und gemeinsam ritten sie über die Straße, die nach Saint-Floret führte.

»Ich glaube, diese jungen Weber werden Euch keine Schwierigkeiten mehr bereiten.«

»Täuscht Euch nicht«, widersprach Mathilde, »sie gehören zu der Sorte, die keine Frauen dulden, die ihrer Meinung nach nicht an ihrem Platz sind. Eine Weberin muss zu Hause arbeiten oder zurückgezogen in einem Kloster.«

»Nun, ich denke, weder das eine noch das andere trifft auf Euch zu.«

Sie lachten herzlich, und auf einmal veränderte sich ihr Verhalten. Plötzlich gewann Hugues an Selbstsicherheit und Autorität. Kein herrischer Ausdruck war in seinem Blick zu erkennen. Keine ernste Falte zeichnete sein Gesicht.

»Danke«, sagte Mathilde. »Ohne Euch hätte ich mich nie dort behauptet. Ich glaube, ich hätte meine Mutter zu Hilfe gerufen.«

»Wir lassen den alten Dumont an seinem Platz. Das hat er ganz sicher verdient, nachdem er seit seiner frühesten Jugend in den Werkstätten arbeitet. Man kann ihm nicht vorwerfen, dass er auf seinen Vorstellungen und Prinzipien beharrt. Er ist alt, man kann ihn nicht zwingen, nach vorn und nicht auf seine vergangenen Werke zurückzublicken, die, das können wir ruhig zugeben, bedeutend waren. Felletin hat wahre Meisterwerke hervorgebracht.«

Plötzlich verstand Mathilde, warum der Comte de Saurier sich so gut mit dem alten Meister verstanden hatte. Sie waren im selben Alter gewesen. Sie teilten dieselben Wünsche und Ziele. Hatte Jean ihr deshalb einmal versichert, dass er ihr nie vor seinen Webern widersprechen würde? Er hatte gewusst, dass derartig rückständige Ideen nicht zu ihr passten. Doch ihr war überaus bewusst, dass sie sich bei diesen Männern, die sich heftig gegen die Selbstsicherheit einer Frau wehrten, heute allein nie durchgesetzt hätte.

Sie ritten ruhig nebeneinanderher und erreichten schließlich die Straße von Saint-Floret, an der sie sich trennen mussten, da der eine nach Châteauguay und La Roche und die andere nach Champeix und Saurier ritt.

»Ich lade Euch zum Abendessen ein, Sire«, sagte Mathilde und sah ihn aus ihren goldbraunen Augen an.

»Das nehme ich gern an«, antwortete er und hielt ihrem Blick stand, in dem er keinerlei Aggressivität erkannte.

Sie überquerten die Couze, dann den Lard und das Tal von Montaigut. Die kleine Gebetsstätte war geschmückt. Mathilde hatte am Morgen frische Blumen dorthin gelegt. Das große Südtor der Umfriedung mit seinen Pechnasen kam in ihr Blickfeld. Sie überquerten die Straße und hielten einen Augenblick vor dem Pförtnerhaus. Der Pförtner stand in der Tür, und als sie an ihm vorbeikam, grüßte Mathilde, und er erwiderte ihren Gruß.

Kurz darauf erreichten sie den Stall und übergaben die Zügel ihrer Pferde den Stallburschen.

»Aliette, hol Gontran. Ich bringe einen Gast zum Abendessen mit.«

Als hätte er hinter der Tür gewartet, erschien der Majordomus sogleich und erkundigte sich, was Mathilde zu speisen wünschte.

»Ganz gleich, Gontran, was Ihr auch serviert, ist wunderbar. Ich vertraue Euch voll und ganz.«

Das Verhältnis zwischen Mathilde und Gontran war hervorragend. Doch ganz sicher war sie noch weit entfernt von ihrer

Freundin Diane, die alles im Griff hatte, alles überwachte und allen Anweisungen gab.

»Darf ich Euch eine Frage stellen, Hugues?«

Er nickte bedächtig mit dem Kopf.

»Warum habt Ihr die Werkstätten in Felletin gekauft, anstatt mit der Restaurierung Eures Schlosses fortzufahren?«

»Das Schloss restaurieren? Für wen? Für welche Schlossherrin? Ich habe damit für Euch begonnen, weil ich dachte, dass Ihr eines Tages die meinige würdet, auch wenn wir uns jedes Mal bekriegt haben, wenn das Schicksal uns zusammengeführt hat.«

Er erhob sich und durchmaß das Zimmer mit großen Schritten.

»Ihr wart frei, Mathilde. In meiner Vorstellung waren meine einzigen Widersacher mein Bruder, der nicht mehr zurückkommen wird, und der König, den Ihr nicht heiraten könnt.«

»Der König!«

Er lächelte ironisch:

»Nun, Mathilde! Macht Euch nichts vor.«

»Wechseln wir das Thema.«

Er nahm erneut Platz. Mathilde schätzte das Feingefühl von Gontran, der sie keinen Augenblick störte. Sogar Aliette wagte nicht zu kommen, um sie zu belauschen.

»Als ich von Eurer Heirat erfahren habe, bin ich verrückt geworden. Ich wollte Euch an mich erinnern, Euch beweisen, dass ich existierte. Mir fiel nichts anderes ein, als Charles zu entführen, aber Donnerwetter! Wie beruhigt war ich, als ich Eure Mutter und Eure Schwester sah.«

Mathilde beobachtete ihn schweigend.

»Anschließend«, fuhr er fort, »als ich erfuhr, dass Ihr Witwe geworden seid, kehrte meine Hoffnung zurück, und ich sagte mir, dass ich mich Euch nur nähern, Euch überwachen, Euch vielleicht sogar schützen kann, indem ich einen Teil der Werkstätten von Felletin erstehe. Ich freue mich darüber. Aber zum Teufel! Warum habt Ihr auf einmal Euer Verhalten mir gegenüber geändert? Ich bin immer noch fassungslos.«

»Ich habe nachgedacht.«

»Was soll das heißen?!«

»Dass ich Euren Heiratsantrag annehme.«

Ihre Worte verwirrten ihn. Er schluckte schwer. Erneut stand er auf und streckte ihr die Hand entgegen.

»Kommt, gehen wir ein bisschen an die frische Luft. Es ist warm, und die Nacht ist schön.«

Doch in Wahrheit führte er sie zum Stall und ließ sie auf Grenade steigen. Dann schwang er sich hinter ihr auf den Rücken des Pferdes. Sie ließ sich in seine Arme sinken. Er hielt sie sanft und hatte seine einstige Zärtlichkeit wiedergefunden. Mathilde schwieg. Sie verstand, dass er sie nach La Roche brachte und dass sie dort die Nacht verbringen würden.

Als Louisette das Pferd über den Hof tänzeln hörte, steckte sie den Kopf heraus, und als sie Mathilde erkannte, stieß sie einen kurzen Schrei aus, dann verstummte sie.

»Na, Louisette, was guckst du uns so an? Sind wir Geister? Bereite uns das schönste Zimmer. Mathilde de Cassex und ich feiern heute unsere Hochzeitsnacht.«

Gewiss würde es viele Reibereien zwischen ihnen geben, und sie würden viele Kompromisse eingehen müssen. Mathilde war zu verliebt in die Freiheit, um sich ganz zu unterwerfen, und Hugues würde nicht immer nachgeben und von seiner Autorität abrücken.

Es genügte jedoch, dass Mathilde das berühmte Webergeschlecht fortsetzte und dass Hugues sich mit schönen Werken der Renaissance beschäftigte, um Harmonie zwischen ihnen entstehen zu lassen, sie teilten Liebe, Urteilsvermögen und Zeitgeschmack.

Dessen waren sie sich beide bewusst, als sie im Laufe dieser ersten Nacht die Leidenschaft entdeckten, die bereits seit langer Zeit in ihnen geschlummert hatte.

Glossar

Seite 19

Die Quadriga aus dem achten Jahrhundert stammt aus Konstantinopel. Sie ist aus Seide hergestellt und wurde im Dom Karls des Großen in Aachen entdeckt. Sie zeigt den Sieg eines Reiters mit vier Pferden auf einer Rennbahn.

Seite 26

Die Begegnung bei Hofe bildet zusammen mit *Die Unbeugsamkeit des Königs* und *Die Gnade des Königs* die drei Teile des Ensembles *Die Geschichte von Lerian und Lereolle*. Die drei Stücke wurden von dem jungen François I. zu Beginn seiner Herrschaft bestellt. Musée Nationale du Moyen Âge, Thermes de Cluny, Paris.

Seite 28

Augustus und die Sibylle, ein Ensemble aus drei großen Tafeln mit religiösen Themen, das noch im mittelalterlichen Stil gearbeitet ist, aber bereits die Anfänge der Renaissance erkennen lässt. Musée Nationale du Moyen Âge, Paris.

Seite 71

Es gab zahlreiche Wandbehänge vom heiligen Peter, die sich im Stil sehr voneinander unterscheiden. Die erste *Geschichte des heiligen Peter* wurde in der zweiten Hälfte des 15. Jahrhunderts realisiert und von Nicolas Froment gezeichnet. Museum of Fine Arts, Boston.

Seite 77
Der Wandbehang *Die Geschichte des heiligen Peters* wurde am Ende des letzten Jahrhunderts für die Kathedrale von Beauvais gewebt. Musée national du Moyen Âge. Paris.

Seite 83
Krapp ist eine Kulturpflanze, aus deren Wurzel roter Farbstoff gewonnen wird.

Aus einer Resedaart wurde gelbe Farbe gewonnen.

Waid ist eine Pflanze zum Blaufärben von Stoffen.

Indigo ist eine Tropenpflanze, die angebaut wird, um daraus eine intensive blauviolette Farbe herzustellen.

Seite 121
Der Wandbehang *Die Apostelgeschichte* wurde von Raffael gezeichnet und um 1520 in den Werkstätten von Pieter van Aelst angefertigt. Vatikanstadt. Musei Vaticani. Rom.

Seite 145
Eine Reihe von Wandbehängen mit dem Titel *Die zwölf Monate des Jahres*, gezeichnet von dem Maler Bernard van Orley und hergestellt in den Werkstätten der Brüder Dermoyen, wurden in der Folge in *Die Jagden des Maximilian* umbenannt. Musée du Louvre. Paris.

Seite 146
Los Honores umfasste neun große Wandbehänge, die in allegorischer Form darstellten, zu welcher Ehre ein Herrscher gelan-

gen kann, wenn er sich von den Tugenden führen lässt. Diese Wandbehänge sind im Palais de la Granja in Spanien ausgestellt.

Seite 156
Die Traubenlese gehört zu den Millefleurs und umfasst das Keltern, das Maischen und den Transport der Trauben. Es zeigt alle Personen, die diese wichtige Tätigkeit erfordert. Musée national du Moyen Âge. Thermes de Cluny.

Seite 158
Die Dame mit dem Papagei ist eine Tapisserie von kleinerem Format und ursprünglich für ein Kissen gedacht. Sie misst 0,58 x 0,67 m. Sie ist um 1500 entstanden. Es ist nicht bekannt, aus welcher Werkstatt sie stammt. Museum für Kunst und Gewerbe, Hamburg.

Seite 286
Die Jagden des Maximilian wurden anschließend nach Konstantinopel geschickt, wo sie von Süleyman dem Prächtigen bewundert wurden.

Seite 189
Wandbehänge mit dem Titel *Die Triumphe* gab es in der Renaissance sehr häufig. Die wichtigsten waren zweifellos jene, die aus Brüssel stammten, wie *Der Triumph des Sommers, Der Triumph des Tods über die Keuschheit* oder *Der Triumph der Tugenden und der Laster*. Sie stellten immer eine beträchtliche Anzahl von Personen dar und zeigten eine große Vorliebe für Allegorien, wie sie im Mittelalter üblich waren, die jedoch mit einer weltlichen Ikonographie gemischt wurde.

Seite 323
Der Wandbehang *Die Geschichte vom Leben des heiligen Peters* besteht aus zehn Teilen und stammt von dem Maler Jacques Daret. Er wurde zum Teil in Pariser Werkstätten hergestellt. Musée national du Moyen Âge. Paris.

Seite 326
Die Kamelkarawane, Teil des Wandbehangs *Die Geschichte von Calcou*, zeigt, wie in Folge der spanischen und portugiesischen Expeditionen nach Afrika, Indien und in die Neue Welt zu Beginn des 16. Jahrhunderts exotische Tiere in den Fabelgeschichten der letzten mittelalterlichen Wandbehänge aufkamen. Glasgow Burell Collection.

Seite 409
Die Schlacht von Zama nach der *Geschichte von Scipio* wurde von Giulio Romano gezeichnet und in der ersten Hälfte des 15. Jahrhunderts in Brüssel gewebt. Palacio Real. Madrid.

Seite 410
Adam gibt den Tieren Namen war ein Teil eines großen Wandbehangs mit dem Titel *Die Entstehung des Menschen* nach Jan Vermeyn aus Brüssel. Galleria dell'Accademia. Florenz.

Seite 426
Pieter van Aelst, Bernad van Orley, Jean van Roome waren die drei größten Kartonzeichner der damaligen Zeit.

Seite 496
Der Triumph des Sommers ist einer der Wandbehänge zu den vier Jahreszeiten, auf dem Frühjahr und Sommer durch einen

Triumphzug nach Vorbildern aus dem Italien des 15. Jahrhunderts dargestellt sind. Bayerische Hypotheken-und-Wechselbank. München.

Seite 499
Die einzelnen Teppiche des Wandbehangs *Die Geschichte des heiligen Saturnin* sind überall verstreut. Er wurde um 1520 zum Teil in Tours gefertigt, einer der Teile befindet sich im Schloss von Langeais, ein anderer im Musée des Tapisseries d'Angers.

Seite 499
Ein Wandbehang mit dem Titel *Die Geschichte des heiligen Stefan* wurde in Flandern bereits um 1500 für die Kathedralen von Bourges und Auxerre gewebt. Dieser wurde dreißig Jahre später zum Teil in Toulouse gefertigt. Kathedrale Saint-Etienne. Toulouse.